Matthew Reilly
Die Offensive

Matthew Reilly

Die Offensive

Roman

Aus dem Englischen
von Norbert Stöbe

Ullstein

Für John Schrooten, meinen Freund

UNITED STATES AIR FORCE
SPECIAL AREA 7 (MILITÄRISCHES SPERRGEBIET)

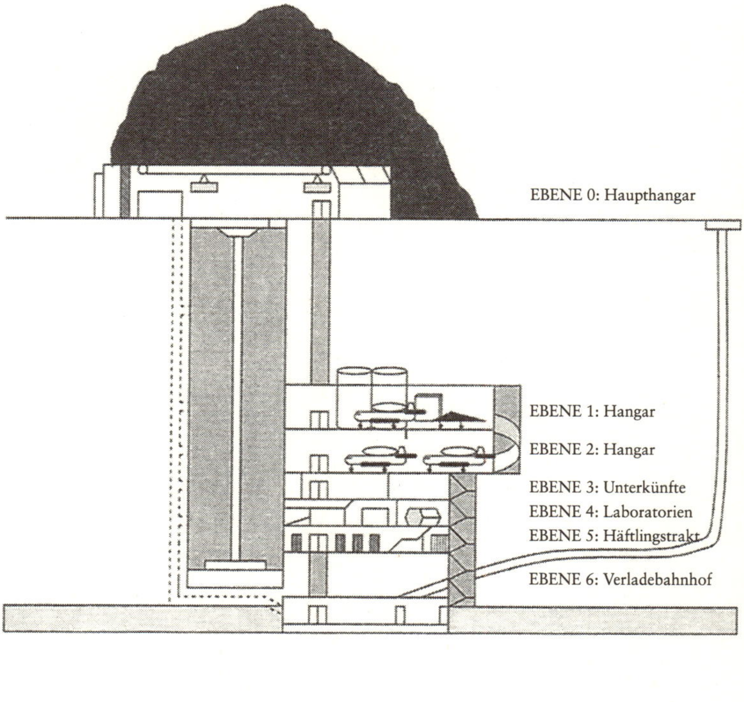

EBENE 0: HAUPTHANGAR

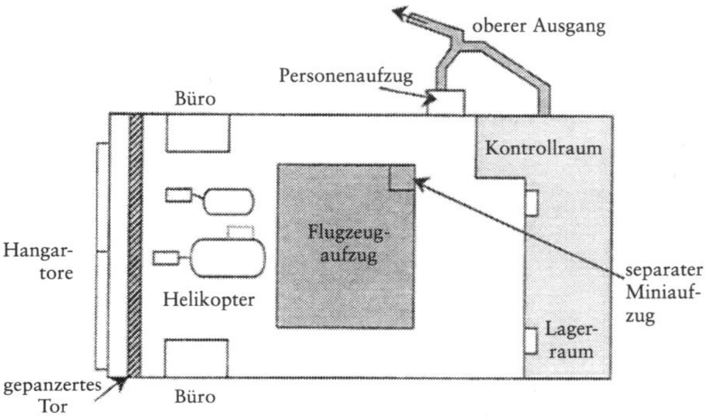

EBENE 1: UNTERIRDISCHER HANGAR

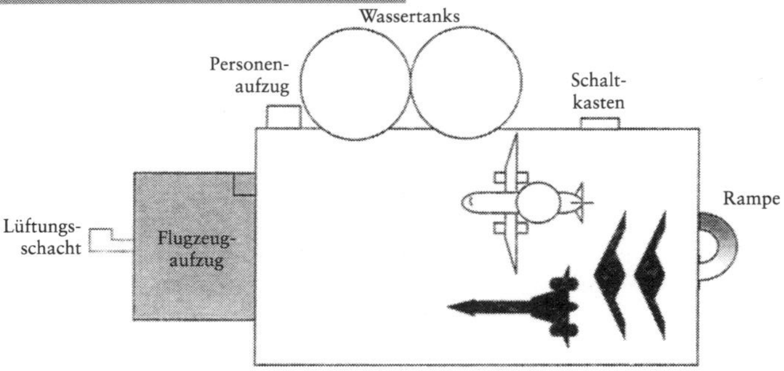

EBENE 2: UNTERIRDISCHER HANGAR

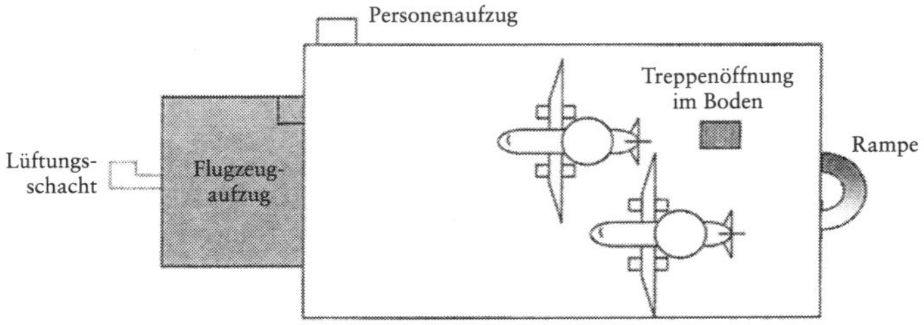

EBENE 3: UNTERKÜNFTE

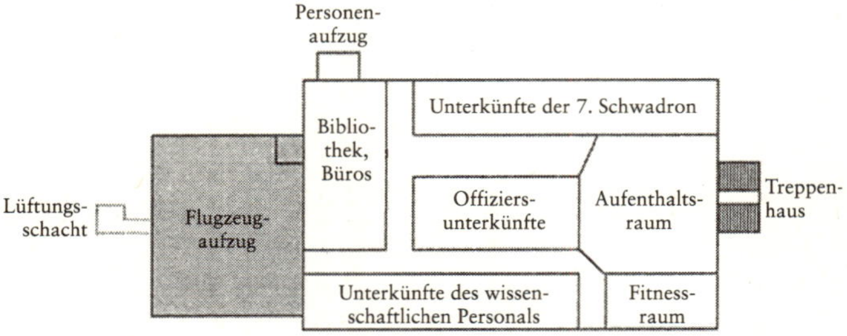

EBENE 4: LABORATORIEN UND QUARANTÄNEBEREICH

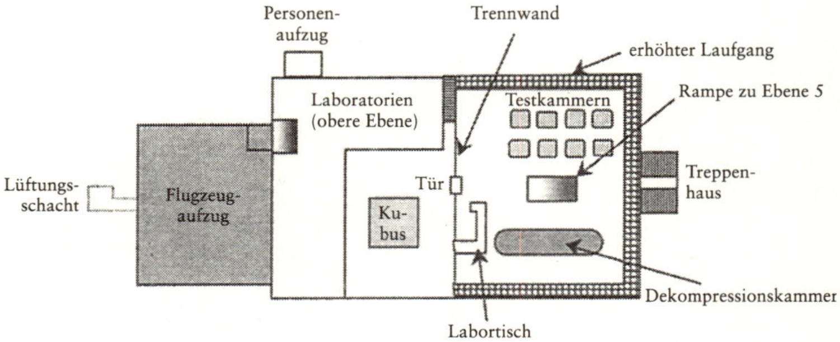

EBENE 5: HÄFTLINGSTRAKT

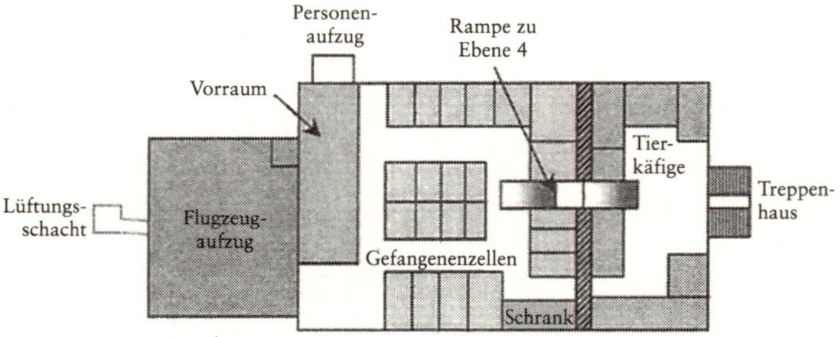

EBENE 6: VERLADEBAHNHOF

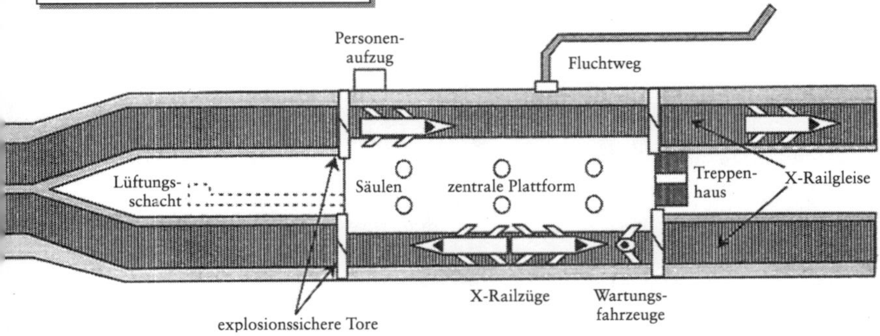

Amerikas größte Sorge ist derzeit, dass das Militär die fortdauernde Inkompetenz der zivilen Führung nicht länger duldet.

Mr George K. Suskind,
Defense Intelligence Agency,
Aussage vor dem
parlamentarischen Unterausschuss
für die bewaffneten Streitkräfte,
22. Juli 1996

Der Unterschied zwischen einer Republik und einem Imperium besteht in der Loyalität der Armee der ersteren.

Julius Cäsar

Einführung

Von: Katz, Caleb
Festrede zum Gedenken an C. B. Powell:
»Das Präsidentenamt«
(Rede vor der School of Politics, Harvard University, 26. Februar 1999)

»Keine Institution auf der Welt gleicht dem Präsidentenamt der Vereinigten Staaten.

Die Person, die dieses Amt innehat, ist gleichzeitig der Führer der Nation mit der viertgrößten Bevölkerung, der Befehlshaber der bewaffneten Streitkräfte und der oberste Manager dessen, was Harry Truman als ›größtes florierendes Unternehmen der Welt‹ bezeichnet hat.

Die Verwendung des Begriffs ›Manager‹ legt Vergleiche mit Firmenstrukturen nahe, die in gewisser Weise zutreffen – aber welcher andere Konzernleiter verfügt schon über ein Budget von 2 Billionen Dollar, ist berechtigt, die 82. Luftlandedivision einzusetzen, und schleppt Akten mit sich herum, die es ihm gestatten, gegen seine Konkurrenten gewaltige thermonukleare Kräfte zu entfesseln?

Vergleicht man die heutigen politischen Systeme, so nimmt der amerikanische Präsident eine einzigartige Stellung ein – und zwar aus dem einfachen Grund, weil er das Amt des Regierungschefs und das des Staatsoberhaupts in sich vereint.

Die meisten Nationen trennen diese beiden Ämter. In Großbritannien beispielsweise ist die Königin das Staatsoberhaupt, der Premierminister ist der Regierungschef. Diese Ämtertrennung resultiert aus einer von Tyrannen geprägten Geschichte, in deren Verlauf Könige zwar die

Krone trugen, aber häufig mit launischem Eigensinn regierten.

In den Vereinigten Staaten aber ist der Mann, der das Land führt, zugleich auch das *Symbol* des Landes. Mit seinen Worten und Taten dient der Präsident als Maßstab für den Ruhm der Nation. Seine Stärke ist gleichbedeutend mit der Stärke des Volkes.

Man denke nur an John F. Kennedy, der 1962 den Nervenkrieg um Kuba gewinnt.

An Harry Trumans Entscheidung, 1945 auf Japan die Atombombe abzuwerfen.

Oder an Ronald Reagans zuversichtliches Lächeln.

Die Stärke des Präsidenten ist gleichbedeutend mit der Stärke des Volkes.

Dieses Arrangement birgt jedoch Gefahren. Denn wenn der Präsident Amerika verkörpert, was geschieht dann, wenn irgendetwas Unvorhergesehenes passiert?

Die Ermordung John F. Kennedys.

Richard Nixons Rücktritt.

Die Erniedrigung, die William Jefferson Clinton zuteil wurde.

Als Kennedy starb, starb auch Amerikas Unschuld. Nixons Rücktritt versetzte Amerikas Optimismus einen herben Rückschlag. Und die Erniedrigung Clintons bedeutete die globale Erniedrigung Amerikas: Bei Friedensgipfeln und Pressekonferenzen in der ganzen Welt galt die erste Frage unweigerlich seinen Sexspielchen in dem ans Oval Office angrenzenden Arbeitszimmer.

Im Tod sowie in Zeiten der Erniedrigung, in Momenten der Entschlussfestigkeit oder des mutigen Handelns hat der Präsident der Vereinigten Staaten eine schier übermenschliche Statur. Er ist eine Institution – das leibhaftige Symbol einer Nation. Auf seinen Schultern ruhen die Hoffnungen und Träume von 276 Millionen Menschen …«

Von: Farmer, J. T.
»Zufall oder geplanter Mord?
Der Tod des Senators Jeremiah Woolf«
(Umlauf: 152 Exemplare)
(Delva Press, Ausgabe vom April 2001)

»… Gefunden wurde der Senator im Wald nahe seiner in den Kuskokwim Mountains in Alaska gelegenen abgeschiedenen Jagdhütte.

Um genau zu sein, war Jerry Woolf zum Zeitpunkt seines Todes gar nicht mehr Senator, da er sich zehn Monate zuvor zur allgemeinen Überraschung aus dem Kongress zurückgezogen hatte. Für seinen Rücktritt hatte er familiäre Gründe geltend gemacht.

Als man ihn fand, lebte er noch – was in Anbetracht der HV-Jagdkugel in seiner Brust beachtlich war. Woolf wurde unverzüglich mit dem Hubschrauber ins hundertfünfzig Meilen entfernte Blaine County Hospital gebracht, wo die Notärzte sich vergeblich bemühten, die Blutung zu stillen.

Die Verletzung war jedoch zu schwer. Eine Dreiviertelstunde nach der Notoperation verstarb Senator Jeremiah K. Woolf.

Das klingt eigentlich nicht weiter verdächtig, nicht wahr? Ein tragischer Jagdunfall, einer von vielen, die sich in diesem Land alljährlich ereignen.

Das wollte die Regierung uns glauben machen.

Eines ist jedoch seltsam: Aus den Unterlagen des Blaine County Hospital geht hervor, dass am 6. Februar 2001 um 16.35 Uhr ein Patient namens Jeremiah K. Woolf für tot erklärt wurde.

Dies ist die einzige Akte zu diesem Vorfall, die frei zugänglich ist. Die übrigen Unterlagen zu Woolfs Behandlung wurden vom FBI beschlagnahmt.

Und nun bedenken Sie Folgendes: *Am selben Tag –*

dem 6. Februar 2001 – wurde um 19.35 Uhr Jeremiah Woolfs Washingtoner Stadtwohnung von einer Explosion zerstört, die seine Frau und seine einzige Tochter das Leben kostete. Im Untersuchungsbericht wird austretendes Gas als Unglücksursache bezeichnet.

Das FBI glaubt, dass Woolf – zu Lebzeiten ein energischer junger Senator, der gegen das organisierte Verbrechen zu Felde zog und als möglicher Präsidentschaftskandidat galt – das Opfer eines erpresserischen Anschlags geworden ist: ›Lass uns ins Ruhe, sonst töten wir deine Familie!‹

Offenbar versucht die Regierung etwas zu verschleiern.

Wenn Woolf tatsächlich erpresst wurde, stellt sich die Frage, warum. Er hatte sich immerhin schon zehn Monate zuvor aus dem Senat zurückgezogen. Und wenn er bei einem gewöhnlichen Jagdunfall ums Leben kam, weshalb hat dann das FBI die Krankenhausakten beschlagnahmt?

Was geschah wirklich mit Jerry Woolf? Momentan wissen wir es noch nicht.

Noch ein letztes Argument: Berücksichtigt man die Zeitverschiebung, entspricht 19.35 Uhr in Washington DC 16.35 Uhr in Alaska. Lässt man die Gerüchte über einen Jagdunfall, die Erpressung durch die Mafia und ein undichtes Gasventil außer Acht, bleibt somit eine Tatsache bestehen: Im *selben* Moment, in dem das Herz des Ex-Senators Jerry Woolf in der Notaufnahme eines Krankenhauses in Alaska aufhörte zu schlagen, explodierte sein Haus auf der anderen Seite des Landes in einem gigantischen Feuerball …«

Die Offensive

Prolog

Schutztrakt
Bundesstrafanstalt Leavenworth
Leavenworth, Kansas
20. Januar, 12.00 Uhr

Es war sein letzter Wunsch.

Er wollte die feierliche Amtseinführung im Fernsehen mitverfolgen.

Zwar verschob sich der Flug nach Terre Haute dadurch um eine Stunde, doch andererseits – so dachten jedenfalls die zuständigen Beamten in Leavenworth – sollte man einem Verurteilten seinen letzten Wunsch nicht abschlagen.

Der Fernsehapparat warf ein flackerndes Licht auf die Betonwände der Zelle. Monotone Stimmen drangen aus den Lautsprechern:

»... Ich schwöre feierlich ...«

»... Ich schwöre feierlich ...«

»... dass ich das Amt des Präsidenten der Vereinigten Staaten von Amerika treulich wahrnehmen ...«

Der Gefangene blickte gebannt auf den Bildschirm.

Und dann breitete sich ein Lächeln auf seinem Gesicht aus – obwohl er kaum noch zwei Stunden zu leben hatte.

Auf seinem Gefängnishemd stand: »T-77«.

Er war 59 Jahre alt, hatte ein wettergegerbtes Gesicht und fettiges, streng zurückgekämmtes schwarzes Haar. Trotz seines Alters war er ein großer, kräftiger Mann mit einem kräftigen Nacken und breiten Schultern. Die dunklen, blitzenden Augen zeugten von seiner Intelligenz. Er war in Baton Rouge, Louisiana, geboren, und das hörte man an seiner Aussprache.

Bis vor kurzem war er im T-Trakt untergebracht gewesen, der den von anderen Häftlingen bedrohten Insassen vorbehalten war.

Vor zwei Wochen hatte man ihn jedoch im Verlegungstrakt – auch Abflughalle genannt – einquartiert, ein Spezialtrakt für die zum Tode verurteilten Häftlinge. Von dort werden sie nach Indiana ins Bundesgefängnis Terre Haute gebracht, wo sie die Giftspritze erwartet.

Leavenworth war ursprünglich ein Fort aus dem Bürgerkrieg und ist nun ein Hochsicherheitsgefängnis. Folglich sitzen dort nur jene Gefangenen ein, die gegen Bundesgesetze verstoßen haben – also Gewaltverbrecher, ausländische Spione und Terroristen, Mafiabosse sowie Gesetzesbrecher, Verräter und Deserteure der amerikanischen Streitkräfte.

In der Haftanstalt herrschen äußerst brutale Bedingungen. Armeedeserteure werden regelmäßig verprügelt oder bekommen den Buchstaben »D« auf die Stirn gebrannt. Ausländische Spione haben das Gerücht verbreitet, dass manchen Gefangenen dort Körperteile abgetrennt wurden, wie zum Beispiel den vier Terroristen aus dem Mittleren Osten, die wegen des Bombenanschlags auf das World Trade Centre im Jahr 1993 verurteilt worden waren.

Die grausamste Behandlung aber ist einer besonderen Gruppe von Gefangenen vorbehalten, den Verrätern.

Es scheint so, als ob die Insassen von Leavenworth – darunter zahlreiche unehrenhaft aus der Armee entlassene Ex-Soldaten – ungeachtet ihrer Verbrechen ihrem Land einen tiefen Respekt entgegenbringen. Verräter werden nämlich zumeist schon in den ersten drei Tagen der Haft umgebracht.

William Anson Cole etwa war Analytiker bei der CIA und hatte Informationen über eine bevorstehende Operation der SEAL-Einsatzgruppen der Navy an die chinesische Regierung verkauft. Dies hatte zur Gefangennahme, Folterung und Ermordung aller sechs Soldaten geführt, die an der Operation beteiligt waren. Zwei Tage nach seiner Einlieferung in Leavenworth war Cole tot in seiner Zelle aufgefunden worden. Sein Rektum war aufgrund mehrfacher Penetration mit einem Billardstock eingerissen. Außerdem hatte man ihn gefesselt und ihn mit einem Stuhlbein stranguliert, was zweifellos an eine chinesische Foltermethode erinnern sollte, bei der der Gefangene mit einem Bambusstab erwürgt wird.

Der Gefangene T-77 saß wegen Mordes in Leavenworth ein. Genauer gesagt hatte er zwei höhere Navy-Offiziere ermorden lassen – ein Verbrechen, auf das der amerikanischen Militärrechtsprechung gemäß die Todesstrafe steht. Da die beiden getöteten Navy-Offiziere den Generalstabschefs als Berater zugeordnet gewesen waren, hatte sich der Gefangene T-77 zudem des Verrats schuldig gemacht. Des Hochverrats.

Aufgrund dessen – und wegen seines früheren hohen militärischen Rangs – war er im T-Trakt eingeliefert worden.

Doch nicht einmal im T-Trakt ist ein Häftling sicher. T-77 war während seines kurzen Aufenthalts mehrmals verprügelt worden, zweimal dermaßen schwer, dass seine Verletzungen Bluttransfusionen nötig machten.

Eigentlich hieß er Charles Samson Russel, und in seinem früheren Leben war er Drei-Sterne-Lieutenant General bei der US Air Force gewesen, Rufzeichen »Caesar«.

Er hatte einen IQ von 182 und war ein brillanter Offizier. Ausgestattet mit einem systematischen, messerscharfen Verstand war er der perfekte Kommandant.

Aufgrund dieser Eigenschaften erhielt er auch sein Rufzeichen.

Vor allem aber zeichnete er sich durch ein Wesensmerkmal aus. Er hatte Geduld.

Die beiden Männer im Fernsehen – der Präsident des obersten Bundesgerichts und der zukünftige Präsident – beendeten soeben ihr Duett. Sie standen im winterlichen Sonnenschein am Portikus des Kapitols. Der frisch gewählte Präsident hatte die Hand auf die Bibel gelegt.

»... und deren Verfassung ...«

»... und deren Verfassung ...«

»... nach besten Kräften bewahren, beschützen und verteidigen werde, so wahr mir Gott helfe.«

»... nach besten Kräften bewahren, beschützen und verteidigen werde, so wahr mir Gott helfe.«

Fünfzehn Jahre, dachte Caesar.

Fünfzehn Jahre lang hatte er gewartet.

Und jetzt war es endlich soweit.

Leicht war es nicht gewesen. Mehrfach hatte es Pannen gegeben – einer hatte es sogar bis zur Wahl des Vizepräsidentschaftskandidaten gebracht, war dann aber doch knapp gescheitert. Vier weitere waren bis zur Vorwahl in New Hampshire gekommen, hatten es dann aber nicht geschafft, sich von ihrer Partei aufstellen zu lassen.

Außerdem gab es natürlich immer Leute, die sich aus der Politik zurückzogen, bevor man ihre Eignung zum Präsidentenamt auch nur ernsthaft auf die Probe gestellt hatte, so wie dieser Woolf zum Beispiel. Das erhöhte zwar die Kosten, doch darauf kam es letztlich nicht an. Auch Senator Woolf hatte einem guten Zweck gedient.

Aber jetzt ...

Jetzt war alles anders.

Er hatte es geschafft.

Seine Theorie gründete auf einer ganz simplen Tatsache.

In den vergangenen vierzig Jahren gehörten mit zwei Ausnahmen sämtliche amerikanischen Präsidenten einem von zwei ausgesprochen elitären Clubs an: entweder dem der Gouverneure oder dem der Senatoren.

Kennedy, Johnson und Nixon waren Senatoren gewesen, bevor sie Präsidenten wurden. Carter, Reagan, Clinton und Bush Junior waren zuvor Gouverneure gewesen. George Bush Senior und Gerald Ford waren die einzigen Ausnahmen: Bush gehörte dem Repräsentantenhaus an, nicht dem Senat, und Fords Aufstieg ins Präsidentenamt folgte einer eigenen Dynamik.

Wie General Charles Russel außerdem herausgefunden hatte, waren einflussreiche Männer gesundheitlich äußerst anfällig.

Ihr exzessiver Lebenswandel – viel Stress, ständig auf Reisen, zu wenig Bewegung – forderte häufig Tribut von ihrem Körper.

Doch während es nahezu unmöglich war, den Sender in den Herzmuskel eines amtierenden Präsidenten einzupflanzen, war es in Anbetracht der beschränkten Auswahl an Kandidaten – eben Senatoren und Gouverneure – denkbar, ihn zu implantieren, *bevor* der Kandidat Präsident wurde.

Die Statistik sprach für sich selbst.

Zweiundvierzig Prozent der US-Senatoren waren während ihrer Amtszeit an der Gallenblase operiert worden, denn übergewichtige Männer in mittleren Jahren leiden häufig an Gallensteinen.

Von den verbleibenden achtundfünfzig Prozent mussten sich genau vier während ihrer politischen Karriere keiner Operation unterziehen.

Operationen an Nieren und Leber wurden sehr häufig durchgeführt. Dazu kamen noch einige Bypass-Operationen – dabei war es besonders leicht, das Gerät zu implantieren – und Probleme mit der Prostata.

Und dann war da noch der vorliegende Fall.

In der zweiten Hälfte seiner Amtsperiode hatte der Gouverneur eines großen Bundesstaates im Südwesten über Schmerzen in der Brust und über Atemnot geklagt. Die Untersuchung durch einen Arzt des Luftwaffenstützpunkts am Rande von Houston hatte eine Schädigung des linken Lungenflügels aufgrund übermäßigen Rauchens ergeben.

Bei einem gelungenen Eingriff, der die Verwendung modernster Glasfaserkameras und ultrakleiner, so genannter nanotechnischer chirurgischer Instrumente notwendig machte, hatte man die Lungentätigkeit wiederhergestellt und dem Gouverneur geraten, das Rauchen aufzugeben.

Was der Gouverneur allerdings nicht wusste, war, dass der Chirurg der Air Force ein *zweites* nanotechnisches Gerät – einen stecknadelkopfgroßen Sender – an der Außenwand seines Herzens angebracht hatte.

Der Sender bestand aus zum Teil löslichem Plastik, einem halborganischen Material, das sich im Laufe der Zeit mit dem Herzgewebe des Gouverneurs verbinden sollte. Am Ende würde der Sender nur noch einem harmlosen Blutgerinnsel ähneln, sodass er gegen die Entdeckung durch Röntgenuntersuchungen oder Ähnliches gefeit wäre. Ein größeres beziehungsweise anders beschaffenes Gerät wäre bei der ersten gründlichen Untersuchung des angehenden Präsidenten entdeckt worden, und dazu durfte es natürlich nicht kommen.

Als letzte Vorsichtsmaßnahme setzte man das Teil »kalt« ein. Das Wanzen-Aufspürsystem des Weißen Hauses, AXS-7, hätte das Funksignal nämlich augenblicklich gemeldet.

Einschalten würde man den Sender erst später, wenn es so weit war.

Wie üblich wurde zum Schluss der geglückten Lungenoperation noch ein Gipsabguss der rechten Hand des Gouverneurs angefertigt.

Zehn Minuten nach der Fernsehübertragung kamen die Wärter.

An Händen und Füßen gefesselt wurde General Charles Caesar Russel aus der Zelle zum wartenden Flugzeug geführt.

Der Flug nach Indiana verlief ohne Zwischenfälle, genauso wie der Gang zum Injektionsraum.

In der Videoaufzeichnung sah man ihn später wie Christus in der Horizontalen auf dem Injektionstisch liegen. An Armen und Beinen mit Lederriemen gefesselt weigerte sich der Gefangene, die Sterbesakramente zu empfangen. Er verzichtete auf ein Abschiedswort und äußerte auch keinerlei Bedauern über seine Verbrechen. Vielmehr sagte er während der Vorbereitungen für die Injektion kein einziges Wort. Dies entsprach Russels Verhalten in der gesamten Zeit nach der Verhandlung. Da er keinen Einspruch eingelegt hatte, ließ seine Hinrichtung nicht lange auf sich warten.

Die Richter des Militärgerichts, die ihn zum Tode verurteilten, hatten erklärt, sein Verbrechen sei derart verabscheuungswürdig, dass er das Gefängnis keinesfalls lebend verlassen werde.

Sie hatten Recht behalten.

Am 20. Januar um 15.37 Uhr wurde die Hinrichtung vollzogen. Erst wurden fünfzig Milligramm Natriumthiopental injiziert, das den Verurteilten bewusstlos machte, dann zehn Milligramm Pancuroniumbromid, das die Atmung zum Stillstand brachte, und schließlich zwanzig Milligramm Kaliumchlorid, das Russels Herz lähmte.

Drei Minuten später, um 15.40 Uhr, wurde Lieutenant

General Charles Samson Russel vom Coroner von Terre Haute für tot erklärt.

Da der General keine lebenden Verwandten hatte, wurde sein Leichnam von Angehörigen der US Air Force abtransportiert, damit er unverzüglich eingeäschert werden konnte.

Um 15.32 Uhr – zwölf Minuten, nachdem er offiziell für tot erklärt worden war, raste ein Notarztwagen durch die Straßen von Terre Haute. Im Innern drückte man dem toten General zwei Defibrillator-Elektroden auf die Brust.

»Schock!«, rief einer der Mediziner der Air Force.

Als der erste Stromstoß durch den Körper des Generals jagte, verkrampfte er sich.

Beim dritten passierte es.

Auf dem EKG-Monitor an der Wand erschien ein kleiner Zacken.

Der Herzschlag des Generals hatte wieder eingesetzt.

Kurz darauf schlug sein Herz regelmäßig.

Wie General Russel wusste, setzt der Tod ein, wenn das Herz den Körper nicht mehr mit Sauerstoff versorgt. Die Atmung reichert das Blut mit Sauerstoff an, und das Herz verteilt das Blut im Körper.

Der Vorrat an mit Sauerstoff übersättigtem Blut, der in Russels Adern kreiste, hatte ihn während dieser entscheidenden zwölf Minuten am Leben erhalten. Es handelte sich um Blut, dem man mit Hilfe eines biotechnischen Verfahrens sauerstoffreiche rote Blutkörperchen hinzugefügt und das in der Zwischenzeit Russels Gehirn sowie seine lebenswichtigen Organe mit Sauerstoff versorgt hatte. Und das, obwohl sein Herz nicht mehr schlug. Das Blut hatte man dem General mit den zwei Transfusionen verabreicht, die nach den bedauerlichen Zwischenfällen in Leavenworth notwendig geworden waren.

Die Richter des Militärgerichts hatten erklärt, er werde das Gefängnis nicht lebend verlassen.

Nun, sie hatten Recht behalten ...

Während all dies geschah, lief in einer leeren Zelle in der Abflughalle der Bundesstrafanstalt Leavenworth noch immer der uralte Fernseher.

Auf dem Bildschirm winkte der frisch vereidigte Präsident lächelnd, euphorisch und stolz der jubelnden Menge zu.

O'Hare International Airport,
Chicago, Illinois,
3. Juli (sechs Monate später)

Die erste Fundstelle befand sich auf dem O'Hare Airport in Chicago in einem leeren Hangar am äußersten Rand des Flughafengeländes.

Am frühen Morgen hatte ein Detektor für elektromagnetische Strahlung bei einer routinemäßigen Überprüfung ein schwaches Signal empfangen.

Abgesehen von dem Gefechtskopf, der exakt in der Mitte des höhlenartigen Raumes stand, war der Hangar vollkommen leer.

Von weitem glich er einem anderthalb Meter hohen silbernen Kegel, der auf eine Palette montiert worden war. Aus der Nähe bemerkte man, dass es sich um den konischen Gefechtskopf einer Cruise Missile handelte.

Seitlich am Gefechtskopf traten Kabel aus, die zu einer senkrecht nach oben weisenden Satellitenschüssel führten. Durch ein rechteckiges Fenster in der Hülle des Gefechtskopfes konnte man eine purpurrote Flüssigkeit erkennen.

Plasma.

Plasmasprengstoff vom Typ 240, ein äußerst flüchtiger, quasi-nuklearer Flüssigsprengstoff.

Genug, um eine Stadt dem Erdboden gleichzumachen.

Weitere Untersuchungen ergaben, dass das elektromagnetische Signal im Innern des Hangars von einem empfindlichen Abstandssensor ausging. Näherte man sich der Bombe bis auf fünfzehn Meter, begann eine rote Warnleuchte zu blinken. Der Gefechtskopf war scharf.

Aus dem Mietvertrag ging hervor, dass der leere Hangar von der Air Force genutzt wurde.

Die Dienstbücher belegten zudem, dass seit mindestens sechs Wochen kein Flughafenpersonal mehr den Hangar betreten hatte.

Angestellte der Sicherheitsabteilung des Flughafens telefonierten mit der Transportbefehlsstelle des Luftwaffenstützpunkts Scott. Doch die Auskunft des zuständigen Soldaten fiel vage und unverbindlich aus. Von Plasmasprengköpfen in zivilen Hangars wusste er nichts. Er versprach, die Angelegenheit zu überprüfen und sich dann wieder bei der Sicherheitsabteilung zu melden.

In diesem Moment trafen Meldungen aus dem gesamten Land ein.

Auf den drei großen New Yorker Flughäfen, also JFK, La Guardia und Newark, hatte man in leeren Luftwaffenhangars genau solche Gefechtsköpfe entdeckt – alle mit elektromagnetischen Abstandssensoren und himmelwärts weisenden Satellitenschüsseln ausgestattet.

Und dann rief Dulles in Washington an.

Danach Los Angeles.

San Francisco. San Diego.

Boston. Philadelphia.

Seattle. Detroit.

Vierzehn Gefechtsköpfe wurden insgesamt gefunden, auf vierzehn Flughäfen im Land verteilt.

Alle mit Sprengstoff bestückt. Alle scharf, bereit, jeden Moment hochzugehen.

Und alle warteten lediglich auf das Signal.

Die erste Konfrontation

3. Juli, 06.00 Uhr

Die drei Helikopter donnerten über die ausgedörrte Wüste hinweg und durchbrachen die frühmorgendliche Stille.

Wie immer flogen sie in enger Formation, schossen im Tiefflug über Steppenhexen hinweg und wirbelten Sandwolken hinter sich auf. Ihre frisch gewachsten Rümpfe funkelten im Licht der aufgehenden Sonne.

Der riesige Sikorsky VH-60N flog wie üblich an der Spitze, flankiert von zwei bedrohlich wirkenden CH-53E Super Stallion.

Mit dem makellos weißen Dach und den von Hand polierten dunkelgrünen Flanken nimmt der VH-60N unter den amerikanischen Militärhubschraubern eine Sonderstellung ein. Hergestellt wird er im Regierungsauftrag in einem abgeriegelten Hochsicherheitsbereich der Sikorsky-Werke in Connecticut. Er gilt als sakrosankt, das heißt, er wird vom US Marine Corps, das für die Wartung zuständig ist, niemals in militärische Operationen einbezogen.

Dieser Hubschrauber dient nur einem einzigen Zweck: Er befördert den Präsidenten der Vereinigten Staaten auf kurzen Strecken.

Außer diesem einen sind keine weiteren Exemplare im Einsatz, und das aus gutem Grund, denn nur einige wenige auf ihre Zuverlässigkeit überprüfte Militärtechniker und Angestellte von Sikorsky kennen sich mit den Besonderheiten des Hubschraubers aus.

Paradoxerweise ist der VH-60N trotz aller Geheimhaltung ohne Zweifel der bekannteste Helikopter der westlichen Welt.

Auf den Monitoren der Fluglotsen erscheint er als *HMX-1*, Marine Helicopter Schwadron One, und sein offizielles Rufzeichen ist »Nighthawk«. Im Laufe der Jahre aber hat sich für den Helikopter ein einfacherer Name eingebürgert – Marine One.

Diejenigen, die damit fliegen, nennen ihn nur *M1*. Er wird äußerst selten während des Fluges gesichtet. Es ist mittlerweile ein regelrechtes Ritual, wenn er von der gepflegten Rasenfläche des Weißen Hauses abhebt oder in Camp David eintrifft.

Doch heute war alles anders.

Heute donnerte er über die Wüste hinweg und beförderte seinen Passagier von einem abgelegenen Luftwaffenstützpunkt in der öden Landschaft von Utah zum nächsten.

Captain Shane M. Schofield, US Marine Corps, stand in seiner besten blauen Uniform – weißer Spitzhut, marineblauer Uniformrock mit goldenen Knöpfen, blaue Hose mit roten Streifen, weißer Patentledergürtel mit dazu passendem weißem Halfter, darin eine reich verzierte vernickelte M9-Pistole – hinter den beiden Piloten im Cockpit des Hubschraubers und spähte durch die Windschutzscheibe aus Panzerglas.

Mit seinen knapp 1,80 Metern war Schofield schlank und muskulös, hatte ein wohl geformtes, schmales Gesicht und drahtiges schwarzes Haar. Er trug eine Sonnenbrille mit verspiegelten Gläsern, obwohl sie eigentlich nicht zur Uniform der Marines gehörte.

Die Sonnenbrille verdeckte zwei äußerst auffällige senkrechte Narben ober- und unterhalb beider Augen. Sie stammten von einer Verletzung, die sich Schofield bei einer früheren Mission zugezogen hatte, und sie waren der Grund, weshalb sein Rufzeichen seit geraumer Zeit »Scarecrow« lautete – Vogelscheuche.

Vor ihm lag die flache Ebene in stumpfem Gelb unter

dem Morgenhimmel. Der sandige Wüstenboden raste unter dem Bug des schnell fliegenden Helikopters dahin.

Nicht allzu weit entfernt sah Schofield einen kleinen Berg, das Ziel ihres Flugs.

Eine Ansammlung von Gebäuden schmiegte sich an den Fuß des felsigen Hügels. Sie lag am Ende einer langen Landebahn aus Beton, deren winzige Lichter an diesem hellen Morgen gerade noch zu erkennen waren. Beim Hauptgebäude des Komplexes schien es sich um einen großen Flughafenhangar zu handeln, der in die Bergflanke hineingebaut war.

Dies war Special Area 7, ein militärisches Sperrgebiet der US Air Force und der zweite Luftwaffenstützpunkt, den Schofield heute besuchen wollte.

»Vorausteam Zwei, hier ist Nighthawk 1, wir nähern uns Area 7. Bitte Treffpunkt bestätigen«, sagte Marine Colonel Michael »Gunman« Grier, der Pilot des M1, ins Helmmikrofon.

Es kam keine Antwort.

»Ich wiederhole, Vorausteam Zwei. Bitte melden.«

Wiederum keine Antwort.

»Das ist der Störsender«, sagte Griers Copilotin, Lieutenant Colonel Michelle Dallas. »Die Funker von Area 8 haben gesagt, damit müssten wir rechnen. Auf diesen Basen gilt ausnahmslos Geheimhaltungsstufe 7, das heißt, sie liegen unter einer satellitenerzeugten Funkglocke. Funkverkehr ist nur auf kurze Distanz möglich, damit keine Informationen hinausgelangen können.«

Früher am Morgen hatte der Präsident Area 8 besucht, einen ebenso abgelegenen Luftwaffenstützpunkt etwa zwanzig Meilen östlich von Area 7. Dort hatte er in Begleitung seines neunköpfigen Secret-Service-Teams einen kurzen Rundgang unternommen und in einem Hangar ein neues Flugzeug begutachtet.

Währenddessen hatten Schofield und die anderen

dreizehn Marines vom Marine One und den beiden Begleithelikoptern draußen unter der Air Force One, der großen Boeing 747 des Präsidenten, gewartet.

Einige der Marines hatten sich darüber geärgert, dass man ihnen den Zugang zum Haupthangar von Area 8 nicht gestattete. Auf der Grundlage von unbestätigten Gerüchten herrschte die einhellige Meinung, dass ein streng geheimer neuer Flugzeugtyp der Grund für diese Maßnahme war.

Ein Soldat, ein afroamerikanischer Sergeant mit breitem Lächeln und lauter Stimme namens Wendall »Elvis« Haynes, verkündete, er habe gehört, dass hier die *Aurora* stünde, das legendäre Aufklärungsflugzeug, das im niedrigen Orbit operierte und neunfache Schallgeschwindigkeit erreichen konnte. Das derzeit weltweit schnellste Flugzeug, der SR-71 Blackbird, erreichte lediglich Mach 3.

Andere vermuteten, dass hier ein ganzes Geschwader F-44 stationiert war, extrem wendige keilförmige Kampfflugzeuge auf der Basis des B-2-Stealth-Bombers.

Andere wiederum – möglicherweise angeregt durch den Start eines chinesischen Space Shuttles zwei Tage zuvor – glaubten, Area 8 beherberge das X-38, ein von einer 747 aus zu startendes schlankes, offensives Space Shuttle. Das X-38, ein Geheimprojekt, das von der Air Force in Zusammenarbeit mit der NASA betrieben wurde, war angeblich das erste kampffähige Raumfahrzeug der Welt, ein Angriffsshuttle.

Schofield beteiligte sich nicht an diesen Spekulationen.

Er war nicht auf Vermutungen angewiesen, um zu erkennen, dass Area 8 etwas mit der streng geheimen Entwicklung von weltraumtauglichen Flugzeugen zu tun hatte.

Dies schloss er aus einer offenkundigen Tatsache. Obwohl die Air-Force-Techniker sich große Mühe gegeben hatten, es zu verbergen, war die geteerte Startbahn von Area 8 in beide Richtungen um jeweils tausend Meter verlängert worden, und zwar durch einen hellen Betonstreifen, der von einer dünnen Sandschicht und sorgfältig platzierten Steppenhexen verborgen wurde.

Es handelte sich um eine spezielle Rollbahn, gebaut für Start und Landung von Space Shuttles oder sogar anderen Raumfahrzeugen.

Mitten in der Unterhaltung der Männer trat der Präsident aus dem Haupthangar und bereitete den Spekulationen ein Ende. Sie brachen eilig auf.

Ursprünglich hatte er vorgehabt, mit der Air Force One zu Area 7 weiterzufliegen. Trotz der kurzen Entfernung wäre dies schneller gegangen als mit dem Marine One.

Offenbar aber gab es mit der Air Force One ein Problem. Der rechte Tragflächentank hatte ein Leck.

Deshalb hatte der Präsident den Marine One genommen, der für solche Fälle stets bereit stand.

Dies war der Grund, weshalb Schofield nun auf Area 7 niederblickte, die im Morgenlicht erstrahlte.

Während er den fernen Hangar betrachtete, wurde Schofield mit einem Mal bewusst, dass erstaunlicherweise keiner seiner Kollegen an Bord des HMX-1 etwas über Area 7 berichten konnte. Es existierten nicht einmal Gerüchte über den Zweck jenes Komplexes.

Offenbar wusste niemand, was in Area 7 vor sich ging.

Das Leben in der unmittelbaren Umgebung des Präsidenten der Vereinigten Staaten war etwas Besonderes.

Schofield bezeichnete es immer als aufregend und erschreckend zugleich.

Aufregend deshalb, weil man einem so mächtigen Menschen nahe war, und erschreckend, weil dieser Mann von zahlreichen Menschen umgeben war, die diese Macht für sich auszunutzen suchten.

Obwohl er erst seit kurzem seinen Dienst an Bord des Marine One versah, war Schofield bereits aufgefallen, dass es stets mindestens drei konkurrierende Interessengruppen gab, die um die Aufmerksamkeit des Präsidenten buhlten.

Erstens war da das eigene Personal des Präsidenten – zumeist aufgeblasene Harvardtypen, die dem Politiker zur Seite stehen sollten: Sie berieten ihn in Fragen der nationalen Sicherheit und der Innenpolitik sowie im Umgang mit den Journalisten, also bei der Organisation seines gesamten politischen Lebens.

Soweit Schofield beurteilen konnte, verfolgte jeder Angestellte des Präsidenten, ungeachtet seines jeweiligen Fachgebiets, vor allem ein Ziel: den Präsidenten und seine Politik populär zu machen.

In krassem Gegensatz dazu standen die Ziele der zweiten Gruppe, die die Aufmerksamkeit des Präsidenten suchte: seine Beschützer vom Secret Service.

Angeführt vom stets sachlichen Special Agent Francis X. Cutler, den nichts zu erschüttern schien, bekämpften sich die Bewacher des Präsidenten und die Angestellten des Weißen Hauses.

Cutler – offiziell »Chef des Sonderkommandos«, vom Präsidenten freundschaftlich Frank genannt – war bekannt dafür, auch in heiklen Situationen einen kühlen Kopf zu bewahren. Politische Opportunisten hatten bei ihm keine Chance. Mit seinen schmalen grauen Augen vermochte Frank Cutler jeden Angehörigen des Präsidentenstabes so durchdringend anzustarren, dass jener unwillkürlich den Blick senkte. Mit einem einzigen Wort erteilte er seinem Gegenüber eine überaus deutliche Abfuhr: »Nein!« Und dabei blieb es.

Die dritte und letzte Gruppe, die sich um den Präsidenten scharte, waren die Besatzungsmitglieder des Marine One.

Sie hatten nicht nur allein unter den aufgeblasenen Stabsangehörigen zu leiden. Schofield würde niemals vergessen, wie ihm bei seinem ersten Flug an Bord des Marine One der für Innenpolitik zuständige Präsidentenberater – ein wichtigtuerischer neunundzwanzigjähriger Rechtsanwalt aus New York – befohlen hatte, ihm einen Kaffee mit doppelter Portion Milch zu holen, und zwar »pronto«. Die Besatzung musste außerdem häufig Konflikte mit dem Secret Service austragen.

Jener war eigentlich für die Sicherheit des Präsidenten zuständig, doch an Bord des HMX-1, so das Argument des Marine Corps, wurde der Boss stets von mindestens sechs Marines begleitet.

Ein Waffenstillstand zwischen beiden Parteien wurde ausgehandelt, den jedoch Cutler eher als instabil bewertete.

An Bord des Marine One lag die Sicherheit des Präsidenten also in den Händen der Marines. Daher begleiteten ihn lediglich die unersetzlichen Bodyguards vom Secret Service, nämlich Frank Cutler und ein paar weitere. Der Rest der Truppe flog in den beiden Jagdhubschraubern.

Sobald der Präsident jedoch den Marine One verließ, war für sein Wohlergehen ausschließlich der Secret Service verantwortlich.

Gunman Grier sprach ins Helmmikrofon. »Nighthawk 3, hier spricht Nighthawk 1. Fliegen Sie vor und nehmen Sie für mich Kontakt mit dem Vorausteam Zwei auf. Die Funkglocke vermasselt uns die Funkverbindung. Ich empfange zwar das *All-Clear*-Signal, bekomme aber keine Sprechverbindung. Mittlerweile müsste das Vorausteam über dem Notausgang sein. Wenn Sie nah genug dran sind, probieren Sie, Area 8 zu erreichen. Erkundigen Sie sich, was mit der Air Force One los ist!«

»Verstanden, Nighthawk 1«, antwortete eine Stimme über Kurzwelle. »Wir sind schon unterwegs.«

Schofield, der hinter Grier und Dallas stand, beobachtete, wie der Super Stallion zu ihrer Rechten ausscherte und über die Wüste davonflog.

Die beiden zurückgebliebenen Helikopter des Ersten Marinegeschwaders flogen weiter.

In einem abgedunkelten Raum sprach ein Mann mit Headset, der vor einem leuchtenden Bildschirm saß, leise ins Mikrofon.

»Löse Satellitentest für Primärsignal aus ... jetzt ...«

Er drückte eine Taste an der Konsole.

»Was zum Teufel –?«, sagte Dallas und fasste mit der linken Hand an den Kopfhörer.

»Was gibt's?«, fragte Gunman Grier.

»Ich weiß nicht«, sagte Dallas und wandte sich um. »Ich habe gerade ein Signal im Mikrowellenband aufgefangen.«

Sie blickte auf den Mikrowellenmonitor. Darauf waren mehrere Zacken und Wellentäler zu sehen. Sie schüttelte den Kopf. »Eigenartig. Sieht so aus, als wären wir von einem Mikrowellensignal getroffen worden, das gleich wieder reflektiert wurde.«

»Wir haben die Maschine heute Morgen auf Wanzen untersucht«, sagte Grier. »Sogar zweimal.«

Der Marine One sowie seine Passagiere wurden regelmäßig gründlich auf Wanzen untersucht. Es war nahezu unmöglich, an Bord des Präsidentenhubschraubers einen Sender oder Empfänger unterzubringen.

Dallas blickte achselzuckend auf den Monitor. »Das Signal ist zu schwach, als dass es sich um ein Ortungssignal handeln könnte. Sprach- oder Computerdaten kommen auch nicht in Frage. Es wurden keine Informationen gesendet oder empfangen – als hätte jemand bloß mal nachsehen wollen, ob wir noch da sind.« Sie wandte sich fragend an Grier.

Der Pilot des Präsidentenhubschraubers runzelte die Stirn. »War vielleicht bloß eine Schwankung in der Funkglocke, ein abgelenktes Mikrowellensignal. Aber wir wollen trotzdem kein Risiko eingehen.« Er drehte sich zu Schofield um. »Captain, würden Sie bitte die Maschine mit dem Zauberstab absuchen?«

»Antwortsignal empfangen«, sagte der Techniker in dem verdunkelten Raum. »Primärsignaltest erfolgreich abgeschlossen. Das Gerät arbeitet. Ich wiederhole. Das Gerät arbeitet. Schalte wieder auf Schlafmodus. Ausgeführt. Beginne Test des Sekundärsignals ...«

Schofield betrat die Hauptkabine des Marine One und schwenkte auf der Suche nach allem, was elektromagnetische Strahlung freisetzte, einen digitalen AXS-9-Spektralanalysator über Wände, Sitze, Decke und Boden.

Wie nicht anders zu erwarten war der M1 des Präsidenten edel eingerichtet. Mit dem dicken kastanienbraunen Teppich und den mit viel Fußfreiheit ausgestatteten Sitzen wähnte man sich eher in der Businessclass eines Linienflugzeugs als in einem Militärhubschrauber.

Zwölf beigefarbene Ledersitze beanspruchten den meisten Platz in der Hauptkabine. Nicht nur auf jeder Sitzfläche, sondern auch auf den überdimensionale Armlehnen, den Scotchgläsern und den Kaffeebechern prangte das Siegel des Präsidenten der Vereinigten Staaten, für den Fall, dass jemand vergessen sollte, in wessen Gesellschaft er reiste.

An der Kabinenrückseite befand sich eine Tür aus poliertem Mahagoni, die von einem Marine in Paradeuniform bewacht wurde. Sie führte zum Heckabteil des Helikopters.

Dahinter lag das Büro des Präsidenten.

Klein, aber elegant, mit Telefonen, Faxgeräten, Computern und Fernsehbildschirmen ausgerüstet, ermöglichte es ihm, von überall aus das nationale Geschehen zu verfolgen.

Im rückwärtigen Teil des Präsidentenbüros, hinter einer kleinen, druckfesten Tür, befand sich die letzte Zusatzeinrichtung des Marine One, die ausschließlich für den Notfall vorgesehen war: ein kleiner Ein-Mann-Schleudersitz, die Rettungskapsel des Präsidenten.

Schofield bewegte den Spektralanalysator auf der Suche nach Wanzen über die Sitze des Abteils.

Dort saß Frank Cutler mit fünf seiner Bodyguards. Sie blickten aus den Fenstern, ohne Schofield zu beachten.

Außerdem waren zwei Präsidentenberater zugegen – der stellvertretende Stabschef und sein Mediendirektor, die beide in dicken Aktenordnern blätterten.

Die beiden Ausgangstüren an den gegenüberliegenden Kabinenseiten wurden von zwei Marines bewacht, deren Haltung absolut vorbildlich war.

Außerdem war noch eine Person in der Kabine anwesend.

Ein untersetzter Mann mit kurzem Hals, bekleidet mit der olivfarbenen Uniform der US Army, saß nahe dem hinteren Ausgang, auf jenem Sitz, der der Tür zum Präsidentenbüro am nächsten lag.

Der Mann mit dem karottenroten Haar und dem buschigen roten Schnauzer hatte keinerlei besondere Ausstrahlung. Er war absolut unauffälig.

Es handelte sich um Warrant Officer Carl Webster, der dem Präsidenten auf Schritt und Tritt folgte – nicht etwa weil er über besonderen Sachverstand oder irgendwelche Spezialkenntnisse verfügte, sondern wegen eines äußerst wichtigen Gegenstands, der mittels eine Handschelle mit seinem Armgelenk verbunden war: ein Aktenkoffer aus rostfreiem Stahl, der die Codes und Aktivierungsmechanismen für das amerikanische Atomwaffenarsenal enthielt. Er wurde als »Football« bezeichnet.

Schofield beendete die Überprüfung, nachdem er einen kurzen Blick ins Präsidentenbüro geworfen hatte. »Bitte um Entschuldigung!«, murmelte er, während er sich umschaute und die Tür schnell wieder schloss.

Nichts.

An Bord des Helikopters befand sich keine einzige Wanze.

Als er wieder ins Cockpit trat, sagte Gunman Grier gerade ins Mikrofon: »Verstanden, Nighthawk 3, und danke. Fliegen weiter zum Notausgang.«

Grier wandte sich an die Kopilotin. »Die Air Force One ist wieder okay. War bloß ein undichtes Ventil. Sie bleibt in Area 8. Nach unserem Abstecher zu Area 7 bringen wir den Boss zurück. Scarecrow?«

»Nichts«, sagte Schofield. »Der Helikopter ist sauber.«

Grier zuckte die Schultern. »War wohl die Funkglocke. Danke, Scarecrow.«

Als eine weitere Meldung kam, fasste Grier sich an den Helm.

Er seufzte schwer, während er der Stimme lauschte, die über die Kopfhörer an sein Ohr drang.

»Wir werden unser Möglichstes tun, Colonel«, sagte er, »aber versprechen kann ich nichts.« Grier schaltete das Mikrofon aus und schüttelte den Kopf. »Verdammter Ramrod!«

Er wandte sich an Schofield und Dallas. »Meine Damen und Herren, unser hoch geschätzer Verbindungsoffizier zum Weißen Haus bittet uns, das Tempo ein wenig anzuziehen. Der Boss ist heute Nachmittag mit der Washingtoner Frauenhilfsorganisation zum Tee verabredet, und Verbindungsoffizier Hagerty fürchtet, dass wir den Zeitplan nicht einhalten.«

Dallas lachte verhalten. »Der gute alte Ladestock.«

Wenn es um den Einsatz des Marine One ging, lief die Kommunikation zwischen Weißem Haus und dem Marine Corps über einen Marine Colonel, der als Verbindungsoffizier bezeichnet wurde. Diese Stellung nahm seit drei Jahren Colonel Rodney Hagerty, USMC, ein.

Hagerty war einundvierzig Jahre alt, hoch gewachsen und schlank, mit bleistiftdünnem Schnauzer und auffällig guten Manieren, was vielen im HMX-1 übel aufstieß. Unglücklicherweise galt er als Verkörperung jener Sorte Soldat, die sich gemeinhin nicht gerade großer Beliebtheit erfreute. Er war extrem ehrgeizig und karrierebewusst und zugleich ein skrupelloser Experte für Personalpolitik, jemand, der sich mehr für die Sterne an seinen Schultern interessierte als für seine Tätigkeit als Marine. Aber wie so häufig waren die höheren Ränge des Corps blind gegenüber solchen Attitüden und beförderten Hagerty in immer höhere Positionen.

Auch Schofield mochte ihn nicht. Hagerty war ein Bürokrat – ein Bürokrat, der Geschmack an der Nähe zur

Macht gefunden hatte. Sein offizielles Rufzeichen lautete »Hot Rod«, heiße Antenne. Sein unbeirrtes Festhalten am Protokoll in Situationen, in denen sich Formalitäten als bloßer Hemmschuh erwiesen, hatte ihm unter den Soldaten allerdings den Spitznamen Ramrod, Ladestock, eingebracht.

In diesem Moment landete der Super Stallion mit dem Rufzeichen Nighthawk 3 in einer Staubwolke auf dem sandigen Wüstenboden. Etwa eine halbe Meile westlich erhob sich der kleine, felsige Berg mit Area 7.

Sobald die Räder des großen Hubschraubers aufgesetzt hatten, sprangen vier Marines in kompletter Kampfuniform heraus und rannten zu einem kleinen Graben, den man im steinharten Wüstenboden ausgehoben hatte.

In dem Graben befand sich der Notausgang von Area 7 – die gut versteckte Mündung eines langen Tunnels, der als Fluchtweg diente. Heute diente er als Hauptfluchtroute für den unwahrscheinlichen Fall, dass der Präsident auf dem Luftwaffenstützpunkt in Schwierigkeiten geraten sollte.

Der befehlshabende Marine, ein Lieutenant namens Corbin »Colt« Hendricks, näherte sich in Begleitung seiner drei Untergebenen dem staubigen Erdloch, die MP-5/10 in der Hand – bisweilen auch MP-10 genannt, da es sich um die 10-Millimeter-Version der MP-5 von *Heckler & Koch* handelte.

Hendricks Ohrhörer gab ein stetiges *Piep-Piep* von sich: das All-Clear-Signal des Vorausteams 2. Auf dem A-C-Kanal konnte man keine Sprachnachrichten übermitteln, dennoch erfüllte das digitale Signal einen wertvollen Zweck: Sollte Vorausteam 2 in einen Hinterhalt geraten oder auf sonstige Probleme stoßen, würde der befehlshabende Offizier das Signal einfach abschalten.

Dann wüssten alle in der Umgebung des Präsidenten, dass Gefahr im Verzug war. Das Piepen hatte daher stets eine beruhigende Wirkung auf alle Beteiligten.

Hendricks erreichte mit seiner Einsatzgruppe den Rand des Grabens und blickte hinein.

»O Scheiße …« flüsterte Hendricks.

Die beiden anderen Hubschrauber des Präsidenten rasten aufs militärische Sperrgebiet zu.

»Hey, Scarecrow!« Gunman Grier drehte sich zu Schofield um. »Wo ist denn Ihr Harem?«

Schofield lächelte schief unter seiner silbern verspiegelten Sonnenbrille.

»Die fliegen heute mit Nighthawk 2, Sir«, antwortete er.

Grier bezog sich auf die beiden weiblichen Mitglieder von Schofields früherer Einsatztruppe, die ihn bei seinem Flug mit dem Marine Helikopter Schwadron-1 begleitet hatten – Staff Sergeant Elizabeth »Fox« Gant und Gunnery Sergeant Gena »Mother« Newman.

Als ehemaliger Kommandant einer Aufklärungseinheit der Marines stellte Schofield an Bord des Marine One eine Ausnahme dar.

Viele Marines gingen dem Dienst an Bord des Präsidentenhubschraubers lieber aus dem Weg, weil damit unliebsame Repräsentationsaufgaben verbunden waren und außerdem die an Bord verbrachte Zeit nicht als »Flugzeit im aktiven Dienst« galt. Tatsächlich waren die meisten Marines, die dem HMX-1 zugeteilt waren, junge Soldaten, denn die ließen sich keine Gelegenheit entgehen, befördert zu werden.

Deshalb war es äußerst ungewöhnlich, einen ehemaligen Aufklärungskommandanten an Bord zu haben, doch Gunman Grier war das recht.

Er mochte Schofield. Ihm war zu Ohren gekommen, dass Schofield ein begnadeter Feldkommandant war – ein Mann, der auf seine Männer Acht gab und zugleich das Beste aus ihnen herausholte.

Grier hatte zudem gehört, was auf Schofields letzter Mission passiert war, und hatte aufgrund dessen große Hochachtung vor ihm.

Und er mochte Mother und Fox. Er bewunderte ihre Arbeitshaltung und ihre unerschütterliche Loyalität gegenüber ihrem ehemaligen Kommandanten. Wenn er sie als Schofields »Harem« bezeichnete, war dies ein Zeichen von Zuneigung seitens eines Mannes, der seine Gefühle zumeist unter Verschluss hielt.

Schofield jedenfalls war es gewohnt, als Ausnahme betrachtet zu werden.

Dies war sogar der eigentliche Grund, weshalb er überhaupt an Bord des Marine One mitflog.

Vor etwa achtzehn Monaten hatte er als Lieutenant eine Aufklärungseinheit der Marines befehligt, deren Aufgabe darin bestand, sich in einer Eisstation in der Antarktis Aufschluss über ein angebliches Raumfahrzeug von Aliens zu verschaffen.

Kurz gesagt hatte die Mission mit einem Expresslift geradewegs in die Hölle geführt.

Mit ihm selbst hatten nur vier der zwölf Marines den Albtraum überlebt, in dessen Verlauf sie die Station gegen Soldaten zweier gegnerischer Mächte und gegen Infiltranten ihrer eigenen Einheit hatten verteidigen müssen. Schofield war obendrein von korrupten Vertretern des Marine Corps für tot erklärt worden. Diese Männer waren entschlossen gewesen, die Lüge Wirklichkeit werden zu lassen.

Als er schließlich lebendig und wohlauf nach Amerika zurückgekehrt war, hatte das eine regelrechte Medienhysterie ausgelöst.

Sein Gesicht erschien in allen bedeutenden Zeitungen des Landes. Auch nachdem sich die erste Aufregung gelegt hatte, folgten ihm Journalisten und Fotografen der

Boulevardpresse auf Schritt und Tritt und versuchten, Fotos von ihm zu ergattern oder ihm sensationelle Details seiner Erlebnisse zu entlocken. Schließlich war er das wandelnde und sprechende Sinnbild für die Korruption beim Militär, der tapfere Soldat, den gesichtslose Generäle zum Abschuss freigegeben hatten.

Angesichts dieser Situation stand das Marine Corps vor einem ernsthaften Problem: Wohin mit ihm?

Schließlich ließ man sich eine äußerst überraschende Lösung einfallen.

Das sicherste Versteck für Schofield war im unmittelbaren Blickfeld der Medien, allerdings an einem Ort, wo er für sie nicht erreichbar war.

Man kommandierte ihn unverzüglich zum Marine One ab.

Der Helikopter war auf dem Marine-Corps-Flughafen Quantico in Virginia stationiert, somit konnte Schofield auf der Basis wohnen, was es den Vertretern der Presse nahezu unmöglich machte, an ihn heranzukommen. Er sollte an Bord des VH-60N des Präsidenten arbeiten, der kaum jemals von den Medien ins Visier genommen wurde, und wenn doch, dann wurde dafür gesorgt, dass sie dies aus sicherer Entfernung taten.

Als der Umzug anstand, hatten Mother und Fox darum gebeten, Schofield begleiten zu dürfen. Der vierte Überlebende der Katastrophe in der Antarktis, ein einfacher Soldat mit Namen Rebound Simmons, war nach der gescheiterten Mission aus dem Marine Corps ausgeschieden.

Das lag nun ein Jahr zurück.

Seitdem hatte Schofield – der meistens eher schweigsam war und von Small Talk nicht allzu viel hielt – lediglich einige wenige Kontakte geknüpft, hauptsächlich zu Leuten vom Secret Service und zu Angestellten des Weißen Hauses. Dabei handelte es sich keineswegs um hochrangige Personen.

Mit seiner silbernen Spiegelbrille erfreute er sich bei den verspielten Enkeln des Präsidenten enormer Beliebtheit. Zu ihrem Entzücken wurde er fast immer zu ihrer Bewachung abgestellt, wenn sie zu Besuch kamen. Trotzdem hatte er bislang noch keine persönliche Unterhaltung mit dem Präsidenten geführt.

Area 7 war mittlerweile erheblich näher gekommen. Schofield konnte erkennen, wie sich die Tore des gewaltigen Hangars langsam öffneten und den Blick ins hell erleuchtete Innere freigaben.

Grier sprach ins Helmmikrofon: »Nighthawk 2, hier ist Nighthawk 1, beginnen Landeanflug.«

Im Rumpf von Nighthawk 2 saß Sergeant Elizabeth Fox Gant zusammengekrümmt auf einem Klappsitz mit Segeltuchbespannung und versuchte vergeblich, in dem Aktenordner zu lesen, den sie auf ihre Knie gelegt hatte.

Im Unterschied zum Marine One war das Rotorengeräusch an Bord des Nighthawk ohrenbetäubend. Und da der Präsident niemals damit flog, war die Einrichtung erheblich spartanischer. Hier gab es keine Polstersitze und ebenso wenig mit Stickereien verzierte Armlehnen.

Staff Sergeant Libby Gant war vor sechs Stunden achtundzwanzig geworden.

Sie war von kleiner Gestalt und äußerst durchtrainiert, hatte kurzes blondes Haar und hellblaue Augen. Im Kampfanzug – in Drillichmontur mit schusssicherer Weste und MP-10 – machte sie eine gute Figur. In Paradeuniform – Spitzhut, Paraderock und Hose – sah sie einfach hinreißend aus.

Da sie in gesperrtem Luftraum flogen, war die Stimmung an Bord des Nighthawk 2 entspannt. Die umständliche Abstimmung des Kurses mit dem zivilen Luftverkehr entfiel, deshalb nutzte Gant – die sich auf die Aufnahmeprüfung in der Offiziersschule vorbereitete – die Gelegenheit, ihre Notizen durchzusehen.

Sie nahm sich gerade Lektion 9405 vor, die sich mit dem Taktischen Vorauskommando befasste, als eine sanfte Stimme an ihr Ohr drang.

»Happy birthday to you, happy birthday to you, happy birthday, dear Staff Sergeant Ga-ant ... Happy birthday to you.«

Sie blickte seufzend von ihrer Arbeit auf.

Nicholas Tate III., der für Innenpolitik zuständige Präsidentenberater, ließ sich auf dem freien Platz neben ihr nieder. Tate war gut aussehend und wirkte mit seinen dunklen Augenbrauen, der olivfarbenen Haut und der Kinnpartie eines männlichen Models wie ein Südeuropäer. Außerdem war er sehr von sich eingenommen. Heute trug er einen Dreitausend-Dollar-Anzug von *Armani* und das dazu passende Duftwasser. Anscheinend war das gerade der letzte Schrei.

Tate reichte Gant ein kleines, säuberlich verpacktes Präsent.

»Achtundzwanzig, wenn ich mich nicht irre«, sagte er.

»Das stimmt, Sir«, erwiderte Gant.

Widerwillig entfernte sie das Geschenkpapier, unter dem ein hellgrünes Kästchen zum Vorschein kam. Sie klappte es auf und erblickte eine wunderschöne silberne Halskette.

Die Kette war eng und äußerst zart und wirkte wie aus feinstem Draht geflochten. Das polierte Silber funkelte. Daran hing ein kleiner, stilvoller Diamant, der wie eine Träne geformt war.

»Die ist von *Tiffany's*«, sagte Tate.

Gant blickte ihn an. »Im Dienst darf ich keinen Schmuck tragen, Sir.«

»Ich weiß. Ich habe mir gedacht, Sie könnten die Kette

tragen, wenn ich Sie nächsten Samstag ins *Nino's* einlade.«

Das *Nino's* lag in Georgetown und war äußerst beliebt bei der Washingtoner High Society. Es war bestimmt das teuerste Restaurant der Stadt.

Gant seufzte. »Ich bin nicht mehr frei.«

Ganz falsch war das nicht. Erst am vergangenen Wochenende hatte sie mit Shane Schofield eine Art Date gehabt.

»Na, na, na«, sagte Tate, »davon habe ich gehört. Aber ein Date macht noch keine Beziehung.«

Allmählich wurde es kompliziert. Gant hielt die Halskette ins Licht. »Wissen Sie, die erinnert mich an eine Halskette, die ich mal in Paris gesehen habe.«

»Ach, wirklich?«

Als Gant Paris erwähnte, spitzte eine der Marines in der Nähe die Ohren. Tate bemerkte es nicht.

»Ja«, sagte Gant. »Wir waren vor ein paar Monaten zusammen mit dem Boss dort. Ich hatte einen Tag frei, und da –«

»Herrgott noch mal, seht euch *das* an!«, fiel ihr eine kräftige Frauenstimme ins Wort.

»Hallo, Mother«, sagte Gant, als Gunnery Sergeant Gena Mother Newman auf dem schmalen Gang auftauchte.

»Wie geht's denn unserem Geburtstagskind?«, fragte Mother mit einem viel sagenden Lächeln.

Den Paris-Code hatten die beiden schon häufiger eingesetzt. Wenn eine von ihnen einen lästigen Verehrer abwimmeln wollte, ließ sie das Wort Paris in die Unterhaltung einfließen, worauf die andere ihr umgehend zu Hilfe eilte. Dieser Trick war wohl unter Freundinnen auf der ganzen Welt sehr beliebt.

Mother war 1,93 Meter groß, wog an die hundert Kilo und brauchte nur selten darauf zurückzugreifen. Mit ihrem dunklen, grobknochigen Gesicht, ihrem kahl rasierten Schädel und ihrer schroffen Art war sie das genaue Gegenteil von Libby Gant. Ihr Rufzeichen Mother sagte eigentlich schon alles über sie aus. Es deutete nicht etwa auf besonders stark ausgeprägte mütterliche Eigenschaften hin, sondern war schlicht die Kurzform von Motherfucker. Als starke Kämpferin, vertraut mit sämtlichen schweren und leichten Waffen, war sie vor einem Jahr in den hoch angesehenen Rang eines Gunnery Sergeant befördert worden.

Außerdem verfügte Mother – dank der Begegnung mit einem Killerwal während jenes katastrophalen Antarktiseinsatzes – noch über eine andere körperliche Besonderheit: eine Beinprothese.

Lediglich der Oberschenkel und das Knie ihres linken Beins blieben ihr erhalten. Dabei war sie noch besser dran als der Wal. Er hatte eine Kugel in den Kopf bekommen.

Anstelle des Schienbeins und des Fußes hatte sie nun eine der modernsten Prothesen, die dem Hersteller zufolge uneingeschränkte Bewegungsfreiheit gewährleistete. Die Knochen bestanden aus Titan, ausgestattet mit funktionsfähigen Gelenken. Außerdem verfügte das Bein über hydraulische Muskelsimulatoren, künstliche Nervenleiter und sogar über eine automatische Gewichtsverlagerung. Es war derart komplex, dass es von einem internen Prologic-Chip gesteuert wurde.

Mother betrachtete die funkelnde Halskette von *Tiffany's*.

»Wow, das ist aber wirklich ein dolles Ding!«, staunte sie. Sie wandte sich an Nick Tate: »Der Klunker muss Sie aber eine hübsche Stange Geld gekostet haben, Kleiner.«

»Ja, die Kette konnte ich mir gerade noch leisten«, erwiderte Tate kühl.

»Hat wahrscheinlich mehr gekostet, als ich im ganzen Jahr verdiene.«

»Schon möglich.«

Mother wandte sich an Gant. »Tut mir Leid, dass ich in deine Parade platze, Geburtstagskind, aber der Skipper möchte dich während der Landung vorn sehen.«

»Ja, in Ordnung.«

Gant erhob sich und gab Tate die Halskette zurück. »Tut mir Leid, Nicholas, aber das kann ich nicht annehmen. Ich bin wirklich gebunden.«

Und damit wandte sie sich ab.

Colt Hendricks stand mit offenem Mund vor dem Notausgang und blickte in den Graben hinab.

Ihm bot sich ein entsetzlicher Anblick.

Alle neun Angehörigen des zweiten Vorausteams des Secret Service lagen mit verdrehten Gliedmaßen und von Kugeln durchsiebt auf dem Sandboden des Grabens. Die Schwere der Verletzungen ließ darauf schließen, dass man Hohlspitzgeschosse eingesetzt hatte – Kugeln, die sich beim Eintritt in den Körper ausdehnen, was garantiert zum Tod führt. Einigen der Agents hatte man ins Gesicht geschossen. Von den Köpfen war kaum noch etwas übrig. Überall auf dem Sand sah man getrocknetes Blut.

Hendricks entdeckte den befehlshabenden Agent des Secret Service Teams, einen Mann namens Baker. Sein Mund stand offen, die Augen waren weit aufgerissen, und in der Stirn war deutlich das Einschussloch zu erkennen. In Bakers ausgestreckter Hand befand sich der Schalter für das All-Clear-Signal des Vorausteams. Offenbar war der Angriff so überraschend erfolgt, dass er keine Zeit mehr gehabt hatte, den Schalter zu betätigen.

Hendricks machte hinter Baker in der Wand des Grabens eine massive Stahltür aus – den Notausgang. Die Tür war fest verschlossen.

Hendricks wirbelte auf dem Absatz herum, riss das Funkgerät heraus und rannte zurück zum Nighthawk 3.

»Nighthawk 1!«

Rauschen.

»Verdammt noch mal! Nighthawk 1! Wir haben hier –«

Plötzlich schien es, als erwache die Wüste zum Leben. Der Boden teilte sich, Sand rutschte von Tarnmatten herunter und zu beiden Seiten richteten sich etwa ein Dutzend mannsgroße Gestalten auf, legten die Maschinengewehre an und feuerten.

Im nächsten Moment drang eine 9-Millimeter-Kugel mit Silberspitze seitlich in Hendricks' Schädel ein. Die nachfolgende Ausdehnung des Hohlspitzprojektils ließ seinen Kopf explodieren.

Hendricks hatte seinen Mörder nicht einmal mehr gesehen.

Er sah auch nicht mehr die Horde von Gestalten, die seine Männer mit unerbittlicher Methodik niedermähten.

Genauso wenig wie den Start seines Helikopters, der erneut Kurs auf Area 7 nahm.

Die verbliebenen zwei Helikopter gingen gemeinsam nach unten und landeten in einer Sandwolke vor dem riesigen Hangar der Special Area 7 der amerikanischen Luftwaffe.

Die gewaltige Doppeltür des Hangars stand weit offen, das Innere war hell erleuchtet. Der Berg, in den der Hangar hineingebaut war, ragte über den gedrungenen Gebäudekomplex.

Auf der Rollbahn vor dem Hangar erwartete sie in der kühlen Morgenluft das Empfangskomitee, dessen Silhouette sich von dem hell erleuchteten Hangar abhob.

Zwei Air-Force-Offiziere – ein Colonel und ein Major – standen in vorderster Reihe der Abordnung.

Hinter den beiden Offizieren hatten sich bewaffnete Kommandosoldaten in vier Reihen aufgestellt, zehn Mann pro Reihe. Alle trugen schwarze Kampfuniformen, schwarze schusssichere Westen und schwarze Helme und hielten belgische P-90-Hightech-Sturmgewehre vor der Brust.

Als Schofield aus dem Cockpitfenster des Marine One blickte, erkannte er die Abzeichen sogleich wieder. Die Soldaten gehörten einer geheimnisumwobenen Einheit an, die bei Militärübungen nur äußerst selten gesichtet wurde. Viele nahmen an, dass sie ausschließlich in den gefährlichsten Missionen eingesetzt wurde.

Es handelte sich um die Elitebodeneinheit der US Air Force, die berühmte 7. Schwadron für Spezialeinsätze.

Während des kalten Krieges war sie die meiste Zeit über in Deutschland stationiert und offiziell mit der Verteidigung der amerikanischen Luftwaffenstützpunkte gegen die sowjetischen Spetsnaz-Eliteeinheiten betraut gewesen. Ihre inoffiziellen Verdienste waren indes weitaus spektakulärer: Abtransport von fünf desertierten sowjetischen Spezialisten für Atomraketen von einer geheimen Basis in den ukrainischen Bergen, Ermordung des Einsatzleiters des KGB 1990 in Moskau, um Wladimir Nakows Plan zur Ermordung Michail Gorbatschows zu vereiteln, und schließlich 1997 die tollkühne Befreiung Fred Conways, des CIA-Einsatzleiters für den Fernen Osten, aus dem gefürchteten Gefängnis von Xiangi, dem unangreifbar geltenden Labyrinth düsterer Zellen und Folterkammern, das dem berüchtigten chinesischen Abwehrdienst unterstellt war.

Jeder Mann der Gruppe trug eine spezielle Einsatzmaske – eine ERG-6-Gasmaske. Sie war schwarz und hart und hatte Ähnlichkeit mit der unteren Hälfte einer Hockeymaske. Sie bedeckte Mund und Nase des Trägers wie seinerzeit die Maske von Jesse James.

Drei weitere Männer standen vor der Abordnung der 7. Schwadron auf der leeren Rollbahn. Sie trugen gestärkte Laborkittel. Offenbar waren es Wissenschaftler.

Als die Marines und die Secret Service Agents zum Aussteigen bereit waren, wurde an der linken Seite des Marine One eine Treppe ausgefahren.

Als Erstes traten zwei Marines aus dem Helikopter und stellten sich mit durchgedrücktem Rücken, den Blick nach vorn gerichtet, am Fuß der Treppe auf.

Kurz darauf verließ Special Agent Frank Cutler den Helikopter, die Hand auf dem Pistolenhalfter. Sein Blick war äußerst wachsam. Der Secret Service vertraute niemandem, nicht einmal der eigenen Luftwaffe. Es war niemals auszuschließen, dass ein durchgedrehter Soldat auf den Präsidenten schoss.

Der Präsident stieg als Nächster aus, gefolgt von seinem Stab.

Schofield und ein junger Marine Corporal bildeten die Nachhut.

Wie gewöhnlich blieben die beiden Piloten Gunman und Dallas für den Fall, dass ein Notstart erforderlich sein sollte, an Bord.

Die beiden Gruppen standen einander im Licht des frühen Morgens auf der Rollbahn gegenüber, das in dem Komplex stationierte Air-Force-Kommando und der Präsident mit seiner Begleitung.

Ein junger Air Force Captain geleitete den Präsidenten zu jenem Colonel, einem ernst blickenden Mann mit grauem Haar und grauen Augenbrauen, der die Spitze des Air-Force-Kommandos bildete. Als der Präsident sich näherte, trat der Colonel vor und salutierte schneidig vor seinem Befehlshaber.

»Guten Morgen, Mister President«, grüßte er. »Ich bin Colonel Jerome T. Harper, medizinisch-chirurgisches Kommando der US Air Force und befehlshabender Offizier des militärischen Sperrgebiets Special Area 7. Das ist Major Kurt Logan, Befehlshaber der Einsatzkräfte der 7. Schwadron der Basis. Ihre beiden Vorausteams erwarten Sie drinnen. Es ist uns eine Ehre, Sie bei uns begrüßen zu dürfen, Sir. Willkommen in Area 7!«

»Danke, Colonel«, erwiderte der Präsident. »Ich freue mich, hier zu sein. Gehen Sie voran!«

Während der Präsident zu dem riesigen Haupthangar geleitet wurde und mit seinem hochkarätigen Gefolge darin verschwand, näherte sich der befehlshabende Major von der 7. Schwadron Schofield.

Major Kurt Logan war etwa 1,85 Meter groß, hatte kurz geschorenes Haar und eine pockennarbige Haut. Schofield war ihm schon einmal begegnet, bezweifelte aber, dass Logan sich noch an ihn erinnerte.

Die beiden Männer hatten sich 1997 bei einem Fortbildungskurs für Spezialeinsatzkräfte kennen gelernt, der von der Navy in der SEAL-Basis in Fort Lauderdale veranstaltet worden war. Mit einer Mischung aus intelligenter Taktik und konsequenter Umsetzung hatte der leise sprechende Logan mit einem Vorsprung von vierzig Punkten vor seinen Konkurrenten als Bester abgeschnitten. Er vermochte jede Kampfsituation auf der Stelle richtig einzuschätzen und griff den Gegner gegebenenfalls kompromisslos an. Schofield, damals frisch gebackener Kommandant einer Aufklärungseinheit, war Zehnter von insgesamt sechzehn Teilnehmern geworden.

Auf den ersten Blick hatte Logan sich nicht sehr verändert. Sein gesamtes Auftreten – die Hände fest hinter dem Rücken verschränkt, der stählerne Blick starr nach vorn gerichtet – deutete auf seine enorme Charakterstärke hin.

»Entschuldigen Sie, Captain!«, sagte Logan mit seinem weichen Südstaatenakzent. Er reichte Schofield ein Blatt Papier. »Die Personalliste für Ihre Akten.«

Schofield nahm die Liste entgegen, dann reichte er Logan seine eigene Liste.

Bei Inspektionsbesuchen des Präsidenten war es üblich, Personallisten auszutauschen. Die Begleiter des Präsidenten wollten wissen, mit wem sie es zu tun hatten, und die Vertreter der Basis wollten darüber informiert sein, wer der Besuchergruppe angehörte.

Schofield warf einen Blick auf die Liste von Area 7, die in Spalten angeordnet Namen enthielt, die ihm allesamt nichts sagten.

UNITED STATES AIR FORCE
SPECIAL AREA 07 (milit. Sperrgebiet)
PERSONALLISTE
EINSTUFUNG: STRENG GEHEIM

Name	Einheit	Name	Einheit	Name	Einheit
Kommando-einheit					
Harper, JT (CO)					
7. Schwadron					
Alvarez, MJ	A	Dillan, ST	D	Logan, KW (MAJ)	A
Arthurs, RT	C	Doheny, FG	A	McConnell, BA	B
Atlock, FD	B	Egan, RR	B	Messick, K	E
Baines, AW	A	Fraser, MS	C	Milbourn, SK	D
Bennett, B	E	Fredericks, GH	A	Morton, IN	C
Biggs, NM	C	Frommer, SN	E	Nance, GF	D
Boland, CS	B	Gale, A	D	Nystrom, JJ	D
Boyce, LW	D	Giggs, RE	B	Oliver, PK	E
Calvert, ET	E	Golding, DK	D	Price, AL	C
Carney, LE	E	Goldman, WE	A	Rawson, MJ	C
Christian, FC	A	Grayson, SR	E	Sayles, MT	B
Coleman, GK	E	Hughes, R	A	Sommers, SR	C
Coles, M	B	Ingliss, WA	B	Stone, JK	C
Crick, DT	D	Johnson, SW	D	Taylor, AS	B
Criece, TW	A	Jones, M	D	Willis, LS	C
Davis, AM	E	Kincaid, R	B	Wolfson, HT	A
Dayton, AM	E	Littleton, SO	E		
Zivile Beschäftigte					
Botha, GW	MED				
Franklin, HS	MED				
Shaw, DE	MED				

Eine Sache jedoch fiel ihm auf. Es standen mehr Namen auf der Liste, als Soldaten auf der Rollbahn angetreten waren. Auf der Liste waren fünfzig Namen aufgeführt, doch es standen nur vierzig Männer bereit. Folglich musste sich im Innern der Basis noch ein weiterer Zehn-Mann-Trupp befinden.

Während Schofield die Liste studierte, sagte Logan: »Captain, wenn es Ihnen recht ist, möchte ich Sie bitten, Ihre –«

»Wo liegt das Problem, Major?«, fragte jemand hinter Schofield. »Halten Sie sich nicht mit Captain Schofield auf! Ich führe hier das Kommando.«

Das war Ramrod Hagerty, der Verbindungsoffizier des Weißen Hauses. Mit seinem englischen Schnauzer und seiner schlechten Haltung war Hagerty das genaue Gegenteil von Kurt Logan.

Bevor er antwortete, musterte Logan Hagerty von oben bis unten. Was er sah, beeindruckte ihn offenbar wenig.

»Man hat mir gesagt, Colonel Grier führe das Kommando über den Marine One«, erwiderte Logan kühl – und hatte durchaus Recht.

»Äh, ja, ... technisch gesehen stimmt das«, sagte Hagerty. »Aber als Verbindungsoffizier des Weißen Hauses betrifft alles, was mit diesen beiden Hubschraubern zu tun hat, erst einmal mich.«

Logan warf Hagerty einen eisigen Blick zu.

Dann sagte er: »Ich wollte den Captain gerade bitten, die Helikopter für die Dauer des Besuchs in den Hangar zu bringen. Wir möchten schließlich nicht, dass feindliche Satelliten etwas davon mitbekommen, nicht wahr?«

»Nein, nein, natürlich nicht. Natürlich nicht!«, antwortete Ramrod. »Schofield, leiten Sie das in die Wege!«

»Jawohl, Sir«, erwiderte Schofield knapp.

Die gewaltigen Hangartore schlossen sich dröhnend.

Die beiden Hubschrauber des Ersten Marine-Helikoptergeschwaders waren mittlerweile im Haupthangar von Area 7 abgestellt worden, und die Rotoren befanden sich in Ruhestellung. Trotz ihrer beeindruckenden Größe wirkten die beiden Präsidentenhubschrauber in dem höhlenartigen Hangar vergleichsweise winzig.

Nachdem Schofield das Einparken der Helikopter überwacht hatte, stellte er sich in die Mitte des riesigen Hangars und blickte sich schweigend um.

Jene Soldaten und Stabsleute, die niedrigere Positionen bekleideten, schlenderten umher oder tranken in den beiden verglasten Büros beiderseits des Tors Kaffee. Insgesamt waren es etwa zwanzig Personen.

Die Größe des Hangars verblüffte Schofield.

Er war wirklich gigantisch.

Von hellen Halogenlampen komplett ausgeleuchtet, erstreckte er sich mindestens hundert Meter in den Berg hinein. An der Decke war ein Schienensystem verlegt worden. Gegenwärtig hing an beiden Enden des Hangars jeweils eine große Holzkiste von den Decke herab.

Am anderen Ende des riesigen Raums – gegenüber dem Tor, das zur Rollbahn hinausführte – lag ein zweistöckiges Gebäude, das die gesamte Breite des Hangars einnahm. Das obere Stockwerk war mit schwenkbaren Glasfenstern ausgestattet, die auf den Hangar hinausgingen.

Unter dem ersten Stockwerk, das in die Nordwand des Hangars hineingebaut war, befand sich ein unauffälliger kleiner Personenaufzug.

Außer den Präsidentenhubschraubern stand gegenwärtig kein weiteres Flugzeug im Hangar. Mehrere große, weiß lackierte Schleppfahrzeuge, wie man sie auf allen Flughäfen findet, waren im Hangar verteilt. Mit zweien von ihnen hatte Schofield die Helikopter in den Hangar bugsiert.

Am auffallendsten war zweifellos der gewaltige Flugzeugaufzug in der Mitte des Hangars.

Er war unbeschreiblich groß und ähnelte den seitlich am Rumpf angebrachten riesigen hydraulischen Aufzügen von Flugzeugträgern.

Mit ihrer Größe von 70 mal 70 Metern vermochte diese Plattform eine komplette AWACS-Boeing 707 aufzunehmen. Jenes berühmte Ortungsflugzeug der Air Force konnte man anhand der Radaraugen auf dem Flugzeugrücken erkennen, die einen Durchmesser von neun Metern aufwiesen und fliegenden Untertassen ähnelten.

Getragen von einem unsichtbaren hydraulischen Hebemechanismus, nahm die riesige Plattform den gesamten Mittelteil des Hangars ein. Wie bei anderen Flugzeugaufzügen dieser Art war ein kleiner Teil der Plattform abtrennbar. Dabei handelte es sich um eine Hebebühne in der nordöstlichen Ecke, die unabhängig von der größeren Plattform einsetzbar war. Zu diesem Zweck war sie auf Schienen montiert, die an der Wand des Aufzugschachts entlangliefen. Sie waren also nicht an den hydraulischen Teleskopstreben der Hauptplattform befestigt. Es handelte sich folglich um eine Plattform in der Plattform.

Heute führte das Air-Force-Personal von Area 7 sämtliche Funktionen des Hangars vor.

Am Rand des gewaltigen Aufzugschachts stehend beobachtete Schofield, wie der Präsident mit dem neunköpfigen Secret-Service-Team und den hochrangigen Fremdenführern der Air Force mit der gesamten Plattform in dem riesigen Betonschacht in die Tiefe sank und dabei immer kleiner wurde.

Während Shane Schofield noch immer an seinem Platz verharrte und in den gewaltigen Aufzugschacht hinunterblickte, wurde er seinerseits ins Visier genommen.

Der Beobachter stand im abgedunkelten Kontrollraum von Area 7, im oberen Stockwerk des Innengebäudes, das den Hangar nach Osten hin abschloss. Um ihn herum sprachen vier uniformierte Funker leise in ihre Mikrofone:

»Einheit Alpha, Gemeinschaftsraum auf Ebene 3 decken.«

»Einheit Echo meldet, dass das Erkundungsteam der Marines von Nighthawk 3 am Notausgang neutralisiert werden musste. Sie hatten das zweite Vorausteam gefunden. Echo stellt den Hubschauber gerade in einem der Außenhangars ab. Anschließend werden sie in den Haupthangar kommen.«

»Die Einheiten Bravo und Charlie sollen im Haupthangar bleiben.«

»Einheit Delta meldet, sie ist jetzt in Position.«

»Der Secret Service versucht, mit dem Vorausteam auf Ebene 6 Kontakt aufzunehmen. Das simulierte All-Clear-Signal scheint jedenfalls zu funktionieren.«

Major Kurt Logan tauchte an der Seite der Gestalt im Schatten auf. »Sir, der Präsident samt Begleitung ist soeben auf Ebene 4 eingetroffen. Alle Einheiten sind in Position.«

»Gut.«

»Sollen wir die Aktion starten?«

»Nein. Er soll erst herumgeführt werden«, erwiderte der Gesichtslose. »Bevor wir anfangen, müssen wir noch eine Sache erledigen.«

»Guten Morgen.«

Schofield wandte sich um und blickte in die lächelnden Gesichter von Libby Gant und Mother Newman.

»Hallo«, begrüßte er sie.

»Ralph ist immer noch sauer auf Sie«, sagte Mother. »Er fordert ein weiteres Spiel.«

Ralph war Mothers Ehemann. Er war ein wahrer Schatz, hatte ein stets lächelndes Vollmondgesicht und besaß, wenn es um Mothers Eigenarten ging, eine schier unerschöpfliche Geduld. Er war Trucker und fuhr einen Neunachser von *Mack*. Mit seiner kleinen Gestalt und den freundlichen Zügen genoss Ralph bei den Marines einen legendären Ruf.

Er war stolzer Besitzer eines neuen Grills und hatte Schofield kürzlich beim Sonntagnachmittagslunch zu einem Basketballmatch an der Garagenwand herausgefordert. Schofield hatte ihn gewinnen lassen, und Ralph war sich dessen bewusst.

»Vielleicht nächstes Wochenende?«, schlug Schofield vor. »Und wie geht's Ihnen? Wie ist die Untersuchung des Beins gestern verlaufen?«

»Kurz gesagt: sensationell, Schofield!«, antwortete Mother. »Ich habe meine Bewegungsfreiheit wiedererlangt und kann schon fast so schnell rennen wie früher. Das gefällt den Docs. Mann, ich hab ihnen erzählt, ich hätte erst letzte Woche beim Bowling 275 Punkte gemacht, aber das hat sie nicht besonders beeindruckt. Jedenfalls will ich jetzt, wo ich teilweise ein Roboter bin, auch einen neuen Spitznamen: Darth Vader.«

Schofield lachte. »Okay, Darth.«

»Gab's wieder Probleme mit Ramrod?«, erkundigte sich Gant ernsthaft.

»Das Übliche«, antwortete Schofield. »Übrigens, alles Gute zum Geburtstag.«

Gant lächelte. »Danke.«

»Ich hab was für Sie.« Schofield langte in die Uniformtasche. »Nichts Besonderes, aber ...« Er runzelte die Stirn und befühlte die anderen Taschen. »Verdammt, irgendwo muss es doch sein! Vielleicht hab ich's im Hubschrauber vergessen ...«

»Das findet sich schon wieder.«

»Kann ich's Ihnen später geben?«

»Klar.«

Mother blickte sich in dem riesigen Hangar um. »Was ist das eigentlich für eine Scheißanlage? Sieht aus wie Fort Knox.«

»Ist aber noch schwerer einzunehmen«, versetzte Schofield.

»Wieso das denn?«

»Schauen Sie sich mal den Boden unmittelbar hinter dem Tor an!«

Mother und Gant blickten zum Tor hinüber. Im Betonboden davor waren zahlreiche kastenförmige Vertiefungen auszumachen. Jede von ihnen war etwa einen Meter breit und ebenso tief.

»Und jetzt sehen Sie nach oben!«

An der Decke befanden sich mehrere dicke, zahnähnliche Metallvorsprünge, die offensichtlich genau in die kastenförmigen Vertiefungen am Boden passten, wenn man sie absenkte.

»Eine kolbenbetriebene Panzertür«, erläuterte Schofield, »genau wie die auf den Flugzeugträgern der Nimitz-Klasse. Damit wird der Hangar bei Feuer oder im Falle einer Explosion in eigenständige Zonen unterteilt. Ihnen dürfte jedoch auffallen, dass es hier keine weiteren

Panzertüren gibt. Das ist die einzige, was bedeutet, dass es auch nur einen Ausgang gibt.«

»Worauf wollen Sie hinaus?«, wollte Mother wissen.

»Ich will darauf hinaus«, antwortete Schofield, »dass diese Anlage weitaus wichtiger ist, als Sie oder ich bisher geahnt haben.«

Die Aufzugplattform mit dem Präsidenten der Vereinigten Staaten kam vor einem gewaltigen Stahltor mit einer großen schwarzen 4 darauf ruckartig zum Stehen.

Der breite Aufzugschacht ragte über dem Präsidenten und seinen Begleitern vom Secret Service wie ein riesiger vertikaler Tunnel in die Höhe. Die helle künstliche Beleuchtung des Bodenhangars bildete nunmehr ein kleines weißes Quadrat – in knapp hundert Metern Höhe.

Als der Aufzug angehalten hatte, rollte die massive Stahltür mit einem lauten Geräusch beiseite. Colonel Jerome Harper ging unablässig redend voran.

»Diese Einrichtung diente früher dem Nordamerikanischen Luftverteidigungskommando NORAD als Hauptquartier, bis dieses 1975 in eine modernere Einrichtung im Cheyenne Mountain in Colorado verlegt wurde.

Die Anlage ist mit einer sechzig Zentimeter dicken Titanwand ummantelt, die wiederum von dreißig Metern massiven Granits bedeckt ist. Wie auch die Einrichtung im Cheyenne Mountain ist sie in der Lage, dem Angriff mit einer Atomrakete zu trotzen.«

Harper reichte dem Präsidenten ein Blatt Papier mit einer Zeichnung der unterirdischen Anlage.

Der Hangar befand sich in dem Schema ganz oben – auf Höhe des Erdbodens, überragt nur von dem kleinen Berg –, darunter sah man den Aufzugschacht und schließlich die mehrstöckige Anlage.

Harper fuhr fort: »Der unterirdische Komplex umfasst sechs Ebenen. Die ersten beiden dienen als Hangars für streng geheime Flugzeuge ähnlich denen, die Sie heute Morgen bereits in Area 8 gesehen haben. Ebene 3 beherbergt die Funkeinrichtungen und die Unterkünfte des Personals. Ebene 5 ist ein Gefängnistrakt. Auf Ebene 6 ist das X-Rail-System untergebracht.

Jede Ebene kann gegen Strahlung und Luftkontamination hermetisch abgedichtet werden. Die vorhandenen Luftvorräte reichen für dreißig Tage. Die Nahrungsmittelbestände lagern auf Ebene 3, und der Wasservorrat befindet sich in einem Vierhunderttausend-Kubikmeter-Tank im Hangar auf Ebene 1.«

Sie gelangten zu einem leicht ansteigenden Gang, der vor einer massiv wirkenden Tür endete. Sie erinnerte an einen riesigen Safe. Ein Soldat der Air Force machte sich eilig daran, sie zu öffnen.

»Projekt Fortune wurde vor vier Jahren hier untergebracht, als der erste lebensfähige Embryo Geschlechtsreife erlangte«, erklärte Harper. »Jetzt endlich befindet er sich in einem Stadium, in dem man ihn nutzen kann.«

Der Präsident wartete geduldig, während die ein Meter dicke Tür geöffnet wurde.

Frank Cutler und die acht anderen Begleiter des Präsidenten standen hinter ihm – schweigend, unbeteiligt, nahezu unsichtbar. Alle drei Minuten vergewisserte sich Cutler unauffällig, dass das All-Clear-Signal der beiden Vorausteams über Ohrhörer übertragen wurde. Die Signale erschienen laut und deutlich.

Dann endlich schwang die Tür auf, und der Präsident blickte beiläufig in den dahinter liegenden Raum.

Seine Kinnlade sackte herab.

»O ... mein ... Gott!«

»Ich tippe auf die Superbombe«, sagte Elvis Haynes und lehnte sich zurück.

Elvis, Schofield, Gant und Mother saßen in einem der verglasten Büros neben dem Hangartor. Neben ihnen hatten sich die Colonels Grier und Dallas niedergelassen sowie alle anderen Marines, die an Bord der Präsidentenhubschrauber mitflogen, und die drei verbliebenen Agents vom Secret Service.

Es war kein Zufall, dass sämtliche Stabsleute des Weißen Hauses, die im Hangar geblieben waren, entweder in dem anderen verglasten Büro an der Südseite des Hangars kampierten oder aber an Bord der Helikopter arbeiteten. Das war, wie sie glaubten, ihrer Stellung eher angemessen als die spartanischen Büros der Air Force.

Außerdem gab es dort frisch gemahlenen Bohnenkaffee, wie Nicholas Tate Gant gegenüber geäußert hatte. Er hatte sie eingeladen, mit ihm an Bord des Marine One zu bleiben, aber Gant hatte sich lieber Schofield und den anderen angeschlossen.

Ramrod Hagerty wiederum saß bei den Stabsleuten.

»Ausgeschlossen, Mann!«, sagte ein kleiner bebrillter Corporal namens Gus Gorman. »Die Superbombe gibt's nicht.«

Gorman war schmal gebaut, und mit seinen dicken Brillengläsern, der großen Nase und dem schmalen, mageren Hals schien er stets ein wenig verwirrt. Nicht einmal in voller Uniform wirkte er auch nur ansatzweise attraktiv. Bei den anderen Soldaten war er wegen seines nahezu fotografischen Gedächtnisses und seines scharfen Verstandes beliebt. Sein Rufzeichen lautete »Brainiac«,

Hirni, was als Kompliment und keineswegs als Beleidigung zu verstehen war.

»Scheißdreck«, sagte Elvis. »Die DARPA, die Behörde für wissenschaftliche Forschungsprojekte zur Verteidigung, hat sie in den Neunzigern entwickelt, in Zusammenarbeit mit der Navy.«

»Aber es hat nicht funktioniert. Hing alles von so einem chemischen Element ab, das nur in Meteoriten zu finden ist und nicht auf der Erde.«

»Ihr glaubt aber auch alles«, sagte eine leise Stimme an der anderen Seite des Büros.

Der Sprecher war ein Sergeant, der noch nicht lange dazu gehörte – ein stets konzentriert wirkender junger Mann mit buschigen Augenbrauen, Boxernase und tief liegenden braunen Augen. Er redete nicht viel, aber wenn er etwas sagte, dann hatte es Gewicht. Zunächst hatte man diese Eigenart mit Hochmut verwechselt. Aber schon bald hatte man erkannt, dass Sergeant Buck Riley Jr. einfach nicht gern unnötig Worte verlor.

Riley Jr. war der Sohn eines hoch angesehenen Marine Staff Sergeants. Seinen Vater, Buck Riley Sen., hatte Shane Schofield besser gekannt als die meisten anderen.

Sie hatten sich unter Beschuss kennen gelernt. Damals in Bosnien befand sich Schofield in einer schlimmen Situation, und Riley Sen. war ihm mit einem Rettungsteam zu Hilfe geeilt. Sie hatten sich angefreundet, und Schofield hatte sich seit diesem Zeitpunkt stets auf die Loyalität seines Staff Sergeants verlassen können. Bedauerlicherweise hatte auch er an dem unglückseligen Antarktiseinsatz teilgenommen und war von einem Mann, dessen Namen Schofield aus Geheimhaltungsgründen niemals erwähnen durfte, auf äußerst brutale Weise getötet worden.

Der ernsthafte Sergeant Buck Riley Jr. führte nun das Rufzeichen seines Vaters, und das voller Stolz. Er war in der Einheit als »Book II.« bekannt.

Book II. sah Elvis und Brainiac an. »Glaubt ihr wirklich, die DARPA hätte eine Bombe gebaut, mit der man ein Drittel der Erdmasse vernichten kann?«

»Ja«, antwortete Elvis.

»Nein«, widersprach Brainiac.

»Das hat sie auch nicht. Die Superbombe ist ein moderner Mythos«, sagte Book II., »dazu gedacht, die Anhänger von Verschwörungstheorien im Internet und die Klatschweiber im Marine Corps glücklich zu machen. Wollt ihr ein paar andere Beispiele hören? Das FBI schickt Under-Cover-Agenten in die Gefängnisse, um die Häftlinge auszuhorchen. Die US Air Force hat für den Fall eines plötzlich ausbrechenden Krieges auf jedem größeren Flugplatz der Vereinigten Staaten in Hangars, die normalerweise gewerblich genutzt werden, Flugzeuge mit Atombomben an Bord stationiert. Das Militärische Forschungsinstitut für ansteckende Krankheiten hat ein Heilmittel gegen Aids entwickelt, darf es aber nicht freigeben. Die Air Force hat einen auf magnetischer Abstoßung basierenden Antrieb entwickelt, der es möglich macht, Fahrzeuge durch die Luft schweben zu lassen. Der unterlegene Bewerber für den Bau des Stealth-Bombers hat vorgeschlagen, ein Flugzeug zu entwickeln, das mit Überschallgeschwindigkeit fliegt und aufgrund atomarer Lichtbrechung vollkommen unsichtbar ist – und er hat das Flugzeug tatsächlich gebaut, obwohl er den Auftrag nicht bekommen hat. Schon mal davon gehört?«

»Nein«, sagte Elvis. »Klingt aber ziemlich cool.«

»Und wie steht's mit Ihnen, Captain?«, wandte sich Book II. an Schofield. »Haben Sie schon mal davon gehört?«

Schofield schaute dem jungen Sergeanten in die Augen. »Das letzte Gerücht ist mir schon mal zu Ohren gekommen, die anderen nicht.«

Er wandte sich ab und ließ seinen Blick im Büro umherschweifen.

Er runzelte die Stirn. Jemand fehlte.

Und dann fiel es ihm auf.

»Hey, wo ist eigentlich Warrant Officer Webster?«, fragte er die anderen.

Der Präsident der Vereinigten Staaten blickte mit offenem Mund durch das schmale Beobachtungsfenster. In der Mitte des hohen, saalähnlichen Raums befand sich ein großer freistehender Kubus aus einem durchsichtigen, glasartigen Material.

Er berührte weder die Decke noch die Wände, ein wohnzimmergroßer Würfel, an zwei Seiten eingefasst von der erhöht angebrachten, L-förmigen Beobachtungsplattform.

Was die Aufmerksamkeit des Präsidenten fesselte, befand sich jedoch im Inneren des Würfels.

Er konnte den Blick einfach nicht davon abwenden.

»Der Kubus besteht aus hochelastischem Fiberglas und verfügt über eine eigene Sauerstoffversorgung. Er ist vollkommen luftdicht«, erörterte Colonel Harper. »Sollte eine undichte Stelle auftreten, wird der Innendruck automatisch erhöht, sodass keine Keime eindringen können.«

Harper deutete auf einen der drei Wissenschaftler, die zum Empfangskomitee gehört hatten. »Mister President, ich möchte Ihnen Doktor Gunther Botha vorstellen, den führenden Kopf des Projekts Fortune.«

Der Präsident schüttelte dem Wissenschaftler die Hand. Botha war ein achtundfünfzigjähriger dicker, breitgesichtiger Mann mit schütterem Haar. Er sprach mit einem gutturalen, südafrikanischen Akzent. »Es ist mir eine Freude, Sie kennen zu lernen, Mister President.«

»Doktor Botha stammt aus –«

»Ich weiß, woher Dr. Botha kommt«, fiel ihm der Präsident mit einem Anflug von Missbilligung ins Wort. »Ich habe mir gestern seine Akte angesehen.«

Gunther Botha hatte dem berüchtigten Sanitätsbataillon der südafrikanischen Streitkräfte angehört. Nur wenige wussten, dass Südafrika in den achtziger Jahren zusammen mit der Sowjetunion führend in der Entwicklung und Lagerung von biologischen Waffen gewesen war. Jene waren grundsätzlich für den Einsatz gegen die schwarze Bevölkerung bestimmt gewesen.

Nach dem Sturz des Apartheidregimes war Gunther Botha alsbald arbeitslos geworden und in die Schusslinie der Kommission für Wahrheit und Versöhnung geraten. 1996 hatte ihn die Regierung der Vereinigten Staaten heimlich engagiert. Dieser Vorgang erinnerte an die Einstellung von nationalsozialistischen Wissenschaftlern nach dem Zweiten Weltkrieg. Spezialisten auf Bothas Gebiet waren jedoch nur schwer zu finden, daher hatte seine Vergangenheit niemanden interessiert.

Der Präsident blickte erneut durch das Beobachtungsfenster. »Das ist also der Impfstoff ...«, sagte er, die Augen auf den Kubus gerichtet.

»Ja, Sir, das ist er«, sagte Botha.

»Schon getestet?«, fragte der Präsident, ohne sich umzudrehen.

»Ja.«

»Gegen den neuesten Stamm?«

»Wir haben ihn gestern Nachmittag gegen den Stamm 9.1 getestet, gleich nachdem dieser eingetroffen war.«

»Mister President«, sagte Colonel Harper, »wir würden es Ihnen gern einmal demonstrieren.«

Eine Pause trat ein.

»In Ordnung«, erwiderte der Präsident. »Tun Sie das!«

»Wo ist er hin?«, fragte Schofield, der mit Libby Gant mitten im riesigen Hangar von Area 7 stand.

Warrant Officer Carl Webster – verantwortlich für den Football – befand sich weder in einem der Präsidentenhubschrauber noch in einem der Hangarbüros. Eine Rückfrage bei den Männern vom Secret Service hatte ergeben, dass er den Präsidenten auch nicht auf die Besichtungstour begleitet hatte.

Warrant Officer Webster war unauffindbar.

Dies war ein ernster Grund zur Besorgnis, denn Websters Bewegungsspielraum war streng geregelt. Wenn er sich nicht in der Nähe des Präsidenten aufhielt, sollte er an Bord des Marine One bleiben.

»Sehen Sie sich mal das Begrüßungskomitee an, die berühmte 7. Schwadron!«, forderte Gant ihre Kollegen mit Blick auf die drei an verschiedenen Punkten des Hangars postierten Gruppen auf. Die Soldaten waren alle mit P-90-Gewehren bewaffnet. Die Elitesoldaten der Air Force musterten Schofield und Gant teilnahmslos.

»Machen einen ganz schön scharfen Eindruck«, urteilte Schofield.

»Die sind gedopt«, sagte Gant.

»Was?«

»Sie haben gelbe Flecken in den Augen.«

»Steroide?«

»Hm ... ja, vermutlich«, antwortete Gant.

»Kein Wunder, dass sie so schneidig wirken!«, sagte Schofield.

»Elvis mag sie nicht«, berichtete Gant. »Er hat angeblich gehört, sie seien – ich zitiere – ›inoffiziell rassistisch‹. Wie Sie sehen, gibt es bei ihnen keine Schwarzen.«

Das stimmte. Abgesehen von ein paar Amerikanern asiatischer Abstammung waren die im Hangar postierten Einheiten der 7. Schwadron alle weiß.

»Mir sind diese Gerüchte ebenfalls zu Ohren gekommen«, sagte Schofield. Obwohl es niemand gerne zugab, stellte der Rassismus in Teilen der Streitkräfte – besonders im Hinblick auf die schwarzen Soldaten – nach wie vor ein Problem dar. Und den Spezialeinsatzkräften der 7. Schwadron, die nach strengen Maßstäben ausgewählt wurden, boten sich viele Möglichkeiten zur verdeckten Diskriminierung.

Schofield nickte den Anführern der drei Zehn-Mann-Trupps zu. Jene Männer unterschieden sich von den anderen dadurch, dass sie keine P-90 in Händen hielten. Ihre Maschinengewehre waren zwischen den Schulterblättern in Rückenholstern verstaut.

»Wissen Sie, wie man die Kommandeure der Einheiten der 7. Schwadron nennt?«

»Wie denn?«

»Die Fünf Schlangen. Als Schwadron-Anführer befehligt Kurt Logan ein Zehn-Mann-Team, die Einheit Alpha. Die übrigen vier Einheiten werden von vier Captains angeführt – von McConnell, Willis, Stone und Carney. Alles gute Leute. Bei den Wehrübungen der Streitkräfte schnitten sie immer als Beste ab. Einmal hat eine einzige Einheit der 7. Schwadron ganz allein drei SEAL-Verteidigungsteams überwunden – und da war Logan nicht mal dabei.«

»Weshalb nennt man sie die Fünf Schlangen?«, erkundigte sich Gant.

»Ursprünglich war das ein aus Neid geborener Scherz der anderen Einsatzleiter. Das hat drei Gründe. Erstens verhalten sie sich taktisch wie Schlangen: Sie schlagen rasch, mit maximaler Härte und ohne Erbarmen zu. Zweitens sind sie alle ausgesprochen kühl und unnahbar. Sie würden sich niemals unter die anderen Einsatzleiter mischen, sondern bleiben stets unter sich.«

»Und der dritte Grund?«

»Als Rufzeichen haben sie verschiedene aggressive Schlangen ausgewählt.«

»Reizend!«, bemerkte Gant sarkastisch.

Sie schlenderten weiter umher. Gant wechselte das Thema. »Wissen Sie, letzten Samstag hab ich mich wirklich gut amüsiert.«

»Ach, ja?« Schofield wandte sich ihr zu.

»Ja. Sie nicht?«

»Aber gewiss doch!«

»Ich hab mir halt so meine Gedanken gemacht«, erklärte Gant. »Weil Sie, na ja, weil Sie mich nicht ...«

»Moment mal«, fiel Schofield ihr ins Wort. »Da stimmt was nicht.«

»Was ist denn?«

Schofield musterte erneut die drei im Hangar postierten Einheiten der 7. Schwadron.

Eine Einheit bewachte den Personenaufzug. Die zweite Zehnergruppe stand neben dem riesigen Schacht des Flugzeugaufzugs. Die dritte Einheit war an der Südostseite des Hangars postiert, am Eingang des zweistöckigen Gebäudes.

In diesem Moment bemerkte Schofield das Zeichen auf der Tür hinter der dritten Einheit.

Und auf einmal wurde ihm etwas klar.

»Kommen Sie!«, sagte er und ging auf die Büros zu. »Schnell!«

»Die Aktivierungscodes wurden eingegeben, Sir«, sagte Logan. »Der Football ist einsatzbereit. Warrant Officer Webster war äußerst ... entgegenkommend.«

Die Funker im Kontrollraum setzten ihre Meldungen fort:

»Notverriegelung einsatzbereit.«

»Eigenständige Sauerstoffversorgung einsatzbereit.«

»Major Logan«, sagte einer von ihnen nun, »ich fange

draußen in Sektor 9 beim Notausgang noch immer Wärmemuster auf.«

»Größe?«

»Unverändert. Dreißig bis vierzig Zentimeter. Ich bin mir nicht sicher, Sir, aber ich könnte schwören, sie sind in der Zwischenzeit näher an den Notausgang herangerückt.«

Logan blickte auf das Satellitenbild. Auf dem gezoomten Schwarzweißbild, das die Wüste östlich des Hauptkomplexes zeigte, waren vierundzwanzig längliche weiße Flecken zu erkennen, die in einem Umkreis von dreihundert Metern um den Notausgang herum angeordnet waren.

»Dreißig bis vierzig Zentimeter.« Logan blickte genauer hin. »Zu klein, als dass es sich um Menschen handeln könnte. Vermutlich bloß ein paar Wüstenratten. Lassen Sie vom Satelliten eine Vergrößerung übertragen! Und behalten Sie alles im Auge!«

Die Schattengestalt wandte sich an Logan. »Wo hält sich der Präsident gegenwärtig auf?«

»Der ist unten im Testlabor auf Ebene 4.«

»Nehmen Sie Kontakt mit Harper auf! Geben Sie ihm grünes Licht. Sagen Sie ihm, wir wären bereit. Und sagen Sie ihm, der Einsatz läuft planmäßig an.«

»Testperson 1 wurde *nicht* mit dem Impfstoff behandelt«, erklärte Dr. Gunther Botha im sachlichen Ton des Wissenschaftlers.

Der Präsident stand nun im Halbdunkel in einem anderen Bereich von Ebene 4 und blickte in zwei hell erleuchtete Testkammern.

In den beiden Kammern befand sich jeweils ein vollkommen nackter Mann. Die Männer trugen – in krassem Gegensatz zu ihrer Nacktheit – Gasmasken. An ihrer Brust waren zahlreiche Elektroden befestigt.

»Testperson 1 ist ein weißer Europide, 1,93 Meter groß, achtzig Kilo schwer, ausgestattet mit einer handelsüblichen Gasmaske. Wir setzen nun den Wirkstoff frei.«

Man vernahm ein leises Zischen, als der helle Nebel des senfgelben Aerosols in die erste Testkammer geleitet wurde. Der Mann darin war mager und hoch aufgeschossen. Als das Gas einströmte, blickte er sich ängstlich in dem luftdicht abgeschlossenen Raum um.

»Woher haben Sie das Virus?«, fragte der Präsident.

»Aus Changchun.«

Der Präsident nickte.

Changchun war ein abgelegenes Städtchen im Norden der Mandschurei. Obwohl die chinesische Regierung es abstritt, befand sich in Changchun die bedeutendste militärische Einrichtung zur Erprobung biologischer Waffen. Angeblich wurden politische Gefangene und überführte ausländische Spione dorthin verfrachtet und als Versuchskaninchen für Viren und Nervengase missbraucht.

Der nackte Mann in der Gaskammer stand noch immer aufrecht und blickte sich um.

»Die Sekundärinfektion erfolgt über Hautöffnungen – durch Follikel und winzige Wunden«, erklärte Botha ungerührt. »Ohne Verabreichung eines wirksamen Gegenmittels tritt der Tod etwa dreißig Minuten nach dem Kontakt ein. Für ein auf indirektem Wege aufgenommenes Nervengift ist das vergleichsweise schnell.«

Botha hob den Zeigefinger. »Im Vergleich zur Aufnahme über die Lunge jedoch ist die Wirkung ausgesprochen ineffizient.«

Er drückte auf den Schalter der Sprechanlage und wandte sich an den Mann in der Kammer. »Würden Sie bitte die Gasmaske ablegen?«

Der Mann zeigte Botha daraufhin den Stinkefinger.

Botha seufzte bloß und drückte einen weiteren Schalter. Testperson 1 wurde nun über die Brustelektroden ein starker Stromschlag versetzt.

»Ich habe Sie gebeten, die Gasmaske abzulegen.«

Testperson 1 nahm langsam die Maske ab.

Die Wirkung des Virus machte sich unverzüglich und mit enormer Stärke bemerkbar.

»Die gastrointestinale Reizung setzt etwa zehn Sekunden nach dem Kontakt ein.«

Der Mann übergab sich explosionsartig und erbrach bräunlich-grünen Magensaft auf den Boden.

»Magenverflüssigung innerhalb von dreißig Sekunden …«

Der Mann sank auf die Knie und schnappte nach Luft. Eine mit festen Brocken durchsetzte Flüssigkeit rann ihm übers Kinn. Er presste unmittelbar vor Botha die Hände gegen die Glasscheibe.

»Verflüssigung von Leber und Nieren innerhalb einer Minute …«

Die Testperson erbrach schwärzlichen, blutigen Schleim

auf die Fensterscheibe. Dann brach sie am ganzen Leib zitternd zusammen.

»Ausfall sämtlicher Organe innerhalb von neunzig Sekunden. Der Tod tritt nach zwei Minuten ein.«

Kurz darauf krümmte sich der Nackte in der Kammer wie ein Embryo zusammen und regte sich nicht mehr.

Der Präsident gab sich Mühe, sich seinen Ekel nicht anmerken zu lassen.

Selbst für einen solchen Menschen war diese Todesart maßlos grausam.

Gleichwohl versuchte er, den schrecklichen Tod von Testperson 1 im Licht der Taten, die sie sich hatte zuschulden kommen lassen, zu rechtfertigen. Zusammen mit einem Freund hatte Leon Roy Hailey auf der Ladefläche seines Lieferwagens neun Frauen gefoltert. Er hatte gelacht, als sie um Gnade flehten. Die beiden Männer hatten die Todesqualen der Frauen mit einer Videokamera gefilmt, um sich später daran zu weiden. Der Präsident hatte die Bänder selbst angesehen.

Leon Roy Hailey war wegen seiner Verbrechen zu vierhundertzweiundfünfzig Jahren Haft verurteilt worden. Er hätte das Gefängnis folglich nicht mehr lebend verlassen. Deshalb hatte er sich – nach fünf schlimmen Jahren in Haft – bereit erklärt, an einem wissenschaftlichen Experiment teilzunehmen.

Sämtliche Testpersonen von Area 7 verbüßten mehrfach lebenslange Haftstrafen.

»Testperson 2«, erklärte Botha emotionslos, »wurde der Impfstoff verabreicht. Das Serum wurde in ein Glas Wasser gegeben, das der Mann vor genau einer halben Stunde getrunken hat. Die Testperson ist ein weißer Europide, 2,03 Meter groß, hundertsechs Kilo schwer, zweiunddreißig Jahre alt. Wir leiten den Wirkstoff jetzt ein.«

Abermals ertönte das Zischen, gefolgt von einer senfgelben Aerosolwolke.

Der Mann in der zweiten Kammer sah das Gas einströmen, doch er reagierte im Unterschied zur ersten Testperson nicht darauf. Er war viel größer als der erste Mann, außerdem breitschultrig, mit mächtigem Bizeps, gewaltigen Fäusten und einem elliptisch geformten Kopf, der zu klein für den Körper schien.

Während ihn der gelbe Nebel einhüllte, starrte er mit der Gasmaske vor dem Gesicht regungslos auf die verspiegelte Glasscheibe, als mache ihm die Aussicht auf einen qualvollen Tod nicht das Geringste aus.

Kein Husten, keine Krämpfe. Mit der Gasmaske zeigte das Virus überhaupt keine Wirkung.

Botha schaltete die Sprechanlage ein: »Bitte nehmen Sie die Gasmaske ab!«

Testperson 2 gehorchte Bothas Bitte ohne Zögern.

Als der Präsident das Gesicht des Mannes sah, verschlug es ihm für einen Augenblick den Atem.

Er hatte dieses Gesicht schon häufig gesehen – im Fernsehen und in der Zeitung. Dies war das abscheuliche, tätowierte Gesicht von Lucifer James Leary, dem Serienmörder, der in ganz Amerika als »Chirurg von Phoenix« bekannt war.

Dieser Mann hatte zweiunddreißig Anhalter getötet, zumeist junge Rucksackreisende, die er in den Jahren 1991 bis 1998 auf dem Highway zwischen Las Vegas und Phoenix aufgelesen hatte. Jedes Mal hatte Leary an der Stelle, wo er das Opfer entführte, ein Erkennungszeichen hinterlassen – ein Schmuckstück des Opfers, vorwiegend einen Ring oder eine Halskette.

Auch jetzt noch erschien Lucifer Leary wie die Verkörperung des Bösen. Die linke Gesichtshälfte war von einer schwarzen Tätowierung entstellt, fünf vertikale Zeichen, als hätte Freddy Krueger höchstpersönlich Learys Wange mit seinen Rasiermesserfingern aufgeschlitzt. Die detailgetreuen Tätowierungen – man sah zerfetzte Haut und hervorquellendes Blut – sollten anscheinend größtmöglichen Abscheu beim Betrachter hervorrufen.

In diesem Moment grinste Leary zum Entsetzen des Präsidenten, wobei er seine hässlichen gelben Zähne bleckte.

Da erst begriff der Präsident.

Obwohl Leary die Gasmaske abgenommen hatte, reagierte er anscheinend nicht auf das Virus.

»Wie Sie sehen«, verkündete Botha stolz, »ist der oral verabreichte Impfstoff sogar dann wirksam, wenn das Virus *unmittelbar* aus der Luft über die Lungen aufgenommen wird. Der Impfstoff neutralisiert das eindringende Virus, indem er die Freisetzung des Virusproteins Diethylpropanase unterbindet. Jenes greift das Pigmentierungsenzym Metahydrogenase und das Blutgruppenprotein DB an –«

»Drücken Sie sich bitte verständlich aus!«, knurrte der Präsident.

Botha sagte: »Mister President, was Sie soeben gesehen haben, ist ein Quantensprung in der biologischen Kriegsführung. Dies ist die erste gentechnisch hergestellte biologische Waffe, ein vollsynthetischer Wirkstoff, gegen den es kein natürliches Gegenmittel gibt. Einen derart wirksamen Stoff hat es noch nicht gegeben. Es handelt sich um ein vollständig *konstruiertes* Virus, und zwar um ein äußerst speziell konstruiertes.

Eine ethnische Waffe steht uns nun zur Verfügung, dazu gedacht, nur Angehörige *bestimmter* Rassen zu töten, nämlich Menschen, die bestimmte, für eine Volksgruppe charakteristische Gene besitzen. Im vorliegenden Fall wirkt das Virus ausschließlich bei Menschen, die über das Enzym Metahydrogenase und das Blutprotein DB verfügen. Dies sind die Enzyme, die für die weißen Hautpigmente verantwortlich sind, die charakteristischen Enzyme europider Menschen.

Mister President, dasselbe Enzym, das unsere Haut weiß färbt, macht es auch empfänglich für das Virus. Das ist sehr ungewöhnlich. Ich weiß nicht, wie die Chinesen das angestellt haben. Die südafrikanische Regierung hat jahrelang versucht, ein Virus zu entwickeln, das, über das Trinkwasser verabreicht, Schwarze steril macht, jedoch ohne Erfolg.

Anhand des vorliegenden Wirkstoffs aber sollte es nicht schwer sein, die genetische Struktur des Virus so zu verändern, dass es auch bei Afroamerikanern wirkt, denn deren Pigmentierungsenzym ist eine Variante der Metahydrogenase –«

»Die Schlussfolgerung«, sagte der Präsident.

»Die Schlussfolgerung ist ganz einfach, Mister President«, fuhr Botha fort. »Die einzigen Menschen, die vor dem Virus sicher sind, sind Menschen asiatischer Abstammung, denn die besitzen überhaupt keine Pigmentierungsenzyme. Somit sind sie immun gegen den Wirkstoff, während Europide und Afroamerikaner davon getötet werden.

Mister President, gestatten Sie mir, Ihnen die neueste biologische Waffe der Chinesen zu präsentieren! Dies ist das Sinovirus.«

»Glauben Sie mir, irgendwas stimmt hier nicht!«, beharrte Schofield.

»Unsinn, Captain.« Ramrod Hagerty winkte ab. »Sie haben zu viele Comics gelesen.«

»Und was ist mit Webster? Er ist wie vom Erdboden verschluckt. Er kann doch nicht einfach so verschwinden.«

»Wahrscheinlich ist er auf der Toilette.«

»Nein, da hab ich schon nachgesehen«, entgegnete Schofield. »Und Nighthawk 3? Wo ist er? Warum hat Hendricks sich nicht gemeldet?«

Hagerty musterte ihn verständnislos.

»Sir«, fuhr Schofield fort, »bei allem Respekt gegenüber Ihrer Meinung, wenn Sie sich mal anschauen würden, wie die Männer der 7. Schwadron aufgestellt sind ...«

Hagerty drehte sich um. Er, Schofield und Gant saßen zusammen mit einer kleinen Gruppe von Stabsangehörigen des Weißen Hauses im Büro an der Südseite des Haupthangars. Hagerty blickte nun durch die Bürofenster zu den im Hangar verteilten Einsatzgruppen der 7. Schwadron hinüber.

»Sieht so aus, als bewachten sie die Eingänge«, sagte er achselzuckend. »Um zu verhindern, dass wir Bereiche betreten, für die wir nicht befugt sind.«

»Nein, Sir, das tun sie nicht. Sehen sie *genau* hin! Die Gruppe an der Nordseite bewacht den Personenaufzug. Die mittlere Gruppe bewacht den Flugzeugaufzug. Das geht in Ordnung. Aber betrachten Sie mal die Gruppe dort drüben am Kontrollgebäude, die Gruppe vor der Tür!«

»Ja, und?«

»Sir, die bewacht einen Lagerraum.«

Hagertys Blick wanderte von Schofield zu den Air-Force-Soldaten. Es stimmte. Sie standen vor einer Tür mit der Aufschrift LAGER.

»Sehr aufmerksam von Ihnen, Captain. Ich werde Ihre Beobachtungen in meinen Bericht aufnehmen.« Hagerty wandte sich wieder seinen Akten zu.

»Aber, Sir ...«

»Ich habe gesagt, ich werde Ihre Beobachtungen zu den Akten nehmen, Schofield. Das wäre alles.«

Schofield streckte sich.

»Bei allem Respekt, Sir, aber haben Sie schon mal an einem Einsatz teilgenommen?«, fragte er.

Hagerty erstarrte und hob den Blick. »Ich glaube, Ihr Ton gefällt mir nicht, Captain.«

»Haben Sie schon mal an einem Einsatz teilgenommen?«

»Ich war während der Operation Desert Storm in Saudi-Arabien.«

»An der Front?«

»Nein. Im Botschaftsstab.«

»Sir, wenn Sie schon mal im Einsatz gewesen wären, dann wüssten Sie, dass die drei Einsatzgruppen der Air Force keine Defensivpositionen einnehmen. Das sind *Offensivpositionen*. Und nicht nur das: Die Männer sind optimal postiert, um diese beiden Büros auszuheben!«

»Blödsinn!«

Schofield nahm Hagerty das Blatt Papier aus der Hand und kritzelte ein Schema des Hangars darauf:

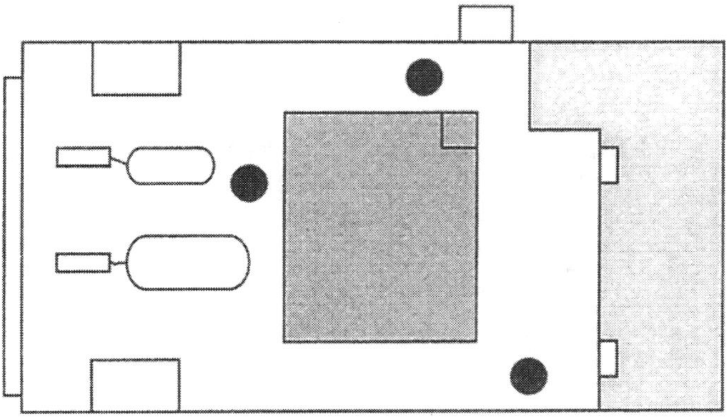

»Hier sind sie postiert.« Schofield zeigte auf die drei dicken schwarzen Punkte im Diagramm. »Zwölf Uhr, zehn Uhr und vier Uhr. Aber wenn sie folgendermaßen vorrücken ...«

Schofield malte drei Pfeile auf den Plan.

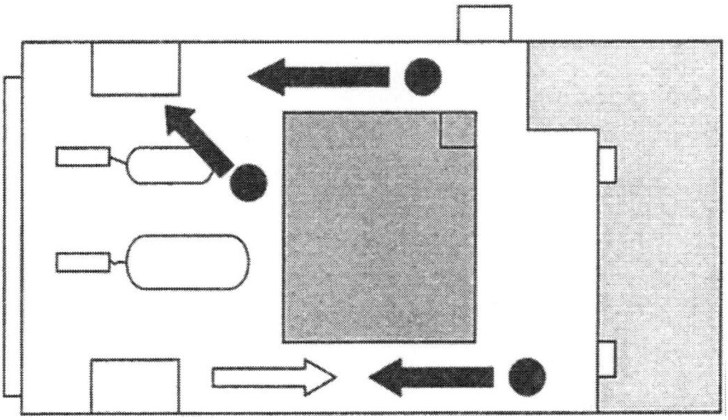

»... dann haben wir ein Problem. Die Marines und die Leute vom Secret Service drüben im Nordbüro wären der vollen Wucht des Angriffs ausgesetzt, während die Stabsleute hier im Südbüro in die andere Richtung rennen würden – der dritten Einheit unmittelbar in die Arme.«

Hagerty betrachtete ausgiebig Schofields Zeichnung.

Dann sagte er: »Das ist das Dümmste, was ich je gehört habe, Captain. Das sind *amerikanische* Soldaten.«

»Hören Sir mir um Himmels willen endlich mal zu –«

»Nein, Sie hören mir zu!«, fauchte Hagerty. »Glauben Sie ja nicht, ich wüsste nicht, wer Sie sind! Ich weiß alles über die Eisstation Wilkes. Ich weiß, was dort geschehen ist. Aber bloß weil Sie mal ein Held waren, brauchen Sie sich nicht einzubilden, man müsste Ihnen Ihre verrückten Verschwörungstheorien abnehmen. Ich gehöre diesem Corps jetzt seit zweiundzwanzig Jahren an und bin nur deshalb so weit gekommen, weil ich –«

»– was? Weil Sie Bleistifte anspitzen können?«

Hagerty verstummte und wurde krebsrot im Gesicht.

»Das war's, Schofield. Um des Corps willen möchte ich hier keine Szene machen, aber sobald wir in Quantico gelandet sind, lasse ich Sie in Gewahrsam nehmen und wegen schwer wiegender Insubordination vor ein Kriegsgericht stellen.«

Schofield schüttelte bloß verdrossen den Kopf und ging hinaus.

»Und das, Sir, sind die Männer, die das Sinovirus hergebracht haben«, sagte Colonel Harper, der dem Präsidenten die Testkammern auf Ebene 4 zeigte.

Sie standen vor einer zehn Meter langen Quarantänekammer. Durch ein kleines, in die gepanzerte Wand der Kammer eingelassenes Fenster erblickte der Präsident vier Männer, die auf Sofas saßen und Fernsehen schauten. Der Raum war in ultraviolettes Licht getaucht. Die Männer waren offensichtlich asiatischer Abstammung.

Als sie den Präsidenten bemerkten, erhoben sie sich und nahmen Haltung an.

»Mister President, ich möchte Ihnen Captain Robert

Wu und Lieutenant Chet Li von der 7. Schwadron vorstellen –«

In diesem Moment summte Harpers Handy.

Der Colonel entschuldigte sich und trat beiseite, um den Anruf entgegenzunehmen.

»Es ist mir eine Freude, Sie kennen zu lernen, meine Herren«, sagte der Präsident und machte einen Schritt nach vorn. »Das Land ist Ihnen zu großem Dank verpflichtet.«

»Danke, Sir.«

»Danke.«

»Wie lange sind Sie schon da drin?«, lautete die nächste Frage des Präsidenten.

»Seit ein paar Stunden, Sir«, antwortete der Mann namens Wu. »Wir sind gestern mit der neuen Variante zurückgekommen, müssen aber vierundzwanzig Stunden hier bleiben. Die Kammer wird von einer Zeitschaltuhr gesteuert. Sie wird erst um neun Uhr geöffnet. Erst dann kann man sicher sein, dass wir nichts eingeschleppt haben.«

»Nun, um neun bin ich nicht mehr hier«, sagte der Präsident, »aber seien Sie versichert, dass ich Sie in nächster Zeit im Weißen Haus empfangen werde!«

»Danke, Sir.«

»Danke, Sir.«

Colonel Harper hatte sein Telefonat inzwischen beendet und kam zurück.

»Damit wäre der Rundgang beendet, Mister President«, sagte er. »Wenn Sie hier entlang gehen würden … ich möchte Ihnen noch etwas zeigen.«

Schofield und Gant standen hinter Brainiac im Marine One.

Brainiac saß am Funkertisch und tippte rasend schnell auf einer Tastatur.

»Von Nighthawk und den beiden Vorausteams keine Nachricht?«, fragte Schofield.

»Von Nighthawk 3 nada«, antwortete Brainiac. »Von den Secret-Service-Teams kommen bloß die Dauersignale rein.«

Schofield dachte kurz nach. »Haben wir Verbindung zum lokalen Netzwerk von Area 7?«

»Jawoll, damit der Präsident sichere Verbindungen übers Landkabel aufbauen kann.«

»Na schön. Können Sie dann das System der Überwachungskameras dieser Einrichtung aufrufen?«

»Klar.«

Der Präsident wurde über eine Feuertreppe zu Ebene 3 hinuntergeführt, wo sich die Unterkünfte der Mitarbeiter befanden.

Zusammen mit dem neunköpfigen Secret-Service-Team brachte man ihn in einen großen Gemeinschaftsraum mit niedriger Decke. Sofas und Kaffeetische standen darin sowie eine Kochecke und an der Wand ein Großbildfernseher von *Panasonic*.

»Wenn Sie einen Moment hier warten würden, Mister President«, sagte Colonel Harper. »Ich schicke gleich jemanden zu ihnen hinunter.«

Dann ging er hinaus und ließ den Präsidenten und dessen Begleitung zurück.

In der Funkecke des Marine One gingen flackernd mehrere Schwarzweißmonitore an.

Jeder Monitor bildete gitterartig angeordnet mehrere Ansichten der zahlreichen Überwachungskameras von Area 7 ab.

»Wir haben Kontakt«, sagte Brainiac.

Schofield sah aus verschiedenen Blickwinkeln menschenleere Treppen, den Haupthangar, etwas, das an eine

U-Bahn-Haltestelle erinnerte, und das Innere der verglasten Büros im Haupthangar, das eine voller Marines und Secret-Service-Leute, das andere voller Stabsangehöriger – und er sah das Innere eines Aufzugs in körniger Auflösung …

Schofield erstarrte.

Der Aufzug war vollgestopft mit zehn bewaffneten Soldaten der 7. Schwadron.

Und dann bemerkte er auf einem der anderen Monitore eine Bewegung.

Das Bild stammte von einer Kamera in einem der Treppenhäuser.

Ein ganzer Trupp schwer bewaffneter Soldaten stürmte die Treppe hinunter.

»Das wird verdammt weh tun«, sagte er entschieden.

Mit Gant und Brainiac auf den Fersen trat Schofield aus dem Marine One in den Hangar hinaus.

Obwohl sich praktisch nichts verändert hatte, wirkte der Hangar anders als zuvor.

Bedrohlich.

Gefährlich.

Schofield fixierte die drei Einsatzgruppen, die in dem riesigen Raum verteilt waren, sah, wie der Kommandant der einen Gruppe sich ans Ohr fasste. Offenbar empfing er einen Funkspruch.

»Bleiben Sie hier!«, befahl Schofield.

»Okay«, erwiderte Brainiac.

»Hey!«, sagte Gant.

»Was ist?«

»Versuchen Sie mal, nicht so gestresst zu wirken.«

»Ich werd mich bemühen«, versetzte Schofield, trat aus der Deckung des Marine One und schlenderte lässig quer durch den Hangar auf das verglaste Büro an der Nordseite zu.

Er hatte die Hälfte des Weges zurückgelegt, als es geschah.

Ein lautes Donnern ertönte.

Wie der Vorhang am Ende einer Theatervorstellung senkte sich das kolbenbetriebene riesige Titantor vor dem Ausgang des Hangars ab. Der untere Rand – versehen mit bedrohlich wirkenden Zähnen – fügte sich in die kastenförmigen Vertiefungen entlang dem Eingang.

Als sich die Panzertür schloss, gab Schofield seine bis dahin mühsam demonstrierte Gelassenheit auf.

Er begann in dem Moment zu laufen, als die beiden Einsatzgruppen in seiner Nähe – in den Positionen zwölf Uhr und zehn Uhr – ihre P-90 hoben und das Feuer eröffneten.

Fünf Minuten warteten sie schon, ohne dass sich jemand hatte blicken lassen. Und der Präsident der Vereinigten Staaten war es nicht gewohnt zu warten.

Er und seine Bodyguards standen im Gemeinschaftsraum auf Ebene 3 und wechselten schweigend Blicke.

»Frank«, wandte sich der Präsident an den Chef der Einsatzgruppe, »sehen Sie mal nach, was da –«

In dem Moment schaltete sich der große Fernseher ein.

Der Präsident und die Bodyguards fuhren herum.

»Was zum Teufel …«, entfuhr es einem der Männer.

Auf dem großen, imposanten Bildschirm erschien das hellgelbe Symbol des Sonderprogramms, das im Falle des nationalen Notstands auf allen Kanälen die regulären Sendungen ersetzte.

»Was zum Teufel …« Diesmal hatte der Präsident gesprochen.

Der Bildschirm zeigte das Gesicht eines Mannes, der offiziell für tot gehalten wurde.

Es war das Gesicht von Lieutenant General Charles Simson Russel, US Air Force, Rufzeichen Caesar.

Auf sämtlichen Fernsehschirmen in Area 7 – und anscheinend auch auf allen anderen Fernsehschirmen der Vereinigten Staaten – sah man Charles Russels rundliches Gesicht mit den buschigen Brauen. Er begann zu sprechen.

»Mister President. Bürgerinnen und Bürger. Willkommen in Area 7. Ich bin General Charles Russel, United States Air Force. Zu lange schon habe ich mitansehen müssen, wie das Land vor die Hunde geht. Dazu bin ich nicht mehr bereit.« Sein Tonfall war beherrscht. Unüberhörbar hatte er den Akzent der Südstaatler.

»Unsere gewählten Vertreter in Washington und auch auf bundesstaatlicher Ebene haben sich in Misskredit gebracht. Die freie Presse nimmt ihre Aufgabe als Kontrollorgan der Regierung nicht mehr wahr. Dieser Zustand ist eine Schande in Anbetracht all derer, die für dieses Land gekämpft haben oder sogar gefallen sind. So darf es nicht weitergehen.«

Der Präsident starrte fassungslos auf den Bildschirm.

»Daher fordere ich Sie, Mister President, und das von Ihnen repräsentierte System heraus.

In Ihrer Brust ist ein Funkempfänger implantiert. Er wurde während der Operation an Ihrem linken Lungenflügel vor vier Jahren am Außengewebe des Herzmuskels angebracht.«

Frank Cutler wirbelte entsetzt zum Präsidenten herum.

»Ich werde den Empfänger jetzt aktivieren«, sagte Caesar. Er drückte eine Taste an dem kleinen roten Gerät, das er in der Hand hielt. Jenes war mit einer schwarzen Stummelantenne ausgestattet.

Frank Cutler holte den Detektor aus der Jackentasche, ein Gerät, das sämtliche elektromagnetischen Strahlungsquellen erfasste. Er schwenkte ihn über den Körper des Präsidenten.

Füße und Beine … okay.

Hüfte und Bauch … okay.

Brust …

Der Detektor gab rasch aufeinander folgende Signale von sich.

»Die Lage ist ganz einfach, Mister President.« Russels Stimme hallte durch die unterirdische Basis.

»Wie Sie wissen, gibt es auf jedem größeren Flughafen

der Vereinigten Staaten mindestens drei Hangars, in denen Bomber, Kampfflugzeuge und Geschütze der Air Force stationiert sind.

Gegenwärtig befindet sich in vierzehn dieser Hangars jeweils ein Gefechtskopf mit Plasmasprengstoff vom Typ 240, und zwar in den Flughäfen John F. Kennedy, Newark und La Guardia in New York, Dulles in Washington, O'Hare in Chicago, LAX in Los Angeles, außerdem in San Francisco, San Diego, Seattle, Boston, Philadelphia und Detroit. Jeder Plasmagefechtskopf hat, wie Sie wissen, eine Reichweite von sechzehn Meilen und eine Sprengkraft von neunzig Megatonnen. Alle sind scharf.«

Im Gemeinschaftsraum auf Ebene 3 herrschte absolute Stille.

»Die Detonation dieser Sprengköpfe, Mister President«, sagte Charles Russel lächelnd, »wird nur so lange unterbleiben, wie Ihr Herz weiterschlägt.«

Russel fuhr fort.

»Sämtliche Sprengköpfe auf den verschiedenen Flughäfen sind mit einem Satelliten im geostationären Orbit über dieser Basis verbunden. Der Satellit, Mister President, sendet ein starkes Mikrowellensignal aus, das vom Sender an Ihrem Herzen aufgefangen und zurückgesendet wird.

Ist der Herzsender einmal eingeschaltet, wird er kinetisch gesteuert. Wenn Ihr Herz aufhört zu schlagen, schaltet sich auch der Sender ab, und das Satellitensignal wird nicht mehr beantwortet. In diesem Fall wird der Satellit die Bomben auf den Flughäfen zur Detonation bringen.

Mister President, wenn Ihr Herz aufhört zu schlagen, wird Amerika, so wie wir es kennen, nicht mehr existieren.

Sie sind das Symbol einer bankrotten Kultur, Sir: ein Politiker, der nach Macht um ihrer selbst willen strebt, ein Mensch, der in dem Wissen lebt, dass er niemals gezwungen sein wird, seinen Mann zu stehen und für das System, das ihm diese Macht verleiht, zu kämpfen.

Sie leben schon zu lange mit dieser Gewissheit, Mister President. Jetzt werden Sie zur Rechenschaft gezogen. Nun müssen Sie kämpfen.

Ich hingegen bin ein Kämpfer. Ich habe mein Blut für dieses Land vergossen. Und Sie? Welche Opfer haben Sie gebracht? Keine! Sie Feigling!

Als aufrichtiger Patriot aber gebe ich Ihnen und dem System, das Sie repräsentieren, eine letzte Chance. Sie können nun Ihren Wert unter Beweis stellen. Denn die Menschen in diesem Land brauchen einen Beweis. Sie sollen sehen, wie Sie straucheln – wie Sie fallen – wie Sie das Volk verkaufen, um Ihre eigene Haut zu retten. Die Menschen haben Sie als ihren Repräsentanten gewählt. Und das sind Sie jetzt, im buchstäblichen Sinne. Wenn Sie sterben, sterben auch die Menschen.

Diese Einrichtung ist vollständig abgeschirmt. Sie ist in der Lage, einem Atomschlag zu trotzen. Es gibt für Sie also kein Entrinnen. In dem Komplex hält sich ein Fünfzig-Mann-Trupp der besten Bodenkämpfer dieses Landes auf, nämlich Soldaten der 7. Special-Operations-Schwadron. Diese Männer haben Anweisung, Sie zu töten, Mister President.

Zusammen mit Ihren Bodyguards vom Secret Service werden Sie sich mit Ihnen einen Kampf auf Leben und Tod liefern. Der Sieger bekommt das Land. Der Verlierer den Tod.

Das amerikanische Volk muss über den Stand der Dinge natürlich auf dem Laufenden gehalten werden«, fügte Caesar hinzu. »Daher werde ich zu jeder vollen Stunde über das Sonderprogramm einen Lagebericht abgeben.«

Der Präsident sah zu einer der Überwachungskameras hinauf. »Das ist doch lächerlich! Es ist vollkommen ausgeschlossen, dass Sie –«

»Jeremiah K. Woolf, Mister President«, entgegnete Caesar Russel. Der Präsident verstummte.

Niemand sagte etwas.

»Ich entnehme Ihrem Schweigen, dass Sie die FBI-Akte gelesen haben.«

Natürlich hatte der Präsident die Akte gelesen – die besonderen Umstände des Todes des Ex-Senators hatten dies erforderlich gemacht.

In dem Moment, als Jeremiah Woolf in Alaska starb, war auch sein Haus in Washington D.C. explodiert. In beiden Fällen war kein Täter gefunden worden. Das Zusammentreffen war zu bizarr, als dass man es hätte ignorieren können. Da sich aber keinerlei Erklärung fand, waren die Medien schließlich zu dem Schluss gekommen, dass es sich lediglich um einen tragischen Unfall gehandelt hatte.

Der Präsident wusste jedoch, dass ein bestimmter Aspekt des Todesfalls nicht publik gemacht worden war: die erhöhte Konzentration an roten Blutkörperchen im Blut des Ex-Senators sowie die extrem niedrige Phosphatkonzentration in seinen Lungenbläschen und Arterien. Diese Symptome deuteten darauf hin, dass Woolf längere Zeit hyperventiliert hatte, bevor er erschossen worden war – wahrscheinlich die Folge eines durch Angst ausgelösten Fluchtreflexes.

Anders ausgedrückt: Der Ex-Senator war vor jemandem weggelaufen, bevor er erschossen worden war. Man hatte ihn gejagt.

Und jetzt auf einmal fügte sich alles zusammen.

Man hatte Woolf einen Sender implantiert – und dann hatte man ihn in Alaska gejagt und erschossen. Und als sein Herz zu schlagen aufhörte, war sein Haus an der Ostküste in die Luft geflogen.

Caesar Russels Stimme unterbrach den Gedankengang des Präsidenten. »Nach Senator Woolfs unerwartetem Rückzug aus der Politik hatte ich einen Sender übrig. Und so wurde er unser Versuchskaninchen, mit dem wir einen Probelauf veranstalteten. Einen Probelauf des heutigen Tages.«

Der Präsident wechselte einen Blick mit Frank Cutler.

Caesar sagte: »Ach, übrigens, nur für den Fall, dass Sie die Absicht haben sollten, aus dieser Anlage zu flüchten ...« Er hielt einen Gegenstand in die Höhe.

Es war ein Aktenkoffer aus rostfreiem Stahl.

Warrant Officer Carl Websters Aktenkoffer.

Am Griff waren noch die Handschellen befestigt, aber es steckte kein Arm mehr in dem einen der beiden Bügel. Der Aktenkoffer war blutverschmiert.

Es war der Football.

Und er war offen.

Der Präsident erblickte den flachen Analysator und die Tastatur. Der Analysator hatte den Zweck, den Handabdruck des Präsidenten zu erkennen, denn er allein war befugt, das Atomwaffenarsenal Amerikas zu aktivieren und zu deaktivieren.

Irgendwie war es Russel anscheinend gelungen, den Handabdruck des Präsidenten zu fälschen und den Aktivierungscode einzugeben. Aber wie hatte er das bloß angestellt?

»Wie Sie der Anzeige des Footballs entnehmen können, Mister President«, sagte Russel, »wurden die Sprengköpfe nicht nur mit dem Sender in Ihrer Brust vernetzt, sondern auch mit der auf neunzig Minuten eingestellten Zeitschaltuhr. Nur wenn es Ihnen gelingt, alle neunzig Minuten Ihre Hand auf den Analysator zu drücken, wird der Timer zurückgestellt und die Explosion der Plasmasprengköpfe verhindert. Sie sollten an Flucht also nicht einmal denken! Zu Ihrer Information: Der Football befindet sich im Haupthangar.

Dies ist ein großer Tag in der Geschichte unseres Landes, Mister President, der Tag der Abrechnung. Und wenn der morgige Tag anbricht, der glorreiche 4. Juli, werden wir sehen, ob wir alle in einem neuen, wiedergeborenen Amerika aufwachen. Viel Glück, Mister President, und möge Gott Ihrer Seele gnädig sein!«

Wie auf ein Stichwort hin wurde in diesem Moment die Eingangstür des Gemeinschaftsraums aufgerissen, eine Einsatzgruppe der 7. Schwadron – angeführt von Major Kurt Logan und ausgestattet mit Furcht erregenden ERG-6-Gasmasken – stürmte herein und feuerte mit ihren P-90-Gewehren wild um sich.

Der Kampf hatte begonnen.

Die Zweite Konfrontation

3. Juli, 07.00 Uhr

UNITED STATES AIR FORCE
SPECIAL AREA 7 (MILITÄRISCHES SPERRGEBIET)
0700 UHR

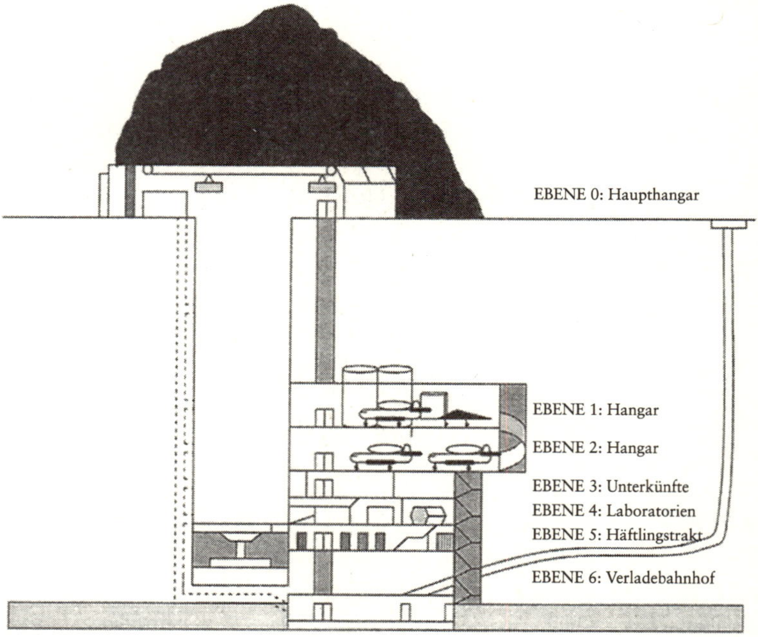

Der Haupthangar hatte sich in ein Schlachtfeld verwandelt.

Maschinengewehrsalven schlugen vor Shane Schofields Füßen in den Boden ein, während er zum Eingang des verglasten Büros an der Nordseite rannte.

Er steckte den Kopf durch die Tür: »Marines! Verteilen!«

Mehr konnte er nicht sagen, denn im nächsten Moment zerbarst die Fensterscheibe in zahllose Stücke. Schofield hechtete aus der Schusslinie und brachte sich auf allen Vieren hinter den beiden Präsidentenhubschraubern und den Schleppfahrzeugen in Deckung.

Als er sich umblickte, sah er, wie mehrere uniformierte Marines gerade noch rechtzeitig aus den Bürofenstern sprangen, bevor das kleine Gebäude von einer Predator-Rakete getroffen wurde. Es explodierte in einem mit Glassplittern durchsetzten Feuerball.

Schofield kroch unter den Marine One und fand sich neben Libby Gant und Brainiac wieder.

Ringsum wurde geschossen. Und dann auf einmal übertönte eine Stimme aus den Hangarlautsprechern den Lärm: »-iel Glück, Mister President, und möge Gott Ihrer Seele gnädig sein!«

»Verdammte Scheiße!«, rief Brainiac.

»Hier entlang!«, befahl Schofield und kroch unter den Bauch des großen Helikopters.

Er gelangte zu einer breiten Gitterabdeckung im Boden. Sie ließ sich leicht anheben. Darunter befand sich ein Lüftungsschacht. Das stahlverkleidete Rohr führte senkrecht nach unten und verschwand in der Dunkelheit.

»Los!«, schrie Schofield über den Lärm des Maschinengewehrfeuers hinweg.

Unvermittelt öffnete sich an der Unterseite des Marine One eine Metallklappe, die Schofield beinahe enthauptet hätte. Eine Gestalt mit einem M-16 sprang heraus und zielte auf Schofields Stirn.

»Verdammt! Sie sind's!«, rief Mother, während sie sich aus dem Notausstieg des Helikopters auf den Hangarboden hinabließ.

»Hier, alles Gute zum Geburtstag«, sagte sie und warf Gant eine MP-10-Maschinenpistole zu. »Tut mir Leid, Scarecrow, für Sie hab ich nichts. Mehr war im Waffenschrank nicht zu finden. In der vorderen Waffenkammer sind noch einige, aber dafür hat Gunman keinen Schlüssel.«

»Macht nichts«, entgegnete Schofield. »Zunächst einmal müssen wir hier raus und uns neu formieren. Dann überlegen wir uns, wie wir diese Mistkerle hochnehmen können. Hier geht's lang!«

»Haben Sie den Scheiß im Fernsehen mitgekriegt?«, fragte Mother, während sie zum Lüftungsschacht kroch.

Gant und Brainiac kletterten als Erste den Schacht hinunter, indem sie die Beine gegen die Wände stemmten und vorsichtig nach unten rutschten.

»Nein«, antwortete Schofield, »ich war zu sehr damit beschäftigt, den Kugeln auszuweichen.«

»Dann erzähl ich's Ihnen«, sagte Mother, und beide verschwanden in dem Schacht.

Der Präsident der Vereinigten Staaten bewegte sich so schnell wie noch nie. Seine Füße berührten kaum den Boden.

In dem Moment, als die Soldaten der 7. Schwadron in den Gemeinschaftsraum stürmten, hatte der neunköpfige Bewachungstrupp des Präsidenten unverzüglich reagiert.

Vier Männer nahmen zwischen dem Präsidenten und den heranstürmenden Angreifern Verteidigungsstellung ein und rissen ihre Mäntel auf, unter denen kleine Uzi-Maschinengewehre zum Vorschein kamen. Die Uzis summten, als sie zu feuern begannen.

Die übrigen fünf Bodyguards nahmen den Präsidenten in die Mitte und beförderten ihn zum nächsten Notausgang, wobei sie ihn beinahe hochhoben und mit ihren Körpern deckten.

Die Tür des Notausgangs fiel hinter ihnen zu, doch zuvor hatten sie noch mitbekommen, wie die Soldaten der 7. Schwadron hinter Sofas, Türen und Schränken in Deckung gingen, abwechselnd vorrückten und die vier zurückgebliebenen Secret-Service-Leute buchstäblich zerfetzten. Das Knattern der Uzis wurde vom lauten Dröhnen der P-90-Sturmgewehre übertönt.

Die Uzis feuerten mit maximal 600 Schuss pro Minute. Das P-90 aber, das von *FN Herstal* in Belgien hergestellt wurde, schaffte sogar neunhundert Schuss. Das über dem Lauf montierte Magazin fasste hundert Schuss. Mit dem abgerundeten Handschutz und dem zurückfedernden Lauf, der den Rückstoß minderte, schien es einem Science-Fiction-Film zu entstammen.

»Die Treppe runter! Schnell!«, rief Frank Cutler, als von der anderen Seite die ersten Kugeln in die Tür des Notausgangs einschlugen. »Zum nächsten Ausgang!«

Der Präsident und die Überlebenden seines Beschützerteams rannten die Treppe hinunter, indem sie immer vier Stufen auf einmal nahmen und sich hinter die jeweils nächste Biegung warfen. Jeder hielt irgendeine Waffe in der Hand.

Dem Präsidenten blieb gar nichts anderes übrig, als im Tempo der Bodyguards mit zu rennen, so fest war er zwischen ihnen eingekeilt.

»Vorausteam Eins! Melden!«, rief Cutler im Laufen in das Mikrofon an seinem Handgelenk.

»Vorausteam Eins! Melden! Wir nähern uns mit Patriot Ausstiegspunkt 1 und müssen wissen, ob er offen ist!«

Er bekam keine Antwort.

Oben im Haupthangar war die Hölle los.

Kugeln pfiffen um Book II. herum durch die Luft, Glasscherben fielen ihm auf den Kopf.

Er hatte sich mit Elvis zusammen in die schmale Lücke zwischen der Außenwand des Büros an der Nordseite und dem Panzertor des Hangars gezwängt. Sie waren aus dem geborstenen Bürofenster gehechtet, kurz bevor es von der Predator-Rakete gesprengt worden war.

Die Drei-Mann-Teams der 7. Schwadron waren überall, sie bewegten sich mit Geschick und Schnelligkeit, rannten um die Helikopter herum und sprangen über Tote hinweg, die Maschinengewehre an die Schultern gepresst, den Blick entlang dem Lauf starr nach vorn gerichtet.

Auf der anderen Seite des Hangars rannten die Stabsangehörigen des Weißen Hauses – insgesamt etwa zehn Personen – schreiend aus dem verglasten Südbüro und blickten sich hektisch um. Sie wurden von der Einsatzgruppe der 7. Schwadron in Empfang genommen, die an der Ostseite des Hangars postiert war.

Die Männer und Frauen wurden umgehend von einem Feuerstoß niedergemäht. Ihre Leiber zuckten unter den präzisen Treffern.

Auf einmal vernahm Book II. einen Schrei und sah, wie Gunman Grier wutschnaubend und wild um sich feuernd mit seiner vernickelten Beretta aus den Trümmern des Büros an der Nordseite hervorstürmte.

Im nächsten Moment explodierte Griers Brust buchstäblich. Ein Schwall von Blut spritzte hervor, als er von zwei Soldaten der 7. Schwadron gleichzeitig getroffen wurde.

Obwohl er bereits tot war, blieb Grier aufgrund der Wucht der auftreffenden Kugeln aufrecht stehen. Er taumelte rückwärts und schwankte bei jedem Treffer, bis er gegen eine Wand prallte und zu Boden sackte.

»Die Lage ist wirklich beschissen!«, übertönte Elvis das Maschinengewehrfeuer. »Es gibt keinen Ausweg!«

»Dort drüben!« Book II. zeigte auf den Personenaufzug an der Nordseite des Hangars. »Einen anderen Ausweg sehe ich nicht!«

»Aber wie kommen wir dorthin?«

»Wir fahren!«, rief Book II. und wies mit dem Kopf auf eins der großen Schleppfahrzeuge, das drei Meter von ihnen entfernt am Schwanz des Nighthawk 2 angekoppelt war.

Die vier Funker im Kontrollraum sprachen aufgeregt in ihre Mikrofone.

»Einheit Bravo, schaltet die verbliebenen feindlichen Agents im Büro an der Nordseite aus!«

»Einheit Charlie, verlasst den Haupthangar, ich sehe über Monitor, dass vier Marines den Hauptlüftungsschacht hinuntersteigen.«

»Einheit Delta, bleibt auf Position!«

»Was soll das heißen, man hat einen Sender an seinem Herzen implantiert?«, fragte Schofield, während er den Lüftungsschacht hinunterglitt, die gespreizten Beinen fest gegen die silberfarbenen Stahlwände gepresst.

Gant und Brainiac rutschten unter ihm den Schacht hinab, der scheinbar endlos in die Tiefe reichte.

»Wenn sein Herz aufhört zu schlagen, gehen auf jedem größeren Flughafen, in jeder größeren Stadt, die Sprengköpfe hoch«, erklärte Mother.

»Mein Gott!«, entfuhr es Schofield.

»Außerdem muss er sich alle neunzig Minuten zurückmelden und die Zeitschaltuhr des Footballs zurücksetzen. Schafft er's nicht: *Wumm!*«

»Alle neunzig Minuten?« Schofield schaltete mit einem Tastendruck den Timer seiner alten digitalen Armbanduhr ein. Ein paar Minuten gab er Vorlauf. Der Timer begann bei 85 Minuten zu ticken – 85:00 ... 84:59 ... 84:58. Plötzlich vernahm Schofield weiter oben ein klapperndes Geräusch, und er hob den Blick.

Kugeln pfiffen durch den Schacht und prallten ringsum von den Wänden ab.

Über den Rand des Lüftungsschachts ragte der Lauf eines P-90 und feuerte in einem fort auf sie herunter. Der Schütze war nicht zu erkennen.

»Scarecrow!«, schrie Gant, die sich drei Meter tiefer als Schofield befand. Sie hockte in einem kleinen horizontalen Tunnel, der vom Hauptlüftungsschacht abzweigte. »Hier rein!«

»Los, Mother, los!«, brüllte Schofield.

Er und Mother ließen sich den senkrechten Schacht weiter hinunterrutschen.

Um sie herum schlugen Kugeln ein. Kurz vor dem horizontalen Tunnel stemmten sie die Fersen gegen die Wand.

Mother kam unmittelbar vor der Einmündung zum Stehen. Schofield dagegen sauste an der Abzweigung vorbei, schaffte es aber so eben, sich mit den Fingerspitzen festzuhalten. Hätte er einen Sekundenbruchteil später reagiert, wäre er in die Tiefe gestürzt.

Mother kletterte als Erste in den Seitenschacht, dann zog sie Schofield hinter sich her. In diesem Moment wurde ein langes Seil in den Schacht hinabgeworfen.

Die 7. Schwadron war ihnen auf den Fersen.

Gant rannte voraus, dicht gefolgt von Brainiac. Der

Tunnel mit den silbrig schimmernden Wänden hatte einen Durchmesser von etwa anderthalb Metern, deshalb mussten sie sich ducken.

Als Gant zu einer leichten Biegung gelangte, sah sie vor sich ein Licht. Sie wurde schneller – doch dann bremste sie unvermittelt ab, geriet ins Rutschen und versuchte verzweifelt, sich irgendwo festzuhalten.

Sie kam so abrupt zum Stehen, dass Brainiac beinahe gegen sie geprallt wäre. In diesem Fall wären sie beide sechzig Meter in die Tiefe gestürzt.

»Verflucht noch mal ...«, sagte Brainiac.

»Warum bleibt ihr stehen?«, fragte Mother, als sie mit Schofield aufgeschlossen hatte. »Oh ...«

Der Tunnel endete am Aufzugschacht.

Vor ihnen klaffte ein riesiger, sechzig Meter breiter, betonverkleideter Abgrund.

Auf der anderen Seite, unmittelbar gegenüber, bemerkten sie eine große, massive Stahltür mit einer schwarzen »1« darauf. Sie ähnelte einem Hangartor.

Und fast sechzig Meter unter ihnen – in Höhe der vierten Ebene – lag die hydraulisch betriebene Aufzugplattform.

»Wissen Sie, manchmal wünsche ich mir, ich hätte einen Magischen Haken.« Ein Magischer Haken war ein Greifhaken mit einem starken Magneten – das Erkennungszeichen der Aufklärungseinheiten der Marines.

»Oben im Nighthawk 2 liegen ein paar«, sagte Mother.

»Würden uns sowieso nicht weiterhelfen«, erwiderte Gant. »Der Abstand ist zu groß. Ein Magischer Haken hat eine maximale Seillänge von fünfzig Metern. Das hier sind mindestens sechzig.«

»Wir sollten uns besser bald etwas einfallen lassen«, sagte Brainiac, blickte den Lüftungsschacht entlang und horchte auf die schwirrenden Geräusche der Soldaten der 7. Schwadron, die sich im Hauptschacht abseilten.

Schofield blickte in den betonierten Abgrund hinunter. Offenbar wurde er häufig benutzt – die Wände waren mit Ruß und Öl verschmiert.

In regelmäßigen Abständen waren rechteckige Vertiefungen in die Wände geschnitten, kleine, waagerecht verlaufende Rinnen. Jede war etwa fünfzehn Zentimeter tief und lief um den ganzen Schacht herum. Anscheinend waren sie für die Aufnahme von Leitungen und Kabeln gedacht und sollten verhindern, dass die Aufzugplattform beim Auf- und Absteigen behindert wurde.

Es gab einen Knall.

Schofield wirbelte herum. Das Geräusch schwerer Stiefel hallte im Lüftungsschacht wider.

Die Soldaten der 7. Schwadron hatten das andere Ende des Schachts erreicht.

Die Männer der Air Force rückten mit angelegten Gewehren und in geduckter Haltung im Schacht vor.

Sie waren zu viert. Alle trugen schwarze Kampfmonturen: Helme, Gasmasken, schusssichere Westen. Da sie nicht wussten, in welche Abzweigung Schofields Gruppe verschwunden war, hatten sich die anderen Soldaten weiter abgeseilt und checkten nun die übrigen Lüftungsschächte.

Die beiden Männer an der Spitze bogen um die Kurve des Schachtes – und blieben stehen.

Sie waren am Ende des Tunnels angelangt, der in den gewaltigen Aufzugschacht mündete.

Im Lüftungsschacht war jedoch niemand zu erkennen.

Die Tunnelmündung war ein gähnend leeres Loch.

Wenn der Präsident der Vereinigten Staaten ein Gebäude oder eine Einrichtung besucht, legt der Secret Service zuvor mindestens drei Fluchtwege fest.

In großen Hotels in der Stadt gehören dazu der Hintereingang, der Personaleingang – für gewöhnlich zugänglich über die Küche – und das Dach, auf dem im Notfall ein Hubschrauber landen kann.

Im Fall von Area 7 hatte der Secret Service zwei Vorausteams damit beauftragt, die ausgewählten beiden zusätzlichen Fluchtwege zu sichern und zu bewachen.

Alternativer Fluchtweg 1 lag auf der untersten Ebene von Area 7 – auf Ebene 6. Die Flucht sollte im Notfall durch den 800 Meter langen Tunnel erfolgen, der etwa eine halbe Meile von dem kleinen Berg entfernt in der Wüste mündete. Das erste Vorausteam des Secret Service war auf Ebene 6 postiert, das zweite am Ausgang des Fluchtwegs in der Wüste.

Der Präsident und seine fünf Bodyguards stürmten noch immer inmitten des Kugelhagels die Feuertreppe hinunter. Einige der Kugeln durchsiebten ihre wehenden Mäntel. Die erste Einheit der 7. Schwadron – Einheit Alpha, die von Major Kurt Logan befehligt wurde – war dicht hinter ihnen.

Sie erreichten eine Brandschutztür mit der Aufschrift »EBENE 4: LABORTRAKT« und rannten daran vorbei.

Sie liefen weiter und gelangten zu einem weiteren Treppenabsatz mit einer weiteren Tür. Diesmal war die Aufschrift größer:

EBENE 5: TIERVERSUCHE
EINTRITT VERBOTEN
DIESE TÜR NUR IM NOTFALL ÖFFNEN
EINTRITT ÜBER DIE AUFZÜGE AUF DER
ANDEREN SEITE DES STOCKWERKS

Der Präsident und sein Begleitteam rannten auch daran vorbei.

Kurz darauf standen sie am Fuß der Treppe und vor einer Tür mit der Aufschrift: »EBENE 6: X-RAIL-STATION«.

Frank Cutler lief an der Spitze. Er erreichte die Tür, riss sie auf – und wurde vom heftigen Sperrfeuer automatischer Waffen empfangen.

Als die Kugeln unerbittlich in Cutlers Körper einschlugen, verwandelten sich sein Gesicht und seine Brust in eine blutige Masse. Der Kommandant der Einsatzgruppe wurde zurückgeschleudert, und auch der Mann hinter ihm brach zusammen.

Ein anderer Agent – eine junge Frau namens Juliet Janson – sprang vor und schlug die Tür zu, nachdem sie einen kurzen Blick in den dahinter liegenden Raum geworfen hatte.

Die sechste und tiefste Ebene von Area 7 ähnelte einer U-Bahn-Station: Zwischen zwei außerordentlich breiten Gleisen lag eine flache, erhöhte Plattform. Die Tür zum Fluchtweg, ihrem Ziel, befand sich in der Betonwand zu ihrer Rechten.

Auf den Gleisen vor der Tür, gedeckt durch die brusthohe Plattform der Bahnstation, war jedoch eine weitere komplette Einheit der 7. Schwadron postiert, die ihre P-90 allesamt auf den Ausgang der Feuertreppe gerichtet hatten.

Vor den Soldaten lagen – mit den Gesichtern nach unten – die blutüberströmten, von Kugeln durchsiebten Leichen des ersten Vorausteams.

Die Tür fiel zu, und Special Agent Janson drehte sich um.

»Beeilung!«, rief sie. »Wieder die Treppe hoch! Los!«

»An alle Einheiten: Vorsicht, Einheit Delta hat Feindberührung«, sagte einer der Funker im Kontrollraum. »Ich wiederhole: Einheit Delta hat Feindberührung.«

Shane Schofield hielt den Atem an.

Er klammerte sich mit den Fingerspitzen an eine der waagerecht verlaufenden Kabelführungen in der Betonwand des Aufzugschachts, einen knappen Meter unterhalb der Mündung des Lüftungsschachts, in dem er noch vor wenigen Augenblicken gestanden hatte.

Mother, Gant und Brainiac befanden sich unmittelbar neben ihm.

Sie hörten, wie einer der Soldaten der 7. Schwadron ins Helmmikrofon sprach.

»Charlie 6, hier ist Charlie 1, im abzweigenden Lüftungsschacht auf Ebene 1 ist niemand. Bitte bestätigen, wir sind unterwegs.«

Sie lauschten den schweren Schritten, dann herrschte Stille.

Schofield seufzte erleichtert.

»Wohin jetzt?«, fragte Brainiac.

»Dorthin«, antwortete Schofield und zeigte mit dem Kinn auf das riesige Stahltor an der anderen Seite des breiten Aufzugschachts.

»Fertig?«, rief Book II. Elvis zu.

»Fertig!«, bestätigte Elvis.

Book II. blickte zu dem großen, weiß lackierten *Volvo*-Schleppfahrzeug hinüber, das in zehn Metern Entfernung mit dem Schwanz des Nighthawk 2 verbunden war. Mit seinen übergroßen Rädern, der tief gelegten Karosserie und dem kleinen Zwei-Mann-Führerhaus ähnelte er sowohl einem Ziegelstein auf Rädern als auch einer Riesenschabe. Tatsächlich hatte letzteres dem Fahrzeug bei den Flughafenarbeitern in aller Welt den Spitznamen »Schabe« eingebracht.

Momentan wies der Bug der Schabe zu dem titangepanzerten Tor, das vor einigen Minuten heruntergedonnert war und den Hangar abgeriegelt hatte.

Book II. hielt jetzt zwei vernickelte Berettas in Händen; die eine hatte er einem toten Marine abgenommen. »Du übernimmst das Steuer!«, rief er Elvis zu. »Ich steige auf der anderen Seite ein!«

»Alles klar!«

»Okay. Dann los!«

Sie stürmten gemeinsam aus der Deckung, während sich ihre Beine im Gleichtakt bewegten.

Augenblicklich wurde am Boden eine Linie von Einschusslöchern sichtbar, die sich an ihre Fersen heftete.

Elvis warf sich auf den Fahrersitz und schlug die Tür hinter sich zu. Book II. wandte sich zur Beifahrerseite, wurde jedoch von einer äußerst heftigen Salve in Empfang genommen, sodass er stattdessen auf das flache Stahldach des Schleppfahrzeugs hechtete. »Elvis!«, schrie er. »Gib Gas!«

Elvis schaltete die Zündung ein. Der 600-PS-Motor des Volvos sprang laut aufheulend an. Dann legte Elvis den Gang ein und trat das Gaspedal bis zum Anschlag durch.

Das Schleppfahrzeug machte mit quietschenden Reifen einen Satz nach vorn, geradewegs auf das gepanzerte Tor zu, das den Hangar von der Außenwelt abschnitt. Dabei zog es den Nighthawk 2, einen ausgewachsenen Transporthelikopter vom Typ CH-53E Super Stallion, hinter sich her.

Die beiden im Hangar verbliebenen Einheiten der

7. Schwadron – insgesamt zwanzig Männer – rannten auf sie zu und zielten auf die beschleunigende Schabe.

Eine Salve Stahlmantelgeschosse schlug in die Flanke des Volvos ein.

Elvis riss am Steuer, woraufhin die Riesenschabe herumschwenkte und auf das verglaste Büro an der Südwand zuschoss.

Book II. erhob sich ein wenig. Kniend feuerte er mit beiden Pistolen auf die heranstürmenden Soldaten der 7. Schwadron.

Viel nutzte es nicht – die Angreifer waren ihm an Feuerkraft weit überlegen. Es war, als griffe er eine Batterie Patriot-Raketen mit einer Erbsenpistole an. Er duckte sich vor dem Gegenfeuer hinter der Kabine der Schabe.

»O Scheiße!« rief Elvis.

Book II. schaute hoch.

Dreißig Meter vor ihnen – unmittelbar in ihrem Weg, postiert an der Südseite des Aufzugschachts – stand ein Soldat der 7. Schwadron mit einer angelegten Abschussvorrichtung für Predator-Panzerabwehrraketen.

Der Soldat drückte den Abzug.

Inmitten einer Rauchwolke schoss ein kleiner zylindrischer Gegenstand aus der Abschussvorrichtung hervor und raste, eine schnurgerade Abgasspur hinter sich lassend, auf die Schabe zu.

Elvis reagierte sofort und tat das einzig Richtige. Er riss das Steuer scharf nach links.

Der gewaltige Schlepper kippte auf zwei Räder. Einen Moment lang sah es so aus, als würde er geradewegs in den gähnenden Abgrund des Aufzugschachts rasen.

Doch er drehte sich weiter … und weiter. Die Reifen quietschten. Und dann fuhr er exakt Richtung Norden – genau durch die schmale Lücke zwischen dem Marine One und dem Aufzugschacht hindurch.

Nighthawk 2 hingegen kam weniger glimpflich davon.

Da er rückwärts hinter der flüchtenden Schabe herrumpelte, geriet er durch Elvis' plötzlichen Linksschwenk in die Schusslinie.

Die Predator-Rakete durchschlug mit enormer Geschwindigkeit das Panzerglas des Cockpits.

Die Wirkung war gewaltig.

Das komplette Vorderteil des CH-53E Super Stallion explodierte und ließ einen Regen von Glassplittern und verbogenem Metall auf den Hangarboden niedergehen. Von der Glaskuppel blieb nur noch ein schartiges Metallloch übrig.

Die Rakete hatte außerdem die Räder unter der Nase des Helikopters zerstört. Dadurch rutschte der riesige Helikopter – beziehungsweise das, was noch von ihm übrig war – nun auf der funkenstiebenden Nase hinter dem Schleppfahrzeug her.

»Elvis!«, schrie Book II. »Fahr zum Aufzug! Zum Personenaufzug!«

Als die schlitternde Schabe auf die Soldaten der 7. Schwadron zuraste, stoben sie auseinander.

Elvis machte zu seiner Rechten die Fahrstuhltür aus und riss das Steuer herum. Die Schabe reagierte umgehend, schwenkte nach rechts und schnitt dabei eine Ecke des Aufzugschachts ab. Book II., der am Fahrzeugdach hing, sah einen Moment lang unter sich nur den schier bodenlosen Abgrund.

Drei Sekunden später kam die Schabe – den nahezu komplett zerstörten Helikopter im Schlepptau – mit quietschenden Rädern vor dem Fahrstuhl an der Nordseite des Hangars zum Stehen.

Book II. sprang von dem großen Volvo herunter und drückte auf den Fahrstuhlknopf. Elvis stieß zu ihm, als hinter ihnen zwei bewaffnete Männer von dem riesigen Schlepper auf dem Boden landeten.

Book II. fuhr herum und riss die Pistolen hoch, die Finger am Abzug.

»Sachte! Sachte!«, versuchte der eine Soldat zu beschwichtigen und hob die Hand mit der Pistole.

»Immer mit der Ruhe, Sergeant!«, sagte der andere mit leiser Stimme. »Wir stehen auf Ihrer Seite.«

Book II. nahm die Finger vom Abzug.

Es waren Marines.

Der eine war Sergeant Ashley Lewicky, ein ungewöhnlich hässlicher Berufssergeant mit buschigen, zusammengewachsenen Brauen, einer ramponierten Boxernase und einem breiten Lächeln. Er war klein und untersetzt, und sein Rufzeichen »Love Machine« war wohl eher ironisch gemeint. Da er denselben Rang bekleidete wie Elvis und auch etwa im gleichen Alter war, kannten die beiden sich schon seit Jahren.

Der zweite Marine hingegen war das krasse Gegenteil von Love Machine. Der neunundzwanzigjährige Captain Tom Reeves war hoch gewachsen und hatte ein scharf geschnittenes Gesicht. Als viel versprechender junger Offizier war er prädestiniert für rasche Beförderungen. Tatsächlich war er schon mehrfach erfahreneren Lieutenants vorgezogen worden. Ungeachtet seiner nicht zu übersehenden Tüchtigkeit wurde er »Calvin« genannt, weil er einem männlichen Model ähnelte, das für *Calvin-Klein*-Unterwäsche warb.

»Herrgott noch mal, Elvis«, sagte Love Machine, »wo hast du eigentlich fahren gelernt? Beim Autocrash-Rennen?«

»Wieso? Wo habt ihr denn gesteckt?«

»Was meinst du wohl, du Blödmann? Natürlich im Nighthawk 2. Als die Scheiße los ging, haben wir uns da in Sicherheit gebracht. Eigentlich ging's uns prima, bis ihr uns in die Schusslinie des Raketenwerfers bugsiert habt.«

In diesem Moment schlug über ihren Köpfen eine Salve in die Wand ein.

Zehn Soldaten der 7. Schwadron von der Einheit Bravo rannten durch den riesigen Hangar auf sie zu.

»Ich nehme an, Sie hatten einen Plan, als Sie hierher gefahren sind, Sergeant«, sagte Calvin Reeves zu Book II.

In diesem Moment ertönte die Glocke des Fahrstuhls, und die Metalltür glitt auf. Erfreulicherweise war die Kabine leer.

»Das war der Plan, Sir«, entgegnete Book II.

»Gut gemacht«, lobte Calvin, dann stürmten sie in den Fahrstuhl. Book II. drückte als Erstes den Knopf mit der Aufschrift »TÜR SCHLIESSEN«.

Die Tür geriet in Bewegung. Eine Kugel schoss in die Kabine und schlug in die Rückwand ein.

»Mach schon ...«, drängte Elvis.

Die Tür bewegte sich weiter.

Sie vernahmen Stiefelgepolter auf dem Dach der Schabe, dann das typische Klicken, mit dem Maschinengewehre entsichert werden.

Die Tür schloss sich endlich.

Und in diesem Moment wölbte sich das Metall durch die zahllosen Treffer nach innen.

Es dauerte eine Weile, bis die Männer und Frauen sich an der Kabelrinne entlanggehangelt hatten, die um den Aufzugschacht herumführte. Doch schließlich schafften sie es bis zum breiten Hangartor auf der anderen Seite.

Sich mit einer Hand festhaltend, drückte Schofield einen Schalter neben dem massiven Tor. Es bewegte sich daraufhin rumpelnd nach oben.

Schofield kletterte als Erster in den Gang und vergewisserte sich, dass keine gegnerischen Soldaten in der Nähe waren. Dann erst half er den anderen beim Hochklettern.

Als alle oben standen, blickten sie sich um.

»Wow!«, flüsterte Mother.

Vor ihnen erstreckte sich ein höhlenartiger Flugzeughangar.

Im Kontrollraum, von dem aus man den ebenerdigen Hangar überschaute, gab die Wand mit den Schwarzweißmonitoren die Bilder verschiedener Überwachungskameras wieder.

Juliet Janson und der Präsident rannten die Treppe hoch.

Book II., Calvin Reeves, Elvis und Love Machine öffneten im Personenaufzug gewaltsam die Ausstiegsluke an der Decke und kletterten hindurch.

Schofield und seine Begleiter betraten den unterirdischen Hangar.

»Okay, Einheit Charlie, ich hab sie. Die aus dem Lüftungsschacht. Hangar Ebene 1. Vier Marines: zwei Männer, zwei Frauen. Sie gehören euch.«

»Einheit Bravo, eure Zielpersonen haben den Personenaufzug soeben durch die Ausstiegsluke verlassen. Verliere Sichtkontakt. Ich verriegle sämtliche Aufzugtüren außer eurer. Okay, sind eingeschlossen. Macht sie fertig!«

»Sir, Einheit Echo hat den Rest des Hangars gesäubert. Erwarten weitere Anweisungen.«

»Sie sollen Charlie helfen«, sagte Caesar Russel mit Blick auf den Monitor, auf dem Shane Schofield zu sehen war.

»Echo, hier ist die Leitstelle, rückt vor zum Hangar auf Ebene 1 und schließt euch dort Einheit Charlie an!«

»Einheit Alpha, die Bodyguards des Präsidenten steigen die Treppe hoch. Kommen direkt auf euch zu. Einheit Delta, die Brandschutztür auf Ebene 6 ist nicht gesichert. Ihr könnt ins Treppenhaus vorrücken und angreifen.«

Der Raum war riesig, ein gewaltiger unterirdischer Hangar, mindestens so groß wie der zu ebener Erde.

Mehrere Flugzeuge waren darin abgestellt: eine AWACS-Maschine vom Typ Boeing 707 mit dem typischen Radarauge auf dem Rücken, das einer fliegenden Untertasse ähnelte, zwei bedrohlich wirkende B-2-Stealth-Bomber, lackiert mit schwarzer, Radarstrahlen absorbierender Farbe, mit futuristisch geformten Flügeln und abweisenden Cockpitfenstern. Und unmittelbar vor den beiden Stealth-Bombern stand ein Lockheed-SR-71 Blackbird, das weltweit schnellste Einsatzflugzeug mit schlankem, extrem langem Rumpf und zwei Hecktriebwerken.

»Und wie geht's jetzt weiter?«, erkundigte sich Mother.

Schofield ließ sich Zeit mit der Antwort.

Er musterte angestrengt das AWACS-Flugzeug. Reglos stand es da, dem riesigen Aufzugschacht zugewandt.

Schließlich sagte Schofield: »Wir finden heraus, ob es stimmt, was sie über das Herz des Präsidenten behaupten.«

Die Luft im Treppenhaus war stark bleihaltig.

Die Bodyguards des Präsidenten – mittlerweile nur noch zu dritt – stürmten die Treppe hinauf, bewaffnet mit Uzis, SIG-Sauer-Pistolen und den Revolvern aus ihren Wadenhalftern.

Ein junger Agent namens Julio Ramondo lief voran und feuerte ungeachtet einer Schulterverletzung mit seiner Uzi.

Special Agent Juliet Janson, die das Kommando aufgrund der Ausnahmesituation und keineswegs in Übereinstimmung mit den Vorschriften übernommen hatte, folgte ihm. Sie deckte den nachfolgenden Präsidenten mit ihrem Körper.

Der dritte und letzte überlebende Agent der Einsatzgruppe – sein Name lautete Curtis – gab ihnen nach hinten Feuerschutz und schoss immer wieder in Richtung Treppe.

Juliet Janson war mit ihren achtundzwanzig Jahren das jüngste Mitglied der Bewachungstruppe des Präsidenten, doch das hatte nun keinerlei Bedeutung mehr.

Sie hatte Kriminologie und Psychologie studiert, schaffte hundert Meter in 13,8 Sekunden und war ein ausgezeichneter Schütze. Als Tochter eines amerikanischen Geschäftsmanns und einer taiwanesischen Universitätsdozentin war ihr Aussehen recht exotisch. Sie hatte glatte, olivfarbene Haut, markante Kieferknochen, wundervolle braune, mandelförmige Augen und schulterlanges, pechschwarzes Haar.

»Ramondo! Sehen Sie die Tür?«, schrie sie über das Gewehrfeuer hinweg.

Nach dem blutigen Tod von Frank Cutler und dem gescheiterten Versuch, Ebene 6 zu betreten, waren der Präsident und seine Bewacher von der 7. Schwadron in die Zange genommen worden.

Die Einheit von Ebene 6 näherte sich ihnen nun von unten, während jene Einheit, die sie aus dem Gemeinschaftsraum auf Ebene 3 verjagt hatte, von oben her näher kam.

Somit bestand ihre einzige Chance darin, eine der Etagen zwischen Ebene 6 und 3 zu erreichen, bevor sie von zwei Seiten her beschossen wurden.

»Ja! Ich sehe sie!«, antwortete Ramondo. »Kommen Sie her!«

Juliet Janson erreichte mit dem Präsidenten den Treppenabsatz, auf dem Ramondo sie erwartete. Von oben näherten sich polternde Schritte, in die Wände schlugen laufend Querschläger ein.

EBENE 5: TIERVERSUCHE
EINTRITT VERBOTEN
DIESE TÜR NUR IM NOTFALL ÖFFNEN
EINTRITT ÜBER DIE AUFZÜGE AUF DER
ANDEREN SEITE DES STOCKWERKS

»Ich denke, der Notfall dürfte wohl gegeben sein«, sagte sie, dann zerstörte sie die Türschlösser mit drei Schüssen aus ihrer SIG-Sauer.

Sie trat gegen die Tür und schob den Präsidenten hindurch.

Book II. schaute in den dunklen, rechteckigen Aufzugschacht und erblickte etwa fünfzehn Meter über sich die Türen, die zum Haupthangar führten.

Er stand zusammen mit Calvin, Elvis und Love Machine auf dem Personenaufzug, der mitten im Schacht angehalten hatte. Einige in größeren Abständen angebrachte Neonröhren beleuchteten die Betonwand des Aufzugschachts.

»Warum mussten wir denn aussteigen?«, fragte Elvis.

»Wegen der Kameras«, antwortete Book II. »Im Aufzug konnten wir unmöglich bleiben.«

»Da hätten wir auf dem Präsentierteller gesessen«, warf Calvin ein. »Meine Herren, als ranghöchster Offizier übernehme ich das Kommando.«

»Und wie sieht Ihr Plan aus, Captain America?«, fragte Love Machine.

»Wir bleiben in Bewegung –«, setzte Calvin an, konnte den Satz aber nicht beenden, da in diesem Augenblick die Türen über ihnen aufsprangen und kurz darauf drei P-90-Gewehrläufe sichtbar wurden, aus deren Mündungen gelbe Blitze hervorschossen.

Querschläger schlugen rings um den Aufzug ein.

Book II. duckte sich, wirbelte herum – und bemerkte mehrere Seile an der Schachtwand, die neben dem still stehenden Aufzug in der Tiefe verschwanden.

»Die Seile!«, rief er und sprang auf die Wand zu, ohne sich um die Kommandokette zu scheren. »Runter, Leute! Beeilung!«

Shane Schofield stürmte in die Bugkabine des AWACS-Flugzeugs im Hangar auf Ebene 1.

»Brainiac!«

»Schon unterwegs.« Brainiac rannte los und verschwand in der Hauptkabine.

»Tür zu!«, wandte sich Schofield an Mother, die als Letzte an Bord gekommen war.

Schofield hastete nach hinten. Im Innern ähnelte die AWACS-Maschine einem Linienflugzeug – mit dem Unterschied, dass man sämtliche Sitze ausgebaut und durch große Überwachungskonsolen ersetzt hatte.

Brainiac machte sich bereits an einer der Konsolen zu

schaffen. Als Schofield neben ihm Platz nahm, erwachte sie bereits summend zum Leben. Mother und Gant traten neben die beiden Türfenster und blickten hinaus.

Brainic gab einige Befehle ein.

»Mother glaubt, dass es sich um ein Mikrowellensignal handelt«, sagte Schofield. »Der Satellit sendet es aus, und der Sender am Herzen des Präsidenten reflektiert es.«

Brainiac tippte noch immer. »Klingt einleuchtend. Allein Mikrowellensignale können die Funkglocke über diesem Stützpunkt durchdringen – und auch nur dann, wenn die Einlassfrequenz bekannt ist.«

»Einlassfrequenz?«

Brainiac tippte unablässig weiter. »Die Funkglocke über der Basis ähnelt einem Regenschirm, einer riesigen Kuppel aus zerhackter elektromagnetischer Energie. Dieser Regenschirm aus Energie verhindert, dass Signale unbekannter Herkunft zum Stützpunkt vordringen. Aber wie bei allen guten Sicherheitssystemen gibt es auch hier eine bestimmte Frequenz, die von autorisierten Funkübertragungen verwendet wird. Das ist die Einlassfrequenz – ein schmales Band im Mikrowellenbereich, das sich durch die Funkglocke schlängelt und die Sperrsignaturen umgeht. Eine Art Geheimpfad durch ein Minenfeld.«

»Dann sendet der Satellit also auf der Einlassfrequenz?«, fragte Schofield.

»Das vermute ich jedenfalls«, antwortete Brainiac. »Im Moment überprüfe ich mit dem Radarauge gerade sämtliche Mikrowellenfrequenzen *innerhalb* des Stützpunkts. Diese Vögel sind mit den besten Detektionssystemen weit und breit ausgerüstet, deshalb ist es nicht – Bingo! Hab's gefunden.«

Er drückte die ENTER-Taste, woraufhin sich ein weiterer Monitor einschaltete.

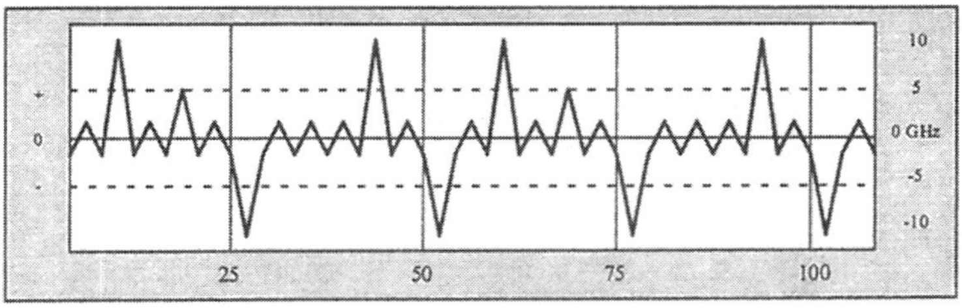

»Sehen Sie sich das mal an!« Brainiac druckte das Bild aus. »Das ist ein typisches Reflektionssignal. Der Satellit sendet ein Suchsignal aus – das sind die hohen Zacken im positiven Bereich, um die 10 Gigahertz –, und dann reflektiert es der Empfänger am Boden, nämlich der Präsident. Das sind die Ausschläge im negativen Bereich.«

Brainiac malte Kreise um die Signale auf dem Ausdruck.

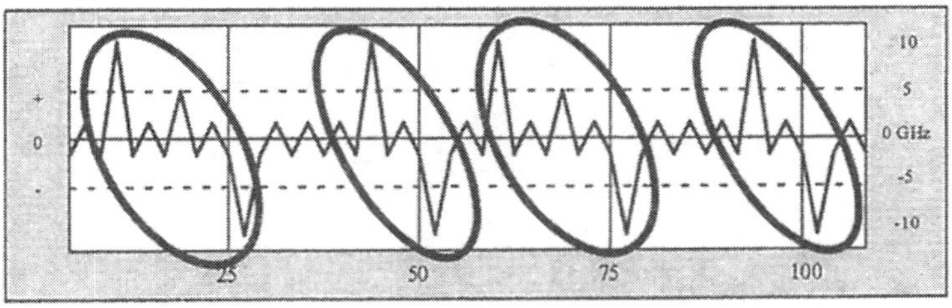

»Rufsignal und Antwort«, erklärte er. »Lässt man die Interferenzen außer Acht, scheint das Antwortsignal alle fünfundzwanzig Sekunden ausgestrahlt zu werden. Captain, es sieht so aus, als hätte der Air-Force-General die Wahrheit gesagt. Irgendetwas hier unten reflektiert ein verschlüsseltes Satellitensignal im Mikrowellenbereich.«

»Könnte es sich nicht auch um ein Funkfeuer oder Ähnliches handeln?«, hakte Schofield nach.

»Dazu ist das Signal zu unregelmäßig«, erwiderte Brainiac. »Wenn Sie genau hinsehen, wird Ihnen auffallen, dass das Signal nicht exakt dupliziert wird. Hin und wieder ist zwischen Such- und Antwortsignal ein mittelgroßer Zacken erkennbar.« Brainiac deutete auf das entsprechende Signal in zweien der Kreise.

»Und was bedeutet das?«

»Das ist ein Interferenzsignal. Es bedeutet, dass sich der Sender bewegt.«

»Mein Gott!«, sagte Schofield. »Dann stimmt es also.«

»Und es kommt noch schlimmer«, meldete Gant, die durch das Fenster im Notausstieg an der linken Kabinenseite schaute. »Sehen Sie sich das mal an!«

Schofield ging zu ihr hinüber und blickte aus dem kleinen Fenster.

Das Blut gefror ihm in den Adern.

Das waren mindestens zwanzig Mann.

Zwanzig Soldaten der 7. Schwadron rannten draußen durch den Hangar – in Händen P-90-Gewehre, die Gesichter unter ERG-6-Gasmasken verborgen – und umzingelten das AWACS-Flugzeug.

Zunächst fiel ihnen der Geruch auf.

Es roch wie im Zoo, wie eine Mischung aus Tierexkrementen und Sägemehl.

Juliet Janson betrat die Ebene 5 als Erste und hatte den Präsidenten im Schlepptau. Die anderen beiden Secret Service Agents eilten ihnen nach und schlugen dann die Tür zum Treppenhaus hinter sich zu.

Sie standen in einem großen dunklen Raum, der an drei Seiten von bedrohlich wirkenden Käfigen gesäumt war. In die dicken Betonwände waren schmiedeeiserne Gitterstäbe eingelassen. Die vierte Seite des Raums nahmen moderner wirkende Käfige ein: Diese hatten durchsichtige, vom Boden bis zur Decke reichende Wände aus Fiberglas und waren mit tintenschwarzem Wasser gefüllt. Janson konnte nicht erkennen, was sich in der undurchsichtigen Flüssigkeit verbarg.

Als Juliet plötzlich ein Knurren vernahm, fuhr sie herum.

In einem der Stahlkäfige zu ihrer Rechten befand sich ein großes Tier. Im trüben Licht des Verlieses machte sie hinter den dicken schwarzen Gitterstäben eine gewaltige, behaarte Gestalt aus, die sich nur schwerfällig bewegte.

Aus dem Käfig drangen unheimliche Geräusche – als kratze jemand mit dem Fingernagel über eine Schiefertafel.

Special Agent Curtis ging hinüber und spähte in die Dunkelheit hinter den Stäben.

»Gehen Sie nicht zu nahe ran!«, warnte ihn Janson.

Zu spät.

Unter markerschütterndem Gebrüll tauchte hinter den Gitterstäben ein riesiger schwarzer Schädel auf. Drahtiger Pelz, wilde Augen und gebleckte, ungefähr zwölf Zentimeter lange Zähne waren zu erkennen. Offenbar wollte das Geschöpf zubeißen.

Curtis schreckte zurück und landete auf dem Hintern, während das wütende, rasende Tier ihn vergeblich mit seiner langen, behaarten Tatze zu packen versuchte. Allein die extrem starken Gitterstäbe hinderten es daran.

Janson konnte das Tier nun deutlicher sehen.

Es war riesig, mindestens 2,80 Meter groß, und mit zotteligem schwarzem Pelz bedeckt. In dieser unterirdischen Betonzelle wirkte es völlig fehl am Platz.

Janson traute ihren Augen nicht.

Es war ein Bär.

Und zwar kein besonders gepflegter Bär. Der Pelz war verfilzt und von Schweiß durchtränkt. Dung klebte an seinem Hinterteil. Kurzum: Der größte landbewohnende Fleischfresser der Welt ähnelte einem Monster aus einem Horrorfilm.

Auch in den anderen Käfigen an der Nordseite des Verlieses waren Bären untergebracht – vier Weibchen und zwei Junge.

»Mein Gott …«, flüsterte der Präsident.

»Was zum Teufel geht hier vor?«, wisperte Julio Ramondo.

»Das ist jetzt egal«, erwiderte Janson und zerrte den Präsidenten zu einer massiven Tür an der anderen Seite des Raums. »Was es auch sein mag, hier können wir nicht bleiben.«

Im Hangar auf Ebene 1 herrschte Stille.

Das große AWACS-Flugzeug stand mitten im gewaltigen Hangar, umzingelt von den Soldaten der 7. Schwadron.

»Das habe ich mir anders vorgestellt«, bemerkte Schofield.

»Woher wissen die eigentlich, wo wir sind?«, fragte Mother.

Gant blickte Schofield an. »Ich könnte mir denken, dass eine solche Einrichtung von vorn bis hinten verkabelt ist.«

»Stimmt«, pflichtete Schofield ihr bei.

»Wovon redet ihr?«, fragte Mother.

»Kameras«, antwortete Schofield. »Überwachungskameras. Irgendwo in der Basis gibt es einen Kontrollraum, wo jemand eine Reihe von Monitoren überwacht und diesen Typen sagt –«

Ein lautes Geräusch unterbrach ihn.

Gant blickte aus dem Fenster im Notausstieg. »Mist! Die sind auf die Tragfläche geklettert!«

»Herrgott noch mal!«, fluchte Schofield, »die haben's auf die Türen abgesehen.«

Er wechselte einen Blick mit Gant.

»Die wollen das Flugzeug stürmen«, verkündete er.

Sie wirkten wie Ameisen, die auf einem Spielzeugflugzeug herumkrabbelten. Acht Soldaten der 7. Schwadron – vier auf jeder Seite – pirschten sich über die Tragflächen der Boeing 707 heran.

Captain Luther »Python« Willis, Kommandant der dritten Untereinheit der 7. Schwadron, stand auf dem Hangarboden und beobachtete, wie seine Männer über die Tragflächen vorrückten.

»Die Avenger kommen gleich hoch«, sagte sein Master Sergeant.

Python nickte schweigend und ohne eine Miene zu verziehen.

Im Innern des AWACS-Flugzeugs rannte Schofield den Mittelgang entlang, um die Hintereingänge der Maschine zu sichern. Gant und Brainiac nahmen an den beiden Seitenfenstern Aufstellung.

»Hier hinten ist niemand!«, rief Schofield von den beiden Notausgängen aus. »Fox?«

»Auf der linken Tragfläche sind vier Männer!«, schrie Gant.

»Rechts sind auch vier!«, rief Brainiac.

»Mother?«, rief Schofield.

Keine Antwort.

»Mother!«

Schofield eilte wieder nach vorn.

Mother war nirgendwo zu sehen. Eigentlich sollte sie die Vordereingänge des Flugzeugs sichern: den Notausstieg im Boden der Bugkabine und die Dachluken im Cockpit über den Schleudersitzen der Piloten.

Im Laufen blickte Schofield aus einem der Fenster und sah die bewaffneten Soldaten auf der linken Tragfläche.

Was haben die bloß vor, fragte er sich stirnrunzelnd.

Durch die Tragflächentüren konnten sie unmöglich hereinkommen. Obwohl sie nur mit ihren vernickelten Pistolen bewaffnet waren, würden Schofield und seine Marines einen Angriff mühelos abwehren können, da immer nur ein Mann durch den schmalen Eingang passte.

In diesem Moment jedoch bemerkten sie alle durch das Fenster in der Seitentür der Boeing 707 die Avenger.

Es waren zwei, und sie waren über die Fahrzeugrampe an der Ostseite in den Hangar gelangt.

Das Avenger-Luftabwehrfahrzeug ist ein umgebauter Jeep. Es besitzt das breite Chassis des Humvees, des Nachfolgers des Jeeps, verfügt jedoch über zwei rechteckige Aufbauten, in denen vier Stinger-Raketen untergebracht sind. An der Unterseite der Raketenwerfer sind zwei leistungsfähige Maschinengewehre vom Kaliber 50 angebracht. Das Gefährt ist ein äußerst effektiver, hochmobiler Flugzeugkiller.

»Okay, jetzt weiß ich, was sie vorhaben«, sagte Schofield laut.

Die Angreifer würden die Stinger-Raketen auf das Flugzeug abfeuern und in der nachfolgenden Verwirrung im Schutze des Qualms gewaltsam eindringen.

Ein guter Plan, dachte Schofield. Und sehr gefährlich für ihn und seine drei Marines.

Die beiden durch den Hangar rasenden Avenger teilten sich, das eine Fahrzeug hielt auf die rechte Flanke des AWACS zu, das andere auf die linke.

Schofield beobachtete, wie beide aus seinem begrenzten Gesichtsfeld verschwanden.

»Mist!«, fluchte er leise.

Er musste etwas unternehmen, und zwar schnell.

In diesem Moment sprangen donnernd die Tragflächentriebwerke an. Im von Betonwänden umschlossenen Hangar war der Lärm ohrenbetäubend.

Schofield wirbelte herum. »Mother!«, sagte er.

Die Avenger kamen in dem Moment mit quietschenden Reifen zu beiden Seiten des AWACS-Flugzeugs zum Stehen, als die riesige Boeing 707 zu rollen begann. Der Hangar war erfüllt vom Tosen der Motoren.

Als sich das Flugzeug in Bewegung setzte, verloren die Männer auf den Tragflächen das Gleichgewicht.

Schofield stürmte ins Cockpit.

Mother saß auf dem Pilotensitz.

»Hallo, Scarecrow!«, schrie sie, um den Lärm zu übertönen. »Lust auf einen kleinen Ausflug?«

»Haben Sie schon mal ein Flugzeug geflogen, Mother?«

»Ich hab mal einen Film mit Kurt Russell gesehen. In dem hat er eine Maschine geflogen. Mann, der Unterschied zu Ralphs Neunachser ist gar nicht so groß!«

Eine Salve traf die Windschutzscheibe des Cockpits. Mother und Schofield wurden mit Glassplittern überschüttet, einige Schüsse schlugen in die Decke ein.

»Mother! Schnell nach links!«, befahl Schofield.

»Was?« Mother guckte ihn ungläubig an. Wenn sie nun eine Linkskurve machte, würden sie mit dem Avenger zusammenstoßen.

»Machen Sie schon!« Schofield sprang auf den Sitz des Kopiloten und lenkte das Flugzeug mithilfe der Steuerpedale scharf nach backbord, während er den Gashebel gleichzeitig nach vorn drückte.

Die riesige AWACS-Maschine reagierte augenblicklich. Sie beschleunigte und schwenkte scharf nach links – unmittelbar auf den Avenger zu!

Die Soldaten auf dem Fahrzeug bemerkten, das die Maschine geradewegs auf sie zusteuerte.

Sie gaben den Versuch auf, das Flugzeug mit den Stinger-Raketen aufhalten zu wollen. Stattdessen warfen sie sich auf den Boden, unmittelbar bevor die monströsen Vorderräder der Boeing über den Avenger hinwegrollten und ihn zerquetschten wie eine Konservendose.

»Juhuu!«, schrie Mother, als das Flugzeug über die Überbleibsel des Humvees hinwegholperte.

»Es ist noch nicht vorbei«, mahnte Schofield. »Einer ist noch übrig. Fox, wo ist der andere Avenger?«

Gant und Brainiac waren noch immer in der Hauptkabine des AWACS und bewachten die Tragflächentüren auf beiden Seiten des Flugzeugs – Gant mit der MP-10, Brainiac mit seiner Beretta.

»Links hinter uns!«, schrie Gant. Durchs Fenster sah sie das Humvee drüben an der Nordwand, die Raketenwerfer hochgefahren und einsatzbereit. Und plötzlich drang aus einem der Werfer eine Rauchwolke.

»Festhalten!«, rief Gant. »Rakete abgefeuert!«

Es erfolgte eine gewaltige Explosion, und das ganze AWACS-Flugzeug erbebte heftig, während die Hinterräder vom Boden abhoben.

Rauchschwaden strömten in die Hauptkabine und schossen nach vorn, während das Flugzeug wieder aufsetzte und von dem Aufprall erbebte.

»Das Heck wurde getroffen!«, schrie Gant.

Aber es war noch viel schlimmer.

Der zweite Avenger hatte das gesamte Heck der 707 zerstört und ein qualmendes, klaffendes Loch zurückgelassen. Die Heckflosse des Flugzeugs war vollständig abgerissen und lag verbogen auf dem Hangarboden.

Die Maschine beschrieb weiterhin einen großen Bogen. Die gewaltigen Räder drehten sich rasch, während die Soldaten der 7. Schwadron eine Salve nach der anderen darauf abfeuerten.

Die Bewegung des Flugzeugs in dem riesigen unterirdischen Hangar war nahezu eine Sensation. Dass ein so großes und schweres Gefährt derart schnell rollte, war ein Anblick, der sich einem nicht alle Tage bot.

Das Flugzeug drehte sich um 180 Grad. Dabei prallte die Spitze der rechten Tragfläche gegen die Flanke des geparkten SR-71 Blackbird. Die Schnauze wies nun in die Richtung, aus der das Flugzeug gekommen war, und das offene Heck war somit dem unerbittlichen Feuer der Soldaten preisgegeben.

Zahllose Kugeln schlugen in Decke und Wände der Hauptkabine ein. Gant und Brainiac warfen sich auf den Boden, während Plastik- und Verkleidungsteile auf sie herabregneten.

»Mist!«, rief Brainiac. »Das wird einem auf Parris Island jedenfalls nicht beigebracht!«

Auch Book II. war in Aktion.

Er ließ sich eilig an einem der Seile, an denen die Gegengewichte befestigt waren, die Schachtwand hinab.

Nachdem sie dem Sperrfeuer entkommen waren, mussten sie nun einen Ausgang aus dem Schacht finden, ehe die Soldaten der 7. Schwadron den zwischen ihnen befindlichen Aufzug umrundet hatten.

Book II. hielt vor einer Doppeltür an, die mit einer großen schwarzen »1« beschriftet war, und vernahm gleich darauf gedämpfte Schüsse – Maschinengewehrfeuer, Explosionslärm, Reifenquietschen.

»Hier nicht!«, entschied Calvin Reeves, als er neben Book II. angelangt war. »Probieren wir die nächste Tür!«

Sie hangelten sich noch weiter nach unten.

Im Hangar beobachtete Python Willis, wie das AWACS-Flugzeug eine rasante Kurve beschrieb.

»Avenger 2«, sprach er tonlos ins Mikrofon. »Zielt aufs Cockpit! Zwei Raketen.«

Im Cockpit des AWACS-Flugzeugs betätigte Schofield die Pedalsteuerung.

»Mother!«, rief er. »Zurück in die Hauptkabine! Das Heck decken! Sorgen Sie dafür, dass dort niemand reinkommt! Ich kümmere mich um die Steuerung!«

Mother packte ihr M-16 und rannte nach hinten.

In diesem Moment tauchte das zweite Humvee vor Schofield auf. Es schwenkte eilig herum, nahm eine andere Position ein und machte sich erneut bereit zum Feuern.

Er schaltete die Sprechanlage ein.

»Brainiac!«, ertönte Schofields dröhnende Stimme übers Lautsprechersystem. »Elektronische Gegenmaßnahmen einleiten!«

Brainiac schaute hoch. »Ja, klar. Natürlich!«

»Wovon redet der eigentlich?«, fragte Gant, als sie sich Mother in der Hauptkabine anschloss.

Brainiac kroch bereits zu einer der Konsolen. Er warf sich auf den Sitz und begann hektisch zu tippen.

Gant blickte aus dem Türfenster. Sie sah, wie die Hangarwände vorbeihuschten, sah, wie das noch funktionsfähige Humvee drüben an der Wand zum Stehen kam und den Raketenwerfer neu ausrichtete.

»Wir kriegen gleich noch einen Treffer ab!«, warnte sie.

»Brainiac ...«, meldete sich Schofields aufgeregte Stimme über Lautsprecher.

Brainiac tippte, was das Zeug hielt. Auf dem Monitor erschienen die Worte »MF SCRAMBLER EINSCHALTEN«.

»Festhalten!«, schrie Gant.

Zwei Rauchwolken quollen aus den Raketenwerfern des Humvees, während Brainiac gleichzeitig die ENTER-Taste drückte.

Zwei Stinger-Raketen schossen aus den Rohren des

Raketenwerfers hervor und zogen gleichförmige Qualmspuren hinter sich her. Sie zielten unmittelbar auf das Vorderteil des AWACS-Flugzeugs.

Auf einmal kamen die Stinger von ihrem Kurs ab.

Obwohl die Raketen über Wärmesucher verfügten, waren sie doch nicht immun gegen die aufwändigen Anti-Raketen-Maßnahmen des AWACS, das ihre Elektronik störte und ihre interne Datenverarbeitung durcheinander brachte. Es war, als wären die beiden Stinger von einer unsichtbaren Welle getroffen worden, die von dem großen Radarauge ausging.

Die beiden Raketen reagierten entsprechend.

Sie gerieten außer Kontrolle.

Ihre Flugbahn beschrieb unverzüglich ein Y – die eine Rakete schwenkte nach rechts ab, die andere nach links. Die rechte Rakete schoss unter dem rollenden AWACS-Flugzeug hindurch, während die linke darüber hinwegflog.

Im Cockpit des AWACS beobachtete Schofield erstaunt, wie eine der Raketen am Flugzeugbug vorbeiraste, plötzlich kehrtmachte und auf das Humvee zusteuerte, das sie abgefeuert hatte.

Im nächsten Moment schlug die Rakete mit mörderischer Geschwindigkeit über dem Humvee in die Betonwand ein, und zwar in einen drei Meter hohen, kastenförmigen Anbau.

Die Rakete detonierte und sprengte ein großes Betonstück aus der Wand heraus. Die breite Stahltür des Anbaus wurde von der Wucht der Explosion aus den Angeln gerissen und durch den Hangar geschleudert. Große Betonbrocken regneten auf das Humvee herab.

Was immer sich in dem Anbau befunden hat, dachte Schofield bei sich, jetzt ist es hinüber.

Doch noch flog eine weitere außer Kontrolle geratene Rakete im Hangar umher.

Diese Rakete schwenkte unter heftigen Drehbewegungen um das zerstörte Heck des AWACS herum. Auf einmal machte sie ebenfalls kehrt und schlug in der Nordwand des Hangars ein, unmittelbar neben der Tür des Personenaufzugs.

Betonbrocken wurden aus der Wand gerissen und überall umhergeschleudert.

Diese Detonation hatte eine erstaunliche Wirkung.

Ein mächtiger Wasserschwall schoss mit ungeheurer Wucht aus dem Loch in der Wand.

Schofield runzelte die Stirn. »Was zum Henker ...?«

Eine gewaltige Explosion erschütterte die Wände des Aufzugschachts.

Book II. hing mit seiner Gruppe mittlerweile neben der Tür zu Ebene 3. Der Eingang zu Ebene 2 war ebenfalls verschlossen gewesen, deshalb waren sie zum nächsten Stockwerk hinuntergeklettert. Nun schaute er irritiert nach oben.

Der Anblick, der sich ihm bot, war ebenso erschreckend wie überraschend.

Zwanzig Meter über ihnen war ein ganzer Abschnitt der Betonwand neben dem Eingang zu Ebene 1 einfach herausgesprengt worden und fiel in Form von unterschiedlich großen Brocken auf sie herab.

Und darauf folgte das Wasser.

Wenig später schien es, als würden Book II. und die anderen mit einem Feuerwehrschlauch bespritzt.

Eine wahre Springflut ergoss sich aus dem Loch in der Wand in den schmalen Aufzugschacht.

Es blieb ihnen nichts anderes übrig, als sich noch fester an den Seilen festzuhalten.

Sobald er jedoch die Kraft des Wassers spürte, sah Book II. vor seinem geistigen Auge, was als Nächstes kommen würde: Sie würden abstürzen. Die Gewalt des Wassers war einfach zu stark.

»An alle Einheiten: Achtung, die Wassertanks auf Ebene 1 sind geborsten. Ich wiederhole: Die Wassertanks auf Ebene 1 laufen aus.«

»Das Wasser aus den Tanks dringt in den Schacht des Personenaufzugs ein.«

»Notabsperrung einleiten!«, befahl Caesar Russel mit ruhiger Stimme. »Sperren Sie den Schacht ab. Schließen Sie das Wasser ein. Der Schacht kann ruhig voll laufen.«

Love Machine stürzte als Erster ab.

Unter dem Druck des Wassers verlor er den Halt am Seil und fiel an Book II. vorbei in die Tiefe.

Er entfernte sich von Book II. in einer Art albtraumhaften Zeitlupenbewegung: mit aufgerissenen Augen, offenem Mund, sein Schrei vom Tosen des Wasserfalls erstickt. Dann verschwand er in der undurchdringlichen Finsternis des Schachts.

Book II. fluchte. »Verdammte Scheiße!«

Und dann tat er das Einzige, was ihm einfiel.

»Sergeant! Nein!«, brüllte Calvin, doch es war bereits zu spät.

Book II. lockerte den Griff um das Seil, rutschte mit rasanter Geschwindigkeit hinter Love Machine her den Schacht hinunter und verschwand ebenfalls in der Dunkelheit.

Book II. stürzte in das pechschwarze Loch.

Die Rutschpartie schien ewig zu dauern. Er sauste am Seil entlang und spürte die Reibungshitze durch seine weißen Uniformhandschuhe.

Plötzlich fiel er mit einem lauten Klatschen ins Wasser.

Auch damit hatte er gerechnet.

Der Aufzugschacht hatte einen Durchmesser von etwa dreieinhalb Metern. Angesichts der gewaltigen Wassermengen, die aus dem Loch in der Wand auf Ebene 1 strömten, hatte Book II. vermutet, dass es nicht lange dauern würde, bis sich am Boden ein Teich bilden würde, ausreichend tief, dass er ohne Blessuren eintauchen konnte.

Love Machine schwamm keuchend und hustend neben ihm im Wasser. Auf jeden Fall lebte er.

»Alles okay?«, rief Book II.

»Uuh ... ja!«

Calvin und Elvis kamen kurz darauf an den Seilen heruntergerutscht. Der tosende Wasserfall stürzte donnernd in den Tümpel und ließ die Gischt spritzen.

»Okay, Captain Fantastic«, sagte Elvis zu Calvin, »der Aufzugschacht, den Sie für so sicher hielten, füllt sich mit Wasser. Was schlagen Sie nun vor?«

Calvin zögerte.

»Motherfucker ...«, fluchte Brainiac, als er aus dem Heck des AWACS spähte.

Drüben am Personenaufzug schoss eine mächtige Fontäne aus dem Loch in der Wand. »Was soll der Scheiß?«

»Bloß wieder so ein Tag voller Katastrophen und Unfälle an der Seite von Scarecrow«, parierte Mother.

»Hey«, sagte Gant, die durchs Türfenster blickte. »Was ist eigentlich mit den Typen auf den Tragflächen passiert?«

Mother und Brainiac wirbelten herum und blickten durch die Fenster.

Auf den Tragflächen war niemand.

Die Soldaten der 7. Schwadron waren spurlos verschwunden.

In diesem Moment vernahmen sie durch die Decke hindurch bedrohliches Fußgetrappel.

Das AWACS-Flugzeug setzte seine Höllenfahrt noch immer fort, mittlerweile jedoch in drei Zentimeter tiefem Wasser.

Es hatte den Hangar beinahe einmal umrundet, sodass der Bug nun in den leeren Hangarbereich wies, der wiederum zum offenen Tor des Flugzeugaufzugs führte.

Schofield betätigte hektisch die Fußpedale, um nicht die Kontrolle über das große Überwachungsflugzeug zu verlieren.

Das Tor zum Aufzugschacht lag unmittelbar vor ihm. In diesem Moment schoss ein kleiner Wasserfall davor hinab und verschwand in der Tiefe des Schachts.

Die große hydraulische Hebeplattform war vermutlich der beste Ausweg, aus diesem Schlamassel herauszukommen, doch zuletzt hatte sie auf einer der unteren Ebenen gehalten.

Und plötzlich, viel schneller, als Schofield erwartet hatte, explodierte über ihm die Decke in einem Funkenregen.

Die in die Cockpitdecke eingelassene Luke öffnete xsich normalerweise nur dann, wenn der Schleudersitz des Piloten betätigt wurde.

Nun schwang sie auf und kurz darauf schlug ein wahrer Kugelhagel ins Armaturenbrett des Flugzeugs ein und zerstörte Anzeigen und Schalter.

Es folgte unverzüglich eine zweite Salve, die den leeren Pilotensitz – den linken Sitz, auf dem eben noch Mother gesessen hatte – durchsiebte.

Zwei Kampfstiefel landeten auf dem Sitz. Ein bedrohlich wirkender Soldat der 7. Schwadron hatte das Cockpit betreten.

Das P-90-Sturmgewehr an die Schulter gepresst wirbelte der Maskierte herum und hielt im hinteren Teil des Cockpits Ausschau nach seinen Gegnern. Dann blickte er nach vorn und nach unten, wo er zu seiner Überraschung Schofield entdeckte, der flach auf dem Boden lag.

Unbewaffnet und schutzlos registrierte Schofield, wie der schwarz behandschuhte Zeigefinger des Soldaten den Abzug bewegte.

In dem Moment teilte er einen Tritt aus.

Er zielte nicht auf die Beine des Mannes, sondern auf einen Hebel neben dem Pilotensitz – den Auslöser für den Schleudersitz.

Schofields Tritt verfehlte nicht seine Wirkung.

Mit einem lauten Knall schoss der Schleudersitz durch die Deckenöffnung – und riss den Soldaten mit hinaus.

Python Willis beobachtete verblüfft, wie einer seiner Männer an seinen schockierten Kameraden vorbei mit unglaublicher Geschwindigkeit auf einem Schleudersitz aus dem AWACS-Cockpit katapultiert wurde.

Der Mann schoss wie eine Gewehrkugel in die Luft. Danach prallte er mit großer Wucht gegen die Betondecke des Hangars.

Das Knacken, mit dem sein Genick brach, hallte schauerlich durch den unterirdischen Hangar und übertönte für einen Augenblick das Tosen der AWACS-Triebwerke. Der Soldat war auf der Stelle tot. Der 150 Kilo schwere Sitz zertrümmerte sein Rückgrat so mühelos, wie ein Mensch einen Zweig abknickt.

In der Zwischenzeit hatte Schofield seine Beretta gezogen und war auf dem Rücken hinter die Pilotensitze gerutscht. Er feuerte nun auf die Cockpitdecke, um die übrigen Soldaten daran zu hindern, ihrem Kameraden ins Flugzeug zu folgen.

In Sekundenschnelle hatte er seine Munition verschossen. Er richtete sich auf und blickte durchs Cockpitfenster – und sah, dass das Flugzeug unmittelbar auf das riesige Tor zuhielt, hinter dem der Aufzugschacht lag.

»Das wird ja immer schöner!«, entfuhr es ihm.

In der kurzen Zeit, die ihm noch blieb, bemühte er sich, eine Lösung zu finden.

Das Flugzeug rollte weiter auf den Aufzugschacht zu.

Auf dem Dach befanden sich Soldaten der 7. Schwadron – und im Hangar wimmelte es natürlich ebenfalls von ihnen.

Er, Gant, Mother und Brainiac waren im Flugzeug eingeschlossen.

Gab es überhaupt eine Lösung?

Plötzlich kam ihm eine Idee. Es war ganz einfach.

Wir müssen aus dem Hangar verschwinden.

Doch wir stecken im Flugzeug fest, und wenn wir es verlassen, sind wir tot.

Ja, das ist es ...

Wir verziehen uns an Bord des Flugzeugs.

Schofield setzte sich auf den Kopilotensitz und übernahm wieder das Steuer. Glücklicherweise funktionierte die Steuerung noch, trotz der vielen Treffer.

Er drückte den Gashebel nach vorn, beschleunigte die Boeing 707 und hielt unmittelbar auf das gewaltige Stahltor und den Aufzugschacht zu.

»Was zum Teufel macht der da ...?«, fragte Python.

Die AWACS-Maschine wurde schneller, rollte durch den riesigen Hangar und hielt unmittelbar auf das offene Tor des Flugzeugaufzugs zu.

Die Soldaten auf dem Dach spürten, wie es einen Satz machte und beschleunigte.

Sie blickten nach vorn, erkannten, worauf es zusteuerte, und rissen ungläubig die Augen auf.

»Das kann nicht sein Ernst sein«, flüsterte Python, während er beobachtete, wie seine Männer vom Dach des rollenden Flugzeugs heruntersprangen.

Im Cockpit des immer schneller rollenden Flugzeugs schnallte sich Schofield an. Dann schaltete er die Sprechanlage ein.

»Meine Damen und Herren, hier spricht der Kapitän. Bitte begeben Sie sich auf Ihre Plätze und schnallen Sie sich an, wir heben in Kürze ab!«

In der Hauptkabine wirbelten Gant und die beiden anderen Marines herum und schauten nach vorn.

Durch die AWACS-Kabine konnten sie bis ins Cockpit gucken. Und sahen durch die Scheibe den sich rasch nähernden Aufzugschacht.

»Denkt er wohl, was ich denke?«, wandte sich Gant an Mother.

Mother zögerte einen Moment lang. »Ich glaub schon.«

Sie hechteten zu den nächsten freien Sitzen und schnallten sich eilends an.

Das AWACS-Flugzeug stürzte mit der Nase voran in den Aufzugschacht – und erinnerte an ein Kamikaze-Kampfflugzeug.

Es stürzte immer tiefer, bis es mit einem lauten Krachen auf der massiven Hebeplattform aufschlug, die sich fünfundfünfzig Meter tiefer auf Ebene 4 befand.

Die Nase des AWACS-Flugzeugs wurde beim Aufprall augenblicklich zusammengequetscht. Teile flogen durch die Luft, gefährlich wie Schrapnellsplitter. Zwei der Triebwerke wurden in die Luft katapultiert, als die Maschine auf die Plattform aufprallte.

Das Flugzeug schien eine Ewigkeit auf der deformierten Nase zu schwanken, dann kippte es langsam wie ein gefällter Mammutbaum mit einem gewaltigen Krachen auf die linke Tragfläche. Sie brach sogleich ab, und das AWACS fiel mit einem Dröhnen auf die Seite, das an den Wänden widerhallte.

Im Innern des AWACS-Flugzeugs herrschte Chaos.

Mother, Gant und Brainiac hingen in ihren Sitzen. Glücklicherweise waren sie angeschnallt, denn sie befanden sich in einem Winkel von 90 Grad zum Boden. Sie machten soeben Anstalten, sich abzuschnallen, als Schofield aus dem Cockpit in die Hauptkabine gestürmt kam.

»Beeilen Sie sich!«, befahl er, während er Mother beim Lösen des Gurts behilflich war. »Hier können wir nicht bleiben. Sie werden bald hier unten sein.«

»Wo sollen wir denn hin?«, fragte Gant, als sie aus dem Sitz herausrutschte und sich aufrichtete.

Schofield schürzte die Lippen. »Wir müssen auf jeden Fall den Präsidenten finden.«

»Mein Gott! Er hat das Flugzeug soeben in den Scheißschacht gelenkt.«

»Einheiten Charlie und Echo, begebt euch in den Zellentrakt! Einheit Delta, ihr könnt in den Tierversuchsbereich vordringen.«

»Verstanden, Kommandant Bravo. Ja, sie sind im Wasser am Grund des Schachts. Gute Idee!«

»Was macht Boa?«, fragte Caesar Russel. Captain Bruno »Boa« McConnell befehligte die Einheit Bravo, eine der Fünf Schlangen.

»Er ist auf dem Dach des Aufzugs, Sir. Er beabsichtigt, mit dem Fahrstuhl nach unten zu fahren und die Mistkerle zu ersäufen. Und wenn sie an den Seiten hochklettern wollen, knallt er sie ab.«

Book II. und die anderen schwammen im stetig ansteigenden Wasser am Boden des Personenaufzugschachts.

Um sie herum prasselte der sintflutartige Regen nieder. Es schien kein Ende zu nehmen, und der Schacht füllte sich rasch. Das Wasser stieg immer weiter an und hob sie der nächsten Aufzugtür entgegen.

Und auf einmal wurde das Wasserrauschen von einem lauten, klirrenden Geräusch übertönt, gefolgt von einem elektrischen Summen.

Book II. blickte nach oben – genau in dem Moment, als die Flut versiegte. Aber das Wasser hörte nicht gänzlich auf zu fließen. Jetzt strömte es mit verminderter Kraft an der Schachtwand herab und verdeckte die Seile mit den Gegengewichten unter einem Wasservorhang.

»Was ist passiert?«, fragte Love Machine.

Schlagartig ging Book II. ein Licht auf.

Er bemerkte in der Dunkelheit des Schachts einen

Schatten – einen kastenförmigen Schatten, der stetig größer wurde und unaufhaltsam näher kam.

»Was ist denn *das*?«, fragte Calvin Reeves entgeistert.

»Verflucht noch mal!«, flüsterte Book II. »Das ist der Aufzug.«

Der Personenaufzug senkte sich in den Schacht hinunter, während Wasser vom Dach strömte und sich in Kaskaden von den Wänden in die Tiefe ergoss.

Weiter oben, in der offenen Tür zur Ebene 0, lagen zwei Scharfschützen der 7. Schwadron und zielten mit ihren mit Infrarotsuchern ausgerüsteten Gewehren in den Schacht hinunter.

»Das ist nicht schön«, sagte Book II. nüchtern. »Das ist überhaupt nicht schön!«

Entweder würde der Aufzug sie unter Wasser drücken oder sie kletterten an den Aufzugwänden hoch und ließen sich abknallen.

Er blickte rasch zu der Doppeltür hinauf, die gut einen halben Meter über ihm lag. Beschriftet war sie mit einer großen »5«.

Ebene 5.

Er fragte sich, was sich wohl auf dieser Ebene befinden mochte. Dann kam er zu dem Schluss, dass ihm das egal sein konnte. Diese Tür war der einzige Ausweg.

Er zog sich aus dem Wasser hinaus und stellte sich auf Zehenspitzen auf den Vorsprung des Ausgangs. Ein Wasserschwall ergoss sich auf seinen Kopf.

Wie alle anderen Türen im Aufzugschacht war auch diese luftdicht abgeschlossen.

Der Aufzug bewegte sich langsam und stetig nach unten.

Das Wasser erreichte die Unterkante der Tür, bespritzte seine Stiefel und stieg unablässig weiter an.

Neben ihm tauchte Calvin Reeves auf. »Wie zum Teufel sollen wir die Tür aufkriegen, Sergeant?«

Book vermutete, dass der Öffnungsmechanismus sich irgendwo in der Wand befand.

»Ich kann nichts entdecken!«, rief er. »Der Mechanismus muss irgendwo in der Wand versteckt sein.«

Der Aufzug befand sich mittlerweile nur noch ein Stockwerk über ihnen und rückte unerbittlich näher.

Das Wasser strömte unablässig herab.

Und dann sah Book II. es – ein dickes Kabel, das von der Betonwand zur rechten Seite der Tür führte und dann unten im Wasser verschwand.

»Natürlich!«, schrie er. Der Notschalter konnte gar nicht auf dieser Ebene sein. Entweder befand er sich darüber oder darunter, damit man die Tür öffnen konnte, wenn der Aufzug an dieser Stelle hielt.

Ohne auch nur einen Moment zu zögern holte Book II. tief Luft und tauchte ins Wasser.

Stille.

Die gespenstische Stille der Unterwasserwelt.

Book II. schwamm nach unten. Er hangelte sich an dem dicken schwarzen Kabel entlang, das an der Betonwand in die Tiefe führte.

Nach etwa drei Metern gelangte er zu einem in die Wand eingelassenen Schaltkasten. Er öffnete ihn, tastete nach dem Hebel, entdeckte gleich mehrere und riss den fünften nach unten.

Augenblicklich vernahm er von oben einen schleifenden Ton – das Geräusch einer sich öffnenden Hydrauliktür.

Er schwamm eilig nach oben. Er erreichte die Wasseroberfläche und tauchte auf.

»Book! Beeilung! Nun mach schon!«, waren die ersten Worte, die er vernahm.

Er war dreißig Zentimeter von der mittlerweile offenen Tür entfernt. Calvin Reeves und Elvis standen im Eingang zur Ebene 0. Love Machine klammerte sich an die Kante des Eingangs und streckte den Arm nach Book II. aus.

Dann blickte Book II. nach oben.

Der Aufzug war gerade noch einen Meter von seinem Kopf entfernt und kam zügig näher.

Er packte Love Machines Hand und ließ sich von ihm hochziehen. Schließlich packten ihn Elvis und Calvin mit vereinten Kräften und rissen ihn aus dem Wasser heraus, kurz bevor der Aufzug an der oberen Türkante vorbeiglitt und ruckartig zum Stehen kam – unmittelbar vor dem Eingang.

Alle erstarrten.

Wasser quoll aus dem Aufzugboden hervor und suchte sich seinen Weg im Schacht. Im nächsten Moment floss es auf den Boden von Ebene 5.

Book II. erwartete, dass sich die Aufzugtüren öffneten und eine Einsatzgruppe der 7. Schwadron mit angelegten Waffen hervorgestürmt kam.

Doch nichts passierte.

Die Türen gingen auf – der Aufzug war leer.

Einstweilen waren sie in Sicherheit.

Book II. wandte sich um und musterte den Raum, in dem sie sich nun befanden. Der Boden war bereits mit einer dünnen Wasserschicht bedeckt.

Sie standen in einer Art Vorraum. Ein paar Holzschreibtische sowie ein Schrank aus Lexan voller Gewehre und Polizeiutensilien waren hier platziert. Und sie sahen einige Verwahrzellen.

Book II. runzelte die Stirn.

Er hatte den Eindruck, ein Gefängnis betreten zu haben.

»Was zum Henker ist das hier?«, fragte er.

Im selben Moment stellten Juliet Janson und der Präsident auf der anderen Seite von Ebene 5 fest, dass sie in einer neuen Hölle gelandet waren.

Der Raum mit den Tierkäfigen war schon erschreckend genug gewesen.

Das hier aber übertraf alles.

Nachdem sie die massive Tür an der Westseite des Raums mit den Tierkäfigen durchquert hatten, betraten sie nun einen noch schrecklicheren Bereich von Area 7.

Vor ihr erstreckte sich ein großer, dunkler Raum mit niedriger Decke. Er war nur spärlich beleuchtet, lediglich ein Drittel der Lampen brannte. Das hatte zur Folge, dass Teile des großen Raums in tiefer Dunkelheit lagen.

Trotz der trüben Beleuchtung war die Funktion dieser Ebene deutlich zu erkennen.

Es handelte sich um einen Gefängnistrakt voller enger Zellen.

Sie waren allesamt heruntergekommen und schäbig – mit dicken Wänden und verrosteten schwarzen Eisenstäben, die tief in den Beton eingelassen waren. Die Zellen schienen geradezu aus dem Mittelalter zu stammen.

Das Stöhnen und heisere Geflüster, das aus der Dunkelheit hinter den Gitterstäben drang, verriet, um welche Art Insassen es sich handelte.

Das waren keine Tierkäfige, wurde Juliet voller Entsetzen klar.

In den Käfigen hausten Menschen.

Die Häftlinge hörten, wie die schwere Tür aufsprang. Sie hörten, wie Juliet, der Präsident und die anderen beiden

Secret-Service-Leute hindurchstürmten – und warfen sich augenblicklich gegen die Gitterstäbe, um zu sehen, was da los war.

»Hey, Baby!«, rief ein zahnloser Mann, als die attraktive Juliet mit der silberfarbenen SIG-Sauer in der Hand und dem Präsidenten im Schlepptau an seiner Zelle vorbeirannte.

»Ramondo!«, schrie sie. »Verrammle die Tür!«

An der Wand neben der Tür, die zu dem Raum mit den Tierkäfigen führte, befanden sich mehrere Metallspinde. Ramondo riss die ersten drei um und schob sie vor die Tür.

Die Gefangenen brüllten aus Leibeskräften.

Sie witterten die Angst der anderen und machten sich ein Vergnügen daraus, sie noch weiter zu schüren. Einige riefen Obszönitäten, andere klopften mit ihren Emaillebechern gegen die Gitterstäbe, wieder andere stießen durchdringende Schreie aus.

Juliet hatte eine grimmige, wild entschlossene Miene aufgesetzt, mit der sie diesen Albtraum überstehen wollte.

Zu ihrer Rechten machte sie eine sanft ansteigende Rampe aus, die vor einem verriegelten Tor endete. Anscheinend führte die Rampe zur nächsten Ebene hinauf. Sie hielt genau darauf zu.

»Hey, Baby! Komm her, ich spieß dich auf meinen Flaggenmast!«

Der Präsident blickte mit aufgerissenen Augen in das Chaos ringsum. Unrasierte, wahnsinnig dreinblickende Gefangene in blauen Drillichuniformen streckten sich durch die Gitterstäbe und versuchten, ihn zu packen.

»He, alter Mann! Ich wette, du hast einen marshmallowweichen Arsch.«

»Kommen Sie!« Juliet zerrte den Präsidenten mit sich fort.

Sie gelangten zu dem verriegelten Tor.

Wie in einem Gefängnistrakt zu erwarten machte das Schloss einen ausgesprochen robusten Eindruck. Mit einem Pistolenschuss war es gewiss nicht zu öffnen.

»Curtis«, sagte Juliet knapp, »aufmachen!«

Special Agent Curtis kniete vor dem Tor nieder und holte einen Hightech-Dietrich aus der Jacketttasche.

Während sich Curtis an der Tür zu schaffen machte, nahm Janson den Raum in Augenschein.

Alles hier befand sich in Bewegung. Arme langten aus den Zellen. Gesichter mit gebleckten Zähnen versuchten, sich zwischen den Gitterstäben hindurchzupressen. Dazu kam der Geräuschpegel, das unablässige laute Geschrei.

Anscheinend hatte keiner der Häftlinge den Präsidenten erkannt. Es machte ihnen einfach Spaß, Lärm zu machen und die Eindringlinge einzuschüchtern.

Auf einmal ertönte irgendwo hinter ihnen ein lautes Poltern.

Juliet fuhr mit angelegter Pistole herum.

Sie erblickte einen Marine in klatschnasser Uniform, der mit erhobener Remington-Pumpgun auf sie zugestürmt kam.

Ihm folgten drei weitere, ebenfalls durchnässte Marines.

Als der Mann an der Spitze Juliet und den Präsidenten bemerkte, hielt er inne.

»Alles okay! Alles okay!«, sagte Book II., während er näher trat. Er senkte die Waffe, die er aus dem Waffenschrank im Vorraum genommen hatte. »Wir sind's bloß!«

Calvin Reeves trat vor und fragte in ernstem Ton: »Was ist hier unten passiert?«

»Wir haben bereits sechs Leute verloren«, antwortete Juliet, »und im Nebenraum sind die Schweine von der Air Force, die es auf uns abgesehen haben.«

Hinter ihr steckte Special Agent Curtis den Dietrich ins Torschloss und drückte einen Schalter.

Der elektrische Schlüsselöffner gab ein durchdringendes, an einen Zahnarztbohrer erinnerndes Summen von sich. Im Schloss klickte es laut, dann schwang das Tor auf.

»Wo wollen Sie hin?«, fragte Calvin.

»Dorthin, wo die bösen Jungs nicht sind«, erwiderte Juliet zynisch. »Erst einmal die Rampe hoch. Gehen wir!«

Die Special Agents Curtis und Ramondo schritten als Erste die Rampe hinauf, gefolgt von Calvin und Juliet, die den Präsidenten hinter ihnen her schob. Love Machine und Elvis waren die nächsten, und Book II. schloss sich Juliet an und gab ihnen nach hinten Deckung.

Völlig unvermittelt übertönte eine Stimme den Lärm.

»... bin kein Häftling – ich bin Wissenschaftler! Ich kenne diese Einrichtung. Ich kann Ihnen helfen!«

Juliet und Book II. fuhren herum.

Es dauerte einen Moment, bis sie den Sprecher ausfindig gemacht hatten.

Er war drei Zellen von der Rampe entfernt untergebracht, in der dem Raum mit den Tierkäfigen am nächsten gelegenen Zelle.

Der Sprecher stand dicht hinter den Gitterstäben. Er hatte in dem allgemeinen Chaos wie ein gewöhnlicher Häftling gewirkt. Bei genauerem Hinsehen aber unterschied er sich deutlich von den Gefangenen.

Er trug keine blaue Gefängnisuniform, sondern einen weißen Laborkittel, aus dem seine Hemdsärmel herausschauten. Außerdem hatte er locker eine Krawatte umgebunden.

Er wirkte weder heruntergekommen noch gefährlich, im Gegenteil. Er war klein, trug eine Brille und hatte schütteres blondes Haar, als sei es zu oft gekämmt worden.

Juliet und Book näherten sich der Zelle.

»Wer sind Sie?«, schrie Juliet, um den Tumult zu übertönen.

»Mein Name ist Herbert Franklin!«, antwortete er eilig. »Ich bin Arzt, Immunologe. Bis heute Morgen habe ich an dem Impfstoff gearbeitet. Aber dann haben mich die Leute von der Air Force hier eingesperrt.«

»Sie kennen diese Einrichtung?«, erkundigte sich Book II. Juliet warf einen Blick auf die schwere Tür, die zum Raum mit den Tierkäfigen führte. Von der anderen Seite hämmerte jemand dagegen.

»Ja!«, antwortete Franklin.

»Was meinen Sie?«, wandte sich Book II. an Juliet.

Sie überlegte einen Moment.

Dann rief sie in Richtung Rampe: »Curtis! Kommen Sie zurück! Schnell! Sie müssen noch ein Schloss öffnen!«

Zwei Minuten später stieg die Gruppe zusammen mit Herbert Franklin nach oben.

Als sie die zur nächsten Ebene führende Rampe hinaufeilten, übersahen sie das Wasser, das sich auf dem Boden des Zellentrakts immer weiter ausbreitete.

Als Schofields AWACS auf die Aufzugplattform krachte, befand sich diese auf Ebene 4 – an der Stelle, wo sich eine Stunde zuvor der Präsident mit seiner Begleitung aufgehalten hatte.

Jetzt waren die Trümmer der Boeing 707 auf der riesigen Aufzugplattform verstreut.

Überall lagen verbogene Metallteile herum. Zwei Räder hatten sich durch die Wucht des Aufpralls gelöst. Das Flugzeug stand seitlich geneigt auf der Nase, der Bug hatte eine Delle, die linke Tragfläche war durchgebrochen und vom gewaltigen Gewicht der Maschine zusammengedrückt. Das zehn Meter durchmessende Radarauge hatte den Sturz erstaunlicherweise gänzlich unbeschädigt überstanden.

Shane Schofield trat aus dem Flugzeugwrack, gefolgt von Gant, Mother und Brainiac. Sie sprangen über die Trümmerteile hinweg und rannten auf das große Stahltor zu, das zu Ebene 4 führte.

Eine kleine, in das riesige Tor eingelassene Tür ließ sich mühelos öffnen.

Kaum stand sie offen, hob Schofield auch schon die Pistole und feuerte. Die Kugel schlug in eine an der Wand angebrachte Überwachungskamera ein und setzte sie in einem Funkenregen außer Gefecht.

»Die Kameras sollten wir möglichst eliminieren«, sagte er, als sie weitergingen. »Dann können sie uns wenigstens nicht beobachten.«

Sie gingen einen kurzen, leicht ansteigenden Gang entlang. An dessen Ende befand sich eine massive Tür.

Mother betätigte das daran angebrachte Schwungrad, worauf die große Tür aufschwenkte.

Schofield trat als Erster hindurch, die vernickelte Pistole im Anschlag.

Er gelangte in eine Art Labor. Großrechner mit blinkenden Kontrollleuchten säumten die Wände. Terminals, Monitore und Versuchskammern aus durchsichtigem Plastik nahmen den Rest des Raumes ein.

Menschen waren nicht zu sehen.

Ein Schuss durchbrach die Stille.

Dann fiel ein weiterer Schuss.

Gant hatte zwei Überwachungskameras zerstört.

Schofield ließ den Blick in dem großen Raum umherschweifen.

Das Auffallendste an dem Labor waren mehrere schräge Glasfenster unmittelbar gegenüber dem Eingang.

Er näherte sich einem der Fenster und sah hindurch.

Er blickte in einen großen Raum mit hoher Decke, in dessen Mitte ein riesiger Glaswürfel stand.

Der Kubus war frei stehend und nahm einen Großteil des hallenartigen Raums ein, jedoch ohne dessen Wände oder die Decke zu berühren.

Die Wand hinter dem Kubus, die diese Ebene offenbar in zwei Hälften teilte, reichte nicht ganz bis an die Decke. Die letzten zwei Meter waren mit dickem Glas verschlossen. Hinter dem Glas machte Schofield mehrere kreuz und quer verlaufende Laufplanken aus.

Aber vor allem fesselte der Glaskubus seine Aufmerksamkeit.

Er war so groß wie ein geräumiges Wohnzimmer. Dieser Vergleich lag nahe, denn in dem Kubus befanden sich gewöhnliche Möbel – ein Sofa, ein Tisch, Stühle, ein Fernseher mit einer Playstation 2 und – am merkwürdigsten von allem – ein Bett mit einem Jar-Jar-Binks-Bezug.

In dem glasumschlossenen Wohnzimmer lagen außerdem ein paar Spielzeuge herum, *Matchbox*-Autos, ein hellgelbes Raumschiff aus *Episode 1* sowie mehrere Bilderbücher.

Schofield schüttelte verwirrt den Kopf.

Es sah aus wie das Zimmer eines kleinen Jungen.

In diesem Moment trat der Bewohner des Glaskubus aus einer mit einem Vorhang abgeteilten Ecke, in der sich offenbar die Toilette befand.

Schofields Kinnlade sackte herab.

»Was zum Teufel geht hier eigentlich vor?«, flüsterte er.

Das Labor lag auf einem Podest oberhalb des Würfels. An der Nordseite befand sich eine Treppe, die zum Glaskubus hinunterführte.

Als er am Fuß der Treppe angelangt war, schritt Schofield an jener Wand entlang, die diesen Teil von der Ostseite der Ebene abschloss. Gant begleitete ihn. Mother und Brainiac waren im Beobachtungslabor geblieben.

Schofield und Gant blieben vor dem riesigen Gebilde stehen und blickten hinein.

Der Bewohner des Kubus trat vor Schofield an die durchsichtige Glaswand und legte den Kopf auf die Seite.

»Hey, Mister!«, sagte der kleine Junge.

»Sir, in den Labors auf Ebene 4 sind die Kameras komplett ausgefallen. Sie haben angefangen, die Überwachungskameras zu zerstören.«

»Ich wundere mich, dass sie sich damit so lange Zeit gelassen haben«, entgegnete Caesar Russel. »Wo ist der Präsident?«

»Auf Ebene 5, steigt gerade die Rampe zu Ebene 4 hoch.«

»Und unsere Leute?«

»Einheit Alpha ist in Position und wartet im Dekompressionsbereich von Ebene 4. Einheit Delta wurde im Tierversuchsbereich auf Ebene 5 gestoppt.«

Caesar lächelte.

Auch wenn Einheit Delta momentan aufgehalten wurde, lief doch alles nach Plan. Einheit Delta trieb den Präsidenten nach oben – auf Einheit Alpha zu.

»Sagen Sie Einheit Delta, sie sollen die Tür öffnen, über die Rampe vorrücken und dem Präsidenten den Rückweg abschneiden!«

Der Junge war höchstens sechs Jahre alt.

Und mit dem braunen Haarschopf, dessen Pony bis zu den Augen reichte, dem Disneyland-T-Shirt und den *Converse*-Turnschuhen unterschied er sich durch nichts von einer Million anderer amerikanischer Kids.

Aber dieser Junge lebte in einem gläsernen Zimmer, mitten in einer streng geheimen Luftwaffenbasis der US Air Force.

»Hallo«, sagte Schofield vorsichtig.

»Warum hast du Angst?«, fragte der Junge unvermittelt.

»Angst?«

»Ja, du hast Angst. Wovor?«

»Wie kommst du darauf, dass ich Angst habe?«

»Ich weiß es halt«, lautete die kryptische Antwort. Der Junge wirkte so heiter und gelassen, dass Schofield bereits an seinem Verstand zweifelte. »Wie heißt du?«, fragte der Junge.

»Shane. Aber die meisten Leute nennen mich Scarecrow.«

»Scarecrow? Das ist aber ein komischer Name!«

»Und du?«, fragte Schofield. »Wie heißt du?«

»Kevin.«

»Und mit Nachnamen?«

»Was ist ein Nachname?«, wollte der Junge wissen. Schofield zögerte.

»Wo kommst du her, Kevin?«

Der Junge zuckte die Schultern. »Von hier. Ich war immer schon hier. Hey, weißt du was?«

»Nein.«

»Wusstest du, dass Twinkie-Kekse nicht nur schmackhaft sind, sondern auch den halben täglichen Glukosebedarf von Kindern decken?«

»Äh, nein, das hab ich nicht gewusst«, erwiderte Schofield.

»Und dass Reptilien so empfindlich auf Schwankungen des Magnetfelds der Erde reagieren, dass einige Wissenschaftler glauben, sie könnten Erdbeben voraussagen? Oh, und niemand weiß so gut Bescheid wie NBC«, behauptete der Junge ernsthaft.

»Tatsächlich?« Schofield wechselte einen Blick mit Gant.

In diesem Moment klirrte etwas hinter der Trennwand.

Schofield und Gant wirbelten herum und sahen durch den Glasstreifen unter der Decke, dass die Lampen auf der anderen Seite von Ebene 4 plötzlich ausgegangen waren.

Umringt von drei Secret Service Agents, vier Marines und einem Wissenschaftler stieg der Präsident der Vereinigten Staaten von Amerika vorsichtig die Rampe hoch, die Ebene 5 mit Ebene 4 verband.

Am Ende der Rampe befand sich eine Art waagerecht montiertes Garagentor.

Juliet Janson drückte einen Wandschalter, worauf das Tor beiseite glitt. Dahinter herrschte undurchdringliche Dunkelheit.

»Das Rampentor wird geöffnet ...«, flüsterte einer der zehn Soldaten im Dekompressionsbereich von Ebene 4 in sein Helmmikrofon.

Die übrigen neun Mitglieder der Einheit Alpha waren im Ostbereich der Ebene verteilt und zielten mit ihren Waffen auf die Rampe in der Mitte des Raums. Mit ihren Gasmasken und den Nachtsichtgeräten wirkten sie wie Insekten, die auf Beute lauerten.

Während das Tor langsam aufging, fiel ein breiter Lichtkegel in den dunklen Raum. Auch durch den Glasstreifen oben an der Decke drang ein wenig Licht herein.

»Bleibt in Deckung, bis alle die Ebene betreten haben!«, befahl Kurt Logan. »Niemand kommt hier lebend raus.«

Die beiden Special Agents Curtis und Ramondo drangen als Erste in das Halbdunkel ein, die Uzis im Anschlag. Calvin Reeves und Elvis folgten ihnen.

Der Präsident kam als Nächster, neben ihm Juliet Janson. Unbeholfen hielt er eine kleine SIG-SauerPistole vom Typ P-228 in der Hand. Juliet hatte sie ihm für den Notfall überlassen.

Hinter ihnen erschien der Wissenschaftler Herbert Franklin. Book II. und Love Machine bildeten die Nachhut, beide mit Pumpguns bewaffnet.

Kaum waren sie ein Stück vorgedrungen, beschlich Book II. ein unbehagliches Gefühl.

In dem riesigen Raum befanden sich mehrere kleinere Zimmer. Unmittelbar zu seiner Rechten, an der Südseite, lag eine große sechseckige Kammer. Zu seiner Linken, in tiefe Dunkelheit gehüllt, befanden sich acht telefonzellengroße Kammern. In dem schummrigen Licht, das von der anderen Seite einfiel, machte er etwa sechs Meter über dem Boden in Deckennähe mehrere Laufplanken aus.

Als Book II. einen Schritt nach vorn tat, glitt das horizontale Tor erneut nahezu lautlos zu und verschloss den Eingang.

Calvin hatte nämlich einen in den Boden eingelassenen Schalter betätigt.

Book II. schluckte. Ihm wäre es lieber gewesen, das Tor wäre offen geblieben.

Er schaltete die schwere Polizeitaschenlampe ein, die er aus dem Vorraum von Ebene 5 mitgenommen hatte, und schwenkte den Lichtstrahl im Raum umher.

Calvin Reeves übernahm wieder das Kommando.

»Sie beide«, flüsterte er Curtis und Ramondo zu. »Sehen Sie mal hinter den Zellen nach und rücken Sie dann zur Tür zum Treppenhaus vor.« Völlig unvermittelt sprach er Elvis, Love Machine und Book II. mit ihren bürgerlichen Namen an. »Haynes, Lewicky, Riley, übernehmen Sie den Bereich hinter der Dekompressionskammer und sichern Sie dann die andere Tür.« Er zeigte auf die Trennwand. »Janson, Sie bleiben mit mir beim Boss.«

Curtis und Ramondo verschwanden zwischen den Testkammern und tauchten kurz darauf am Ausgang zum Treppenhaus wieder auf.

»Niemand da«, meldete Ramondo.

Book II., Elvis und Love Machine drangen in die Dunkelheit hinter der Dekompressionskammer vor. Dahinter lag ein schmaler Gang. Nichts.

»Hier ist alles sauber«, meldete Book II., als die drei Marines wieder hinter der länglichen sechseckigen Kammer hervorkamen. Sie wandten sich zur Tür in der Trennwand.

Reeves befolgte die Standardtaktik, die für bewaffnete Auseinandersetzungen in Gebäuden üblich war: Ist der Feind nicht in Sicht, werden alle Ausgänge gesichert, um dann die eigene Stellung auszubauen.

Doch dies war ein großer Fehler.

Und zwar nicht nur deshalb, weil er die Auswahl an Fluchtwegen damit einschränkte, sondern auch, weil Kurt Logan – der sich bereits in dem Raum befand – genau dies von ihm erwartete.

Während Elvis und Love Machine sich der Trennwand näherten, ließ Book II. den Strahl der Taschenlampe über die zehn Meter lange Dekompressionskammer schweifen. Sie war wirklich riesig.

Am Ende der länglichen Kammer entdeckte er ein kleines Guckloch und leuchtete hinein.

Der Anblick, der sich ihm bot, ließ ihn zurückschrecken.

Ein Mann asiatischer Abstammung lächelte ihn fröhlich an.

Und dann zeigte er nach oben – zum Dach der Dekompressionskammer.

Book II. richtete die Taschenlampe nach oben – und starrte geradewegs in das Gesicht eines mit Gasmaske und Nachtsichtgerät ausgerüsteten Soldaten der 7. Schwadron.

Allein die Taschenlampe rettete Book II. das Leben.

Sie blendete den Soldaten auf dem Dach der Dekompressionskammer, wenn auch nur für einen Moment. Der

Mann zuckte vor dem Licht zurück, da die Nachtsichtbrille die Leuchtkraft der Taschenlampe um ein Vielfaches verstärkte.

Mehr Zeit brauchte Book II. auch gar nicht.

Der Schuss aus seiner Pumpgun zerfetzte die Nachtsichtbrille und schleuderte den Mann vom Dach hinab.

Es war nur ein kleiner Sieg, denn in diesem Moment richteten sich auf dem Dach der Dekompressionskammer und innerhalb der telefonzellenartigen Testkammern mehrere dunkle Gestalten auf und eröffneten das Feuer auf Book und seine glücklosen Begleiter.

Drüben am Ausgang zum Treppenhaus wurden Curtis und Ramondo von beiden Seiten von P-90-Sturmgewehren unter Beschuss genommen. Sie brachen von Kugeln durchsiebt blutüberströmt zusammen.

Juliet Janson riss den Präsidenten vor der Dekompressionskammer zu Boden, unmittelbar bevor eine Salve über ihre Köpfe hinwegpfiff.

Calvin Reeves hatte weniger Glück.

Eine Kugel traf ihn im Hinterkopf, worauf er zuerst in die Höhe fuhr und anschließend mit einem erstaunten Gesichtsausdruck auf die Knie sank – als würde er sich darüber wundern, dass er verloren hatte, obwohl er doch alles richtig gemacht hatte. Dann schlug er mit dem Gesicht hart auf dem Boden auf, unmittelbar neben Herbert Franklin, der die Arme schützend um den Kopf gelegt hatte.

Kugeln pfiffen durch die Luft.

Mit der freien Hand feuernd hievte Juliet den Präsidenten wieder nach oben und zerrte ihn hinter die Labortische an der Trennwand. Auf einmal sah sie, wie sich ein Soldat auf dem Dach der Dekompressionskammer erhob und auf den Kopf des Präsidenten zielte.

Sie riss die Waffe herum. Aber nicht schnell genug.

Trotzdem explodierte der Kopf des Soldaten förmlich. Der Mann wurde nach hinten gerissen und stürzte vom Dach.

Juliet wirbelte herum und hielt nach dem Schützen Ausschau, konnte ihn aber nirgends entdecken.

Book II., Elvis und Love Machine hechteten hinter einen Labortisch, kurz bevor sie unter Feuer genommen wurden. Sie schossen zurück und zielten auf drei Air-Force-Soldaten, die zwischen den Testkammern in Deckung gegangen waren.

Es wurde jedoch alsbald klar, dass die Marines mit ihrer zusammengewürfelten Bewaffnung aus Gewehren und Pistolen gegen die P-90-Schnellfeuergewehre der 7. Schwadron nichts ausrichten konnten. Um sie herum barsten und zersplitterten die Regale unter der heftigen Wucht des gegnerischen Angriffs.

Elvis duckte sich. »Verfluchter Mist!«, schrie er. »Wir sitzen wirklich tief in der Scheiße!«

»Hör auf zu jammern!«, rief Book II. Er legte die Pumpgun an und richtete sich auf, um zu feuern, doch als er vorsichtig über den Labortisch hinwegblickte, geschah etwas Seltsames: Die drei nur schattenhaft zu erkennenden Schützen der 7. Schwadron wurden von hinten regelrecht umgemäht.

Ihre Waffen verstummten. Es war kein Mensch zu sehen.

»Was zum …?«

Von seiner Position nahe der Tür zum Treppenhaus aus beobachtete Kurt Logan, der Anführer der Einheit Alpha, was geschah.

»Verdammt! Hier ist noch jemand drin!«, schrie er wütend ins Mikrofon. »Jemand knallt uns ab!«

Der Soldat an Logans Seite wurde auf einmal von der Seite am Kopf getroffen. Der halbe Schädel wurde weggerissen, Blut und Gehirnmasse spritzten umher.

»Scheiße!« Logan hatte damit gerechnet, im Verlauf der Schießerei vielleicht zwei seiner Männer zu verlieren, aber mittlerweile waren es schon sechs. »Einheit Alpha, zurückziehen! Alle zurück zum Treppenhaus! Notevakuierung!«

Er machte die Tür zum Treppenhaus auf, als mehrere Kugeln die umliegende Wand durchlöcherten und beinahe seinen Kopf trafen. Die noch lebenden Männer stürmten an ihm vorbei in die Sicherheit des Treppenhauses an der Ostseite – jedoch nicht ohne zuvor ihre gefallenen Kameraden brutal unter Feuer zu nehmen.

Auch Logan schoss unbarmherzig auf einen am Boden liegenden Soldaten. Anschließend folgte er den anderen ins Treppenhaus, worauf eine jähe Stille einsetzte.

Book II. hockte noch immer mit Elvis und Love Machine hinter dem Labortisch, während ringsum beißender Pulverdampf waberte.

Stille.

Juliet Janson und der Präsident lagen bedeckt mit Staub und Plastikfetzen anderthalb Meter von Book und den anderen entfernt hinter einem weiteren Labortisch. Juliet hielt die Waffe noch immer hoch erhoben.

Zwei Stiefel landeten mit einem lauten Knall auf der Arbeitsfläche.

Alle schauten hoch – und erblickten über sich Captain Shane M. Schofield, US Marine Corps, der zwei vernickelte Berettas in Händen hielt.

Er lächelte auf sie hinab. »Hallo.«

Währenddessen saßen in Amerika und auf der ganzen Welt die Menschen in Bars, Büros und ihren Häusern gebannt vor den Fernsehapparaten.

Da es kaum Bilder gab, wiederholten CNN und die ausländischen Nachrichtensender ständig die kurzen Aufzeichnungen, in denen Experten ihre Meinungen kundtaten.

Regierungsleute waren in hektische Betriebsamkeit ausgebrochen, obwohl eigentlich niemand etwas tun konnte. Der Ort, an dem sich dieser Albtraum zutrug, war schließlich nur wenigen bekannt.

Auf alle Fälle war es in einigen Minuten acht Uhr Ortszeit, und die Menschen in aller Welt warteten gebannt auf den stündlichen Lagebericht.

Die dritte Konfrontation

3. Juli, 08.00 Uhr

UNITED STATES AIR FORCE
SPECIAL AREA 7 (MILITÄRISCHES SPERRGEBIET)
0800 UHR

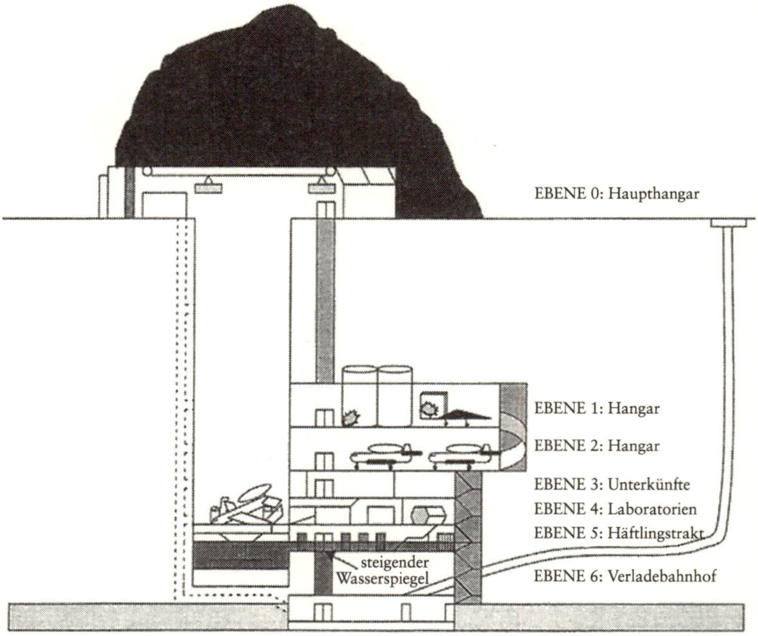

Die Space Division, die Abteilung der Defense Intelligence Agency, die sich mit den Raumfahrtprogrammen ausländischer Mächte befasst, ist im zweiten Stock des Pentagon untergebracht, drei Etagen unter dem bei Insidern berühmten Lagebesprechungsraum.

So exotisch und aufregend die Bezeichnung dieser Abteilung auch klingen mochte, wusste David Fairfax doch, wie weit dies von der Realität entfernt war.

Eigentlich wurde man nämlich in die Space Division strafversetzt, weil dort niemals etwas geschah.

An der Ostküste ging es auf zehn Uhr zu, als Fairfax – der gar nicht mitbekam, was draußen in der Welt geschah – sich daran machte, ein paar Telefongespräche zu entziffern, welche die DIA in den vergangenen Monaten mitgeschnitten hatte. Die Gesprächsteilnehmer hatten die Gespräche mit raffinierten Geräten hochgradig verschlüsselt. Fairfax sollte nun den Code knacken.

Komisch, wie die Zeiten sich ändern, dachte er.

David Theodore Fairfax arbeitete als Kryptoanalytiker, als Codeknacker. Er war durchschnittlich groß, schlank und mit seinem schlapp herabhängenden braunen Haar und der dünnen randlosen Brille sah er nicht gerade aus wie ein Genie. Mit seinem *Mooks*-T-Shirt, den Jeans und den Turnschuhen wirkte er eher wie ein Student aus der Provinz und weniger wie ein Analytiker im Regierungsdienst.

Allerdings hatte seine brillante Diplomarbeit zur Theorie der nichtlinearen Datenverarbeitung die Defense Intelligence Agency auf ihn aufmerksam werden lassen, die mit dem Sammeln von Informationen beschäftigte oberste Abteilung des militärischen Abschirmdienstes. Die DIA arbeitete eng mit der NSA zusammen, der wichtigsten amerikanischen Behörde, die mit dem Archivieren und Entschlüsseln von Daten befasst war. Dies hinderte die DIA jedoch nicht daran, eine eigene Abteilung von Codeknackern zu unterhalten, die häufig auch die NSA ausspionierte. Jener Gruppe gehörte Dave Fairfax an.

Fairfax stürzte sich sogleich auf die Kryptoanalyse. Er liebte die damit verbundene Herausforderung, jenes geistige Kräftemessen mit einem unbekannten Gegner. Der eine will etwas verbergen, der andere will es enthüllen. Sein Motto lautete: Jeder Code ist zu knacken.

Und so dauerte es nicht lange, bis er durch seine Kompetenz auffiel.

Anfang der neunziger Jahre wurden die US-Behörden von einem Mann namens Phil Zimmermann und dessen Verschlüsselungssoftware Pretty Good Privacy in Verlegenheit gebracht. Zimmermann hatte PGP im Internet veröffentlicht, was bei der US-Regierung große Bestürzung auslöste, vor allem deshalb, weil man die Software nicht knacken konnte.

PGP basierte auf dem kryptographischen System des »öffentlichen Schlüssels«. Um den überaus wichtigen »Schlüssel« zu erhalten, wurden besonders große Primzahlen miteinander multipliziert, also Zahlen mit über 130 Ziffern.

Der Code konnte tatsächlich nicht entschlüsselt werden.

Es hieß, sämtliche Superrechner der Welt müssten über einen Zeitraum des zwölffachen Alters des Universums arbeiten, um alle möglichen Werte einer einzigen Nachricht zu berechnen.

Die Regierung war verärgert. Es wurde bekannt, dass gewisse Terroristengruppen und ausländische Regierungen ihre E-Mails mit PGP verschlüsselten. 1993 sollte eine Anklagejury darüber befinden, ob Zimmermann durch die Veröffentlichung von PGP eine Waffe exportiert hatte, denn Verschlüsselungssoftware fiel unter die regierungsamtliche Definition von »Munition«.

Nachdem Zimmermann drei Jahre lang verfolgt worden war, ließ die Generalstaatsanwältin die Anklage 1996 plötzlich ohne ersichtlichen Grund fallen.

Es hieß, der Schaden sei bereits entstanden, und der Fall brauche nicht mehr verfolgt zu werden. Daher wurde die Akte geschlossen.

Was die Generalstaatsanwältin verschwieg, war der Anruf des Direktors der DIA an jenem Morgen, als sie das Verfahren beendete. Der Direktor hatte ihr nämlich mitgeteilt, PGP sei geknackt worden.

Und wie jeder weiß, der in der Kryptographie tätig ist, bewahrt man Stillschweigen, wenn man den Code des Gegners entschlüsselt hat.

Der Mann, der PGP knackte, war ein unbekannter fünfundzwanzigjähriger Mathematiker von der DIA namens David Fairfax.

Es stellte sich heraus, das Fairfax' These der nichtlinearen Datenverarbeitung keine bloße Theorie mehr war. Es wurde ein Prototyp eines Rechners gebaut, der vor allem die Aufgabe hatte, PGP zu knacken. Und wie sich herausstellte, war der Computer mit seiner unglaublichen Rechenleistung in der Lage, extrem große Zahlen relativ mühelos zu verarbeiten.

Jeder Code ist zu knacken.

Kryptoanalytiker haben es jedoch nicht leicht – aus dem einfachen Grund, weil sie über ihre größten Erfolge stets Stillschweigen bewahren müssen.

Und das galt auch für Dave Fairfax. Er hatte PGP zwar geknackt, durfte aber nicht darüber sprechen und wurde als ein Zahnrad im großen Uhrwerk der Regierungsbehörde lediglich mit einer Gehaltserhöhung belohnt, worauf er sich ungerührt der nächsten Aufgabe zuwandte.

Und nun gehörte er der Space Division an und analysierte unautorisierte Telefongespräche, die von einem abgelegenen Luftwaffenstützpunkt in Utah ausgegangen oder dort eingetroffen waren.

In einem anderen isolierten Raum auf der anderen Seite des Korridors geschah etwas viel Aufregenderes. Eine Taskforce aus Kryptoanalytikern der DIA und der NSA zeichnete die verschlüsselten Funksignale des chinesischen Space Shuttles auf, das einige Tage zuvor von Xichang aus gestartet war.

Das ist wirklich interessant, dachte Fairfax bei sich. Das war besser, als irgendwelche Telefongespräche von einem Luftwaffenstützpunkt in der Wüste zu entschlüsseln.

Die aufgezeichneten Telefonate erschienen als eine Kaskade von Ziffern auf Fairfax' Monitor, die mathematische Darstellung mehrerer Gespräche, die in den vergangenen Monaten in Utah geführt worden waren.

Fairfax hatte einen großen Kopfhörer aufgesetzt, der ein stetiges Rauschen von sich gab. Den Blick hielt er auf den Monitor geheftet.

Eins war klar: Wer auch immer diese Telefonate führte, hatte sie gut verschlüsselt. Fairfax war nun schon seit zwei Tagen mit ihnen beschäftigt.

Er probierte einige ältere Algorithmen aus.

Nichts.

Er versuchte es mit ein paar neueren.

Nichts.

Im schlimmsten Fall würde er den ganzen Monat damit zubringen müssen.

Er rief nun ein Programm auf, das er geschrieben hatte, um das neueste Verschlüsselungssystem von *Vodafone* zu knacken.

»Kan bevestig dat in-enting plaasvind.«

Einen Moment lang tönte eine ihm unbekannte gutturale Sprache aus dem Kopfhörer.

Fairfax' Augen leuchteten auf.

Na endlich ...

Er wandte das Programm auch bei den anderen Telefonaten an.

Und auf einmal kristallisierten sich aus dem Rauschen klar verständliche Stimmen heraus, die sich in einer fremden Sprache, versetzt mit ein paar englischen Wörtern, unterhielten.

»Toetse op laaste poging word op die vier-en-twientigste verwag. Wat van die ontrekkings eenheid?«

»Reccondo span is alreeds weggestuur.«

»Voorbereidings onderweg. Vroeg oggend. Beste tyd vir ontrekking.«

»Alles vorbereitet. Bestätigen Sie, dass es am dritten stattfindet.«

»Ontrekking kan 'n probleem wees. Gestel ons gebruik die Hoeb land hier naby. Verstaan hy is 'n lid van Die Organisasie.«

»Sal die instrukties oordra.«

»Einsatz kann starten.«

»Die Reccondos is gereed. Verwagte aankoms by beplande bestemming binne nege dae.«

Fairfax musterte den Monitor mit strahlenden Augen.

Jeder Code ist zu knacken.

Er nahm den Telefonhörer ab.

Im Anschluss an die kurze Schlacht im Dekompressionsbereich zogen sich Schofield und seine Begleiter in das Observationslabor oberhalb des großen Glaskubus zurück, das auf der anderen Seite von Ebene 4 lag. Sie verschlossen hinter sich die Türen und machten dann die Tastaturen der Sicherheitsschlösser mit gezielten Schüssen unbrauchbar.

Nach allem, was Schofield bisher gesehen hatte, ließ sich dieser Bereich am besten verteidigen.

Abgesehen von dem Personenaufzug gab es lediglich zwei Eingänge: die kurze Rampe zum Flugzeugaufzug und die Tür zum Treppenhaus, das zum Kubus hinunterführte.

Juliet Janson sank erschöpft auf den Boden des Labors.

Der Präsident tat es ihr nach.

Die Marines – Book II., Elvis, Love Machine, Mother und Brainiac – setzten sich zusammen und berichteten kurz von ihren Abenteurern in gefluteten Aufzugschächten und in AWACS-Flugzeugen, die sich selbstständig gemacht hatten.

Schofield und Gant blieben stehen.

Mittlerweile verfügten sie über einige Waffen und Ausrüstungsteile, die sie den Gefallenen im Dekompressionsbereich abgenommen hatten – Gewehre, ein paar Funk-Headsets, drei Handgranaten mit hochexplosivem RDX-Sprengstoff sowie zwei fingernagelgroße Haftladungen, die als Schlüssellochblaster bezeichnet wurden.

Logans Männer hatten jedoch ganze Arbeit geleistet.

Bei dem brutalen Feuer auf die Gefallenen hatte es sich

keineswegs um Gnadenschüsse gehandelt. Der Zweck hatte darin bestanden, die Waffen zu zerstören, damit sie nicht den Gegnern in die Hände fielen. Viele der Gefallenen waren mit halbautomatischen Pistolen bewaffnet gewesen, und die waren nun alle unbrauchbar.

»Mother«, sagte Schofield und warf ihr das P-90 zu, »behalten Sie den Eingang an der Rampe im Auge! Elvis, Sie übernehmen die Treppe, die zum Glaskubus hinunterführt.«

Mother und Elvis stürmten los.

Jeder andere hätte sich erst einmal um den Präsidenten gekümmert, nicht jedoch Schofield. Er hatte sich davon überzeugt, dass der Präsident unverletzt war, und solange sein Herz schlug, war alles in Ordnung.

Stattdessen ging er zu Juliet Janson hinüber.

»Lagebericht!«, forderte er.

Janson hob den Kopf und blickte in die verspiegelten Gläser von Schofields Antireflex-Sonnenbrille.

Sie hatte ihn schon in der Nähe der Präsidentenhubschrauber gesehen, aber noch nie mit ihm gesprochen. Allerdings hatte sie andere Agents von ihm sprechen hören. Er war an dieser Antarktis-Geschichte beteiligt gewesen.

»Sie haben uns im Gemeinschaftsraum auf Ebene 3 unter Beschuss genommen, unmittelbar nach der Durchsage über das Sonderprogramm«, berichtete sie nun. »Seitdem sind sie uns dicht auf den Fersen. Als wir zur Treppe gelangten und zum Notausgang auf Ebene 6 wollten, haben sie uns bereits erwartet. Dann sind wir die Treppe hochgelaufen. Wieder waren sie schon da. Danach sind wir schließlich auf Ebene 5 ausgewichen und über die Rampe zu Ebene 4 gekommen. Und da waren sie auch schon.«

»Tote?«

»Acht Bodyguards des Präsidenten wurden getötet.

Und das komplette Vorausteam unten auf Ebene 6, also insgesamt siebzehn Tote.«

»Frank Cutler?«

»Tot.«

»Sonst noch was?«

Janson zeigte mit dem Kinn auf den kleinen Mann im Laborkittel. »Den haben wir auf Ebene 5 aufgelesen, bevor wir im Dekompressionsraum in den Hinterhalt gerieten. Er behauptet, er sei Wissenschaftler und habe hier gearbeitet.«

Schofield blickte zu Herbert Franklin hinüber. Jener neigte schweigend den Kopf.

»Und was ist mit Ihnen?«, erkundigte sich Janson.

Schofield zuckte die Schultern. »Wir waren oben im Haupthangar, als es losging. Wir sind durch einen Lüftungsschacht nach unten geklettert, kamen in einem der unterirdischen Hangars heraus und haben ein Humvee und das AWACS-Flugzeug zerstört.«

»Das Übliche«, fügte Gant hinzu.

»Woher wussten Sie, dass nebenan Soldaten im Hinterhalt lagen?«, fragte Janson.

Schofield hob die Schultern. »Wir waren unten am Kubus, als im Dekompressionsbereich das Licht ausging. Wir hofften, dass dort Verbündete wären, die sich vor den Überwachungskameras verstecken wollten. Daher verschafften wir uns von oben, von den Laufplanken aus, einen Überblick. Wir sahen, dass wir es mit Soldaten der 7. Schwadron zu tun hatten und dass sie die Rampe in der Mitte des Raums umstellten. Anscheinend rechneten sie damit, dass ihnen der dickste Fisch ins Netz ging.« Er nickte zum Präsidenten hinüber. »Deshalb nahmen wir sie unter Feuer.«

Auf der anderen Seite des Raums setzte Brainiac sich neben den Präsidenten.

»Mister President«, begann er ehrfürchtig.

»Hallo«, sagte der Präsident.

»Wie fühlen Sie sich, Sir?«

»Ich lebe noch, das ist schon mal was in Anbetracht der Umstände. Wie heißen Sie, mein Sohn?«

»Gorman, Sir. Corporal Gus Gorman, aber die meisten nennen mich Brainiac.«

»Brainiac?«

»Genau, Sir.« Brainiac zögerte. »Sir, wenn Sie gestatten, würde ich Sie gern etwas fragen.«

»Nur zu!«, ermunterte ihn der Präsident.

»Gut. Also, da Sie der Präsident sind, wissen Sie doch bestimmt über vieles Bescheid, oder?«

»Ja, sicher …«

»Prima. Okay, ich wollte nämlich schon immer Folgendes wissen: Ist Puerto Rico deshalb ein Protektorat der Vereinigten Staaten, weil dort alljährlich die meisten Ufos gesichtet werden?«

»Was?«

»Na ja, überlegen Sie doch mal: Warum sollte man am beschissenen Puerto Rico festhalten, wenn es dort keine –«

»Brainiac«, rief Schofield von der anderen Seite des Raums her. »Lassen Sie den Präsidenten in Ruhe! Mister President, Sie sollten besser mal herkommen und sich das ansehen. Es ist gleich acht, und Caesar wird jeden Moment seine Ansprache halten.«

Der Präsident musterte Brainiac nochmals mit einem irritierten Blick und ging dann zu Schofield hinüber.

Punkt acht erschien Caesar Russels Gesicht auf sämtlichen Fernsehschirmen in Area 7.

»Liebe Mitbürger«, dröhnte seine Stimme, »nach einstündigem Spiel ist der Präsident noch immer am Leben. Allerdings sieht es nicht gut für ihn aus.

Seine Bodyguards wurden dezimiert, acht von neun Special Agents sind bereits tot. Zwei weitere Einheiten des Secret Service – die jeweils neunköpfigen Vorausteams, die auf der untersten Ebene dieser Einrichtung und an der Mündung eines der Fluchtwege postiert waren – wurden ebenfalls eliminiert, sodass sich die Verluste auf Seiten des Präsidenten auf insgesamt sechsundzwanzig Personen belaufen. Die Soldaten der 7. Schwadron blieben in beiden Fällen ohne Verluste.

Mittlerweile sind allerdings doch ein paar Ritter in schimmernder Rüstung auf dem Schlachtfeld aufgetaucht. Eine kleine Gruppe von US Marines – Angehörige der Helikoptercrew, die allein repräsentative Aufgaben haben und in ihren Paradeuniformen hübsch anzusehen sind – ist ihm zu Hil-«

In diesem Moment wurden die Fernsehschirme unvermittelt schwarz.

Im selben Moment ging die gesamte Beleuchtung aus, sodass Area 7 in tiefe Dunkelheit gehüllt war.

Auf Ebene 4 wurden alle durch den Stromausfall aufgeschreckt.

»O nein ...«, seufzte Gant und sah zur Decke hoch.

Im nächsten Moment gingen die Neonröhren flackernd wieder an, und auf den Fernsehbildschirmen erschien erneut Caesars Gesicht, der noch immer redete.

»– sodass nun fünf Einheiten der 7. Schwadron gegen eine Hand voll Marines kämpfen. Das ist der Spielstand um acht Uhr. Ich melde mich mit einem neuen Lagebericht um neun Uhr wieder.«

»Lügner!«, rief Juliet Janson. »Dieser Hurensohn verdreht die Wahrheit. Das Vorausteam von Ebene 6 war bereits tot, als wir dort eintrafen. Die Leute wurden getötet, bevor alles anfing.«

»Außerdem hat er die eigenen Verluste verschwiegen«, bemerkte Brainiac. »So ein hinterhältiges Schwein!«

»Also, was machen wir jetzt?«, wandte sich Gant an Schofield. »Der Gegner ist in der Überzahl, hat uns umzingelt und ist besser bewaffnet als wir. Außerdem ist es für ihn ein Heimspiel.«

Schofield hatte sich diese Frage auch schon gestellt. Die 7. Schwadron war in jeder Beziehung im Vorteil. Sie saß am längeren Hebel und war vor allem besser für den Kampf gerüstet.

»Also ...«, überlegte er laut. »Lerne deinen Gegner kennen!«

»Wie bitte?«

»Die Grundprinzipien ... Wir müssen das Kräfteverhältnis ausgleichen, und dazu benötigen wir Informationen. Regel Nummer eins: Lerne deinen Gegner kennen! Und wer ist unser Gegner?«

Janson zuckte die Schultern. »Die 7. Schwadron. Die Elitebodeneinheit der Air Force. Die beste im ganzen Land. Gut ausgebildet, gut bewaffnet.«

»Und mit Steroiden vollgepumpt«, setzte Gant hinzu.

»Nicht bloß mit Steroiden«, mischte sich eine andere Stimme ein.

Alle wandten sich zu Herbert Franklin um.

»Wer sind Sie eigentlich?«, erkundigte sich Schofield.

Der kleine Mann trat nervös von einem Bein aufs andere. »Ich heiße Herbie Franklin. Bis heute Morgen habe ich als Immunologe am Projekt Fortune mitgearbeitet. Vor Ihrer Ankunft hat man mich jedoch eingesperrt.«

»Was meinen Sie mit ›nicht bloß mit Steroiden‹?«, fragte Schofield.

»Also, damit wollte ich sagen, dass die Soldaten der 7. Schwadron ... *verbessert* wurden – ein passenderes Wort fällt mir im Moment nicht ein.«

»Verbessert?«

»Ja, ihre Leistungsfähigkeit. Haben Sie sich noch nie gefragt, weshalb die Soldaten der 7. Schwadron bei internen Leistungsvergleichen so gut abschneiden? Finden Sie es nicht verwunderlich, dass sie noch weiterkämpfen, wenn alle anderen bereits vor Erschöpfung umgefallen sind?«

»Ja, schon ...«

Franklin fuhr rasch fort: »Anabolische Steroide zur Steigerung der Muskelkraft und Ausdauer. Und Erythroproteininjektionen zur Verbesserung der Sauerstoffversorgung.«

»Erythroprotein?«, wiederholte Gant.

»Kurz gesagt EPO,«, sagte Herbie. »Das Hormon regt die Produktion der roten Blutkörperchen im Knochenmark an und erhöht dadurch den Sauerstoffgehalt des Blutes. Viele Athleten, die eine gute Ausdauer brauchen, zum Beispiel Radsportler, nehmen es schon seit Jahren ein.

Die Soldaten der 7. Schwadron sind kräftiger als Sie alle und halten mühelos den ganzen Tag lang durch«, erklärte Herbie. »Verdammt noch mal, Captain, diese Leute waren bereits äußerst harte Burschen, als sie hier ankamen. Und seitdem sie mit den neuesten pharmakologischen Stoffen behandelt werden, kämpfen sie besser und ausdauernder als alle anderen.«

»Okay, okay«, sagte Schofield, »ich hab Sie verstanden.«

Mit den Gedanken war er jedoch bei einem kleinen Jungen namens Kevin, der fünfzehn Meter entfernt in einem Glaskubus lebte. »Also deshalb sind Sie hier? Um die Leistungsfähigkeit von Elitesoldaten zu steigern?«

»Nein ...«, entgegnete Herbie mit einem beklommenen Blick auf den Präsidenten. »Dies wird nur deshalb gemacht, weil die Soldaten die Basis bewachen.«

»Also, was zum Teufel geht hier eigentlich vor?«

Abermals blickte Herbie zum Präsidenten hinüber. Dann holte er tief Luft.

Die Antwort gab jedoch jemand anders.

»In dieser Einrichtung befindet sich der wichtigste Impfstoff, der je in Amerika entwickelt wurde.«

Schofield fuhr herum.

Der Präsident hatte das Wort ergriffen.

Schofield musterte ihn skeptisch. Der Präsident trug noch immer seinen tiefschwarzen Anzug mit Krawatte. Mit seinem ordentlich gekämmten, angegrauten Haar und dem vertrauten, etwas faltigen Gesicht hätte er ein kleiner Geschäftsmann vom Lande sein können.

»Ein Impfstoff?«, fragte Schofield.

»Ja. Ein Impfstoff gegen das neueste gentechnisch hergestellte Virus der Chinesen. Gegen ein Virus, das aufgrund seiner spezifischen Pigmentierungs-DNA ausschließlich bei Weißen wirkt. Es ist ein Kampfstoff, der als Sinovirus bezeichnet wird.«

»Und der Ursprung dieses Impfstoffs?«, fragte Schofield weiter.

»Ist ein genetisch manipulierter Mensch«, ergänzte der Präsident.

»Ein *was*?«

»Ein Mensch, Captain Schofield, der mithilfe der Gentechnik erschaffen wurde. Er allein ist resistent gegen das Sinovirus. Man sammelt dessen Blut, um für die gesamte amerikanische Bevölkerung Antikörper zu produzieren. Der weltweit erste gentechnisch erzeugte Mensch, Captain, ist ein Junge namens Kevin.«

Schofield kniff die Augen zusammen.

Das erklärte einiges – die strengen Sicherheitsmaßnahmen, den Besuch des Präsidenten und das gläserne Gefängnis des Jungen. Allerdings war ihm etwas aufgefallen: Der Präsident kannte den Namen des Jungen.

»Sie haben einen Jungen erschaffen, der als Lieferant für einen Impfstoff dient?«, fragte Schofield ungläubig. »Bei allem Respekt, Sir, aber haben Sie da keine Gewissensbisse?«

Der Präsident verzog das Gesicht. »In meinem Job gibt es kein Schwarz und kein Weiß, Captain. Nur Grau, immer bloß Grau ... Und in dieser grauen Welt muss ich Entscheidungen treffen – häufig schwierige Entscheidungen. Kevin gab es schon, als ich Präsident wurde, aber nachdem ich von ihm erfahren hatte, lag die Fortsetzung des Projekts in meiner Hand. Ich musste lediglich ein Telefonat führen. Und ich tätigte den Anruf. Ich tat es äußerst ungern, das können Sie mir glauben, aber angesichts eines so gefährlichen Kampfstoffs wie dem Sinovirus war dieser Beschluss unumgänglich.«

Es entstand eine kurze Pause.

Schließlich ergriff Book das Wort: »Was ist mit den Häftlingen da unten?«

»Und mit den Tieren? Wozu braucht man die?«, fragte Juliet.

Schofield runzelte die Stirn. Er war noch nicht auf Ebene 5 gewesen, daher wusste er weder von den Häftlingen noch von den Tieren.

Herbie Franklin gab die Antwort. »Die Tiere werden für beide Projekte verwendet, sowohl für die Herstellung des Impfstoffs als auch für die Leistungssteigerung der Soldaten. Die Kodiakbären werden wegen ihrer Bluttoxine gebraucht. Das Blut der Bären weist eine äußerst hohe Konzentration an Sauerstoff auf, den sie für den Winterschlaf benötigen. Die Blutforschungsgruppe der 7. Schwadron hat sich davon inspirieren lassen.«

»Und wozu sind die übrigen Behältnisse gut, die mit Wasser gefüllten?«, fragte Janson. »Was ist da drin?«

Herbie zögerte. »Komodowarane, eine seltene Echsenart. Es ist die größte Echse der Welt, knapp vier Meter lang, so groß wie ein gewöhnliches Krokodil. Wir haben sechs davon.«

»Und wofür braucht man die?«, fragte Schofield.

»Komodos sind die ältesten Reptilien auf der Erde und kommen nur auf einigen indonesischen Inseln vor. Sie sind großartige Schwimmer. Sie können von einer Insel zur nächsten schwimmen, aber sind auch sehr schnell an Land, mühelos in der Lage, einen flüchtenden Menschen einzuholen. Ihr körpereigenes Abwehrsystem ist außergewöhnlich robust. Ihre Lymphknoten produzieren ein hochkonzentriertes, antibakterielles Serum, das sie vor Krankheiten schützt.«

»Die im Blut der Komodowarane enthaltenen Stoffe«, fügte der Präsident hinzu, »wurden an die Zusammensetzung des menschlichen Blutes angepasst und bilden die Grundlage von Kevins Immunsystem. Wir zapfen Kevin sein gentechnisch verändertes Blut ab und stellen daraus ein Serum her, das man in die amerikanische Wasserversorgung einspeisen kann. So wird die Bevölkerung gegen das Sinovirus immun.«

»Sie wollen Zusatzstoffe ins Trinkwasser mischen?«, fragte Schofield.

»Ach, das wäre nicht das erste Mal«, sagte Herbie. »1989 war es ein Impfstoff gegen Botulinum-Toxin und

1990 – wegen der Irak-Krise – ein Impfstoff gegen Anthrax. Die Amerikaner wissen es zwar nicht, aber sie sind alle immun gegen die gebräuchlichsten biologischen Waffen.«

»Und was ist mit den Häftlingen?«, fragte Book II. »Weshalb sind die hier?«

Herbie blickte den Präsidenten fragend an, der wortlos nickte.

Der Wissenschaftler zuckte die Schultern. »Die Häftlinge dienen einem anderen Zweck, sie werden nicht für die Gewinnung von Blutnebenprodukten oder Serum gebraucht. Ihre Rolle lässt sich ganz einfach beschreiben: Sie sind Versuchskaninchen bei der Erprobung des Impfstoffs.«

»Du meine Güte!«, flüsterte Gant, während sie die Liste mit den Namen der Häftlinge betrachtete.

Herbie hatte auf einem der Computerterminals des Labors eine Namensliste aufgerufen.

Insgesamt handelte es sich um zweiundvierzig Personen, die entweder eine mehrfach lebenslange Haftstrafe zu verbüßen hatten oder zum Tode auf dem elektrischen Stuhl verurteilt waren.

»Verbrecher der übelsten Sorte«, sagte Herbie mit Blick auf die Liste.

Schofield waren viele der Namen bekannt.

Sylvester McLean, der Kindsmörder aus Atlanta, Ronald Noonan, der Bäcker aus Houston, der von einem Kirchturm aus mehrere Menschen abgeknallt hatte, Lucifer Leary, der Serienmörder aus Phoenix, Seth Grimshaw, der berüchtigte Anführer der Black League, einer äußerst gewalttätigen Terroristengruppe, die davon überzeugt war, die US-Regierung plane die Übernahme Amerikas durch die Vereinten Nationen.

»Seth Grimshaw«, sagte Gant, als ihr der Name ins

Auge fiel. Sie wandte sich an Juliet Janson. »Ist das nicht derjenige, der ...?«

»Ja«, antwortete Janson und blickte unruhig zum Präsidenten hinüber, der sich auf der anderen Seite des Labors aufhielt. »Anfang Februar. Kurz nach seiner Amtseinführung. Der hat es wirklich verdient.«

»O Mann!«, entfuhr es Gant, »ich hoffe bloß, die Gitterstäbe sind dick genug.«

»Nun denn«, sagte Schofield. »Wir sollten vielleicht in die Gegenwart zurückkehren. Wir sind hier eingeschlossen. Der Gegner will den Präsidenten töten. Und wenn er stirbt, werden vierzehn Großstädte dem Erdboden gleichgemacht.«

»Und das alles vor den Augen der Öffentlichkeit«, ergänzte Janson.

»Nicht unbedingt«, bemerkte der Präsident, »denn Caesar weiß möglicherweise nicht über die LBJ-Direktive Bescheid.«

»Was versteht man darunter?«, fragte Schofield.

»Die LBJ-Direktive ist ein Merkmal des Sonderprogramms für den nationalen Notfall, das nur dem Präsidenten und dem Vizepräsidenten bekannt ist. Im Wesentlichen handelt es sich um ein Sicherheitsventil, das von Lyndon B. Johnson 1967 eingeführt wurde. Es soll verhindern, dass bestimmte schwer wiegende Maßnahmen des Programms leichtfertig ergriffen werden.«

»Und was bewirkt es?«

»Es verzögert die über das System ausgestrahlten Sendungen um fünfundvierzig Minuten, falls der Präsident nicht einen speziellen Freigabe-Code eingibt. Anders ausgedrückt: Es verhindert Panikaktionen, denn man hat eine Dreiviertelstunde Zeit hat, wieder einen kühlen Kopf zu bekommen.«

»Jetzt ist es 8.09 Uhr, und Caesars erste Ansprache

wurde bereits ausgestrahlt. Aber falls wir die Übertragungsbox finden, könnten wir dafür sorgen, dass alle folgenden Sendungen unterbleiben.«

Schofield schürzte die Lippen und dachte nach. »Das ist jetzt zweitrangig. Darum kümmern wir uns, falls wir zufällig zum richtigen Zeitpunkt am richtigen Ort sind.«

Er wandte sich an Herbie. »Erzählen Sie uns etwas über diese Einrichtung!«

Herbie zuckte mit den Schultern. »Was soll ich dazu sagen? Das hier ist eine Festung. Diente früher als NORAD-Hauptquartier. Wenn sie dicht macht, dann ist sie dicht. Allerdings glaube ich nicht, dass man damit gerechnet hat, dass hier jemals Menschen eingesperrt werden könnten.«

»Trotz der Totalabriegelung muss es aber doch eine Möglichkeit geben, nach draußen zu gelangen«, sagte Schofield. »Irgendeinen Mechanismus, der die Eingänge freigibt, sobald die Gefahr vorüber ist.«

Herbie nickte. »Das Zeitschloss.«

»Das Zeitschloss?«

»Im Falle einer Totalabriegelung wird ein zeitgesteuertes Sicherheitssystem aktiviert. Zu jeder vollen Stunde öffnet sich für die Überlebenden des Stützpunkts ein fünfminütiges Zeitfenster. Dann haben sie die Möglichkeit, einen von drei Codes einzugeben.«

»Was sind das für Codes?«, fragte Gant.

»Bedenken Sie«, antwortete Herbie, »dass diese Anlage für einen Atomkrieg zwischen den USA und der Sowjetunion erbaut wurde! Dementsprechend wurden auch die Codes festgelegt. Es gibt drei Zugangscodes.

Der erste Code bewirkt, dass die Absperrung fortgesetzt wird. Die Atomkrise dauert an, die Anlage bleibt abgeriegelt. Die Voraussetzung für die Eingabe des zweiten Codes ist, dass die Krise überwunden wurde. Die Absperrung wird beendet – die Panzertore werden eingefahren und sämtliche Ein- und Ausgänge geöffnet.«

»Und der dritte Code?«, fragte Gant gespannt.

»Der dritte Code ist eine Mischung aus den beiden ersten. Er dient dazu, Boten rauszulassen. Ihnen wird es ermöglicht, die Anlage durch bestimmte Ein- und Ausgänge zu betreten und zu verlassen.«

Schofield hörte Herbie aufmerksam zu.

»Was passiert, wenn in der Zeit, da das Zeitfenster offen ist, *gar kein* Code eingegeben wird?«, erkundigte er sich.

»Sie kommen direkt zur Sache, Captain. Sehen Sie, das ist der Knackpunkt! Gibt man keinen Code ein, geht der Zentralrechner davon aus, dass die Anlage vom Gegner eingenommen wurde, und dann wird der Selbstzerstörungsmechanismus aktiviert.«

»Selbstzerstörungsmechanismus!«, platzte Brainiac heraus. »Was ist das nun wieder für ein Scheiß?«

»Ein Hundert-Megatonnen-Atomsprengkopf, der sich unter der Anlage befindet«, antwortete Herbie sachlich.

»Du meine Güte!«, stammelte Brainiac entsetzt.

»Der beim Zusammenbruch der Sowjetunion doch sicherlich entfernt wurde«, sagte Gant.

»Ich fürchte, nein«, erwiderte Herbie. »Da in diesem Stützpunkt chemische Waffen hergestellt werden, hielt man den Selbstzerstörungsmechanismus nach wie vor für nötig. Sollte es hier zu einem Unfall kommen und sich ein Virus in der ganzen Anlage ausbreiten, könnte man es mit einer Atomexplosion vernichten.«

»Okay«, sagte Schofield, »wenn wir die Anlage verlassen wollen, müssen wir also warten, bis sich das Zeitfenster öffnet. Wir müssen ein Terminal finden, das mit dem Zentralrechner verbunden ist, und dann den entsprechenden Code eingeben.«

»Richtig«, bestätigte Herbie.

»Und wie lauten die Codes?«, fragte Schofield.

Herbie zuckte hilflos die Schultern. »Die kenne ich nicht. Ich kann im Falle einer Verseuchung die Absperrung auslösen, bin aber nicht befugt, sie auch wieder rückgängig zu machen. Das können nur die Leute von der Air Force –«

»Äh, Entschuldigung«, unterbrach ihn Juliet Janson, »aber haben wir nicht etwas vergessen?«

»Was denn?«, fragte Brainiac.

»Den Football«, sagte Janson. »Den Aktenkoffer des Präsidenten. Er wurde so eingestellt, dass der Präsident die Anlage nicht verlassen kann. Er muss alle neunzig Minuten die Handfläche auf das Analysegerät drücken, sonst gehen die Plasmasprengköpfe in den Städten hoch.«

»Verdammt noch mal!«, schimpfte Schofield. Das hatte er wirklich völlig vergessen. Er warf einen Blick auf die Uhr.

Es war 8.12 Uhr.

Um sieben Uhr hatte alles angefangen. Das bedeutete, dass der Präsident um 8.30 Uhr die Hand auf den Football legen musste.

Er blickte die anderen an. »Wo wird der Football aufbewahrt?«

»Russel hat gesagt, er sei im Haupthangar, auf Ebene 0«, antwortete der Präsident.

»Was meinen Sie?«, wandte sich Gant an Schofield.

»Ich denke, uns bleibt keine andere Wahl. Irgendwie muss er seine Hand auf den Football drücken.«

»Aber das kann doch nicht ewig so weitergehen.«

»Nein«, pflichtete Schofield ihr bei, »das kann es nicht. Irgendwann müssen wir uns eine langfristige Lösung einfallen lassen. Bis dahin betreiben wir Krisenmanagement.«

Janson sagte: »Es wäre Selbstmord, wenn wir mit dem Präsidenten ins Treppenhaus gingen. Da werden sie ihn bestimmt erwarten.«

»Das stimmt.« Schofield erhob sich. »Deshalb müssen wir anders vorgehen. Unser Plan ist ganz einfach: Wir schaffen den Football zum Präsidenten.«

»Als Erstes«, erklärte Schofield mit Blick in die Runde, »müssen wir uns mit den Überwachungskameras befassen. Solange sie arbeiten, sind wir die Angeschmierten.« Er wandte sich an Herbie Franklin. »Wo ist hier der Schaltkasten?«

»Ich glaube, im Hangar auf Ebene 1, an der Nordwand.«

»Okay«, sagte Schofield. »Mother, Brainiac, ich möchte, dass Sie sich um die Kameras kümmern. Kappen Sie notfalls die Stromverbindung, aber schalten Sie die Überwachungskameras auf jeden Fall aus. Haben Sie mich verstanden?«

»Verstanden!«, sagte Mother.

»Und nehmen Sie Dr. Franklin mit. Sollte er gelogen haben, erschießen Sie ihn!«

»Ist gut«, sagte Mother, die Herbie misstrauisch beäugte. Herbie schluckte.

»Und was machen wir?«, fragte Juliet.

Schofield näherte sich der kurzen Rampe, die zum Schacht des Flugzeugaufzugs führte.

»Wir gehen nach oben und spielen eine Runde Football.«

»Systemneustart abgeschlossen.«

»Status?«, fragte Caesar Russel.

Zehn Minuten zuvor, während Caesars zweiter Ansprache, war in der gesamten Anlage der Strom ausgefallen. Dadurch waren sämtliche Computer abgestürzt.

»Bestätige: Hauptstromversorgung wurde unterbrochen«, meldete einer der Funker. »Stromversorgung wird von Notaggregaten sichergestellt. Sämtliche Systeme einsatzbereit.«

»Die Bewachung des Notausgangs durch die Kameras wurde unterbrochen. Stelle Satellitenverbindung wieder her.«

Ein anderer Funker: »Bestätigung. Hauptstromversorgung wurde im Verteilerkasten auf Ebene 1 um acht Uhr von Operator 008-72 unterbrochen.«

»8-72?« wiederholte Caesar stirnrunzelnd.

»Sir, wir haben keine Sichtverbindung. Während des Stromausfalls sind sämtliche Kameras ausgefallen.«

Caesar kniff die Augen zusammen. »An alle Einheiten, Meldung!«

»Hier ist Alpha«, antwortete Kurt Logans Stimme. »Wir wechseln jetzt die Frequenz. Der Gegner hat mehrere Funkgeräte erbeutet.«

»Frequenzwechsel durchgeführt«, bestätigte der Cheffunker. »Sprechen Sie weiter, Kommandant Alpha!«

»Wir befinden uns im Hangar auf Ebene 2. Sind auf dem Weg zum Personenaufzug und wollen zum Haupthangar hochfahren. Wir haben sechs Tote.«

»Hier ist Kommandant Bravo, wir sind im Haupthangar und bewachen den Football. Alle Männer sind anwesend und befinden sich im Einsatz. Keine Ausfälle.«

»– Hier ist Kommandant Charlie. Wir rücken zusammen mit Einheit Echo durch den Gemeinschaftsraum auf Ebene 3 vor. Aufgrund der AWACS-Scheiße haben wir einen Toten und zwei Verletzte zu vermelden. Die Zielpersonen wurden angeblich zuletzt auf Ebene 4 gesichtet. Bereiten uns auf einen Angriff mit vereinten Kräften durch die Deckenluken von Ebene 3 vor. Bitte um Rat!«

»Charlie, Echo, hier ist die Leitstelle. Wir haben keine Sichtverbindung mehr zum Laborbereich auf Ebene 4.«

»Charlie, Echo, greifen Sie nach eigenem Ermessen an!«, warf Caesar Russel mit scharfer Stimme ein. »Lasst sie nicht zur Ruhe kommen! Sie können nicht ewig wegrennen.«

»Hier ist Einheit Delta. Wir sind immer noch auf Ebene 5. Keine Ausfälle. Als wir die Tür auf Ebene 5 aufbrachen, waren die Zielpersonen bereits über die Rampe zu Ebene 4 vorgedrungen. Beachten Sie, dass es im Häftlingsbereich auf Ebene 5 zu erheblichen Überflutungen gekommen ist! Erwarten Instruktionen.«

»Delta, hier ist Caesar«, antwortete Russel kühl. »Ziehen Sie sich auf Ebene 6 zurück! Bewachen Sie die Ausgänge des Verladebahnhofs.«

»Verstanden, Sir.«

Zwanzig schwarz gekleidete Soldaten der 7. Schwadron stürmten mit polternden Stiefeln über die Gänge des Wohnbereichs auf Ebene 3 – die Männer der Einheiten Charlie und Echo.

Sie gelangten zu einer luftdichten Luke im Teppichboden. Ein Code wurde eingegeben, worauf die kreisförmige Luke mit einem scharfen Zischen aufsprang. Darunter kam ein Raum zwischen dem Boden von Ebene 3 und der Decke von Ebene 4 zum Vorschein. Unmittelbar unter der Öffnung befand sich eine weitere luftdicht verschlossene Luke – der Eingang zu Ebene 4.

Einer der Soldaten ließ sich in die Öffnung hinab.

»Leitstelle, hier ist Kommandant Charlie«, sprach Python Willis ins Mikrofon. »Wir sind an der Luke, die zum Beobachtungslabor auf Ebene 4 führt. Bereiten uns auf Erstürmung von oben vor.«

»Dann los!«, erwiderte Caesar.

Python nickte dem Mann in der Öffnung zu.

Der Soldat öffnete das Druckventil, worauf die Luke auf den drei Meter tiefer befindlichen Boden hinunterfiel. Dann sprang er hinterher, gefolgt von drei weiteren Soldaten mit angelegten P-90-Sturmgewehren.

Nichts.

Das Labor war leer.

Aus den Wänden drang plötzlich ein lautes Rumpeln.

Die Soldaten der 7. Schwadron fuhren allesamt herum.

Das Geräusch stammte von der hydraulischen Plattform des Flugzeugaufzugs.

Die Soldaten der Einheiten Charlie und Echo stürmten die schmale Laufplanke hinauf, die vom Beobachtungslabor zum Aufzugschacht führte.

Als sie dort ankamen, konnten sie gerade noch beobachten, wie die Unterseite der riesigen Plattform im Schacht zum Haupthangar emporstieg.

Python Willis sprach ins Mikrofon. »Leitstelle, hier ist Kommandant Charlie. Sie sind unterwegs zum Football.«

Der gewaltige Flugzeugaufzug stieg unter lautem Gepolter im Betonschacht empor.

Der Aufzug bewegte sich nur langsam, denn er schleppte noch immer die Trümmer des AWACS-Flugzeugs mit.

Das Flugzeug lag auf der Nase wie ein verletzter Vogel, der Bug niedriger als das zerstörte Heck, die gebrochenen Tragflächen ausgebreitet. Das unbeschädigte Radarauge überragte das Wrack.

Der gewaltige Aufzug stieg rumpelnd weiter in dem verdreckten Betonschacht empor.

Als die Plattform den offenen Eingang zum Hangar auf Ebene 1 passierte, sprangen drei kleine Gestalten ab und rannten in den unterirdischen Hangar hinein.

Dabei handelte es sich um Mother, Brainiac und Herbie Franklin, der nur mühsam mit ihnen Schritt hielt.

Sie hatten es auf den Schaltkasten abgesehen, der sich Franklin zufolge im Hangar auf Ebene 1 befand. Sie beabsichtigten, die Überwachungskameras von Area 7 auszuschalten.

Der Hangar war jetzt menschenleer, die Soldaten der 7. Schwadron waren längst abgezogen. Die beiden Stealth-Bomber und der SR-71 Blackbird standen wie drei schlafende Wächter in dem höhlenartigen Raum.

Mother sah auf ihre Armbanduhr, während sie an der linken Wand des Hangars entlangeilte.

8:20 Uhr.

Noch zehn Minuten Zeit, um den Football zum Präsidenten zu schaffen.

Während sie sich an der Betonwand entlangbewegte, hielt sie nach gegnerischen Soldaten Ausschau. Da bemerkte sie am anderen Ende des Hangars einen großen Kasten. Die drei Meter hohe Stahltür war verbogen und teilweise zerstört.

»O nein!«, entfuhr es ihr.

»Was gibt's denn?«, fragte Herbie, der hinter ihr ging.

»Bei unserem kleinen Zusammenstoß mit der 7. Schwadron wurden zwei Stinger-Raketen abgefeuert«, sagte Mother. »Eine hat den Schaltkasten getroffen, die andere hat die Wassertanks in der Wand beim Personenaufzug zerstört.«

»Oh«, sagte Herbie.

»Schauen wir mal, was davon noch übrig ist«, sagte Mother.

Die riesige Aufzugplattform stieg langsam zum Haupthangar empor.

Die Trümmer des AWACS-Flugzeugs erreichten den Rand der quadratischen Schachtöffnung.

Zuerst explodierte das Heck des Flugzeugrumpfs, gefolgt von dem Radarauge und den durchgebrochenen Tragflächen.

Allmählich erschien der Rest des Flugzeugwracks. Dann schloss die Plattform mit dem Hangarboden ab und kam mit einem lauten Rumms zum Stehen.

Es folgte eine lang andauernde Stille.

Der ebenerdige Hangar war von jener Schlacht gezeichnet, die hier vor fast anderthalb Stunden stattgefunden hatte.

Der Marine One – der noch immer mit dem Schleppfahrzeug verbunden war – stand an der Westseite der Aufzugplattform, während der andere demolierte Hubschrauber, der Nighthawk 2, mit der Schabe an der Nordseite der Plattform stand, drüben beim Personenaufzug.

An der Ostseite des AWACS-Flugzeugs jedoch war eine Veränderung vor sich gegangen: Eine Einheit der 7. Schwadron – die Einheit Bravo – hatte sich inmitten einer halbkreisförmigen Barrikade aus Holzkisten und *Samsonite*-Containern zwischen der Aufzugplattform und dem Innengebäude postiert.

Auf einem Stuhl in der Mitte der Barrikade stand der aufgeklappte, wohl vertraute Aktenkoffer aus rostfreiem Stahl. Darin waren zahlreiche rote und grüne Lämpchen sowie eine Tastatur und die Glasplatte des Analysators zu erkennen.

Der Football.

Captain Bruno »Boa« McConnell – der Anführer der Einheit Bravo – blickte misstrauisch zum zerstörten AWACS-Flugzeug hinüber.

Das Flugzeugwrack nahm exakt die Mitte des gewaltigen Hangars ein – reglos lag es da.

Die Stille dauerte an.

»Wie läuft's denn da unten bei Euch, Mother?«, drang Schofields flüsternde Stimme aus Mothers Ohrhörer, den sie sich von einem der toten Secret Service Agents ausgeborgt hatte.

Mother untersuchte auf Ebene 1 gerade den beschädigten Schaltkasten. Die eine Hälfte des Schaltbretts war bei dem Raketeneinschlag zerstört worden. Die andere Hälfte schien teilweise intakt zu sein, an anderen Stellen hingegen waren die Kabel durchgeschmort. Herbie Franklin tippte währenddessen auf der Tastatur eines Computerterminals herum, das den Treffer unversehrt überstanden hatte.

»Eine Sekunde«, sagte sie in das Mikrofon an ihrem Handgelenk. »Na, wie sieht's aus?«

Franklin runzelte die Stirn. »Das kapier ich nicht. Es war schon jemand hier, um etwa zwanzig Minuten vor acht. Hat die Hauptstromversorgung unterbrochen. Der ganze Stützpunkt wird mit Notstrom versorgt …«

»Können Sie die Kameras ausschalten?«, fragte Mother.

»Das ist nicht mehr nötig. Die sind ausgefallen, als die Stromversorgung unterbrochen wurde.« Herbie wandte sich zu Mother um. »Die arbeiten schon lange nicht mehr.«

Oben im Haupthangar öffneten sich die Türen des Personenaufzugs.

Kurt Logan und drei andere Überlebende der Einheit Alpha traten aus dem Lift. Sie wurden von Boa McConnell und den Männern der Einheit Bravo in Empfang genommen.

»Was ist hier los?«, fragte Logan.

»Nichts«, antwortete Boa. »Noch nichts.«

»Leitstelle, hier spricht der Anführer der Einheit Charlie«, ertönte Python Willis' Stimme über die Lautsprecher des Kontrollraums. »Auf Ebene 4 ist niemand.«

»Verstanden, Anführer Charlie. Fahren Sie mit Ihrem Team mit dem Personenaufzug zum Haupthangar! Einheit Echo, bleiben Sie unten! Caesar möchte, dass Sie die unteren Ebenen durchkämmen. Wir haben keine Sichtverbindung mehr und wollen wissen, wie es dort aussieht.«

Auf Ebene 1 schaltete Mother ihr Mikrofon ein. »Scarecrow, hier spricht Mother. Die Kameras sind ausgefallen. Ich wiederhole: Die Kameras sind ausgefallen. Wir rücken zum Aufzugschacht vor.«

»Danke, Mother.«

»Alles klar, wir haben freie Bahn«, wandte sich Schofield an den Präsidenten, Book II. und Juliet.

Sie waren also unbeobachtet.

Er sah auf seine Armbanduhr.

8:25:59

8:26:00

Es würde knapp werden.

»Fox, Elvis, Love Machine, macht Euch bereit! Auf mein Zeichen. In drei Sekunden ...«

Im Haupthangar war alles ruhig.

»Zwei ...«

Der Marine One stand etwa zehn Meter vom Wrack des AWACS-Flugzeugs entfernt und funkelte im grellen Licht der Neonröhren.

»Eins ...«

Die Männer der Einheit Bravo beäugten misstrauisch die zerstörte AWACS-Maschine, mit angelegten Waffen und den Fingern am Abzug.

»... los!«

Schofield drückte einen Knopf an einem kleinen Kasten. Es handelte sich um die Fernauslösung für eine der RDX-Granaten, die sie im Dekompressionsraum bei den Soldaten gefunden hatten. Aluminisiertes RDX besitzt etwa die sechsfache Sprengkraft von C4. Die Detonation dieses Supersprengstoffs ist folglich gewaltig.

Als er den Knopf drückte, explodierte die RDX-Ladung, die er im Cockpit des AWACS-Flugzeugs deponiert hatte, und überschüttete den Hangar mit einem Regen aus Granatenteilen und Glassplittern.

Und dann geschahen mehrere Dinge gleichzeitig.

Die Männer der Einheit Bravo gingen vor der Explosion in Deckung.

Glühend heiße Metallstücke des Cockpits flogen dicht über ihre Köpfe hinweg und blieben wie Dartpfeile in der Barrikade stecken.

Als sie sich wieder aufrichteten, bemerkten sie eine Bewegung: Drei Schattengestalten kletterten aus dem Lüftungsschacht unter dem Marine One.

»Da!«, rief Boa und hob den Arm.

Eine der Gestalten rannte unter dem Präsidentenhubschrauber hervor, während die anderen beiden durch eine Luke an der Unterseite des Hubschraubers an Bord kletterten.

Im nächsten Moment sprang das Triebwerk des Marine One dröhnend an.

Der eingeklappte Schwanz wurde ausgefahren, ebenso die Rotoren. Dann begannen sie sich rasend schnell zu drehen, obwohl der Helikopter noch immer mit dem Schleppfahrzeug verbunden war.

Unter heftigem Beschuss gelang es dem einzelnen Marine – das war Love Machine –, die mit dem Schwanz verbundene Schabe abzukoppeln. Dann kletterte er in die kleine Fahrerkabine des Schleppfahrzeugs.

»Was zum Teufel ...?«, setzte Kurt Logan an, als die Schabe hinter dem Marine One hervorpreschte. Sie schwenkte um die Aufzugplattform herum und hielt unmittelbar auf die Soldaten der 7. Schwadron zu, die den Football bewachten.

»Feuer eröffnen!«, wies Logan Boa und dessen Männer an. »Sofort!«

Sie gehorchten.

Ein Sperrfeuer aus P-90-Gewehren ließ die Windschutzscheibe des Fahrzeugs zersplittern.

Love Machine duckte sich in der Fahrerkabine unter das Armaturenbrett. Die Kugeln zerfetzten den Sitz hinter ihm und wirbelten Flocken der Polsterfüllung durch die Luft.

Die Schabe raste inmitten des Kugelhagels unter wildem Geholper durch den Hangar.

Dann auf einmal erhob sich der Marine One in die Luft. Das ohrenbetäubende Getöse der Rotoren hallte von den Wänden im Hangar wider und übertönte alle anderen Geräusche.

Gant bediente die Cockpitsteuerung, während Elvis verschiedene Knöpfe drückte.

»Elvis, ich brauche Raketen!«, rief sie. »Aber pass auf, dass du nicht den Football triffst, okay?«

Elvis drückte den Startknopf.

Eine Hellfire-Rakete schoss aus einem an der Seite des Präsidentenhubschraubers angebrachten Rohr. Ein Pfeil aus Qualm raste durch die Luft, als die Rakete mit enormer Geschwindigkeit auf das Innengebäude an der Ostseite des Hangars zuhielt.

Die Rakete schlug genau in der Mitte des Gebäudes ein und detonierte – unmittelbar oberhalb der Einheit Bravo, die den Football bewachte.

Der Mittelteil des Innengebäudes explodierte. Glasscherben und Teile von Fasergipsplatten fielen herab. Ein Teil des verglasten oberen Stockwerks stürzte hinter den Soldaten ein.

Die Männer der 7. Schwadron brachten sich vor den herabstürzenden Trümmern in Sicherheit – bloß um einen Sekundenbruchteil später der nächsten Gefahrenquelle ausweichen zu müssen: der sich nähernden von Love Machine gesteuerten Schabe.

Ein Chaos brach aus.

Im Hangar war die Hölle los.

Genau wie Schofield es geplant hatte.

Schofield beobachtete das Geschehen vom zerstörten AWACS-Flugzeug aus. Er sah auf die Uhr.

8:27:50

8:27:51

Noch zwei Minuten.

»Okay, Book, auf geht's!« Er wandte sich an Juliet und den Präsidenten. »Sie bleiben hier, bis wir gecheckt haben, was es mit dem Football auf sich hat. Wenn es geht, bringen wir ihn mit. Andernfalls müssen Sie rauskommen!«

Daraufhin sprangen Schofield und Book aus der klaffenden Öffnung im Heck des AWACS-Flugzeugs und rannten ins Freie.

Im selben Moment wurde aus einem Behältnis unter der Nase des Marine One ein sechsläufiges Vulcan-Minimaschinengewehr ausgefahren, das sogleich wild um sich spie.

Die Soldaten der 7. Schwadron, die sich bereits in alle Richtungen zerstreut hatten, wurden noch mehr auseinander getrieben. Einige suchten hinter der Barrikade Deckung, andere brachten sich inmitten der Trümmer des AWACS-Flugzeugs in Sicherheit und nahmen von dort aus den Präsidentenhubschrauber unter Feuer.

Gant bediente die Steuerung des Marine One, während die gegnerischen Kugeln die Windschutzscheibe aus Lexan zerkratzten. Die gepanzerten Wände des großen Sikorsky-Hubschraubers vermochten sogar Raketeneinschlägen zu trotzen, daher stellte das Maschinengewehrfeuer kein Problem dar.

»Yippie!«, rief Elvis neben ihr, während er mit der Mini-Gun auf die Soldaten feuerte.

Schofield und Book rannten in östlicher Richtung auf die Soldaten der 7. Schwadron zu, die den Football bewachten.

Sie liefen nebeneinander und schossen groteskerweise auf Love Machines Schabe und den Marine One.

Sie bombardierten ihre eigenen Leute. Sie trugen nämlich die schwarzen Overalls, die schusssicheren Westen und die Gasmasken der 7. Schwadron, leicht beschädigte Uniformen, die sie den gefallenen Air-Force-Soldaten im Dekompressionsbereich auf Ebene 4 abgenommen hatten. Caesar und seine Verbündeten durften natürlich keinen Verdacht schöpfen. Sie sollten glauben, dass sie Soldaten der 7. Schwadron beobachteten, die tapfer ihre Mission erfüllten.

Schofield und Book tänzelten seitwärts, hielten auf die Barrikade vor dem Football zu und feuerten ausdauernd auf ihre eigenen Leute – die sie allerdings verfehlten.

Als sie die Barrikade erreichten, entdeckte Schofield auf einem Stuhl sogleich den Football.

Dann sah er die Befestigung.

»Verdammt noch mal!«

Der Aktenkoffer des Präsidenten war durch ein dickes Stahlseil mit einem Bolzen verbunden, der fest im Boden verankert war.

Ein rascher Blick auf die Uhr.

8:28:59

8:29:00

»Mist!« Schofield schaltete das Armbandmikrofon ein. »Janson, der Football ist im Boden verankert. Wir können ihn nicht bewegen. Sie müssen den Präsidenten herbringen!«

»In Ordnung«, lautete die Antwort.

»Fox! Love Machine! Ich brauche noch dreißig Sekunden Chaos. Dann wisst Ihr, was Ihr zu tun habt.«

Fox' Stimme antwortete: »Was immer Sie befehlen, Scarecrow!«

Love Machine sagte: »Verstanden, Boss!«

Und dann sah Schofield, wie Janson und der Präsident – ebenfalls mit Uniformen der 7. Schwadron bekleidet – aus dem Heck des AWACS-Flugzeugs hervorsprangen. Sie schwangen ihre Waffen, die sie sogleich entschlossen auf Love Machines Schabe richteten.

Janson feuerte beidhändig mit ihrer SIG-Sauer. Der Präsident stellte sich etwas ungeschickter an, wirkte jedoch für jemanden, der niemals gedient hatte, relativ überzeugend.

Der Marine One beschrieb mit donnernden Rotoren einen weiten Kreis in dem gewaltigen Hangar und zog das gegnerische Feuer auf sich.

Love Machines Schleppfahrzeug fuhr an der Barrikade vor dem Football vorbei, dann schwenkte es nach links, bretterte über ein paar Trümmerteile der AWACS-Maschine hinweg und verschwand.

Im Kontrollraum im Erdgeschoss des Innengebäudes beobachtete Caesar Russel, wie im Hangar das Chaos ausbrach.

Er sah, wie der Präsidentenhubschrauber innerhalb des Hangars tollkühne Kreise beschrieb. Weiterhin beobachtete er, wie die Schabe zwischen den Trümmern des AWACS-Flugzeugs hindurch über die Aufzugplattform raste.

Und er sah außerdem, wie seine Männer – kopflos und weit voneinander entfernt – auf diese beiden unberechenbaren Bedrohungen feuerten, als führten diese einen geordneten, wenn auch völlig wahnsinnigen Angriff aus.

»Verdammt noch mal!«, brüllte er. »Wo ist Charlie?«

»Steckt noch im Personenaufzug, Sir.«

Und während Caesar seine Männer im Hangar beobachtete, erblickte er ihn, und die Kinnlade sackte ihm herab.

»Nein …«

Caesar beobachtete verblüfft, wie einer seiner eigenen Männer zum Football rannte. Jener war noch immer von mehreren Soldaten der Einheit Bravo umringt, die jedoch alle ihren Blick nach außen richteten. Der Mann zog einen seiner schwarzen Lederhandschuhe aus, und unter den wachsamen Augen dreier anderer schwarz gekleideter Gestalten legte er seine Hand auf den Analysator in dem stählernen Aktenkoffer.

Schofields Uhr tickte unerbittlich.

8:29:31

8:29:32

Inmitten des Getöses des Helikopters und des Gewehrfeuers und bewacht von Schofield, Book II. und Juliet Janson näherte sich der Präsident dem Football.

Er riss den Handschuh herunter, blickte sich noch einmal um und legte just in dem Moment unauffällig die Hand auf den Analysator, als die Anzeige seiner Stoppuhr 00:24 anzeigte.

Der Aktenkoffer piepte, der Timer sprang von 00:24 auf 90:00. Der Countdown begann von neuem.

Als Schofield sah, dass der Präsident es geschafft hatte, gesellte er sich erleichtert zu Book II., Juliet und dem Präsidenten.

»Denken Sie dran, immer schön feuern!«, ordnete er an. Er hielt sich das Armbandmikrofon an die Lippen. »Fox, Elvis, Love Machine: Macht, dass Ihr hier wegkommt! Wir treffen uns unten. Mother, die Plattform! Los!«

Mother stand innerhalb des riesigen Hangartors auf Ebene 1 und blickte im Aufzugschacht nach oben.

Siebzig Meter über sich sah sie die Unterseite der gewaltigen Plattform, durch die der Kampflärm hindurchdrang.

Sie drückte den Rufschalter, worauf sich die riesige Plattform ruckartig in Bewegung setzte und langsam in die Tiefe sank.

Oben im Haupthangar verschwanden die Überreste des AWACS-Flugzeugs mitsamt der Plattform im Boden.

Der Aufzug fuhr nach unten.

Schofield, Book II., Juliet und der Präsident rannten darauf zu und feuerten währenddessen unablässig zum Marine One hoch – wobei sie sich so verhielten wie jeder andere loyale Soldat der 7. Schwadron.

Im Kontrollraum, der auf den Hangar hinausging, packte Caesar ein Mikrofon.

»Boa! Logan! Der Präsident ist da! Er ist geradewegs in eure Mitte gestiefelt und hat die Hand auf den Analysator gelegt, und jetzt ist er unterwegs zur Aufzugplattform. Herrgott noch mal, er trägt eine von *unseren* Uniformen!«

Im Haupthangar wirbelte Kurt Logan herum, und auf einmal sah er sie: vier Soldaten der 7. Schwadron, die auf die sich langsam absenkende Aufzugplattform hinuntersprangen, ohne den Marine One oder die Schabe noch länger zu beachten.

»Die Plattform!«, schrie er. »Einheit Bravo, zur Plattform vorrücken! Alpha, schießt den Helikopter ab und erledigt die verdammte Schabe!«

Der Marine One senkte sich bereits wieder auf den Boden hinab – das Ablenkungsmanöver war erfolgreich abgeschlossen.

Gant landete den Hubschrauber dort, wo sie ihn bestiegen hatte: über der Lüftungsöffnung im Boden an der Westseite des Aufzugschachts. Sie manövrierte den großen Vogel mit Elvis' Hilfe so geschickt, dass sich die Bodenluke unmittelbar über dem Lüftungsschacht befand.

Als der Helikopter gelandet war, sprang sie vom Pilotensitz und wandte sich zur Ausstiegsluke im Boden, während Elvis zur linksseitigen Tür eilte und sie für Love Machine öffnete.

Love Machine steckte in der Klemme.

Sein *Volvo*-Schleppfahrzeug war nicht so schussfest wie der Marine One und musste jede Menge einstecken.

Die Reifen quietschten, Kugeln schlugen ein, Glas splitterte.

Und nun musste er den Marine One erreichen.

Sein größtes Problem aber bestand darin, dass er genau in dem Moment, als Schofields Funkspruch eingetroffen war, die Schabe herumgeschwenkt hatte, um ein weiteres Mal die Soldaten an der Ostseite der Plattform anzusteuern.

Jetzt befand er sich vom Marine One aus gesehen auf der anderen Seite des Schachts und fuhr nach Norden, während die Aufzugplattform sich allmählich im Schacht absenkte und daher nicht mehr zu befahren war.

Er musste also um den Schacht herumfahren.

Als unmittelbar vor ihm drei Soldaten auftauchten und das Fahrzeug unter Beschuss nahmen, musste die Schabe weitere Treffer einstecken.

Die Fahrerkabine wurde von mehreren Kugeln durchsiebt.

Zwei davon schlugen in Love Machines linke Schulter ein. Blut spritzte.

Und Love Machine brüllte.

Eine weitere Salve erwischte die beiden Vorderräder, die mit einem lauten Knall barsten, und auf einmal geriet das Fahrzeug ins Schleudern und rutschte gefährlich dicht an den Rand des Aufzugschachts und die mittlerweile drei Meter tief gesunkene Plattform heran.

Irgendwie gelang es Love Machine, den Absturz zu vermeiden. Stattdessen schoss er über die nordöstliche Ecke des quadratischen Lochs im Boden hinweg, raste an den Soldaten der 7. Schwadron vorbei, die ihn unter Feuer genommen hatten, und krachte mit großer Geschwindigkeit in die Überreste des Nighthawk 2 an der Nordwand des Hangars. Der war nach wie vor mit dem Schlepper verbunden. Im Cockpit klaffte ein riesiges Loch, unmittelbar dort, wo Book II. vor anderthalb Stunden aus der Schabe ausgestiegen war.

Von Bord des Marine One aus beobachtete Elvis, wie Love Machines quaderförmige Schabe den Nighthawk 2 rammte und mit einem lauten Knall zum Stehen kam, unter der eingedellten Flanke des Helikopters eingeklemmt.

Und dann sah er, wie die Soldaten der 7. Schwadron auf die demolierte Schabe zurannten.

»O nein …«, flüsterte er.

Währenddessen schlugen Schofield, Book II., Juliet und der Präsident – noch immer in den schwarzen Uniformen der 7. Schwadron – ihre eigene Schlacht.

Da sich die Plattform des Flugzeugaufzugs nun in den quadratischen Schacht absenkte, bildete sie den Boden einer riesigen Grube, die an allen Seiten von den Schachtwänden begrenzt wurde. Und da überall die

Trümmer des AWACS-Flugzeuges verstreut lagen, war sie zugleich ein stählernes Labyrinth.

Sieben Angehörige der Einheit Bravo bewegten sich suchend zwischen den Trümmerteilen und jagten den Präsidenten und dessen Begleiter.

Schofield führte seine Leute am Ostrand der Plattform entlang, sprang über Trümmerteile hinweg und hielt Ausschau nach den Gegnern, während er gleichzeitig den Boden nach etwas anderem absuchte, nach etwas, das er vorbereitet hatte.

Da war es.

Das abgetrennte Teil einer Tragfläche befand sich noch dort, wo er es hingelegt hatte.

Schofield eilte hinüber. Es lag an der Nordostseite der fahrenden Plattform und schrammte an der Wand entlang. Mit Books Hilfe hob er das Tragflächenteil hoch. Darunter kam ein quadratisches Loch in der Plattform zum Vorschein.

Die Kantenlänge der Öffnung betrug gut drei Meter. An dieser Stelle stand normalerweise der separate Miniaufzug.

Im Moment befand sich der abtrennbare Teil der Aufzugplattform etwa fünf Meter unterhalb von ihnen in einer Schachtecke.

Mit dem Trümmerteil hatte Schofield zuvor den Ausgang vor den Soldaten der 7. Schwadron versteckt.

Dies war ihr Fluchtweg.

»Love Machine, lebst du noch?«, schrie Elvis im Cockpit des Marine One in sein Mikrofon.

»Ach, Scheiße!«, lautete die gequälte Antwort.

»Kannst du dich bewegen?«

»Mach, dass du von hier wegkommst, Mann! Ich bin erledigt. Die haben mich getroffen, außerdem hab ich mir beim Aufprall den Knöchel gebrochen.«

»Wir lassen niemanden zurück!«, schaltete sich eine andere Stimme energisch ein.

Es war Schofield.

»Elvis, Sie und Fox ziehen sich zurück! Ich bin näher dran, ich kümmere mich um Love Machine. Love Machine, bewegen Sie sich nicht! Ich komme Sie holen.«

Schofield wirbelte auf der sich absenkenden Aufzugplattform herum und blickte nach oben.

»Was machen Sie da?«, fragte Book II.

»Ich versuche, zu Love Machine durchzukommen«, antwortete er mit Blick auf das über ihm aufragende AWACS-Wrack. Es war noch immer deutlich nach vorn geneigt, die Nase unten, das Hinterteil oben. Das Heck ragte nach wie vor über den Rand des Hangarbodens. Aber nicht mehr lange, und es würde unter dem Rand verschwinden.

»Bringen Sie den Präsidenten nach unten!«, wandte er sich an Book II. und Juliet.

»Was haben Sie vor?«, fragte Juliet.

»Ich hole meinen Mann«, antwortete Schofield. »Wir treffen uns unten.«

Damit verschwand er in dem Labyrinth aus verbogenen Metallteilen.

Book II. und Juliet sahen ihm hilflos nach. Und dann schickten sie sich an, auf den separaten Miniaufzug im Schacht hinunterzuspringen.

Schofield rannte die schräge linke Tragfläche des AWACS-Wracks hinauf.

Als er an der Tragflächenspitze angelangt war, kletterte er mithilfe einiger Dellen in der Seite des Wracks auf das Dach des zerstörten Flugzeugs. In diesem Moment wurde er von zwei Männern der Einheit Bravo bemerkt, die auf der Plattform standen.

Sie eröffneten mit ihren P-90-Sturmgewehren das Feuer.

Schofield aber blieb ständig in Bewegung. Er lief einfach weiter und tänzelte in Richtung Heck an dem geneigten Flugzeugdach nach oben – bis zu der Stelle, wo das Heck des Flugzeugs jeden Moment den Schachtrand passieren würde.

Er erklomm den Rand des Flugzeugdachs in dem Moment, als er sich mit der Schachtkante auf einer Höhe befand. Er hechtete vorwärts – und landete mit großer Wucht mit dem Gesicht nach unten außer Schussweite der Soldaten auf dem glänzenden Betonboden des Haupthangars, sieben Meter von Love Machines Schabe entfernt.

Als er den Kopf hob, erblickte er die drei Männer der 7. Schwadron, die soeben die Tür der Schabe erreicht hatten.

Love Machine seufzte, als wenige Zentimeter vor seinem Gesicht die Mündung eines P-90-Gewehrs auftauchte. Das Gesicht des Soldaten war aufgrund der Gasmaske nicht zu erkennen, doch seine Augen wurden keineswegs verdeckt. Sie funkelten vor Genugtuung.

Love Machine schloss die Augen und wartete auf das Ende.

Es knallte.

Aber das Ende ließ auf sich warten.

Verwirrt schlug er die Augen wieder auf – und erblickte seinen Henker, der ohne Kopf auf den Schultern schwankte und dann wie in Zeitlupe zusammenbrach.

Die anderen beiden Soldaten fuhren herum, wurden jedoch von der heftigen Salve einer halbautomatischen Pistole umgeworfen. Sie verschwanden aus seinem Gesichtsfeld, und dann nahm zu Love Machines tiefer Verwunderung ein anderer Mann ihre Stelle ein.

Die Vogelscheuche.

Bekleidet mit der schwarzen Uniform der 7. Schwadron.

»Kommen Sie!«, sagte Schofield. »Lassen Sie uns von hier verschwinden!«

Book II. landete neben Juliet und dem Präsidenten auf der Plattform des Miniaufzugs, etwa zweieinhalb Meter unterhalb der sich absenkenden Hauptplattform.

Im Schatten der riesigen Plattform war es dunkel.

Als sie alle versammelt waren, drückte Juliet einen Schalter an einer Konsole, die in den Boden eingelassen war.

Die separate Plattform sank an den Wandschienen rasch in die Tiefe, viel schneller als die riesige Hauptplattform, die nun über ihnen zurückblieb.

Schofield zerrte Love Machine aus der Schabe heraus.

Dabei bemerkte er im aufgerissenen Cockpit des Nighthawk 2 verschiedene Waffen – zwei MP-10, ein paar Handgranaten, eine klobige halbautomatische Pistole Kaliber .44 vom Typ Desert Eagle und zu seiner besonderen Freude zwei schwarzlederne Rückenhalfter mit größeren Waffen, die bei der Explosion aus dem Waffenschrank des Nighthawk 2 herausgeschleudert worden waren.

Offenbar handelte es sich um zwei Hightech-Maschinengewehre mit kurzem Stummellauf und zwei Handgriffen. In jedem Lauf steckte ein verchromter Greifhaken mit kolbenförmigem Magnetkopf.

Dies war der berühmte Magische Haken Armalite MH-12, eine Haftvorrichtung mit einem äußerst starken Magneten, der an glatten Metalloberflächen haftete.

»O ja …«, sagte Schofield, packte die beiden Magischen Haken und gab den einen an Love Machine weiter. Außerdem griff er nach einer MP-10 und der großen Desert-Eagle-Pistole, die er sich hinter den Gürtel steckte.

Ein klingendes Geräusch ertönte.

In diesem Moment öffneten sich die Türen des nicht weit entfernten Personenaufzugs.

Heraus stürmten zehn stark bewaffnete Soldaten der 7. Schwadron.

Es waren Python Willis und die Männer der Einheit Charlie.

Python fielen beinahe die Augen aus dem Kopf, als er Schofield in der Uniform der 7. Schwadron erblickte.

Seine Männer legten sogleich ihre P-90 an.

»O Scheiße!«, entfuhr es Schofield. Er stieß Love Machine in die Fahrerkabine der Schabe zurück und kletterte ihm hinterher, während die erste Salve in die Kabinenwand einschlug.

Schofield legte den Rückwärtsgang ein – in der Hoffnung, dass der Motor noch funktionierte. Dann drückte er das Gaspedal bis zum Anschlag durch.

Die Schabe schoss mit quietschenden, qualmenden Reifen rückwärts unter dem Wrack des Nighthawk 2 hervor, während die Funken der Einschläge über den Boden sprühten.

Die Schabe raste im Rückwärtsgang auf die mittlerweile unbemannte Barrikade an der Ostseite des Schachtes zu, wobei sie dessen Rand nur knapp verfehlte.

Schofield drehte sich während der Fahrt auf dem Sitz um, aber bemerkte die auf ihn zurasende Barrikade einen Moment zu spät.

Er trat auf die Bremse, worauf sich das große Drei-Tonnen-Fahrzeug um 180 Grad drehte. Das vordere Ende der Schabe schwenkte herum und zerstörte die Barrikade mit einem vernichtenden Schlag. Die Kisten und *Samsonite*-Container wirbelten durch die Luft.

Dann kam die Schabe ruckartig zum Stehen.

Schofield wurde nach vorn geschleudert. Als er den Kopf hob, erblickte er zu seiner Überraschung einen knappen Meter von der Tür entfernt den Stuhl mit dem Aktenkoffer des Präsidenten – den Football.

Der Tragegriff des Aktenkoffers war noch immer mittels des starken Titanseils im Boden verankert. Doch nachdem der Präsident den Neunzig-Minuten-Timer erfolgreich zurückgestellt hatte, waren die Soldaten glücklicherweise vorerst abgezogen, denn sie gingen davon aus, dass der Präsident von hier verschwinden wollte.

Der Football war folglich derzeit unbewacht.

Schofield ergriff die Gelegenheit.

Er sprang aus der Fahrerkabine und schlitterte über den Boden, bis er neben dem Football zum Stehen kam.

Die Männer der Einheit Charlie stürmten unablässig feuernd durch den Hangar auf die Schabe zu und pumpten zahllose Salven Blei in deren Rumpf.

Schofield zog in der Deckung des gigantischen Schleppfahrzeugs einen der kleinen Schlüssellochblaster aus der Tasche und befestigte ihn an dem im Boden eingelassenen Zapfen, mit dem der Football verbunden war. Er drückte den Aktivierungsknopf und brachte sich mit einem Hechtsprung in Sicherheit.

Einundzwanzig …

Zweiundzwanzig …

Drei-

Die Explosion war kurz und scharf.

Mit einem lauten Knacken brach der Zapfen, und der Football – nach wie vor mit dem Titankabel verbunden – war frei.

Schofield riss den Aktenkoffer an sich und hechtete in dem Moment in die Fahrerkabine der Schabe, als die Soldaten der 7. Schwadron eintrafen.

Zwei von ihnen sprangen auf den Rücken der Schabe und landeten dort just in dem Augenblick, als Schofield das Gaspedal durchdrückte. Die Schabe setzte sich ruckartig in Bewegung, und einer der Soldaten stürzte sofort vom Rücken des Schleppfahrzeugs hinunter.

Der andere Mann verfügte über bessere Reflexe. Er ließ das P-90 fallen, sodass er nun beide Hände gebrauchen konnte, und schaffte es irgendwie, sich am Dach des beschleunigenden Fahrzeugs festzuhalten.

Schofield lenkte die Schabe um die Südseite des riesigen Aufzugschachts herum – mit quietschenden Reifen, brüllendem Motor und einem zusätzlichen Passagier auf dem Dach.

Vor sich sah er den Marine One, der mit sich drehenden Rotoren an der Westseite des Schachts stand.

Dorthin musste er gelangen. Er wollte neben dem Marine One anhalten, hineinklettern, aus der Bodenluke hinausspringen und im darunter befindlichen Lüftungsschacht verschwinden.

Seine Hoffnungen zerstoben jedoch, als plötzlich drei schwarz uniformierte Soldaten der Einheit Alpha mit angelegten Gewehren hinter dem Präsidentenhubschrauber auftauchten.

Sie zielten auf ihn.

Aus irgendeinem Grund aber hielten sie inne.

Warum feuerten sie nicht?

Unvermittelt barst hinter Schofields Kopf das kleine Heckfenster und überschüttete ihn und Love Machine mit Glassplittern. Zu beiden Seiten von Schofields Kopf tauchten zwei schwarz behandschuhte Hände auf, von denen eine ein Messer hielt.

Es war der Soldat, der soeben noch versucht hatte, sich auf dem Rücken der Schabe zu halten. Den Kopf über die Fahrerkabine erhoben streckte er die Hände nach Schofield aus, um ihn zu töten.

Schofield packte instinktiv die Hand mit dem Messer, während der Angreifer mit der anderen Hand versuchte, sein Gesicht zu erwischen.

Die Schabe, deren Fahrer um sein Leben kämpfte, raste noch immer auf den Marine One zu und schlitterte aufgrund der geplatzten Vorderreifen über den glatten Hangarboden.

Mit dem Soldaten ringend sah Schofield vor sich den Marine One auftauchen. Und er sah den rasend schnellen Heckrotor, einen verschwommenen, kreisförmigen Schemen etwa zwei Meter über dem Boden, nur wenige Zentimeter über dem Dach der Schabe.

Schofield ließ sich die Gelegenheit nicht entgehen.

Er riss das Steuer herum, worauf das große Fahrzeug seitlich ausbrach und unter den Heckrotor des Marine One rutschte. Die kreissägenartigen Rotorblätter strichen dicht über das Dach der Schabe.

Da vernahm er den Angstschrei des Soldaten auf dem Dach, der jedoch jäh abbrach, als der Heckrotor seinen Kopf vom Rumpf trennte. Ein Blutschwall ergoss sich in die Fahrerkabine.

Die drei Männer der Einheit Alpha, die in der Nähe des Marine One standen, brachten sich in Sicherheit, als das Schleppfahrzeug unter den Schwanz des Präsidentenhubschraubers rutschte.

Die von Kugeln durchlöcherte Schabe tauchte auf der anderen Seite des Helikopters wieder auf. Sie rutschte noch ein Stück seitlich weiter und kam schließlich zum Stehen, vor sich das riesige quadratische Loch des Aufzugschachts.

Schofield sah in die gähnende Leere hinab, in der sich die hydraulisch betriebene Plattform nach wie vor schwerfällig absenkte. Und er erblickte das einer fliegenden Untertasse ähnelnde Radarauge etwa drei Meter über dem Boden.

Und in dem Moment brachte er den Motor auf Touren.

Love Machine erriet, was er vorhatte.

»Das ist doch nicht Ihr Ernst, Captain!«

»Hauptsache, es klappt«, sagte Schofield. »Festhalten!«

Er ließ die Kupplung kommen.

Die Schabe machte mit quietschenden Hinterreifen einen Satz nach vorn und raste auf den Schacht zu.

Geschwindigkeit ist alles, dachte Schofield. Er musste schnell sein, damit die Schabe es bis zum Flugzeug schaffte.

Die Schabe raste auf die Kante zu.

Ringsumher schlugen funkenstiebend Kugeln ein.

Schofield hielt das Gaspedal noch immer bis zum Anschlag durchgedrückt.

Dann hatte die Schabe den Rand des Aufzugschachts erreicht und hob ab …

Die Schabe flog durch die Luft – mit sich drehenden Rädern und hochgereckter Nase.

Die vordere Stoßstange gab dem Druck nach, und auf einmal ähnelte sie nur noch drei Tonnen Stahl, die zum Fliegen nicht geschaffen waren.

Mittlerweile befand sich die Aufzugplattform etwa zehn Meter unterhalb der Bodenlinie, doch der Rumpf des zerstörten AWACS-Flugzeugs verkürzte den Fall der Schabe auf lediglich drei Meter.

Sie landete krachend unmittelbar auf dem abwärts geneigten Radarauge der AWACS-Maschine.

Jenes bestand aus Titan und war sehr stabil, sodass es das auftreffende Gewicht des Schleppfahrzeugs mühelos verkraftete.

Nicht jedoch die Befestigungsstreben.

Sie knickten ein wie dünne Zweige, und auch der Flugzeugrumpf gab augenblicklich nach.

Er faltete sich unter dem Gewicht des herabstürzenden Schleppfahrzeugs zusammen wie eine leere Bierdose und dämpfte dadurch den Fall der Schabe.

Das Radarauge wurde in den Rumpf hineingedrückt, sodass eine Art Rampe entstand. Darauf rutschte die Schabe hinab, bis sie auf der linken Tragfläche zum Stehen kam.

Schofield und Love Machine wurden umhergeschleudert wie Stoffpuppen, während die Schabe holpernd in die Tiefe donnerte.

Irgendwie gelang es Schofield, auf die Bremse zu treten. Die Schabe schleuderte herum und krachte dann an die gegenüberliegende Schachtwand, unmittelbar neben dem quadratischen Loch, das normalerweise vom Miniaufzug verschlossen wurde.

Als die Schabe endlich still stand, war Schofield bereits damit beschäftigt, Love Machine aus der Fahrerkabine zu zerren. Währenddessen tauchten aus dem Trümmerlabyrinth bereits die ersten Soldaten der 7. Schwadron auf und eröffneten das Feuer.

Ihre Kugeln waren allerdings zu langsam.

Die Soldaten konnten nur verdutzt zusehen, wie Schofield Love Machine den Football reichte, sich die Arme des Verletzten um die Schultern legte und dann ohne Zögern mit Love Machine in das Loch in der Plattform sprang. Beide verschwanden in der Dunkelheit.

Wie zwei Fallschirmspringer im Tandemflug fielen Schofield und Love Machine am Rand des gewaltigen Schachts in die Tiefe.

Love Machine schlang mit aller Kraft seine Arme um Schofields Schultern, wobei er den Football fest umklammert hielt. Währenddessen brüllte er in einem fort.

Die graue Betonwand raste an ihnen vorbei, während sie immer weiter in die Tiefe stürzten.

Schofield blickte während des Falls nach unten und entdeckte ein weißes Lichtquadrat, das vom Hangar auf Ebene 1 ausging. Es beleuchtete die winzige Plattform, die dort gehalten hatte – in sechzig Metern Tiefe.

Er nahm den erbeuteten Magischen Haken aus dem Halfter und ließ den Greifarm aufschnappen. Magische Haken verfügten lediglich über fünfundvierzig Meter Seil. Es würde also nicht ausreichen.

Er musste folglich noch warten, bis sie etwa fünfzehn Meter tief gefallen waren, und dann …

Im Flug schoss Schofield den Magischen Haken auf einen Metallträger ab, der aus der schmierigen Betonwand ragte. Von dem Träger aus führten mehrere dicke Kabel gebündelt an der Schachtseite nach unten.

Der Magische Haken packte den Träger, während Schofield und Love Machine immer weiter fielen. Das Seil des Hakens spulte sich in rasendem Tempo ab und peitschte durch die Luft.

Und die Plattform des Miniaufzugs raste mit erschreckender Geschwindigkeit auf sie zu.

Immer schneller und schneller ...

Und dann gab es einen gewaltigen Ruck.

Exakt einen Meter über der Aufzugplattform war ihr Sturz beendet, unmittelbar vor dem großen Tor, das zum Hangar auf Ebene 1 führte.

Schofield hatte den schwarzen Knopf des Magischen Hakens losgelassen. Damit wurde ein Bremsmechanismus aktiviert, der sich auf das Seil auswirkte. Schofield hatte ihn gerade noch rechtzeitig betätigt. Er und Love Machine sanken schließlich den letzten Meter zu Boden.

Ihre Stiefel berührten die Rampe, und als sie sich umdrehten, stellten sie fest, dass sie nicht allein waren.

Vor ihnen im Eingang des Hangars standen Book II., Juliet und der Präsident sowie Mother, Brainiac und Herbie Franklin.

»Wenn jetzt jemand einen Witz darüber macht, dass die beiden stets mit der Tür ins Haus fallen«, sagte Mother, »drehe ich ihm eigenhändig den Hals um!«

»Wir müssen weiter!«, sagte Schofield, als er das Seil wieder aufgespult hatte. Der gewaltige Flugzeugaufzug senkte sich noch immer polternd in den Schacht hinab – mitsamt der darauf befindlichen Soldaten der 7. Schwadron.

Schofields Gruppe wandte sich zur Fahrzeugrampe an der anderen Seite des riesigen unterirdischen Hangars. Book II. und Mother hatten den verwundeten Love Machine in die Mitte genommen.

Juliet Janson schloss zu Schofield auf. »Und was nun?«

»Wir haben den Präsidenten«, sagte er. »Und wir haben den Football. Da der Football das Einzige war, was den Präsidenten hier gehalten hat, würde ich vorschlagen, wir verlassen die Party. Das heißt, wir müssen ein vernetztes Terminal finden. Mithilfe des Computers öffnen wir einen Ausgang, sobald das stündliche Zeitfenster aktiv wird, und dann machen wir die Fliege.«

Er wandte sich um, als die anderen sich anschickten, die kreisförmige Fahrzeugrampe hinunterzugehen. »Dr. Franklin, wo befindet sich der nächste Computer, mit dem man das Sicherheitssystem steuern kann? Ich möchte einen Ausgang öffnen.«

»Auf dieser Ebene gibt es zwei«, antwortete Herbie. »Einen im Hangarbüro und einen im Schaltkasten.«

»Nein, ich will das nicht hier tun!«, beschloss Schofield. »Die bösen Jungs werden jeden Moment hier sein.«

»Dann müssen wir weitergehen.«

Eine Frauenstimme meldete sich in Schofields Ohrhörer. »Scarecrow, hier ist Fox. Wir befinden uns am Boden des Lüftungsschachts. Was sollen wir tun?«

»Können Sie durch den Schacht des Flugzeugaufzugs zu uns kommen?«

»Ja, ich glaub schon.«

»Dann treffen wir uns im Labor auf Ebene 4«, sagte Schofield ins Armbandmikrofon.

»Verstanden. Ach, noch was, Scarecrow – äh, wir haben gerade eben zwei neue Schützlinge aufgelesen.«

»Großartig!«, entgegnete Schofield. »Dann bis gleich!«

Sie rannten über die Fahrzeugrampe zu Ebene 2 hinunter, wo sie zu einer Bodenöffnung gelangten, die einen Zugang zur Nottreppe ermöglichte. Im Gänsemarsch eilten sie die Treppe hinab, bis sie zu einer schweren Brandschutztür gelangten. Jene führte zum Dekompressionsbereich auf Ebene 4.

Brainiac betätigte die Klinke.

Die Tür ließ sich mühelos öffnen.

Schofield wurde sogleich misstrauisch. Das war eine der Türen, die sie zuvor abgeschlossen hatten. Und jetzt war sie offen. Er gab den anderen ein Zeichen. »Vorsicht!«, flüsterte er.

Brainiac nickte.

Lautlos schwenkte die Tür auf, worauf Book II. und Mother durch den Spalt glitten, ein M-16 beziehungsweise ein P-90 an die Schulter gepresst.

Aber sie brauchten nicht zu feuern.

Abgesehen von den Leichen am Boden – den Opfern ihres Zusammenstoßes mit der 7. Schwadron – war der Dekompressionsbereich menschenleer.

Juliet und der Präsident betraten den Raum als Nächste und stiegen über die Toten hinweg. Schofield folgte ihnen mit Love Machine auf dem Rücken.

In die Wand zur Rechten waren ein paar Computerterminals eingelassen, die teilweise von den telefonzellenartigen Testkammern verdeckt wurden.

»Doktor Franklin, setzen Sie sich an ein Terminal!«,

ordnete Schofield an. »Brainiac, Sie gehen mit! Finden Sie heraus, was wir tun müssen, wenn wir aus diesem Labyrinth rauswollen! Book, Sie übernehmen Love Machine! Und Mother, Sie sehen im Labor nebenan nach, ob es da einen Verbandskasten gibt!«

Mother wandte sich zur Tür zum Nebenraum.

Book II. ließ den ächzenden Love Machine auf den Boden gleiten, dann schickte er sich an, die Tür wieder zu verschließen.

»Was zum Teufel ...«, sagte er.

Schofield kam herüber. »Was gibt's?«

»Sehen Sie sich mal das Schloss an!«

Schofield tat wie geheißen und kniff die Augen zusammen.

Der Türbolzen, jenes dicke, rechteckige Teil vom Schloss, das sich in die entsprechende Vertiefung am Türrahmen fügte, war sauber abgeschnitten worden.

Die Schnittstelle war so glatt, dass sie eigentlich nur von einem Laser stammen konnte.

Schofield runzelte die Stirn.

Seit dem Gefecht war offenbar jemand hier gewesen.

»Scarecrow!«, sagte jemand.

Mother stand in der Tür, die zur Westseite von Ebene 4 führte. Neben ihr stand Libby Gant, die von der anderen Seite aufgetaucht war.

»Scarecrow, das sollten Sie sich mal ansehen!«, sagte Mother.

Schofield ging zu der Tür in der weißen Wand hinüber, welche die Ebene 4 teilte.

Als er Gant und Mother erreicht hatte, untersuchte er als Erstes das Türschloss. Der Bolzen war ebenfalls mit einem Laser abgeschnitten worden.

»Was gibt's denn?«, fragte er.

Er schaute hoch und erblickte zu seiner Überraschung Colonel Hot Rod Hagerty und Nicholas Tate III., den aalglatten Präsidentenberater für Innenpolitik, Gants neue Schützlinge.

Gant deutete mit dem Daumen in den hinter ihr liegenden Bereich – den hohen, hallenartigen Raum mit dem großen Glaskubus.

Schofield blickte hinein

Und ihm gefror das Blut in den Adern.

Es sah aus, als hätte eine Bombe in den Würfel eingeschlagen.

Die durchsichtigen Wände waren geborsten und gesplittert. Größere Glasstücke waren in das Schlafzimmer gefallen. Und überall lagen Spielsachen verstreut. Die bunten Möbel waren umgekippt und umhergeschleudert worden.

Kevin, der kleine Junge, war nicht zu sehen.

»Sieht so aus, als hätten sie auch einiges aus dem Labor mitgenommen«, sagte Gant. »Der gesamte Bereich wurde geplündert.«

Schofield biss sich nachdenklich auf die Lippen, während er den Blick umherschweifen ließ.

Er wollte es nicht aussprechen. Er wollte es nicht einmal denken. Aber es ließ sich nicht leugnen.

»Außer uns hält sich noch jemand hier auf«, sagte er.

Die Sprache war Afrikaans. Die offizielle Sprache des weißen Regimes, das bis 1994 in Südafrika geherrscht hatte, und die nun aus nahe liegenden Gründen nicht mehr offizielle Landessprache war.

Nachdem Dave Fairfax die beiden DIA-Spezialisten für afrikanische Sprachen hinzugezogen hatte, lagen die Gesprächsaufzeichnungen übersetzt vor ihm. Nun konnten sie dem Direktor präsentiert werden.

Er blickte noch einmal lächelnd auf die Abschrift.

COMM-SAT VERSCHLÜSSELTE VERBINDUNG E/13A-2
DIA-SPACEDIV-PENT-DC
BEARBEITER: T 16-009
QUELLE: USAF-SA(R)07

29. MAI	22:10:56	AFRIKAANS-ENGLISCH
1. STIMME:	Kann bestätigen, dass Impfstoff einsatzbereit ist.	Kan bevestig dat in-enting plaasvind.

13. JUNI	8:01:38	AFRIKAANS-ENGLISCH
1. STIMME	Toetse op laaste poging word op die vier-en-twientigste verwag. Wat van die ontrekkings eenheid?	Test des neuesten Stamms für den dritten erwartet. Was ist mit dem Greiftrupp?
2. STIMME:	Reccondo span is alreeds weggestuur.	Das Reccondo-Team wurde bereits entsendet.

15. JUNI	14:45:46	AFRIKAANS-ENGLISCH
1. STIMME:	Voorbereidings onderweg. Vroeg oggend. Beste tyd vor ontrekking.	Vorbereitungen in Angriff genommen. Am frühen Morgen. Die beste Zeit für den Zugriff.

16. JUNI	19:56:09	ENGLISCH-ENGLISCH
3. STIMME:	Alles vorbereitet. Bestätigen Sie, dass es am dritten stattfindet.	Alles vorbereitet. Bestätigen Sie, dass es am dritten stattfindet.

21. JUNI	07:22:13	AFRIKAANS-ENGLISCH
1. STIMME:	Ontrekking kan'n probleem wees. Gestel ons gebruik die Hoeb land hier naby. Verstaan hy is 'n lid van Die Organisasie.	Der Zugriff ist das größte Problem. Es ist geplant, das nahe gelegene Grundstück von Hoeb zu benutzen. Ein Mitglied von Die Organisasie.
2. STIMME:	Sal die instrukties oordra.	Wir werden die Instruktionen weiterleiten.

22. JUNI	20:51:59	ENGLISCH-ENGLISCH
3. STIMME:	Einsatz kann starten.	Einsatz kann starten.

23. JUNI	01:18:22	AFRIKAANS-ENGLISCH
1. STIMME:	Die Reccondos is gereed. Verwagte aankoms by beplande bestemming binne nege dae.	Der Greiftrupp ist vor Ort. Wird voraussichtlich in neun Tagen am Ziel eintreffen.

»Das ist ja ein komisches Zeug, mein Freund«, sagte einer der beiden Experten für afrikanische Sprachen, während er das Jackett anzog und sich zum Gehen wandte. Er war ein kleiner sympathischer Bursche namens Lew Alvy. »Ich meine, … Reccondo-Einheiten, die Organisasie … Mein Gott!«

»Worauf wollen Sie hinaus?«, fragte Fairfax. »Was soll das bedeuten?«

Alvy blickte sich rasch um.

»Die Reccondos«, sagte er, »sind die schärfsten unter den Eliteeinheiten. Es sind die südafrikanischen Aufklärungstrupps. Vor Mandela war das *die* Mordtruppe des weißen Regimes. Spezialisten für grenzüberschreitende Überfälle und verdeckte Aktionen – normalerweise gegen schwarze Widerstandskämpfer. Sie sind dazu ausgebildet, vollkommen unerkannt zuzuschlagen. Sie hinterlassen niemals Spuren, abgesehen von den durchgeschnittenen Kehlen ihrer Opfer.

Jedenfalls sind das ganz zähe Burschen. Ich hab gehört, in Simbabwe hätte mal eine Reccondo-Einheit im Busch unter wärmereflektierenden Tarnmatten neunzehn Tage lang im Hinterhalt gelegen, ohne sich zu rühren, bis die Zielperson eintraf. Als sie schließlich auftauchte, fühlte sie sich sicher, und da haben sie sie – *Zack!* – festgenagelt. Man sagt, in den Achtzigern hätten sie ihre Reihen mit angolanischen Söldnern verstärkt. Aber bei Mandelas Machtübernahme im Jahr 1994 wurde die Einheit wegen ihrer zurückliegenden Aktionen aufgelöst. Mit einem Mal waren sie allesamt Söldner, eine Eliteeinheit zum Mieten.«

»Scheiße!«, flüsterte Fairfax. »Und Die Organisasie? Was ist das?«

»Teils Mythos, teils Realität«, antwortete Alvy. »Man weiß es nicht genau. M16 hat aber eine Akte darüber und die CIA auch. Es ist jedenfalls eine Untergrundorganisation weißer Exil-Südafrikaner, die auf den Sturz der ANC-Regierung hinarbeiten, um die alte Zeit wieder auferstehen zu lassen. Reiche Säcke, alles Rassistenschweine. Werden auch ›Dritte Kraft‹ oder ›Das Spinnennetz‹ genannt. Vergangenes Jahr standen die sogar auf der Interpol-Liste der aktiven Terrorgruppen.«

Fairfax blickte Alvy stirnrunzelnd nach, als dieser den Raum verließ.

Was hatten eine ultrarechte südafrikanische Organisation und eine mobile Eliteeinheit mit einem abgelegenen Stützpunkt der US Air Force zu schaffen?

Als Hot Rod Hagerty und Nicholas Tate zu der Gruppe stießen, gingen sie typischerweise sofort zum Präsidenten hinüber. Elvis hingegen kümmerte sich als Erstes um seinen verletzten Kumpel Love Machine.

Schofield stand mit Gant mitten im Dekompressionsbereich von Area 7.

Gant nickte zu Hagerty und Tate hinüber. »Die haben wir im Marine One entdeckt. Hatten sich in der Rettungskapsel des Präsidenten versteckt.«

»Er wird das Kommando übernehmen«, sagte Schofield.

»Er ist nun mal der ranghöchste Offizier«, entgegnete Gant.

»Aber er hat nie unter Beschuss gestanden.«

»Das stimmt!«

Ein paar Meter zu ihrer Linken, drüben bei den Testkammern, saßen Brainiac und Herbie Franklin vor einem Computerterminal.

Schofield trat hinter die beiden. »Na, wie sieht's aus?«

»Das hier ist ausgesprochen merkwürdig«, sagte Herbie. »Hier, sehen Sie mal!« Er deutete auf den Bildschirm. Darauf war zu lesen:

S.A.(R) 07-A
Logfile für Zugriff Sicherheitsstufe
7-3-010229027

Zeit	Schlüsselstatus	Operator	Systemreaktion
06:30:00	Überprüfung Systemstatus	070-67	Alle Systeme einsatzbereit
06:58:34	Befehl zur Abriegelung	105-02	Abriegelung ausgelöst
07:00:00	Überprüfung Systemstatus	070-67	Alle Systeme einsatzbereit (Abriegelungsmodus)
07:30:00	Überprüfung Systemstatus	070-67	Alle Systeme einsatzbereit (Abriegelungsmodus)
07:37:56	ACHTUNG: Fehlfunktion der Notstromversorgung	System	Fehlfunktion lokalisiert an Terminal 1-A2 Erhalte keine Antwort von Systemen: TRACS; AUX SYS-1; RAD COM-SPHERE; MBN; EXT FAN
07:38:00	ACHTUNG: Notstromversorgungskapazität 50 %	System	Terminal 1-A2 reagiert nicht
08:00:15	Abschaltung Hauptstromversorgung ausgelöst (Terminal 3-A1)	008-72	Hauptstromversorgung abgeschaltet
08:00:18	Notstromversorgung eingeschaltet	Aux-System	Notstromversorgung wird hochgefahren
08:00:19	ACHTUNG: Notstromversorgung einsatzbereit Notfall-Protokoll aktiviert	Aux-System	Notfallprotokoll wirksam: entbehrliche Systeme abgeschaltet
08:01:02	Sonderfreigabebefehl für Abriegelungsfall eingegeben (Terminal 3-A1)	008-72	Tür 003-V geöffnet

Zeit	Schlüsselstatus	Operator	Systemreaktion
08:04:34	Sonderfreigabebefehl für Abriegelungsfall eingegeben (Terminal 3-A1)	008-72	Tür 062-W geöffnet
08:04:55	Sonderfreigabebefehl für Abriegelungsfall eingegeben (Terminal 3-A1)	008-72	Tür 100-W geöffnet
08:18:00	ACHTUNG: Notstromkapazität 35 %	Aux-System	Terminal 1-A2 reagiert nicht
08:21:30	Befehl zur Abschaltung der Überwachungskameras (Terminal 1-A1)	008-93	SYSTEMFEHLER: Überwachungskamera wurden bereits von Notfallprotokoll abgeschaltet

»Okay«, sagte Herbie. »Also, am Anfang ist noch alles in Ordnung. Die üblichen Systemüberprüfungen durch einen Operator. Wurden wahrscheinlich von einem der Operatoren oben im Haupthangar durchgeführt. Dann kommt die Abriegelung um 6.58 Uhr, ausgelöst von einem Operator mit der Nummer 105-02. Das ist ein ziemlich hohes Tier. Der Zusatz A 105 deutet mindestens auf einen Colonel hin. Wahrscheinlich Colonel Harper.

Aber dann passierte um 7.37 Uhr etwas auf Ebene 1. Zu diesem Zeitpunkt löste sich die halbe Kapazität der Notstromversorgung in Rauch auf.«

»Der Schaltkasten wurde von einer Rakete getroffen«, sagte Schofield eingedenk der Auseinandersetzung mit den Humvees im Haupthangar, die mit Raketenwerfern ausgerüstet waren. Seine Bemerkung klang beiläufig, als passierten derlei Dinge ständig.

»Okay«, sagte Herbie erneut. »Das wäre eine Erklärung. In dem Schaltkasten waren die Notstromgeneratoren untergebracht. Die bedauerlichen Folgen sind hier zu sehen.« Er zeigte auf eine weitere Zeile des Logfiles.

08:00:15	Abschaltung Hauptstrom-versorgung aus-gelöst (Terminal 3-A1)	008-72	Hauptstrom-versorgung abgeschaltet

»Jemand hat die Hauptstromversorgung unterbrochen«, sagte Herbie. »Deshalb konnte ich eben auch nicht die Kameras ausschalten. Schauen Sie, um 8.21 Uhr ist mein Zugriff aufgelistet. Ich bin Operator 008-93.

Das Problem dabei war, dass jemand anders – nämlich der Operator mit der Nummer 008-72 – die Kameras bereits durch Abschaltung der Hauptstromversorgung lahm gelegt hatte. Sobald jemand die Hauptstromversorgung unterbricht, schaltet das System auf Notstromversorgung um. Mittlerweile steht aufgrund des Raketentreffers jedoch nur noch die Hälfte der verbliebenen Kapazität zur Verfügung. Und die geht rasch zur Neige, wie Sie hier sehen.

Aber ... wenn sich die Notstromversorgung einschaltet, werden sämtliche entbehrlichen Stromverbraucher abgeschaltet – wie zum Beispiel Teile der Beleuchtung und die Überwachungskameras. Das bewirkt das Notfallprotokoll, das hier wiederholt erwähnt wird.«

»Dann hat also jemand die Überwachungskameras lahm gelegt, indem er die Stromversorgung unterbrochen hat ...«, überlegte Schofield laut.

»Ja.«

»Er wollte nicht gesehen werden ...«

»Nicht nur das«, sagte Herbie. »Schauen Sie, was er dann getan hat! Er hat drei spezielle Freigabecodes eingegeben – um 8.01 Uhr und um 8.04 Uhr – und damit drei Ausgänge geöffnet.«

»Das Fünf-Minuten-Zeitfenster«, sagte Schofield.

»Genau.«

»Und welche Türen hat er geöffnet?«

»Einen Moment, ich seh mal nach.« Mit flinken Fingern tippte Herbie etwas ein. »Also, der erste Ausgang war 003-V.« Auf dem Bildschirm erschien ein Schema von Area 7. »Da ist er. Der Notausgang.«

»Und die anderen beiden?«

»062-W und 100-W …«, murmelte Herbie, konzentriert den Bildschirm musternd. »062-W ist die Tür 062-West. Aber das würde bedeuten, dass …«

»Was meinen Sie?«, fragte Schofield.

»62-West ist das explosionssichere Tor, das den Eisenbahntunnel auf Ebene 6 nach Westen hin abschließt.«

»Und der andere Ausgang? 100-West?«

»Dort endet der Tunnel, drüben am Lake Powell, etwa vierzig Meilen von hier. 100-West ist das Panzertor, das zum See hinausführt.«

»Weshalb sollte jemand diese Ausgänge öffnen?«, fragte Brainiac.

»Man öffnet den Notausgang, um seine Kameraden reinzulassen. Damit sie einem helfen, die Beute zu rauben«, antwortete Schofield.

»Und die anderen beiden Ausgänge?«

»Die wurden geöffnet, damit alle wieder rauskommen.«

»Und weshalb sollte diese Person die Stromversorgung unterbrechen?«, erkundigte sich Gant.

»Um die Überwachungskameras auszuschalten«, erklärte Schofield. »Wer immer das getan hat: Er wollte von den Air-Force-Leuten nicht beobachtet werden.«

»Und wobei?«, fragte Brainiac.

Schofield wechselte einen Blick mit Gant.

»Bei der Entführung des Jungen«, sagte er. »Könnten Sie mal eben nachschauen, welcher Operator sich hinter der Bezeichnung 008-72 verbirgt?«, wandte er sich an Herbie.

»Klar.« Herbie tippte eilig.

Kurz darauf sagte er: »Ich hab's.« Auf dem Bildschirm erschien eine Liste. Schofield überflog die Zeilen, bis er den Eintrag gefunden hatte.

008-72 BOTHA, Gunther W.

»Wer ist Gunther Botha?«, fragte Schofield.

»Ein Hurensohn«, antwortete jemand hinter ihm.

Es war der Präsident. Er stellte sich dicht hinter Schofield.

»Botha!«, schnaubte er. »Das hätte ich mir denken können.«

»Botha ist ein südafrikanischer Wissenschaftler, der hier an dem Impfstoff arbeitet«, sagte der Präsident. »Wenn man sich mit dem Teufel einlässt, braucht man sich über den Schaden nicht zu beklagen.«

»Weshalb sollte er den Jungen entführen wollen?«

»Das Sinovirus tötet Weiße *und* Schwarze, Captain«, antwortete der Präsident. »Nur Menschen asiatischer Abstammung sind davor sicher. Das Erbgut des Jungen wurde jedoch gentechnisch dahingehend modifiziert, dass er einen Impfstoff produziert, der sowohl bei Schwarzen als auch bei Weißen wirksam ist. Verabreicht man den Impfstoff jedoch nur weißen Menschen, würden auch nur Weiße einen Ausbruch des Sinovirus überleben. Und falls der Auftraggeber von Botha tatsächlich der ist, den ich vermute …«

»Also, was machen wir jetzt?«, fragte Herbie.

»Wir suchen den Jungen«, erklärte Schofield. »Und wir –«

»Nein, das werden Sie nicht tun, Captain!«, unterbrach ihn Hot Rod Hagerty, der plötzlich hinter ihnen aufgetaucht war. »Sie bleiben hier und bewachen den Präsidenten.«

»Aber …«

»Falls Sie es nicht mitbekommen haben: Wenn der Präsident stirbt, stirbt ganz Amerika. Der kleine Junge kann warten. Ich glaube, Sie sollten sich erst einmal über die Prioritäten klar werden, Captain Schofield.«

»Aber wir können ihn doch nicht einfach –«

»Doch, das können und das werden wir!«, entgegnete Hagerty, der allmählich rot anlief. »Falls Sie es vergessen haben sollten, *Captain*: Ich bin Ihr Vorgesetzter und befehle Ihnen, meine Anordnungen zu befolgen. Die Regierung der Vereinigten Staaten bezahlt mich dafür, dass ich Ihnen das Denken abnehme. Und Sie werden Folgendes denken: Mein Land ist wichtiger als das Leben eines kleinen Jungen.«

Schofield zuckte nicht einmal mit der Wimper. »In einem Land, das einen kleinen Jungen dem sicheren Tod überlässt, möchte ich nicht leben.«

Hagertys Augen funkelten. »Von jetzt an werden Sie tun, was ich Ihnen sagen, und wenn ich sage –«

Bevor sich der Präsident einschalten konnte, machte Schofield einen Schritt nach vorn und baute sich vor Hagerty auf.

»Nein, *Sir*«, sagte er entschlossen, »ich werde mich Ihrem Befehl nicht fügen. Denn wenn Sie mich vorhin hätten aussprechen lassen, dann wüssten Sie, was ich vorhabe: Wir suchen den Jungen, und wir nehmen den Präsidenten mit. Falls *Sie* nämlich nicht richtig zugehört haben: Dieser Botha und seine Verbündeten haben einen Ausgang geöffnet! Dadurch bietet sich uns ein Fluchtweg.«

Hagerty verstummte zähneknirschend.

»Wenn es Ihnen nichts ausmacht«, fuhr Schofield fort, »und wenn keiner einen besseren Vorschlag hat, würde ich sagen, wir machen, dass wir hier wegkommen.«

Oben im Kontrollraum, der auf den Haupthangar hinausging, hatten Caesar Russels vier Funker alle Hände voll zu tun.

»Hauptstromversorgung unterbrochen, sämtliche Kameras ausgefallen. Alle Systeme werden mit Notstrom versorgt.«

»Sir, jemand hat die Freigabecodes eingegeben. Das Westtor auf Ebene 6 wurde geöffnet.«

»Wer?«, fragte Caesar Russel scharf.

Der Operator runzelte die Stirn. »Sieht so aus, als wäre es Botha gewesen, Sir.«

»Botha«, wiederholte Caesar leise. »Keine große Überraschung.«

»Sir«, sagte der andere Funker, »auf der Schiene tut sich was. Jemand bewegt sich durch die Cañons in westliche Richtung.«

»Ach, Gunther! Du konntest einfach nicht widerstehen, hab ich Recht? Du willst dir den Jungen schnappen.« Caesar lächelte kalt. »Wann wird der Zug voraussichtlich am See eintreffen?«

»Es sind noch vierzig Meilen bei einer Geschwindigkeit von hundertsiebzig Meilen. In etwa vierzehn Minuten, Sir.«

»Schicken Sie Einheit Bravo im Laufschritt zu Ebene 6 runter! Sie sollen Botha mit dem Zug folgen. Dann öffnen Sie den ebenerdigen Ausgang und schicken Charlie mit den AH-77 los, die sollen ihn am See abfangen. Wir nehmen ihn in die Zange. Und jetzt los! Machen Sie schon! Auch wenn Gunther es nicht weiß, aber wir brauchen den Jungen. Ohne das Kind wäre alles umsonst gewesen.«

Schofield, Mother, Gant und Book II. stürmten die Feuertreppe hinunter.

Schofield hielt die Desert Eagle in der Hand. Der Football baumelte jetzt an seiner Hüfte, und der Handgriff war an einem Gürtelclip des Kampfanzugs befestigt.

Hinter ihnen kamen der Präsident und Juliet, Herbie, Hot Rod Hagerty und Nicholas Tate. Das Schlusslicht bildeten Elvis und Brainiac, die Love Machine in die Mitte genommen hatten.

Sie gelangten zum Eingang von Ebene 6. Frank Cutlers blutüberströmter Leichnam lag noch immer neben der Tür auf dem Boden.

»Seien Sie vorsichtig!«, warnte Juliet Schofield, als dieser die Hand auf die Klinke legte. »Hier haben sie uns schon einmal drangekriegt.«

Schofield nickte.

Dann riss er die Tür lautlos auf und ging in Deckung.

Kein Geräusch war zu hören.

Es wurden auch keine Schüsse abgefeuert.

Keine einzige Kugel pfiff durch den Treppenabgang.

»Mein Gott!«, entfuhr es Mother, als sie durch den Eingang blickte.

Die riesige Aufzugplattform sank rumpelnd in den Schacht hinab.

Zwischen den Trümmern des zerstörten AWACS-Flugzeugs verteilt standen die zehn Männer der Einheit Bravo. Sie waren auf dem Weg zu Ebene 6, um die Verfolgung Gunter Bothas und des Jungen aufzunehmen.

Die schmutzig grauen Betonwände glitten an den Soldaten vorbei.

Sie passierten Ebene 3 und fuhren weiter in die Tiefe. Es kam Ebene 4 ... und dann, als die Aufzugplattform die Ebene 5 mit dem Gefängnistrakt erreichte, tauchte sie plötzlich ins Wasser. Mehrere Tonnen Wasser ergossen sich auf die Plattform und suchten sich ihren Weg zwischen den Trümmern der AWACS-Maschine.

»Verdammt noch mal!«, rief Boa McConnell, der Anführer der Einheit Bravo, als ihm das Wasser bis zur Hüfte stieg.

Er langte nach dem Mikrofon des Funkgeräts.

»Einheit Bravo meldet größere Überflutungen auf Ebene 5. Der Schacht des Flugzeugaufzugs läuft allmählich voll. Zugang zu Ebene 6 ist nur noch über die Feuertreppe oder den Lüftungsschacht an der Westseite möglich.«

»Sir, das vergrößerte Satellitenbild des Notausgangs liegt jetzt vor«, wandte sich ein Funker an Caesar Russel.

Ein Drucker spuckte eine Hochglanzseite aus. Der Funker riss sie heraus und warf einen Blick auf die Zeitangabe am oberen Rand. »Das wurde vor zehn Minuten gemacht. Die nächste Aufnahme kommt in – was zum Teufel ist denn das?«

»Was gibt's denn?«, fragte Caesar Russel und nahm dem Mann den Ausdruck aus der Hand. Russel erinnerte sich daran, warum die Satellitenaufnahme gemacht worden war: wegen der vierundzwanzig in einem weiten Kreis um den Notausgang verteilten länglichen Objekte, die zuvor vom Infrarotsatelliten aufgenommen worden waren.

Caesars Augen wurden schmal.

Auf dem vergrößerten Satellitenbild waren die vierundzwanzig Stöcke deutlich zu erkennen. Aber es waren gar keine Stöcke.

Es waren Kampfstiefel – die unter einer wärmereflektierenden Abdeckung hervorlugten.

Der zweite Satellitenscan erschien. Caesar riss ihn an sich. Er war genau eine Minute alt.

Er zeigte zunächst das Gleiche wie der erste Ausdruck: den Notausgang und die umliegende Wüste.

Die Kampfstiefel um den Ausgang herum jedoch waren nicht mehr zu sehen.

Sie waren verschwunden.

»Hmm, ausgesprochen clever, Gunther!«, murmelte Caesar leise. »Du hast die Reccondos mitgebracht.«

Überall lagen Leichen.

Herrgott!, dachte Schofield. Das sieht ja aus, als hätte hier ein Krieg stattgefunden.

Und damit lag er nicht falsch.

Ebene 6 ähnelte einer U-Bahnstation, mit einer erhöhten Betonplattform in der Mitte, die von Schienen flankiert war. Wie in einer normalen Bahnstation gab es an beiden Enden des länglichen Raums je zwei Tunnel, die in der Dunkelheit verschwanden. Hier jedoch waren drei der vier Tunnel von dicken, grauen, explosionssicheren Stahltoren verschlossen.

Auf der Plattform in der Mitte lagen neun Leichen, alle mit Anzügen bekleidet.

Es handelte sich um die neun Mitglieder des ersten Vorausteams des Secret Service.

Blutüberströmt und ineinander verschlungen lagen sie da, die Anzüge von zahllosen Kugeln zerfetzt.

Hinter ihnen erkannte die Gruppe noch mehr Leichen – insgesamt zehn, alle mit schwarzen Kampfanzügen bekleidet.

Die Männer der 7. Schwadron.

Drei von ihnen hatten Arme und Beine ausgestreckt, die Brust war bei allen nur noch ein großes, unregelmäßig geformtes Loch. Anscheinend hatte man diesen Männern in den Rücken geschossen, als sie vom rechten Gleis auf die Plattform geklettert waren. Ihre Brustkästen mussten aufgrund der plötzlichen Ausdehnung der Hohlspitzgeschosse regelrecht explodiert sein.

Weitere Soldaten der 7. Schwadron lagen in ihren Blutlachen auf den Schienen. Schofield fiel auf, dass drei von ihnen sehr präzise Einschusslöcher auf der Stirn aufwiesen.

Vier der Soldaten aber waren auf keinen Fall erschossen worden.

Sie waren vor einer Tür zusammengebrochen, die in die Wand des rechten Schienenstrangs eingelassen war – dem Fluchttunnel.

Man hatte ihnen die Kehle aufgeschlitzt.

Die sind als Erste gestorben, dachte Schofield bei sich, in dem Moment, als die Angreifer aus dem Tunnel hinter ihnen auftauchten.

Schofield trat aus dem Eingang zum Treppenhaus auf die Plattform hinaus.

In dem unterirdischen Bahnhof hielt sich niemand auf.

Und in dem Augenblick sah er sie.

Sie standen beiderseits der Plattform auf den gegabelten Schienen: X-Rail-Maschinen.

»Wow!«, flüsterte er.

X-Rail-Systeme sind unterirdische Hochgeschwindigkeitseisenbahnen, die vom US-Militär für die Verteilung von Ausrüstungsgegenständen sowie für die Personenbeförderung eingesetzt werden. Jene werden auch als X-Railcars bezeichnet und fahren so schnell, dass sie aus Stabilitätsgründen vier Bahnschienen benötigen: zwei auf dem Boden und zwei an der Decke.

Den X-Railcars, die Schofield nun vor sich hatte, sah man ihre enorme Leistungsfähigkeit sofort an.

Sie waren knapp zwanzig Meter lang, etwa so groß wie gewöhnliche U-Bahn-Triebwagen, doch ihre schlanke Form und die spitz zulaufende Nase ließen zweifelsfrei erkennen, dass sie vor allem einen Zweck erfüllen sollten: schneller fahren als jeder andere Zug.

Ihr Design basierte auf dem wohl bekanntesten Hochgeschwindigkeitszug der Welt, dem japanischen Shinkansen. Mit den aerodynamisch geriffelten Flanken und den beiden aus dem Bug vorspringenden Stummelflügeln war es jedoch hauptsächlich auf die hohe Geschwindigkeit ausgerichtet.

Das X-Railcar zu Schofields Linken bestand aus zwei Triebwagen, die durch ein ziehharmonikaartiges Verbindungsstück zusammengekoppelt waren. Die beiden Railcars standen Rücken an Rücken, sodass die spitzen Nasen in entgegengesetzte Richtungen wiesen. Beide Maschinen waren strahlend weiß lackiert und ähnelten zwei Space Shuttles.

Doch erst als Schofield die Streben bemerkte, wurde ihm bewusst, weshalb man von einer X-Rail-Bahn sprach.

Aus Bug und Heck der Maschinen traten ähnlich den angelegten Schwingen eines Raubvogels im Sturzflug vier längliche Streben hervor, die von vorn betrachtet ein X ergaben. Die unteren Streben reichten bis zu den Schienen unter dem Railcar, die oberen bis zu den Schienen an der Tunneldecke. Alle vier Streben waren wie Flugzeugflügel geformt, um die maximale Geschwindigkeit zu ermöglichen.

Am Drucktor hinter dem Doppelzug stand ein kleineres X-Railcar – eine Art Miniaturtriebwagen, ein Drittel so groß wie die längeren Maschinen. Eigentlich handelte es sich eher um ein rundes Zwei-Personen-Cockpit, das in der Mitte von vier Streben montiert war.

»Ein Wartungsfahrzeug«, erläuterte Herbie. »Wird dazu benutzt, um den Zustand des Tunnels zu überprüfen und ihn zu reinigen. Es ist schneller als die großen Maschinen, fasst aber nur zwei Personen.«

»Warum gibt's die nicht in New York als U-Bahn?«, bemerkte Elvis, der das zweimotorige X-Railcar aufmerksam beäugte.

»Hey, was ist das dort drüben?«, rief Brainiac und deutete auf das einzige offene Tunneltor am anderen Ende des linken Schienenstrangs.

»Das ist das Tor 62-West«, erklärte Herbie Franklin. »Diesen Ausgang haben sie benutzt.«

»Dann wollen wir auch dorthin«, sagte Schofield.

Sie wandten sich zu dem zweimotorigen X-Railcar und eilten etwa bis zur Mitte der Plattform.

Schofield drückte einen Knopf am Vordereingang der Maschine. Mit einem leisen Zischen öffneten sich sämtliche Türen der beiden X-Rail-Maschinen – zwei an jedem Wagen.

Mit dem Football an der Hüfte trat Schofield in die vordere Türöffnung des Railcars und ließ die anderen an sich vorbei. Book II. stürmte als Erster hinein. Dicht gefolgt von Herbie betrat er sofort das Cockpit.

Der Präsident und Juliet liefen durch den Hintereingang des Triebwagens, flankiert von Gant und Mother. Danach gingen Hot Rod Hagerty und Nick Tate an Bord, die beide stets darauf achteten, nah beim Präsidenten zu bleiben.

Elvis und Brainiac, die den verletzten Love Machine stützen mussten, befanden sich noch auf der Plattform.

»Elvis, Brainiac, nun macht schon! Beeilt euch!«

Schofield blickte sich um. Das Innere des Railcars wirkte wie eine Kreuzung aus gewöhnlichem U-Bahnwagen und Laster. Ganz hinten gab es ein paar Sitzreihen für die Passagiere, davor eine breite, leere Fläche, um Frachtkisten und dergleichen zu verstauen.

Schofield sah, wie sich der Präsident an der Hecktür, etwa zwölf Meter von ihm entfernt, erschöpft in einen Sitz sinken ließ.

Und dann passierte es.

Völlig ohne Vorwarnung.

Sämtliche Fenster, die zur Plattform hinausgingen, barsten. Glassplitter flogen unter der Wucht einer Salve aus automatischen Waffen ins Wageninnere und verteilten sich überall.

Das Feuer hielt an – laut, unerbittlich, ohrenbetäubend. Die Kugeln schlugen mit einer solchen Heftigkeit in die rechte Flanke des X-Railcars ein, dass der gesamte Triebwagen erbebte.

Schofield duckte sich und versuchte, sein Gesicht vor den umherfliegenden Glassplittern zu schützen. Dann wirbelte er herum und spähte durch das nächste geborstene Fenster.

Er sah einen Trupp von Soldaten der 7. Schwadron, die aus dem Lüftungsschacht am westlichen Ende der Plattform heraussprangen, bewaffnet mit P-90-Gewehren und einigen sechsläufigen Mini-Maschinengewehren. Jene spuckten sirrend einen schier unglaublichen Kugelhagel aus, der die Flanke des Railcars durchsiebte.

»Sind Sie verletzt?«, schrie Schofield Juliet und dem Präsidenten zu. Seine Stimme ging beinahe im Lärm der Detonationen unter.

Der Präsident, der bäuchlings auf dem Boden lag, nickte schwach.

»Bleiben Sie unten!«, rief Schofield.

Unvermittelt sprang der Motor des Railcars brüllend an.

Schofield riss den Kopf herum und sah, wie Book II. und Herbie im Cockpit einige Schalter drückten und den Gashebel betätigten. Der Motor des Railcars summte laut und lief allmählich warm.

Fahrt doch los, flehte Schofield insgeheim. Fahrt doch endlich …

Auf einmal ertönte eine Stimme in seinem Ohrhörer: »He! Wartet auf uns!«

Es war Elvis.

Elvis, Brainiac und Love Machine befanden sich noch auf der Plattform.

Da sie Love Machine mitschleppen mussten, hatten sie

die beiden miteinander verbundenen Railcars noch nicht erreicht, als die Angreifer am anderen Ende der unterirdischen Bahnstation auftauchten.

Jetzt saßen sie hinter einer Betonsäule fest, nur drei Meter von der vordersten Tür des zweiten Railcars entfernt, die dem unaufhörlichen Feuer der Soldaten ausgesetzt war.

»Also gut! Wir müssen hier weg! Passt auf!«, schrie Elvis. »Okay, jetzt!«

Sie stürmten aus der Deckung hervor. Ringsum schlugen Kugeln in die Säulen ein, und Betonbrocken flogen durch die Luft. Und dann erwischten zwei Kugeln Elvis' linke Schulter.

»Komm schon, Love Machine, halt durch!«, brüllte er.

Sie erreichten die Hecktür des zweiten Railcars und wollten Love Machine gerade hindurchschieben, als dessen Kopf nach links zuckte und in einem unnatürlichen Winkel heftig gegen Elvis' Schulter prallte.

»O Mann!«, entfuhr es Brainiac, als er die Katastrophe realisierte. »Nein!«

Elvis drehte sich um.

Love Machines Kopf hing schlaff herab, Gehirnmasse und Blut tropften aus einem Einschussloch am Hinterkopf.

Love Machine war tot.

Elvis erstarrte, ohne auf seine eigenen Verletzungen zu achten.

»Komm weiter, Elvis!«, drängte Brainiac. »Schaffen wir ihn rein! Der Zug fährt gleich ab.«

Elvis gab keine Antwort. Er stierte einfach bloß Love Machines leblosen Körper an, der an seiner Schulter lehnte.

»Elvis ...«

»Geh!«, sagte Elvis leise, während ihnen nach wie vor die Kugeln um die Ohren pfiffen. Er ließ Love Machines

Leichnam neben dem Railcar zu Boden gleiten. Dann blickte er Brainiac gerade in die Augen. »Mach schon! Verschwinde!«

»Was hast du vor?«, fragte Brainiac entgeistert.

»Ich bleibe hier, bei meinem Freund.«

Und dann sah Brainiac die unendliche Trauer in Elvis' Augen – sah, wie er voller Todessehnsucht zu den Soldaten der 7. Schwadron hinüberblickte, die sich ihnen vom Ende der Plattform her näherten.

Brainiac nickte. »Aber pass auf dich auf, Elvis!«

»Niemals«, erwiderte Elvis.

»Brainiac!«, schrie Schofield mit der Waffe in der Hand. Er versuchte zu erkennen, was hinten im Zug passierte, ohne dass ihm der Kopf weggepustet wurde. »Was geht da vor?«

Brainiacs Stimme antwortete: »Wir haben Love Machine verloren, Sir, und Elvis hat – o Scheiße!«

In diesem Moment hallten zwei laute Detonationen durch den unterirdischen Bahnhof.

Schofield wandte sich um –

– und sah zwei schwarze, baseballgroße Granaten auf sich und das X-Railcar zufliegen, abgefeuert von zwei M-203-Granatwerfern der Angreifer.

Die beiden hochexplosiven Geschosse flogen durch die zerbrochenen Fenster des vorderen Railcars. Das eine trat neben Schofield nahe dem Vorderteil des Wagens ein, das andere schoss durch ein Fenster nahe dem Heck, wo sich Gant, Mother und der Präsident aufhielten.

Die vordere Granate prallte von der gegenüberliegenden Wand ab und kam nur wenige Meter von Schofield entfernt zu liegen.

Schofield zögerte keinen Moment.

Er hechtete nach vorn auf die Granate zu, wobei er das letzte Stück bäuchlings über den Boden rutschte. Er versetzte dem Geschoss einen Stoß. Die Granate hüpfte über den harten Boden des Railcars und verschwand durch die offene Tür. Schofield ging sogleich hinter der Wand in Deckung, während die Granate draußen detonierte und ein Feuerball durch die Tür schoss.

Am anderen Ende des Wagens hatten Gant und Mother weniger Glück.

Die Granate war zwischen den Sitzbänken gelandet, welche die hintere Hälfte des Triebwagens einnahmen. Niemand kam mehr rechtzeitig heran.

»Los, hier entlang!«, rief Gant, riss den Präsidenten hoch und schob ihn auf den Tunnelgang zu, der die beiden Triebwagen miteinander verband.

Eine Glastür glitt beiseite, und Gant stieß den Präsidenten durch die Öffnung. Mother, Juliet, Hot Rod und Tate stürmten ihnen hinterher.

Die Glasstür schloss sich, während eine zweite Verbindungstür aufging und Gant mit dem Präsidenten ins zweite Railcar hechtete. Sie warfen sich der Länge nach auf den Boden, und die anderen taten es ihnen in dem Moment nach, als die Granate im ersten Railcar explodierte. Das Feuer griff um sich und zertrümmerte die erste Verbindungstür. Die zweite wurde glücklicherweise nur geringfügig beschädigt.

Schofield wurde von der Wucht der Detonation der zweiten Granate zu Boden geschleudert.

Er erhob sich schwankend und sprach ins Funkmikrofon.

»Fox! Mother! Alles in Ordnung bei euch?«

Gants Stimme antwortete: »Wir leben noch, und der Präsident ist bei uns. Wir sind jetzt im zweiten Triebwagen.«

»Brainiac«, sagte Schofield. »Sind Sie an Bord?«

»Ja, ich bin hinten im zweiten Wagen ...«

»Book!«, rief Schofield nach vorn. »Haben Sie schon rausgekriegt, wie man das Ding steuert?«

»Ich glaub schon!«

»Dann los!«

Im nächsten Moment setzte sich der X-Rail-Zug in Bewegung, den Soldaten der 7. Schwadron entgegen, die sich unaufhaltsam näherten

»Sir«, sagte Brainiac. »Ich muss Ihnen etwas sagen. Wir haben Love Machine verloren ...«

»Scheiße!«, fluchte Schofield.

»... und Elvis werden wir wohl auch verlieren.«

»Was?« Schofield war entsetzt.

Aber er kam nicht dazu, Weiteres in Erfahrung zu bringen, denn in diesem Moment dröhnten drei weitere scharfe Explosionen durch den unterirdischen Bahnhof.

Drei Granaten mit Raketenantrieb rasten dem langsam rollenden X-Rail-Zug entgegen und zogen drei dünne Rauchfahnen hinter sich her. Eine nach der anderen schoss durch die geborstenen Fenster des zweiten X-Railcars.

Dorthin, wo sich der Präsident aufhielt.

In Schofields Ohren dröhnte Mothers Schrei: »Verdammt!«

Der zweimotorige X-Rail-Zug beschleunigte und steuerte auf die Tunnelmündung zu.

Im zweiten Wagen traute Gant ihren Augen nicht.

Drei Granaten waren eingedrungen.

Alle in ihren Wagen.

Im Bruchteil einer Sekunde machte sie sich die verschiedenen Optionen klar: Wenn sie hier blieben, kamen sie mit Sicherheit um. Wenn sie raussprangen, bekamen sie es mit der 7. Schwadron zu tun. In diesem Fall war ihr Tod wahrscheinlich, aber nicht sicher.

»Hier können wir nicht bleiben!«, brüllte sie. »Raus! Raus!«

Sie und Juliet packten den Präsidenten daraufhin am Kragen seines Jacketts und schleppten ihn Richtung Ausgang. Sie stürmten durch die Tür und hechteten hinaus auf die Plattform. Gekonnt rollten sie sich ab.

Hot Rod Hagerty und Nicholas Tate sprangen ebenfalls aus dem rollenden Railcar und landeten unbeholfen auf dem Boden.

Einen Sekundenbruchteil später hechtete Mother aus einem der zerbrochenen Fenster neben der Tür. Sie schlug beim Aufprall einen Purzelbaum, die Waffe eng an die Brust gepresst, und landete sogleich wieder auf den Füßen.

Im nächsten Moment explodierten die drei Granaten in kurzer Folge im zweiten Railcar.

Drei gleißend helle Feuerbälle schossen durch den Wagen, wobei das Wageninnere wie von einer riesigen Glühbirne in grelles Licht getaucht wurde.

Bis in den hintersten Winkel drangen die Flammen, schlugen aus den Wagenfenstern, knickten die Fensterrahmen mühelos ein und brachten die Wände des Wagens zum Bersten.

Die Feuerbälle dehnten sich über der unterirdischen Plattform aus, über Gant und den Köpfen der anderen hinweg, die hinter den Betonsäulen vor dem Kugelhagel der vorrückenden Soldaten der 7. Schwadron Deckung suchten.

Das gesamte X-Railcar erbebte bei der dreifachen Granatexplosion, fuhr aber weiter und wurde von Meter zu Meter schneller.

Im vorderen Wagen wurde Schofield von der Detonation beinahe umgeworfen. Als er das Gleichgewicht wiedererlangt hatte und sich umschaute, wurde er von Entsetzen gepackt.

Er sah, wie der Präsident – flankiert von Gant, Mother und Juliet – auf der Bahnhofplattform in Deckung ging.

Das durfte doch alles nicht wahr sein.

Der Präsident hatte den Zug verlassen.

Das beschleunigende X-Railcar näherte sich mittlerweile der Tunnelmündung und war gleichauf mit den dort postierten Soldaten der 7. Schwadron. Schofield sah die Soldaten unmittelbar neben dem Triebwagen, doch sie beachteten ihn nicht.

Sie hatten bloß Augen für den Präsidenten.

Und in diesem Augenblick war Schofield gezwungen, eine Entscheidung zu treffen.

Entweder er sprang aus dem Zug und stand dem Präsidenten zur Seite – dem Präsidenten, auf dessen Schultern das Schicksal des ganzen Landes ruhte –, oder er suchte den Jungen …

Exakt in dem Moment, als der Zug in den Tunnel einfuhr, sah Schofield ihn, und da war er sicher, dass der Präsident überleben würde. Zumindest würde es ihm gelingen, den Bahnhof auf Ebene 6 zu verlassen. Und er wusste auch, dass Gant und Mother ihn ebenfalls gesehen hatten.

Damit war die Entscheidung, Kevin zu suchen, gefallen.

Im nächsten Moment verschwand der X-Rail-Bahnhof mitsamt den zehn Soldaten, die zum Präsidenten und dessen Bewachern vorrückten. Alles, was Schofield nun vor Augen hatte, war die pechschwarze Tunnelwand.

Gant duckte sich und schlang zum Schutz vor den überall herabregnenden Betonbrocken die Arme um den Kopf.

Sie saßen in der Falle.

Die 7. Schwadron hatte sie umzingelt.

Sie konnten weder vor noch zurück. Mitten auf der Plattform saßen sie fest, bedroht von einer feindlichen Übermacht. Das Glück hatte sie endgültig verlassen.

Und dann auf einmal registrierte Gant Elvis.

Er stakste wie ein Roboter ohne jede Deckung auf die Soldaten der 7. Schwadron zu. Von der ringsum tobenden Schlacht ließ er sich überhaupt nicht beirren.

Und er hielt keine Waffe in Händen. Vielmehr presste

er seine gewaltigen geballten Fäuste dicht an den Körper. Sein Gesicht war vollkommen ausdruckslos – sein Blick starr, die Zähne fest zusammengebissen.

Anscheinend befand sich Elvis auf seiner eigenen Mission.

»O Gott!«, flüsterte Gant. »Pass bloß auf dich auf, Elvis!«

Dann wandte sie sich an die anderen. »Macht euch bereit, Leute! Wir hauen ab.«

»Was?«, platzte Hot Rod Hagerty heraus. »Wie denn?«

»Elvis wird uns einen kleinen Vorsprung verschaffen. Bleiben Sie in Deckung und halten Sie sich bereit!«

Sergeant Wendall Elvis Haynes, US Marine Corps, schritt den Soldaten entschlossen entgegen.

Jene verlangsamten ihren Schritt ein wenig, als wären sie durch Elvis' eigenartiges Verhalten irritiert. Er war offensichtlich unbewaffnet und marschierte ruhig und gelassen stetig weiter. Er war nun sowohl von ihnen als auch vom Präsidenten zwanzig Meter entfernt.

Die Soldaten der 7. Schwadron hörten nicht, was er immer wieder leise vor sich hin murmelte. »Ihr habt meinen Freund getötet. Ihr habt meinen Freund getötet. Ihr habt meinen Freund getötet ...«

Einer der Soldaten hob routiniert sein P-90 und feuerte eine kurze Salve ab. Die Kugeln zerfetzten Elvis' Brust, und während er zusammenbrach, rückten die Soldaten weiter vor.

Erst als sie Elvis erreicht hatten, vernahmen sie sein kaum verständliches Gurgeln: »Ihr habt meinen Freund getötet ...«

Und dann öffnete sich seine linke Hand wie eine Blume –

– und die Soldaten erblickten die hochexplosive RDX-Granate.

»Ihr habt meinen Freund …«

Elvis tat seinen letzten Atemzug.

Seine Hand entspannte sich. Sie gab den Auslöser der Granate frei – und zum Entsetzen der Männer der Einheit Bravo explodierte die RDX-Granate mit unbeschreiblicher Wucht.

Das X-Railcar schoss durch den Tunnel.

Schlank und stromlinienförmig raste es mit seiner patronenförmigen Nase und dem flachen Rumpf dahin. Es schaffte zweihundert Meilen in der Stunde, und das trotz der geborstenen Fenster und der von Kugeln durchsiebten Wände.

Es glitt erstaunlich sanft und leise dahin. Das lag daran, dass es nicht von einem Motor, sondern von einem hochmodernen magnetischen Antriebssystem bewegt wurde, das die allmählich veraltenden dampfbetriebenen Katapulte der Flugzeugträger ersetzen sollte. Der magnetische Antrieb ermöglichte phänomenale Geschwindigkeiten und bestand aus wenigen Einzelteilen. Deshalb war er bei Technikern sehr beliebt, denn bei ihnen galt gemeinhin die Regel: Je weniger Teile eine Maschine besitzt, desto weniger kann auch kaputtgehen.

Book II. saß im Cockpit, die Hände auf der Steuerung. Herbie kauerte neben ihm. Nur im Cockpit waren die Fenster noch unversehrt.

»Mist!«, ertönte Schofields Stimme hinter ihnen. »Scheiße! Scheiße! Scheiße!«

Schofield betrat das Cockpit.

»Stimmt was nicht?«, fragte Book.

»*Das* stimmt nicht«, sagte Schofield und zeigte auf den silberfarbenen *Samsonite*-Aktenkoffer, der an seinem Gürtel baumelte. Der Football.

»Verdammt noch mal! Das ging alles zu schnell. Als der Präsident aus dem Zug gehechtet ist, hab ich einfach nicht dran gedacht. Wie spät ist es?«

Es war 8.55 Uhr.

»Na großartig!«, seufzte er. »Dann haben wir noch über eine Stunde Zeit, um den Aktenkoffer zum Präsidenten zurückzuschaffen.«

»Sollen wir umkehren?«, fragte Book II.

Schofield zögerte. Tausend Gedanken schwirrten ihm durch den Kopf.

Dann sagte er entschlossen: »Nein! Ich lasse den Jungen nicht im Stich. Wir kommen schon rechtzeitig zurück.«

»Äh, aber was ist mit dem Land?«, beharrte Book II.

Schofield lächelte schief. »Bislang habe ich noch keinen Countdown vermasselt, und ich habe auch nicht vor, es zukünftig zu tun.« Er wandte sich an Herbie. »Also dann, Herbie! In fünfundzwanzig Worten oder weniger: Erzählen Sie mir vom X-Rail-System! Wohin führt es?«

»Das ist zwar nicht unbedingt mein Fachgebiet«, entgegnete Herbie, »aber ich bin schon ein paarmal damit gefahren. Soviel ich weiß, handelt es sich eigentlich um *zwei* Beförderungssysteme. Das eine führt von Area 7 in westlicher Richtung zum Lake Powell. Das andere in östlicher Richtung zu Area 8.«

Wie Herbie weiterhin erläuterte, fuhren sie über den vierzig Meilen langen Schienenstrang zum Lake Powell.

Schofield hatte bereits von diesem Gewässer gehört. Eigentlich handelte es sich weniger um einen See als vielmehr um ein hundertneunzig Meilen langes Labyrinth überfluteter Cañons.

Unmittelbar an der Grenze von Utah und Arizona gelegen hatte der Lake Powell früher einmal dem Grand Canyon geähnelt. Es war ein gewaltiges System von Schluchten und Cañons, die der mächtige Colorado River in die Erde gegraben hatte.

Anders als der Grand Canyon wurde der Lake Powell jedoch seit 1963 zur Stromerzeugung genutzt. Man hatte den Fluss gestaut, und der See war entstanden. Die auch zuvor schon atemberaubenden Felsformationen hatten sich in einen spektakulären Cañon verwandelt, der zur Hälfte mit Wasser gefüllt war.

Jetzt ragten gewaltige sandfarbene Tafelberge aus dem funkelnden blauen Wasser des Sees heraus, und die spitzen Kuppen erhoben sich vor dem blauen Horizont. Und dann gab es noch jene Schluchten und Cañons, die nun zu schmalen Kanälen geworden waren.

Wie jedes Großprojekt hatte auch das Aufstauen des Colorado Rivers im Jahr 1963 einen Proteststurm hervorgerufen. Umweltschützer behaupteten, der Damm werde zur Versandung führen und das Ökosystem einer zwei Zentimeter langen Kaulquappenart zerstören. Diese Gefahren erschienen dem Besitzer einer kleinen Raststätte mit Tankstelle vergleichsweise unbedeutend. Sein Betrieb, erbaut an der Stelle einer alten Handelsniederlassung des Wilden Westens, war überflutet worden, und der Mann wurde von der Regierung ausreichend dafür entschädigt.

Auf jeden Fall war Lake Powell mit seinen dreiundneunzig benannten und unzähligen unbenannten Schluchten einige Jahre lang ein beliebtes Ferienziel für Hausbootfahrer gewesen. Aber die Zeiten ändern sich, und mittlerweile hatte der Touristenandrang nachgelassen. Jetzt war der See ein großes, weitgehend menschenleeres gespenstisches Netzwerk gewundener Schluchten und äußerst schmaler, so genannter Schlitzcañons, in dem es keinen Fingerbreit flachen Boden gab, nur schroffe Felswände und Wasser, endlose Wasserflächen.

»Dieser Tunnel führt zu einer unterirdischen Verladestation am See«, erklärte Herbie. »Das Transportsystem wurde aus zwei Gründen gebaut: erstens, um den Bau von Area 7 und Area 8 geheim zu halten. Auf diese Weise konnte man das Baumaterial auf Lastkähnen über den

See anliefern und dann durch den vierzig Meilen langen Tunnel zur Baustelle schaffen. Wir benutzen den Hinterausgang noch immer gelegentlich zu Transportzwecken und bei der Überstellung von Häftlingen.«

»Okay«, sagte Schofield. »Und der zweite Grund?«

»Der Tunnel dient auch als Fluchtweg«, antwortete Herbie.

Schofield blickte nach vorn.

Unter und über ihm rasten die X-Rail-Schienen mit unglaublicher Geschwindigkeit vorbei. Der breite, rechteckige Tunnel verschwand in der Dunkelheit.

Aufgrund eines plötzlichen Geräusches fuhr er mit gezückter Pistole herum.

Im Eingang zum Cockpit stand Brainiac und riss die Arme hoch.

»Na, na, na! Ich bin's bloß!«

Schofield senkte die Pistole. »Beim nächsten Mal sollten Sie anklopfen!«

»Ist klar, Boss.« Brainiac setzte sich auf den freien Sitz.

»Wo haben Sie gesteckt?«

»Hinten im zweiten Wagen. Als die Granaten reinflogen, wurde ich von den anderen getrennt. Bin gerade noch rechtzeitig ins Gepäckabteil gehechtet. Und da sind die drei Granaten auch schon explodiert.«

»Jedenfalls schön, dass Sie da sind!«, sagte Schofield. »Wir brauchen jeden einzelnen Mann.« Er wandte sich an Herbie. »Ist es möglich, die anderen Züge telemetrisch zu überwachen?«

»Ich glaube schon«, antwortete Herbie. »Einen Moment ...«

Er drückte ein paar Knöpfe an der Fahrerkonsole. Im Armaturenbrett schaltete sich ein Monitor ein. Im nächsten Moment erschien darauf das X-Rail-System.

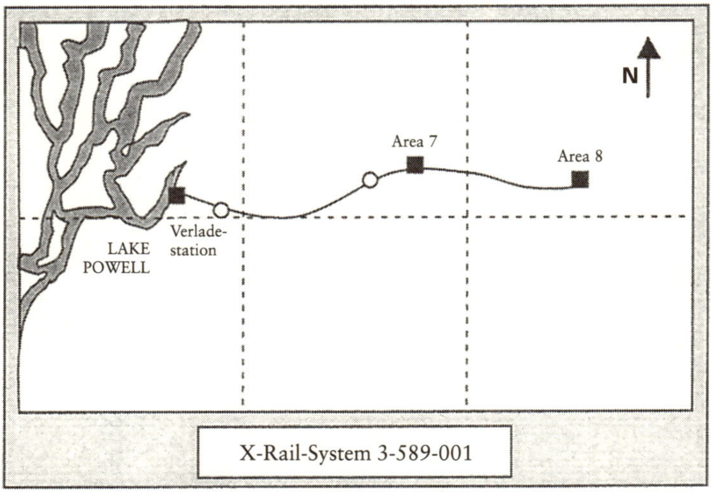

Schofield erblickte ein gestrecktes »S«, das von Area 7 bis zum Netzwerk der Cañons des Lake Powell reichte. Außerdem sah er zwei blinkende rote Punkte, die sich auf den See zubewegten.

»Die Punkte sind die Züge«, erklärte Herbie. »Unser Zug befindet sich näher bei Area 7. Der andere muss etwa zehn Minuten vor uns gestartet sein.«

Schofield beobachtete, wie der erste blinkende Punkt die Verladestation ereichte und anhielt.

»Nun gut, Herbie«, sagte er. »Da wir jetzt etwas Zeit haben, erzählen Sie mir doch von diesem Botha! Was ist das für ein Mann?«

Erst als Elvis' Handgranate explodierte, richteten sich Gant, Mother und Juliet auf und rannten pausenlos feuernd mit dem Präsidenten zurück zum Treppenhaus, durch das sie Ebene 6 betreten hatten.

Elvis' RDX-Granate hatte fünf Soldaten der 7. Schwadron auf der Stelle getötet. Mit verrenkten Gliedmaßen lagen sie nun auf den X-Rail-Schienen beiderseits der Plattform.

Die fünf verbliebenen Angehörigen der Einheit Bravo hatten weiter entfernt gestanden, als die Granate explodiert war. Sie waren von der Druckwelle umgeworfen worden und suchten nun vor dem Abwehrfeuer Gants und der anderen Deckung. Sie sprangen hinter die Säulen und warfen sich auf die Gleise.

Die Gruppe um den Präsidenten lief ins Treppenhaus.

Gant führte den Präsidenten die Treppe hoch. Sie atmete schwer, ihre Beine bewegten sich automatisch, und ihr Herz klopfte heftig. Mother, Juliet, Hagerty und Tate waren dicht hinter ihr.

Sie gelangten zum Notausgang von Ebene 5.

Gants hatte die Hand bereits auf dem Türknauf, dann zog sie sie rasch wieder zurück.

Aus den Fugen der Tür drang Wasser. Die Wasserstrahlen schossen hauptsächlich in Bodennähe aus der Gummidichtung hervor, nach oben hin wurden sie immer schwächer. Die Oberkante der Tür war trocken.

Anscheinend stand das Wasser hinter der feuersicheren Tür hüfthoch und bahnte sich unaufhaltsam seinen Weg.

Auf einmal vernahm Gant durch die Tür hindurch die grässlichsten Schreie, die sie je gehört hatte. Es klang verzweifelt. Das Gebrüll eingesperrter Tiere ...

»O Gott ... die Bären!«, rief Juliet Janson, als sie neben Gant trat und die Brandschutztür erblickte. »Ich glaube, wir sollten da besser nicht reingehen.«

»Einverstanden«, sagte Gant.

Sie rannten weiter die Treppe hinauf und gelangten zu Ebene 4. Nachdem Gant einen Blick in den dahinter liegenden Dekompressionsbereich geworfen hatte, bedeutete sie den anderen, dass keine Gefahr bestand.

Sie betraten den Raum und verteilten sich.

»Hallo allerseits!«, ertönte plötzlich eine dröhnende Stimme über ihnen.

Sie fuhren herum. Gant riss das Gewehr hoch und stellte dann fest, dass sie auf einen an der Wand montierten Fernseher zielte.

Caesars grinsendes Gesicht blickte auf sie herab.

»Bürgerinnen und Bürger von Amerika, es ist jetzt 9.04 Uhr und somit Zeit für den stündlichen Lagebericht.«

Caesars Miene war ausgesprochen selbstgefällig.

»... ist es Ihren unfähigen und tölpelhaften Marines bislang nicht gelungen, meinen Männern Verluste beizubringen. Eigentlich tun sie die ganze Zeit über nichts anderes als davonzurennen. Seine Hoheit wurde zuletzt gesehen, wie er auf der untersten Ebene dieser Anlage verzweifelt darum bettelte, freigelassen zu werden. Mir wurde soeben gemeldet, dass es dort unten zu einer Schießerei gekommen ist, ein Bericht über deren Ausgang liegt mir jedoch noch nicht vor ...«

Gant wusste, dass dies alles nicht der Wahrheit entsprach. Aber egal, welche Lügen Caesar der Bevölkerung auftischte: An ihrer Lage änderte es nichts. Und es hatte genauso wenig Sinn, ihm weiter zuzuhören.

Daher untersuchte Gant die in den Boden eingelassene Schiebetür, die zu Ebene 5 hinunterführte, während die anderen aufmerksam Caesars Fernsehansprache lauschten.

Äußerst schwach vernahm sie gedämpfte Schreie. Die Schreie von Menschen.

Sie drückte den Schalter mit der Aufschrift »TÜR ÖFFNEN« und hob das Gewehr.

Als die Tür aufglitt, wurde ihr klar, dass die Schreie von den Gefangenen auf Ebene 5 stammen mussten.

Gant spähte die Rampe hinab.

»Allmächtiger!«, flüsterte sie.

Sie sah die Wassermassen, die den unteren Teil der Rampe bereits überspült hatten.

Während Caesars Stimme durch den Raum dröhnte, bewegte sie sich die abschüssige Rampe entlang, bis sie mit ihren auf Hochglanz polierten Paradeschuhen knöcheltief im Wasser stand.

Sie ging in die Hocke und warf einen Blick auf Ebene 5.

Was sie dort sah, erschütterte sie zutiefst.

Das gesamte Stockwerk war überflutet.

Das Wasser stand mittlerweile brusthoch.

Und es war stockfinster, was die Szenerie noch grauenerregender machte.

Der tiefschwarze See erstreckte sich bis zur gegenüberliegenden Seite des Stockwerks und drang durch die Gitterstäbe der Zellen. Dort waren die elendsten Gestalten eingesperrt, die Gant jemals gesehen hatte.

Im nächsten Moment entdeckten die Häftlinge sie.

Sie brüllten, schrien markerschütternd, und manche heulten. Sie rüttelten an den Gitterstäben der Zellen, in denen sie mit Sicherheit ertrinken würden, wenn das Wasser weiter anstieg.

Wie Schofield hatte auch Gant den Zellentrakt bislang noch nicht mit eigenen Augen gesehen. Der Präsident hatte ihn lediglich kurz erwähnt, als er ihnen von dem Sinovirus und dem Impfstofflieferanten Kevin berichtet hatte.

»Wir müssen weiter.« Juliet war neben ihr aufgetaucht. Caesar hatte seine Ansprache offenbar beendet.

»Sie werden ertrinken ...«, sagte Gant, als Janson sie mit sanfter Gewalt die Rampe hinaufführte.

»Der Tod durch Ertrinken ist für die noch viel zu gut, das können Sie mir glauben«, erwiderte Janson. »Kommen Sie! Suchen wir uns ein Versteck. Ich weiß nicht, wie's Ihnen geht, aber ich muss mich jetzt erst mal ausruhen.«

Sie drückte den Schalter mit der Aufschrift »TÜR SCHLIESSEN«, worauf die Bodentür zuglitt und das Angstgeschrei der Häftlinge verstummte.

Gant warf noch einen Blick zurück und zwang sich dann, weiterzugehen.

Mit dem Präsidenten, Mother, Hot Rod und Tate im Schlepptau wandten sich Gant und Juliet nun zur Westseite der Ebene.

Die längliche Dekompressionskammer ließen sie links liegen.

Von weitem schien alles normal zu sein, doch bei genauerem Hinsehen hätten sie bemerkt, dass der Timer der Drucktür abgelaufen war und das Schloss freigegeben hatte.

Die Tür war nur angelehnt.

Und die Dekompressionskammer war leer.

Es war 9.06 Uhr.

»Anführer Bravo, bitte melden! Lagebericht!«, sprach einer der Funker ins Mikrofon.

»Leitstelle, hier ist Kommandant Bravo. Wir haben in der X-Rail-Station schwer wiegende Verluste erlitten. Fünf Tote, zwei Verletzte. Einer von denen hatte eine RDX-Granate und hat einen Kamikaze-Angriff gestartet –«

»Was ist mit dem Präsidenten?«, unterbrach ihn der Funker.

»Der Präsident hält sich noch in der Anlage auf. Ich wiederhole: Der Präsident hält sich noch in der Anlage auf. Zuletzt wurde er dabei gesehen, wie er die Feuertreppe hochstieg. Ein paar der Marine-Bodyguards sind jedoch mit dem zweiten X-Rail-Zug durch den Tunnel entwischt.«

»Und der Football?«

»Wurde vom Präsidenten getrennt. Einer meiner Jungs schwört, er hätte Schofield damit an Bord des Zuges gesehen.«

»Danke, Anführer Bravo. Schaffen Sie die Verletzten in den Haupthangar, damit sie versorgt werden können! Wir lassen die unteren Ebenen jetzt von Einheit Echo nach dem Präsidenten durchkämmen.«

»Gunther Botha war früher Colonel im Sanitätsbataillon der südafrikanischen Armee«, erzählte Herbie, während das X-Railcar durch den Tunnel auf den Wüstensee zuraste.

»Bei den Weißkitteln«, sagte Schofield verächtlich.

»Sie haben davon gehört?«

»Ja. Kein angenehmer Umgang. Das war eine offensive bio-medizinische Einheit, eine Spezialabteilung der Reccondos. Eine Elitetruppe, die biologische Waffen eingesetzt hat.«

»Das stimmt«, bestätigte Herbie. »Schauen Sie, vor Mandela waren die Südafrikaner auf dem Gebiet der biologischen Kriegsführung weltweit führend. Mein Gott, wie haben wir sie hofiert! Haben Sie sich schon mal gefragt, weshalb wir kaum etwas gegen die Apartheid unternommen haben? Und wissen Sie, von wem wir die sowjetische Fleischessenkrankheit, das nekrotisierende Fasciitis, haben? Von den Südafrikanern.

Jahrelang haben sie vergeblich versucht, ein Virus zu entwickeln, das Schwarze umbringt und Weiße verschont. Botha war einer der führenden Köpfe und stand anscheinend kurz vor dem Durchbruch, als das Apartheidregime gestürzt wurde.» Er machte eine Pause.

»Wie sich herausstellte«, fuhr Herbie dann fort, »erwies sich Bothas Grundlagenforschung als außerordentlich nützlich für die Untersuchungen der Amerikaner. Sie arbeiteten nämlich gerade an einem Impfstoff gegen das Sinovirus, das zwischen den Rassen unterscheiden kann.«

»Und deshalb haben wir ihn hergeholt«, ergänzte Schofield.

»So ist es«, stimmte Herbie zu.

»Jetzt aber scheint es so, als wäre Professor Botha keineswegs so vertrauenswürdig, wie wir geglaubt haben.«

»Sieht ganz so aus!«

Schofield dachte einen Moment lang nach.

»Und er ist nicht allein«, fügte er hinzu.

»Woher wollen Sie das wissen?«

»Wegen der toten Soldaten der 7. Schwadron, die wir auf Ebene 6 gesehen haben«, antwortete Schofield. »Ich bin Gunter Botha noch nicht begegnet, bin mir aber ziemlich sicher, dass er nicht in der Lage ist, eine ganze Einheit der 7. Schwadron im Alleingang auszulöschen. Bedenken Sie, dass Botha drei Tore geöffnet hat, die beiden X-Rail-Tore und den Notausgang, der auf Ebene 6 mündet!

Er hat bestimmt eine Gruppe von Kämpfern durch den Tunnel geführt. Die haben die Soldaten getötet. Aufgrund der Schusswunden am Rücken und der durchgeschnittenen Kehlen gehe ich davon aus, dass Bothas Freunde sich von hinten an die Soldaten rangeschlichen haben.« Schofield biss sich auf die Lippen. »Aber das erklärt immer noch nicht, was ich eigentlich wissen will.«

»Und das wäre?«

Schofield hob den Blick. »Wenn Botha uns verraten hat, dann möchte ich wissen, an wen!«

»Es bestand von Anfang an ein Sicherheitsrisiko«, bekannte der Präsident, »aber ohne ihn wären wir nicht weitergekommen.«

Zusammen mit seinen Beschützern legte er im Beobachtungslabor oberhalb des geborstenen Kubus auf Ebene 4 eine Verschnaufpause ein.

Bei Betreten des Raums hatten sie auf dem Laborboden eine dicke, kreisförmige Deckenluke entdeckt.

Durch diese Öffnung waren die Soldaten der 7. Schwadron verschwunden.

Das bedeutete hoffentlich, dass sie nicht so bald zurückkommen würden. Für eine Weile war dieser Raum ein ideales Versteck.

Libby Gant hatte die Aufregung noch nicht verwunden. Als einzige stand sie im Raum und blickte auf den zerstörten gläsernen Würfel hinunter. Seit Caesars letztem Lagebericht hatte sich in der unterirdischen Anlage eine merkwürdige Stille breit gemacht, als hätte die

7. Schwadron ihre Suche nach dem Präsidenten zumindest vorübergehend eingestellt.

Gant gefiel diese Ruhe ganz und gar nicht.

Sie war sicher, dass sich etwas über ihnen zusammenbraute.

Sie war es gewesen, die sich beim Präsidenten nach Gunther Botha erkundigt hatte, nach jenem Mann, der offenbar Kevin entführt hatte.

»Botha wusste mehr über rassenspezifische Viren als alle unsere Wissenschaftler zusammen«, fuhr der Präsident fort. »Allerdings gab es eine Vorgeschichte.«

»Seine Vergangenheit im Apartheidregime?«

»Nicht nur das. Die größte Sorge bereiteten uns seine Beziehungen zu einer Gruppe mit Namen Die Organisasie oder Die Organisation. Das ist ein geheimes Netzwerk, dem ehemalige Minister des Apartheidregimes angehören, wohlhabende südafrikanische Landbesitzer, ehemalige Angehörige von Elitetruppen der südafrikanischen Streitkräfte und Militärführer, die ihrer Ämter enthoben wurden und die beim Zusammenbruch des Apartheidregimes außer Landes geflohen sind. Sie fürchten zu Recht, die neue Regierung werde sie wegen ihrer früheren Verbrechen zur Rechenschaft ziehen. Die meisten Nachrichtendienste glauben, Die Organisasie wolle lediglich die Macht in Südafrika übernehmen, aber wir haben unsere Zweifel.«

»Was meinen Sie damit?«, fragte Gant.

Der Präsident seufzte. »Sie müssen sich klar machen, worum es hier geht! Ethnisch selektive Biowaffen wie das Sinovirus sind in der Menschheitsgeschichte ohne Beispiel. Sie sind die stärksten Waffen, die man sich denken kann, denn sie haben die Macht, eine bestimmte Bevölkerungsgruppe zum Tode zu verurteilen und eine andere davon auszunehmen.

Wir fürchten, dass Die Organisasie ihre Pläne nicht

bloß auf Südafrika beschränkt, sondern den ganzen afrikanischen Kontinent einbezieht.«

»Selbst wenn ...«

»Um es deutlich zu sagen: Die Organisasie ist eine rassistische Organisation. Ihre Mitglieder glauben tatsächlich, die weiße Rasse sei den Schwarzen genetisch überlegen. Sie glauben, die schwarze Rasse sollte der weißen als Sklaven dienen. Sie hassen nicht bloß die Schwarzen Südafrikas, sondern *alle* Farbigen.

Wenn nun Die Organisasie das Sinovirus *und* den Impfstoff besäße, könnte sie das Virus in ganz Afrika freisetzen und das Gegenmittel nur jenen weißen Gruppierungen geben, die sie unterstützt haben. Die Bevölkerung Schwarzafrikas würde sterben, und der Rest der Welt könnte nichts dagegen unternehmen, denn sie hat keinen Impfstoff gegen das Sinovirus.

Erinnern Sie sich an Gaddafis Rede von 1999, als er davon sprach, Afrika erstmalig zu einen? Er sprach von den ›Vereinigten Staaten von Afrika‹, doch das hielt man für einen Scherz. Gaddafi traute man das nicht zu. Um die zahlreichen schwarzafrikanischen Nationen zu einen, müsste man viel zu viele Stammesfehden überwinden. Aber eine Organisation«, sagte der Präsident nachdrücklich, »die über das Sinovirus *und* das Gegenmittel verfügt, könnte mit eiserner Faust herrschen. Sie könnte Afrika, dieses an Bodenschätzen reiche Land, mitsamt seiner eine Milliarde potenziellen Arbeitskräfte zu ihrem Imperium machen.«

Schofields ramponiertes X-Railcar raste weiter durch den Tunnel.

Sie waren jetzt schon zehn Minuten unterwegs, und Schofield begann allmählich, sich Sorgen zu machen. Sie wussten schließlich nicht, was sie bei der Ankunft an der Verladestation am Seeufer erwartete.

Eine Frage bezüglich Area 7 brannte ihm noch auf der Seele. »Herbie, wo hat die Air Force eigentlich die Probe des Sinovirus her?«

»Gute Frage«, sagte Herbie nickend. »Es hat eine Weile gedauert, aber schließlich ist es uns gelungen, zwei an der Forschungseinrichtung in Changchun beschäftigte Laboranten für uns zu gewinnen. Als Gegenleistung für ein einfaches Flugticket nach Amerika und jeweils zwanzig Millionen Dollar haben sie mehrere Fläschchen mit dem Virus außer Landes geschmuggelt.«

»Die Leute in der Dekompressionskammer«, sagte Schofield, der sich erinnerte, zuvor in der Kammer auf Ebene 4 Gesichter mit asiatischen Zügen gesehen zu haben.

»Ja.«

»Aber in der Kammer waren *vier* Männer.«

»Das ist richtig«, bestätigte Herbie. »Sie können sich sicher denken, dass chinesische Laboranten, die an einem streng geheimen Regierungsprojekt mitarbeiten, das Land nicht so einfach verlassen dürfen. Wir mussten sie herausschaffen. Die anderen beiden Männer in der Quarantänekammer waren die beiden Soldaten der 7. Schwadron, die sie aus China herausgeholt haben – Robert Wu und Chet Li, zwei amerikanische Offiziere chinesischer Abstammung. Wu und Li gehörten der Einheit Echo an, einem der fünf in Area 7 stationierten Teams der 7. Schwadron. Das war der Grund dafür, dass man sie ausgewählt hat –«

Schofield hob unvermittelt die Hand und trat nah an die Windschutzscheibe.

»Tut mir Leid, Dr. Franklin,«, sagte er, »aber ich fürchte, für den Augenblick muss das reichen. Ich habe das komische Gefühl, als ob es gleich ziemlich haarig werden könnte.«

Er wies mit dem Kinn in die Dunkelheit.

Am Ende des langen Tunnels, dessen graue Betonwände an ihnen vorbeirasten, wurde ein winziger heller Fleck sichtbar, der allmählich größer wurde – das vertraute Licht von Neonröhren.

Dies war die Verladestation.

Sie hatten das Ende des Tunnels erreicht.

»Fahren Sie nicht rein!«, wandte Schofield sich an Book. »Sie erwarten uns bestimmt. Halten Sie im Tunnel! Den Rest der Wegstrecke gehen wir zu Fuß.«

Der von Kugeln durchsiebte X-Rail-Zug kam in dem finsteren Tunnel zum Stehen, ungefähr hundert Meter vor der hell erleuchteten Verladestation.

Mit der Desert Eagle in der Hand und dem Football an der Hüfte sprang Schofield auf den Boden neben den Schienen. Brainiac, Book II. und Herbie folgten ihm dicht auf den Fersen.

Sie rannten mit angelegten Waffen auf das Licht zu.

Schofield gelangte ans Tunnelende und spähte um die Ecke.

Grelles weißes Licht blendete ihn. Er blickte in eine riesige Felsenhöhle, die man in ein modernes Verladedock umgewandelt hatte – eine eigenartige Mischung aus flachem Beton und unebenem Felsgestein.

Zwei X-Rail-Gleise gabelten sich vor einer lang gestreckten Betonplattform. Die Schiene, auf der Schofield und die anderen sich bewegten, war leer, während auf der anderen ein zweites X-Railcar stand – Bothas Triebwagen.

Von den X-Rail-Gleisen führten Schienen, die offenbar zu einigen schwarzen Kränen gehörten, zum See am anderen Ende der gewaltigen Felsenhöhle.

Das mineralienhaltige Wasser des Sees leuchtete aquamaringrün. Der See verschwand in westlicher Richtung in einer gewundenen schwarzen Höhle, von der Schofield annahm, dass sie zum Lake Powell hinausführte. Drei gewöhnliche Hausboote und zwei merkwürdig aussehende sandfarbene Speedboote schaukelten auf dem Wasser, mit dem Betondock der Verladestation vertäut.

Und noch etwas fiel Schofield in der gewaltigen unterirdischen Verladestation auf.

Sie war menschenleer.

Schofield trat vorsichtig aus dem Tunnel hinaus und kletterte auf die Plattform zwischen den beiden X-Rail-Schienensträngen. Er wirkte wie ein Zwerg inmitten der riesigen Höhle.

Und dann sah er es.

Am anderen Ende der Plattform, drüben bei der Wasserfläche, die zum See führte.

Es ähnelte einem bizarren Warenarrangement in einem Supermarkt: eine brusthohe Pyramide gelber Zehn-Gallonen-Fässer, davor ein hochmoderner *Samsonite*-Schrankkoffer – schwarz und massiv. Der Deckel des Koffers war hochgeklappt.

Beim Näherkommen bemerkte Schofield, dass die gelben Fässer beschriftet waren.

»O verdammt …«, murmelte er.

AFX-708: SPRENGLADUNG war darauf zu lesen.

AFX-708 war ein hochexplosiver Epoxysprengstoff, der für die berüchtigten BLU-109-Bomben verwendet worden war. Jene hatten Saddam Husseins Bunker während des Golfkriegs zerstört. Die gehärtete Nase einer 109 durchdrang selbst widerstandsfähigste Bunkerwände, und der AFX-708-Sprengkopf zerstörte den Bunker von innen.

Schofield blickte in den offenen *Samsonite*-Koffer. Book II., Brainiac und Herbie standen hinter ihm.

Das Display einer Zeitschaltuhr blinkte ihnen entgegen.

00:19

00:18

00:17

»Heilige Mutter Gottes …«, flüsterte Schofield. Dann drehte er sich zu den anderen um. »Meine Herren, laufen Sie!«

Siebzehn Sekunden später raste eine gewaltige Explosionswelle durch die Verladestation.

Von den AFX-Fässern breitete sich ein vernichtender Feuerball in alle Richtungen aus.

Die aus Felsgestein und Beton bestehenden Wände der Verladestation barsten unter der Wucht der Explosion und zerbrachen in zahllose Brocken. Eine Wand zerfiel im Handumdrehen zu Staub. Gunther Bothas X-Railcar, das sich ganz in der Nähe des Explosionszentrums befunden hatte, wurde dem Erdboden gleichgemacht.

Schofield bekam davon nichts von alldem mit.

Denn zum Zeitpunkt der Explosion hielten er und die anderen sich nicht mehr in der Verladestation auf.

Sie waren bereits nach draußen geflüchtet.

Die vierte Konfrontation

3. Juli, 09.12 Uhr

NORDOSTTEIL DES LAKE POWELL;
UTAH; USA

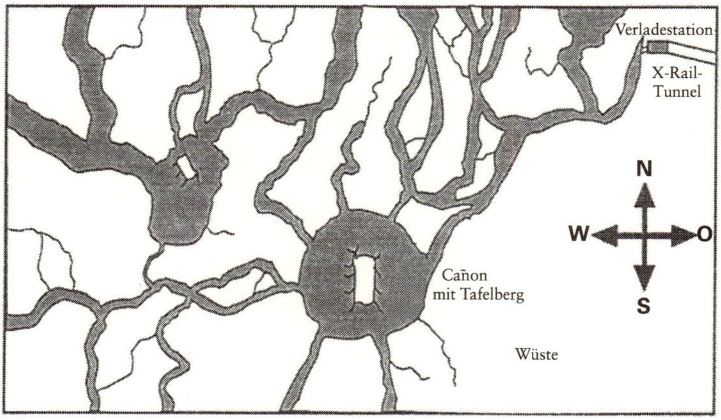

Die Hitze traf sie wie ein Faustschlag.

Die Gluthitze der Wüste.

Sie war überall. In der Luft. Im Gestein. An der Haut. Sie hüllte einen vollständig ein, als befände man sich in einem Hochofen. Sie stand im extremen Gegensatz zu der unterirdischen Kühle von Area 7 und dem X-Rail-Tunnel.

Hier draußen regierte die sengende Wüstensonne.

Shane Schofield raste mit halsbrecherischer Geschwindigkeit durch die Gluthitze eines schmalen, überfluteten Cañons. Er saß am Steuer eines äußerst merkwürdig aussehenden, aber sehr schnellen Speedboots.

Book II. war ebenfalls an Bord, während Brainiac und Herbie ihnen in einem ähnlichen Boot folgten.

Schofields Gefährt war ein so genanntes PCR-2 – ein Zweimann-Patrouillenboot –, bekannter unter der Bezeichnung Bipod: ein kleines Zweimannboot mit Jet-Antrieb, das von der Lockheed Shipbuilding Company für die US Navy hergestellt wurde. Das Bipod war bekannt wegen seiner einzigartigen Rumpfform. Es sah aus, als hätte man zwei kleine patronenförmige Boote mit einem schmalen, zwei Meter langen Querträger zusammengefügt. Das ergab ein katamaranähnliches Wasserfahrzeug mit zwei Rümpfen an den beiden Enden des Trägers. Da die beiden offenen Rümpfe von starken 200-PS-Yamaha-Jetmotoren angetrieben wurden, war die Konstruktion schnell und gleichzeitig sehr stabil.

Schofields Bipod besaß einen Tarnanstrich für die Wüste – braune Flecken auf gelbem Grund. Es schoss mit unglaublicher Geschwindigkeit übers Wasser dahin und wirbelte zwei drei Meter hohe Gischtwolken hinter sich auf. Schofield saß im linken Rumpf und steuerte das Boot, während sich Book II. im rechten Teil befand und das am Bug montierte, bedrohlich wirkende Maschinengewehr vom Kaliber 7,62 bediente.

Die Sonne brannte unerbittlich herab.

Es waren bereits 40 Grad im Schatten.

»Na, wie sieht's bei Euch drüben aus?«, fragte Schofield ins Armbandmikrofon, während er sich zum nachfolgenden Bipod umsah. Brainiac steuerte, und Herbie hatte den Platz des Schützen eingenommen.

Brainiacs Stimme antwortete: »Ich fühl mich gut, aber ich glaube, unser Wissenschaftlerfreund wird allmählich grün im Gesicht.«

Sie rasten in südlicher Richtung durch einen sechs Meter breiten Cañon auf den eigentlichen Lake Powell zu.

Die Wasserfläche am anderen Ende der Ladebucht hatte tatsächlich zum See hinausgeführt. Durch eine schmale dunkle, gewundene Höhle hindurch waren sie auf den Ausgang zugefahren, ein hervorragend getarntes Tor aus Stahlplatten, das wie eine Felswand aussah. Die flüchtigen Entführer hatten es offen gelassen.

Schofield und seine Männer waren in einen Cañon gelangt und davongerast, kurz bevor hinter ihnen die gesamte Felswand von der gewaltigen Explosion des AFX-Sprengstoffs geborsten war.

Die beiden Bipods sausten um eine lang gestreckte Biegung des überfluteten Cañons.

Von oben betrachtet ähnelte der Cañon einer Rennstrecke, einer endlosen Abfolge von Biegungen und 180-Grad-Kurven.

Diese Anforderung war durchaus zu bewältigen.

Schwierig wurde es erst, als andere schmale Arme des Lake Powell in den Cañon mündeten. Das gesamte Gebiet glich einem Labyrinth miteinander verbundener natürlicher Kanäle mit mächtig hohen Wänden.

Aus nordöstlicher Richtung kommend gelangten sie zu einer Kreuzung dreier Cañons.

Zunächst war Schofield unschlüssig, was er tun sollte.

Vor ihm erstreckten sich zwei von Felswänden begrenzte Kanäle. Er wusste nicht, welchen Weg Botha eingeschlagen hatte. Wahrscheinlich verfolgte der südafrikanische Wissenschaftler einen Plan. Aber wie sah der aus?

Dann bemerkte Schofield die kleinen Wellen, die gegen die senkrecht abfallenden Felswände des Cañons zu ihrer Linken schlugen. Sie waren kaum wahrnehmbar, aber es handelte sich eindeutig um das Kielwasser eines Motorboots.

Schofield gab Gas, schwenkte nach links und wandte sich nach Süden.

Während er die Cañons entlangraste und sich an den Biegungen in die Kurve legte, blickte er nach oben. Die Felswände dieser Cañons ragten mindestens sechzig Meter hoch auf. Am oberen Rand bemerkte Schofield gelbe Wolken, die vorbeiwehten und die sengende Sonne zeitweise verdeckten.

Ein Sandsturm.

Der Sturm war für den Vormittag vorhergesagt worden, doch die Besatzung des HMX-1 hatte darauf gehofft, davon verschont zu bleiben.

Oben stürmte es bereits heftig, doch unten im Cañon war es noch relativ ruhig – eine Art meteorologischer Schutzraum unter dem hoch gelegenen Felsrand des Cañonsystems.

Schofield fragte sich, wie lange sie sich noch sicher fühlen konnten.

Und just in diesem Moment bog er um eine Ecke und gelangte völlig unerwartet ins Freie. Vor ihnen lag eine gewaltige kraterartige Gesteinsformation mit einem riesigen flachen Tafelberg in der Mitte.

Obwohl der Krater von gigantischen Felswänden umschlossen war, bot er aufgrund seiner Größe keinen vollständigen Schutz vor dem heftigen Sandsturm, der in der Höhe tobte. Immer wieder peitschten Sandböen auf die ungeschützte Wasserfläche herab.

Auf einmal erblickte Schofield sie hinter dem Sandschleier.

Sie bogen soeben in höllischem Tempo um die rechte Seite des Tafelbergs.

Es waren fünf Boote.

Ein großes weißes Rennboot, das aussah wie ein Tragflächenboot, sowie vier wendige Bipods, ebenfalls mit sandfarbenem Tarnanstrich.

Zu Schofields Entsetzen zweigten mindestens ein halbes Dutzend Schlitzcañons von den Wänden des kreisförmigen Kraters ab. Dadurch eröffneten sich zahlreiche Fluchtwege.

Er drückte den Gashebel nach vorn und raste in den Sandsturm hinein. Er hielt auf das Südende des Tafelbergs zu, mit der Absicht, den Südafrikanern von der anderen Seite entgegenzufahren.

Sein Bipod, das von den starken Jetmotoren angetrieben wurde, glitt mit schier unglaublicher Geschwindigkeit übers Wasser. Brainiacs Bipod wirbelte eine Gischtwolke hinter sich auf und flitzte an ihrer Seite dahin. Beide Boote durchteilten den Sandregen, der auf sie herabfiel.

Sie bogen um den linken Rand des Tafelbergs – und erblickten vor sich die fünf Boote der Südafrikaner, die auf einen breiten Cañon in der Westwand des Kraters zuhielten.

Sie nahmen die Verfolgung auf.

Die Südafrikaner hatten sie anscheinend entdeckt, denn in diesem Moment scherten zwei ihrer Bipods aus, beschrieben einen 180-Grad-Bogen und näherten sich drohend Schofields Boot, während ihre 7,62-mm-Maschinengewehre Feuer spuckten.

Plötzlich explodierte völlig unerwartet das links fahrende Bipod der Südafrikaner.

Es wurde in die Luft geschleudert, und Fiberglas regnete in das schäumende Wasser hinab.

Das rechte Bipod der Südafrikaner brach den Angriff umgehend ab und setzte den anderen beiden Booten nach.

Schofield fuhr herum. Was war denn nun los?

Ein ohrenbetäubendes Geräusch erfüllte die Luft.

Und dann tauchten über dem Krater drei schwarze Helikopter auf und senkten sich hinter ihm in den Cañon hinab.

Die drei Helikopter stießen mit enormer Geschwindigkeit in den windgeschützten Krater hinab, legten sich scharf in die Kurve und richteten sich ohne Geschwindigkeitsverlust wieder auf. Sie donnerten über Schofield und sein Team hinweg und näherten sich den Booten der Südafrikaner, die kurz darauf in westlicher Richtung im Schlitzcañon verschwanden.

Die Helikopter rasten ihnen in dem schmalen Cañon problemlos hinterher.

Schofield war starr vor Staunen.

Die drei Helikopter sahen wirklich Furcht erregend aus. So etwas hatte er noch nicht gesehen.

Sie waren tiefschwarz lackiert und wirkten wie eine Kreuzung aus Kampfhubschrauber und Kampfjet. Jeder Helikopter verfügte über einen normalen Rotor und eine spitze Nase und zugleich über abwärts geneigte Stummelflügel.

Es handelte sich um zwei AH-77-Penetratoren, also mittelgroße Kampfhubschrauber. Das war eine neue Art von Hybridflugzeug, welches das Schwebevermögen eines Hubschraubers mit der Geschwindigkeit eines Kampfjets vereinte. Mit ihrer dunklen, Radarstrahlen absorbierenden Lackierung, den pfeilförmigen Tragflächen und der spitzen Front ähnelten sie einem Schwarm angriffslustiger Haie.

Die drei Penetratoren schwenkten hinter den vier Schnellbooten der Südafrikaner in den schmalen Cañon ein, ohne Schofield und seine Männer weiter zu beachten.

Schofield gingen verschiedene Fragen durch den Kopf. Was machte die Air Force hier draußen? Jagte sie denn nicht den Präsidenten? Und was hatte sie mit Kevin vor?

Jedenfalls waren nun zwei Parteien an der Jagd beteiligt.

»Sir!«, meldete sich Brainiac über Funk. »Was sollen wir tun?«

Schofield zögerte. Er musste eine Entscheidung treffen. Seine Gedanken überschlugen sich – Kevin, Botha, die Air Force, der Präsident und der Football, der unerbittliche Countdown, der ihn schon bald dazu zwingen würde, die Verfolgung abzubrechen und umzukehren …

Er schaltete das Funkgerät ein.

»Wir folgen ihnen«, sagte er.

Schofields Bipod schoss mit donnernden Motoren in den Cañon hinein, in dem die Südafrikaner und die Hubschrauber verschwunden waren. Das Bipod mit Brainiac und Herbie an Bord folgte ihm.

Dieser Cañon war besonders kurvenreich, aber immerhin bot er Schutz vor dem Sandsturm.

Nach etwa hundert Metern gabelte er sich in zwei kleinere Cañons. Die Männer wussten lediglich, dass sich diese Subcañons des Lake Powell zumeist wieder trafen. Dadurch ergaben sich zahlreiche Kreuzungen.

Schofield bemerkte, dass sich die drei Air-Force-Helikopter an der Gabelung aufteilten – einer flog nach links, zwei flogen nach rechts. Die vier Boote der Südafrikaner hatten sich anscheinend zuvor ebenfalls getrennt.

»Brainiac!«, rief er. »Nach links! Wir nehmen die rechte Abzweigung! Denken Sie dran, wir haben es ausschließlich auf den Jungen abgesehen! Wir schnappen ihn uns, und dann machen wir die Fliege.«

»Verstanden, Scarecrow.«

Die beiden Bipods fuhren nun getrennt weiter.

Schofield hatte kurz darauf das Gefühl, ein Feuerwerk zu beobachten. Es war eine atemberaubende Vorstellung mit Leuchtspurgeschossen, Raketen und explodierenden Felsen.

Die beiden schwarzen Helikopter waren etwa achtzig Meter vor ihm und verfolgten das Tragflächenboot und eins der Bipods. Sie hielten sich dicht unter dem Rand des Cañons. Der darüber tobende Sandsturm hinderte sie daran, höher zu fliegen. Und an den Biegungen des gewundenen Cañons legten sie sich mit donnernden Rotoren in die Kurve.

Die am Bug montierten Vulcan-Kanonen spuckten plötzlich Leuchtspurgeschosse. Luft-Boden-Raketen lösten sich von den Tragflächen und schlugen rund um die beiden Schnellboote der Südafrikaner in die Felswände ein.

Die Südafrikaner aber schlugen zurück.

Die Männer im Bipod waren hervorragend darauf vorbereitet, das Tragflächenboot zu beschützen. Sie verfügten über einen mobilen Stinger-Raketenwerfer. Während der eine Mann steuerte, schulterte der Schütze das Abschussgerät und feuerte auf die Penetratoren.

Jene aber besaßen anscheinend die gleichen hochwirksamen elektronischen Abwehrvorrichtungen wie die AWACS-Maschinen von Area 7, denn die Stinger-Raketen schossen an ihnen vorbei, rasten gegen die Felswände und explodierten, worauf wagengroße Felsbrocken in den Kanal herabstürzten. Schofield musste aufpassen, um ihnen rechtzeitig auszuweichen.

Und auf einmal sah Schofield, wie ein länglicher weißer Gegenstand aus der Bodenluke eines Helikopters fiel und sich an einem kleinen Bremsfallschirm aufs Wasser herabsenkte.

Im nächsten Moment begann das Wasser unter dem Helikopter zu brodeln, und die Blasen näherten sich dem Bipod der Südafrikaner.

Es war ein Torpedo.

Fünf Sekunden später explodierte das dahinrasende Bipod.

Die Druckwelle war so stark, dass das Boot hochgehoben wurde. Aufgrund seiner Geschwindigkeit überschlug es sich und hüpfte wie ein flacher Kiesel übers Wasser, bis es mit dem Bug voran gegen die harte Felswand des Cañons prallte und in tausend Stücke zerbrach.

Schofield gab Vollgas. Er näherte sich dem Schauplatz des Geschehens und war schließlich nur noch fünfzig Meter davon entfernt. Er musste unbedingt aufholen, doch die Südafrikaner hatten einen zu großen Vorsprung.

In diesem Augenblick beschrieb der Cañon eine Biegung ...

... und traf auf den Subcañon, den Brainiac und Herbie befahren hatten. Die beiden Cañons bildeten an dieser Stelle eine riesige x-förmige Kreuzung.

Und dann passierte es.

Das weiße Tragflächenboot der Südafrikaner schoss auf die Kreuzung – im selben Moment, als eins ihrer Bipods die Kreuzung aus einer anderen Richtung erreichte.

Plötzlich rasten überall Schnellboote umher.

Das Tragflächenboot und das Bipod versuchten einander auszuweichen. Beide Boote legten sich auf die Seite, wirbelten eine Gischtwolke auf – und bremsten im gleichen Augenblick scharf ab.

Das zweite Bipod der Südafrikaner kam aus jenem Cañon, den Brainiac benutzt hatte. Ihm blieb jedoch keine Gelegenheit mehr zum Abbremsen.

Es schoss wie eine Gewehrkugel über die x-förmige Kreuzung – zwischen den beiden Booten hindurch, die erzwungenermaßen gestoppt hatten. Es durchteilte in einer spektakulären Wende die aufgewirbelte Gischt und sauste dann in westlicher Richtung durch den Cañon davon.

Die drei Penetratoren der Air Force stießen mitten in das Chaos hinein. Einer schaffte es zu stoppen, während die anderen beiden auf Kollisionskurs über die Kreuzung hinwegschossen. Sie verfehlten einander nur um Zentimeter.

Das war die Gelegenheit für Schofield.

Jetzt konnte er aufholen.

Brainiac war noch achtzig Meter von der x-förmigen Kreuzung entfernt.

Blitzschnell erfasste er die Situation – sah das neu startende Tragflächenboot und das auf der Stelle dümpelnde Bipod der Südafrikaner.

Sein Blick heftete sich sogleich auf das Tragflächenboot, das seitlich durchs Wasser schwenkte und sich anschickte, durch den Cañon am linken unteren Rand der Kreuzung davonzuflitzen.

Brainiac hielt geradewegs darauf zu.

Schofield erreichte die Kreuzung in dem Moment, als das Tragflächenboot in südlicher Richtung losraste und Brainiacs Bipod hinter ihm in den schmalen Cañon einbog.

»Ich folge dem Tragflächenboot, Sir!«

»Ich kann Sie sehen!«, schrie Schofield.

Er wollte Brainiac gerade folgen, als er im Augenwinkel eine Bewegung wahrnahm. Er drehte sich zu der hohen Felswand um, die sich von ihm aus nach Westen erstreckte.

Er bemerkte, wie eins der gegnerischen Bipods allein in dem lang gestreckten Cañon verschwand.

Das Bipod hatte zuvor die Kreuzung von der einen zur anderen Ecke durchquert. Seltsamerweise wendete es jetzt keineswegs, um dem Tragflächenboot beizustehen.

Das Bipod verschwand schließlich in einem schmalen Nebencañon auf der anderen Seite der Durchfahrt.

Schofield ging ein Licht auf.

Der Junge war gar nicht im Tragflächenboot.

Er befand sich im Bipod.

In *diesem* Bipod.

»O nein!«, flüsterte Schofield, als er sich abermals umdrehte und registrierte, wie Brainiacs Boot eine Kurve im Südcañon nahm und die Verfolgung des Tragflächenboots aufnahm. »Brainiac …«

Brainiacs sandfarbenes Bipod war schnell.

Sehr schnell.

Es schloss zum dahinrasenden Tragflächenboot der Südafrikaner auf, und Seite an Seite bretterten sie nun durch den schmalen, von steilen Felswänden gesäumten Kanal, während die beiden Penetratoren der Air Force unablässig auf sie herabfeuerten.

»Brainiac, hören – Sie – mi-ich?«, meldete sich Schofields verzerrte Stimme in Brainiacs Ohrhörer, doch inmitten des Lärms der Schüsse, Motoren und Hubschrauberrotoren konnte der junge Marine nichts verstehen.

Brainiac veranlasste Herbie, das Steuer zu übernehmen und das Bipod dicht an das Tragflächenboot zu lenken, während er selbst auf den Sitz kletterte.

Er beobachtete das Tragflächenboot neben ihm, sah die beiden am Bug montierten Gleitkufen, die das Wasser durchteilten, doch die großen Rauchglasfenster versperrten ihm die Sicht ins Innere.

Dann holte er tief Luft und sprang – über die Lücke zwischen den beiden Booten hinweg. Er landete mit den Füßen auf dem schmalen Seitendeck des Tragflächenboots.

»-ainiac – er-schwinden Sie!«

Schofields Stimme war undeutlich.

Brainiac packte einen Griff am Dach des schwankenden Tragflächenboots. Er wusste nicht genau, wie es weitergehen sollte. Er rechnete fest mit dem Widerstand seiner Gegner. Vielleicht würde jemand eine der Seitentüren aufreißen und auf ihn feuern. Doch es geschah nichts.

Brainiac konnte das nur recht sein. Er rollte sich aufs Vordeck ab und zerschoss die Windschutzscheibe. Glassplitter flogen umher, und als sich der Pulverrauch verzogen hatte, konnte er ins Innere der Kabine blicken.

Er runzelte die Stirn.

Die Kabine des Tragflächenboots war leer.

Brainiac kletterte hinein – und sah, dass sich das Steuer ganz von selbst bewegte, gelenkt von einem computergesteuerten Navigationssystem, einem Anti-Widerstands-System, das das Boot von allen fremden Objekten wie Felswänden und anderen Booten fernhielt.

Und auf einmal vernahm Brainiac in der Stille der Kabine laut und deutlich Schofields Stimme.

»Um Himmels willen, Brainiac! Verschwinden Sie! Das Tragflächenboot ist ein Ablenkungsmanöver! Das Tragflächenboot ist ein Ablenkungsmanöver!«

In diesem Moment hört Brainiac ein durchdringendes *Piep*, das ihm das Blut in den Adern gefrieren ließ.

Im nächsten Moment explodierte das Boot.

Die Druckwelle warf Herbies Bipod um und schleuderte es in einer gewaltigen Gischtwolke quer über den Kanal, bis es gegen die Cañonwand prallte.

Schließlich blieb es reglos auf der Wasseroberfläche liegen, während ringsum Tropfen herabregneten.

An der Kreuzung wollte Schofield gerade die Verfolgung des gegnerischen Bipods aufnehmen, das sich unbemerkt davongemacht hatte, als unvermittelt rings um sein Boot Fontänen aus dem Wasser schossen.

Das vierte und letzte Bipod der Südafrikaner hatte ihn unter Feuer genommen.

Es hatte wieder an Fahrt gewonnen und raste in östlicher Richtung davon, zurück in den Cañon, der zum Krater mit dem Tafelberg in der Mitte führte.

Ehe Schofield reagieren konnte, brausten zwei parallele Linien erheblich größerer Fontänen auf sein Bipod zu. Sie kamen dem Boot so nahe, dass ihm die Gischt ins Gesicht spritzte.

Das Sperrfeuer stammte vom dritten Penetrator, der nach wie vor über der x-förmigen Kreuzung schwebte und sich auf der Suche nach Kevin im Kreis drehte. Die schwarze sechsläufige Vulcan-Kanone des Helikopters spuckte brüllend eine lange gelbe Flammenzunge aus.

Schofield gab Gas, schwenkte nach links, weg vom Feuer des Penetrators. Allerdings entfernte er sich auch von dem gegnerischen Bipod, auf dem er Kevin vermutete. Stattdessen raste er dem anderen Bipod der Südafrikaner hinterher, das wieder nach Osten auf den Krater zusteuerte.

Der Penetrator jagte ihm nach, senkte die Nase und stürmte heran wie ein angreifender T-Rex, während die Düsentriebwerke zündeten.

Schofields Bipod flog dahin und berührte kaum die Wasseroberfläche. Es folgte dem Bipod der Südafrikaner durch den von steilen Felswänden gesäumten gewundenen Cañon, dicht gefolgt von dem haiähnlichen Penetrator.

»Irgendeine Idee?«, schrie Book II. vom Platz des Schützen herüber.

»Ja!« rief Schofield. »Bloß nicht sterben!«

Als der Penetrator das Feuer eröffnete, spritzten neben dem Bipod zwei weitere Fontänen in die Luft.

Schofield legte sich in die Kurve, und zwar derart abrupt, dass der linke Rumpf des Boots aus dem Wasser gehoben wurde, während unmittelbar darunter eine Salve ins aufgewühlte Wasser einschlug.

Und dann fielen gleichzeitig zwei Torpedos aus der Bodenluke des Penetrators herab.

Schofields Augen weiteten sich vor Entsetzen.

»O Mann!«

Die Torpedos tauchten in den Cañon, und im nächsten Moment nahmen sie unter Wasser die Verfolgung der beiden Bipods auf.

Einer der Torpedos heftete sich an Schofields Fersen.

Schofield schwenkte nach rechts und hielt auf einen eigentümlich geformten Felsen zu, der aus der rechten Cañonwand hervorragte. Der sanft abfallende Felsen hatte große Ähnlichkeit mit einer Rampe.

Der Torpedo kam näher.

Schofields Bipod flog über das Wasser. Book II. sah, worauf Schofield zuhielt – genau auf den Felsen.

Das Bipod gelangte just in dem Moment zu der Rampe, als der Torpedo die Jetmotoren erreichte.

Das Bipod schoss aus dem Wasser. Die beiden Rümpfe schrammten quietschend über den Fels, und das Boot stieg empor und flog über die Rampe hinweg. Der Torpedo detonierte im selben Moment am Fuß der Rampe und ließ sie in zahllose Stücke zerschellen.

Das Doppelrumpfboot landete mit einem lauten Klatschen auf der anderen Seite der Rampe im Wasser und raste weiter.

Schofield blickte wieder nach vorn, als das Bipod der Südafrikaner gerade nach links schwenkte und auf eine halbkreisförmige Tunnelmündung in der linken Cañonwand zuhielt.

Er nahm erneut die Verfolgung auf, während der verbliebene Torpedo hinter ihm wie ein hungriges Krokodil das Wasser durchteilte.

Das gegnerische Bipod sauste in den Tunnel hinein.

Kurz darauf raste auch Schofields Doppelrumpfboot in der Dunkelheit des Tunnels dahin.

Der Torpedo folgte ihnen.

Mit eingeschalteten Bugscheinwerfern schossen die beiden Bipods mit einer Geschwindigkeit von nahezu hundert Meilen pro Stunde durch den schmalen Tunnel. Die dunklen, nassen Wände huschten vorbei wie bei einer unterirdischen Achterbahnfahrt.

Schofield war hochkonzentriert.

Der Tunnel war etwa sechs Meter breit. Die Wände wölbten sich nahe der Wasseroberfläche ein wenig nach außen. Etwa zweihundert Meter vor Schofield war ein kleiner Lichtpunkt zu erkennen – das Ende des Tunnels.

Auf einmal schrie Book: »Er kommt näher!«

»Wer?«

»Der andere Torpedo!«

Schofield fuhr herum.

Der Torpedo hatte sie in der Tat beinahe eingeholt.

Er wandte sich wieder nach vorn – und erblickte fünf Meter vor sich die Jetmotoren des gegnerischen Bipods. Da die Bipods jeweils etwa vier Meter breit waren, konnte er nicht überholen.

Schofield schwenkte nach links, aber das südafrikanische Bipod schnitt ihm den Weg ab. Er versuchte es rechts – vergeblich.

»Was sollen wir tun?«, schrie Book II.

»Ich weiß nicht –« Schofield brach ab. »Festhalten!«

»Was?«

»Halten Sie sich einfach fest!«

Der Torpedo glitt wie eine Schlange durchs flache Wasser und näherte sich dem Heck von Schofields Bipod.

Schofield drückte den Gashebel durch und fuhr noch näher an das vorauseilende Bipod heran. Die beiden Doppelrumpfboote jagten nun bei hundert Stundenmeilen mit kaum einem Fußbreit Abstand durch den engen Tunnel.

Der südafrikanische Fahrer drehte sich um und erblickte seine Verfolger.

»Hallo!« Schofield winkte dem Mann scheinbar freundlich zu. »Und tschüs!«

Als der Torpedo unter dem Heck von Schofields Boot zu verschwinden begann, drückte Schofield den Gashebel bis zum Anschlag durch und riss das Steuer heftig nach rechts.

Das beschleunigende Bipod schwenkte sogleich herum und schrammte an der rechten Tunnelwand empor. Das Boot kletterte so hoch, dass es einen Moment lang nahezu rechtwinklig zur Wasseroberfläche dahinraste.

Der Torpedo flitzte weiter. Jetzt, da er sein ursprüngliches Ziel verloren hatte, überholte er Schofields Boot und näherte sich dem einzigen anderen Ziel in Reichweite – dem Bipod der Südafrikaner.

Die Explosion in dem engen Tunnel war gewaltig.

Das Bipod der Südafrikaner wurde vollständig zerfetzt – die Einzelteile wurden umhergeschleudert, gefolgt von einem rollenden, donnernden Feuerball, der den schmalen, zylindrischen Tunnel vollständig ausfüllte.

Schofields Boot schwenkte wieder nach unten, raste unmittelbar durch die verkohlten Überreste des gegnerischen Bipods hindurch und durchteilte die Feuerwand. Und dann befand es sich plötzlich in dem sonnenerhellten Cañon am Ende des Tunnels.

Schofield nahm das Gas zurück, bis das Bipod mitten im Cañon zum Stehen kam.

Er war nass bis auf die Haut und über und über mit weißem Schaum bedeckt. Book II. sah nicht anders aus.

Schofield blickte sich in dem noch unbekannten Cañon um und versuchte sich zu orientieren, doch dann wurde ihm klar, dass ihm der Cañon keineswegs unbekannt war. Es war jener Subcañon, in den er nach der Trennung von Brainiac hineingefahren war. Tatsächlich waren er und Book gar nicht weit von der Gabelung entfernt.

Schofield gab wieder Gas und wollte gerade wenden und die Verfolgung des gegnerischen Bipods fortsetzen, als er zu seiner Rechten ein eigentümliches Klopfgeräusch vernahm.

Er fuhr herum.

Und sah einen weiteren Hubschrauber, der halb von der Felswand verdeckt wurde und etwa fünfzehn Meter über der Gabelung der beiden Subcañons schwebte.

Etwas an dem Hubschrauber fiel ihm gleich ins Auge.

Dies war kein Penetrator. Er war viel größer und nicht annähernd so schlank.

Als er wendete, registrierte Schofield, dass es sich um einen CH-53E Super Stallion handelte, einen stark motorisierten Transporthubschrauber, ähnlich den beiden Maschinen, die für gewöhnlich den Marine One begleiteten. Der Super Stallion war für seine Robustheit bekannt. Über die absenkbare hintere Laderampe konnte er fünfundfünfzig Soldaten mit voller Ausrüstung aufnehmen.

Die Air-Force-Soldaten hatten den Super Stallion anscheinend hergeflogen, um den Jungen zurückzuholen, denn die Kampfhubschrauber boten lediglich drei Besatzungsmitgliedern Platz.

Doch so wie der Helikopter über der Gabelung schwebte und langsam auf der Stelle kreiste, handelte es sich nicht bloß um einen Transporthubschrauber. Offenbar war er auch in der Lage, Deckung zu geben.

Schofield schwenkte das Bipod scharf herum und fuhr langsam und vorsichtig auf den Super Stallion zu.

»Was haben Sie vor?«, fragte Book II. »Zum Jungen geht's da lang.«

»Ich weiß«, erwiderte Schofield, »aber ich glaube, auf dem Wasser kriegen wir den Jungen nicht. Es wird allmählich Zeit, dass wir in die Luft kommen.«

Die drei Soldaten an Bord des Super Stallion waren alle mit Funksprechgeräten ausgerüstet. Der eine flog den Helikopter, während die anderen beiden inmitten des ohrenbetäubenden Motorenlärms rasch in ihre Mikrofone sprachen.

Sie suchten ebenfalls nach dem Bipod der Südafrikaner, das ihnen entwischt war.

»Penetrator 1, hier ist Looking Glass«, sagte einer der beiden. »Rechts von uns taucht ein Cañon auf, fliegen Sie da rein! Da könnte er sein.«

Der andere Funker sagte: »Penetrator 2. Fliegen Sie in nördlicher Richtung und untersuchen Sie den Schlitzcañon zu Ihrer Linken!«

Auf den Computermonitoren der beiden Funker leuchtete eine grüne Karte des Cañonsystems.

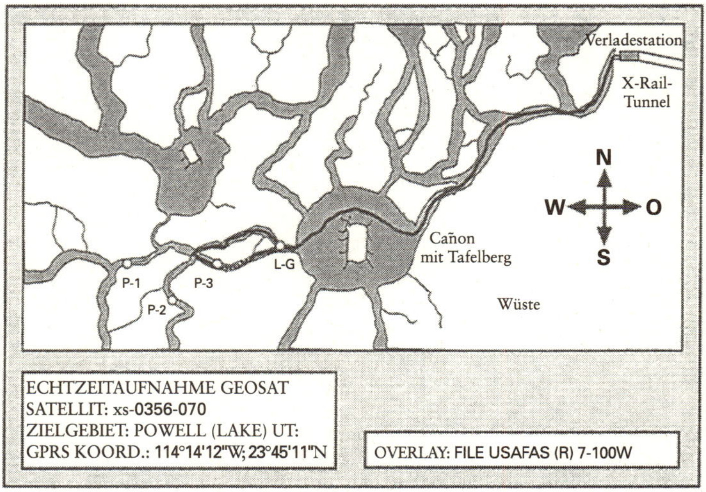

Die drei leuchtenden Punkte an der linken Seite – P-1, P-2 und P-3 – stellten die drei Penetratoren dar, die in den Cañons nach dem gegnerischen Bipod Ausschau hielten. Der Punkt nahe dem Krater, »L-G«, stand für den Super Stallion mit Rufzeichen »Looking Glass«. Die schwarze Linie veranschaulichte den bisherigen Verlauf der Verfolgungsjagd.

Während die Funker unablässig Anweisungen gaben, spähte der Pilot durch die gewölbte Kabinenhaube und musterte die vor ihnen liegenden Cañons.

Angesichts des Motorenlärms und des lauten Funkverkehrs überhörten sie das dumpfe Geräusch, mit dem der Magische Haken gegen die Unterseite des gewaltigen Helikopters prallte.

Nachdem sich Schofields Bipod dem großen Transporthubschrauber von hinten genähert hatte, stand es nun unmittelbar unter dem Super Stallion und schwankte heftig auf dem vom Abwind der Rotorblätter aufgewühlten Wasser.

Ein dünnes Seil verband das Bipod mit der fünfzehn Meter über ihm befindlichen Unterseite des Super Stallion – das schwarze Kevlar-Seil von Schofields Magischem Haken.

Und dann sauste eine winzige Gestalt zum Hubschrauber empor, in die Höhe befördert von dem eingebauten Spooler des Magischen Hakens.

Es war Schofield.

Im Handumdrehen hing er direkt an der Unterseite des Super Stallion – unmittelbar neben der Luke des in den Boden eingelassenen Notausstiegs. Er hielt sich am Magischen Haken fest, der sich an dem Helikopter mit seinem wulstigen Magnetkopf fest verankert hatte.

Der Lärm hier oben war ohrenbetäubend. Der Wind presste Schofield die schwarze Kampfmontur an den Leib und brachte den an seinem Gürtel befestigten Football zum Tanzen.

Der Super Stallion verfügt über vollständig einfahrbare Räder, deshalb war Schofield gezwungen, sich an einer Seilbefestigung festzuhalten. Er drückte einen Knopf am Magischen Haken, sodass jener sich erneut abspulte.

Kurz darauf hing Book II. neben ihm am Haken.

Schofield packte den Öffnungsgriff der Bodenluke. »Fertig?«, brüllte er.

Book II. nickte.

Schofield drehte den Griff energisch herum, worauf die Bodenluke herabfiel.

Die Männer an Bord des Super Stallion spürten zunächst lediglich den Luftzug.

Eine Windböe rauschte in die Heckkabine des Hubschraubers. Schofield schwang sich durch die Bodenluke an Bord, gefolgt von Book II.

Sie befanden sich in der hinteren Kabine, die für die Beförderung von Soldaten gedacht und vom Cockpit durch eine kleine Stahltür abgetrennt war.

Die beiden Funker im Cockpit fuhren gleichzeitig herum und blickten in den Laderaum. Sie griffen rasch zu den Waffen.

Schofield und Book stürmten jedoch perfekt aufeinander eingespielt mit erhobenen Waffen auf sie zu. Ein Schuss von Schofield, und der erste Funker ging zu Boden. Ein zweiter Schuss von Book traf den zweiten Mann.

Der Hubschrauberpilot beobachtete, was vor sich ging, und kam offenbar zu dem Schluss, dass ihm eine Waffe nicht helfen konnte.

Er drückte den Steuerknüppel nach vorn, sodass der Helikopter sich auf die Nase stellte.

Book II. verlor sogleich das Gleichgewicht und stürzte.

Schofield, der bereits aufs Cockpit zutänzelte, warf sich zu Boden und rutschte auf der Brust in rasantem Tempo auf die offene Cockpittür zu.

Der Pilot versuchte, die Tür zu schließen und das Cockpit abzusperren, doch Schofield war schneller.

Er schlitterte mit dem Kopf voran über den Boden, wälzte sich auf den Rücken und schoss durch die Tür ins Cockpit. Hinter der Schwelle kam er zu liegen. Mit einer Hand hielt er die Tür auf, in der anderen hatte er den Desert Eagle Kaliber .44 und zielte damit auf den Nasenrücken des Piloten.

»Zwingen Sie mich nicht abzudrücken!«, warnte er vom Boden aus, den Finger am Abzug.

Der Pilot starrte mit offenem Mund auf Schofield herab.

»Zwingen Sie mich nicht!«, wiederholte Schofield.

Der Pilot griff nach der Glock in seinem Schulterhalfter.

Schofield drückte ab und traf ihn an der Stirn.

»Verdammt!«, fluchte er. Er stand rasch auf und schob den toten Soldaten vom Sitz. Dann übernahm er das Steuer. »Ich hab dich gewarnt, Idiot!«

Der Super Stallion mit Schofield und Book an Bord donnerte den schmalen Cañon entlang, legte sich bei jeder Biegung in die Kurve und hielt auf die x-förmige Kreuzung zu.

Vor seinem geistigen Auge sah Schofield, wie sich das gegnerische Bipod durch den Cañon im Westen davonstahl und dann rechts in einem Schlitzcañon verschwand.

Mit Hilfe der Karte des Super Stallion erkannte er nun, dass sich der Schlitzcañon nach Norden schlängelte und in einen weiteren kraterähnlichen See mit einem kleinen Tafelberg in der Mitte mündete.

Das war offensichtlich das Ziel des gegnerischen Bipods.

Was mag uns in dem Krater wohl erwarten, dachte Schofield bei sich.

Was wollten die Südafrikaner dort?

Der Super Stallion donnerte durch den schmalen, von steilen Felswänden gesäumten Cañon auf die x-förmige Kreuzung zu, bog um eine Kurve –

– und sah sich auf einmal einem der Penetratoren der Air Force gegenüber.

Schofield zog am Steuerknüppel und brachte den Super Stallion jäh zum Stehen.

Der Penetrator schwebte über der Kreuzung, drehte sich auf der Stelle und beobachtete die vier Cañons, die sich an dieser Stelle trafen. Er wirkte wie ein riesiger, fliegender Hai, der nach Beute Ausschau hielt.

Dann entdeckte der Pilot den Super Stallion.

»Looking Glass, hier ist Penetrator 3«, meldete sich eine scharfe Stimme über Funk. »Liegen die Real-time-Satellitenbilder schon vor?«

Schofield erstarrte.

»Book, Beeilung! Bewaffnung checken.«

Der Penetrator wandte sich dem Super Stallion zu.

»Looking Glass, hören Sie mich?«

Book II. sagte: »Wir haben ein mehrläufiges MG am Bug. Das war's auch schon.«

»Mehr nicht?«

Die beiden Helikopter schwebten in hundert Metern Abstand wie zwei Adler über der Kreuzung.

»Nein.«

»Looking Glass!« Der Tonfall des gegnerischen Funkers war misstrauisch. »Bitte übermitteln Sie sofort Ihren Authentifizierungscode.«

Schofield konnte die abgeknickten Stummelflügel des Penetrators sehen – und die daran angebrachten Raketen.

Anscheinend handelte es sich um Sidewinder.

Sie waren genau auf den Super Stallion gerichtet.

Sidewinder. Schofield überlegte.

Dann drückte er den Sprechknopf an der Konsole. »Penetrator Kampfhubschrauber, hier spricht Captain Shane Schofield, US Marine Corps, Präsidentenkommando. Der Helikopter befindet sich jetzt in meiner Gewalt. Ich möchte Ihnen etwas sagen.«

»Und das wäre?«

»Schießen Sie!«

Schweigen.

Dann sagte die Stimme: »Okay …«

»Was zum Teufel machen Sie denn da?«, schrie Book II. entsetzt.

Schofield gab keine Antwort. Er ließ die Flügel des Penetrators nicht aus den Augen.

Im nächsten Moment löste sich mit einem Lichtblitz eine Sidewinder vom linken Flügel des Penetrators.

»O Scheiße …«, flüsterte Book II.

Schofield sah die gewölbte Nase, den sternförmigen Umriss der Stabilisierungsflossen und den gebogenen Kondensschweif der Rakete, die sich um die eigene Achse drehte. Sie kam unmittelbar auf sie zu.

»Was machen Sie denn da?«, rief Book. »Wollen Sie einfach abwarten, bis –«

Und dann tat Schofield etwas Erstaunliches.

Er drückte den Knopf auf dem Steuerknüppel.

Während die Sidewinder auf sie zuraste, erwachte eine Sekunde vor dem Aufprall das Bug-MG des Super Stallion zum Leben und spuckte eine Salve orangefarbener Leuchtspurgeschosse aus.

Schofield zielte mit den laserartigen Kugeln auf die sich nähernde Rakete, und als jene nur noch zwanzig Meter vom Helikopter entfernt war, schlugen sie in die Nase der Sidewinder ein und brachten sie fünfzehn Meter vor dem schwebenden Super Stallion zur Explosion.

»Was zum –?«, entfuhr es Book II.

Schofield aber hatte noch etwas anderes vor.

Jetzt, da die Sidewinder aus dem Weg geräumt war, lenkte er die lang gestreckte Linie der Leuchtspurgeschosse auf den Penetrator.

Er sah, wie die beiden Piloten des Penetrators sich bemühten, eine zweite Rakete abzufeuern, doch es war bereits zu spät.

Schofields Leuchtspurgeschosse durchschlugen eine nach der anderen die Scheiben des Cockpits und durchsiebten es mit einer solchen Wucht, dass der gesamte Kampfhubschrauber ins Trudeln geriet.

Schofields unerbittliche Salve hatte das Cockpit anscheinend durchschlagen, denn im nächsten Moment explodierte einer der Treibstofftanks in einem gigantischen Feuerball. Dann stürzte der brennende Hubschrauber wie ein Stein vom Himmel und fiel ins Wasser.

Jetzt, da der Penetrator sie nicht länger aufhielt, gab Schofield wieder Gas und flog den Cañon im Westen entlang, auf den schmalen Schlitzcañon zu, in dem das gegnerische Bipod verschwunden war.

»Was haben Sie da eben eigentlich gemacht?«, wollte Book II. wissen.

»Hmm?«

»Ich hab gar nicht gewusst, dass man eine Rakete mit Leuchtspurmunition abschießen kann.«

»War doch bloß eine Sidewinder«, erwiderte Schofield. »Sidewinder sind mit Wärmesensoren ausgerüstet. Sie wählen das Ziel anhand seiner Infrarotstrahlung aus. Damit das funktioniert, muss die Nase der Rakete für Infrarotstrahlung durchlässig sein. Deshalb wird dafür kein Stahl verwendet. Die Ortungskuppel der Sidewinder besteht vielmehr aus einem sehr empfindlichen transparenten Kunststoff. Darin liegt die Schwachstelle der Rakete.«

»Sie haben auf die Schwachstelle gezielt?«

»So ist es!«

»Eine ziemlich riskante Strategie.«

»Ich hab ja gesehen, wie die Sidewinder auf uns zukam. Nicht viele kriegen übrigens eine von vorn zu sehen. Aber es war das Risiko wert.«

»Gehen Sie oft ein solches Risiko ein?«, fragte Book mit mühsam beherrschter Stimme.

Schofield wandte sich daraufhin zu ihm um.

Bevor er antwortete, musterte er den jungen Sergeant abschätzend.

»Äußerst ungern«, antwortete er dann. »Aber manchmal … lässt es sich eben nicht vermeiden.«

Book starrte Schofield nachdenklich an und schwieg.

Sie bogen in den schmalen Schlitzcañon ein und flogen einen Moment lang im Schatten, bis sie unvermittelt in den hellen Sonnenschein gerieten. Vor ihnen lag ein großer, kraterähnlicher See, gesäumt von über hundert Meter hohen senkrechten Felswänden und einem kleinen Tafelberg am nördlichen Ende.

Auch hier wütete der Sandsturm und peitschte das Wasser auf. Der emporgeschleuderte Sand fiel in böenartigen Schleiern herab und trommelte gegen Schofields Windschutzscheibe.

»Sehen Sie was?«, brüllte Schofield.

»Dort drüben!« Book II. zeigte nach links auf die Felswand gegenüber dem Berg, auf eine Stelle, wo von dem kreisförmigen kleinen See ein besonders breiter Cañon nach Westen abzweigte.

Auch Schofield sah nun das kleine Boot, das in den mittelgroßen Wellen schaukelte.

Es war das gegnerische Bipod.

Und es war allein.

Schofields Super Stallion jagte im Tiefflug und mit donnernden Rotoren durch den wassergefüllten Krater.

Schofield blickte unverwandt auf das sich nähernde Bipod.

Es bewegte sich überhaupt nicht, ganz so, als ob es etwa zwanzig Meter von der steilen Kraterwand entfernt vor Anker läge.

Der Super Stallion blieb ungefähr dreißig Meter vor dem Bipod und drei Meter über der windgepeitschten Wasseroberfläche in der Luft stehen. Aufgewirbelter Sand prasselte gegen die Cockpitscheibe.

Schofield musterte das Bipod eingehender. Er sah, dass eine Art Tau an der Seite des Boots im Wasser verschwand.

Das Bipod lag also tatsächlich vor Anker.

Plötzlich nahm Schofield eine Bewegung wahr.

Und zwar auf dem Bipod.

Durch den Sandschleier hindurch machte er einen dicklichen, kahlköpfigen Mann in Hemdsärmeln aus, der sich soeben im linken Bootsrumpf, dem Fahrercockpit, aufrichtete.

Gunther Botha.

Zuvor hatte Botha gebückt dagestanden und irgendetwas gemacht, was Schofield jedoch nicht erkennen konnte.

Im rechten Rumpf des Bipods aber entdeckte Schofield noch jemanden.

Es war der Junge, der in dem martialisch ausgestatteten Cockpit besonders klein und deplatziert wirkte.

Schofield war ungeheuer erleichtert.

Sie hatten ihn gefunden.

Schofields Stimme dröhnte aus den Außenlautsprechern des Super Stallion: »Doktor Gunther Botha, wir sind Marines. Sie stehen ab sofort unter Arrest! Lassen Sie den Jungen frei und ergeben Sie sich!«

Botha reagierte nicht. Stattdessen warf er eilig einen quadratischen Metallgegenstand über Bord. Er fiel mit einem lauten Platschen ins Wasser und versank.

Was zum Teufel macht er da, fragte sich Schofield.

Er wandte sich an Book. »Öffnen Sie die Laderampe! Und nähern Sie sich anschließend mit dem Heck dem Bipod!«

Der Super Stallion kreiste auf der Stelle, während sich die Laderampe absenkte.

Das massige Heck des über dem Wasser schwebenden Helikopters schwenkte zu dem Bipod herum, das weiter auf der Stelle verharrte. Inmitten des umherfliegenden Sands stand Schofield auf der inzwischen offenen Laderampe, die Desert-Eagle-Pistole in der einen, ein Mikrofon in der anderen Hand.

Er hob das Mikrofon an die Lippen.

»Den Jungen, Botha!«, hallte seine verzerrte Stimme über das Wasser.

Botha reagierte noch immer nicht.

Kevin jedoch wandte sich auf dem Sitz um und entdeckte Schofield. Ein Lächeln breitete sich auf dem Gesicht des kleinen Jungen aus. Er schwenkte den Arm hin und her.

Schofield winkte kurz zurück.

In dem Moment jedoch galt seine ganze Aufmerksamkeit Gunther Botha. Was mochte er vorhaben? Mittlerweile konnte er den beleibten südafrikanischen Virologen glücklicherweise deutlich sehen.

Botha hatte sich ein Atemgerät über das weiße Hemd geschnallt. Er warf Kevin eine Tauchmaske zu und bedeutete dem Jungen, sie anzulegen.

Schofield runzelte die Stirn. Eine Tauchausrüstung?

Was immer Botha plante, es war Zeit für Schofield, einzuschreiten.

Er hob die Waffe und wollte gerade über Bothas Bug hinwegfeuern, um auf sich aufmerksam zu machen, als auf einmal eine laute Detonation ertönte. Der Heckrotor des Super Stallion zerbarst in eine Million Einzelteile und löste sich vollständig vom Rumpf des Hubschraubers.

Wie ein knickender Ast brach der Heckausleger vom Rumpf ab und fiel ins Wasser. Rasend schnell rotierte er um die eigene Achse und entfernte sich vom Bipod.

Ohne den Heckrotor geriet der Super Stallion ins Trudeln – und stürzte auf die Wasseroberfläche zu.

Book II. kämpfte mit dem Steuerknüppel, doch der Super Stallion war nicht mehr zu retten. Heftig schlingernd stürzte er mit dem Bug voran ins Wasser.

Schofield wurde gegen die Seitenwand des Laderaums geschleudert und schaffte es soeben, sich an einem Klappsitz festzuhalten.

Und dann schlug der Super Stallion hart auf der Oberfläche des Sees auf.

Augenblicklich drang Wasser ein.

Die große Nase des Helikopters tauchte mit Wucht in den See. Es dauerte zehn Sekunden, bis der Auftrieb ihn wieder aufrichtete. Danach schaukelte die gewaltige Maschine träge auf der Wasseroberfläche.

Book II. drückte den Notschalter, worauf die Motoren augenblicklich abschalteten. Die Rotorblätter wurden langsamer.

Das Wasser rauschte in den Laderaum.

Es schoss keineswegs durch die offene Laderampe herein, denn sie war so konstruiert, dass sie im Falle einer Wasserlandung dicht über der Wasseroberfläche zu liegen kam. Vielmehr drang es über die kleine Bodenluke ein, durch die Schofield und Book auch an Bord gekommen waren.

Ein Super Stallion ist selbst nach einer Notwasserung noch für eine Weile in der Lage, sich auf dem Wasser zu halten, doch da Schofield und Book die Bodenluke nicht wieder geschlossen hatten, würde der Hubschrauber nicht lange durchhalten.

Er sank. Und zwar schnell.

Schofield rannte ins Cockpit. »Was zum Teufel war das? Jemand hat uns getroffen!«

»Ich weiß«, entgegnete Book II. Er wies mit dem Kopf nach draußen. »Ich glaube, die waren das.«

Schofield spähte nach draußen.

Durch den aufgewirbelten Sand hindurch nur undeutlich zu erkennen schwebten unmittelbar vor dem sinkenden Helikopter die beiden verbliebenen Penetratoren der Air Force.

Der Super Stallion sank mit erschreckender Geschwindigkeit.

Durch die Bodenluke drang gurgelnd das Wasser ein und breitete sich aus. Es stieg im Laderaum empor und zog das Hubschrauberheck in den See hinab.

Während unablässig Wasser nachströmte, sank der Helikopter immer tiefer. Innerhalb von Minuten war die Laderampe am Heck unter dem Wasserspiegel. Daraufhin floss das Wasser durch die große Öffnung herein.

Schofield und Book II. standen im Cockpit bereits knöcheltief im Wasser, als der ganze Helikopter sich auf einmal nahezu senkrecht aufstellte.

»Irgendwelche Vorschläge?«, rief Book II. und versuchte sich festzuhalten.

»Nicht einen einzigen.«

Der Super Stallion ging mit dem Heck voran langsam unter.

Schofield, an dessen Hüfte noch immer der Football baumelte, blickte durch die Cockpitscheibe.

Einer der Penetratoren näherte sich Gunther Bothas Bipod. Er verharrte unmittelbar über dem kleinen Boot in der Luft, wie ein riesiger, bedrohlicher Geier.

Schofield beobachtete, wie Botha zum schwarzen Helikopter emporblickte und winkte. Mit seinen wedelnden Armen wirkte er winzig, eine bedauernswerte Gestalt, die einen zornigen Gott zu beschwichtigen sucht.

Dann schoss ohne Vorwarnung eine Stinger-Rakete unter dem rechten Flügel des Penetrators hervor, einen geraden weißen Kondensstreifen hinter sich herziehend.

Die Rakete traf Bothas Bootsrumpf und schleuderte ihn in die Luft.

Botha verschwand von einem Moment zum anderen – zurück blieben nur schäumende Wellenkreise.

Der Teil des Boots, auf dem sich Kevin befand, war jedoch unversehrt geblieben – die explodierende Rakete hatte das Boot säuberlich in zwei Stücke geschnitten.

Der Teil mit Kevin und die verbogenen Überreste des Querträgers schwankten unter dem schwebenden Penetrator auf dem Wasser.

Im Innern des sinkenden Super Stallion war Schofield blass geworden. Sie hatten Botha umgebracht.

Sein Super Stallion stand derweil zu drei Vierteln unter Wasser – das gesamte Heck war bereits untergetaucht. Nur noch die gewölbte Windschutzscheibe und die Spitze eines Rotorblatts schauten heraus.

Von außen schwappten Wellen gegen die Windschutzscheibe. Der Laderaum war nun vollständig mit Wasser gefüllt, das unerbittlich ins Cockpit vordrang, um dann den ganzen Helikopter zu verschlingen.

Der Hubschrauber sank noch ein Stück tiefer.

Durch die grünlichen, gegen die Windschutzscheibe schwappenden Wellen hindurch sah Schofield, wie der Air-Force-Penetrator über dem halb zerstörten Bipod herumschwenkte und eine Rettungsschlinge zu Kevin hinabließ.

»Verdammt noch mal!«, schimpfte er.

Der Super Stallion aber sank weiter, immer tiefer und tiefer. Das Letzte, was Schofield sah, bevor die Windschutzscheibe vollständig von dem schwappenden Wasser bedeckt wurde, war Kevin, der zum Penetrator hochgezogen und im hinteren Teil des Dreimanncockpits in Empfang genommen wurde.

Dann sah Schofield nichts mehr.

Die Besatzungen der beiden Air-Force-Penetratoren wussten genau, wer sich im Super Stallion befand.

Die auf der Ausweichfrequenz an Looking Glass gerichteten Funksprüche waren seit einigen Minuten ohne Antwort geblieben. Tatsächlich hatte eine Transponderspur des Super Stallion sie zum Krater geführt – wo sie dann Botha und den Jungen entdeckt hatten.

Die beiden Penetratoren schwebten über dem sinkenden Super Stallion, und die Männer an Bord beobachteten, wie er versank.

Im ersten Penetrator saß Python Willis, der Kommandant der Einheit Charlie. Starr blickte er auf den sinkenden Helikopter. Er wollte sich vergewissern, dass er auch tatsächlich unterging.

Das Cockpit des Super Stallion verschwand unter Wasser, gefolgt von der Spitze des Rotorblatts, die bis zuletzt aus den Wellen gelugt hatte.

Zahllose Luftblasen stiegen zur Oberfläche auf, als die Luft im Innern des sinkenden Helikopters vom Wasser verdrängt wurde.

Die beiden Penetratoren verharrten weiter in der Luft.

Der Super Stallion war schließlich nicht mehr zu sehen.

Python Willis rührte sich nicht von der Stelle. Er wollte warten, bis die Luftblasen ebenfalls verschwanden. Dann erst konnte er sicher sein, dass sich im Innern des untergegangenen Helikopters kein Sauerstoff mehr befand.

Nach einigen Minuten beruhigte sich die Wasseroberfläche.

Die beiden Penetratoren hielten die Stellung.

Die Männer im Innern verharrten weitere zehn Minuten an Ort und Stelle und beobachteten, ob noch jemand auftauchte. Hätte sich ein Überlebender gezeigt, hätten sie ihn umgehend erschossen.

Aber nichts tat sich.

Schließlich erteilte Python den Befehl zum Rückzug. Die beiden Penetratoren drehten ab und flogen zurück zu Area 7.

So lange konnte niemand unter Wasser bleiben. Selbst in einer Luftblase wäre der Sauerstoff mittlerweile verbraucht gewesen.

Shane Schofield – und wer sich sonst noch an Bord des Super Stallion befunden haben mochte – war ohne Zweifel tot.

Gant, Mother, Juliet und der Präsident hielten sich noch auf Ebene 4 auf, in dem halbdunklen Beobachtungslabor. Hot Rod Hagerty und Nicholas Tate waren bei ihnen.

»Wir sollten uns auf die Socken machen«, sagte Gant.

»Wieso denn?,« fragte Mother.

»Nein, das werden wir bestimmt nicht tun! Was haben Sie vor, Sergeant Gant?«, wollte Hot Rod wissen.

»Hier können wir jedenfalls nicht bleiben«, befand Gant.

»Aber das ist ein prima Versteck!«

»Wir sollten in Bewegung bleiben! Wenn sie nach uns suchen, und wir rühren uns in der Zeit nicht vom Fleck, werden sie uns irgendwann finden. Wir müssen mindestens alle zwanzig Minuten einen Ortswechsel vornehmen.«

»Und woher wollen Sie das wissen?«, fragte Hagerty.

»Aus dem Ausbildungshandbuch der Offiziersanwärterschule«, parierte Gant. »Das ist die übliche Ausweichtechnik. Im Laufe Ihrer Karriere haben Sie das Werk bestimmt auch gelesen. Außerdem würde ich gern etwas wissen –«

Hagerty lief rot an. »Ich dulde nicht, dass ein Sergeant so mit mir redet!«

»Oh, das werden Sie wohl müssen!« Mother baute sich vor Hagerty auf. Mit ihren einsdreiundneunzig überragte sie ihn um einiges. Sie nickte zu Gant hinüber. »Und zwar weil sich die Kleine unter Kampfbedingungen klüger und umsichtiger verhält, als Sie es je könnten. Und zu Ihrer Information: Sie wird nicht mehr lange Sergeant sein. Demnächst wird sie befördert. Und ich sage Ihnen noch etwas: Ihr würde ich mein Leben anvertrauen, Ihnen hingegen wohl kaum.«

Hagerty schürzte die Lippen. »Na schön! Das ist –«

»Colonel Hagerty«, unterbrach ihn der Präsident und trat vor. »Sergeant Gant hat mir heute Morgen zweimal das Leben gerettet – erst unten im Zug und dann auf der Plattform. Beide Male hat sie in einer Lage, die viele andere überfordert hätte, entschlossen und mutig gehandelt. Ich vertraue ihr mit Freuden mein Leben an.«

»Scheiße«, entfuhr es Mother. »Die Macht des Östrogens.«

»Sergeant Gant«, sagte der Präsident. »Was meinen Sie, sollen wir tun?«

Gants himmelblaue Augen strahlten.

»Ich denke, wir sollten uns um den Sender an Ihrem Herzen kümmern, Sir.«

In dem sterilen fensterlosen Raum im zweiten Stock des Pentagon war Dave Fairfax noch immer damit beschäftigt, die Telefonmitschnitte aus dem militärischen Sperrgebiet Area 7 zu decodieren.

Nachdem er die auf Afrikaans geführten Telefonate entschlüsselt hatte, war Fairfax äußerst zufrieden mit sich.

Etwas aber beunruhigte ihn.

Er spielte die beiden Nachrichten noch einmal ab und lauschte aufmerksam.

16. JUNI	19:56:09	ENGLISCH-ENGLISCH
3. STIMME:	Alles vorbereitet. Bestätigen Sie, dass es am dritten stattfindet.	Alles vorbereitet. Bestätigen Sie, dass es am dritten stattfindet.

22. JUNI	20:51:59	ENGLISCH-ENGLISCH
3. STIMME:	Einsatz kann starten.	Einsatz kann starten.

Eine Männerstimme. Mit Südstaatenakzent. Und einer langsamen, überlegten Sprechweise.

Fairfax schob die Brille auf die Stirn und begann zu tippen.

Er rief das Stimmanalyseprogramm auf.

Dann verglich er die digitale Signatur der aufgezeichneten Stimme – den »akustischen Fingerabdruck« – mit den Signaturen aller anderen Stimmen, die im Zentralrechner der DIA gespeichert waren, mit jeder einzelnen Stimme, die von der Behörde heimlich aufgezeichnet worden war.

Diagramme huschten über den Bildschirm, während das Programm die große Datenbank durchsuchte.

Dann auf einmal piepte der Computer:

6 ÜBEREINSTIMMUNGEN GEFUNDEN.
ALLE ÜBEREINSTIMMUNGEN ANZEIGEN?

»Ja, bitte!«, sagte Fairfax und drückte die Bestätigungstaste.

Sechs Einträge erschienen auf dem Bildschirm.

Nr.	Datum	Abteilung	Quelldatei
1.	29. Mai	SPACEDIV-01	SAT-ÜBERW (FILE 034-77A)
2.	7. Juni	SPACEDIV-01	SAT-ÜBERW (FILE 034-77A)
3.	16. Juni	SPACEDIV-02	USAF-SA(R)07 (FILE 009-21D)
4.	22. Juni	SPACEDIV-02	USAF-SA(R)07 (FILE 009-21D)
5.	2. Juli	SPACEDIV-01	SAT-ÜBERW (FILE 034-77a)
6.	3. Juli	SPACEDIV-01	SAT-ÜBERW (FILE 034-77a)

Okay, dachte Fairfax bei sich, das war ja schon mal etwas.

Den dritten und den vierten Eintrag verwarf er – das waren die beiden Nachrichten, die er soeben abgespielt hatte. Die genannte Abteilung, SPACEDIV-01, war seine eigene.

Die anderen vier Nachrichten stammten jedoch von der Abteilung 1, der Hauptabteilung der Space Divison auf der anderen Seite des Flurs.

Das Kürzel »SAT-ÜBERW« bedeutete »Satelliten-Überwachung«. Abteilung 1 hatte anscheinend vor kurzem fremde Satellitenübertragungen angezapft.

Fairfax klickte auf den ersten Eintrag:

29.MAI	13:12:00	SATELLITENMITSCHNITT	(ENGLISCH)
1. STIMME:	Heute Morgen wurde der Test durchgeführt. Der Impfstoff wirkt gegen alle bislang bekannten Stämme.		

Fairfax runzelte die Stirn. Auch in den Nachrichten auf Afrikaans war ein Impfstoff erwähnt worden. Und ein erfolgreicher Test.

Er klickte den nächsten Eintrag an.

7. JUNI	23:47:33	SATELLITENMITSCHNITT	(ENGLISCH)

1. STIMME: Virus-Greifteam ist unterwegs nach Changchun. Die Namen der Männer lauten: CAPTAIN ROBERT WU und LIEUTENANT CHET LI. Beide sind zuverlässig. Der Preis für die Übergabe des Impfstoffs wird wie besprochen einhundertzwanzig Millionen Dollar betragen, zehn Millionen für jeden der zwölf Beteiligten.

Changchun, die Biowaffenfabrik der Chinesen.

Und hundertzwanzig Millionen Dollar, aufzuteilen unter zwölf Männern.

Das wurde allmählich spannend.

Fairfax las weiter:

2. JULI	02:21:57	SATELLITENMITSCHNITT (CHINESISCH-ENGLISCH)

1. STIMME: Verstanden, Gelber Stern. Wir werden da sein.

Was soll das nun wieder, fragte sich Fairfax.

Gelber Stern?

Er klickte die letzte Nachricht an.

3. JULI	04:04:42	SATELLITENMITSCHNITT	(ENGLISCH)

1. STIMME: WU und LI sind mit dem Virus in Area 7 eingetroffen. Ihre Männer sind bei ihnen. Das Geld wurde angewiesen. Die Namen der Männer, die herauszuholen sind: BENNETT, CALVERT, COLEMAN, DAYTON, FROMMER, GRAYSON, LITTLETON, MESSICK, OLIVER und ich.

Fairfax las gerade die in der letzten Nachricht erwähnten Namen, als auf einmal die Tür seines unterirdischen

Büros aufgerissen wurde und sein Chef – ein hoch gewachsener, kahlköpfiger Beamter namens Eugene Wisher – ins Zimmer gestürmt kam, gefolgt von drei schwer bewaffneten Militärpolizisten. Wisher saß auf der anderen Flurseite und leitete die Überwachung des kürzlich gestarteten chinesischen Space Shuttles.

»Fairfax!«, brüllte er. »Was zum Teufel machen Sie da?«

Fairfax schluckte und beäugte ängstlich die MPs der Polizisten. »Äh – wo-wovon reden Sie eigentlich?«

»Warum rufen Sie die Funksprüche unserer Operation ab?«

»*Ihrer* Operation?«, wiederholte Fairfax verständnislos.

»Ja, unserer Operation. Weshalb laden Sie Informationen aus dem Zentralrechner herunter, die die geheime Operation von Abteilung 1 betreffen?«

Fairfax schwieg, während sein Chef ihn unablässig anschrie. In seinem Kopf ratterte es.

Und dann wurde ihm alles klar.

»O mein Gott!«, flüsterte er.

Davis Fairfax musste einige Erklärungen abgeben, noch immer bedroht von den drei 3 MPs. Und fünf Minuten später stand er im Einsatzzentrum gegenüber seinem fensterlosen Büro vor zwei DIA-Unterdirektoren.

Im ganzen Raum waren Monitore verteilt. Techniker arbeiteten an mehr als einem Dutzend Konsolen – alle mit der Überwachung des kürzlich gestarteten chinesischen Space Shuttles, dem Gelben Stern, beschäftigt.

»Ich brauche eine Personalliste von Area 7«, sagte der fünfundzwanzigjährige Fairfax zu den beiden hochrangigen DIA-Chefs.

Die Liste wurde umgehend gebracht.

Fairfax schaute sie sich aufmerksam an.

UNITED STATES AIR FORCE
SPECIAL AREA 07 (milit. Sperrgebiet)
PERSONALLISTE
EINSTUFUNG: STRENG GEHEIM

Name	Einheit	Name	Einheit	Name	Einheit
Kommando-einheit					
Harper, JT (CO)					
7. Schwadron					
Alvarez, MJ	A	Dillan, ST	D	Logan, KW (MAJ)	A
Arthurs, RT	C	Doheny, FG	A	McConnell, BA	B
Atlock, FD	B	Egan, RR	B	Messick, K	E
Baines, AW	A	Fraser, MS	C	Milbourn, SK	D
Bennett, B	E	Fredericks, GH	A	Morton, IN	C
Biggs, NM	C	Frommer, SN	E	Nance, GF	D
Boland, CS	B	Gale, A	D	Nystrom, JJ	D
Boyce, LW	D	Giggs, RE	B	Oliver, PK	E
Calvert, ET	E	Golding, DK	D	Price, AL	C
Carney, LE	E	Goldman, WE	A	Rawson, MJ	C
Christian, FC	A	**Grayson, SR**	E	Sayles, MT	B
Coleman, GK	**E**	Hughes, R	A	Sommers, SR	C
Coles, M	B	Ingliss, WA	B	Stone, JK	C
Crick, DT	D	Johnson, SW	D	Taylor, AS	B
Criece, TW	A	Jones, M	D	Willis, LS	C
Davis, AM	E	Kincaid, R	B	Wolfson, HT	A
Dayton, AM	**E**	**Littleton, SO**	E		
Zivile Beschäftigte					
Botha, GW	MED				
Franklin, HS	MED				
Shaw, DE	MED				

Fairfax nahm einen Ausdruck der letzten Nachricht zur Hand, die er zuvor heruntergeladen hatte.

3. JULI 04:04:42 SATELLITENMITSCHNITT (ENGLISCH)

1. STIMME: WU und LI sind mit dem Virus in Area 7 eingetroffen. Ihre Männer sind bei ihnen. Das Geld wurde angewiesen. Die Namen der Männer, die herauszuholen sind: BENNETT, CALVERT, COLEMAN, DAYTON, FROMMER, GRAYSON, LITTLETON, MESSICK, OLIVER und ich.

»Okay«, sagte er und zog einen pinkfarbenen Textmarker aus dem Ausschnitt seines *Mooks*-T-Shirts. »Bennett, Calvert, Coleman …«

Er unterstrich die Namen auf der Personalliste. Als er fertig war, sah sie folgendermaßen aus:

UNITED STATES AIR FORCE
SPECIAL AREA 07 (milit. Sperrgebiet)
PERSONALLISTE
EINSTUFUNG: STRENG GEHEIM

Name	Einheit	Name	Einheit	Name	Einheit
Kommando-einheit					
Harper, JT (CO)					
7. Schwadron					
Alvarez, MJ	A	Dillan, ST	D	Logan, KW (MAJ)	A
Arthurs, RT	C	Doheny, FG	A	McConnell, BA	B
Atlock, FD	B	Egan, RR	B	**Messick, K**	**E**
Baines, AW	A	Fraser, MS	C	Milbourn, SK	D
Bennett, B	**E**	Fredericks, GH	A	Morton, IN	C
Biggs, NM	C	**Frommer, SN**	**E**	Nance, GF	D
Boland, CS	B	Gale, A	D	Nystrom, JJ	D
Boyce, LW	D	Giggs, RE	B	**Oliver, PK**	**E**
Calvert, ET	**E**	Golding, DK	D	Price, AL	C
Carney, LE	E	Goldman, WE	A	Rawson, MJ	C
Christian, FC	A	Grayson, SR	E	Sayles, MT	B
Coleman, GK	E	Hughes, R	A	Sommers, SR	C
Coles, M	B	Ingliss, WA	B	Stone, JK	C
Crick, DT	D	Johnson, SW	D	Taylor, AS	B
Criece, TW	A	Jones, M	D	Willis, LS	C
Davis, LR	C	Kincaid, R	B	Wolfson, HT	A
Dayton, AM	E	Littleton, SO	E		
Zivile Beschäftigte					
Botha, GW	MED				
Franklin, HS	MED				
Shaw, DE	MED				

»Erkennt noch jemand das Muster?«, fragte Fairfax in die Runde.

Alle in der abgefangenen Nachricht erwähnten Männer gehörten der Einheit mit der Bezeichnung »E« an – was im Militärjargon für »Echo« stand.

Fairfax wandte sich an die beiden DIA-Chefs. »In dem Stützpunkt gibt es eine kriminelle Einheit. Eine Einheit, die mit der chinesischen Regierung und dem neuen Space Shuttle Kontakt hat. All diese Männer gehören der Einheit Echo an.«

»Einheit Echo, melden!«

»Hier spricht Kommandant Echo«, antwortete Captain Lee »Cobra« Carney.

Cobra hatte einen gedehnten Südstaatenakzent. Er sprach äußerst bedächtig und vollkommen emotionslos. »Wir sind in den Unterkünften auf Ebene 3. Haben gerade die beiden unterirdischen Hangars durchkämmt. Ohne Ergebnis. Arbeiten uns jetzt durch den Komplex nach unten vor und beziehen auch die Treppenhäuser ein.«

»Verstanden, Kommandant Echo.«

»Sir«, wandte sich einer der Funker an Caesar Russel, »die Einheit Charlie ist soeben vom See zurückgekommen. Sie ist draußen und hat den Jungen dabei.«

»Gut. Verluste?«

»Fünf Männer.«

»Akzeptabel. Und Botha?«, fragte Caesar weiter.

»Tot.«

»Noch besser! Lassen Sie sie durch den oberen Eingang rein.«

Gant und die anderen waren auf dem Weg zur Feuertreppe an der Ostseite von Ebene 4.

»Eigentlich ist das in der gegenwärtigen Lage völlig belanglos«, wandte sich Mother an Gant, die neben ihr ging, »aber ich wollte mich doch mal nach deinem kleinen Date mit Scarecrow am letzten Samstag erkundigen. Du hast gar nichts davon erzählt.«

Gant grinste Mother spitzbübisch an. »Wir wollen doch nicht etwa tratschen, Mother?«

»Doch, verdammt noch mal! Genau das brauche ich. Verheiratete alte Weiber wie ich geilen sich an der Sexgymnastik hübscher junger Dinger auf. Außerdem interessiert es mich eben.«

Gant verzog das Gesicht. »Es lief nicht so gut, wie ich es gern gehabt hätte.«

»Wie meinst du das?«

Gant zuckte die Schultern, während sie die Waffe in der Hand hielt. »Er hat mich nicht geküsst! Wir waren in diesem ruhigen kleinen Lokal und haben großartig gegessen, und anschließend sind wir am Ufer des Potomac spazieren gegangen und haben uns einfach bloß unterhalten. Mein Gott, wir haben den ganzen Abend miteinander geredet! Als er mich daheim absetzte, hoffte ich, er würde mich küssen. Aber er ... hat es einfach nicht getan! Wir standen bloß verlegen herum und sagten beide: Bis dann! Und damit war das Date zu Ende.«

Mother kniff die Augen zusammen. »Ach, Scarecrow! Ich trete dir in den Hintern ...«

»Bitte tu's nicht!«, bat Gant, als sie an der Tür zum Treppenhaus anlangten. »Und erzähl ihm nicht, dass ich mit dir darüber geredet habe!«

Mother knirschte mit den Zähnen. »Hmm, ist gut ...«

»Außerdem möchte ich mich im Moment lieber nicht damit beschäftigen«, fügte Gant hinzu. »Wir haben schließlich einen Job zu erledigen.«

Sie öffnete die Tür zum Treppenhaus einen Spalt weit und spähte am Lauf der angelegten Waffe entlang.

Im Treppenhaus war es dunkel und still.

Kein Mensch war zu sehen.

»Die Treppe ist sauber«, flüsterte sie.

Sie öffnete die Tür vollständig und trat ein paar Schritte ins Treppenhaus hinaus.

Mother schloss hinter ihr auf, ebenfalls am Lauf der Waffe entlangspähend.

Sie gelangten zum Treppenabsatz der Ebene 3, bis zu der Tür, die zu den Unterkünften führte.

Kein Mensch war zu sehen.

Das ist seltsam, dachte Gant.

Auf dem Absatz waren wider Erwarten keine Soldaten postiert. Nicht einmal ein Wachposten war dort, um sie abzufangen.

Wirklich sehr merkwürdig, dachte sie. Hätte sie die gegnerischen Kräfte befehligt, hätte sie jede einzelne Ebene nach dem Präsidenten durchkämmt und auch dafür gesorgt, dass währenddessen die Treppen blockiert wurden.

Aber die Soldaten der 7. Schwadron gingen offenbar anders vor.

Da die Treppe unbewacht war, kamen Gant und ihr Team rasch voran und gelangten zum Hangar auf Ebene 2.

Der Hangar war von den Katastrophen dieses Tages bislang verschont geblieben. Er sah genau so aus wie der darüber liegende Hangar. Der einzige Unterschied bestand darin, dass die darin befindlichen Flugzeuge weitaus weniger exotisch waren. Während im Hangar von Ebene 1 zwei Stealth-Bomber und der SR-71 Blackbird abgestellt waren, parkten hier lediglich die beiden AWACS-Überwachungsflugzeuge.

Zwei Minuten später befand sich Gant im unteren Frachtraum eines der AWACS-Flugzeuge und schraubte eine schwere bleierne Bodenplatte ab.

Die Platte löste sich und darunter kam ein Fach mit elektronischen Geräten zum Vorschein. In der Mitte des Fachs befand sich ein fest verankerter, grellorange lackierter Kasten von der Größe eines kleinen Schuhkartons. Er bestand offensichtlich aus einem besonders festen Material.

»Was ist das?«, fragte Juliet Janson, die hinter Gant stand.

Der Präsident antwortete an ihrer Stelle. »Das ist der Flugschreiber. Die Blackbox.«

»Sieht nicht besonders schwarz aus«, bemerkte Ramrod Hagerty.

»Das tut eine Blackbox nie«, erwiderte Gant und zog den Kasten aus der Halterung. »Das ist bloß eine Bezeichnung. Eine Blackbox ist fast immer leuchtend orange lackiert, damit sie nach einem Absturz leichter gefunden wird. Allerdings wird sie meistens auf andere Weise gefunden –«

»Sie wissen wirklich gut Bescheid!«, unterbrach sie der Präsident.

Hagerty blickte ihn mit gerunzelten Brauen an.

»Haben Sie sich schon mal gefragt, weshalb die Blackbox nach einem Absturz so rasch entdeckt wird?«, fragte Gant. »Wenn ein Flugzeug abstürzt, verteilen sich die Trümmer weitflächig, aber der Flugschreiber wird zumeist innerhalb weniger Stunden aufgespürt.«

»Ja, das stimmt …«

»Das liegt daran«, fuhr Gant fort, »dass alle Blackboxes über einen batteriebetriebenen Transponder verfügen. Der Transponder sendet ein starkes Mikrowellensignal aus, anhand dessen er von den Untersuchungsteams geortet wird.«

»Und was haben Sie damit vor?«, fragte Hagerty.

»Mother!«, rief Gant durch die Luke nach oben.

»Ja?«, ertönte Mothers Stimme.

»Hast du das Signal schon entdeckt?«

»Bin gleich so weit!«

Gant schaute Hagerty an. »Ich will versuchen, das Signal, das der Sender am Herzen des Präsidenten ausstrahlt, zu imitieren.«

In der Hauptkabine des AWACS-Flugzeugs saß Mother an einem Computerterminal.

Der Monitor zeigte das Mikrowellensignal des Satelliten im niedrigen Orbit an. Das gleiche Signal mit dem alle fünfundzwanzig Sekunden auftretenden Reflektionszacken hatte auch schon Brainiac im anderen AWACS-Flugzeug auf dem Bildschirm empfangen.

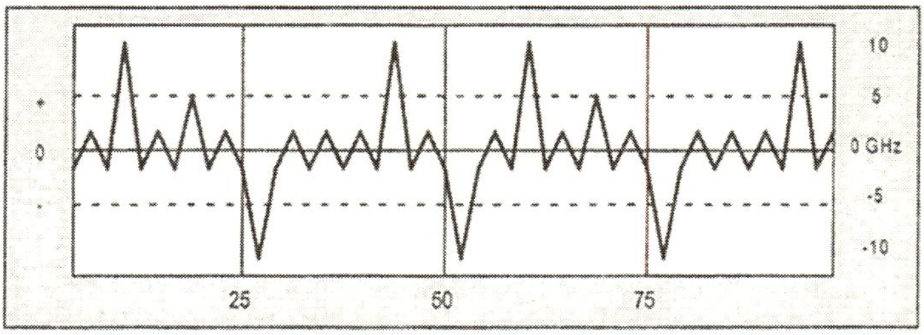

Gant kam mit dem orangefarbenen Kasten aus dem Frachtraum. Sie steckte ein Kabel in den Sockel und verband ihn mit Mothers Terminal. Sogleich erschien die Signalkurve auf einem kleinen beleuchteten LCD-Bildschirm an der Oberseite der Blackbox.

»Okay«, sagte Gant und wandte sich an Mother. »Siehst du das Suchsignal, den aufwärts weisenden Zacken? Ich möchte, dass du das Ortungssignal der Blackbox auf diese Frequenz einstellst.«

Bei der Suche nach einer Blackbox wird ein Sender eingesetzt, der auf der so genannten Finden-Frequenz ein Mikrowellensignal aussendet. Fängt der Transponder der Blackbox dieses Signal auf, sendet er ein Antwortsignal und lässt sich auf diese Weise orten.

»So …« Mother haute in die Tasten. »Fertig!«

»Gut«, sagte Gant. »Und jetzt stell die Reflektorfrequenz – den nach unten weisenden Zacken – als Antwortsignal ein!«

»Okay, dauert bloß einen Moment.«

»Wird die Signalstärke der Blackbox denn ausreichen, um vom Satelliten aufgefangen zu werden?«

»Ich glaube, es wird klappen. Als Armstrong auf dem Mond war, hat man mit Mikrowellen Funkkontakt gehalten. Und das SETI-Projekt sendet damit sogar Botschaften in den fernen Weltraum.« Gant lächelte. »Nicht auf die Stärke kommt es an, sondern auf den Inhalt.«

»Fertig«, verkündete Mother. Sie wandte sich an Gant. »Und nun, furchtlose Führerin, sag mir doch, was ich da eigentlich gemacht habe!«

»Wenn du alles richtig gemacht hast, Mother, wird das vom Herzen des Präsidenten ausgestrahlte Signal imitiert, sobald wir den Sender der Blackbox einschalten.«

»Und was nun?«, fragte der Präsident.

»Ja, wie geht's jetzt weiter?«, wollte auch Hagerty wissen. »Schalten wir das Gerät einfach ein?«

»Auf keinen Fall! Wenn wir es einschalten, würde der Satellit zwei identische Signale auffangen, und das könnte die Bomben zur Detonation bringen. Das Risiko dürfen wir nicht eingehen. Der schwierige Teil kommt erst noch. Jetzt müssen wir das Signal des Senders des Präsidenten durch das der Blackbox ersetzen.«

»Und wie stellen wir das nun wieder an?«, fragte Hagerty ungeduldig. »Erzählen Sie mir nicht, Sie wollen mit einem Taschenmesser eine Operation am offenen Herzen des Präsidenten der Vereinigten Staaten durchführen!«

»Bin ich etwa MacGyver?«, konterte Gant. »Nein, meine Theorie sieht folgendermaßen aus: Irgendwie hat Caesar Russel es geschafft, den Sender am Herzen des Präsidenten zu platzieren …«

»Das stimmt, und zwar im Verlauf einer Operation, der ich mich vor einigen Jahren unterzogen habe«, ergänzte der Präsident.

»Allerdings glaube ich, dass er den Sender erst heute

eingeschaltet hat«, fuhr Gant fort. »Sonst hätten die Scanner des Weißen Hauses sofort darauf angesprochen.«

»Das mag sein ...«, sagte Hagerty.

»Also befindet sich irgendwo in diesem Komplex ein Gerät, das den Sender des Präsidenten ein- und ausschalten kann. Ich vermute, dass dieses Gerät – wahrscheinlich ein kleiner funkbetriebener Ein-Aus-Schalter – sich im selben Raum wie Caesar Russel befindet.«

»Ja, ich erinnere mich«, rief der Präsident, der sich auf einmal an das kleine Gerät erinnerte, das Caesar Russel zu Beginn der Auseinandersetzung eingeschaltet hatte. »Er hielt es in der Hand, als alles anfing. Als er zum ersten Mal im Fernsehen sprach. Das Ding ist klein und rot und hat eine schwarze Stummelantenne.«

»Also gut«, sagte Gant. »Jetzt müssen wir bloß noch das Kommandozentrum finden.« Sie wandte sich an Juliet. »Ihre Leute haben den Komplex inspiziert. Irgendwelche Vorschläge?«

»Vielleicht ist es im Haupthangar«, antwortete Juliet. »In dem Innengebäude. Darin befindet sich eine komplett eingerichtete Kommandozentrale.«

»Dann ist das unser Ziel«, entschied Gant. »Unser weiteres Vorgehen ist also ganz einfach. Als Erstes übernehmen wir Caesar Russels Kommandozentrale. Dann schalten wir mit seinem Ein-Aus-Schalter zwischen zwei Satellitensignalen den Sender am Herzen des Präsidenten aus und den Sender des Flugschreibers anschließend ein.«

Sie schenkte dem Präsidenten ein schiefes Lächeln. »Wie ich schon sagte: ganz einfach!«

Die fünf überlebenden Angehörigen der Einheit Charlie rannten in geduckter Haltung durch einen niedrigen Betontunnel.

Kevin lief neben ihnen her. Da er so klein war, brauchte er sich nicht zu ducken.

Die Einheit Charlie war soeben vom Lake Powell zurückgekehrt, nachdem sie Botha getötet, Kevin aufgegriffen und den Untergang von Schofields Helikopter beobachtet hatte.

Die beiden Penetratoren hatten sie draußen abgestellt. Nun betraten sie den Komplex durch einen Eingang, der die eigentliche Anlage mit einem der Außenhangars verband und als »oberer Eingang« bezeichnet wurde.

Die Tür des Tunnels bestand aus dreißig Zentimeter dickem Titan und mündete in den Schacht des Personenaufzugs.

Die Einheit Charlie gelangte zu der schweren silberfarbenen Tür.

Python Willis tippte den Authentifizierungscode ein. Es handelte sich um einen speziellen Eingang. Kannte man den Code, konnte man die Tür jederzeit öffnen, selbst bei einer Totalabriegelung.

Die dicke Titantür schwang auf –

– und Python erstarrte.

Unmittelbar vor seinen Füßen befand sich das Dach des Personenaufzugs.

Und darauf standen Cobra Carney und vier Angehörige der Einheit Echo.

Durch die offene Dachluke konnte Python erkennen,

dass der Rest der Einheit sich in der Aufzugkabine befand.

»Mein Gott, Cobra!«, entfuhr es Python, »Sie haben mich zu Tode erschreckt. Mit Ihnen habe ich hier nicht gerechnet.«

»Caesar hat gesagt, wir sollten Sie abholen«, sagte Cobra schleppend. »Uns vergewissern, dass Sie alle wohlbehalten in die Anlage kommen.«

Python schob Kevin auf das Dach des stehenden Aufzugs. »Wir haben fünf Männer verloren, aber den Jungen haben wir.«

»Gut«, lobte Cobra. »Ausgezeichnet!«

In diesem Moment erblickte Python durch die offene Dachluke des Aufzugs vier weitere Männer, die sich bei den Soldaten der Einheit Echo befanden.

Es waren vier Asiaten.

Python runzelte die Stirn.

Das waren die vier Männer, die er vor ein paar Stunden in der Dekompressionskammer gesehen hatte – Captain Robert Wu und Lieutenant Chet Li von der 7. Schwadron sowie die beiden chinesischen Laboranten, jene Männer, die den neuesten Stamm des Sinovirus nach Amerika gebracht hatten.

»Cobra, was geht hier vor?«, fragte Python unvermittelt und schaute hoch.

»Tut mir Leid, Python«, sagte Cobra und nickte seinen Männern zu.

Die vier Angehörigen der Einheit Echo auf dem Fahrstuhldach hoben ihre P-90 und nahmen die Einheit Charlie gnadenlos unter Beschuss.

Python Willis wurde von unzähligen Kugeln getroffen. Sein Gesicht und seine Brust verwandelten sich augenblicklich in eine blutige Masse. Die vier hinter ihm stehenden Soldaten fielen einer nach dem anderen um wie Marionetten, deren Fäden man durchtrennt hat. Schließlich stand nur noch Kevin auf dieser Seite des Fahrstuhldachs und starrte die Schützen aus riesigen Augen verschreckt an.

Cobra Carney trat vor und packte den kleinen Jungen grob beim Arm.

»Lach doch mal, Junge!« Er kniff ihm fest in die Wange. »Du kommst jetzt mit!«

In der Einsatzzentrale am Rande des Haupthangars war es ruhig.

Boa McConnell und die vier anderen Überlebenden der Einheit Bravo hockten blutverschmiert und verdreckt in einer Ecke. Zwei von Boas Männern waren schwer verletzt. Colonel Jerome T. Harper – vorgeblich Kommandant von Area 7, in Wahrheit aber bloß ein Lakai Caesar Russels – versorgte ihre Wunden.

Im Schatten an der Rückseite des Raums saß noch jemand. Er war schon den ganzen Morgen über in der Einsatzzentrale gewesen, hatte aber bislang kein einziges Wort von sich gegeben. Er schaute bloß schweigend zu.

Major Kurt Logan und die Überlebenden der Einheit Alpha hielten sich ebenfalls in der Einsatzzentrale auf. Logan stand bei Caesar und unterhielt sich leise mit ihm. Seinen Männern war es kaum besser ergangen als der Einheit Bravo: Von den ursprünglichen zehn Mann des Teams waren nur noch vier am Leben, er selbst mitgerechnet.

Caesar schienen die Verluste allerdings nicht zu berühren.

»Irgendwelche Nachrichten von Einheit Echo?«

»Cobra meldet, sie befänden sich jetzt auf Ebene 4. Vom Präsidenten noch kein Lebenszeichen.«

»Verdammt noch mal!«, fluchte einer der Funker. Sein Monitor war soeben schwarz geworden, von einem Moment auf den anderen. Ohne vorherige Fehlermeldung.

»Was gibt's?«, fragte der Cheffunker.

»Scheiße!«, rief ein anderer Funker, als sein Monitor ebenfalls streikte.

Die Ausfälle breiteten sich im Raum aus wie ein Virus. Die Monitore erloschen einer nach dem anderen.

»Klimaanlage soeben ausgefallen.«

»Wasserkühlung ausgefallen.«

»Was geht hier vor?«, fragte Caesar Russel mit beherrschter Stimme.

»Die Stromspannung des Zellentrakts fällt rapide ab.«

»Die Stromversorgung bricht zusammen«, wandte sich der Cheffunker an Russel. »Aber ich weiß nicht, wieso ...«

Er rief eine Systemanzeige auf.

S.A.(R) 07-A
Logfile für Zugriff Sicherheitsstufe
7-3-010223077

ZEIT	SCHLÜSSELSTATUS	OPERATOR	SYSTEMREAKTION
06:30:00	Überprüfung Systemstatus	070-67	Alle Systeme einsatzbereit
06:58:34	Befehl zur Abriegelung	105-02	Abriegelung ausgelöst
07:00:00	Überprüfung Systemstatus	070-67	Alle Systeme einsatzbereit (Abriegelungsmodus)
07:30:00	Überprüfung Systemstatus	070-67	Alle Systeme einsatzbereit (Abriegelungsmodus)
07:37:56	ACHTUNG: Fehlfunktion der Notstromversorgung	System	Fehlfunktion lokalisiert an Terminal 1-A2
			Erhalte keine Antwort von Systemen: TRACS; AUX SYS-1; RAD COM-SPHERE; MBN; EXT FAN

ZEIT	SCHLÜSSELSTATUS	OPERATOR	SYSTEMREAKTION
07:38:00	ACHTUNG: Notstromversorgungskapazität 50 %	System	Terminal 1-A2 reagiert nicht
08:00:15	Abschaltung Hauptstromversorgung ausgelöst (Terminal 3-A1)	008-72	Hauptstromversorgung abgeschaltet
08:00:18	Notstromversorgung eingeschaltet	Aux-System	Notstromversorgung wird hochgefahren
08:00:19	ACHTUNG: Notstromversorgung einsatzbereit Notfallprotokoll aktiviert	Aux-System	Notfallprotokoll wirksam: entbehrliche Systeme abgeschaltet
08:01:02	Sonderfreigabebefehl für Abriegelungsfall eingegeben (Terminal 3-A1)	008-72	Tür 003-V geöffnet
08:04:34	Sonderfreigabebefehl für Abriegelungsfall eingegeben (Terminal 3-A1)	008-72	Tür 062-W geöffnet
08:04:55	Sonderfreigabebefehl für Abriegelungsfall eingegeben (Terminal 3-A1)	008-72	Tür 100-W geöffnet
08:18:00	ACHTUNG: Notstromkapazität 35 %	Aux-System	Terminal 1-A2 reagiert nicht
08:21:30	Befehl zur Abschaltung der Überwachungskameras (Terminal 1-A1)	008-93	SYSTEMFEHLER: Überwachungskameras wurden bereits von Notfallprotokoll abgeschaltet
08:38:00	ACHTUNG: Notstromkapazität: 25 %	Aux-System	Terminal 1-A2 reagiert nicht

ZEIT	SCHLÜSSELSTATUS	OPERATOR	SYSTEMREAKTION
08:58:00	ACHTUNG: Notstromkapazität: 15 %	Aux-System	Terminal 1-A2 reagiert nicht
09:04:43	Sonderfreigabebefehl für Abriegelungsfall eingegeben (Terminal 3-A2)	077-01E	Tür 62-E geöffnet
09:18:00	ACHTUNG: Notstromkapazität: 5 %	Aux-System	Neustart einleiten?
09:28:00	ACHTUNG: Notstromkapazität: 0 %	Aux-System	Fahre System herunter

»Herrgott noch mal, wir sind seit acht Uhr ohne Notstrom!«, sagte der Cheffunker entgeistert.

Colonel Harper trat vor. »Aber der müsste mindestens drei Stunden vorhalten! Das hätte eigentlich ausreichen müssen, um die Hauptstromversorgung wieder hochzufahren.«

Währenddessen blickte Caesar auf folgenden Eintrag:

09:04:43	Sonderfreigabebefehl für Abriegelungsfall eingegeben (Terminal 3-A2)	077-01E	Tür 62-E geöffnet

»077« stand für einen Angehörigen der 7. Schwadron, »E« für Einheit Echo und »01« für deren Anführer Cobra Carney.

Caesar kniff die Augen zusammen. Offenbar hatte Cobra während der letzten Öffnungsphase des Zeitfensters die Tür 62-E geöffnet – die explosionssichere Tür des Verladebahnhofs auf Ebene 6.

Jerome Harper und der Funker diskutierten noch immer über die Stromversorgung.

»Sie haben Recht«, pflichtete der Funker Harper bei. »Aber anscheinend verfügte das System beim Einschalten nur über die halbe Kapazität, sodass es bloß anderthalb Stunden durchgehalten hat.«

Der Bildschirm des Cheffunkers ging aus, der letzte noch funktionierende Monitor.

Dann erloschen im Kontrollraum sämtliche Deckenlampen.

Absolute Finsternis hüllte Caesar und die Funker ein.

Caesar fuhr herum und blickte durch das Fenster auf den riesigen Bodenhangar hinaus. Er beobachtete, wie die hellen Halogenstrahler an den Hangarwänden nacheinander ebenfalls dunkel wurden.

Der Hangar und alles, was sich darin befand – der Marine One, die zerstörten Schleppfahrzeuge, der explodierte Nighthawk 2, der Deckenkran – wurden von undurchdringlicher Schwärze verschluckt.

»Sämtliche Systeme ausgefallen«, sagte eine Stimme in der Dunkelheit. »Der gesamte Komplex ist ohne Strom.«

Im AWACS-Flugzeug auf Ebene 2 bereiteten Libby Gant und die anderen sich gerade darauf vor, nach oben vorzustoßen. Sie wollten Caesar Russels Kontrollraum ausfindig machen und übernehmen. In dem Moment erloschen sämtliche Lampen im Hangar, und es wurde dunkel.

Gant schaltete den stiftgroßen Scheinwerfer am Lauf ihrer MP-10 ein. Der dünne Strahl beleuchtete kurz ihr Gesicht.

»Der Strom«, flüsterte Mother. »Weshalb sollten sie den abschalten?«

»Das verstehe ich auch nicht«, sagte Juliet. »Auf diese Weise wird ihnen die Suche nach uns doch erschwert.«

»Vielleicht blieb ihnen ja nichts anderes übrig«, mutmaßte Gant.

»Was bedeutet das für uns?«, wollte der Präsident wissen, der zu ihnen getreten war.

»Das ändert nichts an unserem Plan«, antwortete Gant. »Wir stoßen zur Einsatzzentrale vor. Allerdings müssen wir herausfinden, welche Auswirkungen der Stromausfall auf diese Umgebung hat.«

In diesem Moment ertönte irgendwo in der Tiefe des Komplexes ein Schrei – ein wilder, unbändiger Schrei. Es war nicht auszumachen, ob er von einem Menschen stammte. Auf jeden Fall war es Furcht erregend, das Geheul eines Wesens in Lebensgefahr.

»Mein Gott!«, flüsterte Gant. »Die Gefangenen ... sie sind frei!«

Die fünfte Konfrontation
3. Juli, 09.30 Uhr

UNITED STATES AIR FORCE
SPECIAL AREA 7 (MILITÄRISCHES SPERRGEBIET)
0930 UHR

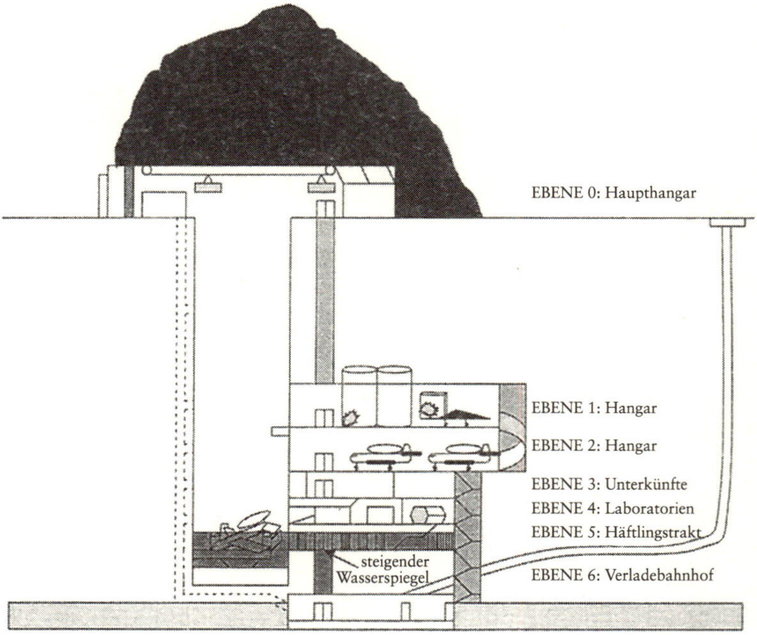

Etwa zehn Minuten vor dem Stromausfall senkte sich ein bulliger Transporthubschrauber vom Typ CH-53E Super Stallion langsam auf das grüne Wasser des Lake Powell hinab.

Ihm bot sich ein merkwürdiger Anblick.

Der Helikopter, dessen Schwanz fast vollständig abgerissen war, sank mit dem Heck voran nahezu senkrecht in die Tiefe, während über die offene Laderampe tonnenweise Wasser hineinströmte. Vor dem verschwommenen Hintergrund des Wassers sah es so aus, als fiele der Super Stallion in Zeitlupe ins Leere.

Kleine Blasen stiegen ringsum an die Oberfläche – die zu gleicher Zeit von den beiden über dem See schwebenden Penetratoren der Air Force beobachtet wurde.

Shane Schofield und Buck Riley Jr. blickten durch die Lexan-Windschutzscheibe des versinkenden Helikopters unmittelbar nach oben.

Über sich sahen sie die Wasseroberfläche wie eine Glaslinse. Sie war ungefähr fünf Meter entfernt und schien immer weiter zurückzuweichen.

Sie machten trotz der schlechten Sicht die beiden Penetrator-Kampfhubschrauber aus, die über dem Wasser schwebten und anscheinend darauf warteten, dass sie wieder auftauchten.

Ringsum kam allmählich eine bizarre Unterwasserlandschaft zum Vorschein. Riesige Findlinge ruhten auf dem Grund des Sees, Pfade, die einst auf trockenem Wüstenboden verlaufen waren, schlängelten sich in die Ferne. Es gab sogar eine gewaltige Felswand, die steil emporragte und über der Wasseroberfläche verschwand.

Die versunkene Wüstenwelt war in ein gespenstisch blasses Grün getaucht.

Book II. wandte sich an Schofield. »Wenn Sie noch irgendwelche Tricks auf Lager haben, sollten Sie sie jetzt einsetzen.«

»Tut mir Leid«, erwiderte Schofield. »Die Tricks sind mir ausgegangen.«

Hinter ihnen strömte Wasser in den Frachtraum. Es stieg rasch an und drang durch die weit offene Rampe und alle anderen Öffnungen in den Helikopter ein.

Glücklicherweise war das Cockpit luftdicht, sodass der immer noch sinkende Helikopter in zwanzig Metern Tiefe ein Gleichgewicht fand. Im gekippten Cockpit hatte sich eine Lufttasche gebildet. Es verhielt sich wie ein Becher, den man umgedreht in eine Badewanne taucht.

Der Helikopter glitt in die Tiefe, bis er dreißig Meter unter der Wasseroberfläche auf den Grund traf.

Eine Schlammwolke explodierte förmlich rings um den Super Stallion, als das zerstörte Heck auf dem Seeboden aufkam und in unverändert senkrechter Lage nahe einem riesigen Felsbrocken zur Ruhe kam.

»Wir haben nicht viel Zeit«, sagte Schofield. »Die Atemluft wird im Nu verbraucht sein.«

»Was sollen wir tun?«, fragte Book II. »Wenn wir hier bleiben, sterben wir. Und wenn wir an die Oberfläche schwimmen, sterben wir ebenfalls.«

»Da muss doch etwas sein ...«, murmelte Schofield vor sich hin.

»Was meinen Sie?«

»Es muss einen Grund geben ...«

»Wovon reden Sie denn?«, fragte Book II. gereizt. »Einen Grund wofür?«

Schofield wandte sich jäh zu ihm um. »Einen Grund, weshalb Botha ausgerechnet hier angehalten hat. An dieser Stelle. Das hat er nicht einfach aus Jux und Dollerei getan. Es gab einen bestimmten Anlass, hier vor Anker zu gehen –«

Und auf einmal wurde Schofield alles klar.

»Dieser schlaue Fuchs!«, brummte er.

Er blickte über Books Schulter hinweg in die trübe, grüne Unterwasserwelt hinaus.

Book II. fuhr herum und sah es ebenfalls.

»O mein Gott!«, flüsterte er.

Teilweise verdeckt von dem grünen Nebel lag vor ihnen ein Gebilde – kein Findling und auch keine Felsformation, sondern ein von Menschenhand erbautes Etwas. Eine Konstruktion, die hier in der Unterwasserwelt des Lake Powell vollkommen fehl am Platz wirkte.

Schofield und Book sahen ein ausladendes flaches Vordach vor sich, dahinter ein kleines Zimmer mit Fenstern sowie ein breites Garagentor. Und unter dem Vordach erblickten sie zwei altmodische Zapfsäulen.

Es war eine Tankstelle.

Die Tankstelle lag am Fuß der Felswand, genau an der Stelle, wo der gewaltige kreisförmige Krater mit dem kleinen Tafelberg an einen breiten Cañon grenzte.

Erst jetzt fiel Schofield wieder ein, was es mit dieser Tankstelle auf sich hatte.

Dies war die Raststätte, die überflutet worden war, als man 1963 den Colorado River aufgestaut hatte. Es handelte sich um die alte Tankstelle aus den Fünfzigern, die an der Stelle erbaut worden war, wo sich früher einmal eine Handelsstation befunden hatte.

»Auf geht's!«, sagte Schofield. »Bevor wir den letzten Rest Sauerstoff aufgebraucht haben.«

»Wohin denn?«, fragte Book II. ungläubig. »Etwa zur Tankstelle?«

»Jawohl«, antwortete Schofield und sah auf die Uhr.

Es war 9.26 Uhr.

Ihnen blieben vierunddreißig Minuten, um den Football zum Präsidenten zurückzuschaffen.

»In Tankstellen gibt es Druckluftgeräte zum Aufpumpen der Reifen«, erklärte er. »Luft, die wir einatmen können, bis die beiden Penetratoren weg sind. Falls es eine Entschädigung von der Regierung gab, hat sich der Besitzer der Tankstelle vielleicht einfach auf und davon gemacht und alles zurückgelassen.«

»Das ist also Ihr magischer Rettungsplan? Die Luft in den Geräten – wenn es sie denn gibt – ist vierzig Jahre alt. Sie könnte verdorben oder mit allen möglichen Stoffen verunreinigt sein.«

»Wenn sie gut verschlossen war, ist sie vielleicht noch brauchbar. Außerdem bleibt uns keine andere Wahl. Ich schwimme als Erster. Wenn ich eine Druckluftleitung finde, gebe ich Ihnen ein Zeichen.«

»Und wenn nicht?«

Schofield löste den Football vom Gürtel und reichte ihn Book II. »Dann müssen Sie sich selbst etwas einfallen lassen.«

Der Super Stallion lag am Grund des Sees, umgeben von der gespenstischen Kulisse der überfluteten Wüstenlandschaft.

Unvermittelt stieg ein Blasenstrang aus dem offenen Heck auf – ausgestoßen von Shane Schofield, der in der schwarzen Kampfuniform der 7. Schwadron aus dem Helikopter ins Wasser glitt.

Schofield verharrte einen Moment und blickte sich um. Er betrachtete die Tankstelle und bemerkte plötzlich noch etwas anderes.

Einen Gegenstand auf dem Grund des Sees, unmittelbar unter ihm.

Es war eine kleine, silberfarbene *Samsonite*-Box, eine äußerst massive Ausführung. Offenbar war sie in der Lage, auch einen schweren Aufprall zu überstehen. Sie bot Platz für etwa zwei nebeneinander liegende Videokassetten. Beschwert von einem kleinen Anker lag sie etwa einen Meter von ihm entfernt auf dem schlammigen Boden.

Dies war der Gegenstand, den Gunther Botha über Bord geworfen hatte, als er von Schofield und Book gestört worden war.

Schofield schwamm hinüber, schnitt den Anker mit dem Messer ab und befestigte dann den Tragegriff des Behälters an einem seiner Gürtelhaken.

Den Inhalt würde er später in Augenschein nehmen.

Im Moment gab es Wichtigeres zu tun.

Er wandte sich zur Tankstelle und durchteilte das

Wasser mit kräftigen Stößen. Die Entfernung zwischen dem Super Stallion und der Tankstelle hatte er im Nu zurückgelegt. Und schon schwebte er vor dem gespenstischen Bauwerk.

Allmählich tat ihm die Lunge weh. Er musste bald eine Luftdruckleitung finden.

Neben der offenen Bürotür erblickte er einen schwarzen Schlauch, verbunden mit einem großen Luftbehälter. Schofield schwamm rasch hinüber.

Er packte den Schlauch und drückte die Freigabetaste des Ventils.

Aus der Tülle sprudelten kraftlos ein paar kleine Blasen.

Kein gutes Zeichen, dachte Schofield.

Und mit einem Mal platzte ein Strom dicker Blasen aus dem Ventil hervor.

Schofield hielt rasch den Mund an das Ventil und atmete ohne nachzudenken die vierzig Jahre alte Luft ein.

Zunächst schnürte sich ihm die Kehle zusammen. Die Luft schmeckte bitter und schal, irgendwie faulig. Doch dann wurde sie klarer, und er begann normal zu atmen. Die Luft schien mehr oder minder in Ordnung zu sein.

Er winkte Book zu, der im Helikopter zurückgeblieben war, und hielt einen Daumen hoch.

Während Book mit dem Football herüberschwamm, zog Schofield den Luftbehälter in das kleine Tankstellenbüro. Die Blasen sollten an der Decke hängen bleiben, anstatt zur Oberfläche aufzusteigen und die Besatzung der beiden Penetratoren auf ihre neue Luftquelle aufmerksam zu machen.

Anschließend unterzog er die Tankstelle einer eingehenderen Betrachtung.

Dabei dachte er noch immer an Botha.

Die Tankstelle war bestimmt nicht das Ziel des südafrikanischen Wissenschaftlers gewesen. Da musste noch mehr hinterstecken.

Schofield blickte sich im Büro und in der angrenzenden Werkstatt um. Das Gebäude grenzte unmittelbar an die Felswand.

In diesem Moment sah Schofield durch das hintere Fenster des kleinen Büros etwas, das in die Felswand hineingebaut war: einen breiten, verriegelten Eingang.

Er war mit dicken Brettern vernagelt und führte anscheinend in den Fels hinein. Unter den Brettern registrierte er ein Paar Schienen.

Das war offenbar ein Bergbaustollen.

Allmählich erschien ihm Bothas Verhalten durchaus vernünftig.

Dreißig Sekunden später hatte Book II. das Büro erreicht und nahm einen tiefen Atemzug aus dem Luftventil.

Kurz darauf lehnte sich Schofield aus dem Büro hinaus und beobachtete, wie die verschwommenen Umrisse der Air-Force-Penetratoren davonflogen.

Als sie weg waren, machte er Book auf sich aufmerksam. Er zeigte auf den Stolleneingang hinter der Tankstelle und bedeutete ihm, hier zu warten.

Book nickte.

Schofield schaltete daraufhin den am Lauf seiner Desert-Eagle-Pistole montierten Zielscheinwerfer ein und schwamm durch das Rückfenster des Büros auf den Stolleneingang am Fuß der Felswand zu.

Als er zu dem verbarrikadierten Stolleneingang gelangte, stellte er fest, dass anscheinend erst kürzlich mehrere verrottete Bretter entfernt worden waren.

Er schwamm durch die Öffnung.

Dahinter herrschte undurchdringliche Dunkelheit.

Der schmale Lichtkegel des Scheinwerfers beleuchtete

raue Felswände, Stützbalken sowie das Schienenpaar auf dem Boden, das in der Finsternis verschwand.

Geleitet vom Strahl der Taschenlampe tauchte Schofield mit kräftigen Bewegungen durch den Stollen.

Er musste im Auge behalten, wie weit er geschwommen war. Schon bald würde er eine Entscheidung treffen müssen: Entweder kehrte er zu Book zurück und füllte an dem Luftbehälter erneut seine Lungen oder er schwamm weiter, in der Hoffnung, dass er auf eine Luftblase stoßen würde.

Das Verhalten Bothas war der einzige Anhaltspunkt dafür, dass hier unten tatsächlich eine solche Luftblase existierte. Ansonsten wäre der Wissenschaftler gewiss nicht hergekommen.

Auf einmal bemerkte Schofield einen schmalen, senkrechten Schacht, der vom Tunnel abzweigte. Eine Sprossenleiter führte hinauf.

Er schwamm zu dem Schacht und leuchte hinein. Jener führte sowohl nach oben wie nach unten und lag vollkommen im Dunkeln. Dies war anscheinend eine Art Zugangsschacht, der es ermöglichte, auf schnellem Wege sämtliche Ebenen der Grube zu erreichen.

Schofield ging allmählich die Luft aus.

Er überschlug im Kopf die Entfernungen.

Der See war an dieser Stelle dreißig Meter tief.

Wenn er die Leiter dreißig Meter emporstieg, würde er also an die Wasseroberfläche gelangen.

Vergiss es, ermahnte er sich selbst.

Es gab nur eine Möglichkeit.

Er musste zu Book zurückschwimmen.

Zwei Minuten später kehrte er in den Stollen zurück, diesmal mit prall gefüllten Lungen und in Begleitung von Book II., der noch immer den Football an seiner Seite trug.

Sie schwammen geradewegs zu dem senkrechten

Schacht und zogen sich an der Sprossenleiter in die Höhe. Der Schacht hatte die Form eines engen Zylinders, von dem etwa alle drei Meter ein Stollen abzweigte.

Nach fünfzig Sprossen bekam Schofield Schmerzen in der Brust.

Nach siebzig Sprossen stieg der Magensaft in seinen Hals.

Nach neunzig Sprossen war die Wasseroberfläche noch immer nicht in Sicht, und er überlegte, ob er sich vielleicht geirrt und einen fatalen Fehler begangen hatte. War dies das Ende? Er hatte das Gefühl, als würde er jeden Moment das Bewusstsein verlieren.

Auf einmal tauchte Schofields Kopf aus dem Wasser in die wundervolle, kühle Luft.

Er rückte eilig ein Stück zur Seite, um Book II. Platz zu machen. Book schoss aus dem Schacht empor, und beide atmeten gierig, bis ihre Lungen mit frischer Luft gefüllt waren. Dabei hielten sie sich an der Leiter fest.

Der Schacht ragte noch weiter in die Höhe.

Als er wieder zu Atem gekommen war, kletterte Schofield aus dem Wasser und trat in einen der Stollen.

Er gelangte in eine breite, flache Höhle, einen ehemaligen Büroraum der Bergbaugesellschaft. Ihm bot sich ein erstaunlicher Anblick.

Er sah Proviantkisten, gefüllt mit Nahrungsmitteln, Milchpulver, Wasser und Gaskochern. Es mussten an die hundert Kisten sein.

An den Wänden standen etwa ein Dutzend Pritschen, und in einer Ecke befand sich ein Tisch mit offensichtlich gefälschten Pässen und Führerscheinen.

Das ist ein Lager, dachte Schofield, ein Basislager.

Der Proviant würde Wochen, wenn nicht gar Monate reichen – so lange, bis die Regierung der Vereinigten

Staaten die Suche nach jenen Männern aufgab, die das Sinovirus sowie Kevin, den unersetzlichen Impfstofflieferanten, geraubt hatten.

Der Plan von Botha und seinen Männern hatte wahrscheinlich vorgesehen, in aller Ruhe hier zu warten, bis die Luft rein war. Dann wären sie zurück in ihre Heimat gereist.

Schofield musterte die Kistenstapel. Wer auch immer noch dahinter stecken mochte, er hatte über einen längeren Zeitraum Material hierher geschafft.

»Du meine Güte!« Book II. hatte sich zu Schofield gesellt. »Da hat aber jemand vorgesorgt.«

Schofield sah auf seine Armbanduhr.

09:31

»Kommen Sie! Wir haben noch fünfundzwanzig Minuten Zeit, um den Aktenkoffer zum Präsidenten zu bringen«, sagte Schofield. »Ich schlage vor, wir stoßen zur Oberfläche vor und schauen mal, wie wir zu Area 7 zurückgelangen.«

Schofield und Book kletterten in die Höhe.

So schnell sie konnten, stiegen sie den senkrechten Schacht hinauf, Schofield mit Bothas kleiner *Samsonite*-Box, Book II. mit dem Football.

Kurz darauf hatten sie das Ende der Leiter erreicht und gelangten in ein Gebäude aus Aluminium, eine Art großen Schuppen.

An der anderen Seite des Schuppens erblickten sie einen Schienenstrang, der in einem Loch in der Erde verschwand. Offenbar war er für Loren vorgesehen, denn daneben standen einige verrostete Wagen sowie alte Förderbänder. Alles war mit Staub und Spinnweben bedeckt.

Schofield und Book rannten zur Tür und traten sie ein.

Gleißendes Sonnenlicht blendete sie, und Sand wurde ihnen ins Gesicht geweht. Der Sandsturm tobte anscheinend noch immer.

Die beiden Männer traten aus dem Schuppen ins Freie.

Sie stellten fest, dass sie sich auf einer riesigen, flachen Halbinsel befanden, die in den Lake Powell hinausragte. In der atemberaubenden Landschaft von Utah fühlten sie sich winzig wie Ameisen. Die erhabenen Felsformationen ließen sogar den riesigen Aluminiumschuppen klein erscheinen.

Erstaunlicherweise gab es auf der Halbinsel noch ein Gebäude. Es lag kaum fünfzig Meter vom Schuppen entfernt: ein kleines Farmhaus mit einer angebauten Scheune.

Schofield und Book rannten über den windgepeitschten Sand darauf zu.

Auf dem Briefkasten am Tor stand »HOEG«.

Schofield stürmte daran vorbei auf den Hof.

Schließlich erreichte er das Haus. Vor einem Fenster ging er in die Hocke und spähte hinein. In diesem Augenblick wurde die Wand neben ihm plötzlich von den Einschlägen einer automatischen Waffe zerfetzt. Er fuhr herum und sah einen Mann in einem Overall mit einem AK-47-Sturmgewehr in der Hand um die Ecke biegen.

Ein weiterer Schuss übertönte das Heulen das Sandsturms, und der Farmer brach auf dem staubigen Boden tot zusammen.

Book tauchte mit rauchender M9-Pistole neben Schofield auf.

»Was zum Teufel ist hier los?«, rief er.

»Wenn wir das hier überstehen«, antwortete Schofield, »wird sich vermutlich bald herausstellen, dass Mister Hoeg ein Freund Gunther Bothas war. Kommen Sie!«

Schofield rannnte zu der Scheune und riss das Tor auf. Er hegte die widersinnige Hoffnung, darin könnte sich ein Transportmittel befinden.

»Wurde allmählich auch Zeit, dass wir mal Glück haben!«, sagte er. »Wir haben uns wirklich eine kleine Erholungspause verdient.«

Vor ihm stand – funkelnd, als wäre er nagelneu – ein wunderschöner limonengrüner Doppeldecker, ein Flugzeug zur Schädlingsbekämpfung, wie Farmer es in dieser Gegend häufig benutzten.

Bereits wenige Minuten später flogen Schofield und Book hoch über den gewundenen Cañons des Lake Powell durch die Luft.

Es war 9.38 Uhr.

Das wird knapp, dachte Schofield bei sich.

Bei dem Flugzeug handelte es sich um ein Tiger Moth –

einen Doppeldecker aus dem Zweiten Weltkrieg. Er besaß zwei parallele Tragflächen, eine über dem Rumpf und eine darunter, durch vertikale Streben und zickzackförmig angeordnete Spanndrähte miteinander verbunden. Aus dem Vorderteil des Rumpfs ragten zwei Räder, und am Heck war ein Sprühgerät für Insektenvertilgungsmittel angebracht.

Wie die meisten Doppeldecker war auch dieses Flugzeug ein Zweisitzer – der Pilot saß hinten, der Kopilot vorn.

Und es war in einem hervorragenden Zustand. Mr. Hoeg war anscheinend nicht nur ein guter Spion gewesen, sondern auch ein Flugzeugnarr.

»Was meinen Sie«, sagte Book ins Mikrofon des Flughelms, »fliegen wir zur Verladestation?«

»Geht nicht«, entgegnete Schofield. »Dazu reicht die Zeit nicht aus. Wir fliegen geradewegs zu Area 7. Zum Notausgang.«

Dave Fairfax hatte heftiges Herzklopfen.

Es war ein ziemlich ereignisreicher Tag gewesen.

Nachdem sich der stellvertretende DIA-Direktor, der für die Überwachung des chinesischen Space Shuttles zuständig war, Daves Einschätzung der Lage und seine Vermutungen hinsichtlich der kriminellen Einheit in Area 7 angehört hatte, ordnete er eine Totalüberwachung im Umkreis von hundert Meilen rund um die Miltärstützpunkte Area 7 und 8 an. Fortan sollte jedes Signal, das in dieser Zone ausgesendet wurde, von den Überwachungssatelliten der DIA aufgefangen werden.

Beeindruckt von Fairfax' Arbeit erteilte der stellvertretende Direktor dem jungen Kryptoanalytiker absolute Handlungsfreiheit bei der weiteren Untersuchung dieses Falls. »Tun Sie, was Sie für nötig halten, junger Mann!«, sagte er. »Ab sofort berichten Sie mir alles, was sie herausfinden.«

Fairfax aber war verwirrt.

Vielleicht war er einfach bloß aufgeregt angesichts der Ereignisse, doch irgendetwas an der Sache machte ihn stutzig. Die Einzelteile des Puzzles passten noch nicht zusammen.

Ein chinesisches Space Shuttle befand sich im Weltraum und stand mit einer kriminellen Einheit auf einem Luftwaffenstützpunkt in Verbindung.

Also gab es auf dem Stützpunkt anscheinend irgendetwas, das die Chinesen interessierte. Fairfax vermutete, dass es sich um den Impfstoff handelte, der in all den verschlüsselten Nachrichten erwähnt worden war.

So weit war alles klar.

Das Shuttle bot folglich die beste Möglichkeit, mit den Männern am Boden Kontakt aufzunehmen.

Nein, das konnte unmöglich stimmen. Die Chinesen hätten auf ein Dutzend verschiedene Satelliten zurückgreifen können, um mit den Männern am Boden zu sprechen. Dazu brauchte man kein Shuttle.

Aber wenn das Shuttle nun eine vollkommen andere Aufgabe hatte ...

Fairfax wandte sich an einen der Verbindungsmänner der Air Force, die die DIA hinzugezogen hatte. »Womit ist Area 7 eigentlich ausgerüstet?«

Der Mann von der Air Force zuckte die Schultern. »Die haben ein paar Stealth-Bomber, einen SR-71 Blackbird, ein paar AWACS-Maschinen. Ansonsten wird der Komplex hauptsächlich für biologische Forschungen genutzt.«

»Und wie steht es mit dem anderen Komplex? Mit Area 8?«

Der Mann von der Air Force kniff die Augen zusammen. »Das ist eine ganz andere Geschichte.«

»Ich muss das wissen. Erzählen Sie es mir!«

Der Mann von der Air Force zögerte einen Moment.

Dann sagte er: »In Area 8 sind zwei funktionsfähige Prototypen des X-38 Space Shuttles stationiert. Das ist ein Satellitenkiller – eine kleinere, schlankere Version des gewöhnlichen Shuttles. Er wird von einer hoch fliegenden 747 aus gestartet.«

»Ein Satellitenkiller?«

»Ja, ausgerüstet mit speziell für die Schwerelosigkeit konstruierten AMRAAM-Raketen. Er kann schnell gestartet werden und ist für kurze, zielorientierte Missionen geeignet: in eine niedrige Umlaufbahn fliegen, feindliche Spionagesatelliten oder Raumstationen ausschalten und wieder zur Erde zurückkehren.«

»Wie viele Leute haben Platz an Bord?«, wollte Fairfax wissen.

Der Mann von der Air Force runzelte die Stirn. »Drei Mann Besatzung, höchstens zehn bis zwölf Männer im Waffenraum. Warum fragen Sie?«

Fairfax' Gedanken überschlugen sich.

»O nein ...«, flüsterte er. »Bloß das nicht!«

Er stürzte sich auf einen der herumliegenden Computerausdrucke.

Dies war der Ausdruck der letzten von ihm entschlüsselten Nachricht, mit der er die Männer der Einheit Echo als Verräter entlarvt hatte. Sie lautete:

3. JULI	04:04:42	SATELLITENMITSCHNITT	(ENGLISCH)
1. STIMME:	WU und LI sind mit dem Virus in Area 7 eingetroffen. Ihre Männer sind bei ihnen. Das Geld wurde angewiesen. Die Namen der Männer, die herauszuholen sind: BENNETT, CALVERT, COLEMAN, DAYTON, FROMMER, GRAYSON, LITTLETON, MESSICK, OLIVER und ich.		

Fairfax las immer wieder die letzte Zeile.

»Herauszuholen ...«, sagte er laut.

»Was denken Sie?«, fragte der Verbindungsmann der Air Force.

Fairfax überlegte fieberhaft. Und auf einmal sah er alles deutlich vor sich.

»Wenn Sie einen streng geheimen Impfstoff aus einem streng geheimen Militärstützpunkt mitten in der amerikanischen Wüste herausschaffen wollten, wie würden Sie vorgehen? Ausfliegen geht nicht, dafür ist die Entfernung zu groß. Man würde Sie abschießen, bevor Sie auch nur Kalifornien erreicht hätten. Über Land ist es ebenfalls unmöglich. Sie würden es niemals bis zur Grenze schaffen. Übers Meer? Das gleiche Problem. Aber die Chinesen haben die Lösung des Problems gefunden.«

»Worauf wollen Sie hinaus?«

»Weder in nördlicher noch in südlicher, östlicher oder westlicher Richtung kann man etwas aus Amerika hinausschleusen«, sagte Fairfax. »Man bringt es hinaus, indem man in die Höhe steigt. In den Weltraum.«

Schofield sah auf die Uhr.

9:47

Noch dreizehn Minuten Zeit, um den Football zum Präsidenten zu schaffen.

Zusammen mit Book flog er nun schon seit einigen Minuten in dem auffällig grünen Doppeldecker mit einer Geschwindigkeit von 190 Meilen pro Stunde über die Wüstenlandschaft.

In der Ferne konnten sie gerade eben den kleinen Berg, die Startbahn und den Gebäudekomplex von Area 7 erkennen.

Unmittelbar nach dem Start hatte Schofield die Gelegenheit genutzt, um die silberfarbene *Samsonite*-Box zu öffnen, die er am Grund des Sees gefunden hatte.

Darin waren zwölf glänzende Glasampullen in Styroporfächern verstaut. Die Ampullen waren mit einer blauen Flüssigkeit gefüllt. Auf den Klebeetiketten stand:

IMPFAMPULLE
Darreichungsdosis: 55 ml
Getestet an SV-Stamm V.9.1
Bescheinigt: 3/7 05:24:33

Schofields Augen weiteten sich.

Dies war ein Impfset für den Einsatz im Feld – abgemessene Dosen des Impfstoffs, den man aus Kevins Blut gewonnen hatte und der mit einer Spritze verabreicht wurde. Und er war erst heute Morgen abgefüllt worden.

Dies war Gunter Bothas Meisterstück: Das Gegenmittel gegen den neuesten Stamm des Sinovirus.

Schofield steckte sechs der kleinen Glasampullen in

die Schenkeltasche seines Kampfanzugs. Vielleicht würde er sie ja noch brauchen.

Er tippte Book II. auf die Schulter und reichte ihm die übrigen sechs Ampullen. »Bloß für den Fall, dass Sie sich mal erkälten sollten!«

Book II., der auf dem Vordersitz saß, schaute schweigend nach vorn. Er nahm die Ampullen und steckte sie in eine Tasche der Uniform. Dann starrte er wieder düster vor sich hin.

»Warum können Sie mich nicht leiden?«, fragte Schofield unvermittelt ins Helmmikrofon.

Book II. legte den Kopf auf die Seite.

Dann ertönte die Stimme des jungen Sergeanten in Schofields Helm. »Ich wollte Sie schon immer etwas fragen, Captain.« Seine Stimme war leise und beherrscht.

»Nur zu!«

»Mein Vater war auch bei dem Antarktiseinsatz dabei. Aber er kehrte nicht zurück. Wie ist er gestorben?«

Schofield schwieg.

Books Vater, Buck »Book« Riley Sen., war bei dem gefährlichen Einsatz in der Eisstation Wilkes auf grauenhafte Weise zu Tode gekommen. Ein wahnsinniger britischer SAS-Kommandant namens Trevor Barnaby hatte ihn bei lebendigem Leib an Killerwale verfüttert.

»Er wurde vom Gegner gefangen genommen. Und der hat ihn getötet.«

»Wie?«

»Wollen Sie das wirklich wissen?«

»*Wie?*«

Schofield schloss die Augen. »Man hat ihn an den Füßen aufgehängt und in einen Teich mit Killerwalen hinabgelassen.«

»Das Marine Corps nennt einem nie die Todesursache«, sagte Book II. nach einer Weile. Über Funk klang seine Stimme dünn. »Man bekommt bloß einen Brief, in dem steht, dass der Angehörige ein echter Patriot war und dass er im Kampf gefallen ist. Wissen Sie, Captain, wie es meiner Familie nach dem Tod meines Vaters ergangen ist?«

Schofield biss sich auf die Lippen. »Nein, das weiß ich nicht.«

»Meine Mutter hat damals im Stützpunkt in Camp Lejeune in North Carolina gelebt. Ich war im Grundausbildungslager auf Parris Island. Wissen Sie, was mit der Frau eines Marines geschieht, wenn ihr Mann gefallen ist, Captain?«

Schofield wusste es. Doch er schwieg.

»Sie muss aus dem Stützpunkt verschwinden. Die Frauen der anderen Soldaten wollen anscheinend keine Witwen in ihrer Nähe haben – die könnten ihnen ja ihre Männer abspenstig machen.

Deshalb wurde meine Mutter nach dem Tod ihres Mannes gezwungen, wegzugehen. Sie bemühte sich um einen Neuanfang, versuchte stark zu sein, doch es klappte nicht. Drei Monate danach fand man sie im Bad ihres neuen Schuhkarton-Appartements. Sie hatte ein ganzes Fläschchen Schlaftabletten geschluckt.«

Book II. drehte sich um und blickte Schofield direkt in die Augen.

»Deshalb habe ich Sie eben gefragt, ob Sie oft ein Risiko eingehen. Dies ist nämlich kein Spiel. Wenn jemand stirbt, hat das immer Folgen. Mein Vater ist tot, und meine Mutter hat sich umgebracht, weil sie ohne ihn nicht leben konnte. Ich wollte mich bloß vergewissern, dass mein Vater nicht deshalb umgekommen ist, weil Sie leichtfertig gehandelt haben.«

Schofield schwieg.

Er hatte Books Mutter nicht gekannt.

Book Sen. hatte sich privat stets von den anderen Marines fern gehalten und seine Freizeit lieber mit der Familie verbracht. Schofield war Paula Riley nur hin und wieder bei einem Lunch oder Dinner begegnet. Er hatte seinerzeit von ihrem Tod gehört – und bedauert, nicht mehr für sie getan zu haben.

»Ihr Vater war der tapferste Mann, dem ich je begegnet bin«, sagte Schofield. »Er starb bei dem Versuch, jemand anderem das Leben zu retten. Ein kleines Mädchen stürzte vom Hovercraft, und er hechtete ihr nach, um ihr zu helfen. So wurde er gefangen genommen. Man brachte ihn zurück zur Eisstation und tötete ihn. Ich habe versucht, ihn rauszuholen, aber ich ... ich habe es nicht geschafft.«

»Ich dachte, Sie würden nie einen Countdown verpassen.«

Schofield schwieg.

»Wissen Sie, er hat viel von Ihnen erzählt«, sagte Book II. »Er war der Meinung, Sie seien der beste Kommandant, unter dem er jemals gedient habe. Er hat sie geliebt ... beinahe wie seinen eigenen Sohn, wie mich. Ich entschuldige mich nicht dafür, dass ich Ihnen gegenüber so ablehnend war, Captain. Ich musste mir zunächst ein Bild von Ihnen machen, um meine Schlüsse daraus zu ziehen.«

»Und zu welchem Schluss sind Sie gekommen?«

»Ich denke noch darüber nach.«

Das Flugzeug verlor inzwischen an Höhe und näherte sich dem Wüstenboden.

Es war 9.51 Uhr, als die Tiger Moth auf dem staubigen Boden aufsetzte und inmitten des tobenden Sturms eine Sandwolke aufwirbelte.

Kaum war der Doppeldecker zum Stehen gekommen, sprangen Schofield und Book II. auch schon hinaus. Schofield hielt den Football in der einen und die Desert-Eagle-Pistole in der anderen Hand. Book war mit zwei vernickelten M9 bewaffnet. Beide rannten auf den Graben mit dem Notausgang zu.

Ringsum lagen halb mit Sand bedeckte Leichen.

Es waren insgesamt neun Männer vom Secret Service, alle mit Anzügen bekleidet. Die Angehörigen des Vorausteams 2.

Außerdem lagen vier tote Marines auf dem Boden. Sie trugen ihre Paradeuniform. Es waren Colt Hendricks und die Männer vom Nighthawk 3, die den Notausgang überprüfen wollten.

Schofield war zutiefst geschockt, als er mit Book II. über die Leichen hinwegsprang.

So viele Tote … und jeder Tod hat Folgen.

9:52

Schofield und Book hatten den Eingang, den die Reccondos bereits geöffnet hatten, im Nu erreicht und betraten einen schmalen Betontunnel. Sofort umgab sie die Kühle von Area 7.

Sie gelangten zu einer Sprossenleiter, die in die Dunkelheit hinunterführte. Sie packten die Holme und rutschten hundertfünfzig Meter in die Tiefe. Da es hier keine Beleuchtung gab, hatte Schofield den kleinen Zielscheinwerfer am Lauf seiner Waffe eingeschaltet. Das war die einzige Lichtquelle, die ihnen zur Verfügung stand, denn Books Pistolen verfügten über keine Lampen.

9:53

Am Boden angelangt sahen sie einen lang gestreckten, mannsbreiten, sanft abfallenden Betontunnel vor sich. Auch hier gab es keinerlei Beleuchtung.

Sie rannten los.

Schofield sprach während des Laufens in sein Armbandmikrofon: »Fox! Fox! Hören Sie mich? Wir sind wieder da! Wir befinden uns innerhalb der Anlage!«

Aus dem Ohrhörer drang ein starkes Rauschen.

Keine Antwort.

Vielleicht waren die Funkgeräte des Secret Service nicht für längere Tauchgänge ausgelegt.

9:54

Nachdem sie mehrere hundert Meter in dem äußerst schmalen Tunnel zurückgelegt hatten, stürmten sie durch die Tür des Notausgangs auf Ebene 6 und standen mit einem Mal vor dem nördlichen Schienenstrang der Verladestation.

In dem unterirdischen Bahnhof war es stockfinster.

Im Strahl des Zielscheinwerfers machte Schofield undeutlich zahlreiche Leichen sowie die verkohlte und geborstene Mitte der Plattform aus – jene Stelle, wo Elvis' RDX-Handgranate explodiert war.

»Zur Treppe!«, sagte er und zeigte mit dem Scheinwerfer auf die Tür zur Feuertreppe zu ihrer Linken. Sie sprangen auf die Plattform und rannten zur Tür.

»Fox! Fox, hören Sie mich?«

Es knackte.

Sie gelangten zur Tür. Schofield riss sie auf – und vernahm das Geräusch von mehr als zwei Dutzend Kampfstiefeln, das immer lauter wurde.

»Rasch, hier entlang!«, sagte er. Er sprang auf die Schienen an der Südseite der Plattform hinunter und ging hinter den Streben des kleinen Wartungsfahrzeugs in Deckung.

Schofield schaltete den Scheinwerfer aus, während Book II. neben ihm auf den Schienen landete. In diesem Moment wurde auch schon die Tür zum Treppenhaus aufgerissen. Cobra Carney und die Männer der Einheit Echo stürmten hindurch und schwenkten hektisch ihre Scheinwerfer.

Schofield entdeckte sogleich Kevin, der von vier Männern umringt war.

»Was soll das?«, flüsterte Book II.

Schofield starrte die vier Männer an Kevins Seite an.

Dies waren die vier Männer, die er zuvor im Dekompressionsraum gesehen hatte und die den Sinovirus aus China hergebracht hatten.

Ihm schwirrte der Kopf.

Was ging hier vor?

Kevin war gerade erst mit einem der Penetratoren zu Area 7 zurückgekehrt. Und jetzt wurde er anscheinend schon wieder weggebracht. Hatte Caesar angeordnet, ihn an einen anderen, sichereren Ort zu bringen?

Und noch eine Frage beschäftigte Schofield: Warum interessierte sich Caesar Russel für Kevin? Hatte er es denn nicht auf den Präsidenten abgesehen?

Cobra und seine Männer sprangen auf der anderen Seite der Plattform auf die Schienen und schritten zielstrebig vorwärts.

In diesem Moment sah Schofield im flackernden Scheinwerferlicht, dass das explosionssichere Tor auf der anderen Seite der Plattform offen stand. Dieses Tor versperrte normalerweise den Tunnel, der zu Area 8 führte.

Cobra und seine Männer verschwanden mit Kevin und den vier Asiaten im Tunnel und blickten sich dabei mehrfach um.

Aber warum tun sie das, fragte sich Schofield.

Und dann beobachtete er, wie Cobra Carney einen letzten besorgten Blick über die Schulter warf, bevor er den Tunnel betrat, und auf einmal wurde ihm alles klar.

Diese Männer entführten Kevin … und Caesar wusste nichts davon.

Oben im dunklen Hangar auf Ebene 2 sah Gant nervös auf die Uhr.

9:55

Noch fünf Minuten, bis der Präsident seine Hand auf die Analysatorplatte des Footballs legen musste.

Und von Scarecrow noch immer keine Nachricht.

Es war zum Verrücktwerden.

Wenn er nicht bald auftaucht, ist die Show vorbei.

Gant und Mother hatten zusammen mit Juliet, dem Präsidenten, Hagerty und Tate das AWACS-Flugzeug auf Ebene 2 verlassen und waren im Licht der Scheinwerfer an den Läufen ihrer Waffen durch den unterirdischen Hangar zum riesigen Schacht des Flugzeugaufzugs vorgerückt.

Gant, die den Flugschreiber aus dem Bauch des AWACS-Flugzeugs trug, war auf dem Weg zu Caesar Russels Kommandozentrale, um ihren Plan in die Tat umzusetzen.

Wenn Schofield nicht bald mit dem Football auftauchte, würde ihr Vorhaben jedoch niemals Realität werden.

Ringsum herrschte absolute Stille.

Zusammen mit der undurchdringlichen Dunkelheit erzeugte dies eine gespenstische Atmosphäre.

Einen Moment lang glaubte Gant, ein Knacken im Ohrhörer zu vernehmen: »–ox? –ren Sie mich?«

Juliet hatte ebenfalls etwas vernommen. »Hast du das gehört –?«

Und dann zuckten sie alle zusammen, als ein Schuss durch den Aufzugschacht hallte.

Ein lauter und dröhnender Schuss aus einer Pumpgun.

Was darauf folgte, war noch erschreckender.

Gackerndes, wahnsinniges Gelächter stieg den Schacht hinauf und durchschnitt die Luft wie eine Sichel.

»Na! Ha-haa-haaaaaah! Hallo allerseits! Wir kommen euch jetzt holen!«

Anschließend heulte jemand wie ein Wolf.

Sogar Mother musste schlucken. »Die Häftlinge ...«

»Hört sich so an, als hätten sie den Waffenschrank im Zellentrakt geplündert«, sagte Juliet.

Unvermittelt hallte ein lautes metallisches Klirren durch den Aufzugschacht.

Gant blickte über den Rand.

Die riesige Aufzugplattform stand auf der Höhe von Ebene 5, und die Trümmer des AWACS-Wracks waren halb von Wasser überspült.

An verschiedenen Stellen auf der Aufzugplattform sah Gant Fackeln – brennende Fackeln, insgesamt etwa zwanzig Stück. Sie bewegten sich flackernd in der Dunkelheit und beleuchteten mehrere Dutzend Männer.

Es waren die entwichenen Häftlinge.

»Wie viele siehst du?«, fragte Juliet.

»Ich weiß nicht«, antwortete Gant. »Fünfunddreißig, vierzig. Warum? Wie viele Häftlinge sind es denn insgesamt?«

»Zweiundvierzig.«

»Na toll!«

In dem Augenblick hob sich die Aufzugplattform tropfend und mit einem lauten Ächzen aus dem See am Schachtboden.

»Ich dachte, der Strom ...«, setzte Mother an.

Juliet schüttelte den Kopf. »Der Aufzug verfügt über

einen eigenen Hydraulikantrieb, der bei Stromausfall eingesetzt wird.«

Die gewaltige Plattform stieg polternd in der Dunkelheit des Schachts empor.

»Schnell, weg vom Rand!« Gant schob den Präsidenten hinter das Fahrgestell eines der AWACS-Flugzeuge. Sie schaltete den Zielscheinwerfer ihrer Waffe aus, und Mother und Juliet folgten ihrem Beispiel.

Als die riesige Aufzugplattform an Ebene 2 vorbeipolterte und langsam weiter in die Höhe stieg, spähte Gant hinter dem Landegestell hervor.

Sie fühlte sich an eine Szene aus einem Horrorfilm erinnert.

Auf der Plattform standen die Häftlinge. Sie reckten brennende Fackeln über ihre Köpfe, hielten Gewehre und Pistolen in der freien Hand und heulten wie die Tiere. Ihr Gejohle klang in der dunklen Stille des Komplexes besonders schrill.

Die Häftlinge aus dem Zellentrakt von Ebene 5 hatten sich befreit.

Die Hälfte von ihnen trug keine Hemden – ihre nackten Oberkörper glänzten im Fackelschein. Andere hatten Kopf und Oberarme mit Verbandszeug umwickelt.

Alle trugen nasse Hosen, da sie ja eine Zeit lang im steigenden Wasser auf Ebene 5 gestanden hatten.

Dann verschwand der Aufzug aus Gants Gesichtsfeld. Sie trat hinter dem Fahrgestell hervor und fixierte die Unterseite der Plattform, bis diese mit einem unheilverkündenden lauten Donnern auf der Höhe des Haupthangars zum Stehen kann.

Caesar Russel durchquerte zielstrebig den Kontrollraum am Rand des Haupthangars.

Er hatte soeben beobachtet, wie die Aufzugplattform mit den heulenden, um sich feuernden Häftlingen aufgetaucht war. Kaum hatte sie angehalten, sprangen die Häftlinge herunter und verteilten sich.

»Schalten Sie auf die Handhelds um!«, befahl Caesar ruhig. »Sagen Sie Charlie, sie sollen am oberen Ausgang warten und die Evakuierung des zweiten Kommandopostens vorbereiten. Wir stoßen zu ihnen. Wo steckt Echo?«

»Ich bekomme keine Verbindung«, antwortete einer der Funker.

»Vergessen Sie's! Wir nehmen später Kontakt mit ihnen auf. Brechen wir auf!«

Alle setzten sich in Bewegung: Logan, die drei Männer der Einheit Alpha, Boa McConnell und die vier Männer der Einheit Bravo.

Caesar öffnete mithilfe eines Tastenfelds eine kleine Drucktür in der Nordwand und riss sie auf.

Dahinter lag ein sanft abfallender betonierter Tunnel, der eine Linkskurve machte. Er mündete in jenen Gang, der zum oberen Ausgang führte.

Die drei Männer der Einheit Alpha gingen voran. Mit vorgehaltenen Waffen stürmten sie in den Tunnel, und Caesar kam als Nächster, gefolgt von Logan.

Darauf folgte Colonel Jerome Harper, doch er kam nicht weit.

Denn in dem Moment, als Logan den Gang betrat, wurde die Tür auf der anderen Seite des Kontrollraums aufgerissen, und hindurch traten fünf bewaffnete Häftlinge.

Es knallte, und eine komplette Konsole flog auseinander.

Im Fluchttunnel wirbelte Logan herum. Er sah die Eindringlinge und begriff, dass die anderen es nicht mehr bis in den Tunnel schaffen würden. Nach einem Blick auf Harper traf er eine Entscheidung. Er warf die Tür hinter sich zu und versperrte damit Harper und den übrigen Männern der Air Force den Fluchtweg. Sie waren nun im Kontrollraum eingeschlossen.

Es waren insgesamt elf Männer: Harper, Boa, McConnell, die vier Männer der Einheit Bravo, die vier Funker und der gesichtslose Mann, der die Ereignisse den gesamten Vormittag über beobachtet hatte.

Sie alle blieben im Kontrollraum zurück, den mordlustigen Häftlingen auf Gedeih und Verderb ausgeliefert.

Unten in der Verladestation auf Ebene 6 stürmten Schofield und Book II. aus ihrem Versteck unter dem kompakten Wartungsfahrzeug hervor. Sie sprangen auf die Plattform und rannten zur Feuertreppe.

9:56

Schofield riss die Tür auf und vernahm sogleich die im Treppenhaus widerhallenden Schüsse, gefolgt von einem lauten Heulen.

Sofort schloss er die Tür wieder.

»Also, jetzt ist es offiziell«, verkündete er. »Wir sind in der Hölle angekommen.«

»Noch vier Minuten Zeit, um den Präsidenten zu finden«, erinnerte ihn Book II.

»Ich weiß, ich weiß.« Schofield blickte sich um. »Aber dazu müssen wir erst mal in den Komplex hineinkommen.«

Er spähte in die Dunkelheit der unterirdischen Verladestation.

»Schnell, hier entlang!« Er rannte über die Plattform.

»Wohin denn?«, fragte Book II., der dicht hinter ihm her lief.

»Es gibt noch einen anderen Eingang. Die Soldaten der 7. Schwadron haben ihn bereits benutzt: den Lüftungsschacht am anderen Ende der Plattform.«

9:57

Sie waren am Lüftungsschacht angelangt.

Schofield sprach erneut ins Mikrofon, in der Hoffnung, dass es das Bad im Lake Powell unversehrt überstanden hatte.

»Fox! Fox! Hören Sie mich?«

Ein Knacken und Rauschen ertönte. Keine Antwort.

Zusammen mit Book kletterte er in den Lüftungsschacht und rannte los. Die Stiefel knallten laut auf dem Boden.

Sie erreichten den hundertzwanzig Meter hohen, senkrechten Lüftungsschacht.

»Wow!«, entfuhr es Book II., als er in den undurchdringlich schwarzen Schacht hinaufblickte.

9:58

Schofield sagte: »Jetzt den Schacht hoch! Wir müssen versuchen, über die Querschächte den Flugzeugaufzug zu erreichen, dann kürzen wir über die Aufzugplattform ab und sehen zu, dass wir sie finden.«

Schofield warf den Magischen Haken in dem dunklen Lüftungsschacht nach oben, wartete jedoch noch mit der Aktivierung des Magneten. Der Greifhaken flog in den Schacht, bis Schofield schließlich den Magnetkopf betätigte. Daraufhin wurde der Haken mitten im Flug zur Seite gerissen und haftete nun an der senkrechten Schachtwand.

9:58:20

Schofield sauste als Erster am Seil des Magischen Hakens in die Höhe. Book II. folgte ihm kurz darauf.

9:58:40

Sie stürmten durch den nächst gelegenen Querschacht. Der Football, den Schofields in der Hand hielt, schaukelte heftig.

9:58:50

Sie gelangten zum riesigen Schacht des Flugzeugaufzugs, eine gähnende Öffnung, gehüllt in schwarze Finsternis. Das einzige Licht war ein orangefarbener Feuerschein, der durch die kleine Lücke einfiel, die normalerweise der Miniaufzug einnahm. Die Plattform hatte anscheinend auf Bodenhöhe im Haupthangar gehalten.

Schofield und Book standen in der Mündung des Querschachts. Sie befanden sich auf Ebene 3.

Schofield führte das Mikrofon an die Lippen.

»Fox! Fox, wo sind Sie?«

»Hey!«, hallte eine wohl vertraute Stimme durch den Schacht.

Schofield blickte nach oben und schwenkte den Zielscheinwerfer herum.

Dann sah er einen kleinen weißen Fleck – den Strahl eines anderen Zielscheinwerfers, der auf der anderen Schachtseite eine Ebene über ihnen blinkte.

Und über dem Scheinwerfer erschien das äußerst besorgte Gesicht von Libby Gant.

9:59:00

»Fox!

»Scarecrow!«

Gants Stimme tönte plötzlich laut und deutlich aus Schofields Ohrhörer. Der Wasserschaden hatte sich offenbar nur auf die Reichweite ausgewirkt.

»Verdammt noch mal!«, fluchte Schofield. »Ich dachte, die Aufzugplattform wäre *hier*!«

»Die Häftlinge sind damit in den Haupthangar hochgefahren«, erklärte Gant.

9:59:05

9:59:06

»Scarecrow, was sollen wir tun? Uns bleibt nur noch eine Minute ...«

Schofield hatte den gleichen Gedanken.

Noch sechzig Sekunden.

Nicht genug Zeit, um den Schacht hinunterzuklettern, auf die andere Seite zu schwimmen und wieder hochzuklettern. Es war genauso wenig denkbar, sich an der Wand entlangzuhangeln. Das Seil des Magischen Hakens reichte außerdem nicht so weit.

Sollte denn alles vergeblich gewesen sein?

»Wie wär's mit einer Hafenbrücke?«, meldete sich Mother über Schofields Ohrhörer.

Die »Hafenbrücke« war ein legendärer Trick mit dem Magischen Haken. Man schoss zwei gegensätzlich gepolte Magische Haken so aufeinander ab, dass sie sich mitten im Flug trafen und aneinander hafteten. Die Bezeichnung stammte von der Harbour Bridge in Sydney, dem berühmten australischen Wahrzeichen, das die beiden Seiten des Hafens miteinander verband und deren zwei Bögen sich in der Mitte trafen. Schofield hatte schon des öfteren beobachtet, wie der Trick ausprobiert worden war. Geklappt hatte er jedoch nie.

»Nein«, entgegnete er daher, »die Hafenbrücke funktioniert nicht. Ich habe noch nie erlebt, dass sich zwei Magische Haken im Flug getroffen haben. Aber vielleicht …«

9:59:09

9:59:10

Er blickte zum Präsidenten und zu Gant hinüber, die im Eingang zu Ebene 2 standen, und versuchte, die Entfernung einzuschätzen.

Dann schaute er hoch – und sah die dunkle Unterseite der Aufzugplattform weiter oben im Schacht.

Mothers Vorschlag hatte ihn auf eine Idee gebracht.

Vielleicht könnte man mit zwei Magischen Haken etwas anderes versuchen.

»Fox! Wo ist der Miniaufzug?«, erkundigte er sich.

»Wo wir ihn zurückgelassen haben, auf Ebene 1«, antwortete Gant.

»Laufen Sie zu Ebene 1! Steigen Sie auf den Aufzug und fahren Sie hoch. Halten Sie dreißig Meter unter der großen Aufzugplattform. Los!«

9:59:14

9:59:15

Schofield rannte an Book II. vorbei durch den waagerechten Lüftungsschacht zurück zum Hauptschacht.

Dort angelangt feuerte er ohne zu zögern den Magischen Haken ab.

Diesmal wartete er, bis der Magische Haken das fünfundvierzig Meter lange Seil vollständig abgespult hatte, und aktivierte erst dann den Magnetkopf.

Auch diesmal wieder wurde der emporschießende Haken im Flug seitwärts abgelenkt, donnerte gegen die Metallwand des Schachts und haftete dort.

9:59:22

9:59:23

Schofield sauste erneut den Schacht hinauf.

Book II. blieb zurück. Schofield hatte keine Zeit mehr, den Magischen Haken wieder abzuspulen. Er musste das diesmal allein schaffen, außerdem brauchte er den Magischen Haken noch …

Schofield stieg am Seil des Magischen Hakens den engen Schacht hinauf, dicht an den Stahlwänden vorbei. Als er drei Ebenen weiter oben – jedoch noch immer dreißig Meter unterhalb des Haupthangars – zu einem Querschacht gelangte, bremste er ab. Er rannte in den Lüftungsschacht hinein.

9:59:29

9:59:30

Er gelangte wieder zum Aufzugschacht. Die Unterseite der riesigen Plattform war jetzt nur noch dreißig Meter entfernt. Er hörte die Schüsse und das Gejohle der Häftlinge oben im Hangar und fragte sich, was sie da wohl trieben.

9:59:34

9:59:35

Und dann sah er im Licht des Zielscheinwerfers den Miniaufzug, der an der gegenüberliegenden Betonwand emporsauste. Vier kleine Gestalten waren darauf zu erkennen: Gant, Juliet, Mother und der Präsident.

9:59:37

9:59:38

Als der Miniaufzug auf seiner Höhe war, sagte Schofield: »Jetzt anhalten!«

Der Miniaufzug kam ruckartig zum Stehen und befand sich nun schräg gegenüber von Schofield. Ihn und den Präsidenten trennte ein sechzig Meter breiter Abgrund.

Und so standen sich die beiden Männer gegenüber.

9:59:40

»Okay, Fox«, sagte Schofield ins Mikrofon. »Ich möchte, dass Sie den Magischen Haken auf die Unterseite der Aufzugplattform abfeuern.«

»Aber das Seil ist zu kurz, wir können uns nicht hinüberschwingen.«

»Ich weiß. Aber *zwei* Magische Haken werden reichen«, erwiderte Schofield. »Versuchen Sie, die Plattform auf einem Viertel der Wegstrecke zu treffen! Ich probiere das Gleiche von meiner Seite aus.«

9:59:42

Schofield feuerte den Magischen Haken ab. Mit einem lauten Knall schoss der Haken in die Luft und flog diagonal in den Schacht empor.

Und dann heftete sich der Magnetkopf des Hakens an die Unterseite der Aufzugplattform.

9:59:43

Von der anderen Schachtseite ertönte ein ähnliches Geräusch. Gant war Schofields Anweisung gefolgt.

9:59:45

9:59:46

Schofield hielt in der einen Hand das Seil des Magischen Hakens. Dann öffnete er den Football, sodass der darin befindliche Timer zum Vorschein kam.

00:00:14

00:00:13

Er hielt den Koffer am Griff fest und klappte ihn dann ganz auf.

»So, Fox«, sagte er ins Mikrofon. »Übergeben Sie den Magischen Haken jetzt an den Präsidenten! Es bleiben noch zwölf Sekunden, deshalb haben wir bloß einen Versuch.«

»Sie machen wohl Scherze!«, meldete sich Mother zu Wort.

An der anderen Seite des Schachts reichte Gant das Steuergerät des Magischen Hakens dem Präsidenten. »Viel Glück, Sir!«

Schofield und der Präsident standen sich nun in dem riesigen Betonschacht des Aufzugs genau gegenüber und hielten die diagonal gespannten Seile ihrer Magischen Haken in der Hand. Sie wirkten wie zwei Trapezkünstler vor dem Sprung.

9:59:49

9:59:50

»Los!«, sagte Schofield.

Und sie sprangen in den Schacht hinein.

Zwei kleine Gestalten an zwei Seilen.

Sie sahen tatsächlich aus wie Zirkusartisten, die aufeinander zu schwangen, um sich in der Mitte zu treffen. Schofield hielt den offenen Aktenkoffer in der Hand.

9:59:52

9:59:53

Schofield erreichte den tiefsten Punkt des Bogens und schwang sich erneut empor.

In dem Dämmerlicht sah er den Präsidenten mit angstverzerrter Miene auf sich zuschießen. Er machte seine Sache gut. Er klammerte sich am Seil fest und streckte die rechte Hand aus.

9:59:54

9:59:55

Die beiden Männer näherten sich einander stetig und erreichten schließlich den höchsten Punkt …

9:59:56

9:59:57

Sie trafen sich in der Dunkelheit, hundertzwanzig Meter über dem Schachtboden, und der Präsident presste die Handfläche auf die Analysatorplatte des Footballs, den Schofield ihm entgegenstreckte.

Es piepte.

Der Timer des Footballs hatte sich zurückgestellt.

Aus 00:00:02 wurde 90:00:00, und die Zeitschaltuhr begann den Countdown von neuem.

Nachdem Schofield und der Präsident sich für einen Moment so nah gewesen waren, schwangen sie zu ihrem jeweiligen Ausgangspunkt zurück.

Der Präsident landete auf der Plattform des Miniaufzugs, wo er von Gant, Mother und Juliet in Empfang genommen wurde.

Auf der anderen Seite des Aufzugschachts erreichte Schofield den horizontalen Lüftungsschacht.

Er kam leichtfüßig am Rand des Tunnels auf und atmete erst einmal tief durch, den aufgeklappten Aktenkoffer aus rostfreiem Stahl noch immer in der Hand.

Sie hatten es geschafft. Zumindest für weitere neunzig Minuten. Jetzt musste er erst mal zusammen mit Book zum Präsidenten hinübergelangen. Dann konnten sie überlegen, wie es weiterging.

Schofield spulte das Seil des Magischen Hakens auf. Dann wandte er sich um und wollte zu Book zurückgehen.

Da verstellten ihm drei Männer den Weg – Männer in Bluejeans und mit nacktem Oberkörper. Sie hielten Remington-Gewehre in Händen und hatten alle drei unzählige Tätowierungen sowie muskelbepackte Oberarme. Dafür fehlten ihnen die Schneidezähne.

»Sprich dein letztes Gebet, Kumpel!«, sagte einer der Häftlinge.

Caesar Russel rannte durch den niedrigen betonierten Fluchttunnel.

Die übrigen drei Männer der Einheit Alpha liefen vor ihm, und Kurt Logan eilte ihnen hinterher.

Sie hatten Harper und die anderen soeben im Kontrollraum zurückgelassen und stürmten nun durch den Fluchttunnel zu jenem Gang, der zum Notausgang führte.

Sie bogen um eine Kurve, gelangten zu einer schweren, in den Beton eingelassenen Stahltür und gaben den Zahlencode ein. Die Tür öffnete sich.

Vor ihnen erstreckte sich zu beiden Seiten der Fluchttunnel.

Rechts hinter dem Ausgang, der in einen der Außenhangars von Area 7 mündete, führte der Weg ins Freie.

Links hinter einer Biegung erschien der reguläre Aufzugschacht.

Und noch etwas anderes.

Caesar erstarrte.

Ein Stiefel lag im Weg.

Der schwarze Kampfstiefel eines toten Soldaten.

Caesar trat ein paar Schritte näher.

Und sah, dass der Stiefel zum blutüberströmten Leichnam von Python Willis gehörte – dem Kommandanten der Einheit Charlie, jener Einheit der 7. Schwadron, die Kevin zu Area 7 zurückholen sollte.

Caesars Miene verdüsterte sich.

Die gesamte Einheit Charlie lag tot im Tunnel. Und von Kevin fehlte jede Spur.

Da bemerkte Caesar an der Wand neben Pythons lebloser Hand ein Zeichen, ein blutiges Symbol, die letzte Nachricht des Kommandanten der Einheit Charlie.

Es war ein großes »E«, mehr nicht.

Caesar starrte es an und schürzte die Lippen.

Logan trat neben ihn. »Was ist das?«

»Gehen wir zum zweiten Kommandoposten!«, erwiderte Caesar entschlossen. »Und wenn wir dort sind, möchte ich, dass sie herausfinden, was mit Einheit Echo geschehen ist.«

Flankiert von vier schwer bewaffneten Häftlingen kletterte Shane Schofield unter dem Marine One aus dem Lüftungsschacht. Den Football hielt einer seiner Bewacher wie ein neu erworbenes Spielzeug in der Hand.

Als er unter dem Präsidentenhubschrauber hervorkam, vernahm er Händeklatschen und Geschrei.

Und dann ließ ihn ein Schuss zusammenschrecken.

Ein weiterer Schuss dröhnte – neuerliches Gejohle und Applaus.

Was war hier bloß los?

Kurz darauf erblickte er etwa dreißig Häftlinge, die sich mit dem Rücken zu ihm um den Schacht des Flugzeugaufzugs versammelt hatten.

Seit seiner Gefangennahme im Lüftungsschacht hatte man die Aufzugplattform mit den Trümmern des AWACS-Flugzeugs etwa drei Meter unter die Bodenkante abgesenkt, sodass sie nun eine riesige quadratische Grube mitten im Hangar bildete.

Der Häftlingstrupp hatte sich um die Grube versammelt und blickte darauf hinab wie die Zuschauer eines Hahnenkampfes. Sie schüttelten die Fäuste und schrien und johlten. Eine der zerlumpten Gestalten brüllte: »Lauf, kleiner Mann! Lauf! Lauf! Ha-haaaaa!«

Eine derartige Versammlung hatte Schofield noch nie gesehen.

Die erregten Gesichter waren mit Narben und Tätowierungen übersät. Jeder Häftling hatte die Gefängnisuniform seinem persönlichen Geschmack angepasst – manche hatten die Ärmel abgerissen und in Stirnbänder umgewandelt, einige trugen das Hemd offen, andere wiederum hatten überhaupt kein Hemd mehr an.

Die Männer führten Schofield an den Rand der Grube. Er blickte hinunter.

Inmitten der Trümmer des AWACS-Flugzeugs erkannte er zwei blau uniformierte Soldaten der Air Force – junge Männer, den makellosen Uniformen nach zu schließen Büroangestellte, vermutlich Funker –, die wie aufgescheuchte Hühner umherrannten.

In der Grube befanden sich außerdem zwei stämmige Häftlinge, beide mit Gewehren bewaffnet, die das Labyrinth durchstreiften und eine regelrechte Hetzjagd auf die beiden Männer veranstalteten.

In den gegenüberliegenden Ecken der Grube lagen zwei weitere Funker in einer Blutlache, anscheinend der Anlass des Gejohles, das er zuvor vernommen hatte.

Auf einmal tauchte zu Schofields Entsetzen auf der anderen Seite des Hangars eine kleinere Gruppe von Häftlingen auf.

Und in ihrer Mitte gewahrte er Gant, Mother, Juliet ... und den Präsidenten der Vereinigten Staaten.

»Das kann alles nicht wahr sein!«, murmelte er entsetzt.

In der Dunkelheit des Hangars auf Ebene 1 spähte Nicholas Tate III., der für Innenpolitik zuständige Präsidentenberater, nervös den Aufzugschacht hinauf.

Der Präsident und seine drei Beschützerinnen waren von dem Trip auf dem Miniaufzug nicht zurückgekehrt, und nun machte Tate sich ernsthaft Sorgen.

»Glauben Sie, die Häftlinge haben sie geschnappt?«, fragte er Hot Rod Hagerty.

Sie hörten das Gejohle und die Schüsse aus dem Haupthangar. Es war, als befänden sie sich außerhalb eines Footballstadiums, in dem gerade ein Spiel stattfand.

»Ich hoffe nicht«, flüsterte Hagerty.

Tate starrte weiter den Schacht hoch, während ihm zahllose Gedanken durch den Kopf gingen. Er überlegte hauptsächlich, wie er aus dieser Misere wieder herauskommen sollte. Eine Minute verstrich.

»Was sollen wir tun, was meinen Sie?«, fragte er schließlich ohne sich umzudrehen.

Er bekam keine Antwort.

Tate wandte sich stirnrunzelnd um. »Ich fragte –« Er erstarrte.

Hagerty war verschwunden.

Vor ihm erstreckte sich der in Dunkelheit gehüllte Hangar von Ebene 1. Allein die riesigen Flugzeuge leisteten ihm Gesellschaft.

Tate wurde blass.

Es war, als hätte Hagerty sich einfach in Luft aufgelöst, von einem Moment zum anderen.

Tate wurde von Angst gepackt. Jetzt war er allein hier unten, in einer abgeriegelten Militäreinrichtung voller aufrührerischer Air-Force-Soldaten und in Gesellschaft der übelsten Verbrecher, die man sich nur vorstellen konnte.

Und dann sah er es.

In einigen Metern Entfernung funkelte etwas auf dem Boden, dort, wo eben noch Hagerty gestanden hatte. Er ging hinüber und hob es auf.

Es war ein Ring.

Ein goldener Offiziersring.

Das war ohne Zweifel Hagertys Ring, den er nach seiner bestandenen Abschlussprüfung in Annapolis überreicht bekommen hatte.

Die letzten beiden Funker hielten nicht lange durch.

Als die Todesschüsse durch die Grube hallten, trieben die Häftlinge Schofield, Gant und die anderen zusammen.

»Hallo!«, sagte Gant mit einem schiefen Grinsen.

»Hi!«, erwiderte Schofield ungerührt.

Nach der tollkühnen Trapeznummer von Schofield und dem Präsidenten war es Gant und ihrem Team nicht besser ergangen als ihren Kollegen.

Kaum war der Präsident wieder auf der Plattform des Miniaufzugs gelandet, hatte diese sich ruckartig in Bewegung gesetzt und war den Schacht emporgesaust. Im Haupthangar hatte anscheinend jemand den Aufzugknopf betätigt.

Sie waren zum Hangar hochgefahren und hatten sich in einem neuen Albtraum wiedergefunden.

Jetzt führten die Häftlinge, die ehemaligen Versuchskaninchen für Gunther Bothas Impfstoff, das Kommando in Area 7.

Es war zwar aussichtslos, ihre spärliche Bewaffnung zu verstecken, doch während der kurzen Fahrt nach oben gelang es Gant, wenigstens den Magischen Haken zu verbergen. Jetzt haftete er an der Unterseite des Miniaufzugs.

Als die kleine Plattform durch die Öffnung in der Hauptplattform stieg, trug Gant noch immer den Flugschreiber des AWACS-Flugzeugs bei sich.

Da die Häftlinge nicht darauf aufmerksam werden sollten, hatte sie ihn auf den Boden des Miniaufzugs gelegt und versetzte ihm einen Tritt, als sie sich mit dem Flugzeugaufzug auf einer Höhe befanden. Der Flugschreiber schlitterte in den Hangar hinaus.

Jetzt, da die Jagd in der Grube beendet war, wandten sich die Häftlinge dem Präsidenten und seinen Bewachern zu.

Ein älterer Häftling trat aus der Gruppe seiner Mithäftlinge hervor. Lässig hielt er ein Gewehr in der Hand.

Er war eine markante Erscheinung.

Er musste um die fünfzig sein und genoss seinem selbstsicheren Gang nach zu schließen großen Respekt in der Gruppe. Der Schädel war in der Mitte völlig kahl, doch an den Seiten fiel ihm langes graues Haar bis über die Schultern. Eine schmale, scharf gebogene Nase, blasse Haut und eingefallene Wangen vervollständigten sein unheimliches Äußeres.

»Komm in mein Wohnzimmer, sagte die Spinne zur Fliege«, begann er, als er vor den Präsidenten trat. Er hatte eine leise, schmeichelnde Stimme und sprach auffällig langsam.

»Guten Morgen, Mister President«, sagte er freundlich. »Nett, Sie bei uns zu haben! Erinnern Sie sich an mich?«

Der Präsident schwieg.

»Natürlich erinnern Sie sich!«, sagte der Häftling. »Ich bin 18-84. Auf die eine oder andere Weise sind Sie allen neun Männern begegnet, die während Ihrer Präsidentschaft nach Paragraph 18, Teil 1, Absatz 84 des

Strafgesetzbuches der Vereinigten Staaten verurteilt wurden. Das ist das Gesetz, das gewöhnliche Amerikaner davon abhält, ihren Präsidenten zu ermorden.«

»Grimshaw, Seth Grimshaw«, stellte er sich nach einer kurzen Pause vor und streckte die Hand aus. »Wir sind uns im Februar begegnet, ein paar Wochen nach Ihrer Amtseinführung, als Sie gerade das Bonaventure Hotel in L.A. durch die Küche im Keller verlassen wollten. Ich habe versucht, Ihnen eine Kugel in den Schädel zu jagen.«

Der Präsident sagte noch immer kein Wort.

Er ignorierte geflissentlich Grimshaws ausgestreckte Hand.

»Es ist Ihnen gelungen, den Vorfall unter Verschluss zu halten«, fuhr Grimshaw fort. »Sehr eindrucksvoll! Jemand wie ich wünscht sich natürlich nichts so sehr wie Publicity. Aber es ist nicht ratsam, das Land in Angst und Schrecken zu versetzen, nicht wahr? Besser, man verschweigt der unwissenden Masse die lästigen kleinen Attentatsversuche. Unwissenheit ist ein Segen, wie man so schön sagt.«

Der Präsident schwieg beharrlich.

Grimshaw musterte ihn von oben bis unten und registrierte amüsiert den schwarzen Kampfanzug. Auch Juliet und Schofield trugen noch immer die schwarze Kampfmontur der 7. Schwadron. Gant und Mother hingegen waren mit der inzwischen stark verschmutzten Paradeuniform der Marines bekleidet.

Grimshaw lächelte. Es war ein kaltes, selbstzufriedenes Lächeln.

Dann näherte er sich dem Häftling mit dem Football und nahm ihm den silberfarbenen Aktenkoffer ab. Er öffnete ihn, dann blickte er vom Display des Timers zum Präsidenten hinüber.

»Mir scheint, meine kürzlich in die Freiheit entlassenen Mithäftlinge und ich sind da auf etwas ziemlich Interessantes gestoßen. Offenbar ein Katz-und-Maus-Spiel, Ihrer Kleidung und der Art und Weise nach zu schließen, wie Sie vorhin in den Zellentrakt hereingeplatzt sind.« Er kicherte und fuhr in vorwurfsvollem Ton fort: »Also wirklich, Mister President, ich muss schon sagen, das ist nicht sehr gentlemanlike. Ganz und gar nicht!«

Grimshaw kniff die Augen zusammen.

»Aber wer bin ich denn, dass ich ein solch eindrucksvolles Spektakel abbrechen würde? Der Präsident und seine treu ergebenen Bodyguards gegen den meuternden militärisch-industriellen Komplex.« Grimshaw drehte sich um. »Goliath, bring die anderen Gefangenen her!«

Ein außergewöhnlich großer Häftling trat hinter Grimshaw hervor und entfernte sich Richtung Innengebäude. Er war ein wahrer Riese von einem Mann, mit astdicken Armen und einem vierschrötigen Kopf, der ein wenig an Frankensteins Monster erinnerte. Er hatte sogar eine flache, quadratische Beule auf der Stirn, als hätte man ihm eine Stahlplatte in den Schädel implantiert. In einer seiner gewaltigen Fäuste hielt Goliath ein P-90-Sturmgewehr, in der anderen Schofields Magischen Haken.

Schon kurz darauf kehrte er wieder zurück.

Ihm folgten die sieben Männer der Air Force und die vier Funker, die im Kontrollraum gefangen gewesen waren.

Colonel Jerome T. Harper, Boa McConnell, die vier Männer der Einheit Bravo, zwei davon schwer verletzt, sowie jener Mann, der bislang nur als stummer Beobachter in Erscheinung getreten war.

Schofield erkannte ihn auf Anhieb wieder, ebenso der Präsident.

»Webster ...«, sagte er leise.

Verbindungsoffizier Carl Webster, der offizielle Hüter des Footballs, hatte sich gezwungenermaßen zu den Angehörigen der Air Force gesellt und war offensichtlich in Panik. Seine Augen huschten unter den buschigen Brauen hin und her, als hielten sie Ausschau nach einem Fluchtweg.

»Sie kleiner Drecksack!«, sagte Mother. »*Sie* haben Russel den Football übergeben. Sie haben den Präsidenten verraten!«

Webster schwieg.

Schofield musterte ihn aufmerksam. Er hatte sich bereits mehrmals gefragt, ob Webster von der 7. Schwadron entführt worden war. Caesar war auf den Football angewiesen gewesen, um sein Spiel beginnen zu können, und Schofield hatte sich den Kopf zerbrochen, auf welche Weise er ihn Webster wohl abgenommen hatte.

Offenbar war keine Gewalt nötig gewesen. Das Blut am Tragegriff des Footballs war eine Finte gewesen. Webster war bestochen worden, bevor der Präsident in Area 7 eintraf.

»Immer mit der Ruhe, Kinder!«, mahnte Seth Grimshaw und schwenkte den Football in seiner Hand. »Schont lieber eure Kräfte! Ihr werdet eure Streitereien in Kürze beilegen können. Vorher aber«, wandte er sich an Colonel Harper, »müssen Sie mir eine Frage beantworten. Der Ausgang ... wo liegt er?«

»Es gibt keinen Ausgang«, antwortete Harper. »Der Komplex ist abgeriegelt. Sie kommen hier nicht heraus.«

Grimshaw hob das Gewehr, zielte auf Harpers Gesicht und lud durch. »Vielleicht habe ich mich nicht klar genug ausgedrückt.«

Dann drehte er sich ein wenig und feuerte zwei Schüsse auf die beiden verletzten Soldaten der Einheit Bravo ab, die neben Harper standen. Sie wurden zu Boden geworfen.

Grimshaw richtete das Gewehr erneut auf Harper und hob erwartungsvoll die Brauen.

Harper war bleich geworden. Er nickte in Richtung Personenaufzug. »Vom Schacht des Personenaufzugs zweigt eine Tür ab. Wir bezeichnen sie als oberen Ausgang. Sie führt nach draußen. Der Zahlencode lautet 5564771.«

»Danke, Colonel, sehr freundlich von Ihnen«, sagte Grimshaw. »Und jetzt, Kinder, könnt ihr beenden, was ihr angefangen habt. Ihr habt sicherlich Verständnis dafür, dass wir keinen von euch lebend entwischen lassen, wenn wir diesem schrecklichen Ort auf Dauer entfliehen wollen. Als Zeichen meines guten Willens aber gewähre ich euch eine letzte Chance – wenngleich sie eher meiner Unterhaltung dient als eurer.

Ich biete euch an, euch gegenseitig umzubringen. Fünf gegen fünf. In der Mordgrube. Die Sieger werden dann wissen, dass sie zumindest diesen improvisierten Bürgerkrieg gewonnen haben.« Er wandte sich an Goliath. »Bring die Air-Force-Leute hier runter! Die Präsidentenbande soll an der anderen Seite einsteigen.«

Schofield und die anderen wurden mit vorgehaltenem Gewehr zur Ostseite der Grube geleitet.

Die fünf Air-Force-Leute – Jerome Harper, Boa McConnell, die beiden überlebenden Männer der Einheit Bravo und Warrant Officer Webster – standen ihnen gegenüber. Sie trennte lediglich die sechzig Meter breite abgesenkte Aufzugplattform.

»Die Schlacht beginnt«, sagte Seth Grimshaw und bleckte die Zähne. »Ein Kampf bis auf den Tod.«

Schofield sprang in die Grube hinunter und fand sich in einem Labyrinth aus verbogenem Metall wieder, inmitten der gewaltigen Trümmer des AWACS-Wracks.

Die abgebrochenen Tragflächen der Boeing 707 lagen am Boden, und die gewaltigen tonnenförmigen Turbinen standen auf dem Kopf. Und genau in der Mitte der Grube – mühelos als das größte Trümmerteil des zerstörten Flugzeugs zu erkennen – befand sich der deformierte Rumpf der AWACS-Maschine. Lang gestreckt lag er diagonal zur Grube, mit der Nase nach unten, wie ein toter, riesenhafter Vogel.

Die Dunkelheit im Haupthangar machte die Lage auch nicht besser.

Allein die Fackeln der Häftlinge spendeten ein wenig Licht. Sie warfen lange Schatten und verwandelten das Labyrinth in einen düsteren Wald aus Metall, in dem man nur ein paar Schritte weit sehen konnte.

Wo sind wir da bloß reingeraten, fragte sich Schofield fassungslos.

Zusammen mit den anderen stand er an der Betonwand an der Ostseite der Grube und wusste nicht im Entferntesten, was nun am besten zu tun war.

Unvermittelt schlug über Schofields Kopf eine Kugel ein.

Seth Grimshaw brüllte: »Die beiden Teams gehen unverzüglich zum Angriff über! Wenn ihr nicht bald anfangt, einander umzubringen, erledigen wir das von hier oben.«

»Mein Gott!«, keuchte Juliet Janson.

Schofield wandte sich an seine Gruppe. »Uns bleibt

nicht viel Zeit, also hören Sie genau zu! Wir müssen nicht nur den Kampf überleben, sondern auch anschließend einen Ausweg finden.«

»Der Miniaufzug.« Gant wies mit dem Kopf nach rechts, zur nordöstlichen Ecke der Grube, wo der kleine Aufzug gehalten hatte. Allerdings wurde er von fünf bewaffneten Häftlingen bewacht.

»Wir müssen sie irgendwie ablenken«, sagte Schofield.

Das Trümmerteil hätte ihm beinahe den Kopf abgerissen.

Schofield sah es erst im letzten Moment und duckte sich instinktiv, worauf das schartige Stahlteil wie eine Axt hinter ihm gegen die Betonwand prallte.

Er wirbelte herum, hielt nach dem Werfer Ausschau – und bemerkte die beiden Soldaten der Einheit Bravo, die Trümmerteile schwenkend aus der Dunkelheit hervorgeprescht kamen.

»Verteilen!«, brüllte Schofield, als der erste Soldat auf ihn zugestürmt kam und sein »Schwert« mit voller Wucht auf ihn niederkrachen ließ.

Schofield blockte den Schlag ab, indem er das Handgelenk des Mannes packte. Währenddessen griff Gant den anderen Soldaten an.

»Machen Sie schon!«, schrie Schofield Juliet, Mother und dem Präsidenten zu. »Verschwinden Sie!«

Juliet und der Präsident rannten in die Dunkelheit. Mother aber blieb wie angewurzelt stehen.

Schofield bemerkte ihr Zögern. »Los! Bleiben Sie beim Präsidenten!«

Die Häftlinge johlten vor Begeisterung, als Schofield an der Ostwand der Grube mit dem Soldaten der 7. Schwadron kämpfte, während Gant hinter ihm mit dem anderen rang.

Der Präsident und Juliet rannten durch das dunkle Labyrinth auf den Miniaufzug zu, dicht gefolgt von Mother.

Die jubelnden Häftlinge aber sahen mehr als die drei. Sie bemerkten die drei Gestalten, die sich ihnen von links näherten und sich rasch an der Nordwand der Grube entlangbewegten – Jerome Harper, Carl Webster und Captain Boa McConnell, der den Angriff koordinierte.

Schofield und Gant standen derweil Rücken an Rücken und kämpften mit ihren Gegnern.

Gant hatte ein Rohr vom Boden aufgehoben und schwenkte es nun wild, um die Hiebe des Soldaten der Einheit Bravo abzuwehren.

Der Soldat schwenkte beidhändig sein Stahlteil, doch Gant parierte gut, hielt das Rohr immer wieder quer und blockte somit die Hiebe ab.

»Wie läuft's bei Ihnen?«, fragte Schofield zwischen zwei Hieben.

»Ist ... bloß so ein ... mieser, kleiner Wichser!«, stieß Gant hervor.

»Wir müssen zum Präsidenten.«

»Ich weiß«, sagte Gant, »aber vorher ... muss ich ... Ihren Arsch retten.«

Sie warf einen kurzen Blick über die Schulter und registrierte, wie Schofields Gegner zu einem weiteren Schlag ausholte. »Scarecrow! Ducken!«, schrie sie.

Schofield ließ sich schleunigst zu Boden sinken.

Das Schwert seines Gegners schlug über seinem Kopf ins Leere, der Mann verlor das Gleichgewicht und stolperte Gant entgegen.

Die erwartete ihn bereits.

Sie wandte sich für einen winzigen Moment von ihrem eigenen Gegner ab und schwang das Rohr wie einen Baseballschläger.

Das Rohr traf den Kopf des Soldaten. Es gab ein knackendes Geräusch. Der Mann brach zusammen, während Gant bereits wieder herumwirbelte. Sie vollführte eine Pirouette wie eine Balletttänzerin, gerade noch rechtzeitig, um den nächsten Hieb ihres Gegners abzuwehren.

»Scarecrow! Laufen Sie!«, schrie sie. »Laufen Sie zum Präsidenten!«

Schofield warf ihr einen letzten Blick zu, dann rannte er in das dunkle Flugzeugwrack hinein.

Etwa zwanzig Meter nördlich von Schofield und Gant rannten Juliet Janson und der Präsident, so schnell sie konnten, über das Trümmerfeld auf die Nordostecke zu. Noch immer bemerkten sie die drei Männer nicht, die sich ihnen von links näherten.

Jene gingen als Erstes auf Juliet los.

Zwei Gestalten tauchten aus der Dunkelheit auf. Sie kamen hinter dem zerstörten Heck des AWACS-Flugzeugs hervor – Boa McConnell und Warrant Officer Carl Webster. Sie stießen gegen Juliet und warfen sie zu Boden.

Die Präsident fuhr herum und sah die beiden Männer über Juliet. Als er sich wieder umdrehte, erblickte er Colonel Jerome Harper, der in einiger Entfernung inmitten der Trümmer stand und alles beobachtete.

Der Präsident wollte Juliet zu Hilfe eilen, als eine große dunkle, nur schemenhaft zu erkennende Gestalt aus dem Wrack hervorhechtete und ihn nur um Haaresbreite verfehlte.

Es war Mother.

Wie ein Linebacker flog sie durch die Luft.

Sie sprang Boa McConnell in den Rücken und brach ihm beinahe das Genick. Der Kommandant der Einheit Bravo wurde von der am Boden liegenden Juliet heruntergeschleudert und blieb sichtlich benommen liegen.

Carl Webster reagierte zunächst verwirrt auf den Verlust seines Mitangreifers und drehte sich langsam um.

In dem Moment verpasste Mother ihm einen kräftigen Faustschlag.

Trotz seiner stämmigen Statur krachte Webster gegen einige Trümmerteile.

Sogleich packte er ein gefährlich aussehendes meterlanges Metallstück und schwenkte es wild vor sich her.

Mother knurrte.

Dann griff Webster an.

Und der Kampf verlief mit äußerster Brutalität.

Mother und Webster waren einander ebenbürtig. Beide waren im Nahkampf ausgebildet, waren über einsachtzig groß und wogen über hundert Kilo.

Webster schwenkte brüllend sein provisorisches Schwert. Mother duckte sich und hob geschickt ein Teilstück einer verbogenen Landeklappe auf, das sie als Schild benutzte. Websters Hiebe prasselten dröhnend auf den Schild nieder, während er Mother allmählich zur Tragfläche zurückdrängte.

Während sie rückwärts tänzelte und Websters Hiebe abwehrte, bückte sie sich und griff nach einem schartigen Stück, das ihr fortan als Schwert diente.

Sie versuchte zu parieren, aber Webster war zu stark. Er holte abermals aus, und diesmal riss die Klinge ihren Ärmel auf und drang tief in die Schulter ein.

Mother schrie schmerzerfüllt auf, ließ den Schild fallen und bemühte sich, die nächsten drei Schläge allein mit dem Schwert abzuwehren.

Seine Kräfte mussten doch irgendwann nachlassen.

»Warum haben Sie den Präsidenten verraten?«, rief sie, um ihn abzulenken.

»Irgendwann kommt der Moment, da muss man sich entscheiden, Mother!«, schrie der Verbindungsoffizier zwischen zwei Hieben. »Dann muss man sich auf eine

Seite stellen. Ich habe für das Land gekämpft, Freunde von mir sind dafür gestorben, aber Politiker wie er haben sie immer nur beschissen! Als sich die Gelegenheit bot, habe ich mich entschlossen, nicht länger tatenlos zuzugucken, wie irgendein unbedeutender, feiger Scheißkerl das Land in den Ruin treibt!«

Webster holte zu einem weiteren kräftigen Hieb aus.

Mother sprang zurück, wich aus und hechtete auf die Flugzeugtragfläche, sodass sie sich nun einen Meter über dem Boden befand.

Die Tragfläche aber schwankte leicht unter ihrem Gewicht, und sie verlor für einen Sekundenbruchteil das Gleichgewicht. Webster drosch unerbittlich mit dem Schwert auf sie ein und zielte auf ihre Knöchel. Es ging alles viel zu schnell, als dass Mother seinen Hieb hätte abwehren können.

Und der Schlag traf sein Ziel.

Websters Hand vibrierte heftig, als das schartige Schwert Mothers Bein traf.

Webster riss die Augen auf.

»Was zum –?«

Mother grinste.

Er hatte ihre Beinprothese getroffen – ihren Unterschenkel aus Titan.

Mother nutzte die Verwirrung ihres Gegners und holte mit ihrem provisorischen Schwert mit aller Kraft aus.

Eine Blutfontäne spritzte aus Websters Hals. Mothers Klinge hatte ihm die Kehle gespalten und die Halsschlagader durchtrennt.

Webster ließ die Klinge fallen, sank auf die Knie und presste die Hände auf die Wunde. Dann führte er eine Hand vor die Augen und betrachtete ungläubig das herabtropfende Blut. Er warf Mother einen letzten entgeisterten Blick zu, dann kippte er nach vorn und fiel mit dem Gesicht in die Blutlache.

Die Häftlinge grölten vor Vergnügen.

Mittlerweile hatten sich die Zuschauer einschließlich Seth Grimshaw an der Nordseite der Grube entlangbewegt, um besser sehen zu können.

Einige feuerten den Präsidenten an, ein Sprechchor in der Tradition der amerikanischen Olympiafans schrie ununterbrochen: *»U-S-A! U-S-A!«*

In der Grube focht Gant den Kampf ihres Lebens aus.

Das Schwert des gegnerischen Soldaten prallte klirrend gegen ihr Rohr.

Sie und ihr Gegner kämpften inmitten der Trümmer und teilten unablässig Hiebe aus, während der Soldat der Einheit Bravo sie immer weiter zurückdrängte. Er grinste bei jedem seiner Hiebe. Offenbar wähnte er sich im Vorteil.

Er schlug schließlich immer kräftiger zu. Gant hoffte, dass er sich so mit jedem Hieb mehr verausgabte.

Daher täuschte sie vor, völlig erschöpft zu sein, taumelte zurück, wehrte sich vermeintlich verzweifelt gegen seine Attacken.

Ihr Gegner holte weit aus – ein letzter Angriffsversuch eines müden Mannes. Gant duckte sich blitzschnell und griff ihrerseits an. Sie stieß das Rohr nach vorn und rammte dem verblüfften Soldaten das massive Ende in den Hals, wobei sie den Adamsapfel zerquetschte und ihn etwa fünf Zentimeter tief in die Luftröhre hineindrückte.

Der Mann riss ungläubig die Augen auf. Er taumelte, atmete pfeifend aus und rang nach Luft. Er starrte Gant benommen an, dann brach er tot zusammen.

Die Häftlinge waren plötzlich still. Gants tödlicher Hieb hatte sie anscheinend verblüfft.

Dann brüllten sie vor Begeisterung. Anerkennende Pfiffe regneten auf Gant herab. Klatschen und Gejohle folgten.

»Wow, Baby!«

»*Das* nenne ich eine Frau!«

An der Nordseite der Grube bückte sich der Präsident zu Juliet Janson hinunter und zog sie auf die Beine. Nachdem sich beide wieder aufgerichtet hatten, erstarrten sie.

Vor ihnen, neben einem der Triebwerke des AWACS-Flugzeugs, stand Boa McConnell. Er stöhnte gequält und war von dem Zusammenprall mit Mother noch ganz benommen.

Das Gejohle und das Gebrüll der Häftlinge hüllte sie ein.

»Na los, Chef! Mach dir die Hände blutig! Bring den Scheißkerl um!«

»Friss Scheiße, Harper!«

»*U-S-A! U-S-A!*«

Harper war sich seiner Lage bewusst. Seine Männer waren entweder tot oder nicht mehr einsatzfähig.

Trotzdem wirkte er seltsam siegessicher.

Und dann zog er etwas aus der Tasche.

Es sah aus wie eine Hightechgranate – ein kleiner, druckfester, zylindrischer Metallbehälter mit einer Art Tülle an der Oberkante und einem vertikalen Glasfenster an der Seite.

Durch das Glas konnte der Präsident den Inhalt der Handgranate deutlich erkennen.

Sie war mit einer senfgelben Flüssigkeit gefüllt.

»Mein Gott …«, flüsterte er.

Es war eine Handgranate mit biologischem Kampfstoff.

Und zwar eine chinesische Handgranate.

Eine druckversiegelte Sprengladung, die das Sinovirus enthielt.

Ein boshaftes Grinsen breitete sich auf Harpers Gesicht aus.

»Ich hatte gehofft, dass es dazu kommen würde«, sagte er. »Zu meinem Glück wurde ich bereits wie alle anderen Air-Force-Angehörigen dieser Einrichtung gegen das Sinovirus geimpft. Im Gegensatz zu Ihnen und Ihren tapferen Beschützern.«

Und dann zündete Harper ohne eine Miene zu verziehen die Granate mit dem Virus.

Harper sah ihn erst, als es bereits zu spät war.

Als er die Granate zündete, nahm er zu seiner Linken nahe beim Flugzeugwrack lediglich eine undeutliche Bewegung wahr.

Auf einmal tauchte aus der Dunkelheit Shane Schofield neben ihm auf und schwang ein Rohr wie einen Baseballschläger.

Das Rohr traf Harper an der Unterseite des Handgelenks. Die Granate wurde ihm aus der Hand geschlagen und in die Luft geschleudert.

Die Granate überschlug sich immer wieder und flog in einer bizarren Zeitlupenbewegung über die Grube.

Ungläubig beobachtete Schofield ihren Flug.

Die Häftlinge starrten ihr mit aufgerissenen Augen hinterher.

Harper grinste noch immer boshaft.

Nach etwa drei Sekunden, als sie am höchsten Punkt ihres Bogens angelangt war, explodierte die Granate etwa zehn Meter über dem Boden und unmittelbar über der Grube.

Im Dämmerlicht war die Explosion beinahe schön anzusehen.

Es sah aus wie ein Feuerwerkskörper – ein Riesenstern mit zahlreichen Strahlen aus gelben Partikeln, die von der Mitte nach außen schossen, seitlich herabregneten und sich dabei wie ein riesiger Regenschirm über der Aufzugplattform entfalteten. Dabei funkelte jeder Punkt in einem kräftigen Orange.

Und dann senkte sich langsam der Nebel auf die Grube herab.

Wie Schneeflocken sanken die Partikel mit dem Sinovirus zu Boden.

Als Erstes erreichte der gelbe Nebel die Häftlinge, die am Rand der Grube standen.

Sie reagierten umgehend und heftig.

Die meisten krümmten sich zusammen, begannen stoßweise zu husten und übergaben sich. Einige sanken auf die Knie und ließen die brennenden Fackeln fallen. Andere wiederum wurden von Krämpfen geschüttelt.

Nach einer Minute lagen alle am Boden. Während sich ihre Organe auflösten, schrien sie erbärmlich.

Seth Grimshaw schien das alles nicht zu berühren.

Zusammen mit Goliath stand er ungerührt inmitten des herabfallenden Nebels, während sich seine Kameraden ringsum im Todeskampf wanden.

Nur sie wussten, dass sie am Nachmittag zuvor als Testpersonen für den Impfstoff gegen das Sinovirus hatten herhalten müssen.

Allein in ihren Adern floss das von Kevin produzierte Gegenmittel.

Sie waren immun.

Der gelbe Nebel sank weiter in der Dunkelheit herab, mittlerweile etwa viereinhalb Meter über der abgesenkten Aufzugplattform und anderthalb Meter über dem Rand.

Am Ostrand der Grube hatte Libby Gant die Detonation der Granate und die Explosion des Aerosols über der Grube beobachtet. Man brauchte kein Wissenschaftler zu sein, um zu erraten, worum es sich handelte.

Nichts wie weg von hier, dachte Gant bei sich und wirbelte herum. Sie stand etwa drei Meter unterhalb des Rands der Grube. Die Häftlinge hatten sich zuvor auf die Nordseite begeben, und niemand hielt sich hier mehr auf.

Gant verschwendete keine Zeit.

Sie trug noch immer ihre Paradeuniform und hatte keine Gasmaske dabei. Daher durfte sie auf keinen Fall so lange warten, bis das Sinovirus in die Grube herabsank.

Die Partikel befanden sich noch ungefähr vier Meter über dem Boden.

Und sie fielen stetig ...

Gant schob eins der großen schwarzen Räder des AWACS-Flugzeugs an die Betonwand, sprang hinauf und zog sich aus der drei Meter tiefen Grube.

Sie rollte sich auf dem Hangarboden ab und duckte sich unter der näher kommenden Virenwolke.

Sie sah das etwa sieben Meter entfernte Innengebäude und die schrägen Fenster in der oberen Etage.

Der Kontrollraum, schoss es ihr durch den Kopf, Caesars Kommandozentrale.

Geduckt rannte Gant auf den Eingang des Innengebäudes zu.

Der gelbe Nebel sank immer weiter zu Boden.

Nachdem er die Häftlinge am Nordrand der Grube infiziert hatte, schwebte er in die Grube hinein.

Schofield blickte sich besorgt um.

Im Chaos der Granatenexplosion und der Schreie der sterbenden Häftlinge hatte er Jerome Harper aus den Augen verloren. Hinzu kam, dass die Gefangenen den Raum nicht mehr durch ihre Fackeln erhellten, sodass die Grube nun in tiefer Dunkelheit lag.

Nach der Explosion war Harper losgerannt und in den AWACS-Trümmern verschwunden. Schofield behagte die Vorstellung überhaupt nicht, dass er nun irgendwo im Verborgenen lauerte.

Im Moment aber hatte er andere Probleme.

Der Nebel befand sich nun in der Grube – knapp drei Meter über dem Boden – und sank immer tiefer.

Er blickte zu Juliet und dem Präsidenten hinüber.

Beide trugen noch immer die gestohlenen Uniformen der 7. Schwadron – mitsamt den ERG-6-Gasmasken, die an einem Halsriemen befestigt waren.

»Captain, Ihre Gasmaske! Legen Sie sie an!«, rief der Präsident und streifte seine eigene Gasmaske über. »Wenn Sie das Virus einatmen, bringt es Sie in Sekundenschnelle um! Mit der Gasmaske dauert es erheblich länger.«

Schofield legte umgehend die Maske an.

Juliet hingegen streifte ihre Gasmaske über den Kopf und warf sie Mother zu, die soeben Webster besiegt hatte. Im Unterschied zu den anderen trug Mother noch ihre Paradeuniform ohne Gasmaske.

»Was ist mit dir –?«, fragte sie.

Juliet deutete auf ihr Gesicht. »Asiatisches Blut, du erinnerst dich? Mir kann das Zeug nichts anhaben. Aber wenn du die Maske nicht aufsetzt, bringt es dich um!«

»Danke!«, sagte Mother und streifte sich die Maske über Nase und Mund.

»Schnell!«, befahl Schofield. »Hier entlang!«

Er rannte in das dunkle Trümmerlabyrinth hinein und hielt auf die Nordostecke zu, wo der Miniaufzug gehalten hatte.

Die anderen folgten ihm in die Finsternis.

Nach einigen Sekunden hatte Schofield den Aufzug erreicht, der auf gleicher Höhe mit dem Boden bereit stand.

Eine brennende Fackel lag darauf. Einer der Häftlinge hatte sie anscheinend in die Grube fallen lassen, als das Virus ihn niedergestreckt hatte.

Schofield hob sie auf und wandte sich zum Präsidenten und zu Mother um.

Erst jetzt fiel es ihnen allen auf.
Juliet fehlte.

Juliet Janson lag neben dem AWACS-Wrack ausgestreckt auf dem Boden.

Als sie Schofield und den anderen hatte folgen wollen, war unvermittelt eine kräftige Hand neben ihrem Fuß aufgetaucht und hatte ihren Knöchel gepackt, sodass sie gestolpert und hingefallen war.

Es war Boa McConnells Hand, der bäuchlings am Boden lag. Er war trotz seiner Beeinträchtigung noch in der Lage, seine Gegner zu erkennen.

Jetzt hielt er Juliets Knöchel fest umklammert und ließ ihn nicht mehr los.

Juliet versuchte, sich ihm zu entwinden.

Plötzlich zog Boa ein langes K-Bar-Messer aus dem Stiefel und holte damit aus. Juliets Augen weiteten sich, als er versuchte, das Messer in ihren Knöchel zu rammen.

In dem Augenblick explodierte McConnells Kopf. Von oben getroffen sackte McConnell schlaff auf den Boden und rührte sich nicht mehr.

Juliet kroch so schnell sie konnte weg. Sie blickte nach oben und hielt in der Dunkelheit Ausschau nach dem Schützen.

Sie bemerkte eine brennende Fackel, die an der Südseite der Grube geschwenkt wurde, und vernahm eine Stimme: »Janson! Agent Janson!«

Juliet kniff die Augen zusammen.

Im flackernden Fackelschein konnte sie den Mann nun erkennen – einen Mann in der Uniform der 7. Schwadron, der eine vernickelte Pistole in der freien Hand hielt.

Es war Book II.

»Janson, wo sind Sie?«, sprach Schofield ins Mikrofon. Er stand am Miniaufzug und war äußerst nervös.

Die Stimme von Book II. antwortete ihm. »Scarecrow, hier ist Book. Ich habe Janson gefunden. Machen Sie, dass Sie wegkommen!«

»Danke, Book! Fox, sind Sie noch am Leben?«

Keine Antwort.

Schofield starrte gebannt in die Finsternis.

Und dann hörte er ein entferntes: »Hier bin ich, Scarecrow!«

Schofields atmete erleichtert aus. »Wo sind sie?«

»Ich befinde mich im Gebäude an der Ostseite des Hangars. Schaffen Sie den Präsidenten hier raus! Und machen Sie sich um mich keine Sorgen!«

»In Ordnung«, erwiderte Schofield. »Hören Sie, ich muss zu Area 8! Die bösen Buben haben Kevin dorthin gebracht. Wir treffen uns dort, sobald Sie – o Scheiße!«

»Was ist denn?«

»Der Football. Er ist noch irgendwo im Hangar. Grimshaw hatte ihn als Letzter.«

»Überlassen Sie das mir!«, rief Gant. »Schaffen Sie erst mal den Präsidenten raus! Ich komme so schnell wie möglich nach.«

»Danke«, sagte Schofield. »Und noch was, Fox ...«

»Ja?«

»Passen Sie auf sich auf!«

Nach kurzer Pause erfolgte die Antwort: »Sie auch, Scarecrow!«

Schofield drückte einen Schalter, und der Miniaufzug mit ihm, Mother und dem Präsidenten an Bord sauste in den Schacht hinunter.

Während sie rasch in die Tiefe sanken, tippte Mother Schofield auf die Schulter.

»Wir fahren zu Area 8?«

Schofield wandte sich zu ihr um. »Genau!«

Wie er es auch betrachtete, immer wieder stand ihm ein und dasselbe Bild vor Augen: wie die Soldaten der 7. Schwadron Kevin auf der Plattform von Ebene 6 in den X-Rail-Tunnel gezerrt hatten, der zu Area 8 führte.

Kevin …

Alles drehte sich um diesen kleinen Jungen.

Schofield erklärte: »Ich will wissen, worum es hier eigentlich geht. Aber um diese Frage zu beantworten, brauche ich zwei Dinge.«

»Und das wäre?«

Er zeigte auf den Präsidenten. »Erstens ihn.«

»Und zweitens?«

»Kevin«, antwortete Schofield entschlossen. »Und deshalb müssen wir möglichst schnell Area 8 erreichen.«

Caesar Russel, Kurt Logan und die drei Überlebenden von Logans Einheit Alpha rannten über die Rollbahn von Area 7 in die gleißende Wüstensonne hinaus und stürmten in den vierstöckigen Kontrollturm, der etwa hundert Meter vom Hauptkomplex entfernt lag.

Nachdem sie durch den oberen Ausgang in einen kleinen Nebenhangar gelangt waren, hatten sie sich zum Kontrollturm gewandt, der auch als zweite Leitstelle des Stützpunkts diente.

Sie eilten in die Kommandozentrale – das exakte Gegenstück zum Kontrollraum in Area 7 – und schalteten sofort die Monitore an. Verschiedene Kontrollleuchten flackerten auf.

Caesar sagte: »Zeigen Sie die Positionen der Einheit Echo an!«

Kurz darauf hatte Logan die Einheit Echo gefunden. Jedem Angehörigen der 7. Schwadron hatte man am linken Handgelenk unter der Haut einen elektronischen Positionsmelder implantiert.

»Die Männer sind mit dem X-Railcar unterwegs. Treffen in diesem Moment in Area 8 ein.«

»Lassen Sie die Penetratoren warm laufen!«, ordnete Caesar an. »Wir fliegen zu Area 8.«

Nicholas Tate irrte in Panik auf Ebene 1 der unterirdischen Anlage umher.

Nach Hot Rod Hagertys plötzlichem Verschwinden wusste er nun nicht mehr, was er tun sollte.

Mit der Taschenlampe in der Hand näherte er sich benommen der gegenüberliegenden Seite des dunklen Hangars und hielt Ausschau nach Hagerty. Zwanzig Meter vor der Rampe hielt er jedoch an, da er eine Bewegung registriert hatte. Ihm schwirrte der Kopf bei dem Anblick, der sich ihm bot.

Die Szene war nahezu surreal.

Eine Bärenfamilie verließ gerade die Rampe.

Ein riesiger männlicher Bär, ein kleineres Weibchen und drei unbeholfene Junge spazierten in den Hangar hinaus. Die Bären tappten auf allen Vieren voran und sogen witternd die ölig riechende Luft ein.

Tate taumelte.

Dann machte er kehrt und rannte auf den Schacht des Flugzeugaufzugs zu.

Der Miniaufzug sauste mit Schofield, Mother und dem Präsidenten in nahezu undurchdringlicher Dunkelheit den Schacht hinunter, von Schofields Fackel in orangefarbenes Licht getaucht.

Schofield zog zwei von Gunther Botahs kleinen Glasampullen aus der Schenkeltasche – die Ampullen mit dem Mittel gegen das Sinovirus.

Er wandte sich an den Präsidenten: »Wie viel Zeit bleibt uns?«

»Wenn das Virus durch die Haut dringt, treten die ersten Symptome nach einer halben Stunde auf«, antwortete der Präsident. »Durch die Haut wird das Virus langsamer aufgenommen als durch die Lunge. Das Gegenmittel wirkt allerdings sofort.«

Schofield reichte Mother und dem Präsidenten je eine Ampulle, dann holte er eine dritte Ampulle für sich selbst heraus. »Bevor wir zu Area 8 fahren, müssen wir ein paar Spritzen auftreiben«, sagte er.

Sie fuhren mit dem Miniaufzug bis zu Ebene 1 hinunter.

Dort angelangt wurden sie von Nicholas Tate in Empfang genommen, der mit vor Entsetzen geweiteten Augen und voller Panik aus der Dunkelheit hervorgestolpert kam. Er sprang zu ihnen auf den Miniaufzug.

»Ich … glaube nicht, dass Sie dorthin wollen!«, stieß er hervor.

»Warum nicht?«, wollte Schofield wissen.

»Bären«, antwortete Tate theatralisch.

Schofield blickte stirnrunzelnd den Präsidenten an. Tate hatte anscheinend den Verstand verloren.

»Wo ist Ramrod?«, fragte Mother.

»Weg!«, antwortete Tate. »Einfach verschwunden – *puff!* Er stand hinter mir, und dann war er auf einmal weg. *Das* hab ich gefunden.«

Tate hielt Hagertys Offiziersring in die Höhe.

Schofield begriff nicht, was das zu bedeuten hatte.

Der Präsident hingegen wusste sofort Bescheid.

»Mein Gott!«, sagte er. »Er ist ausgebrochen.«

»Wer ist ausgebrochen?«, fragte Mother.

»Jener Mensch, der bekannt dafür ist, am Entführungsort ein Schmuckstück des Opfers zurückzulassen«, antwortete der Präsident. »Lucifer Leary, der Serienmörder.«

»Der Chirurg von Phoenix …«, flüsterte Schofield, der sich auf einmal an den Namen und die damit verbundenen Gräueltaten erinnerte.

»Na toll!«, schnaubte Mother. »Das hat uns gerade noch gefehlt! Noch so ein verdammter Irrer, der sich hier rumtreibt.«

Der Präsident wandte sich an Schofield. »Captain, wir dürfen keine Zeit verlieren! Wenn Caesar Russel den Jungen hat …«

Schofield biss sich auf die Lippen. Er ließ niemanden zurück, auch nicht Ramrod Hagerty.

»Captain«, sagte der Präsident eindringlich, »wie ich heute schon einmal sagte: Bisweilen muss ich in meinem Job schwierige Entscheidungen treffen – und jetzt steht eine solche an. Falls Colonel Hagerty noch lebt, muss er allein klarkommen. Wir können nicht die nächste Stunde damit zubringen, den Komplex nach ihm abzusuchen. Hier steht mehr auf dem Spiel. Viel mehr! Wir müssen den Jungen zurückholen!«

Schofield zögerte noch einen Moment, dann betätigte er den Aufzugknopf.

Sie fuhren mit dem Miniaufzug zum zweiten unterirdischen Hangar auf Ebene 2 und stürmten hinein, begleitet von dem verwirrten Nicholas Tate.

Zu dessen sichtlicher Erleichterung befanden sich in diesem Hangar keine Bären.

Kurz darauf hatten sie die Feuertreppe erreicht und eilten im Schein von Schofields Fackel die Stufen hinunter. Sie besaßen weder Waffen noch Taschenlampen, die ihnen von Nutzen hätten sein können.

Sie gelangten zum Fuß der Treppe und zum Eingang zu Ebene 6.

Vorsichtig öffnete Schofield die Tür.

Die X-Rail-Plattform war in tiefe Dunkelheit gehüllt.

Kein Geräusch. Kein Lebenszeichen.

Schofield trat auf die Plattform hinaus. Er erblickte mehrere dunkle Schatten auf dem Boden – die Gefallenen der drei Schießereien, die im Laufe des Vormittags hier unten stattgefunden hatten, sowie die verkohlten Opfer von Elvis' RDX-Handgranate.

Schofield und Mother rannten geradewegs auf einige tote Soldaten der 7. Schwadron zu. Sie ergriffen jeder ein P-90-Sturmgewehr sowie einige SIG-Sauer-Pistolen. Bei einem der Männer entdeckte Schofield einen Verbandskasten mit vier in Plastikfolie verpackten Spritzen.

Das war perfekt.

Er warf dem Präsidenten eine SIG zu, Nicholas Tate hingegen bot er keine Waffe an.

»Hier entlang!«, sagte er.

Sie rannten über die Plattform zu dem X-Railcar, das auf der Nordschiene des Bahnhofs stand. Die Schnauze zeigte auf den offenen Tunnel, der zu Area 8 führte.

Oben im Haupthangar zog Book II. gerade Juliet Janson aus der drei Meter tiefen Grube des Aufzugschachts. Er hatte die ERG-6-Gasmaske aufgesetzt, die zu seiner Uniform gehörte.

Ein dünner Nebelschleier des tückischen Sinovirus hing noch immer in der Luft.

Als Juliet über den Grubenrand blickte, stieß sie einen Schrei aus. Seth Grimshaw und der riesige Goliath verschwanden soeben im Personenaufzug. Und Grimshaw war im Besitz des Footballs.

»Dort drüben!«, rief sie. »Sie wollen zum Ausgang im Aufzugschacht. Harper, dieser Typ von der Air Force, hat Grimshaw den Öffnungscode genannt.«

»Kennen Sie den Code?«, fragte Book II.

»Allerdings!« Juliet richtete sich auf. »Ich war dabei, als Harper ihn verraten hat. Kommen Sie!«

Libby Gant war auf sich allein gestellt – und unbewaffnet.

Sie befand sich in einem dunklen Gang im Innern des Kommandogebäudes an der Ostseite des Hangars und stand nun am Fuß einer Treppe. Aufmerksam blickte sie sich um.

Der Hangar war mit dem Sinovirus verseucht, und sie besaß keine Gasmaske.

Sie versuchte sich selbst zu beruhigen. In einer solchen Einrichtung musste es doch irgendwo etwas geben, das ihr helfen konnte.

Und in einem Schrank unter der Treppe fand sie es: Schutzanzüge, gelbe Chemturions mit großen, sackartigen Plastikhelmen mit einer eigenen Luftversorgung.

Im selben Schrank entdeckte Gant auch eine klobige Maglite-Taschenlampe. Die kam wirklich wie gerufen.

Sie stieg so schnell sie konnte in einen der Chemturion-Anzüge, zog den Ziploc-Reißverschluss zu und aktivierte die Luftversorgung. Der Anzug blies sich sogleich auf, und sie hörte ihren eigenen Atem, ein merkwürdig rasselndes Pfeifen.

Nachdem sie nun vor dem Sinovirus geschützt war, wandte sie sich der nächsten Aufgabe zu.

Sie rief sich ihren ursprünglichen Plan in Erinnerung: Caesar Russels Kommandozentrale aufspüren, den Schalter finden, mit dem der Sender am Herzen des Präsidenten gesteuert wurde, und dann das Funksignal dieses Senders mithilfe des Flugschreibers aus dem AWACS-Flugzeug imitieren.

Der Flugschreiber …

So viel sie wusste, lag er noch immer dort auf dem Hangarboden, wo sie ihn hingeschossen hatte.

Sie beschloss, zunächst in der Kommandozentrale nach dem Funkschalter zu suchen. Anschließend würde sie den Flugschreiber holen.

Mit der neu entdeckten Taschenlampe in der Hand stieg sie die Treppe hoch und gelangte zur Tür der Kommandozentrale.

Die Tür war nur angelehnt.

Langsam drückte Gant sie auf und blickte in den Raum.

Es sah aus, als hätte hier eine Schlacht gewütet.

Die Wände aus Fasergipsplatten waren von Einschusslöchern übersät. Die schrägen, auf den Haupthangar hinausgehenden Fenster waren entweder gesprungen oder vollständig geborsten. Einige Monitore waren durchlöchert. Die anderen technischen Geräte arbeiteten ebenfalls nicht, da ja kein Strom vorhanden war.

In ihrem gelben Schutzanzug trat Gant in den Raum

und stieg über zwei auf dem Boden liegende tote Soldaten der 7. Schwadron hinweg. Deren Waffen waren verschwunden – wahrscheinlich hatten die Häftlinge sie mitgenommen.

Durch das Sichtfenster ihres luftdichten Anzugs ließ Gant den Blick suchend durch den Raum schweifen.

Da war er.

Er lag auf einem der Monitore und sah genau so aus, wie der Präsident ihn beschrieben hatte: ein kleines rotes Gerät mit einer schwarzen Stummelantenne an der Oberseite.

Der Funkschalter.

Gant nahm ihn in die Hand und untersuchte ihn. Er ähnelte einem kleinen Handy.

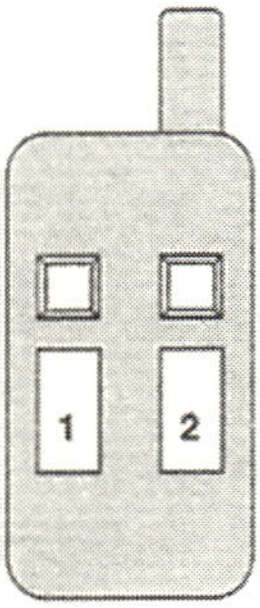

Unter den beiden Tasten auf dem Gerät waren zwei Streifen Klebeband angebracht, per Hand mit »1« und »2« beschriftet.

Gant runzelte die Stirn. Wozu mochte das gut sein?

Sie schob den Gedanken erst mal beiseite und steckte den Funkschalter in die Brusttasche ihres Schutzanzugs.

Währenddessen blickte sie in den dunklen Hangar hinaus und versuchte, den Flugschreiber auf dem Boden neben der Grube auszumachen.

Der riesige Hangar war noch immer von den unheimlichen Nebelschwaden des Sinovirus verschleiert.

Abgesehen von den flackernden Flammen der Fackeln, die die Häftlinge fallen gelassen hatten, regte sich nichts.

Im Hangar waren zahlreiche verschiedenartige Dinge zu erkennen: auf dem Boden liegende Leichen, der Marine One, eine demolierte Schabe, ein ebenfalls demolierter Helikopter und die durchbrochene Barrikade, die von der Einheit Bravo aus Kisten und Kästen errichtet worden war.

Gants Taschenlampe hatte einen kräftigen Strahl, der nun inmitten einiger Leichen und Trümmerteile nahe dem Grubenrand den orangefarbenen AWACS-Flugschreiber aufleuchten ließ.

Na also!

Gant wollte sich gerade in Bewegung setzen, als ihr auf einmal ein blassblauer Lichtschimmer ins Auge fiel.

Sie hielt inne. Offenbar waren doch nicht alle Monitore im Kontrollraum außer Betrieb.

Unter einem herabgefallenen Stück Deckenverkleidung leuchtete etwas.

Gant war irritiert.

In dem Komplex war der Strom ausgefallen. Das bedeutete, dass das Gerät über eine eigene Stromversorgung verfügte. Und das wiederum hieß, dass es von besonderer Wichtigkeit war.

Sie hob die Gipsfaserplatte hoch. Auf dem Bildschirm war zu lesen:

Abriegelungsprotokoll S.A.(R) 7-A
History Sicherheitssystem
7-3-468201103

ZEIT	SCHLÜSSELSTATUS	SYSTEMREAKTION
06:58	AUTORISIERTE ABRIEGELUNG AUSLÖSECODE EINGEGEBEN	ABRIEGELUNGS-PROTOKOLL AKTIVIERT

08:01	AUTORISIERTE ABRIEGELUNG VERLÄNGERUNGSCODE EINGEGEBEN	ABRIEGELUNGS-PROTOKOLL FORTGESETZT
09:00	AUTORISIERTE ABRIEGELUNG VERLÄNGERUNGSCODE EINGEGEBEN	ABRIEGELUNGS-PROTOKOLL FORTGESETZT
10:05	KEIN AUTORISIERTER CODE EINGEGEBEN	SELBSTZERSTÖRUNGS-MECHANISMUS STARTBEREIT
10:05	********************ACHTUNG******************* NOTFALLPROTOKOLL AKTIVIERT Wird bis 11:05 Uhr kein autorisierter Abriegelungs- oder Abbruchcode eingegeben, wird der Selbstzerstörungsmechanismus aktiviert. Dauer der Selbstzerstörungssequenz: 10:00 Minuten ********************ACHTUNG*******************	

Gants Augen weiteten sich.

Selbstzerstörungsmechanismus …

Kein Wunder, dass dieses System über eine eigene Stromversorgung verfügte.

Aus irgendeinem Grund – wahrscheinlich wegen des plötzlichen Eindringens der Häftlinge – hatten Caesar Russels Leute versäumt, im Zeitfenster um 10.00 Uhr den Verlängerungscode einzugeben.

Wenn bis 11.05 Uhr kein Verlängerungs- oder Abbruchcode eingegeben wurde, würde der Selbstzerstörungsmechanismus von Area 7 aktiviert werden – ein Zehn-Minuten-Countdown, der mit der Explosion des Hundert-Megatonnen-Sprengkopfs unter der Anlage enden würde.

»O nein …«, flüsterte Gant. Sie sah auf die Uhr.

Es war 10.15 Uhr.

Sie wandte sich bereits zum Gehen, als plötzlich von hinten ein Stahlrohr auf ihren Helm niederkrachte.

Gant brach zusammen.

Sie hatte den Angreifer weder gehört noch gesehen.

Jener hob sie auf die Schulter und trug sie aus dem Kontrollraum hinaus.

Das X-Railcar brauste durch das Tunnelsystem und raste mit enormer Geschwindigkeit auf Area 8 zu.

Die Fahrt würde nicht lange dauern. Mit einem Tempo von zweihundert Meilen pro Stunde konnten sie die zwanzig Meilen in etwa sechs Minuten zurücklegen.

Schofield wusste zwar nicht, wohin genau die Einheit Echo mit Kevin fuhr, doch er wusste wenigstens, dass sie diesen Weg genommen hatte.

Nachdem er den Autopiloten des Zugs eingestellt hatte, ging Schofield zurück in die Hauptkabine und setzte sich zu Mother und dem Präsidenten. Nick Tate, der noch immer ein wenig verwirrt war, hielt sich am anderen Ende des Wagens auf und starrte angestrengt auf die Tasten seines Handys.

Schofield holte die Spritzen und das Gegenmittel gegen das Sinovirus hervor und begann es sich zu injizieren. Mother und der Präsident folgten seinem Beispiel.

Als er sich die Nadel in den Arm stach, blickte Schofield den Präsidenten an. »Wenn Sie gestatten, Sir ... Ich möchte Sie dringend bitten, mir nun zu sagen, was zum Teufel in diesem Stützpunkt eigentlich vorgeht!«

Der Präsident schürzte die Lippen.

»Sie könnten zum Beispiel mit dem Lieutenant General der Air Force anfangen«, half Schofield ihm auf die Sprünge. »Er will Sie schließlich vor den Augen der Öffentlichkeit umbringen. Danach könnten Sie mir verraten, weshalb er einen genetisch veränderten Jungen in seine Gewalt bringen will, der den Impfstoff für eine ethnische Waffe produziert.«

Der Präsident senkte den Kopf und nickte.

Dann sagte er: »Rein formal betrachtet ist Caesar Russel schon lange nicht mehr Lieutenant General der Air Force. Eigentlich müsste er tot sein. Am zwanzigsten Januar dieses Jahres, am Tag meiner Amtseinführung, wurde Charles Samson Russel im Bundesgefängnis Terre Haute wegen Hochverrats mit einer Giftspritze hingerichtet.« Er machte eine Pause.

»Was seine Absichten betrifft«, fuhr er fort, »so verfolgt er noch immer die gleichen wie vor seiner angeblichen Hinrichtung. Er will das Land von Grund auf verändern. Und um das zu erreichen, sind zwei Dinge notwendig: Erstens muss er mich auf höchst kompromittierende Weise und möglichst vor den Augen der Öffentlichkeit töten. Und zweitens muss er den Impfstoff gegen das Sinovirus in seine Gewalt bekommen.

Um seine Motive zu verstehen, muss man über Russels Vergangenheit Bescheid wissen. Vor allem über seine Verbindungen zu einem Geheimbund innerhalb der US Air Force, der sich ›Die Bruderschaft‹ nennt.«

»Aha«, sagte Schofield bedächtig.

Der Präsident beugte sich vor. »Im Laufe der vergangenen dreißig Jahre sind verschiedenen Kongressausschüssen Gerüchte über Geheimbünde in Teilen der bewaffneten Streitkräfte zu Ohren gekommen. Dabei handelte es sich um Untergrundorganisationen mit völlig inakzeptablen, radikalen Zielen.«

»Zum Beispiel?«

»In den achtziger Jahren gab es in der Army einen Geheimbund mit dem Namen ›Bitch Killers‹. Die Mitglieder dieser Gruppe waren dagegen, Frauen in die Army aufzunehmen, und bemühten sich, sie aus dem Militärdienst zu verjagen. Mehr als achtzehn sexuelle Übergriffe in der Army wurden Mitgliedern dieser Gruppe zugeschrieben, wenngleich die Beweisführung äußerst schwierig war. Jenen Männern wurde die Mitgliedschaft nie vollständig nachgewiesen, aber das ist immer die Schwierigkeit bei diesen Geheimbünden: Es gibt niemals faktische Beweise für ihre Existenz. Wie Gespenster bewegen sie sich durch die verschiedenen Institutionen und verständigen sich auf schwer fassbare Weise – durch einen vielsagenden Blick beim Salutieren oder etwa ein Kopfnicken auf dem Flur. Sehr subtil werben sie neue Mitglieder an.«

Schofield schwieg.

Zwar war während seiner militärischen Laufbahn kein Mitglied einer solchen Gruppe an ihn herangetreten, doch er hatte natürlich von ihnen gehört. Sie ähnelten besonders strengen Verbindungen im College, kleine Gruppen mit einer eigenen Art, sich die Hände zu schütteln, einem eigenen »Ehrenkodex« und äußerst speziellen, wahrhaft abstoßenden Initiationsriten. Offiziere wurden in West Point oder Annapolis angeworben und frische Rekruten in Ausbildungslagern im ganzen Land.

»Sie werden aus völlig verschiedenen Motiven gegründet«, führte der Präsident aus. »Einige Gruppen haben eine religiöse Ausrichtung – zum Beispiel antisemitische Gruppen wie die alte ›Jewboy League‹ der Navy. Dann gibt es sexistische Vereinigungen wie die ›Bitch Killers‹. Die Gründung solcher Gruppen unter Leuten mit hochriskanten Tätigkeiten ist hinreichend bekannt – sogar in den Reihen der Polizeikräfte gibt es sie, zum Beispiel in L.A.

Was die Gewaltbereitschaft angeht, sind die rassistischen Geheimbünde die schlimmsten. Früher gab es in jeder Waffengattung einen. Bei der Navy gab es den ›Orden des weißen Amerikas‹. Bei der Army den ›Schwarzen Tod‹. Bei der Air Force gab es bloß eine Gruppierung, nämlich ›Die Bruderschaft‹. Alle drei Gruppierungen einte eine besondere Feindschaft gegenüber den Afroamerikanern in ihren eigenen Reihen.« Der Präsident runzelte sorgenvoll die Stirn.

»Die Sache ist die«, fügte er hinzu, »dass man eigentlich annahm, sie seien bei der Überprüfung, die vom Verteidigungsministerium Ende der achtziger Jahre durchgeführt wurde, zerschlagen worden. Während von einem Wiederaufleben rassistischer Tendenzen in der Army und der Navy nichts bekannt war, stellte sich kürzlich heraus, dass ›Die Bruderschaft‹ noch immer aktiv ist. Und eine ihrer Schlüsselfiguren ist niemand anderes als General Charles ›Caesar‹ Russel.«

Schofield schwieg.

Der Präsident wechselte die Haltung. »Charles Russel wurde vor Gericht gestellt und verurteilt, weil er die Ermordung zweier Navy-Admirale angeordnet hatte. Sie hatten als Berater der Generalstabschefs fungiert. Wie sich zeigte, hatte Russel sie kurz nach meiner Ankündigung, mich um das Präsidentenamt zu bewerben, ersucht, sich an einer verräterischen Unternehmung zu beteiligen. Jene sollte Amerika von Grund auf verändern. Er sagte den Männern lediglich, dass es dabei um die Absetzung des Präsidenten und die Eliminierung ›menschlichen Abschaums‹ ginge. Die beiden Admirale weigerten sich, und Caesar ließ sie kurzerhand umbringen. Allerdings wusste er nicht, dass einer der beiden Admirale das Gespräch heimlich aufgezeichnet und das FBI sowie den Secret Service davon in Kenntnis gesetzt hatte.

Russel wurde festgenommen und des Mordes und Hochverrats angeklagt. Da es sich um ein Militärverfahren handelte, fand die Gerichtsverhandlung unverzüglich statt, allerdings unter Ausschluss der Öffentlichkeit. Russels Mitgliedschaft in der Bruderschaft wurde zweifelsfrei nachgewiesen. Dabei handelt es sich um eine Gruppe von Verschwörern, bestehend aus hochrangigen Air-Force-Offizieren, die zumeist aus den Südstaaten stammen und den Aufstieg farbiger Amerikaner in den Reihen der Air Force bewusst zu unterbinden versuchen. Die Hintergründe wurden jedoch nicht aufgedeckt. Aufgrund des Gesprächsmitschnitts wurde Russel für schuldig befunden und zum Tode verurteilt. Da er darauf verzichtete, Rechtsmittel einzulegen, wurde kurz darauf die Hinrichtung anberaumt – im Januar diesen Jahres wurde er hingerichtet. Damit war der Fall erledigt. Dachten wir zumindest.«

Schofield sagte: »Ich habe den Eindruck, Sie wussten, was Caesar plante, auch wenn es vor Gericht nicht zur Sprache kam.«

Der Präsident nickte.

»Im Laufe der vergangenen zehn Jahre hat Caesar Russel jeden größeren Luftwaffenstützpunkt zwischen Florida und Nevada befehligt. Etwa den 20. in Warren, Wyoming, der sich um unsere Interkontinentalraketen kümmert. Den für Weltraumkriegsführung zuständigen Stützpunkt in Falcon, Colorado, wo die Abwehrsatelliten und Weltraummissionen überwacht werden. Natürlich auch Area 7. Er war sogar ein Jahr in der Zentrale für Spezialeinsätze der Luftwaffe in Hurlbut Field, Florida, wo er die Spezialeinsatzteams beaufsichtigt hat, darunter auch die 7. Schwadron. In jedem dieser Stützpunkte hat er loyale Gefolgsleute: ältere Offiziere, die ihm ihre Stellung verdanken, sowie eine kleine, aber einflussreiche Clique von Stützpunktkommandanten, von denen wir annehmen müssen, dass sie ebenfalls der Bruderschaft angehören.

Russel weiß jedenfalls, was in unseren geheimsten Stützpunkten vor sich geht. Er kannte das Sinovirus von den ersten Entwicklungsphasen an, war über seine Wirkungsweise informiert und wusste, wie wir darauf reagieren wollten – nämlich mit einem genetisch veränderten, virusresistenten Menschen.

Charles Russel ist ausgesprochen klug. Er konnte sich für den einzigen Menschen auf der Welt, der über die ultimative ethnische Waffe und das Gegenmittel verfügt, noch andere Einsatzmöglichkeiten vorstellen. In Anbetracht des Senders in meiner Brust sieht es so aus, als plane er schon seit einiger Zeit eine Revolution. Doch erst als wir über das Virus verfügten, waren die Voraussetzungen gegeben.«

»Inwiefern?«

»Caesar Russel will Amerika in den Zustand vor dem Bürgerkrieg zurückversetzen«, antwortete der Präsident.

Es entstand ein kurzes Schweigen.

»Haben Sie die Namen der Städte gehört, in denen er die Plasmabomben stationiert hat? Angeblich hat er vierzehn Sprengköpfe auf vierzehn Flughäfen im ganzen Land verteilt, aber das stimmt nicht. Sie sind nicht im ganzen Land verteilt, sondern nur in den Städten im Norden. In New York, Washington D.C., Chicago, L.A., San Francisco, Seattle. Die südlichste Stadt ist St. Louis. Weder in Atlanta noch in Houston, nicht einmal in Miami liegt eine Bombe. In keiner Stadt südlich der Staatsgrenze von Tennessee und Kentucky.«

»Warum hat er gerade diese Städte ausgewählt?«, erkundigte sich Schofield.

»Weil sie den Norden repräsentieren«, antwortete der Präsident, »die Liberalen, die amerikanischen Dandys, die viel reden, nichts produzieren und gleichwohl alles in Anspruch nehmen. Caesar wünscht sich ein Amerika ohne den Norden.

Wenn sich das Sinovirus und das Gegenmittel in seinem Besitz befinden, ist ihm der Rest der Nation auf Gedeih und Verderb ausgeliefert. Jeder Mann, jede Frau und jedes Kind – ob schwarz oder weiß – würde sein oder ihr Leben ihm und seinem kostbaren Impfstoff verdanken.«

Der Präsident verzog das Gesicht.

»Ich könnte mir vorstellen, dass als Erstes die schwarze Bevölkerung eliminiert würde. Der Impfstoff ginge ausschließlich an weiße Amerikaner. Im Hinblick auf Caesars rassistische Einstellung nehme ich an, dass er die schwarze Bevölkerung meinte, als er von ›menschlichem Abschaum‹ sprach.

Bedenken Sie jedoch auch, was ich eben gesagt habe: Um sein Ziel zu erreichen, bedarf es zweier Dinge: Er muss Kevin in seine Gewalt bringen, und er muss mich töten. Ohne die sichtbare und demütigende Zerstörung des Vorläuferregimes gibt es keine Revolution – zumindest keine wahre Revolution. Denken Sie an die Hinrichtung Ludwigs des Sechzehnten und Marie Antoinettes in Frankreich! An die Verhaftung des russischen Zaren 1918, an Hitlers umfassende Nazifizierung Deutschlands in den dreißiger Jahren.

Jeder kann einen Machthaber umbringen, wenn er nur entschlossen genug vorgeht. Ein Revolutionär aber muss dies vor den Augen der Menschen bewerkstelligen, über die er herrschen will. Er muss ihnen klar machen, dass das alte System keinen Respekt mehr verdient.

Verstehen Sie mich nicht falsch – Caesar Russel tut dies nicht vor den Augen ganz Amerikas. Er tut es vor den Augen der radikalsten Elemente Amerikas – vor den Timothy McVeighs des Landes, den Armen, den Zornigen, Entrechteten, den weißen Rassisten, den anti-bundesstaatlichen Milizen – vor jenen Gruppierungen der Nation, die überwiegend in den Südstaaten beheimatet sind und denen es scheißegal wäre, wenn die Cappuccino schlürfenden Liberalen von New York, Chicago und San Francisco vom Antlitz der Erde verschwinden würden.«

»Aber das Land würde dadurch geschwächt werden …«, wandte Schofield ein. »Weshalb sollte er über ein zerstörtes Land herrschen wollen?«

»Caesar sieht das anders, verstehen Sie?«, entgegnete der Präsident. »Aus seiner Sicht wäre das Land nicht zerstört. Es wäre lediglich gereinigt, erneuert, gesäubert. Es stünde vor einem neuen Anfang. Die Städte des Südens wären unversehrt genau so wie der mittlere Westen, der die Menschen weitgehend allein ernähren könnte.«

»Und was soll mit den anderen Teilen der bewaffneten Streitkräfte passieren?«, fragte Schofield interessiert. »Wie würde er mit denen verfahren?«

»Captain, wie Sie eigentlich wissen sollten, erhält die Air Force den größten Anteil des Wehretats. Obwohl ihr nur 385 000 Mann angehören, verfügt sie über mehr Raketen und größere Feuerkraft als alle anderen Waffengattungen zusammengenommen. Sollte Caesar mithilfe der Bruderschaft und aufgrund seiner früheren Positionen auch nur ein Fünfzigstel der Air Force für sich gewinnen, könnte er mit seinen Bombern sämtliche Schlüsseleinrichtungen der Army und der Navy im ganzen Land zerstören – sowie alle Stützpunkte der Air Force, die nicht auf seiner Seite stehen. Und das, ehe sie auch nur eine kleine Gegenoffensive in Gang setzen könnten.

Mit der Außenverteidigung wäre es das Gleiche. Mit ihren Stealth-Bombern und Kampfflugzeugen und einem Vorrat an Atomraketen, wie ihn kein anderes Land besitzt, wäre Caesars neue Air Force durchaus dazu in der Lage, feindliche Angriffe abzuwehren.

Captain, Sie sollten sich nicht täuschen! In Caesars kranker Vorstellung ist dies ein perfektes Szenario: Amerika wäre wieder isoliert und vollkommen autark. Und es besäße eine Regierung mit blütenweißer Weste. Es befände sich im gleichen Zustand wie vor dem Bürgerkrieg.«

»So ein verdammter Hurensohn!«, entfuhr es Mother.

Schofield runzelte die Stirn.

»Aber was ist, wenn Russel damit nicht durchkommt? Was passiert, wenn er scheitert? Er wird seine Niederlage doch wohl kaum hinnehmen und sich verdrücken. Ich kann mir nicht vorstellen, dass er in einem solchen Fall seine Bomben einfach entschärft und sagt: ›Okay, ich hab mich geirrt, Sie haben gewonnen.‹«

»Nein«, entgegnete der Präsident ernst. »Das bereitet mir ebenfalls Sorgen. Sollten wir dies alles durch ein Wunder überleben, dann stellt sich die Frage: Was hat Caesar sonst noch in petto?«

Nachdem sie die Tür des Personenaufzugs aufgestemmt hatten, gelangten Book II. und Juliet Janson zum oberen Ausgang.

Juliet gab den Code ein, den Harper genannt hatte: 5564771.

Die Titantür öffnete sich mit einem scharfen Zischen.

Sie stürmten in den dahinter liegenden Gang, jeweils eine von Books Pistolen in der Hand.

Sie rannten etwa vierzig Meter weit, dann liefen sie durch eine weitere Tür und gelangten in einen gewöhnlichen Flugzeughangar. Gleißende Sonnenstrahlen fielen durch die weit offen stehenden Tore hinein. Der Hangar war vollkommen leer: keine Flug- und Fahrzeuge und scheinbar auch keine Menschen.

Juliet trat als Erste in den Hangar, da drückte ihr jemand den Lauf eines P-90 an die Schläfe.

Goliath hatte offenbar hinter der Tür auf sie gewartet.

»Bumm, du bist tot!«, sagte Goliath.

Er drückte in dem Moment auf den Auslöser, als Book II. vorsprang. Goliath hatte ihn offenbar nicht bemerkt. Book stieß schnell den Ladehebel zurück, sodass sämtliche Kugeln im Magazin ausgeworfen wurden.

Das Gewehr an Juliets Schläfe gab lediglich ein Klicken von sich.

»Was …?« Goliath fuhr zu Book II. herum.

Und dann ging auf einmal alles sehr schnell.

Juliet packte den Lauf von Goliaths P-90 und riss ihre eigene Waffe hoch, während Goliaths gewaltige Linke, die noch immer Schofields Magischen Haken hielt, auf ihr Gesicht zuschoss. Der Magische Haken traf Juliet an der Stirn, worauf sie der Länge nach auf den Boden aufschlug. Das P-90 schlitterte davon.

Book hob seine Beretta – doch es war zu spät.

Goliath stieß sein Kinn in Books Gesicht, während er gleichzeitig dessen Finger am Abzug niederdrückte.

Mehrere Schüsse lösten sich.

Die Waffe dröhnte, und Goliath schwenkte sie im weiten Bogen herum, sodass sie in wenigen Augenblicken auf Books Kopf zeigen würde.

Book II. versuchte mit aller Kraft, die Bewegung der Waffe zu stoppen, doch Goliath war zu kräftig.

Die Schüsse hallten laut in dem Hangar wider.

Die Waffe zeigte jetzt auf Books linken Arm und gab erneut einen Schuss ab.

Books linker Bizeps explodierte förmlich. Blut spritzte ihm ins Gesicht, und er brüllte vor Schmerzen.

Ehe er sich versah, zeigte der Lauf der Waffe unmittelbar auf sein Gesicht.

Erneut ertönte ein leises Klicken.

Goliath war die Munition ausgegangen.

»So ist's besser«, bemerkte Goliath grinsend. »Jetzt gibt es wenigstens einen fairen Zweikampf.«

Er warf die Pistole weg, packte Book mit einer Hand an der Kehle und drückte ihn gegen die Wand.

Books Füße baumelten etwa dreißig Zentimeter über dem Boden.

Er wand sich hilflos in Goliaths Griff. Der verletzte Arm brannte höllisch. Er holte zu einem kraftlosen Schlag aus, der Goliath an der Stirn traf.

Aber der Hüne schien den Hieb nicht einmal zu spüren. Es war so, als prallte Books Faust einfach von seinem Schädel ab.

Goliath lachte glucksend. »Eine Stahlplatte. Ich bin vielleicht nicht der Hellste, aber das Ding hat seine Vorteile.«

Er hob den Magischen Haken hoch, sodass der nun auf Books Augen zeigte.

»Wie steht's mit dir, Soldat? Wie fest ist dein Schädel? Glaubst du, dieses Ding könnte ihn zerschmettern?«

Er drückte den kalten Magnetkopf des Magischen Hakens an Books Nase.

Book packte den Magischen Haken mit beiden Händen und schob ihn trotz seines verletzten Arms auf Goliath zu. Der Magische Haken bewegte sich ein Stück, dann wanderte er zu Books Entsetzen wieder auf sein Gesicht zu. Goliath würde auch dieses Kräftemessen gewinnen, daran bestand kein Zweifel.

Dann auf einmal sah er einen Ausweg.

»Ach, was soll's?«, sagte er zu sich selbst.

Und dann packte er den Auslöser und drückte den mit »M« beschrifteten Knopf, der die starke Magnetkraft aktivierte.

Die Reaktion erfolgte augenblicklich.

Die Kontrolllampen am Magischen Haken leuchteten auf, und der aktivierte Magnet begann nach Metall zu suchen.

Und das fand er an Goliaths Kopf.

Mit einem dumpfen Schlag heftete sich der Magische Haken an die Stirn des Riesen, als würde er von der Haut des Häftlings regelrecht angesaugt.

Goliath brüllte vor Wut und versuchte, den Magischen Haken abzureißen. Dabei ließ er Book los.

Book II. fiel schwer atmend zu Boden und umklammerte die Wunde in seinem Arm.

Goliath drehte sich währenddessen um die eigene Achse und kämpfte wie ein Wahnsinniger mit dem Magischen Haken in seinem Gesicht.

Book II. hielt sich von ihm fern, bis der taumelnde Goliath mit dem Rücken zur Wand stand. Dann trat Book einen Schritt vor, packte mit der unversehrten Hand den

Griff des Magischen Hakens und betätigte ohne zu zögern den Auslöser.

Der Magische Haken löste sich mit einem dumpfen Geräusch, und Goliaths Kopf wurde zurückgeschleudert. Der Hals wurde nahezu in einem 90-Grad-Winkel abgeknickt. Der Schädel prallte gegen die Wand und ließ einen basketballgroßen Krater im Beton zurück. Book wurde mehrere Meter in die entgegengesetzte Richtung katapultiert.

Gleichwohl erging es ihm weit besser als Goliath. Der Häftling glitt mit weit aufgerissenen Augen langsam zu Boden. Der Schädel war aufgeplatzt, und ein ekelerregender Brei aus Blut und Gehirnmasse sickerte heraus.

Während Book mit Goliath kämpfte, hatte die noch immer benommene Juliet versucht, ihre Pistole wieder an sich zu nehmen, die in ihrer Nähe auf dem Boden lag.

Als sie die Waffe endlich in Händen hielt und sich aufrichtete, erstarrte sie.

Reglos stand er da. In zwanzig Metern Entfernung, an der anderen Seite des Hangars – Seth Grimshaw.

»Jetzt erinnere ich mich an Sie«, sagte er und trat vor.

Janson schwieg und starrte ihn gebannt an. Grimshaw hielt noch immer den Football in der Hand ... und in der anderen ein P-90-Sturmgewehr.

»Sie waren dabei, als ich im Bonaventure versucht habe, Seine Majestät zu töten«, sagte Grimshaw. »Sie sind vom Secret Service. Eine dieser durchgeknallten Fotzen, die es für ehrenhaft halten, einen korrupten Präsidenten unter Einsatz ihres Lebens zu schützen.«

Janson schwieg beharrlich.

Die vernickelte Beretta hielt sie gesenkt neben dem Oberschenkel.

Grimshaw zielte mit dem Gewehr auf sie. Er lächelte.

»Versuchen Sie doch mal, sich selbst zu schützen!« Er betätigte langsam den Abzug.

Janson überlegte kurz. Sie wusste, sie hatte bloß eine Chance. Wie alle Angehörigen des Secret Service war sie ein ausgezeichneter Schütze. Grimshaw hingegen hatte keinerlei Schießausbildung und schoss aus der Hüfte. Der Secret Service hatte für diesen Fall eine Wahrscheinlichkeitsrechnung angestellt. Grimshaw würde voraussichtlich mindestens dreimal daneben schießen.

Janson musste ihre Waffe zunächst einmal anheben, daher sollte möglichst ihr erster Schuss ein Treffer sein.

Du musst diese Chance nutzen, dachte sie bei sich.

Sie riss die Pistole nach oben, als Grimshaw den Abzug durchdrückte.

Es gelang Juliet, die Waffe zügig hochzureißen, und sie schoss ... im selben Moment, als Grimshaw seinerseits drei kurze Salven abfeuerte.

Anscheinend traf die Berechnung diesmal nicht zu.

Beide Schützen wurden in entgegengesetzte Richtungen nach hinten geschleudert und brachen zusammen.

Janson lag auf dem glänzenden Hangarboden. Sie keuchte und starrte zur Decke hinauf. Eine Wunde in der linken Schulter blutete heftig.

Grimshaw hingegen bewegte sich nicht mehr.

Er lag vollkommen reglos auf dem Rücken.

Wäre Janson in der Lage gewesen sich aufzurichten, hätte sie gesehen, dass die von ihr abgefeuerte Kugel Grimshaws Nasenrücken durchschlagen und ein hässliches Loch in sein Gesicht gerissen hatte. Die Austrittswunde an seinem Hinterkopf war sogar doppelt so groß.

Seth Grimshaw war tot.

Und neben ihm auf dem Boden lag der Football.

Das X-Railcar schoss durch den Tunnel.

Nach der Unterhaltung mit dem Präsidenten war Schofield in die Fahrerkabine hinübergegangen. Sie würden in wenigen Minuten in Area 8 eintreffen, und bis dahin wollte er sich ein wenig ausruhen.

Mit einem leisen Zischen öffnete sich die Kabinentür, und Mother trat ein.

»Ehrlich gesagt«, verkündete er, »habe ich heute Morgen beim Aufwachen nicht gedacht, dass der Tag so verlaufen würde.«

»Scarecrow, warum haben Sie sie nicht geküsst?«, fragte Mother unvermittelt.

»Was? Wen meinen Sie?«

»Na, Fox! Als Sie sie zum Essen eingeladen und anschließend heimgebracht haben. Warum haben Sie sie nicht geküsst?«

Schofield seufzte. »Sie werden es niemals ins Diplomatenkorps schaffen, Mother.«

»Scheiß drauf! Falls ich heute sterbe, will ich mir in meiner letzten Minute jedenfalls nicht darüber den Kopf zerbrechen. Also, warum haben Sie sie nicht geküsst? Sie hat es doch gewollt.«

»Tatsächlich? Ach, verdammt noch mal!«

»Warum nicht?«, wiederholte Mother.

»Weil ich ...« Er zögerte. »Ich glaube, ich hab mich nicht getraut.«

»Scarecrow, wovon zum Teufel reden Sie da eigentlich? Wovor hatten Sie denn Angst? Das Mädchen ist verrückt nach Ihnen!«

»Und ich bin verrückt nach ihr! Schon seit längerem.

Erinnern Sie sich noch, wie sie in die Einheit kam und das Auswahlkomitee in dem Stützpunkt auf Hawaii das Barbecue veranstaltete? Ich hab's damals schon gewusst – gleich als ich sie zum ersten Mal sah. Aber ich dachte, sie hätte kein Interesse an mir, wegen ... denen hier.«

Er berührte die beiden Narben, die senkrecht über seine Augenlider verliefen.

Er unterdrückte ein Lachen. »Während des Essens habe ich nicht viel geredet. Ich glaube, sie hat mich sogar dabei ertappt, wie ich versonnen ins Leere starrte. Ich frage mich, ob sie weiß, dass ich dabei an sie dachte.«

»Scarecrow«, sagte Mother, »wir wissen doch beide, dass Fox Ihre Gedanken lesen kann.«

»Ja, das ist es ja gerade«, erwiderte Schofield. »Ich will nicht, dass Sie weiß, was ich vergangene Woche dachte. Wir waren endlich miteinander aus. Es lief prächtig. Und dann standen wir vor ihrer Haustür, und ich wollte nicht alles vermasseln, indem ich etwas Falsches tat ... und, na ja, ich weiß nicht ... ich glaube ... ich glaube, ich war einfach erstarrt.«

Mother setzte zu einem verständnisvollen Kopfnicken an – dann brach sie in schallendes Gelächter aus.

»Freut mich, dass Sie das komisch finden!«, sagte Schofield bissig.

Mother lachte aus vollem Hals und klopfte ihm auf die Schulter. »Wissen Sie, Scarecrow, es ist schön, wenn Sie sich hin und wieder von Ihrer menschlichen Seite zeigen! Sie sind im Stande, von Eisklippen zu springen und sich über gewaltige Aufzugschächte hinwegzuschwingen, aber wenn es darum geht, ein Mädchen zu küssen, sind Sie überfordert.«

»Danke für Ihr Verständnis«, schnauzte Schofield.

Mother erhob sich und wandte sich zum Gehen.

»Sie müssen mir etwas versprechen«, sagte sie freundlich. »Wenn Sie Fox wieder sehen, dann küssen Sie sie gefälligst!«

Während Schofield, Mother und der Präsident durch den X-Rail-Tunnel unter dem Wüstenboden auf Area 8 zurasten, sausten Caesar Russel und die vier Überlebenden der 7. Schwadron in ihren beiden Penetrator-Kampfhubschraubern über die Wüste hinweg in die gleiche Richtung, dem X-Railcar nur um wenige Minuten voraus.

Die kleine Ansammlung von Gebäuden des Stützpunkts Area 8 ragte vor den beiden Helikoptern auf.

Area 8 war im Wesentlichen ähnlich wie Area 7 aufgebaut, nur etwas kleiner. Sie bestand aus zwei kistenförmigen Hangars und einem dreistöckigen Kontrollturm am Rande der geteerten Startbahn mit der sandbedeckten Verlängerung, die Schofield bereits zu einem früheren Zeitpunkt aufgefallen war.

Als sich die beiden Penetratoren dem Stützpunkt näherten, bemerkte Caesar, wie sich das riesige Tor eines der Hangars auf einmal in der Mitte teilte und dann aufschwang.

Es dauerte eine Weile, bis sich die beiden Torhälften vollständig geöffnet hatten. In dem Moment sackte Caesar die Kinnlade herab.

Das seltsamste Flugobjekt, das er jemals gesehen hatte, bewegte sich auf ihn zu.

Was Caesar sah, waren eigentlich zwei Flugobjekte. Das erste war eine massige Boeing 747 mit funkelnder Silberlackierung. Der Jumbojet mit der mächtigen Nase und den ausgebreiteten Tragflächen rollte aus der Dunkelheit des Hangars hervor.

Vor allem aber das kleinere Flugobjekt auf dem Rücken der 747 fesselte Caesars Aufmerksamkeit.

Es war schier unglaublich.

Die Lackierung ähnelte jener der gewöhnlichen Space Shuttles der NASA: hauptsächlich weiß, an der Seite die amerikanische Flagge und der Schriftzug »UNITED STATES« in Fettbuchstaben und mit der charakteristischen schwarzen Nase und dem schwarzen Bauch ausgestattet.

Doch es war kein gewöhnliches Space Shuttle.

Es war ein X-38.

Dies war eins der beiden schlanken Minishuttles, die von der Air Force gebaut worden waren, um Satelliten zu zerstören und – wenn nötig – feindliche Raumstationen zu erobern oder zu vernichten.

Es war deltaförmig, besaß flache Dreiecksflügel, ein hohes Leitwerk und drei konische Triebwerke am Heck. Es war allerdings kleiner und wesentlich kompakter als ein normales Shuttle. Denn während die *Atlantis* und ihre Schwestershuttles schwere Langstreckentransporte erledigten und unförmige Satelliten in den Weltraum transportierten, war dies die sportlichere Version, dazu vorgesehen, Satelliten abzuschießen.

Vier speziell für die Schwerelosigkeit entwickelte AMRAAM-Raketen waren an den Tragflächen befestigt, an der Außenseite der beiden gewaltigen Pegasus-II-Booster-Raketen. Das waren massige zylindrische, bis zum Rand mit flüssigem Sauerstoff gefüllte Triebwerke, die seitlich am Bauch des Vogels angebracht waren.

Nur wenigen Menschen ist bewusst, dass viele der heutigen Weltraumflüge mithilfe der Technik der ausgehenden sechziger Jahre durchgeführt werden. Saturn-V- und Titan-II-Booster wurden bereits beim Wettstreit zwischen den USA und Russland eingesetzt.

Das X-38 mit der 747-Startplattform und den imposanten Pegasus-II-Boostern ist das erste Orbitalfahrzeug, das den Weltraumflug auf das Niveau des einundzwanzigsten Jahrhunderts bringt.

Das speziell konstruierte Startflugzeug – ausgestattet mit neuen, besonders starken Turbofan-Triebwerken, einer verbesserten Druckkabine und einem zusätzlichen Strahlenschutz für die Piloten – vermag das X-38 bis in zwanzig Kilometer Höhe zu transportieren. Das sind über sieben Kilometer mehr, als ein gewöhnlicher Jumbo schafft. Der Start in der Luft erhöht das Schub-Gewicht-Verhältnis der ersten Stufe tatsächlich um ein Drittel.

Dort oben werden die Pegasus-II-Booster gestartet.

Um eine Größenordnung kräftiger als die Titan-III entwickeln die Booster nach dem Höhenstart ausreichend Schubkraft, um das Shuttle in einen niedrigen Erdorbit zu befördern. Ist der Treibstoff verbraucht, werden die Tanks vom Shuttle abgetrennt. Das X-38 – das sich dann in einem stationären Orbit in zweihundertzehn Meilen Höhe befindet – kann frei im Weltraum manövrieren, gegnerische Satelliten nach Belieben vernichten und selbstständig landen.

Caesar Russel betrachtete das Minishuttle aufmerksam.

Es sah einfach prachtvoll aus.

Er wandte sich an Logan. »Das Shuttle darf auf keinen Fall –«

Er brachte den Satz nicht zu Ende, denn in diesem Moment schossen ohne jede Vorwarnung fünf Stinger-Raketen aus der Dunkelheit des Hangars hervor, schwenkten in weitem Bogen um die Tragflächen der Boeing 747 herum, stiegen dann steil in die Luft und hielten unmittelbar auf die beiden Penetratoren zu.

Einheit Echo hatte sie also entdeckt.

Die unterirdische X-Rail-Station von Area 8 sah genauso aus wie die von Area 7. Je zwei Gleise verliefen entlang einer rechteckigen Plattform, und in der Wand an der nördlichen Schiene befand sich der Eingang des Aufzugs.

Nach etwa siebenminütiger rasanter Fahrt sauste Schofields X-Railcar in den von Neonröhren hell erleuchteten Bahnhof von Area 8. Der stromlinienförmige Triebwagen bremste heftig ab und hielt auf den Zentimeter genau.

Die Türen öffneten sich zischend. Schofield, Mother und der Präsident stürmten hindurch und wandten sich sogleich zum Aufzug an der Nordwand. Ihnen folgte langsamer der verstörte Nicholas Tate, der sich das Handy nun ans Ohr drückte.

Schofield drückte den Rufschalter des Aufzugs.

Während er auf den Lift wartete, ruhte sein Blick auf Tate. Dessen Anzug war von den Ereignissen des Morgens arg in Mitleidenschaft gezogen und mittlerweile völlig zerknittert. Dann erst bemerkte Schofield, dass Tate in sein Handy hineinsprach.

»Nein«, sagte Tate gerade gereizt, »ich will wissen, wer *Sie* sind! *Sie* haben meinen Anruf bei meinem Broker unterbrochen. Nennen Sie mir sofort Ihren Namen!«

»Was zum Teufel machen Sie da?«, fragte Schofield ungehalten.

Tate runzelte kurz die Stirn und erklärte dann mit ernster Miene: »Also, ich habe meinen Broker angerufen. Nach den heutigen Ereignissen habe ich mir gedacht, ich sollte besser meine US-Dollars verkaufen. Als wir aus dem Tunnel heraus waren, rief ich ihn an, aber als er sich meldete, hat dieses Arschloch hier die Verbindung unterbrochen.«

Schofield riss Tate das Handy aus der Hand. Der Mann musste komplett übergeschnappt sein.

»Hey!«, sagte eine Stimme am anderen Ende der Leitung.

Schofield sprach ins Handy. »Hier ist Captain Shane M. Schofield, US Marine Corps, Sonderkommando für die Bewachung des Präsidenten, Personennummer 358-6279. Mit wem spreche ich?«

Eine Stimme antwortete ihm: »Hier spricht David Fairfax vom militärischen Abschirmdienst. Ich befinde mich in einer Abhörstation in D.C. Wir überwachen sämtliche Funksprüche der beiden Luftwaffenstützpunkte in der Wüste von Utah. Wir glauben, dass es in einer dieser Basen eine kriminelle Air-Force-Einheit gibt und dass das Leben des Präsidenten in Gefahr ist. Ich habe mich soeben in das Telefonat Ihres Freundes eingeschaltet.«

»Glauben Sie mir, Mister Fairfax, Sie wissen noch längst nicht alles«, sagte Schofield.

»Ist der Präsident in Sicherheit?«

»Er ist hier bei mir.« Schofield hielt dem Präsidenten das Handy hin.

Der Präsident sagte: »Hier spricht der Präsident der Vereinigten Staaten. Ich bin in Begleitung von Captain Schofield.«

Schofield setzte hinzu: »Und wir verfolgen gerade die von Ihnen erwähnte kriminelle Einheit. Berichten Sie, was Sie darüber wissen –«

In diesem Moment ertönte das Klingelzeichen des Aufzugs.

»Warten Sie!« Schofield hob sein P-90.

Die Tür öffnete sich ... und gab den Blick frei auf die blutbespritzten Wände des Aufzugs.

Innen lagen die Leichen dreier Air-Force-Soldaten – zweifellos Angehörige der in Area 8 stationierten Einheit.

»Ich glaube, wir haben eine frische Spur«, bemerkte Mother.

Sie betraten den Lift.

Tate blieb zurück, fest entschlossen, sich nicht mehr in Gefahr zu begeben. Der Präsident hingegen bestand darauf, Schofield und Mother zu begleiten.

»Aber, Sir –«, setzte Schofield an.

»Captain, sollte ich heute als Repräsentant dieses Landes sterben müssen, will ich das nicht in einer Ecke hockend tun. Ich will nicht darauf warten, dass man mich entdeckt und dann erledigt. Es ist für mich an der Zeit, meinen Mann zu stehen und mich zu bewähren. Außerdem sieht es so aus, als bräuchten Sie jeden Mann.«

Schofield nickte. »Wie Sie meinen, Sir. Bleiben Sie dicht hinter uns – und zielen Sie gut!«

Die Aufzugtür schloss sich hinter ihnen, und Schofield drückte eine Taste. Der Aufzug fuhr Richtung Erdgeschoss.

Dann hielt er sich erneut Tates Handy ans Ohr.

»Okay, Mister Fairfax, berichten Sie mir, was Sie über die kriminelle Einheit wissen! Fünfundzwanzig Worte oder weniger.«

Im unterirdischen Büro in Washington streckte sich Dave Fairfax auf seinem Stuhl.

Allmählich sah er klarer.

Als Erstes hatte er das Handygespräch aus Area 8 aufgefangen. Er hatte irgendeinen Idioten unterbrochen und sich in die Leitung geschaltet, und jetzt sprach er mit diesem Schofield, einem Marine, der offenbar zum Helikopter-Team des Präsidenten gehörte. Kaum hatte der seine Personennummer genannt, gab Fairfax sie auch schon in den Rechner ein. Augenblicklich erschien vor ihm auf dem Bildschirm eine Übersicht über Schofields komplette Militärlaufbahn – einschließlich seiner gegenwärtigen Stellung im Marine One.

»Wie ich schon sagte«, sprach Fairfax ins Headsetmikrofon, »ich bin von der DIA und habe vor kurzem einige unautorisierte Funksendungen der Basen Area 7 und 8 entschlüsselt. Zunächst einmal glauben wir, dass eine Gruppe ehemaliger südafrikanischer Reccondos dorthin unterwegs ist –«

»Die können Sie abhaken. Die sind bereits tot«, unterbrach ihn Schofield. »Berichten Sie mir von der kriminellen Einheit!«

»Oh … okay«, sagte Fairfax. »Unserer Einschätzung nach handelt es sich bei der kriminellen Gruppe um eine der fünf Einheiten der 7. Schwadron, die Area 7 bewachen, und zwar um die Einheit Echo.«

Der Aufzug sauste weiter den Schacht hinauf.

Fairfax' Stimme tönte aus dem Handy: »Wir glauben, dass diese Einheit chinesische Agenten dabei unterstützt, einen biologischen Impfstoff zu stehlen, der in Area 7 entwickelt wurde.«

»Haben Sie eine Ahnung, wie sie den Impfstoff aus Amerika hinausschaffen wollen?«, fragte Schofield.

»Äh, ja ... ja, die hab ich«, antwortete Fairfax. »Aber Sie werden mir bestimmt nicht glauben.«

»Ich glaube Ihnen fast alles, Mister Fairfax. Probieren Sie's doch mal!«

»Gut. Ich denke, sie wollen den Impfstoff in das Satellitenkillershuttle schaffen, das in Area 8 stationiert ist, und in den Orbit hoch fliegen. Dort treffen sie sich mit dem chinesischen Space Shuttle, das vergangene Woche gestartet ist. Sie wollen mit dem Impfstoff umsteigen und dann auf chinesischem Territorium landen, wo sie für uns unerreichbar sind.«

»Verfluchte Scheiße!«, zischte Schofield.

»Ich weiß, es klingt verrückt, aber –«

»Aber es ist die einzige Möglichkeit, aus den Vereinigten Staaten hinauszukommen«, ergänzte Schofield. »Jeden anderen Fluchtversuch, ob mit dem Auto, dem Flugzeug oder dem Schiff, könnten wir vereiteln. Aber wenn sie in den Weltraum fliegen, können wir ihnen nicht folgen. Sie wären am Ziel, bevor wir auch nur ein Space Shuttle auf die Startrampe in Cape Canaveral gebracht hätten.«

»So ist es.«

»Danke, Mr. Fairfax. Rufen Sie die Marines und die Army an und sagen Sie ihnen, sie sollen alles mobilisieren, was sie haben – Harrier, Hubschrauber, einfach alles! Sie sollen sie zu Area 7 und 8 schicken. Und setzen Sie nicht die Air Force ein! Ich wiederhole: Setzen Sie auf keinen Fall die Air Force ein! Alle Angehörigen der Air Force gelten bis auf weiteres als verdächtig.«

Während Schofield sprach, blinkten die Leuchtziffern der Aufzuganzeige weiter: »SL-3 ... SL-2 ...«

»Wir müssen jetzt los«, sagte Schofield schließlich.

»Was haben Sie vor? Was ist mit dem Präsidenten?«

Ein »G« erschien auf der Anzeige, und in dem Moment vernahm Schofield durch die Aufzugtür gedämpftes Gewehrfeuer.

Der Aufzug war im Erdgeschoss angekommen.

»Wir holen uns den Impfstoff«, erklärte Schofield kurz. »Rufen Sie später noch mal an!«

Damit legte er auf.

Eine Sekunde später öffnete sich die Aufzugtür.

Die sechste Konfrontation

3. Juli, 10.23 Uhr

Auf einmal waren Schofield und seine Begleiter mit einer völlig neuen Situation konfrontiert.

Im Haupthangar von Area 8 war ein heftiges Feuergefecht im Gange.

Explosionen dröhnten, Maschinengewehre knatterten.

Durch die riesigen offenen Hangartore strömten Sonnenstrahlen herein. Etwa fünfzig Meter vom Aufzug entfernt ragte das an einen Vogel erinnernde Heck einer silberfarbenen Boeing 747 auf, das das Sonnenlicht teilweise abschirmte.

»Verfluchte Scheiße!«, murmelte Schofield, als er das stromlinienförmige Space Shuttle auf dem Rücken der 747 bemerkte.

Das Gewehrfeuer drang durch das offene Tor herein.

Fünf schwarz uniformierte Soldaten der 7. Schwadron – vermutlich Angehörige der Einheit Echo – waren hinter dem Tor in Deckung gegangen und feuerten mit ihren P-90 nach draußen.

»Mir nach!«, befahl Schofield und stürmte aus dem Aufzug. Mit seinen beiden Begleitern ließ er ein Humvee und zwei Schaben links liegen, bis er erkennen konnte, was sich hinter den Hangartoren befand: zwei schwarze Helikopter vom Typ Penetrator, die in niedriger Höhe über der Startbahn schwebten und der 747 mit dem Shuttle auf dem Rücken den Weg versperrten.

Die sechsläufigen Vulcan-Minimaschinengewehre, die unter den Nasen der beiden Penetratoren montiert waren, deckten die Männer mit einem wahren Kugelhagel ein und hinderten sie daran, sich von der Stelle zu bewegen.

Es war ihnen unmöglich, die ungeschützten zwanzig Meter zu überwinden, die sie von der fahrbaren Treppe trennten. Jene führte zur 747 hinauf.

Raketen schossen unter den Stummelflügeln der Penetratoren hervor und rasten auf die 747 zu. Der Jumbo aber war offenbar mit den neuesten elektromagnetischen Abwehrsystemen ausgerüstet, denn die Raketen kamen nicht einmal in die Nähe des großen Flugzeugs. Sie drehten einfach ab, taumelten durch die Luft und schlugen in den Boden ein. Dabei schleuderten sie Betonbrocken und Sand durch die Luft.

Auch die orangefarbenen Leuchtspurgeschosse der Helikopter wurden von dem riesigen Jumbo einfach abgelenkt. Das unsichtbare Magnetfeld hinderte sie daran, ihm nahe zu kommen.

Von seiner Positon hinter der Schabe aus erkannte Schofield die beiden Männer in den Helikoptern wieder: Caesar Russel und Kurt Logan.

Ich wette, Caesar ist nicht zufrieden mit der Einheit Echo, dachte er.

Caesar und Logan mussten gerade eben eingetroffen sein – in dem Moment, als die Männer der Einheit Echo an Bord des Fluchtflugzeugs gegangen waren. Caesars Hubschrauber hatte anscheinend das Feuer eröffnet, bevor alle Männer ins Flugzeug gelangt waren, um mit Kevin zu fliehen.

Kevin …

Schofield ließ den Blick über das Schlachtfeld schweifen. Der kleine Junge war nirgends zu sehen.

Er musste bereits an Bord des Flugzeugs sein.

Und dann sprangen auf einmal die Triebwerke der 747 an. Die vier gewaltigen Turbinen stießen Unmengen von Luft aus, was zur Folge hatte, dass alle möglichen Gegenstände durch den Hangar flogen.

Das Flugzeug setzte sich in Bewegung. Es rollte aus

dem Hangar hinaus auf die Startbahn – und bewegte sich auf die beiden schwarzen Penetratoren zu. Hinter ihm kippte die fahrbare Treppe um.

Die Passagiere der Penetratoren wussten, dass sie gegen die rollende 747 keine Chance hatten, deshalb trennten sie sich und wichen so dem gewaltigen Jumbo aus.

Jetzt erst bemerkte Schofield den Soldaten der Einheit Echo, der in der offenen Kabinentür der 747 stand. Er winkte den Männern im Hangar und warf ihnen dann eine dünne Strickleiter zu.

Gleichzeitig nahm Schofield eine Bewegung nahe dem Eingang des Hangars wahr. Er fuhr herum und sah, wie die fünf Männer der Einheit Echo auf das neben der Schabe geparkte Humvee zurannten.

Sie wollten anscheinend versuchen, an Bord der 747 zu gelangen, obwohl die Maschine bereits rollte.

Kaum hatten sich die Soldaten in Bewegung gesetzt, wurde auch schon eine vernichtende Salve Leuchtspurgeschosse durch das offene Hangartor auf sie abgegeben und zerfetzte den Boden zu ihren Füßen.

Zwei der Männer stürzten und schlugen der Länge nach hin. Ihre Körper explodierten förmlich. Die anderen drei schafften es bis zum Humvee. Sie sprangen hinein und ließen den Motor an. Der große Wagen machte einen Satz nach vorn und beschrieb dann einen weiten Bogen.

In dem Augenblick raste eine Rakete durch das offene Hangartor und hielt unmittelbar auf das schleudernde Humvee zu.

Die Rakete traf die flache Schnauze, und die Detonation war so gewaltig, dass das Fahrzeug auf dem rutschigen Hangarboden nach hinten geschleudert wurde, bis es gegen eine Wand prallte und in einem großen Feuerball explodierte. Ringsum regneten tausende von Metallteilen herab.

»Batman lässt grüßen!«, rief Mother.

»Beeilung!«, sagte Schofield. »Mir nach!«

»Was haben Sie vor?«, fragte der Präsident.

Schofield zeigte auf den rollenden Jumbo. »Wir gehen an Bord.«

Wie die Startbahnen vieler Wüstenbasen war auch die verlängerte Startbahn von Area 8 L-förmig. Die kürzere Seite des »L« reichte bis zum offenen Tor des Haupthangars.

Alle Flugzeuge starteten und landeten auf der langen Seite. Beim Start aber rollten sie zunächst über den kürzeren Abschnitt. Während die eigentliche Startbahn über fünfzehnhundert Meter lang war, hatte jener lediglich eine Länge von etwa vierhundert Metern.

Die silberfarbene 747 – mit dem leuchtend weißen X-38 Space Shuttle auf dem Rücken – rumpelte die Rollbahn entlang, flankiert von den beiden Penetratoren der Air Force.

Vom Wind aufgepeitschter Sand pfiff um das Flugzeug herum, und die erbarmungslose Wüstensonne wurde vom Rumpf gleißend hell reflektiert.

Der Jumbo hatte etwa die Mitte der Rollbahn erreicht, als ein Fahrzeug in rasender Fahrt aus dem Hangar geschossen kam.

Es war eine Schabe.

Eins der weißen flachen Schleppfahrzeuge, die im Hangar abgestellt waren, preschte über die Rollbahn und jagte dem großen Vogel hinterher.

In der beengten Fahrerkabine der Schabe saß Mother am Steuer. Schofield und der Präsident teilten sich den Beifahrersitz.

»Los, Mother, geben Sie Gas!«, drängte Schofield. »Wir müssen ihn einholen, bevor er die Startbahn erreicht hat! Wenn er erst mal Vollschub gibt, sind wir angeschmiert.«

Mother schaltete in den dritten und höchsten Gang. Der V-8-Motor brüllte auf, die Schabe machte einen Satz nach vorn und beschleunigte in der flirrenden Wüstenhitze.

Die Schabe raste über die Rollbahn und kam der 747 mit dem Shuttle immer näher.

Die Penetratoren eröffneten sofort das Feuer. Schofield trat kurzerhand das Beifahrerfenster ein, schoss mit seinem und mit Mothers P-90 gleichzeitig zwei Salven ab und traf die Vulcan-Kanone, die an der Nase eines Penetrators montiert war. Dadurch zwang er den Helikopter zum Abdrehen. Der andere Hubschrauber aber feuerte unablässig weiter, sodass die Schabe in einen wahren Funkenregen gehüllt war.

»Mother, fahren Sie unter das Flugzeug! Wir sind auf dessen Abwehreinrichtungen angewiesen!«

Mother gab Gas, bis die Schabe ihre Höchstgeschwindigkeit erreicht hatte. Sie näherte sich Zentimeter um Zentimeter der dahinrumpelnden 747, bis das Gefährt schließlich in rasender Fahrt unter den hohen Schwanz des silberfarbenen Jumbos glitt.

Es war so, als befänden sie sich plötzlich in einer Luftblase.

Die Kugeln des zweiten Penetrators konnten sie nicht mehr erreichen, und somit hörte auch das Feuerwerk der stiebenden Funken unvermittelt auf.

Die Schabe flitzte im Schatten der 747 weiter und rückte bis vor die hinteren Landefahrwerke vor.

Während der Teerbelag unter ihr dahinraste, schwenkte sie unter die linke Tragfläche der 747 und näherte sich der Strickleiter, die von der noch immer offenen linken Kabinentür herabbaumelte.

Die Schabe erreichte die Strickleiter – als die 747 unvermittelt nach rechts schwenkte.

»Verdammt noch mal!«, schrie Mother, als die Schabe

aus dem Schatten des Flugzeugs in den gleißenden Sonnenschein fuhr.

»Das Flugzeug biegt auf die eigentliche Startbahn ab!«, rief Schofield.

Wie ein riesenhafter, schwerfälliger Vogel schwenkte die silberfarbene 747 tatsächlich auf die verlängerte Startbahn von Area 8.

»Schließen Sie zur Leiter auf, Mother!«, schrie Schofield.

Mother gab Gas, riss das Steuer abrupt nach rechts und lenkte die Schabe zurück zu der hin- und herschwingenden Strickleiter. Währenddessen schwenkte einer der Penetratoren vor der 747 rasch herum und eröffnete das Feuer.

Eine Salve Leuchtspurgeschosse riss den Teerbelag vor der Schabe auf und sprühte Funken in alle Richtungen.

Mehrere Kugeln trafen die Windschutzscheibe der Schabe und zertrümmerten sie. Weitere Kugeln prallten jedoch unter dem vorderen Stoßfänger des Schleppfahrzeugs ab und trafen dessen Unterseite. Drei von ihnen schlugen in die Lenksäule ein.

Die Reaktion erfolgte augenblicklich.

Das Lenkrad geriet vollkommen außer Kontrolle.

Die unter der Tragfläche der 747 dahinschnellende Schabe schlingerte heftig, brach seitlich aus und wurde von einer Seite auf die andere geschleudert.

Mother musste das Lenkrad mit aller Kraft festhalten, um die Schabe wieder in den Griff zu bekommen.

Die 747 hatte inzwischen das Abbiegemanöver abgeschlossen und fuhr nun geradeaus.

Vor ihr erstreckte sich die Startbahn – ein langes, gerades, schwarzes Band, das am flirrenden Wüstenhorizont verschwand.

»Mother«, begann Schofield.

»Ich weiß schon, was Sie vorhaben!«, gab Mother zurück. »Machen Sie schon! Rauf aufs Dach! Ich lenke die

Schabe unter die Strickleiter. Und nehmen Sie den Präsidenten mit!«

»Und was ist mit Ihnen?«

»Scarecrow, in etwa zwölf Sekunden hebt der Jumbo ab, und wenn Sie dann nicht an Bord sind, verlieren wir den Jungen. Ich muss am Steuer bleiben, sonst bricht das Fahrzeug aus.«

»Aber die Penetratoren werden Sie abknallen, wenn wir weg sind!«

»Deshalb sollen Sie *ihn* ja mitnehmen!« Mother wies mit dem Kinn auf den Präsidenten. »Machen Sie sich wegen mir keine Sorgen, Scarecrow! Sie wissen doch, dass es mehr als ein paar Air-Force-Schwanzlutscher braucht, um mich zu erledigen.«

Schofield war sich da nicht so sicher.

Doch er wusste, dass sie entschlossen war, die Schabe so lange weiterzusteuern, bis er sich mit dem Präsidenten an Bord des Flugzeugs befand – auch wenn es ihren sicheren Tod bedeutete.

Er wandte sich an den Präsidenten. »Also, dann! Sie kommen mit mir mit!«

Die Schabe raste nun wieder im Schutz der elektronischen Abwehrvorrichtungen neben der 747 her. Sie schwenkte unter die vordere linke Kabinentür, an der die Strickleiter herabhing.

Schofield und der Präsident kletterten aufs Dach des Schleppfahrzeugs. Glücklicherweise gehörten auch Schutzbrillen zur Ausstattung der Kampfanzüge, sodass ihre Augen vor dem umherfliegenden Sand geschützt waren.

In der Fahrerkabine umklammerte Mother weiter das Steuer der Schabe und versuchte unter Einsatz ihrer ganzen Körperkraft, das Fahrzeug auf geradem Kurs zu halten.

Auf dem Dach der Schabe, dem heftigen Fahrtwind ausgesetzt, versuchte Schofield die schwingende Strickleiter zu packen. Sie flatterte hin und her, immer knapp außer Reichweite.

Da schwoll auf einmal das Triebwerksgeräusch zu einem ohrenbetäubenden Tosen an.

Die vier Tragflächentriebwerke wurden hochgefahren.

Schofield gefror das Blut in den Adern.

Das Flugzeug erhöhte den Schub und begann den Startvorgang. Jeden Moment würde es stark beschleunigen und die Schabe abhängen.

Die Strickleiter flatterte weiter dicht vor ihnen im Fahrtwind. Sandwolken hüllten sie ein.

»Ich packe die Leiter! Sie packen mich!«, rief Schofield dem Präsidenten zu.

»Was?«, gab jener ungläubig zurück.

»Sie werden schon sehen!«

Und damit nahm Schofield auf dem flachen Dach der Schabe Anlauf und sprang.

Er flog durch die Luft, riss die Arme in die Höhe und ergriff die unterste Sprosse der herabbaumelnden Strickleiter.

Er bedeutete dem Präsidenten, ihm zu folgen. »Jetzt packen Sie mich!«

Mit einem skeptischen Blick sagte der Präsident: »Okay ...«

Dann nahm auch er Anlauf und sprang – just in dem Moment, als die Triebwerke den Schub erhöhten und die silberfarbene 747 einen Satz nach vorn machte.

Der Präsident flog durch die Luft. Er prallte gegen Schofield, schlang die Arme um die Hüften des jungen Captains und hielt sich fest, während sich Schofield verbissen mit beiden Händen an der untersten Sprosse der Strickleiter festklammerte.

In diesem Augenblick fiel Mothers Schabe zurück. Sie

konnte das Tempo nicht mehr halten. Die beiden Penetratoren gaben die Verfolgung ebenfalls auf und bremsten mitten über der Rollbahn jäh ab.

Bei einer Geschwindigkeit von nahezu hundert Meilen pro Stunde und umtost vom Fahrtwind hing Schofield an der Strickleiter, umschlungen vom Präsidenten der Vereinigten Staaten. Er beobachtete voller Entsetzen, wie einer der Penetratoren eine Rakete auf Mothers ungeschützte Schabe abfeuerte.

Die Rakete traf die Schabe von hinten und detonierte. Das Heck des dahinrasenden Fahrzeugs wurde in die Luft geschleudert.

Die Schabe schlingerte heftig und schoss von der Startbahn auf den Sand. Sie wirbelte eine gewaltige Staubwolke auf und überschlug sich mehrmals. Dann kam sie rumpelnd und krachend auf der Fahrerkabine zum Liegen.

Schofield konnte bloß hilflos zusehen und hoffte inständig, dass Mother einen raschen Tod gefunden hatte.

Im Moment aber hatte er keine Zeit zu trauern.

Die 747 raste die Startbahn entlang und wurde immer schneller. Aufgrund des zusätzlichen Gewichts des X-38 benötigte sie einen ungewöhnlich langen Anlauf.

Schofield und der Präsident am Ende der Strickleiter waren dem heftigen Fahrtwind ausgesetzt.

»Sie als Erster!«, brüllte Schofield. »Hangeln Sie sich an mir nach oben und klettern Sie dann die Leiter hoch!«

Der Präsident tat wie geheißen.

Er zog sich an Schofields Gürtel empor und setzte den Fuß darauf. Er stieg auf dessen Schultern, und von da aus kletterte er auf die Strickleiter.

Schofield zog sich allein unter Einsatz seiner Arme an der Leiter hoch.

Der Boden raste unter ihnen dahin, während sie die Strickleiter erklommen. Der Wind peitschte gegen ihre Körper.

Als sie endlich den Eingang erreichten, wich die Startbahn unter ihnen plötzlich zurück.

Schofield schluckte.

Sie hatten abgehoben.

Caesar Russels Helikopter setzte sanft auf der Startbahn auf, zwanzig Meter von Mothers zerstörter Schabe entfernt.

Caesar stieg aus und blickte schweigend dem Flugzeug nach.

Kurt Logan ging währenddessen zu der torpedierten Schabe hinüber. Sie war ein einziger Trümmerhaufen. Überall lagen zerfetzte Stahlteile herum.

Die Fahrerkabine war vollkommen zerquetscht worden, und die Windschutzscheibe und die Dachstreben waren nach innen gedrückt. Das Ganze sah aus wie eine zertretene Aludose.

Und dann bemerkte Logan die Leiche. Sie lag vor dem zerstörten Schleppfahrzeug bäuchlings im Sand, mit verdrehten, mehrfach gebrochenen Gliedern. Das linke Bein endete unterhalb des Knies. Der Unterschenkel war beim Aufprall offenbar abgerissen worden. Logan sah lediglich den Rumpf und die Gliedmaßen. Mothers Kopf lag unter dem vorderen Stoßfänger der Schabe.

Logan kehrte zu Caesar zurück. Der hatte das aufsteigende silberfarbene Flugzeug in der Zwischenzeit nicht aus den Augen gelassen.

»Echo hat den Jungen«, sagte Logan. »Und die Marines haben den Präsidenten.«

»Ja.« Caesar blickte noch immer dem davonfliegenden Jumbo nach. »So Leid es mir tut, aber nun müssen wir auf den Alternativplan ausweichen. Das heißt, wir müssen zurück zu Area 7.«

Der Präsident landete vollkommen außer Atem in der offenen Kabinentür der 747.

Schofield folgte ihm ein paar Sekunden später. Er keuchte ebenfalls. Er schaffte es, sich auf den Knien aufzurichten und die Tür hinter sich zuzuziehen. Sie schloss sich mit einem lauten Knall.

Beide Männer lagen auf dem Boden und trugen noch immer die Schutzbrillen. Plötzlich kam einer der Piloten der 747 – ein Offizier der Einheit Echo – die Treppe vom Oberdeck herunter.

Der Pilot war mit einer sackartigen, hellorangefarbenen Flugkombination bekleidet, die Schofield sofort als Druckanzug identifizierte.

Druckanzüge waren bei Flügen in großer Höhe oder

im erdnahen Orbit zwingend vorgeschrieben. Sie sahen weit und bauschig aus, während sie in Wirklichkeit eng am Körper anlagen. Elastische Manschetten umschlossen Arme und Beine und massierten sie. Sie regulierten den Blutkreislauf und bewirkten, dass das Gehirn ausreichend mit Blut versorgt wurde.

Der Anzug dieses Mannes war mit einem metallenen Halsring ausgestattet, auf den bei Bedarf der Weltraumhelm aufgesetzt wurde. Außerdem war an der Hüfte eine Schlauchkupplung für die Luftversorgung angebracht.

»Ah, Sie haben es also geschafft«, sagte der Pilot, der sie wegen der Kampfanzüge und der verschmutzten Schutzbrillen nicht erkannte. »Tut mir Leid, aber wir konnten nicht länger warten. Cobra hat angerufen. Kommen Sie, nur noch Coleman und ich sind hier im Flugzeug. Die anderen sind schon alle im Shutt-«

Schofield erhob sich rasch und schlug dem Mann ins Gesicht. Mit einem einzigen Hieb streckte er ihn nieder.

»Entschuldigung abgelehnt«, sagte Schofield. Dann wandte er sich an den Präsidenten. »Warten Sie hier!«

»In Ordnung«, antwortete der Präsident.

Die 747 stieg in einem Winkel von nahezu 45 Grad in den Himmel empor.

Schofield stürmte die Treppe hoch, die zum Oberdeck und zum Cockpit führte. Mit angelegtem P-90 hielt er Ausschau nach dem zweiten Piloten mit Namen Coleman.

Er entdeckte ihn, als er gerade aus dem Cockpit trat. Ein weiterer kräftiger Hieb, diesmal mit dem Kolben des P-90, setzte Coleman außer Gefecht.

Schofield rannte in das leere Cockpit und sah sich eilig um.

Eigentlich hatte er vorgehabt, das Steuer zu übernehmen und das Flugzeug zu landen.

Doch das war aussichtslos.

Der Cockpitanzeige war zu entnehmen, dass das Flugzeug mittels Autopilot flog und eine Höhe von 67000 Fuß anstrebte. Die reichte aus, um das Space Shuttle zu starten.

Am unteren Bildschirmrand war zu lesen:

AUTOPILOT EINGESCHALTET.
UM AUTOPILOT AUSZUSCHALTEN ODER KURS ZU ÄNDERN,
BITTE AUTHENTIFIZIERUNGSCODE EINGEBEN.

Den Authentifizierungscode kannte Schofield natürlich nicht.

Er konnte den Autopiloten also nicht ausschalten. Was bedeutete, dass er das Flugzeug auch nicht landen konnte.

Welche Möglichkeiten gab es sonst noch?

Er schaute sich um und sah die draußen vorbeiziehenden Wolken. Sein Blick heftete sich auf den bewusstlosen Piloten, der vor dem Cockpit auf dem Boden lag.

Plötzlich hatte er eine Idee.

Als Schofield zum Präsidenten zurückkam, trug er den bewusstlosen Coleman auf den Schultern.

Mit dem Kinn wies er auf den anderen Piloten zu Füßen des Präsidenten. »Ziehen Sie seinen Fliegeranzug an!«, sagte Schofield. Er ließ Coleman auf den Boden gleiten und machte sich daran, ihn zu entkleiden.

Kurz darauf waren Schofield und der Präsident mit hellorangefarbenen Druckanzügen bekleidet. In den Schenkeltaschen steckten SIG-Sauer-Pistolen.

»Wohin jetzt?«, fragte der Präsident.

Schofield musterte ihn ernst. »Dorthin, wo noch kaum ein Mensch vor uns war.«

Das X-38-Shuttle war mittels einer zylindrischen Nabelschnur mit dem Jumbo verbunden. Das Shuttle war durch ein Dutzend Titanstreben auf dem Rücken der 747 befestigt, doch die Nabelschnur ermöglichte es den Passagieren, das Raumschiff zu betreten und zu verlassen.

Im Wesentlichen ähnelte die Schnur einem langen, vertikalen Schlauch, der vom Rücken des Jumbos zur Unterseite des Shuttles führte. Der Eingang befand sich in der Mitte des Unterdecks.

Schofield und der Präsident eilten dorthin.

Unterwegs stießen sie auf Geräte, die für die beiden Piloten der Einheit Echo vorgesehen waren: zwei weiße, kastenförmige Life-Support-Systeme – kleine Klimaanlagen, wie sie auch von Shuttle-Astronauten verwendet wurden – sowie zwei kugelförmige, goldfarbene Druckhelme, die an den Halsringen der Druckanzüge einrasteten. Die beiden Männer nahmen beides an sich.

Die gewölbten Visiere sollten vor der ultravioletten Strahlung schützen, der man in großen Höhen ausgesetzt ist. Aufgrund der reflektierenden goldenen Tönung waren die Gesichter der Träger nicht zu erkennen.

Die beiden Männer gelangten zum Eingang der Nabelschnur, die in der Decke verschwand. Eine schmale Stahlleiter führte hinauf.

Eingehüllt in den Raumanzug, das Gesicht hinter dem reflektierenden Goldvisier verborgen, blickte Schofield in die Höhe.

Am Ende des Schlauchs, etwa dreißig Meter über ihm, sah er den beleuchteten Innenraum des X-38-Shuttles.

Er wandte sich dem Präsidenten zu und deutete nach oben.

Sie kletterten langsam die Leiter hoch, was durch die unförmigen Raumanzüge und die Life-Support-Kästen erschwert wurde.

Nach etwa einer Minute schob sich Schofields Kopf durch eine kreisförmige Luke im Boden des Shuttles.

Schofield war starr vor Staunen.

Der Frachtraum des Space Shuttles erinnerte an das Innere eines Higtech-Busses.

Der Raum war klein und kompakt. Er war für die Beförderung von Personen, Waffen und kleinen Satelliten vorgesehen. Die makellos weißen Wände waren gesäumt von Luftanschlüssen, Tastaturen und Befestigungsstiften. Im Moment befand sich die Kabine allerdings im Personenbeförderungsmodus: ein Dutzend paarweise angeordnete, massiv wirkende Sitze waren zum Bug hin ausgerichtet.

Und auf den Sitzen saßen die Männer der Einheit Echo und ihre chinesischen Komplizen.

Durch die Cockpittür an der Vorderseite des Frachtraums machte Schofield drei weitere Personen in Raumanzügen aus: das Pilotenteam des Space Shuttles. Durch die Sichtluken konnte er den klaren Himmel erkennen.

Schofield spürte Adrenalin durch seine Adern fließen.

Er wusste, dass er und der Präsident dank der Helme nicht zu identifizieren waren. Gleichwohl fühlte er sich unwohl und beklommen. Er fürchtete, dass man ihn alsbald als Eindringling entlarven würde.

Nahe dem hinteren Ende des Frachtraums gab es mehrere freie Sitze – wahrscheinlich vorgesehen für die beiden Piloten der 747 und die fünf Soldaten der Einheit Echo, denen man im Hangar den Weg abgeschnitten hatte.

Langsam kletterte Schofield aus der Nabelschnur hervor.

Niemand achtete auf ihn.

Er hielt Ausschau nach Kevin, konnte ihn zu seinem Entsetzen aber nirgendwo entdecken.

Dann aber fiel ihm auf, dass eine der fünf Gestalten ihren Raumanzug offenbar nicht ganz ausfüllte.

Es wirkte nahezu komisch. Die behandschuhten Arme hingen schlaff an der Seite herab, die Beine mit den Stiefeln baumelten über dem Boden. Diese Person war sichtlich zu klein für den Anzug.

Das musste Kevin sein.

Anstatt den Raumanzug zu raffen, sodass Kevins Hände bis in die Handschuhe gereicht hätten, hatten die Männer der Einheit Echo dafür gesorgt, dass er in den Genuss der kreislaufregulierenden Manschetten kam.

Schofield dachte fieberhaft über sein weiteres Vorgehen nach.

Ich könnte mir Kevin schnappen, und bevor sich jemand losschnallen kann, könnten wir über die Nabelschnur in die 747 runtersteigen, überlegte er.

In diesem Moment berührte ihn jemand am Arm, und eine Stimme dröhnte in seinem Ohr.

»Hallo, Coleman.«

Es war einer der Shuttle-Piloten, dessen Gesicht ebenfalls nicht zu erkennen war. Er hatte den Frachtraum betreten und Schofield die Hand auf den Arm gelegt. Seine blecherne Stimme wurde über Schofields Helmlautsprecher übertragen.

»Bloß Sie beide? Was ist mit den anderen?«

Schofield schüttelte den Kopf.

»Tja«, war alles, was der gesichtslose Astronaut sagte. Er zeigte auf zwei Sitze nahe der Cockpittür. »Setzen Sie sich und schnallen Sie sich an!«

Anschließend ging der Astronaut in die Hocke, half dem Präsidenten aus der Nabelschnur heraus und schloss die Luke.

Dann bewegte er sich Richtung Cockpit und verkündete über Sprechfunk: »Achtung, an alle! Die Abtrennung des Startflugzeugs erfolgt in dreißig Sekunden.«

Die Tür hinter dem Piloten glitt zu und versiegelte das Cockpit. Schofield stand noch immer mitten in der Kabine und starrte auf die geschlossene Bodenluke.

So ein Mist!

Sie waren im Begriff, in den Orbit zu starten.

Dicht gefolgt vom Präsidenten begab sich Schofield zu den beiden freien Sitzen nahe der Cockpittür.

Währenddessen schaute er sich unauffällig an, wie sich die Männer der Einheit Echo am zentralen Life-Support-System des Shuttles eingestöpselt und wie sie die Gurte befestigt hatten.

An seinem Sitz angelangt steckte er den Schlauch aus dem Life-Support-Kasten in eine Buchse. Dann nahm er Platz und legte die Gurte an.

Der Präsident beobachtete ihn aufmerksam, dann ließ er sich auf einem Sitz auf der anderen Seite des Mittelgangs nieder und schnallte sich ebenfalls an.

Schofield hatte nun Gelegenheit, sich ausgiebig umzuschauen.

Auf der anderen Seite des Gangs, unmittelbar hinter dem Präsidenten, saß Kevin. In dem massigen Raumanzug wirkte er winzig und verloren.

Und dann geschah etwas Eigenartiges.

Kevin winkte ihm zu.

Er bewegte den Arm, sodass der überlange Ärmel hin und her schwenkte.

Schofield runzelte die Stirn. Er konnte es zunächst gar nicht fassen.

Sein Helm war verspiegelt, Kevin konnte sein Gesicht also nicht sehen.

Hatte der Junge ihn trotzdem erkannt?

Aber wie war das möglich?

Schofield schob den Gedanken beiseite. Wahrscheinlich winkte Kevin jedem Astronauten zu.

Er wandte sich dem Präsidenten zu, der gerade den

Brustgurt anzog. Jener atmete tief durch, und Schofield konnte gut nachempfinden, wie ihm zumute war.

Über Funk meldeten sich verschiedene Stimmen.

»Boosterzündung auf Standby.«

»Kurz vor Erreichen der Starthöhe ...«

»Nabelschnur wird abgetrennt. Drei ... zwei ... eins ... jetzt.«

Von der Unterseite des Shuttles her ertönte ein lautes Krachen, und das Raumschiff stieg merklich empor, da es nun leichter war.

»Nabelschnur wurde abgetrennt. Haben uns vom Startflugzeug gelöst.«

Jemand lachte leise. Dann meldete sich Cobra Carneys Stimme: »Drücken Sie auf die Tube!«

»Gewiss, Sir! Bereite Zündung der Pegasus-Booster vor. Zündung in drei Sekunden.«

Ein bedrohliches Grollen war zu vernehmen.

»Drei ... zwei ...«

Schofield wartete angespannt.

»... eins ... und Zündung!«

Es war, als hätte jemand einen Flammenwerfer aktiviert.

Als die Pegasus-Booster des X-38 gezündet wurden, befand sich das Space Shuttle dicht oberhalb der nun führerlosen 747. Die gewaltigen Raketen zeigten unmittelbar auf den silberfarbenen Jumbo.

Sie leuchteten so hell wie Magnesiumfackeln. Zwei unglaublich lange weiß glühende Flammenzungen schossen aus den beiden zylindrischen Boostern an der Unterseite des X-38 hervor.

Die beiden Feuerlanzen rasten unmittelbar auf die 747 zu und trennten sie geradewegs in der Mitte durch.

Unter der Wucht des Feuersturms brach die 747 auseinander. Der Treibstoff in den Tragflächen entzündete sich augenblicklich, und einen Sekundenbruchteil später explodierte das ganze riesige Flugzeug. Zahllose Trümmerteile regneten zur Erde hinab und zogen dichte Rauchbahnen hinter sich her.

Schofield bekam von der Zerstörung der 747 nichts mit. Vom Shuttle aus konnte er nicht nach draußen blicken. Das Raumfahrzeug befand sich mittlerweile auf dem Weg in eine andere Welt.

Ein Geräusch wie das der zündenden Booster hatte Schofield noch nie gehört.

Es war laut und dröhnend und übertönte alles.

Es war wie das Tosen eines anspringenden Düsentriebwerks, allerdings tausendfach verstärkt.

Und dann schoss das Shuttle steil nach oben.

Schofield wurde in den Sitz gepresst. Die gesamte Kabine bebte und vibrierte, und Schofield spürte, wie seine Wangen nach innen gedrückt wurden. Er biss die Zähne zusammen.

Abgesehen von der geschlossenen Cockpittür gab es nur eine einzige Verbindung zwischen dem Flugdeck und dem Frachtraum: ein zehn Zentimeter dickes Fenster in der Cockpitwand.

Durch dieses Fenster konnte Schofield geradewegs durch die vordere Windschutzscheibe des Shuttles sehen und beobachten, wie sich der Himmel allmählich purpurrot färbte.

Einige Minuten lang stieg das Shuttle weiter senkrecht nach oben, von den gewaltigen Boostern in den Himmel gehoben. Dann waren inmitten des Tosens der Raketen auf einmal die Stimmen der Besatzung zu vernehmen:

»Bereite Abtrennung der Booster vor und schalte um auf Eigenschub.«

»Verstanden.«

»Abtrennung der Booster eingeleitet. Drei … zwei … eins … jetzt.«

Schofield spürte, wie das Gewicht der gewaltigen Booster von dem aufsteigenden Shuttle abfiel.

Er blickte zum Präsidenten hinüber, der krampfhaft die Armlehnen umklammerte. Schofield war erleichtert. Der Präsident schien also bei vollem Bewusstsein zu sein.

Das X-38 stieg weiter in den Himmel empor. Das Schütteln hatte aufgehört, und das Raumfahrzeug bewegte sich nun ruhiger, beinahe so, als schwebte es in der Luft.

Schofield nutzte die nachlassende Anspannung, um die Umgebung genauer in Augenschein zu nehmen.

Als Erstes fiel ihm eine Tastatur neben der Cockpittür auf. Falls der Kabinendruck sank, konnte man anscheinend mit ihr einen Schließmechanismus aktivieren.

Schofield untersuchte zudem seinen Raumanzug. In Höhe des linken Unterarms war ein kleiner Apparat in den Ärmel eingearbeitet, mit dem das Funkgerät bedient wurde. Dem Display war zu entnehmen, dass momentan Kanal 05 eingestellt war.

Er blickte zum Präsidenten hinüber, tippte verstohlen auf seinen Arm und hielt dann drei Finger hoch. Schalten Sie Kanal 03 ein, wollte er ihm damit sagen.

Der Präsident nickte. Nach ein paar Sekunden sagte Schofield: »Können Sie mich hören?«

»Ja. Was haben Sie vor?«

»Wir bleiben erst mal ruhig sitzen und warten auf eine Gelegenheit, den Vogel zu übernehmen.«

Das Shuttle stieg immer weiter empor.

Währenddessen veränderte sich allmählich die Außensicht. Die Farbe des Himmels wechselte von leuchtendem Purpur zu bedrohlichem Schwarz.

Und auf einmal, als hätte sich ein Schleier gehoben, erblickte Schofield einen prachtvollen Sternenhimmel und darunter – vor dem Hintergrund des tiefschwarzen Himmels wie ein Opal leuchtend – die Erde. Die Kugel schien dermaßen groß und gewaltig, dass es Schofield für einen Moment den Atem verschlug.

Der Anblick war einfach unbeschreiblich.

Sie befanden sich erst in geringer Höhe und waren gerade an der Grenze zwischen Weltraum und Außenatmosphäre angelangt, etwa zweihundert Meilen über dem Erdboden.

Schofield starrte den leuchtenden, türkisfarbenen Planeten an, der im Universum schwebte. Dann richtete er den Blick auf das Sternenmeer über dem Planeten. Der Himmel war klar und schien endlos zu sein.

Und auf einmal bewegte sich einer der Sterne.

Schofield blinzelte und sah erneut hinüber.

Zweifellos glitt der Stern am Himmel entlang.

»Allmächtiger!«, flüsterte er.

Das war gar kein Stern.

Es war ein Space Shuttle.

Es schwebte durch den Weltraum und hielt geradewegs auf sie zu. In Form und Größe ähnelte es den amerikanischen Modellen, nur die deutlich erkennbare gelbrote Flagge am Heck unterschied es von ihnen.

Es war das chinesische Space Shuttle.

Schofield schaltete wieder auf Kanal 05 um und vernahm Cobras Stimme: »Gelber Stern, hier spricht der Fleeing Eagle. Ich kann Sie nun sehen. Wir nehmen jetzt den Schub zurück und schwenken in den Parkorbit ein. Sie können die Annäherung in dreißig Sekunden beginnen.«

In diesem Moment glitt die Cockpittür auf, und zwei der Piloten des X-38 kamen heraus.

Schofield blickte jäh auf.

Jetzt, da sie den niedrigen Orbit erreicht hatten, konnten sie sich in der Kabine frei bewegen. Es herrschte

Schwerelosigkeit, deshalb hielten sich die Männer an den Handgriffen fest, die an der Decke angebracht waren.

Beide Piloten trugen noch die goldfarbenen Helme und hielten die kastenförmigen Life-Support-Systeme in der Hand. Sie schwebten an Schofield und dem Präsidenten vorbei nach hinten, um das Andocken des chinesischen Shuttles vorzubereiten.

Zwei der anderen Männer im Frachtraum schnallten sich ebenfalls ab und machten Anstalten, ihnen beim Andockmanöver behilflich zu sein.

Jetzt war Schofields Chance gekommen. Er schaltete Kanal 03 ein.

»Es ist soweit«, sagte er zum Präsidenten. »Folgen Sie mir!«

So beiläufig wie möglich verband Schofield seinen Luftschlauch mit dem Life-Support-Kasten und löste die Gurte.

Der Präsident tat es ihm nach.

Kurz darauf spürte Schofield die Schwerelosigkeit am eigenen Leib. Er packte einen Deckengriff und bewegte sich auf Kevin zu. Schnell schloss er den Jungen an das Life-Support-System an und löste seine Gurte.

Einige Männer der Einheit Echo blickten neugierig zu ihm herüber.

Schofield deutete ins Cockpit. Das hieß so viel wie: Möchtest du mal einen Blick hineinwerfen?

Kevin nickte begeistert.

Die Männer der Einheit Echo wandten sich arglos wieder ihrer Arbeit zu.

Mit dem Präsidenten im Schlepptau bugsierte Schofield Kevin ins Cockpit des Shuttles.

Hier war die Aussicht noch eindrucksvoller.

Durch das Fenster betrachtet wirkte die Erde wie eine riesige wasserblaue, konvexe Linse.

Der im Cockpit verbliebene Pilot drehte sich bei ihrem Eintreten um.

Über Kanal 05 sagte Schofield: »Wir haben uns gedacht, wir schauen mal rein und genießen die Aussicht«

»Nicht schlecht, wie? Behalten Sie aber bitte die Visiere unten! Die Strahlung ist mörderisch, und die Sonne kann einen blenden.«

Schofield drückte Kevin auf den leeren Sitz des Kopiloten. Dann schaltete er wieder auf Kanal 03 um und wandte sich an den Präsidenten.

»Lösen Sie seine Gurte und fesseln Sie ihm damit die Arme! Ich kümmere mich um sein Life-Support-System.«

»Äh – jetzt sofort?«

»Nein, wenn ich damit fertig bin«, antwortete Schofield kurz.

Er beugte sich plötzlich vor, packte das goldfarbene Visier des Piloten und riss es nach oben.

Der Pilot brüllte, als ihm das ungefilterte Sonnenlicht in die Augen fiel.

Schofield riss nun das Life-Support-System des Mannes aus dem Wandsockel, während der Präsident seine Gurte löste. Er verknotete sie hinter dem Sitz und fixierte auf diese Weise die Arme des Piloten.

Ohne Sauerstoffversorgung schnappte der Pilot alsbald heftig nach Luft.

Schofield hechtete zur Cockpittür hinüber und rammte die Faust auf den Schalter neben dem Eingang. Die Tür glitt zu, sodass sie nun im Cockpit eingeschlossen waren.

Der Präsident fuhr herum. »Was ...?«

Schofield war immer noch in Bewegung.

Er wusste, dass ihm etwa drei Sekunden blieben, bis jemand aus dem Frachtraum die Cockpittür öffnete.

Neben der Tür befand sich genau die gleiche Tastatur wie auf der anderen Seite.

Schofield hangelte sich hinüber.

Neben den üblichen mit Ziffern beschrifteten Schaltern gab es darauf einen länglichen roten Knopf, der durch eine Plastikabdeckung geschützt war. Die Beschriftung lautete:

NUR IM NOTFALL EINSCHALTEN:
COCKPIT-SICHERHEITSVERRIEGELUNG

Schofield öffnete die Abdeckung und drückte die rote Taste.

Die fünf Verriegelungsbolzen rasteten ein. Das Cockpit war nun so sicher wie ein Banktresor.

Kurz darauf vernahm Schofield von der anderen Seite ein gedämpftes Klopfen: Die Männer der Einheit Echo hämmerten gegen die Tür.

Sie spähten durch das zehn Zentimeter dicke Fenster in der Trennwand und schwangen ihre Fäuste.

Schofield achtete gar nicht darauf.

Das Shuttle befand sich jetzt in seiner Gewalt.

Er beugte sich zu Kevin hinüber, der wie gebannt die Erde und die Sterne betrachtete.

Doch er genoss nicht nur den wundervollen Ausblick. Nach einer Weile richtete er den Blick auf das Armaturenbrett des X-38, das mit etwa einer Million Schalter und Kontrollleuchten sowie mit zahlreichen Monitoren ausgestattet war. Es sah aus wie im Cockpit eines Jumbo-Jets, nur wesentlich komplexer.

Der Präsident setzte sich auf den hinteren Navigatorsitz und zog Kevin auf seinen Schoß.

»Und was nun?«, fragte der Junge. »Können Sie etwa auch ein Space Shuttle fliegen, Captain?«

»Leider nein«, antwortete Schofield. Er deutete auf den gefesselten und röchelnden Kopiloten. »Der aber schon.«

Schofield zog die SIG-Sauer aus der Schenkeltasche und hielt sie dem Kopiloten vors Visier. Der Präsident schloss daraufhin dessen Luftschlauch wieder an, und der Pilot begann gierig die Luft einzuatmen. Schofield schaltete sein Funkgerät auf Kanal 03 um.

»Ich brauche Ihre Hilfe, um dieses Ding zur Erde zurückzufliegen«, sagte Schofield.

»Leck mich!«, erwiderte der Pilot.

»Hmm«, machte Schofield. Dann nickte er dem Präsidenten zu, der den Luftschlauch des Piloten wieder aus der Halterung riss. Der Mann keuchte erneut.

Schofield versuchte es noch einmal. »Vielleicht sollte ich es anders formulieren: Entweder Sie erklären mir, wie man das Shuttle heil nach Utah zurückbringt oder ich werde es ohne Ihre Hilfe steuern. Bei meiner Flugweise werden wir entweder beim Wiedereintritt in die Atmosphäre verglühen oder an einem Berg zerschellen. So oder so werden wir sterben.«

Der Präsident schloss den Luftschlauch wieder an. Das Gesicht des gefesselten Mannes war inzwischen blau angelaufen.

»In Ordnung«, japste er. »In Ordnung, ich mach's.«

»Na also!«, sagte Schofield. »Als Erstes möchte ich Folgendes wissen –«

Er verstummte, als auf dem transparenten Display in der Windschutzscheibe plötzlich eine grüne Leuchtschrift erschien:

***FLEEING EAGLE*, HIER SPRICHT DER *GELBE STERN*,**
SIE HABEN DEN KURS GEÄNDERT.
BITTE RICHTEN SIE IHREN KURS NACH VEKTOR
DREI-NULL-NULL AUS.

Schofield starrte auf die Mitteilung.

Und dann erblickte er hinter dem transparenten Display auf einmal das chinesische Space Shuttle, das mittlerweile erheblich näher gekommen war.

Es schwebte durch den leeren Raum auf ihr Shuttle zu und war noch etwa dreihundert Meter entfernt. Rasch kam es näher.

***FLEEING EAGLE*, BITTE BESTÄTIGEN SIE.**

»Bitte bestätigen …«, murmelte Schofield und musterte die unzähligen Schalter, bis er jene für die Waffenkontrollen gefunden hatte. »Hier hast du deine Bestätigung!«

Er klappte eine Sicherheitsabdeckung hoch, unter der zwei rote Schalter mit der Aufschrift ›MSSLE LNCH‹ zum Vorschein kamen.

»Das ist für Mother!«, sagte er und drückte beide Schalter.

Die beiden Shuttles befanden sich außerhalb der Atmosphäre, beleuchtet vom strahlenden Widerschein der Erde: das kompakte X-38 und gegenüber das etwas größere chinesische Shuttle.

Und dann schossen auf einmal zwei weiße Lichtpfeile unter den Flügeln des X-38 hervor – zwei schlanke Raketen, speziell für den Einsatz in der Schwerelosigkeit konstruierte AMRAAM. Sie lösten sich aus den Startvorrichtungen und rasten durch das Vakuum zwischen den beiden Shuttles.

Die Raketen waren unglaublich schnell und näherten sich dem chinesischen Shuttle wie zwei riesige geflügelte Nadeln.

Sie ließen keine Flammenzungen hinter sich zurück, denn im Vakuum findet keine Verbrennung statt. Lediglich die Hecktriebwerke glühten orangefarben vor dem schwarzen Himmel.

Das chinesische Shuttle hatte keine Chance, denn in dieser Höhe gab es keinerlei Abwehrmaßnahmen.

Die beiden AMRAAM schlugen gleichzeitig in das Raumschiff der Chinesen ein – die eine in der Mitte, die andere im Bug.

Das Shuttle brach sofort auseinander.

Es explodierte in einem gleißend hellen, weißen Lichtblitz. Die Trümmerwolke dehnte sich nach der heftigen Explosion wie in Zeitlupe nach allen Seiten aus.

Der *Gelbe Stern* würde nicht zur Erde zurückkehren.

Die Männer der Einheit Echo hämmerten noch immer gegen die Cockpittür, als Schofield gemäß den Anweisungen des gefesselten Piloten den automatisch gesteuerten Wiedereintritt in die Atmosphäre einleitete.

Die Air-Force-Soldaten waren zur Untätigkeit verdammt.

Die Cockpittür bestand aus acht Zentimeter dickem Titan. Es war unmöglich, sie aufzubrechen. Und durch das Fenster zu feuern erschien ebenso wenig ratsam.

Als das X-38 den kontrollierten Sinkflug begann, blieb ihnen nichts anderes übrig, als wieder die Plätze einzunehmen und abzuwarten. Das Shuttle würde bald auf die Atmosphäre treffen und war dann auf die Hitzeschilde angewiesen, die es vor den draußen herrschenden Temperaturen von über 2000° Celsius schützten.

Das vom Autopiloten gesteuerte Shuttle schoss nach unten. Währenddessen beobachtete Schofield, wie die Sterne allmählich verblassten. Ringsum war es trübe und neblig, bis auf einmal der strahlend blaue Himmel zum Vorschein kam.

Das X-38 war in östliche Richtung geflogen. Da es sich nur kurze Zeit im Orbit aufgehalten hatte, befand es sich noch immer über Colorado. Als Schofield nach Westen blickte, bot sich ihm ein faszinierendes Farbenspiel: Er sah graue Berge und herrlich grüne Täler, und am Horizont machte er die sandgelbe Wüste von Utah aus.

Er schaute auf seine Armbanduhr.

Es war 10:36 Uhr.

Sie waren genau zwölf Minuten im Orbit gewesen. Da sie mit Überschallgeschwindigkeit in die Tiefe rasten, würden sie schon in wenigen Minuten wieder in Utah eintreffen.

Auf einmal leuchtete das Display in der Cockpitscheibe wieder auf:

LEITSTRAHL DES ZIELFLUGHAFENS EMPFANGEN.
FLUGHAFEN IDENTIFIZIERT ALS UNITED STATES AIR FORCE
SPECIAL AREA 08 (MILIT. SPERRGEBIET)
BEGINNE LANDEANFLUG

Schofield stutzte. Er wollte auf keinen Fall zu Area 8 zurück.

Die Konfrontation musste so schnell wie möglich beendet werden. Soweit er es einschätzen konnte, war es am besten, die beiden Luftwaffenstützpunkte zusammen mit dem Präsidenten und dem Football hinter sich zu lassen.

Dazu brauchte er aber zunächst einmal den Football.

Und jener, dessen unerbittlicher Countdown um 11.30 Uhr endete, hatte sich zuletzt in Area 7 befunden, und zwar in der Hand von Seth Grimshaw.

Schofield wandte sich an den gefesselten Shuttle-Piloten. »Wir müssen in Area 7 landen.«

Das X-38 schoss in raschem Sinkflug nach Westen und raste über der Wüste von Utah dahin.

Es flog mit donnernden Triebwerken auf Area 8 zu, doch als sie näher kamen, schaltete Schofield den Autopiloten aus und lenkte das Shuttle wie ein gewöhnliches Flugzeug über die Basis hinweg.

Die zwanzig Meilen bis zu Area 7 hatten sie in weniger als einer Minute zurückgelegt, und dann erblickte Schofield auch schon den kleinen Berg und die verlängerte Startbahn. In der Ferne, am Horizont, lag der Lake Powell.

Er steuerte die Startbahn an und flog dicht an den Gebäuden von Area 7 vorbei. Die Startbahn verlief von Osten nach Westen, und er hielt nun genau darauf zu.

Das X-38 setzte schließlich sanft auf der schwarzen Teerfläche auf.

Allerdings war es noch immer schnell – außerordentlich schnell.

Deshalb bemerkte Schofield auch nicht die beiden schwarzen Penetratoren, die neben den Hangars von Area 7 warteten.

Er bekam genauso wenig mit, dass einer von ihnen aufstieg, kaum dass die Shuttle-Räder den Boden berührt hatten.

Das X-38 schoss mit qualmenden Reifen über die Wüstenrollbahn.

Schofield versuchte zu bremsen und aktivierte einen Bremsfallschirm. Das Shuttle wurde tatsächlich langsamer.

Er machte sich daran, das Shuttle zum Haupthangar zurückzulenken.

Doch dazu kam er nicht mehr.

Denn in dem Moment, als er das Shuttle zum Stehen brachte, schwenkte plötzlich der Penetrator vor seinen Bug und verharrte über der Startbahn wie ein Raubvogel.

Das Space Shuttle und der Kampfhubschrauber standen einander gegenüber.

Schofield riss den Helm herunter, und der Präsident folgte seinem Beispiel.

»Mist! Was machen wir jetzt?«, fragte er.

In diesem Augenblick erbebte die Cockpittür.

Die Männer der Einheit Echo hatten sich abgeschnallt und hämmerten erneut mit aller Kraft gegen die Tür.

Auf einmal meldete sich der Pilot des Penetrators über Funk. Er gehörte zu Caesar Russels 7. Schwadron.

»X-38, hier spricht der Air-Force-Penetrator. Zu Ihrer Information: Wir zielen mit einer Rakete auf Sie. Lassen Sie sofort den Jungen frei!«

Schofield ließ seinen Blick einen Moment lang auf Kevin ruhen. Seine Gedanken rasten.

Die Welt verengte sich auf wenige Dinge – den Penetrator über der Startbahn, die Männer der Einheit Echo im Shuttle und die auf sie gerichtete Rakete.

Da bemerkte er plötzlich das Schrankfach, das hinter Kevins Sitz in die Wand eingelassen war.

Er wandte sich an den Präsidenten. »Sir, würden Sie Kevin bitte aus dem Raumanzug helfen?«

Der Präsident nickte.

Schofield schaltete sein Mikrofon ein. »Air-Force-Penetrator, was haben Sie vor?«

Unterdessen kletterte er zum Schrankfach hinüber und riss es auf.

Auf der Tür klebte ein Schild mit der Beschriftung: SURVIVALKIT.

Die Männer der Einheit Echo hämmerten immer heftiger gegen die Tür.

»Wenn Sie den Jungen freigeben«, sagte der Pilot des Penetrators, »lassen wir Sie in Ruhe.«

»Ja, klar«, murmelte Schofield.

Er wühlte hektisch in der Survivalausrüstung des Shuttles. »Es muss einfach da sein! Es ist doch immer dabei …«, brummte er.

Ins Mikrofon sagte er: »Und wenn wir den Jungen nicht freilassen?«

»Dann müssen wir wohl weiteren Verlusten vorbeugen und Sie alle töten.«

Endlich hatte Schofield das Gesuchte gefunden: ein zylindrisches Metallrohr von einem halben Meter Länge.

Er packte das Rohr, hob unvermittelt den Kopf – und blickte genau durch das zehn Zentimeter dicke Glasfenster in der Wand, die den Frachtraum abteilte. Was er sah, ließ das Blut in seinen Adern gefrieren: Auf der anderen Seite der Glasscheibe zielte jemand mit einer Pistole auf ihn – und feuerte.

Schofield schloss die Augen. Er wartete darauf, dass die Kugel die Glasscheibe zerschmetterte und in seinen Kopf einschlug.

Das Glas aber war zu dick. Die Kugel zerkratzte lediglich die Oberfläche und prallte dann ab.

Schofield holte tief Luft und eilte zum Pilotensitz zurück.

»Air-Force-Penetrator!«, sagte er, während er wieder Platz nahm und sich anschnallte. »Hören Sie zu! Der Präsident ist ebenfalls bei mir.« Unterdessen bedeutete er dem Präsidenten, sich abzuschnallen.

»Der Präsident?«

»Genau. Ich schicke ihn jetzt mit dem Jungen raus. Ich nehme an, das ist Ihnen recht. Kann ich mich darauf verlassen, dass Sie nicht das Feuer eröffnen werden?«

»Ja, das können Sie.«

»Okay«, wandte sich Schofield an Kevin und den Präsidenten. »Ich werde jetzt die Luke öffnen, und dann möchte ich, dass Sie sich beide so weit wie möglich vom Shuttle entfernen. Haben Sie mich verstanden?«

»Ist klar«, sagte Kevin.

»Verstanden.« Der Präsident nickte. »Was ist mit Ihnen?«

Schofield legte den Öffnungshebel der Luke um.

Mit einem Klicken und einem scharfen Zischen wurde unmittelbar über dem gefesselten Shuttle-Piloten ein kleiner Teil der Kabinendecke in die Luft katapultiert.

Ein breiter Streifen des blauen Himmels zeigte sich.

»Laufen Sie einfach so weit wie möglich weg!«, ordnete Schofield an. »Ich komme gleich nach. Vorher muss ich bloß noch den Helikopter abschießen.«

Zwei winzige Gestalten kletterten durch die Luke im Cockpit des Shuttles in die flirrende Wüstenhitze hinaus.

Der Präsident hatte noch immer den orangefarbenen Fluganzug an, allerdings ohne den Helm. Kevin hatte den Anzug mithilfe des Präsidenten inzwischen ausgezogen und trug seine normale Kleidung.

Über ihnen schwebte bedrohlich der Penetrator, dessen Rotoren donnernd die Luft durchteilten.

Eine Strickleiter aus Plastik hing vom Shuttle auf den Boden hinab. Sie hatte sich automatisch entrollt, nachdem die Kabinenluke abgesprengt worden war.

Unter den wachsamen Blicken der drei Besatzungsmitglieder des Penetrators kletterten der Präsident und Kevin eilig die Leiter hinunter.

Sobald ihre Füße den glühend heißen Teerbelag der Startbahn berührten, rannten sie los.

Währenddessen richtete Schofield das Metallrohr auf seinem Schoß aus und wartete angespannt darauf, dass Kevin und der Präsident sich in Sicherheit brachten.

Er wechselte einen Blick mit dem gefesselten Shuttle-Piloten. »Warum guckst du so?«, fragte er.

Plötzlich sprühten orangefarbene Funken aus der Kabinentür hervor.

Die Männer der Einheit Echo versuchten offenbar, die Tür mit einem Schneidbrenner zu öffnen.

Ich muss warten, bis der Präsident und der Junge in Sicherheit sind, sagte er sich immer wieder.

Und auf einmal meldete sich erneut der Pilot des Penetrators. »Ich danke Ihnen, X-38. Tut mir Leid, dass ich Sie getäuscht habe, aber bedauerlicherweise muss ich das Shuttle jetzt vernichten. Gute Nacht!«

Unter dem rechten Stummelflügel des Penetrators schoss eine Sidewinder-Rakete hervor und zog eine Rauchfahne hinter sich her. Die Rakete senkte sich herab und hielt unmittelbar auf die Windschutzscheibe des Space Shuttles zu.

Inzwischen sprühten die Funken des Schneidbrenners ins Cockpit.

Wird allmählich Zeit, den Laden hochgehen zu lassen, dachte Schofield.

Und er betätigte den Auslösehebel des Schleudersitzes.

Wie eine Feuerwerksrakete schoss Shane Schofield auf dem Sitz in den Himmel hinauf.

Er stieg senkrecht in die Luft, genau zwischen dem Space Shuttle und dem Penetrator.

Und dann geschah Verschiedenes gleichzeitig.

Die Rakete des Penetrators schlug unterhalb von Schofield in das X-38 ein, das mitsamt den Soldaten der Einheit Echo in einem gewaltigen Feuerball explodierte.

Schofield seinerseits schoss weiter in die Luft empor und erreichte den Zenit seiner Flugbahn auf einer Höhe mit der verdatterten Besatzung des Penetrators.

Die drei Männer im Innern des Hubschraubers sahen, wie Schofield ein zylindrisches Rohr gegen die Schulter presste – das Rohr aus dem Survivalkit des Shuttles, ein Raketenwerfer.

Der kompakte einschüssige Raketenwerfer vom Typ M-72 war für Astronauten gedacht, die in feindlichem Gebiet notlandeten und eine leichte Waffe mit großer Feuerkraft benötigten.

Schofield drückte nun dessen Auslöser.

Ein stromlinienförmiger Sprengkopf zischte aus dem M-72 an seiner Schulter hervor, durchteilte mit phänomenaler Geschwindigkeit die Luft und schoss geradewegs auf das Cockpit des Penetrators zu.

Der Sprengkopf durchschlug dessen Windschutzscheibe und detonierte mit großer Wucht. Und die Wände des Kampfhubschraubers wurden nach außen gedrückt, sodass er kurz darauf zerbarst.

Er fiel vom Himmel herab – ein brennendes Wrack, das eine dicke schwarze Qualmwolke hinter sich herzog.

Er krachte auf die Startbahn und zerschellte in tausend Stücke.

Und dann öffnete sich der Fallschirm des Schleudersitzes.

Er entfaltete sich über Schofield und beförderte ihn wohlbehalten zum Boden, wo er neben den brennenden Wrackteilen des Space Shuttles und des Helikopters landete.

Der Präsident und Kevin rannten auf ihn zu.

»Das war richtig cool!«, rief Kevin atemlos, als er neben Schofield zum Stehen kam.

»Ja. Man sollte besser keine geladene Waffe auf Sie richten!«, befand der Präsident.

Schofield lächelte und streifte den Fallschirm ab. Dann blickte er zu den Gebäuden von Area 7 hinüber.

Er dachte in dem Augenblick weder an den Football noch an das Schicksal des Landes.

Sein einziger Gedanke galt Libby Gant.

Zuletzt hatte er sie während des Kampfes in der Grube gesehen, als Colonel Harpers Virengranate explodiert war.

Plötzlich registrierte er den zweiten Helikopter.

Caesars und Logans Penetrator, der einsam und verlassen vor dem Haupthangar stand.

»Caesar ist anscheinend zu Area 7 zurückgekehrt«, verkündete Schofield. »Was hat das wohl zu bedeuten?«

In diesem Moment bemerkte er eine Gestalt, die aus dem Kontrollturm trat und kraftlos einen Arm schwenkte.

Es war Book II.

Schofield, Kevin und der Präsident trafen mit Book am Fuß des Kontrollturms zusammen.

Book II. wirkte blass und erschöpft. Um den linken

Oberarm trug er einen dicken Verband. Der Arm ruhte in einer provisorischen Schlinge.

»Scarecrow, schnell!«, sagte er. Offenbar hatte er starke Schmerzen. »Sie sollten sich das besser mal ansehen. Jetzt gleich!«

Während sie die Treppe des Kontrollturms hochstiegen, fragte Schofield: »Wann ist Caesar wieder hier aufgetaucht?«

»Die sind kurz vor Ihnen gelandet. Als Sie ankamen, waren sie unterwegs zum oberen Eingang. Ich hab mich hier um Janson gekümmert, und dann haben wir das Kunststück mit dem Schleudersitz mitverfolgt. Caesar und Logan haben alles vom Hangareingang aus beobachtet, aber als Sie ihre Jungs zur Hölle gejagt haben, sind sie gleich im Komplex verschwunden.«

»Caesar ist in Area 7. Aber warum?«, murmelte Schofield mit starrem Blick. Dann schaute er Book in die Augen. »Irgendwelche Nachrichten von Gant?«

»Nein«, antwortete Book II. irritiert. »Ich dachte, die wäre bei Ihnen!«

»Nein, wir wurden getrennt, als die Virengranate hochging. Sie muss sich noch innerhalb der Anlage aufhalten.«

Sie waren im obersten Stockwerk des Turms angelangt. Juliet Janson saß mit verbundener Schulter in einem Sessel. Sie sah blass aus, war jedoch bei vollem Bewusstsein.

Neben ihr stand der Football.

»Also, was wollten Sie mir zeigen?«, wandte sich Schofield an Book.

»Das hier«, erwiderte Book II. und zeigte auf einen Computermonitor. Darauf war zu lesen:

ABRIEGELUNGSPROTOKOLL S.A.(R) 7-A
NOTFALLSYSTEM AKTIVIERT
AUTHENT.-CODE: 7-3-468201103

*********************ACHTUNG******************** NOTFALLPROTOKOLL AKTIVIERT WIRD DIE FRIST NICHT BIS 11.05 UHR NACH EINGABE DES AUTHENTIFIZIERUNGSCODES VERLÄNGERT ODER DER VORGANG ABGEBROCHEN, SCHALTET SICH DER SELBSTZERSTÖRUNGSMECHANISMUS EIN. DAUER DER SELBSTZERSTÖRUNGSSEQUENZ: 10:00 MINUTEN ********************ACHTUNG*********************

Schofield sah auf seine Armbanduhr.

Es war 10.43 Uhr.

Noch zweiundzwanzig Minuten blieben, bis der atomare Selbstzerstörungsmechanismus der Anlage in Gang gesetzt wurde.

Und von Gant keine Spur, dachte Schofield sorgenvoll.

»Da ist noch etwas«, fuhr Book II. fort. »Es ist uns gelungen, die Stromgeneratoren wieder hochzufahren, aber die Spannung ist äußerst schwach. Ein paar Systeme arbeiten wieder, einige Kommunikationsleitungen, das interne Fernsehen, teilweise auch die Beleuchtung.«

»Und?«

»Sehen Sie sich das mal an!«

Book II. betätigte einen Schalter, worauf ein Monitor flackernd hell wurde.

Der Kontrollraum im Haupthangar wurde sichtbar. Und inmitten des schwer verwüsteten Raums stand Caesar Russel und blickte geradewegs in die Kamera, wie er es im Lauf des Vormittags bereits mehrfach getan hatte.

Russel grinste in die Kamera.

»Ich grüße Sie, Mister President, Bürgerinnen und Bürger von Amerika. Ich weiß, es ist noch ein wenig früh für den Lagebericht, aber da es so aussieht, als wäre der Kampf entschieden, werden Sie wohl nichts dagegen haben, wenn ich meinen Kommentar bereits jetzt abgebe.

Meine Männer sind besiegt, meine Sache ist verloren. Ich könnte nun dem Präsidenten und seinen tapferen Bodyguards gratulieren, doch das ist nicht meine Art. Ich möchte zum Abschluss nur noch eins sagen: Nach dem heutigen Tag wird das Land nie mehr das sein, was es einmal war ...«

Daraufhin tat Caesar etwas, das Schofield das Blut in den Adern gefrieren ließ.

Er öffnete das Oberteil seines Kampfanzugs und präsentierte seine nackte Brust.

Schofields Kiefer fiel herab. »O nein ...«

Unmittelbar über dem Herzen hatte Russel eine lange, senkrechte Narbe – die offenbar von einer Herzoperation herrührte.

Caesar verzog das Gesicht zu einem bösartigen, wahnsinnigen Grinsen.

»Wer mir das Herz bricht«, sagte er, »der stirbt.«

»Was soll das?«, fragte der Präsident. »Das kapier ich nicht.«

Schofield schwieg.

Er hatte verstanden.

Langsam holte er ein Stück Papier aus der Tasche. Es war der Ausdruck, den Brainiac noch im AWACS-Flugzeug angefertigt hatte – als er herausfinden wollte, ob tatsächlich ein Sender am Herzen des Präsidenten implantiert war.

Schofield musterte den Ausdruck mit den Kreisen, die Brainiac dazugemalt hatte:

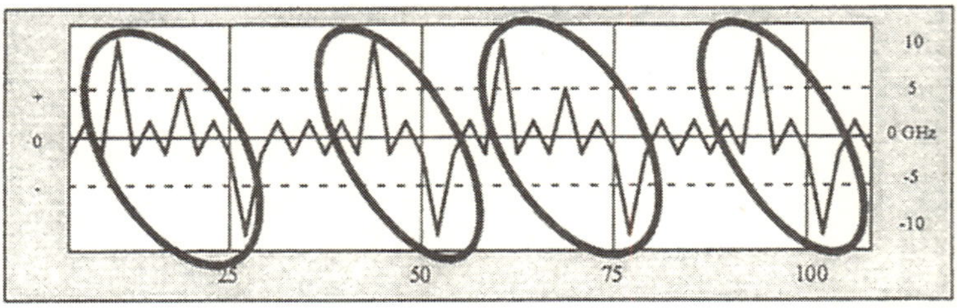

Er rief sich Brainiacs Erläuterungen ins Gedächtnis.

Das ist ein typisches Reflektionssignal. Der Satellit sendet ein Suchsignal aus – das sind die hohen Zacken im positiven Bereich, um die 10 Gigahertz –, und dann reflektiert es der Empfänger am Boden, nämlich der Präsident. Das sind die Ausschläge im negativen Bereich … Rufsignal und Antwort. Lässt man die Interferenzen außer Acht, scheint das Antwortsignal alle fünfundzwanzig Sekunden ausgestrahlt zu werden.

»Lässt man die Interferenzen außer Acht …«, murmelte Schofield und überlegte angestrengt.

»Aber das sind gar keine Interferenzen. Das sind *zwei verschiedene* Signale. Der Satellit muss zwei Signale empfangen …« Er nahm einen Kuli zur Hand und markierte zwei Signalpaare.

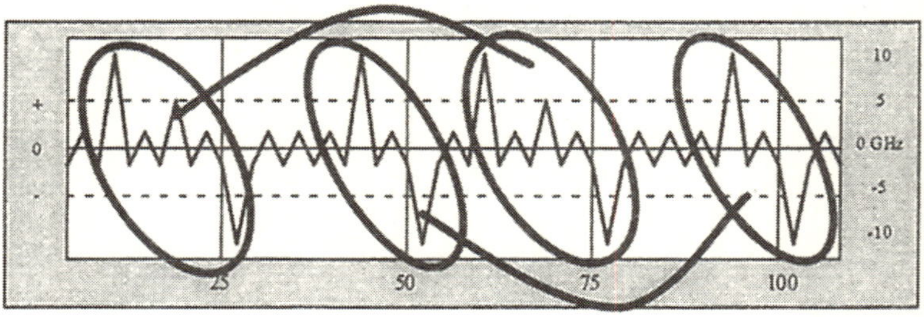

»Die Kurve deutet auf zwei verschiedene Signalmuster hin«, sagte Schofield. »Das erste und das dritte Signal gehören zusammen. Und das zweite und vierte.«

»Was meinen Sie damit?«, fragte der Präsident.

»Ich meine, Mister Präsident, dass Sie in diesem Komplex nicht der einzige sind, der einen Sender am Herzen trägt. Das ist Caesars Trumpf, sein letztes As. Es soll grantieren, dass er selbst dann siegt, wenn er verliert. Caesar Russel trägt einen Sender an seinem Herzen. Und wenn er stirbt, gehen die Sprengköpfe auf den Flughäfen hoch.«

»Er befindet sich innerhalb der Anlage«, sagte Book II. mit vor Schmerz verzogenem Gesicht, »und in genau zwanzig Minuten wird der Selbstzerstörungsmechanismus aktiviert.«

»Ich weiß«, sagte Schofield, »und er weiß es ebenfalls. Das heißt, wir müssen etwas tun, was mir völlig widerstrebt. Wir müssen erneut in Area 7 eindringen und dafür sorgen, dass Caesar Russel am Leben bleibt.«

Die siebte Konfrontation

3. Juli, 10.45 Uhr

UNITED STATES AIR FORCE
SPECIAL AREA 7 (MILITÄRISCHES SPERRGEBIET)
1045 UHR

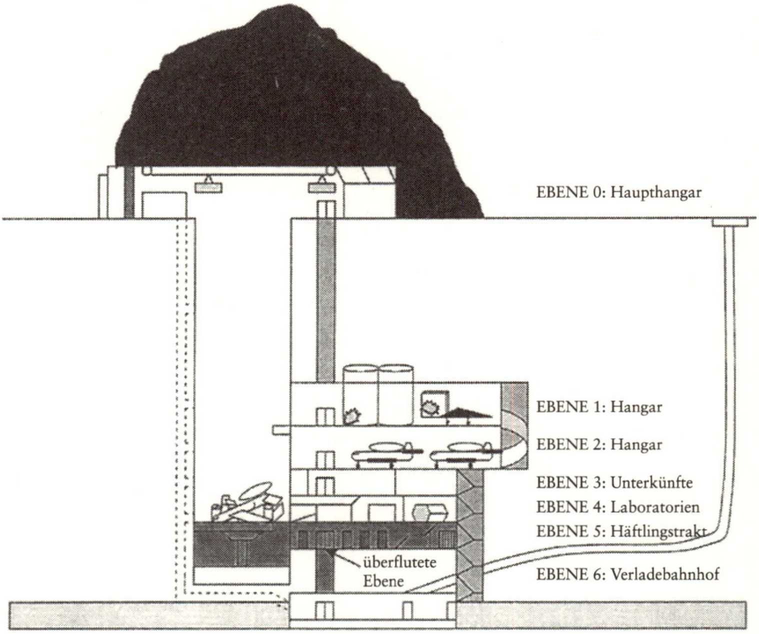

Schofield bewaffnete sich erneut.

Da Book II. und Juliet beide verwundet waren, musste er allein losziehen.

Von Book erhielt er den Magischen Haken und steckte ihn ins Rückenhalfter. Außerdem nahm er das P-90 mit, das zuvor Seth Grimshaw getragen hatte. Es waren zwar nur etwa vierzig Schuss im Magazin, aber das konnte ihm noch von großem Nutzen sein. Eilig stopfte er Books M9 und seine eigene Desert-Eagle-Pistole in die Schenkelhalfter. Und zu guter Letzt tauschte er sein Armbandmikrofon, das durch das Wasser stark beschädigt war, sowie den Ohrhörer gegen Juliets Funkgerät aus.

Book und Juliet würden mit einem P-90 bewaffnet im Kontrollturm bleiben und den Präsidenten, Kevin und den Football so lange bewachen, bis die Army und die Marine im Stützpunkt eintrafen.

Schofield holte Nicholas Tates Handy aus der Tasche und wählte die Nummer der Auskunft. Stattdessen meldete sich sogleich Dave Fairfax.

»Mister Fairfax, Sie müssen mir einen Gefallen tun.«

»Worum geht's denn?«

»Ich benötige die Freigabecodes für Area 7, vor allem den Code, der den Selbstzerstörungsmechanismus ausschaltet. Irgendwo müssen sie notiert sein. Klinken Sie sich ins lokale Netzwerk ein und finden Sie die Codes heraus!«

»Wie viel Zeit habe ich?«, wollte Fairfax wissen.

»Sie haben exakt neunzehn Minuten Zeit.«

»Ich kümmere mich drum.«

Damit unterbrach Fairfax die Verbindung.

Schofield rammte einen neuen Ladestreifen in sein M9. Da tauchte jemand an seiner Seite auf.

»Ich glaube, sie ist noch am Leben«, sagte Kevin unvermittelt.

Schofield schaute hoch und musterte den kleinen Jungen erstaunt. »Woher weißt du, was ich gedacht habe?«

»Ich weiß es einfach. Wie immer. Ich wusste, dass Doktor Botha die Air-Force-Soldaten angelogen hat. Und ich habe gemerkt, dass Sie ein guter Mensch sind. Ich kann die Gedanken anderer Leute nicht lesen, aber ich spüre, was sie fühlen. Jetzt im Moment machen Sie sich um jemanden Sorgen, um jemanden, den sie lieb haben. Und diese Person ist noch in der Anlage.«

»Hast du mich auf diese Weise auch im Space Shuttle erkannt?«

»Ja.«

Schofield hatte die Waffen neu geladen und musste nun unwillkürlich lächeln. »Noch irgendwelche guten Ratschläge?«, fragte er Kevin.

»Ich habe sie ein einziges Mal gesehen«, sagte der kleine Junge, »nämlich als Sie beide vor meinem Zimmer standen. Eins habe ich sofort gespürt: Sie mag Sie. Also sollten Sie sie auch retten.«

Schofield grinste. »Danke für den Tipp!«

Und weg war er.

Zunächst versuchte er, den oberen Eingang zu öffnen.

Vergeblich.

Caesar hatte den Code anscheinend manuell verändert. Fairfax blieb nicht mehr genug Zeit, ihn zu knacken.

Somit gab es nur noch eine Möglichkeit: den Notausgang.

Schofield rannte zu Caesars vewaistem Penetrator hinüber.

Es war genau 10.48 Uhr.

Zwei Minuten später landete Schofield Caesars Penetrator in einer Wolke aus Sand und Staub vor dem Notausgang.

Der Ausgang war leicht zu finden gewesen, denn Mr. Hoegs limonengrüner Doppeldecker, den Schofield davor abgestellt hatte, war nicht zu übersehen.

Kaum dass der schwarze Helikopter den Boden berührt hatte, sprang Schofield auch schon heraus und rannte zum Notausgang.

Er sprang in den Graben hinunter und stürmte durch die offene Stahltür des Tunnels.

Es war 10.51 Uhr, als Schofield mit angelegtem Gewehr die dunkle Verladestation auf Ebene 6 betrat.

Abgesehen von dem dünnen Strahl des Zielscheinwerfers am Lauf seines P-90 war es hier unten stockfinster.

Auf dem Boden lagen zahlreiche Leichen, im trüben Licht nur als Schatten erkennbar – die Gefallenen der vorausgegangenen Schlachten. Die Schlachten zwischen der Air Force und dem Secret Service, zwischen den Südafrikanern und der Air Force, zwischen Schofield mit seinen Marines und der Air Force ...

Schofield lief ein kalter Schauer über den Rücken.

Doch noch etwas anderes machte ihm zu schaffen. Kevin hatte natürlich Recht gehabt. Schofield wollte nicht nur Caesar Russels Leben retten, sondern er hatte auch noch einen weit persönlicheren Grund, Area 7 erneut zu betreten.

Er musste Libby Gant finden.

Er wusste nicht, wie es ihr nach der Explosion der Virengranate im Hangar ergangen war. Aber er weigerte sich zu glauben, dass sie tot war.

Schofield führte das Armbandmikrofon an die Lippen. »Fox! Fox, sind Sie hier irgendwo? Hier ist Scarecrow. Ich bin wieder da. Hören Sie mich?«

In der Finsternis von Area 7 bewegte sich Libby Gant, als eine Stimme sie aus ihren Träumen riss.

»Hören Sie mich?«

Sie war fast eine Stunde lang bewusstlos gewesen und hatte keine Ahnung, was mit ihr geschehen war.

Sie konnte sich erinnern, dass sie im Kontrollraum gewesen war und etwas gesehen hatte. Und dann auf einmal war es dunkel um sie geworden.

Als sie blinzelnd zu sich kam, stellte sie fest, dass sie noch immer den hellgelben Schutzanzug trug, allerdings ohne Helm. Den hatte ihr anscheinend jemand abgenommen.

Erst jetzt spürte sie den Schmerz in ihren Schultern. Gant öffnete vollständig die Augen – und ein eiskalter Schauer lief ihr den Rücken hinunter.

Mit dem Oberkörper war sie an einen x-förmigen Stahlträger gefesselt. Ihre Handgelenke waren mit Klebeband an der waagerechten Stange fixiert, und ihr Hals befand sich genau in der Mitte des Kreuzes. Sie saß zu Füßen jenes Trägers, die zusammengebundenen Beine gerade ausgestreckt.

Gants Herz klopfte heftig.

Sie war eine Gefangene.

Nachdem sie den ersten Schock überwunden hatte, begann ihr Verstand wieder zu arbeiten. Sie schaute sich um.

Als Erstes fiel ihr auf, dass es hier anscheinend keinen Strom gab. Die unmittelbare Umgebung wurde von drei Feuern erhellt.

Und in dem flackernden Schein erblickte sie Colonel Hot Rod Hagerty.

Er saß unmittelbar neben ihr, auf die gleiche Weise gefesselt wie sie, die Beine lagen auf dem Boden, die Arme waren weit ausgebreitet. Er hielt die Augen geschlossen und den Kopf gesenkt. Hin und wieder stöhnte er leise.

Gant ließ ihren Blick weiter durch den Raum schweifen.

Sie saß unter einer Art Dach, im tiefen Schatten. Vor ihr befand sich ein bühnenartiges Gebilde. Ein paar Spielsachen waren auf dem mit Glasscherben bedeckten Podest verstreut. Es sah so aus, als wäre es einmal von einem Glaskasten umschlossen gewesen, von dem nur noch die Hälfte übrig geblieben war.

Auf einmal ging Gant ein Licht auf.

Sie saß in Kevins ehemaligem Wohnbereich, und zwar unmittelbar unterhalb des Beobachtungslabors, dessen Boden das Dach bildete.

Als Gant die dritte Gestalt im Raum bemerkte, wurde ihr schlagartig übel.

Es handelte sich um Air-Force-Colonel Jerome Harper.

Oder besser um das, was von ihm übrig war.

Er hing ebenfalls unter dem Dach, den Kopf so weit vorgeneigt, wie das Klebeband um seinen Hals es zuließ.

Gants Blick wanderte ungläubig nach unten.

Harper hatte keine Beine mehr.

Es sah aus, als hätte jemand sie einfach abgehackt, sodass nur noch rohes Fleisch zu sehen war. Sein ganzer Unterleib war eine einzige blutige Masse, aus der die gebogene Wirbelsäule herausragte.

Etwas dermaßen Abscheuliches hatte Gant noch nie gesehen.

Angewidert wandte sie den Blick ab. Allmählich wurde ihr das gesamte Ausmaß ihrer misslichen Lage bewusst.

Sie war die Gefangene eines Monsters. Eines Menschen, der bis heute selbst in Area 7 inhaftiert gewesen war.

Es kam nur ein einziger in Frage: Lucifer Leary, der Chirurg von Phoenix.

Der Serienmöder, der Tramper an der Interstate von

Las Vegas nach Phoenix aufgegriffen hatte. Der ehemalige Medizinstudent, der seine Opfer gekidnappt, in sein Haus verschleppt und dann vor ihren Augen ihre Gliedmaßen verzehrt hatte.

Gant blickte sich entsetzt um.

Leary war ein großer Mann, wie sie sich erinnerte, bestimmt über zwei Meter groß, mit einer Abscheu erregenden Tätowierung im Gesicht. Im Augenblick war er nirgends zu sehen.

Sie und Hagerty waren die einzigen lebenden Menschen in dem Beobachtungslabor.

Was in gewisser Weise noch Furcht erregender war, als wenn Leary vor ihr gestanden hätte.

Schofield wandte sich zur Treppe an der Ostseite von Ebene 6.

Er musste den ebenerdigen Kontrollraum erreichen und vor 11.05 Uhr den Abbruchcode eingeben. Wenn das nicht klappte, musste er Caesar ausfindig machen, ihn gefangen nehmen und ihn aus Area 7 hinausschaffen, ehe die Atombombe detonierte.

Er riss die Tür zum Treppenhaus auf – und erblickte im Strahl seines Zielscheinwerfers einen gewaltigen schwarzen Bären, der sich auf den Hinterbeinen aufrichtete und laut brüllend die Tatzen schwang.

Schofield sprang vom Rand der Plattform hinunter, während eine ganze Bärenfamilie im Gänsemarsch aus dem Treppenhaus hervorgetappt kam – die Eltern nebst drei kleinen Bärenjungen.

Nicholas Tate hatte sich also doch nicht getäuscht. In der Anlage liefen tatsächlich Bären herum.

Das Männchen sog witternd die Luft ein. Dann wandte es sich nach Westen, zum anderen Ende der unterirdischen Verladestation, dicht gefolgt von seinen Jungen.

Als die Bären sich weit genug entfernt hatten, stürmte Schofield ins offene Treppenhaus hinein.

Dave Fairfax tippte fieberhaft auf die Tastatur seines Rechners.

Nach fünf Minuten hatte der Computer einen Quellcode gefunden, der dem Abbruchcode des Selbstzerstörungsmechanismus von Area 7 entsprach.

Eigentlich kein schlechter Fortschritt, es gab bloß ein Problem.

Die Zahl hatte 640 Millionen Ziffern.

Er versuchte es weiter.

10:52

Geleitet vom Strahl des Zielscheinwerfers stürmte Schofield in nahezu undurchdringlicher Dunkelheit die Treppe hoch.

Im Laufen versuchte er Gant über Funk zu erreichen. »Fox, hier ist Scarecrow. Hören Sie mich?«, flüsterte er. »Ich wiederhole: Fox, hier ist Scarecrow ...«

Keine Antwort.

Auf Ebene 5 rannte er an der Tür zur Feuertreppe vorbei, aus deren Fugen dünne Wasserstrahlen schossen. Dann gelangte er zu Ebene 4, der Laborebene. Auch diese Tür ließ er links liegen und eilte weiter nach oben.

Auf der anderen Seite von Ebene 4 hörte Gant erneut die Stimme. Sie klang blechern und fern.

»– wiederhole: Fox, hier ist Scarecrow –«

Scarecrow ...

Die Stimme drang aus Gants Ohrhörer, der am Kabel von ihrem Ohr hinabging. Offenbar hatte er sich gelöst, als Leary sie überwältigt hatte.

Gant blickte auf ihr linkes Handgelenk, an dem das Mikrofon befestigt war. Sie konnte es unmöglich an den Mund führen. Und das Mikrofon funktionierte nur, wenn man dicht genug heranging.

Daher begann sie, mit dem Finger auf das Mikrofon zu klopfen.

Schofield gelangte zur Tür von Ebene 2 und blieb unvermittelt stehen.

Aus dem Ohrhörer drang ein seltsames Klopfen.

Es waren lange und kurze Klopfgeräusche.

Ein Morsecode, schoss es Schofield durch den Kopf.

Er konnte die einzelnen Buchstaben ausmachen: »F-O-X. F-O-X ...«

»Fox, sind Sie das? Einmal Klopfen für nein, zweimal für ja!«

Es pochte zweimal in seinem Ohr

»Alles in Ordnung mit Ihnen?«

Fox bejahte.

»Wo sind Sie? Ich brauche die Nummer der Ebene.«

Und Fox klopfte sie in sein Ohr.

10:53

Schofield stürmte durch den Eingang zu Ebene 4 und spähte am Lauf seiner Waffe entlang. Aufmerksam musterte er den Dekompressionsbereich.

Es war stockfinster.

Auf dieser Seite der Ebene war niemand. Die Dekompressionskammer war leer, ebenso die gegenüberliegenden Testkammern und die Laufplanken. Die Schiebetür im Boden, die zum Häftlingstrakt auf Ebene 5 hinunterführte, stand jedoch nach wie vor offen.

Das Wasser auf Ebene 5 war in den vergangenen Stunden beträchtlich angestiegen. Mittlerweile hatte es den Boden von Ebene 4 erreicht. Tintenschwarze Wellen leckten an den Rändern der Bodenöffnung, die nun einem kleinen rechteckigen Swimmingpool ähnelte.

Ebene 5 stand anscheinend vollständig unter Wasser.

Schofield war schon fast an der Luke vorbeigelaufen – als etwas die Wellen durchteilte. Er riss das Gewehr herum, doch da war es schon wieder weg.

Ein zusätzliches Problem hatte ihm gerade noch gefehlt.

Es war so bereits schon schlimm genug: Der ganze Komplex war in tiefe Dunkelheit gehüllt, Bären geisterten durch die Treppenhäuser, Caesar und Logan machten die Gegend unsicher, und das Wasser bemächtigte sich langsam aber sicher des gesamten Gebäudes, von umherstreifenden Häftlingen ganz zu schweigen.

Er gelangte zu der Wand, die Ebene 4 teilte, drückte die Tür auf und riss das Gewehr hoch.

Und auf der anderen Seite, hinter den Resten von Kevins gläsernem Zimmer, erblickte er Gant, die mit gefesselten Armen und Beinen vor einem bizarren Stahlkreuz saß.

Schofield rannte auf Gant zu. Er stürzte und schlitterte das letzte Stück auf den Knien.

Sofort ließ er das P-90 fallen, umfasste ihren Kopf sanft mit den Händen und küsste sie zärtlich auf die Lippen.

Gant war zunächst verblüfft, doch dann erwiderte sie seinen Kuss.

Als er sich von ihr löste, sah Schofield die beiden Männer rechts und links von ihr.

Zunächst bemerkte er Hagerty, der auf die gleiche Weise gefesselt war wie sie.

Dann sah er den toten Colonel Harper – das blutige Fleisch an dem abgehackten Unterleib, die bloßgelegte Wirbelsäule ...

»Allmächtiger!«, stieß er hervor.

»Beeil dich!«, sagte Gant. »Wir haben nicht viel Zeit, er kann jeden Moment zurückkommen.«

Schofield hatte sich daran gemacht, Gants Hals von dem Klebeband zu befreien.

»Wer?«, fragte Schofield schwerfällig und hielt einen Moment lange inne.

»Lucifer Leary.«

»Verdammt!« Schofield arbeitete schneller. Endlich löste sich das Klebeband. Er wandte sich ihren Handgelenken zu, als durch die Wände ein dumpfes Rumpeln drang.

Schofield und Gant blickten mit weit aufgerissenen Augen auf.

»Der Flugzeugaufzug ...«, sagte Schofield nur.

»Er ist anscheinend oben gewesen«, wisperte Gant, »und jetzt kommt er zurück. Bitte beeil dich!«

Schofield bemühte sich fieberhaft, Gant loszubinden, doch das Klebeband war fest gewickelt. Er nestelte ungeduldig daran herum. Aber es dauerte zu lange.

Er drehte sich um und entdeckte drüben in Kevins Wohnzimmer ein paar Glasscherben. Damit könnte er das Klebeband durchschneiden. Er stürzte hinüber und suchte nach einer Scherbe, die scharf genug war. Als er eine gefunden hatte, ertönte Gants aufgeregte Stimme: »Scarecrow!«

Er richtete sich auf und fuhr herum. Vor ihm stand ein extrem großer, breitschultriger Mann.

Schofield erstarrte.

Der Mann stand einfach nur da – in einem Abstand von etwa einem Meter. Das Gesicht lag vollständig im Schatten. Schweigend und vollkommen reglos musterte er den erheblich kleineren Schofield. Dieser hatte ihn überhaupt nicht kommen gehört.

»Wissen Sie, warum das Wiesel das Nest des Krokodils in Ruhe lässt?«, fragte die Schattengestalt. Schofield konnte keine Bewegung des Mundes ausmachen.

Er schluckte.

»Weil es nicht weiß, wann das Krokodil zurückkommt«, sagte der Mann.

Dann trat der Hüne aus dem Schatten.

Und Schofield erblickte die abscheulichste Fratze, die man sich nur vorstellen kann. Auch das Gesicht war groß, und die gesamte linke Hälfte war von einer grauenhaften schwarzen Tätowierung bedeckt, die fünf Kratzspuren zeigte.

Lucifer Leary war wirklich ein Riese, mit massigen, muskulösen Schultern und gewaltigen Beinen. Er war fast einen ganzen Kopf größer als Schofield. Noch immer trug er die Gefängnisjeans und ein himmelblaues Hemd mit abgerissenen Ärmeln. Kalt und abschätzend starrte er Schofield mit seinen dunklen Augen an.

Plötzlich öffnete Leary den Mund, grinste heimtückisch und bleckte seine fauligen gelben Zähne.

Die Wirkung war nahezu hypnotisierend.

Schofield blickte sich rasch nach Gant um. Das P-90 lag neben ihr auf dem Boden. Mit einer blitzschnellen Bewegung riss er seine beiden Pistolen aus den Schenkelhalftern.

Doch er schaffte es kaum, nach den Waffen zu greifen, denn Leary hatte damit gerechnet.

Mit der Geschwindigkeit einer Klapperschlange schoss er vor und packte Schofields Handgelenke.

Und dann drückte der Hüne zu.

Schofield hatte noch nie im Leben solche Schmerzen verspürt. Während Leary seine Handgelenke mit seinen Riesenpranken umklammerte, sank Schofield mit zusammengebissenen Zähnen auf die Knie. Seine Finger, die bereits dunkelrot angelaufen waren, fühlten sich an, als würden sie jeden Moment platzen.

Er ließ die Pistolen los. Polternd fielen sie zu Boden, und Leary kickte sie beiseite.

Anschließend packte er den nunmehr unbewaffneten Schofield an der Kehle, hob ihn hoch und schleppte ihn zu Kevins ehemaliger Behausung.

Schofield wurde auf die Bühne geschleudert. Er rutschte zwischen Spielsachen hindurch, krachte durch ein noch senkrecht stehendes Wandteil und fiel an der anderen Seite hinunter.

Lucifer folgte ihm mit knirschenden Schritten.

Schofield versuchte stöhnend, sich aufzurichten, doch die Mühe hätte er sich sparen können. In Sekundenschnelle hatte Leary ihn erreicht.

Der hünenhafte Killer hob Schofield am Kampfgürtel vom Boden hoch und rammte ihm die Faust so heftig ins Gesicht, dass sein Kopf ruckartig nach hinten flog.

Gant konnte bloß hilflos zusehen, wie Lucifer auf

Schofield eindrosch. Sie war noch immer an den Händen gefesselt, während das P-90 nur wenige Zentimeter von ihr entfernt auf dem Boden lag.

Der unfaire Kampf ging mit unverminderter Härte weiter. Lucifer schlug erneut zu. Daraufhin prallte Schofield zurück und brach zusammen.

Er versuchte sich wieder aufzurichten.

Doch da schleuderte Lucifer Schofield durch den Durchgang in der Trennwand, sodass jener in den Dekompressionsbereich schlitterte.

Lucifer folgte ihm.

Ein weiterer Tritt, und Schofield rollte blutend und keuchend an den Rand der Bodentür.

Auf einmal schoss ein riesiger Reptilienkopf aus dem Wasser hervor und schnappte nach Schofields Kopf.

Schofield wälzte sich blitzschnell herum und wich den Kiefern aus, die einen Fingerbreit vor seinem Gesicht zusammenklappten.

Es war ein Komodowaran, die größte Echse der Welt und ein berüchtigter Menschenfresser. Wie Schofield vom Präsidenten wusste, waren die Echsen für das Sinovirus-Projekt benötigt worden.

Die elektrischen Schlösser ihrer Käfige hatten den Stromausfall anscheinend nicht unbeschadet überstanden.

Als er den Waran erblickte, huschte ein verkniffenes Lächeln über Lucifers Grauen erregende Fratze.

Ohne sichtbare Anstrengung hob er Schofield in die Höhe und hielt ihn über den Pool mit dem Reptil.

Schofield hing in der Luft, strampelte mit den Beinen und zerrte mit den Händen an Lucifers gewaltigen Fäusten. Plötzlich machte er im Wasser mindestens noch zwei weitere Warane aus.

Und Lucifer ließ ihn ohne weitere Umschweife in den Pool fallen.

Schofield stürzte ins Wasser. Umgehend drückte Lucifer einen Schalter im Boden, worauf sich die Luke über den Wellen schloss.

Blitzartig und mit einem lauten Krachen rastete das Tor an der gegenüberliegenden Seite ein.

Lucifer lachte grunzend, als er hörte, wie Schofield mit den Fäusten gegen die Unterseite der Bodentür hämmerte.

Dann kehrte er zurück auf die andere Seite von Ebene 4, wo Gant angstvoll um sich blickte.

Libby Gant beobachtete entsetzt, wie Lucifer Leary allein aus dem Beobachtungsbereich von Ebene 4 zurückkehrte.

Lucifer konnte Schofield doch unmöglich umgebracht haben.

Nein, das durfte einfach nicht wahr sein.

Der riesige Mann schritt zielstrebig durch den großen, saalartigen Raum, mit gesenktem Kopf, den Blick unverwandt auf Gant gerichtet.

Er kniete vor ihr nieder und näherte sich ihrem Gesicht. Er stank erbärmlich.

Sanft streichelte er ihr übers Haar.

»Wie schade, wie schade«, flötete er, »dass dein Ritter in der schimmernden Rüstung nicht der tapfere Krieger war, für den du ihn gehalten hast. Jetzt sind nur noch wir beide da. Wir sollten uns ein wenig ... miteinander bekannt machen.«

»Wohl kaum!«, sagte jemand hinter ihm.

Der Hüne fuhr herum.

In der Tür zum Dekompressionsbereich stand Shane Schofield.

»Bevor Sie ihr ein Haar krümmen«, sagte Schofield drohend, »müssen Sie erst mit mir fertig werden!«

Lucifer brüllte wütend, dann packte er Schofields P-90 und feuerte eine Salve ab.

Schofield hatte sich hinter der Trennwand in Sicherheit gebracht, die nun von den Einschlägen zerfetzt wurde.

Es dauerte nicht lange, und das Magazin des Gewehrs

war leer. Lucifer warf es weg und stürmte in den Dekompressionsbereich.

Die Bodentür stand jetzt offen, und die Wellen schwappten an den Rand. Schemenhaft waren die Komodowarane unter der gekräuselten Wasseroberfläche zu erkennen.

Aus unerfindlichem Grund war Schofield ihnen entkommen.

Lucifer erblickte seinen Gegner nun drüben bei der Dekompressionskammer.

Er stürzte sich auf ihn und holte mit der Rechten aus.

Gerade noch rechtzeitig duckte sich Schofield und wich dem Faustschlag aus. Er war jetzt ruhiger und konzentrierter als zuvor und hatte seine Panik unter Kontrolle. Er wusste nun, mit wem er es zu tun hatte.

Lucifer wirbelte herum und holte erneut aus. Wieder ging der Hieb daneben. Schofield revanchierte sich mit einem kräftigen Schlag in Lucifers Gesicht.

Es knackte laut. Offensichtlich hatte er ihm die Nase gebrochen.

Lucifer wirkte eher verblüfft als benommen. Er berührte das Blut, als wäre es eine fremdartige Substanz, als hätte ihn noch nie zuvor jemand verletzt.

Mit aller Kraft schlug Schofield abermals zu, und erstmals schwankte der Riese leicht.

Ein weiterer Schlag folgte – und Lucifer taumelte rückwärts.

Immer wieder drosch Schofield auf Lucifer ein. Der wich immer weiter zurück, bis sein Fuß den Rand der Luke berührte. Er wollte sich gerade umdrehen – als Schofield ihm die Faust gegen die Nase rammte, sodass er das Gleichgewicht verlor und nach hinten kippte.

Lucifer fiel mit einem lauten Klatschen ins Wasser, wo die Warane bereits auf Beute lauerten. Als der Schaum verschwand, stürzten sich die Tiere gierig auf ihn. Sie schwammen um ihn herum, und Schofield sah nur noch ein Gewimmel aus Reptilienschwänzen und weit aufgerissenen Mäulern.

Lucifer trat wild mit den Beinen und brüllte aus Leibeskräften.

Auf einmal nahm das Wasser eine rote Farbe an, und Lucifers Beine hörten auf zu strampeln. Der riesenhafte Körper schwamm reglos im Wasser, und die Warane umkreisten ihn, während sie große Stücke abrissen.

Schofield schreckte vor dem Anblick zurück. Lucifer Leary hatte zweifellos einen schlimmen Tod erlitten.

Schofield war erschöpft. Viel länger hätte er nicht durchgehalten.

Er trat auf den Schalter, der die Bodentür schloss und die Sicht auf das grauenhafte Spektakel versperrte. Dann eilte er zu Gant zurück.

10:59

Im Handumdrehen hatte er Gant losgebunden. Sie stand nun neben Schofield, der den benommenen Hot Rod Hagerty befreite.

Gant sagte: »Das ist wirklich ein schrecklicher Geburtstag!« Sie wies mit dem Kinn auf den Dekompressionsbereich. »Was ist dort drüben eigentlich passiert? Ich dachte schon, Leary hätte dich …«

»Das hat er auch fast«, antwortete Schofield. »Der Scheißkerl hat mich in das Wasser mit den Komodowaranen geworfen.«

»Und wie bist du wieder rausgekommen?« Gant blickte ihn staunend an.

Schofield holte den Magischen Haken hervor. »Reptilien reagieren anscheinend besonders empfindlich auf magnetische Entladungen. Das habe ich heute von einem kleinen Jungen namens Kevin gelernt. Nachdem ich den Magischen Haken eingeschaltet hatte, hielten sie Abstand. Dann habe ich die Bodentür von unten wieder geöffnet und bin dir zu Hilfe geeilt. Als Lucifer ins Wasser stürzte, hatte er bedauerlicherweise keinen Magischen Haken dabei …«

»Gott sei Dank!«, bemerkte Gant. »Und wo stecken der Präsident und Kevin?«

»Die befinden sich in Sicherheit. Außerhalb der Anlage.«

»Weshalb bist du dann zurückgekommen?«

Schofield sah auf seine Armbanduhr.

Es war genau 11.00 Uhr.

»Aus zwei Gründen. Erstens wird in fünf Minuten der Selbstzerstörungsmechanismus dieser Anlage aktiviert. Zehn Minuten später wird hier alles in die Luft fliegen, und das dürfen wir nicht zulassen, solange Caesar Russel sich im Komplex aufhält. Deshalb müssen wir entweder verhindern, dass der Selbstzerstörungsmechanismus zündet, oder wir schaffen Caesar Russel rechtzeitig nach draußen.«

»Warte mal einen Moment!«, sagte Gant. »Wir müssen Caesar das Leben retten?«

»Unser Gastgeber hat sich offenbar den gleichen Sender implantieren lassen, der auch dem Präsidenten eingesetzt wurde. Wenn er stirbt, wird das Land in Schutt und Asche gelegt.«

»Dieser Mistkerl!«, entfuhr es Gant. »Und der zweite Grund?«

Schofield errötete leicht. »Ich wollte dich finden.«

Gants Miene hellte sich auf, doch in betont sachlichem Ton sagte sie: »Darüber sollten wir uns später unterhalten.«

»Da hast du wohl Recht«, stimmte Schofield zu.

Er hatte es inzwischen geschafft, Hagerty zu befreien. Blinzelnd erwachte der aus seiner Betäubung.

»Wie wär's, wenn wir damit bis zum nächsten Date warten?«, wandte sich Schofield an Gant.

»Das sollten wir«, erwiderte sie grinsend.

11:01

Schofield und Gant fuhren mit dem separaten Miniaufzug in dem großen Aufzugschacht nach oben. Bewaffnet waren sie lediglich mit Schofields Pistolen, Gant mit der M9, Schofield mit der Desert Eagle.

Schofield hatte Hagerty zu Ebene 6 hinuntergeschickt. Von dort sollte er sich durch den Fluchttunnel in Sicherheit bringen. Nach einem Blick auf Colonel Harper hatte Hagerty keine Einwände erhoben. Er war froh, Area 7 so rasch wie möglich verlassen zu können.

»Ich weiß nicht, ob wir den Selbstzerstörungsmechanismus deaktivieren können«, sagte Gant, während Schofield ihr den Impfstoff gegen das Sinovirus spritzte. Sie sollte sich schließlich in dem kontaminierten Hangar nicht infizieren. »Wir müssen jedenfalls bis 11.05 Uhr einen Abbruchcode eingeben, aber den kennen wir nicht.«

»Darum habe ich mich gekümmert«, entgegnete Schofield und nahm das Handy aus der Tasche. Er drückte die Taste für die Wahlwiederholung, worauf sich sogleich David Fairfax meldete.

»Mister Fairfax, wie läuft's?«

»Der Abbruchcode lautet 10502«, sagte Fairfax sofort. »Hab den Hintereingang benutzt und mich vom Quellcode her ins System eingehackt. Auf diese Weise hab ich ihn gefunden. Wie sich herausstellte, war es die Identifizierungsnummer des Drahtziehers. Von Colonel Harper von der Air Force.«

»Ich glaube, die wird er nicht mehr brauchen«, sagte Schofield sarkastisch. »Ich danke Ihnen, Mister Fairfax.

Sollte ich das hier überstehen, lade ich Sie irgendwann zum Bier ein.«

Er unterbrach die Verbindung und wandte sich an Gant.

»Okay, wird allmählich Zeit, dass wir diese nukleare Zeitbombe abstellen. Und dann müssen wir nur noch Caesar lebend erwischen.«

Schofield und Gant fuhren in dem dunklen Aufzugschacht nach oben.

Über ihnen lag die riesige quadratische Öffnung, die von einem orangefarbenen Licht erhellt wurde.

Lucifer Leary hatte den Flugzeugaufzug zuvor tatsächlich auf Ebene 4 abgesenkt. Nachdem sie das Beobachtungslabor auf Ebene 4 verlassen hatten, waren sie sofort zum Aufzugschacht hinübergegangen, und dort hatte die riesige Aufzugplattform auf sie gewartet, beladen mit nicht weniger als fünfzehn Leichen – Häftlinge, Soldaten der 7. Schwadron, Marines und Bedienstete des Weißen Hauses. Leary hatte zweifellos vorgehabt, sie ebenfalls auf jene grauenhafte Weise zu verstümmeln.

Nun klaffte über Schofield und Gant die gewaltige Schachtmündung.

Während sie in raschem Tempo in die Höhe stiegen, griff Gant unter die Plattform. Als sie sich aufrichtete, hielt sie den Magischen Haken in der Hand, den sie zuvor an der Unterseite des Miniaufzugs befestigt hatte.

»Halt dich bereit!«, sagte Schofield.

Sie waren im Haupthangar angelangt.

Es sah aus wie in der Hölle.

Überall brannten Feuer, die den riesigen Raum in ein unheimliches Licht tauchten. Und überall lagen Leichen.

Der gesamte riesige Raum war von Trümmern übersät – mit Teilen der explodierten Helikopter, demolierten

Schleppfahrzeugen sowie den Überresten der Barrikade vor dem Innengebäude.

Hier war nichts unversehrt geblieben.

Die schrägen Fenster des Kontrollraums waren ausnahmslos geborsten. In einer der großen Holzkisten, die vom Deckenkran herabhingen, steckte ein Stück des Heckrotors des Nighthawk 2.

Wie durch ein Wunder hatte dennoch ein Objekt sämtliche Ereignisse unbeschadet überstanden: Der Marine One.

Er stand an der Westseite des Aufzugschachts.

Als die Plattform ruckartig im Hangar zum Stehen kam, blickten Schofield und Gant sich vorsichtig um.

11:02

»Der Computer, der den Selbstzerstörungsmechanismus steuert, befindet sich im Kontrollraum«, erklärte Gant.

»Dann ist das unser Ziel«, entgegnete Schofield und wandte sich zum Innengebäude.

»Warte mal!« Gant war plötzlich stehen geblieben und blickte angestrengt auf den Boden.

»Wir haben keine Zeit«, drängte Schofield.

»Geh schon mal vor!«, sagte Gant. »Und ruf mich, wenn du Hilfe brauchst! Ich probier noch was anderes.«

»In Ordnung«, antwortete Schofield und rannte auf das Innengebäude zu.

Gant ging in die Hocke. Auf allen Vieren kroch sie zwischen den Leichen und Trümmern nahe dem Miniaufzug umher. Sie suchte etwas.

Währenddessen stürmte Schofield mit vorgehaltener Desert Eagle ins Erdgeschoss des Innengebäudes.

Er wandte sich sogleich zur Treppe und rannte die Stufen hoch. Zum ersten Mal an diesem Tag hatte er das Gefühl, alles im Griff zu haben. Er kannte den Abbruchcode und brauchte ihn nur noch in den Computer einzugeben, um die Atombombe zu entschärfen.

Danach blieb ihm genügend Zeit, Caesar ausfindig zu machen. Er musste ihn aufspüren, bevor jener sich umbrachte. Anschließend brauchte er ihn nur noch aus Area 7 hinauszuschaffen und der Justiz zu übergeben.

11:03

Schofield gelangte zur Tür des Kontrollraums und stieß sie mit vorgehaltener Waffe auf.

Überrascht blieb er stehen.

Mitten in dem verwüsteten Zimmer saß Caesar Russel auf einem Drehstuhl und blickte Schofield mit breitem Grinsen an.

»Ich habe mir gedacht, dass Sie zurückkommen würden«, sagte Caesar.

Er war vollkommen unbewaffnet.

»Wissen Sie, Captain«, fuhr er fort, »einen Mann wie Sie hat dieses Land gar nicht verdient. Sie sind clever, Sie sind mutig, und Sie setzen alles daran, zu gewinnen, selbst wenn Sie etwas völlig Bizarres und Unlogisches tun müssen wie in diesem Fall, nämlich mir das Leben retten. Leider werden Ihre Leistungen von den ignoranten Idioten, die diese Nation führen, niemals gebührend gewürdigt. Und deshalb« – er seufzte – »ist es wirklich bedauerlich, dass Sie sterben müssen.«

In diesem Moment wurde dicht an Schofields Kopf ein Hahn gespannt.

Schofield drehte sich um –

– und erblickte Major Kurt Logan, der mit einer silbernen SIG-Sauer-Pistole unmittelbar auf seinen Kopf zielte.

11:04

»Treten Sie ein!«, sagte Caesar.

Logan nahm Schofield die Desert Eagle ab und versetzte ihm einen Stoß.

»Kommen Sie, schauen Sie sich mit mir zusammen Amerikas Hinrichtung an!« Caesar deutete auf einen Monitor hinter seinem Rücken. Er zeigte das Gleiche an wie der Bildschirm, den Schofield bereits draußen gesehen hatte. Er las:

ABRIEGELUNGSPROTOKOLL S.A.(R) 7-A
NOTFALLSYSTEM AKTIVIERT
AUTHENT.-CODE: 7-3-468201103

********************ACHTUNG********************
NOTFALLPROTOKOLL AKTIVIERT
WIRD DIE FRIST NICHT BIS 11.05 UHR NACH EINGABE DES AUTHENTIFIZIERUNGSCODES VERLÄNGERT ODER DER VORGANG ABGEBROCHEN, SCHALTET SICH DER SELBSTZERSTÖRUNGSMECHANISMUS EIN.
DAUER DER SELBSTZERSTÖRUNGSSEQUENZ:
10:00 MINUTEN
********************ACHTUNG********************

Schofield blickte auf die Zeitanzeige in der unteren Bildschirmecke.

11:04:29

11:04:30

11:04:31

»Tick-tick-tick«, sagte Caesar voller Genugtuung. »Wie frustrierend das für Sie sein muss, Captain! Keine klugen Pläne mehr, keine Space Shuttles, keine Geheimausgänge ... Sobald der Selbstzerstörungsmechanismus aktiviert ist, kann er nicht mehr unterbrochen werden. Ich werde sterben und Sie mit mir. Und Amerika ebenfalls.«

Die Ziffern der Zeitanzeige liefen weiter.

Da Logan ihn mit der Waffe bedrohte, konnte Schofield bloß hilflos zuschauen, wie sich die Anzeige auf 11:05 Uhr zubewegte.

11:04:56

11:04:57

Schofield ballte die Fäuste.

Er kannte den Code! Er kannte ihn, aber er konnte ihn nicht eingeben. Und wo zum Teufel steckte eigentlich Gant? Was machte sie bloß da draußen?

11:04:58
11:04:59
11:05:00
»Lift-off.« Caesar lächelte.
»Scheiße!«, entfuhr es Schofield.
Der Monitor gab ein durchdringendes Piepen von sich.

Abriegelungsprotokoll S.A.(R) 7-A

SELBSTZERSTÖRUNGSMECHANISMUS AKTIVIERT
10:00 MINUTEN BIS ZUR EXPLOSION

Auf dem Bildschirm startete ein Countdown.
10:00
9:59
9:58
In diesem Moment schalteten sich im ganzen Komplex batteriebetriebene rote Warnleuchten ein, im Haupthangar, im Aufzugschacht und auch im Kontrollraum.

Aus den Lautsprechern dröhnte eine elektronische Stimme.

»Achtung! Noch zehn Minuten bis zur Selbstzerstörung ...«

Während sie in rote Lichtblitze gehüllt wurden, bemerkte Schofield, wie Kurt Logan für den Bruchteil einer Sekunde zu den Warnleuchten hinüberblickte.

Schofield ergriff die Gelegenheit.

Er warf sich auf Logan, der daraufhin gegen eine Computerkonsole prallte.

Logan schwenkte die Pistole herum, doch Schofield packte sein Handgelenk und rammte es auf die Konsole. Der Kommandant der 7. Schwadron ließ die Pistole fallen.

Caesar lehnte sich mit einem Grinsen zurück und beobachtete den Kampf mit sichtlichem Vergnügen.

Schofield und Logan rangen verbissen miteinander, noch immer in das rote Licht der Warnleuchten getaucht, zwei Elitesoldaten, die genau die gleiche Ausbildung genossen hatten. Das zeigte sich an ihrer Technik und Ausdauer. Sie waren ebenbürtige Gegner.

Schofield aber war noch erschöpft von dem Kampf mit Lucifer. Er setzte zu einem Schwinger an, zielte jedoch miserabel. Das war Logans Chance.

Er duckte sich unter dem ins Leere gehenden Schlag und packte Schofield bei der Hüfte. Dann hob er ihn hoch und schleuderte ihn durch eins der geborstenen Fenster des Kontrollraums.

Schofield fiel rückwärts in die Tiefe. In Erwartung des Aufpralls auf dem zehn Meter entfernten Boden schloss er die Augen.

Doch dazu kam es nicht.

Der Sturz war erstaunlich kurz.

Und Schofield landete auf einer rauen Holzoberfläche, die unter seinem Gewicht nachgab.

Überrascht öffnete er die Augen.

Er lag auf einer der riesigen Holzkisten, die von dem Kran an der Decke herabbaumelten.

Die Kiste hing links vor dem Fenster, offenbar um den Beschäftigten im Kontrollraum freie Sicht auf den Hangar zu gewähren.

Die Kiste war durch dicke Ketten mit dem Schienensystem verbunden, das sich etwa zwei Meter darüber befand. Die Ketten wurden durch einen Ring mit Federmechanismus zusammengehalten, ähnlich dem kreisförmigen Verschluss einer Halskette.

An diesem Ring war ein quadratisches Steuergerät mit drei großen Knöpfen befestigt, mit denen die Kiste offensichtlich an den Schienen hin- und herbewegt wurde.

Auf einmal begann die Kiste heftig zu schaukeln. Schofield schaute nach rechts und erblickte Logan, der ihm hinterhergehechtet war.

Als Libby Gant das Klirren von Glas hörte, sah sie erschrocken auf.

Sie hatte gerade jenen Gegenstand gefunden, nach dem sie die Trümmer auf dem Boden durchforstet hatte, als Schofield aus dem Kontrollraumfenster flog und hoch über dem Hangarboden auf der Holzkiste aufprallte.

Dann beobachtete sie, wie Kurt Logan aus dem Fenster sprang und leichtfüßig neben Schofield landete.

»O nein …«, flüsterte Gant.

Sie zog die Pistole, als um sie herum plötzlich Funken stoben. Man hatte sie unter Sperrfeuer genommen.

Mit einem Hechtsprung brachte sie sich hinter zwei Leichen in Sicherheit. Als sie schließlich hochblickte, sah sie Caesar Russel, der sich aus dem geborstenen Fenster des Kontrollraums lehnte, ein P-90 schwenkte und schrie: »Nein, nein, nein! Ich will einen Luftkampf sehen!«

»Achtung. Noch neun Minuten bis zur Selbstzerstörung …«, erklang die elektronische Stimme erneut.

Unterdessen kniete Logan breitbeinig über Schofield und schlug ihm fest ins Gesicht.

»Sie haben es mir heute unnötig schwer gemacht, Captain.«

Sein Gesicht glühte vor Wut und Anstrengung.

Ein weiterer kräftiger Hieb traf Schofield ins Gesicht.

Sein Kopf prallte gegen die Kiste, und aus seiner Nase schoss ein Schwall Blut hervor.

Logan packte das Steuergerät über seinem Kopf und drückte einen Knopf.

Schwankend und quietschend setzte sich die Kiste daraufhin in Bewegung und schnellte durch den Hangar auf den offenen Aufzugschacht zu. Der Kran verfügte über einen eigenen Verbrennungsmotor und war deshalb nicht vom Stromausfall betroffen.

Während die Kiste in den Hangar hinausglitt, boxte Logan Schofield weiter ins Gesicht und redete gleichzeitig auf ihn ein.

»Wissen Sie, ich erinnere mich noch –«, keuchend schlug er zu, »– wie wir mit den Marinemiezen bei der jährlichen Wehrübung ausgegangen sind.«

Er hieb erneut auf Schofield ein.

»Zu leicht rumzukriegen. Sie sind eine Schande –«, seine Faust raste wieder und wieder auf Schofields Gesicht nieder, »– fürs Land, für die Fahne und für die Mütter.«

Schofield konnte kaum noch die Augen aufhalten.

Plötzlich schwenkte die Kiste über den hundertzwanzig Meter tiefen Aufzugschacht. Logan drückte einen Knopf am Steuergerät und stoppte den Kran.

Die Kiste kam über der gähnenden Schachtmündung schaukelnd zum Stehen.

»Achtung! Noch acht Minuten bis zur Selbstzerstörung …«, hallte die monotone Stimme durch den Hangar.

Schofield lugte über den Rand der Kiste und sah die in rotes Licht getauchten Betonwände des Schachts, die senkrecht in der Tiefe verschwanden.

»Leben Sie wohl, Captain Schofield!«, sagte Logan, riss Schofield am Revers nach oben und schob ihn zum Rand der Kiste.

Schofield, mittlerweile völlig erschöpft, war unfähig, sich zu wehren. Er stand schwankend am Abgrund des Aufzugschachts.

Ihm kam der Magische Haken auf seinem Rücken in

den Sinn, dann aber sah er hinauf zur Decke. Sie bestand aus Fiberglasplatten. Daran würde der Magnetkopf nicht haften, und auch der Haken selbst fände nirgendwo Halt.

Eins stand für ihn fest: Er hatte keine Kraft mehr, gegen Logan zu kämpfen.

Außerdem war er unbewaffnet.

Logan war ihm in jeder Hinsicht überlegen.

In dem Moment, als Logan ihn gerade vom Rand stoßen wollte, erblickte Schofield einen Schatten inmitten des roten Lichts, der hinter einigen toten Soldaten am Ostrand des Aufzugschachts in Deckung ging. Gant, schoss es ihm durch den Kopf.

Er hatte noch eine Verbündete, das wurde ihm plötzlich bewusst.

Er wandte sich zu Logan um …

… und hob zu dessen ungeheurer Verblüffung den rechten Arm. Er öffnete seine Faust, und auf der Handfläche kam das Mikrofon des Secret Service zum Vorschein.

Schofield blickte Logan starr in die Augen und sagte: »Die Harbour Bridge, Gant. Du übernimmst den negativen Pol.«

Logan runzelte die Stirn. »Was?«

Und ehe Logan reagieren konnten, griff Schofield mit allerletzter Kraft über Logans Schulter und öffnete den Federmechanismus, mit dem die Kiste am Deckenkran befestigt war.

Die Wirkung war enorm.

Wie in Zeitlupe, von den roten Lichtblitzen beleuchtet, löste sich die Kiste mit Schofield und Logan von der Deckenschiene. Beide Männer verloren den Halt – und stürzten in den hundertzwanzig Meter tiefen Abgrund.

Schofield fiel ins Leere.

Die Wände des Schachts rasten an ihm vorbei, und als er den Blick hob, sah er über sich die rasch verblassende Schachtmündung.

Neben ihm stürzte Logan in die Tiefe, sein Gesicht zu einer entsetzten Fratze verzerrt. Logan war fassungslos angesichts dessen, was Schofield soeben getan hatte.

Inständig hoffte Schofield, dass Gant ihn gehört hatte.

Und während er durch die Luft flog, zog er den Magischen Haken aus dem Futteral, aktivierte den Magneten und stellte ihn auf positive Ladung ein. Dann hielt er Ausschau nach einer Möglichkeit, sich zu retten.

Gant hatte seinen Funkspruch tatsächlich gehört.

Jetzt lag sie bäuchlings am Rand des Schachts und hielt ihren negativ gepolten Magischen Haken hinein.

»Scarecrow«, sagte sie ins Mikrofon, »du zuerst! Dann setze ich den Schuss.«

Mitten im Flug feuerte Schofield seinen Magischen Haken ab.

Jener schoss senkrecht im Schacht nach oben und zog das durch die Luft peitschende Seil hinter sich her.

»Mach schon, Fox!«, flüsterte Schofield. »Lass mich bitte nicht sterben!«

Libby Gant spähte mit zusammengekniffenen Augen am Lauf des Magischen Hakens entlang.

Ungeachtet des Chaos ringsum, der roten Warnleuchten, der Sirenen, der dröhnenden elektronischen Stimme, zielte sie konzentriert auf Schofields Magischen Haken: ein funkelndes Stück Metall, das aus der Schwärze des Schachts auf sie zugeflogen kam.

»Nichts ist unmöglich«, murmelte sie vor sich hin.

Dann betätigte sie mit äußerster Präzision den Abzug ihres Magischen Hakens.

Der knollenförmige Magnetkopf mit dem Seil schoss aus dem Rohr hervor und raste in den Schacht hinab.

Die beiden Haken schnellten aufeinander zu.

Währenddessen stürzte Schofield immer weiter in die Tiefe.

»Na los, Baby, mach schon!«, beschwor Gant ihren Haken. Es war gar nicht notwendig, dass sich die Magnetköpfe genau aufeinander zubewegten. Auch über eine größere Distanz hinweg würden sie sich anziehen und schließlich zusammenkommen.

Auf einmal erklang ein lautes Geräusch.

Die beiden Magischen Haken trafen sich mitten im Flug.

Die Harbour Bridge hatte funktioniert.

Die starken Magnete hafteten untrennbar aneinander. Und oben im Hangar befestigte Gant das Abschussrohr rasch an einem Bodengitter.

Zwei Magische Haken haben eine Seillänge von neunzig Metern.

Und bei einem Sturz aus neunzig Metern Höhe erreicht ein Mensch eine enorm hohe Geschwindigkeit. Schofield musste also mit einem gewaltigen Ruck rechnen, wenn die beiden Seile sich spannten.

Als er beobachtete, wie sich Gants magischer Haken mit dem seinen verband, führte er schnell den Riemen des Abschussrohrs unter den Schultern durch und schlang ihn sich um die Brust. Dann spannte er seinen gesamten Körper an und wappnete sich innerlich für den bevorstehenden Ruck.

Es würde schmerzhaft sein.

Schofield behielt Recht.

Mit einem lauten Knall spannten sich die Seile der beiden Magischen Haken, und Schofields Fall wurde abrupt gestoppt. Kurt Logan stürzte weiter in die Tiefe, bis er mit einem lauten Knall auf der Aufzugplattform aufschlug.

Die schwere Holzkiste war schon zuvor mit einem ohrenbetäubenden Geräusch zerborsten.

Logan ereilte nun ein ähnliches Schicksal.

Schreiend landete er auf den scharfkantigen Trümmerteilen des AWACS-Flugzeugs. Sein Kopf wurde von den Schultern getrennt, als sein Hals auf ein hochkant liegendes Tragflächenteil auftraf. Der Rest des Körpers rutschte an der glatten Fläche hinab und fiel zu Boden.

Schofield schwang währenddessen auf die Schachtwand zu. Er stieß heftig dagegen, prallte ab und pendelte noch ein paar Mal hin und her. Schließlich hing er fünfundzwanzig Meter über der Aufzugplattform an der senkrechten Betonwand, völlig außer Atem und mit schmerzenden Schultern und Armen. Gant hatte ihm das Leben gerettet.

Schofield wurde von den beiden Magischen Haken rasch nach oben befördert.

»Achtung. Noch sechs Minuten bis zur Selbstzerstörung …«, hallte die Stimme im Schacht.

Es war genau 11.09 Uhr, als Gant Schofield half, aus dem gewaltigen Aufzugschacht zu klettern.

»Und du hast gesagt, die Harbour Bridge funktioniert nicht«, bemerkte sie trocken.

»Glaub mir, es freut mich unendlich, dass wir das Gegenteil bewiesen haben!«, erwiderte Schofield.

Gant lächelte. »Ja, aber ich hab's bloß getan, weil ich noch einen Kuss –«

Plötzlich schnitt ihr donnerndes Gewehrfeuer das Wort ab. Sie wurden unter Beschuss genommen.

Knapp oberhalb von Gants Fuß öffnete sich eine Wunde – eine Kugel hatte ihr den Knöchel zerschmettert. Schofield dagegen wurde zweimal an der Schulter getroffen. Weitere Kugeln pfiffen dicht an seinem Gesicht vorbei, sodass er den Luftzug auf der Haut spürte.

Er und Gant ließen sich augenblicklich zu Boden fallen und bissen die Zähne zusammen, während Caesar, das P-90 an die Schulter gepresst, mit wildem Blick und unablässig feuernd aus dem nahen Innengebäude stürmte.

Schofield war zwar verletzt, aber noch weit beweglicher als Gant. Er hob sie hoch und legte sie hinter die verbliebenen Teile der Barrikade, die die Soldaten der Einheit Bravo errichtet hatten.

Dann packte er ihre Beretta und hechtete in die andere Richtung, um Caesars Feuer von ihr abzulenken. Er bewegte sich auf das Helikopterwrack nahe dem Personenaufzug zu.

Der gewaltige Super Stallion stand noch immer vor der Tür des Aufzugs. Er war im Ganzen stark beschädigt, und das gesamte Cockpit war weggesprengt worden.

Caesars Feuer begleitete Schofields Weg, doch in dem blinkenden roten Licht verfehlte ihn Caesar um Längen.

Schofield schaffte es bis zum Super Stallion und hechtete durch die Öffnung, die ehemals das Cockpit gewesen war. Unterdessen wurden die Wände des Helikopters von Kugeln durchsiebt.

»Na los, Sie Held!«, brüllte Caesar. »Was ist denn? Haben Sie etwa Angst? Ach so, Sie können das Feuer nicht erwidern. Dann suchen Sie sich eine Waffe und schießen Sie!«

Und genau das durfte Schofield nicht tun. Wenn er Caesar tötete, würde er zugleich zahlreiche Großstädte im Norden Amerikas dem Erdboden gleichmachen.

Verflucht, dachte er bei sich, schlimmer hätte es wirklich nicht kommen können.

Er wurde von einem Mann unter Feuer genommen, auf den er nicht schießen durfte.

»Fox!«, schrie er ins Armbandmikrofon. »Alles okay bei Ihnen?«

Eine erstickte Antwort kam über seinen Ohrhörer: »Ja …«

»Wir müssen ihn ergreifen und hier rausschaffen!«, rief er. »Irgendeine Idee?«

Gants Antwort wurde von der elektronischen Ansage übertönt.

»Achtung! Noch fünf Minuten bis zur Selbstzerstörung …«

Durch ein kleines Türfenster beobachtete Schofield nun, wie Caesar sich dem Hubschrauberwrack von der Seite näherte und dessen Flanken unter Feuer nahm.

»Gefällt Ihnen das, Sie Held?«, brüllte der Air-Force-General. »Ja, das gefällt Ihnen bestimmt!«

Das Wrack erbebte unter der Wucht von Caesars Feuer. Die beiden Schussverletzungen in Schofields Schulter schmerzten nun stärker. Er presste die Kiefer aufeinander und packte seine Waffe noch fester. Das Adrenalin in seinen Adern hielt ihn glücklicherweise bei Kräften.

Durch das geborstene Türfenster des Super Stallion sah er den rasenden Caesar, der wie ein Westernheld großspurig um den Helikopter herumstolzierte und auf das offene Cockpit zusteuerte.

Caesar würde ihn in etwa vier Sekunden erreicht haben.

Auf einmal dröhnte Gants Stimme in seinem Ohrhörer.

»Scarecrow, mach dich bereit zum Schießen. Es gibt vielleicht einen Ausweg.«

»Aber ich darf nicht schießen!«, rief Schofield.

»Gib mir noch eine Sekunde!«

Drüben beim Aufzugschacht hockte Gant vor jenem Gegenstand, nach dem sie so lange gesucht hatte. Es war der Flugschreiber, den sie vor ungefähr neunzig Minuten aus dem AWACS-Flugzeug auf Ebene 2 herausgeholt und dann unauffällig in den Hangar gekickt hatte.

Inmitten des flackernden roten Lichts zog sie nun ein kleines rotes Kästchen mit einer schwarzen Stummelantenne aus der Schenkeltasche ihres weiten Schutzanzugs.

Es handelte sich um Russels Ein-Aus-Schalter mit den beiden beschrifteten Tasten.

Erst jetzt begriff Gant die Bedeutung der zwei Schalter.

Das Gerät vermochte nicht nur den Sender am Herzen des Präsidenten ein- und auszuschalten, sondern war auch mit dem Sender am Herzen von Caesar Russel verbunden.

Caesar hatte das ehemalige Cockpit des Helikopters beinahe erreicht.

In wenigen Sekunden würde er das Feuer auf Schofield eröffnen.

»Ich komme!«, krächzte er triumphierend.

Schofield lag flach auf dem Boden und blickte durch die zerstörte Vorderfront ins Freie.

Er saß in der Falle.

»Fox!«, sagte er ins Mikrofon. »Was immer du vorhast ... bitte beeil dich!«

Gant schwitzte. Ihr Knöchel schmerzte heftig, doch sie versuchte verbissen sich zu konzentrieren.

»Achtung! Noch vier Minuten bis zur Selbstzerstörung ...«, dröhnte die Stimme.

Das kleine LCD-Display des Flugschreibers zeigte das mittlerweile vertraute Frequenzmuster. Gant wandte sich dem Ein-Aus-Schalter zu.

Die Frage war, welche Taste für Caesars Sender und welche für den des Präsidenten vorgesehen war. Sollte sie die »1« oder die »2« drücken?

Gant hatte keinen Zweifel.

Caesar hatte für sich selbst garantiert den ersten Knopf gewählt.

Abgestimmt auf das Frequenzmuster auf dem Flugschreiberdisplay, genau zwischen den wiederkehrenden Such- und Antwortsignalen, drückte Gant die mit »1« beschriftete Taste und unterbrach damit Caesars Mikrowellensignal.

Gleich darauf aktivierte sie das Mikrowellensignal des Flugschreibers, um Caesars Funksignal zu ersetzen. Wenn sie die richtige Entscheidung getroffen hatte, würde der Satellit im Orbit nicht erkennen können, dass er jetzt ein neues Antwortsignal empfing.

Am Flugschreiber begann ein grünes Lämpchen zu blinken.

Gant schaltete das Mikrofon ein.

»Scarecrow! Ich habe gerade das Funksignal umgestellt! Mach den Kerl fertig!«

Kaum hatte Gant Schofield informiert, erschien Caesar auch schon in Schofields Blickfeld.

Der Air-Force-General lächelte, als er den am Boden liegenden Schofield bemerkte, der ihm seine Pistole entgegenstreckte.

Caesar drohte Schofield mit dem Zeigefinger. »Aber nicht doch, Captain! Das sollten Sie besser nicht tun! Auf Onkel Caesar schießt man nicht.«

»Ach, nein?«, sagte Schofield.

»Nein.«

»Schade …«, seufzte Schofield mit gespielter Verzweiflung.

Dann riss er die Pistole hoch und schoss Caesar mitten in die Brust.

Ein Blutschwall spritzte aus der Wunde.

Und Schofield feuerte weiter.

Caesar schwankte bei jedem Treffer und taumelte mit aufgerissenen Augen rückwärts. Abgrundtiefes Entsetzen stand ihm ins Gesicht geschrieben. Langsam senkte er das P-90 und brach schließlich zusammen.

Schofield richtete sich sofort auf. Er kletterte aus dem Helikopter, ging zu Caesar hinüber und trat nach dem Gewehr in seiner Hand.

Caesar bewegte sich, offenbar lebte er noch.

Ein Blutrinnsal quoll aus seinem Mund. Wie er so hilflos dalag, empfand Schofield beinahe Mitleid mit ihm. Der Mann vor ihm hatte nichts mehr mit jenem Verrückten gemeinsam, der ganz Amerika vernichten wollte.

Schofield blickte auf ihn nieder.

»Wie … was …?« Caesar stieß gurgelnde Laute aus. »Sie … Sie können mich nicht töten!«

»Und ob ich das kann!«, erwiderte Schofield. »Aber ich glaube, das überlasse ich Ihnen lieber selbst.«

Und damit drehte er sich um und rannte zu Gant hinüber, um Area 7 so schnell wie möglich zu verlassen.

»Achtung! Noch drei Minuten bis zur Selbstzerstörung …«

Schofield steuerte mit Gant auf den Armen auf den Miniaufzug zu. Caesars Treffer hatte ihren Knöchel vollständig zerschmettert, und sie konnte keinen Schritt mehr gehen.

Das hielt sie jedoch nicht davon ab, ihren Teil zum Gelingen der Mission beizutragen.

Die ganze Zeit über hielt sie den wertvollsten Flugschreiber der Welt auf dem Schoß.

Zunächst einmal mussten sie sich selbst in Sicherheit bringen. Ihr nächstes Ziel bestand darin, den Flugschreiber aus Area 7 hinauszuschaffen, bevor der Komplex durch die drohende Atomexplosion vernichtet wurde. Wenn das Signal erst einmal abbrach, waren alle Anstrengungen vergebens.

»So, du Schlauberger«, sagte Gant, »wie kommen wir aus dieser siebenstöckigen Atombombe raus?«

Schofield trat auf den Bodenschalter, worauf der Miniaufzug an der Schachtwand in die Tiefe sauste. Er sah auf die Uhr.

11:12:30

11:12:31

»Also, durch den oberen Ausgang kommen wir nicht raus«, überlegte er. »Caesar hat den Code verändert, und dieser Typ von der DIA hat zehn Minuten gebraucht, um den Abriegelungscode zu knacken. Ich weiß nicht, ob wir's durch den Fluchttunnel rechtzeitig schaffen würden. Book und ich haben eine gute Minute gebraucht, um in den Komplex hineinzugelangen. Ich schätze, wir beide bräuchten bergauf mindestens zehn Minuten. Und bis dahin ist der Fluchttunnel längst zerstört.«

»Also, was sollen wir tun?«

»Wenn wir es rechtzeitig schaffen wollen«, antwortete Schofield, »gibt es nur eine Möglichkeit.«

11:12:49

11:12:50

Schofield stoppte den Miniaufzug auf Ebene 2 und rannte auf den Treppenaufgang am anderen Ende zu.

»Achtung! Noch zwei Minuten bis zur Selbstzerstörung ...«, erscholl die Stimme erneut.

Endlich hatten sie das Treppenhaus erreicht.

11:13:20

Schofield riss die Tür auf und stürmte mit Gant auf den Armen die Treppe hinunter, indem er immer drei Stufen auf einmal nahm.

Sie passierten die Unterkünfte auf Ebene 3.

11:13:32

Und dann erreichten sie Ebene 4, das Stockwerk, in dem der Albtraum begonnen hatte.

11:13:41

Die geflutete Ebene 5 flog an ihnen vorbei.

11:13:50

Schofield trat die Tür zu Ebene 6 auf.

»Achtung! Noch eine Minute bis zur Selbstzerstörung ...«

Sofort fiel ihm der Fluchtwagen ins Auge.

Das kleine Wartungsfahrzeug stand noch immer unmittelbar neben der Tür zum Treppenhaus, auf jenem Schienenstrang, der zum Lake Powell führte.

Schofield rief sich Herbie Franklins Bemerkung über das Wartungsfahrzeug ins Gedächtnis. Es war kleiner als die anderen X-Railcars und auch schneller – eine runde

Kapsel mit vier langen Streben, die lediglich zwei Personen Platz bot.

»Noch fünfundvierzig Sekunden bis zur Selbstzerstörung …«, vernahm Schofield in diesem Augenblick.

Er riss die Kabinentür auf, hob Gant hinein und stieg dann selbst in die kleine Kapsel.

»Noch dreißig Sekunden …«

Schofield drückte den schwarzen Startknopf am Armaturenbrett.

Der kompakte X-Railmotor schaltete sich summend ein.

»Noch zwanzig Sekunden … neunzehn … achtzehn …«

Schofield blickte auf die Schienen. Sie erstreckten sich in einer von roten Lichtblitzen durchbrochenen Dunkelheit, vier parallele Schienen, die sich in der Ferne zu vereinigen schienen.

»Gib Gas!«, sagte Gant.

Schofield schob den Gashebel bis zum Anschlag vor.

»Fünfzehn …«

Das X-Railcar machte einen Satz nach vorn. Dann schoss es durch den unterirdischen Bahnhof und raste davon.

»Vierzehn …«

Schofield wurde durch die hohe Beschleunigung in den Sitz gepresst.

Der Tacho zeigte 50 Meilen an.

»Dreizehn …«

Die Kapsel beschleunigte weiter. Über und unter dem Fahrzeug rasten die beiden Schienenpaare vorbei.

Sie fuhren inzwischen 100 Meilen pro Stunde.

»Zwölf … elf …«

Mit einem Mal tauchte die Kapsel in den Tunnel ein, der zum Lake Powell führte, und ließ Area 7 hinter sich.

150 Meilen pro Stunde.

»Zehn …«

250 Meilen. Das entsprach 110 Metern pro Sekunde. In zehn Sekunden würden sie fast eine Meile von Area 7 entfernt sein.

»Neun … acht …«

Hoffentlich reichte die Distanz aus, um der Explosion zu entkommen.

»Sieben … sechs …«

Gant stöhnte vor Schmerzen.

»Drei … zwei …«

Das Gefährt, das sich bei jeder Biegung scharf in die Kurve legte, schoss mit rasanter Geschwindigkeit durch den Tunnel und entfernte sich stetig von Area 7.

»Eins …«

»… Selbstzerstörungsmechanismus aktiviert.«

Und dann erfolgte die Zündung.

Es klang, als sei das Ende der Welt gekommen.

Das gewaltige Dröhnen der Atomexplosion in Area 7 war unbeschreiblich.

Das Bauwerk war während des Kalten Krieges so konstruiert worden, dass es mühelos einem Atomschlag trotzen konnte. Zugleich besaß es die Mittel, die eigene nukleare Vernichtung zu verursachen und die Schäden ringsum so gering wie möglich zu halten.

Der Atomsprengkopf vom Typ W-88 befand sich auf Ebene 2, im Mittelpunkt der unterirdischen Anlage. Als er detonierte, erstrahlte der gesamte unterirdische Komplex in einem gleißend hellen Licht. Die freigesetzte Energie schoss unaufhaltsam durch Böden und Wände.

Alles, was sich innerhalb des Komplexes befand, wurde innerhalb einer Tausendstelsekunde vernichtet: die Hangars mit den Flugzeugen, die Testkammern, die Aufzugschächte – und nicht zuletzt Caesar Russel.

Jener lag auf dem Boden des Haupthangars, und das letzte, was er registrierte, war ein heller Lichtblitz, gefolgt von einer schier unerträglichen Hitze. Dann schloss er für immer die Augen.

Die Druckwelle der gewaltigen Explosion erschütterte auch den Boden außerhalb der Titanwände der Anlage und ließ ihn im Umkreis von mehreren Meilen erbeben, während sich die Energiewelle in konzentrischen Kreisen ausbreitete.

Als Erstes stürzte der Fluchttunnel ein.

Die Druckwelle erreichte die festen Betonwände innerhalb einer Sekunde. Sie zerfielen augenblicklich zu Staub. Hätten Schofield und Gant sich noch dort aufgehalten, wäre ihnen ein solches Schicksal nicht erspart geblieben.

Dann aber geschah das Erstaunliche.

Da der ganze Komplex nichts weiter als eine leere Hülle war, brach die darüber befindliche, außerordentlich schwere Granitschicht ein.

Aus der Luft betrachtet sah es so aus, als sei Area 7 von einem konzentrischen Erdbeben getroffen worden.

Von einem Moment auf den anderen gab ein achthundert Meter durchmessender Kreis rund um den Komplex nach und verwandelte sich in Geröll, sodass die Gebäude von Area 7 – der Haupthangar, der Kontrollturm sowie die anderen Hangars – vom Erdboden verschluckt wurden. Übrig blieb ein riesiger Krater im Wüstenboden, der nahezu eine halbe Meile durchmaß.

Von Bord des Super Stallion aus, der zehn Minuten zuvor am Komplex eingetroffen war, beobachtete der Präsident der Vereinigten Staaten den Einsturz des Stützpunkts.

An seiner Seite schauten Book II., Juliet Janson und der kleine Junge namens Kevin ungläubig dem spektakulären Untergang von Area 7 zu.

Für Schofield und Gant hingegen war die Sache noch nicht ausgestanden.

Als die Atombombe explodierte, schoss die Wartungskapsel noch immer wie eine Gewehrkugel durch den Tunnel.

Die beiden Marines an Bord vernahmen das ohrenbetäubende Geräusch der Explosion.

Daraufhin blickte Schofield aus dem Heckfenster der Zwei-Personen-Kapsel.

»Verflucht!«, flüsterte er entsetzt.

Von hinten rollte eine Wand aus herabstürzenden Betonbrocken auf sie zu.

Die Tunneldecke hatte plötzlich nachgegeben und zerbarst.

Und sie kam immer näher.

Das X-Railcar schoss mit zweihundertfünfzig Meilen pro Stunde durch den Tunnel.

Und die Wand aus Betontrümmern raste mit mindestens zweihundertsechzig Stundenmeilen hinter ihnen her.

Es war, als habe sich der Tunnel in ein lebendiges Wesen verwandelt, das der dahineilenden Kapsel dicht auf den Fersen war.

Es gab einen lauten Knall, und ein basketballgroßer Betonbrocken landete auf dem Dach der Kapsel. Schofield blickte jäh auf. Und dann prasselten weitere Trümmer mit ohrenbetäubendem Lärm auf das Dach der Kapsel nieder.

Nein, hätte Schofield am liebsten laut geschrien. Nicht jetzt! Nicht so kurz vor dem Ziel!

Betonbrocken krachten nun auch gegen die Windschutzscheibe, und tausende von Glassplittern flogen umher.

Kleinere Brocken flogen ins Cockpit. Die ganze Kapsel erbebte heftig, als würde sie jeden Moment entgleisen.

Doch schlagartig ließ der Betonregen nach.

Schofield drehte sich um und sah, wie der Betonvorhang zurückwich und hinter einer Biegung verschwand, wie ein hungriges Monster, das die Verfolgung aufgegeben hatte. Die Energie der Explosion hatte sich erschöpft, und die Druckwelle war offenbar versiegt.

In allerletzter Sekunde waren sie entkommen.

Während die X-Rail-Kapsel ihren Weg durch den Tunnel fortsetzte, lehnte sich Shane Schofield zurück und stieß einen langen Seufzer der Erleichterung aus.

Schofield und Gant wurden von einem CH-53E der Marine vom Cañon vor der Verladestation am Lake Powell abgeholt. Eine Armada von Helikoptern der Army und der Marine schwebte inzwischen über Area 7.

Die Hubschrauber wirkten wie ein Schwarm winziger Insekten, schwarze Punkte am klaren Wüstenhimmel. Sie wahrten einen gewissen Abstand vom Explosionszentrum, um nicht von der Strahlung in Mitleidenschaft gezogen zu werden.

Der Präsident befand sich an Bord seines Marine-Helikopters, der von fünf Super Stallion der Marine eskortiert wurde. Solange der Sender an seinem Herzen nicht entfernt war, würden die Marines ihm nicht von der Seite weichen.

In dem Moment, als der Präsident von der Startbahn in Area 7 abhob, hatte er sofort angeordnet, dass sämtliche im Flugraum der Vereinigten Staaten befindlichen Flugzeuge der Air Force landen und auf weitere Anweisungen warten sollten.

Schofield, Gant und der Präsident waren wieder vereint. Und Book II., Juliet und Kevin befanden sich in Area 8, das mittlerweile von zwei Aufklärungseinheiten der Marine gesichert worden war.

Bei der Durchsuchung der Basis hatten die Marines nur einen Überlebenden entdeckt, nämlich Nicholas Tate III., den politischen Berater des Präsidenten, der zusammenhangloses Zeug brabbelte und darauf bestand, seinen Broker anzurufen.

Gant wurde auf eine Trage gelegt, und ein Sanitäter versorgte unverzüglich ihren Knöchel. Schofield bekam für die Schulterverletzung einen provisorischen Verband, eine Armschlinge sowie eine Spritze gegen die Schmerzen.

Der Präsident setzte sich zu ihm. »Ich bin so froh, dass Sie es noch rechtzeitig geschafft haben, Captain! Caesar hatte nicht so viel Glück, hab ich Recht?«

»Ja, er hat es nicht geschafft, Sir«, antwortete Schofield. Er hielt den Flugschreiber mit den blinkenden grünen Lämpchen in die Höhe. »Aber er ist im Geiste bei uns.«

Der Präsident lächelte. »Die Marines, die den Komplex durchsuchten, haben draußen etwas entdeckt, das Sie vielleicht gern sehen würden.«

Schofield wusste nicht, was er meinte. »Was soll das sein?«

»Ich zum Beispiel, Sie schlimmer Junge!«, dröhnte Mothers Stimme, während sie hinter dem Präsidenten hervortrat.

Schofield grinste über beide Ohren. »Das gibt's ja nicht! Sie haben es doch geschafft!«

Das Letzte, was er mitbekommen hatte, war, dass sich die Schabe mit Mother in voller Fahrt überschlagen hatte.

»Tja, ich bin halt unverwüstlich«, sagte Mother. Schofield bemerkte, dass sie leicht humpelte. »Als die Schabe von der Rakete getroffen wurde, wusste ich sofort, dass sie hinüber war. Und ich konnte mir denken, dass der gute alte Caesar und seine Kumpel nicht gerade behutsam mit mir umgehen würden, wenn sie mich lebend im Wrack entdeckten. Als ich jedoch von der Startbahn abkam, wirbelte ich eine mordsmäßige Staubwolke auf. In deren Schutz sprang ich aus dem Fahrzeug und grub schnell ein kleines Loch in den Sand, um meinen Kopf reinzustecken. Dann schnallte ich mir das künstliche Bein ab und warf es weg. Das erhöhte zweifellos die Wirkung. Ich stellte mich so lange tot, bis die Hubschrauber sich entfernt hatten.«

»Sie haben sich um der Wirkung willen das Bein abgerissen«, wiederholte Schofield. »Ein reizender Trick!«

»Fand ich auch«, entgegnete Mother lächelnd. Sie zeigte mit dem Kinn in seine Richtung. »Und wie lief's bei Ihnen? Als ich Sie zuletzt sah, waren Sie mit dem Präsidenten gerade unterwegs ins All. Haben Sie den Scheißtag wieder mal mit Heldentaten rumgekriegt?«

»Schon möglich«, erwiderte Schofield.

»Aber jetzt mal Klartext!«, flüsterte Mother verschwörerisch. »Haben Sie meinen Rat befolgt, Sie wissen schon?« Sie wies in Gants Richtung und schaute ihn eindringlich an. »Haben Sie das Mädel geküsst, Scarecrow?«

Schofield unterdrückte ein Lachen und warf Gant einen verschmitzten Blick zu.

»Ich glaube schon!«

Kurz darauf war Schofield mit dem Präsidenten allein.

»Und wie sieht es draußen im Land aus?«, fragte er. »Haben alle Bürger den stündlichen Lagebericht im Fernsehen verfolgt?«

Der Präsident lächelte. »Komisch, dass Sie sofort danach fragen! In Ihrer Abwesenheit haben wir den Komplex untersucht und dabei das hier gefunden.«

Er holte einen Ausdruck des Protokolls der Stromversorgung von Area 7 aus der Tasche und zeigte auf einen Eintrag.

07:37:56	ACHTUNG: Fehlfunktion der Notstromversorgung	System	Fehlfunktion lokalisiert an Terminal 1-A2 Erhalte keine Antwort von Systemen: TRACS; AUX SYS-1, RAD COM-SPHERE, MBN; EXT FAN

»Erinnern Sie sich, dass Sie in einem der unterirdischen Hangars einen Schaltkasten in die Luft gejagt haben? So gegen 7.37 Uhr.«

»Ja …«

»Also, der Schaltkasten war offenbar ziemlich wichtig. Unter anderem war darin die Steuerung der Notstromversorgung und der Funkglocke untergebracht. Außerdem ein System mit der Bezeichnung MBN. Sagt Ihnen das was?«

»Nein.«

»MBN ist die Abkürzung von Military Broadcast Network, die frühere Bezeichnung des Sonderprogramms für nationale Notfälle. Es sieht so aus, als wäre das nach draußen führende Übertragungskabel bei der Explosion beschädigt worden. Und weil das LBJ-Protokoll heute Morgen nicht aktiviert war, wurde die Ausstrahlung von Caesars Ansprachen über das Sonderprogramm um fünfundvierzig Minuten verzögert.«

»Aber das ganze System wurde um 7.37 Uhr zerstört …«, überlegte Schofield laut.

Der Präsident lächelte.

»Stimmt«, bekräftigte er. »Und das bedeutet, dass nichts gesendet wurde, als Russel in die Kamera sprach. Sein Publikum beschränkte sich auf die Anwesenden in Area 7.«

Schofield blinzelte und versuchte, dies alles zu verarbeiten.

Nach einer Weile sagte er: »Dann weiß im Land also niemand, was passiert ist …«

Der Präsident nickte bedächtig.

»Wie es aussieht«, fügte er hinzu, »war das amerikanische Volk den ganzen Tag über von einem anderen Drama in Anspruch genommen, und zwar vom Unfall der momentan höchst bezahlten Hollywoodschauspielerin und deren Verlobtem, ebenfalls ein Schauspieler.

Das bedauernswerte Paar ist in einem militärischem Sperrgebiet in den Schweizer Alpen Ski gelaufen und wurde nach einem Lawinenabgang vermisst. Der leichtsinnige Führer kam ums Leben, doch ich glaube, die beiden Stars wurden mittlerweile gerettet.

CNN hat offenbar den ganzen Tag lang über die Tragödie berichtet und stündlich die neuesten Meldungen und irgendwelche Amateurbilder aus dem Gebiet gesendet. Das größte Medienereignis seit Dianas Autounfall, hat man mir gesagt.«

Schofield hätte beinahe laut gelacht.

»Dann weiß die Öffentlichkeit also tatsächlich nicht Bescheid«, sagte er.

»So ist es«, bestätigte der Präsident. »Und dabei, Captain, soll es auch bleiben!«

Genau sechs Stunden später startete von Area 8 aus eine Boeing 747 mit dem zweiten Space Shuttle vom Typ X-38 auf dem Rücken.

Sein Auftrag: die Zerstörung eines feindlichen Aufklärungssatelliten der Air Force, der sich im geostationären Orbit über dem Süden Utahs befand.

Soweit die Piloten des Shuttles erkennen konnten, sendete der betreffende Satellit seit geraumer Zeit ein Mikrowellensignal in die Wüste von Utah hinab und erhielt von dort auch Antwort.

Letztendlich war es den Piloten gleichgültig, wofür der Satellit zuständig war. Sie hatten ihre Befehle, und die befolgten sie genau.

Also holten sie den Satelliten vom Himmel.

Mit der Vernichtung des Steuersatelliten waren die auf den verschiedenen Flughäfen verteilten Sprengköpfe vom Typ 240 wirkungslos geworden. Lediglich die Abstandsmelder arbeiteten noch, und man würde einige Zeit benötigen, um sie auszuschalten.

Im Laufe der folgenden Stunden würde man alle vierzehn Bomben unschädlich machen, zerlegen und zwecks weiterer Untersuchungen fortbringen.

Nachdem man die Plasmabomben entschärft hatte und der Satellit zerstört war, wurde der Sender aus der Brust des Präsidenten entfernt.

Die Operation wurde von einem renommierten Herzchirurgen des John Hopkins University Hospital durchgeführt, unter den wachsamen Blicken dreier weiterer

Herzchirurgen und mehrerer bewaffneter Angehöriger des Secret Service und des US Marine Corps.

Noch nie war der Chirurg vorsichtiger zu Werke gegangen – und noch nie war er nervöser gewesen als bei dieser Operation.

Der Eingriff fand unter einer schwachen Vollnarkose statt. Wenngleich die Öffentlichkeit nicht davon in Kenntnis gesetzt wurde, trug der Vizepräsident vorübergehend die Verantwortung für die Vereinigten Staaten von Amerika.

Später wurde ein spezieller Ausschuss mit der Untersuchung der Rolle der Air Force bei der Verschwörung in Area 7 beauftragt.

Infolgedessen wurden nicht weniger als 18 hochrangige Air-Force-Offiziere, die das Kommando über ein Dutzend Basen im Südwesten Amerikas führten, sowie 99 weitere Offiziere wegen Hochverrats unter Ausschluss der Öffentlichkeit vor Gericht gestellt.

Offenbar hatten alle mit den Ereignissen dieses Tages in Verbindung stehenden Männer irgendwann einmal im Spezialeinsatzkommando der Air Force in Hurlbut Field, Florida, oder im 14. beziehungsweise 20. Regiment der Luftwaffenstützpunkte Warren und Falcon in Wyoming und Colorado gedient.

Bei einer Gesamtstärke von 400000 Männern und Frauen fielen 117 Verräter nicht sonderlich ins Gewicht, da in den fraglichen Basen jeweils kaum ein Dutzend Personen betroffen war. Doch in Anbetracht der dort stationierten Flugzeuge und Geschütze hätte dies auf alle Fälle ausgereicht, um Caesars Plan in die Tat umzusetzen.

Des Weiteren stellte sich bei den Gerichtsverhandlungen heraus, dass fünf der am Komplott beteiligten Luftwaffenbedienstete Ärzte waren, die irgendwann Operationen an Kongressabgeordneten durchgeführt hatten, darunter auch an dem Senator und ehemaligen Präsidentenanwärter Jeremiah K. Woolf.

Aus den vorgelegten Indizienbeweisen ging hervor, dass die Beteiligten einer inoffziellen rassistischen Gruppierung innerhalb der Air Force angehörten, die sich »Die Bruderschaft« nannte.

Alle wurden zu lebenslanger Haft in einem geheimen Militärgefängnis verurteilt, ohne Aussicht auf vorzeitige Entlassung. Merkwürdigerweise stürzte das Flugzeug, das sie in die Haftanstalt bringen sollte, aus unerfindlichen Gründen ab. Überlebende gab es keine.

Im Abschlussbericht des Untersuchungsausschusses für den Generalstab wurde das Thema »informelle antisoziale Interessengruppen« innerhalb der bewaffneten Streitkräfte angesprochen. Zwar räumte der Bericht ein, die meisten dieser Gruppierungen seien bei einer Prüfung der Streitkräfte in den achtziger Jahren zerschlagen worden, gleichwohl empfahl er aber eine neue Untersuchung.

Die Angehörigen des Generalstabs leugneten jedoch die Existenz derartiger Geheimgesellschaften und wiesen die Empfehlung des Untersuchungsausschusses zurück.

Im Lauf der nächsten sechs Monate gab es mehrere unbestätigte Aussagen von Touristen, die am Nordostufer des Lake Powell angeblich eine Familie Kodiakbären gesehen hatten.

Offiziere des US Fish and Wildlife Service gingen den Aussagen nach, doch die Bären wurden nie gefunden.

Zwei Wochen später fand in einem dunklen, unterirdisch gelegenen Konferenzraum des Weißen Hauses eine besondere Feier statt.

Im Raum hielten sich neun Personen auf.

Der Präsident der Vereinigten Staaten.

Captain Shane Schofield, den Arm noch immer in einer Schlinge.

Staff Sergeant Elizabeth Gant, die wegen des gebrochenen Knöchels an Krücken ging.

Gunnery Sergeant Gena »Mother« Newman mit ihrem kleinen kahlköpfigen Gatten Ralph.

Sergeant Buck Riley Junior mit Armschlinge.

Secret Service Agent Juliet Janson ebenfalls mit Armschlinge.

David Fairfax von der Defense Intelligence Agency in seinen besten Turnschuhen.

Und ein kleiner Junge namens Kevin.

Der Präsident verlieh Schofield und seinen Marines aufgrund ihrer Tapferkeit auf dem Felde und ihres Einsatzes unter akuter Lebensgefahr die Ehrenmedaille des Kongresses.

Allerdings durften sie von der Ehrung niemandem erzählen.

Aber alle waren sich darin einig, dass es so besser war.

Anschließend aßen sie noch zusammen zu Abend. Der Präsident unterhielt sich während des gesamten Dinners äußerst angeregt mit Mother und Ralph über die *Teamsters*. Nur Schofield und Gant fehlten. Sie hatten sich vorzeitig verabschiedet und gingen zum zweiten Mal miteinander aus.

An ihrem Ziel angekommen stellten sie fest, dass sie die einzigen Gäste waren.

In der Mitte des großen holzgetäfelten Raums stand ein einzelner, von unzähligen Kerzen erhellter Tisch.

Sie nahmen Platz und aßen – im privaten Speisezimmer des Präsidenten, im obersten Stockwerk des Weißen Hauses, mit Aussicht auf das Washington Monument.

»Es soll ihnen an nichts fehlen«, hatte der Präsident seinen Leibkoch angewiesen. »Setzen Sie's auf meine Rechnung!«

Und in dieser luxuriösen Umgebung unterhielten sich Schofield und Gant im flackernden Kerzenschein bis spät in die Nacht.

Als das Dessert serviert wurde, griff Schofield in die Tasche.

»Das hier«, sagte er, »wollte ich dir eigentlich schon an deinem Geburtstag geben, aber der Tag ist irgendwie aus dem Ruder gelaufen.«

Er holte ein zerdrücktes Stück Karton aus der Tasche. Es war etwa so groß wie eine Postkarte.

»Was ist das?«, fragte Gant neugierig.

»Das sollte dein Geburtstagsgeschenk sein«, antwortete Schofield betrübt. »Es war die ganze Zeit über in meiner Hosentasche – jedes Mal, wenn ich die Uniform wechselte, habe ich es herausgeholt und in die neue Tasche gesteckt. Deshalb ist es leider ein bisschen ... nun ja, mitgenommen.«

Er reichte Gant das Geschenk.

Lächelnd betrachtete sie es.

Es war ein Foto.

Das Foto von mehreren Leuten an einem wunderschönen Strand auf Hawaii. Alle trugen Badeshorts und grellbunte Hawaiihemden.

Und am Rand der Gruppe standen Gant und Schofield. Gant grinste ein wenig angespannt, und Schofield schaute hinter seiner verspiegelten Sonnenbrille irgendwie traurig drein.

Gant erinnerte sich noch genau an jenen Tag.

Damals hatten sie am Strand von Pearl Harbor ihre Aufnahme in Schofields Aufklärungseinheit gefeiert.

»Das war unsere erste Begegnung«, sagte Schofield.

»Ja.« Gant nickte. »Ja, das stimmt.«

»Ich habe den Tag nie vergessen.« Er blickte sie an.

Gant strahlte. »Also, das ist das schönste Geburtstagsgeschenk, das ich in diesem Jahr bekommen habe.«

Sie erhob sich, beugte sich über den Tisch und küsste ihn sanft auf die Lippen.

Nach dem Essen verließen sie das Weiße Haus, und eine Präsidentenlimousine wartete bereits am Eingang auf sie. Eskortiert wurde sie von insgesamt acht Humvees des Marine Corps sowie sechs Streifenwagen und vier Motorrädern.

Gant hob die Brauen, als sie diese eindrucksvolle Fahrzeugkolonne sah.

»Ach ja«, sagte Schofield ein wenig verlegen, »ich hab noch etwas vergessen.«

»Wirklich?«

Schofield öffnete die Hecktür der Limousine –

– und beide erblickten den schlafenden Kevin auf dem Rücksitz.

»Er muss irgendwo wohnen, zumindest so lange, bis man ein neues Zuhause für ihn gefunden hat«, erklärte Schofield achselzuckend. »Und da hab ich mich bereit erklärt, ihn vorübergehend bei mir aufzunehmen. Die

Regierung hat allerdings darauf bestanden, ihn besonders zu schützen.«

Gant schüttelte lächelnd den Kopf und griff nach seiner Hand.

»Komm!«, sagte sie. »Lass uns nach Hause fahren!«

Danksagung

Ich will mich kurz fassen. Mein aufrichtiger Dank gilt:

Natalie Freer – die meine schöpferische Überspanntheit aus eigener Erfahrung kennt (und sich damit abfindet). Ihre Geduld und ihre Großzügigkeit sind grenzenlos.

Meinem Bruder Stephen Reilly – leidenschaftlicher Autor, konstruktiver und kreativer Kritiker und guter Freund – und seiner Frau Rebecca Ryan, denn die beiden gibt's nur im Zweierpack.

Meinen wundervollen Eltern – Ray und Denise Reilly –, weil sie mich als Kind ermutigt haben, mit meinen Star-Wars-Figuren kleine Filmsets zu bauen. Ihnen verdanke ich meine Kreativität.

Meinen guten Freunden John Schrooten, Nik und Simon Kozlina, dem ganzen Kay-Clan (vor allem Don, der mich veranlasst hat, die Größe der Katzen in *Der Tempel* zu reduzieren) und Paul Whyte, der mich während der Recherche für dieses Buch auf eine außergewöhnliche Reise nach Utah begleitet hat.

Besonders erwähnen möchte ich zwei amerikanische Freunde – Captain Paul M. Woods von der US Army und Gunnery Sergeant Kris Hankinson im Ruhestand vom US Marine Corps, die sich viel Zeit für mich genommen und mir bei den militärischen Details geholfen haben. Eventuelle Fehler gehen auf mein Konto, denn ich habe mich bisweilen über ihre Einwände hinweggesetzt.

Und schließlich danke ich erneut Pan Macmillan. Dies ist unser vierter gemeinsamer Auftritt, und noch immer geht die Post ab. Danken möchte ich auch Cate Paterson (eine legendäre Verlegerin), Jane Novak (eine legendäre

Publizistin), Sarina Rowell (eine legendäre Lektorin) und Paul Kenny (eine Legende). Und auch diesmal den Vertretern von Pan, die unterwegs von Buchladen zu Buchladen zahllose Stunden auf der Straße verbracht haben.

Wer einen Schriftsteller kennt, sollte niemals unterschätzen, was Ermutigung bewirken kann.

Ein Interview mit Matthew Reilly
Wie *Die Offensive* entstand

Woher hatten Sie die Idee zu Die Offensive?

Eigentlich kam mir die Idee zu *Die Offensive*, kurz nachdem ich 1997 *Ice Station* abgeschlossen hatte. Ich hatte folgenden Einfall: Jemand implantiert einen Sender am Herzen einer bedeutenden Persönlichkeit, dessen Ausfall schreckliche Folgen hat. (Ich erinnere mich noch daran, wie ich *Ice Station* fertig stellte und mir sagte: So, Matt, jetzt hast du zwei Optionen für dein nächstes Buch. Entweder du entscheidest dich für die Sender-am-Herzen-Geschichte oder du schreibst die Inka-Story. Wie man weiß, habe ich letztere gewählt, und daraus wurde schließlich *Der Tempel.*)

Die Sache war die: Ich konnte mir damals nicht vorstellen, wie die Idee mit dem Sender am Herzen funktionieren könnte. Das Hauptproblem dabei war, dass ich nicht wusste, wem genau der Sender eingepflanzt werden sollte. Ich hatte eine großartige Idee, aber noch keine Geschichte, in die ich sie hätte verpacken können. Als ich dann fast drei Jahre später beschloss, ein neues Buch mit Shane Schofield zu schreiben, dachte ich bei mir: He, wie wär's, wenn ich den Sender dem US-Präsidenten einpflanze und Schofield zu einem seiner Bodyguards mache? Und so entstand *Die Offensive*.

Wie war es für Sie, eine Fortsetzung zu schreiben?

Die Offensive ist die erste Fortsetzung, die ich bislang geschrieben habe, und das war eine völlig andere Erfahrung als das Entwerfen einer vollkommen neuen Geschichte. Zunächst einmal muss ich sagen, dass ich die Entscheidung, *Ice Station* fortzuführen, nicht auf die leichte Schulter nahm. Als fleißiger Kinogänger ist mir bewusst, dass viele Sequels die Originalstory ruinieren. Wenn ich schon eine Fortsetzung zu meinem ersten Roman schreiben würde, dann sollte das Buch erstens eine aufregende, neuartige Story haben, die es mit *Ice Station* aufnehmen konnte, und zweitens sollte es darüber hinaus noch eine weitere Dimension erhalten. Außerdem legte ich Wert darauf, dass *Die Offensive* für sich allein stehen kann, dass die Leser, die *Ice Station* nicht kennen, das Buch ebenso genießen können wie jene, die das Vorgängerbuch gelesen haben. Ich denke, dass *Die Offensive* alle drei Bedingungen erfüllt, aber das müssen letztlich die Leser entscheiden.

Dann hat Die Offensive *Ihrer Meinung nach also eine weitere Dimension?*

Ich finde, eine Fortsetzung sollte den Charakteren der Hauptfiguren mehr Tiefe verleihen. In *Die Offensive* zum Beispiel erfahren wir etwas mehr über die Beziehung von Schofield und Gant und über Mothers Privatleben. Am meisten erfahren wir über Book II. (Denen, die *Ice Station* nicht gelesen haben, schlage ich vor, jetzt die nächste Frage zu lesen, sonst verrate ich noch zu viel.)

»Book« Riley habe ich in *Ice Station* sehr gemocht. Mir gefiel seine loyale Haltung gegenüber Scarecrow, seine kernige, zupackende Art und der »väterliche« Einfluss, den er auf Schofield ausübte. Mir fiel es schwer, ihn in *Ice Station* sterben zu lassen. (Sein Tod hat offenbar viele Leute schockiert. Meine Freundin Natalie beispielsweise hat ihn mir immer noch nicht verziehen.) Deshalb wollte ich Book in *Die Offensive* in Gestalt seines Sohnes

Book II. wieder auferstehen lassen. Davon versprach ich mir zweierlei: Erstens wäre Book Sen. im neuen Buch zumindest im Geiste anwesend, und zweitens würde dadurch gezeigt, dass die Story von *Ice Station* mit dem Schluss des Buchs nicht zu Ende ist, sondern Folgen und Auswirkungen hat.

Ich weiß schon, was Sie jetzt denken: Matthew Reillys Bücher sind nicht gerade bekannt für die Entwicklung ihrer Charaktere. Ein Rezensent hat geschrieben, die Personen in meinen Büchern würden nicht lange genug leben, um eine Entwicklung zu rechtfertigen. Meine Antwort darauf ist ganz einfach: In meinen Büchern geht es um Action, Spannung und Abenteuer, und wenn die Entwicklung von Charakteren die Action verlangsamt, dann wird sie eben gestrichen. Mit der Einführung von Book II. habe ich jedenfalls versucht, der Handlung etwas mehr Tiefe als gewöhnlich zu verleihen.

Weshalb haben Sie Die Offensive *in die amerikanische Wüste verlegt?*

Aus mehreren Gründen. Erstens, weil ich Geschichten mag, die von Area 51 handeln, der streng geheimen Basis, in der die US-Regierung angeblich Aliens und Wracks von notgelandeten außerirdischen Raumschiffen versteckt. Der zweite Grund war eher pragmatischer Natur: Die glühend heiße Wüste war der denkbar größte Gegensatz zur antarktischen Welt in *Ice Station*, und ich fand, dass die Fortsetzung von *Ice Station* sich visuell möglichst stark vom ersten Buch unterscheiden sollte. Als ich die ungewöhnliche Landschaft von Lake Powell mit ihrer reizvollen Mischung aus tiefen Cañons, Seen und Kanälen kennen gelernt hatte, war die Entscheidung für den Ort der Handlung gefallen. (Außerdem: Weshalb sollte ich nach der Eislandschaft in *Ice Station*, dem

Dschungel in *Der Tempel* und der Stadt in *Showdown* für mein viertes Buch nicht eine Wüstenumgebung wählen?)

Haben Sie den Lake Powell besucht?

Allerdings! Im Zuge der Recherchen zu *Die Offensive* bin ich auch zur Grenze zwischen Utah und Arizona gefahren und habe mir den See angeschaut. Ich kannte bereits Fotos aus Büchern (und aus dem Internet), doch ich war der Auffassung, dass ich ihn mir persönlich ansehen sollte. Er ist einfach großartig! Es ist merkwürdig: Wenn man Amerikaner fragt »Waren Sie schon mal am Lake Powell?«, bekommt man stets zu hören: »Welchen See meinen Sie?« Zugegeben: Er liegt eben nahe beim Grand Canyon und steht daher wohl ein wenig im Schatten seines berühmten Nachbarn.

Noch ein paar Fragen zu Ihrer Arbeitsweise: Wie gehen Sie beim Schreiben vor? Arbeiten Sie stets zur gleichen Tageszeit oder müssen Sie erst richtig in Stimmung kommen?

Ich gehöre sicherlich zu den Autoren, die nur in der richtigen Stimmung schreiben können. Ich habe auch schon probiert, etwas zu verfassen, wenn mir gerade nicht danach war. Und das Ergebnis hat mir überhaupt nicht gefallen. Das war reine Zeitverschwendung. Wenn ich also nicht in Schreiblaune bin, gehe ich in die Bibliothek und stelle Recherchen an oder sehe mir einen Film an (häufig auch vor allem deshalb, um auf andere Gedanken zu kommen). Und anschließend bin ich ganz wild aufs Schreiben.

Der tiefere Grund für diese Methode ist, dass ich generell nicht mit Routine klarkomme. Ich brauche Abwechslung hinsichtlich meiner Arbeitszeit, der Zahl der Seiten, die ich schreibe, und der Tagesgestaltung überhaupt. (Außerdem muss ich gestehen, dass meine Konzentrationsspanne jämmerlich kurz ist!) Anstatt also täglich zu schreiben – etwa nach dem Motto: Matt, du hast sechs Stunden täglich zwischen neun Uhr morgens und drei Uhr nachmittags am Schreibtisch zu sitzen! – verteile ich mein Schreibpensum lieber auf eine Woche und nehme mir vor: Diese Woche möchte ich an vier Tagen produktiv sein. Es ist egal, ob ich tagsüber, am Abend oder mitten in der Nacht kreativ bin (was eine sehr gute Zeit sein kann, da das Telefon für gewöhnlich nicht um zwei Uhr morgens klingelt!). Solange ich mein Pensum bewältige, bin ich glücklich. Auf diese Weise schaffe ich an einem durchschnittlichen Tag etwa acht Seiten.

Klingt so, als müssten Sie eine Menge Energie aufbringen. Wie motivieren Sie sich denn zum Schreiben?

Eigentlich ist die Motivation kein Problem für mich. Wie die meisten Leute habe ich auch schlechte Tage (wer hat die nicht?), aber die sind nicht sehr häufig. Schreiben macht mir einfach Spaß. Mit dem Typus des gequälten Autors, der zusammengesunken vor seinem Computer sitzt, sich die Haare rauft und mit den Zähnen knirscht, um den nächsten Satz rauszubringen, habe ich nichts gemeinsam. Ich schreibe gern. Ich bin gern kreativ. Und ich liebe es, mit Worten großartige Actionszenen aufs Papier zu bringen. Da das schon eine ganze Menge Vorlieben sind, fällt es mir recht leicht, mich zu motivieren. Wie ich mich zum Fitnesstraining motiviere, steht allerdings auf einem ganz anderen Blatt!

Vielleicht sollte ich noch ein paar allgemeinere Bemerkungen zu dem Thema machen (da man mich häufig nach meiner Motivation fragt). Ein Buch zu schreiben erfordert eine Menge Energie. Ich brauche etwa ein Jahr für jeden Roman. Das ist viel Zeit für ein einzelnes Projekt, deshalb muss man das Schreiben auf jeden Fall lieben – und deshalb muss es einem ein Bedürfnis sein, die Story, die man verfasst, zu erzählen.

Wenn man eine Geschichte zu erzählen hat, zwingt einen niemand, sie auch niederzuschreiben. Das muss man selbst bewerkstelligen. Man muss sie sich ja auch allein ausdenken. Ich denke, ein Buch zu schreiben ist eine der größten intellektuellen Herausforderungen, die es gibt. Das Schreiben kann sehr anstrengend sein. (Als ich *Der Tempel* beendete, haben mir die zahlreichen Nebenstränge der beiden parallelen Geschichten beinahe den Kopf gesprengt!) Es kann aber genauso gut sehr aufregend sein. (Ich habe fast zwei Wochen gebraucht, um die Verfolgungsjagd der Hovercrafts in *Ice Station* zu beschreiben. In rasendem Tempo habe ich getippt und im Geiste die Action durchlebt. Jeder einzelne Tag davon war einfach klasse!) Und es kann sehr qualvoll sein. (Eine Actionszene habe ich in *Der Tempel* gestrichen – zum Glück ehe ich sie tatsächlich niedergeschrieben hatte –, weil es für meinen Geschmack zu viel gewesen wäre.) Wenn am Ende das Manuskript vor einem auf dem Schreibtisch liegt, hat man jedenfalls ein gutes Gefühl – ein enorm gutes Gefühl!

Hand aufs Herz: Arbeiten Sie sich beim Schreiben von Kapitel zu Kapitel vor?

Nein. Ich schreibe Szene für Szene. Ich empfinde die Kapitelabschlüsse in meinen Büchern im Allgemeinen nicht als die beste Stelle, die Lektüre zu unterbrechen. Und so schreibe ich auch: Ich höre nicht auf zu schreiben, wenn ich am Ende eines Kapitels angekommen bin. Ich arbeite weiter, so wie der Leser hoffentlich weiterlesen wird. Ich beende mein Tagwerk als Autor, wenn ich die entsprechende Szene beendet habe. Die Verfolgungsjagd der Hovercrafts in *Der Tempel* ist auch hierfür ein gutes Beispiel. Für die vierzigseitige Actionsequenz habe ich fast zwei Wochen gebraucht (klingt fast so, als hätte ich ein Drehbuch geschrieben, finden Sie nicht auch?), doch es sind mehrere Miniszenen damit verbunden – Schofield unter dem Hovercraft; Book Sen. rettet Holly; Renshaw und Schofield rennen am Rand der Klippen entlang usw. All diese Szenen habe ich jeweils an einem Tag geschrieben.

Irgendwelche Tipps für angehende Autoren?

Ja. So etwas wie angehende Autoren gibt es gar nicht. Man ist Schriftsteller. Punkt. Das hat mir mal jemand gesagt, und ich habe es nie vergessen.

Was ist von Matthew Reilly als Nächstes zu erwarten?

Hmm, gute Frage. Bei meinem nächsten Buch möchte ich etwas Neues erfinden und den Actionthriller in eine neue Form bringen. Ich will noch mehr Tempo machen, knapp und rasend schnell erzählen. Seit dem Abschluss von *Die Offensive* arbeite ich an dieser Idee, spiele mit neuen Strukturen, überlege, wie ich es anstellen soll, dass die Erzählung einfach abgeht! Ich glaube, wenn man als Kreativer überleben will (man denke nur an Madonna, U2 oder die großartigen Geschichtenerzähler wie Steven Spielberg, Michael Crichton oder Joss Wheldon), muss man sich weiterentwickeln, sich ständig neu erfinden und sein Talent auf einem anderen Niveau ansiedeln, die Messlatte für sich neu ansetzen. Um Ihre Frage zu beantworten: Bei meinem nächsten Buch möchte ich in einen höheren Geschwindigkeitsbereich vorstoßen. Und anschließend will ich einen Film machen.

Noch eine abschließende Bemerkung?

Wie immer hoffe ich, dass Ihnen das Buch gefallen hat. Alles Gute, und hoffentlich sehen wir uns demnächst wieder!

Matthew Reilly
Sydney, Australien
August 2001

Die Originalausgabe erschien 2001 unter dem Titel *Area 7*
bei Macmillan, London

Ullstein Verlag
Ullstein ist ein Verlag des Verlagshauses
Ullstein Heyne List GmbH & Co. KG

ISBN 3-550-08397-1

Satz: Dörlemann Satz, Lemförde
Druck und Bindung: GGP Media, Pößneck